风生水起

沙柏 著

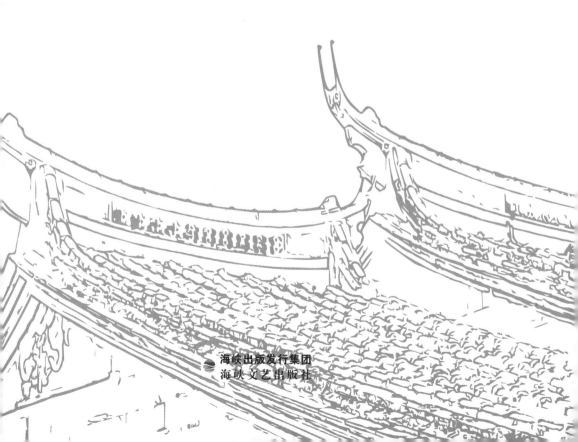

海峡出版发行集团
海峡文艺出版社

图书在版编目(CIP)数据

风生水起/沙柏著. —福州：海峡文艺出版社，
2024.8
ISBN 978-7-5550-3837-5

Ⅰ.Ⅰ247.5

中国国家版本馆 CIP 数据核字第 2024B9B864 号

风生水起

沙柏　著

出 版 人	林　滨	
责任编辑	林　颖	
出版发行	海峡文艺出版社	
经　　销	福建新华发行(集团)有限责任公司	
社　　址	福州市东水路 76 号 14 层	
发 行 部	0591－87536797	
印　　刷	福州德安彩色印刷有限公司	
厂　　址	福州市金山工业区浦上标准厂房 B 区 42 幢	
开　　本	720 毫米×1010 毫米　1/16	
字　　数	382 千字	
印　　张	26	
版　　次	2024 年 8 月第 1 版	
印　　次	2024 年 8 月第 1 次印刷	
书　　号	ISBN 978-7-5550-3837-5	
定　　价	88.00 元	

目 录

第一章

1986年初夏的一个午后。

刺桐古城。

三轮人力车碾在古城的石板路面上，清脆的铃声滑过，在静谧的小巷中响起一片生机。

"到番客了……"

在车工卖力讨好的叫声中，车子停在一座红墙燕脊的闽南大厝前。

车上下来一个梳着大背头、戴着蛤蟆镜、穿着大喇叭裤的香港客。

王亚峰久久凝视着这座古宅，离家已有八年，这座古宅依然没有什么改变。

王亚峰平复一下激动的心情，跨上门廊，正要叩响大门时，边门开了。

"亚峰！"母亲淑媛惊喜地叫出声。

王亚峰转过身，紧紧抓住母亲的双臂，叫了声"妈"，眼眶有点湿润。母亲两鬓的白发添了许多，慈祥的眼里已是泪花闪闪。

这时，一辆铃木摩托车驮着几匹布料来到门口，喊道："亚峰回来了？"

王亚峰回头一看，是大哥王大伟。多年不见，两人相互端详一下，眼神中饱含着兄弟情谊。

母亲打开大门，兄弟俩把布料和行李一起搬进屋里。

这座典型的闽南红砖大厝气势恢宏。进了大门，沿着中轴线是门厅、天井、正厅、后厅，进落有序，回廊相连。只见厅堂、走廊上摆满缝纫机、裁床、熨衣台等设备，十几个正在埋头干活的工人纷纷抬起头来，注视着这个衣着光鲜时尚的年轻人。

有人轻声说了一句："王家二公子回来了。"

眼前的这一切，俨然一座服装厂。

王亚峰回头看了大哥一眼，正想开口，王大伟说道："先泡茶吧。"

王亚峰喝了一口家乡特有的铁观音，顿时神清气爽，困乏全消。在香港虽偶有泡茶，但没了闲情逸致，更体味不到这种无以名状的香韵。

王亚峰不禁再吮了一口。

"唇齿留香啊！"王亚峰感叹道，又把眼光投向大哥，眼里有种热切探询的意味，毕竟是大哥一封电报催他火速回乡的。

茶过三巡，王大伟才道出原委。

上山下乡回城后，王大伟被安排在服装厂。近几年，该厂的经营每况愈下。因此，王大伟干脆停薪留职，弄了十几台缝纫机，在家里办起了这个服装厂。

"亚峰，我想扩大工厂规模，这次叫你回来，就是和你商量这件事。"

"大哥说怎么干，我听你的。"

"改革开放已经好几年了，政府积极鼓励引进外资，制定了很多优惠政策，所得税'二免三减'，引进先进设备可以免税，企业又有自营进出口的权利。所以，我想把这家工厂改制成中外合资企业。"

"我在香港注册一家公司，然后以外资的名义与家里的工厂合资。"王亚峰马上迸发出大干一场的激情。

王大伟说："家里的房子已经不够用了，我找到一处新的厂址，明天我们一起去看看。现在这些缝纫机已不适用，要引进进口的电动缝纫机及配套设备，产品的档次才能提升。我估算一下，大概需要投资三十万元。"王大伟说到这，停下来喝口茶。

"我有十万元，本来想买房付首期款的。我和姗姗说一声，买房的事暂时放一放，先投到工厂里。"在香港打拼的这些年，王亚峰省吃俭用，拼命赚钱，各种衣服、日用品，还有家里的彩电、双喇叭录音机、摩托车都是他托运回家的。

弟弟去了香港八年多，生活刚刚安定下来，王大伟本来并不指望王亚峰能够在资金上出多少力，听了王亚峰这一说，王大伟心头一热，拍了拍他的肩膀。

"亚峰，来啊，你爱吃的牛肉羹。"母亲急切地说道。

王亚峰一听，跳了起来，赶快来到餐厅，几口就把一碗牛肉羹吃完。淑媛一边给王亚峰打着扇子，一边看着他狼吞虎咽。

王亚峰自小透着机灵与讨巧，父亲王奇山总是嗔怪这孩子聪明有余而敦厚不足，于是对他更加严厉苛责。但几个孩子中，王亚峰却是最受母亲疼爱的。王亚峰十几岁一个人到香港闯荡，个中的艰辛与磨难让母亲心里很是不舍。

"慢慢吃，还有一大碗呢。"

八年来，儿子对这些家乡的风味小吃多次在来信中提及。每当春节，大量客居香港的闽南乡亲都会赶回家过年，但王亚峰总是想在春节多挣一份工资，总是把回家的计划留在明年。这一晃八年过去了，即使前年结婚也没能回家办一场喜事。

初夏的古城已开始燥热，刚下过一阵小雨，反而让发烫的石板路面把热气散发出来，空气中飘浮着蒸腾的水汽。

贯穿古城南北的中山路上，王三平骑着自行车急急忙忙往家里赶。

在父亲王奇山的眼里，王三平是四个儿子中最让他寄予厚望的。这小子从小自律、正直，有主见，功课好，高中毕业后就去当兵，后来又考上军校提了干，今年从部队转业了。

王大伟找到市财委副主任龙斌，求他为王三平找个接收单位。刚好，最近税务局在扩编，王三平的各项条件基本符合，因此，今天下午王三平到税务局，见了分管人事工作的副局长，事情有点希望。

王三平加赶速度，赶着回家向大哥报告好消息。到了家门口，父亲王奇山推着自行车站在门前盯着屋檐上看，一对燕子叽叽喳喳正叫个不停。王三平赶紧下车，先帮父亲把自行车拎上门廊。

春去秋来，王奇山在这栋老宅住了快五十年了。从一个风华正茂的热血青年到现在六十多岁的离休干部，人生的道路已走过最精彩的一段，这屋檐下的燕巢也不知筑过多少回了。

王奇山出生在菲律宾一个殷实的华侨家庭。父亲经过几十年的艰苦奋斗，在菲律宾拥有了上千亩的橡胶园和丰厚的家产。1942 年，日本人的铁蹄踏上了这块富庶的土地，一夜之间，王奇山平静的校园生活被打破了。

一家人逃进山里，而王奇山却冲了出来，寻找着抗日烽火燃烧最旺的地方。经过千辛万苦的辗转，他回到家乡，投入抗日救亡的斗争中。抗战胜利后，他放弃去南洋承接家业，而选择留在国内。

离休后，王奇山被选为市侨联副主席，过着退而不休的生活。这位历经坎坷的老人明显感到，许多新生事物正在蓬勃发展，而自己的身体却一天不如一天，这不，自行车都要让儿子帮着拎上门廊了。

王奇山往前一步推开虚掩的大门。

第二章

闽南古厝的大厅中间都有一个长条案，上面供奉着各路神明和祖先牌位。还有一张八仙桌，平时祭祀时用来摆放供品，家有大事，用来举办宴席招待贵宾。

今天晚上，王家人围着八仙桌坐满。除了在香港的二儿媳及小孙女，一家人都到齐了。王奇山坐在主位上，眼睛分别瞄过四个儿子，最后落在让他最怜爱而又最无奈的小儿子王四博身上。

王四博手中摆弄着二哥送他的礼物，一个迷你盒带录音机，随着耳机里音乐的节奏正摇头晃脑。

王奇山威严地咳了一声，端起手中的酒杯，大家立即肃然地跟着举起杯子。淑媛赶快帮王四博摘下耳机，给他递上一个杯子。

"难得今天我们一家人这么齐，这第一杯酒给亚峰接风洗尘吧。"王奇山先干了杯中酒，喝完马上说道，"这酒什么味啊？"

原来，这是王亚峰带回来的洋酒马爹利。

"爸爸，亏您还是老华侨，连这洋酒都不懂。"四个兄弟中只有王四博敢这样放肆地对老爷子说话。

"你就喜欢你的老米酒。"淑媛笑着说，赶快拿来一瓶刺桐名酒状元米酒。

"一辈子了，就喜欢这个味，洋酒你们喝吧，我喝米酒。"

王亚峰赶快接过母亲的酒瓶给父亲重新斟了一杯，"我陪爸爸喝米酒吧，好多年没喝过这个家乡的酒了。"

一家人重新举起杯子。

下午，淑媛和李婶到菜市场，心里尽想着王亚峰喜欢吃的菜。淑媛怕李婶忙不过来，更担心她做不好，于是不断地跑厨房，等到满满一桌菜都差不多上齐，才安心坐了下来，不停地给王亚峰夹菜。

刚喝下一口鱼丸汤，母亲又夹了一块鸡卷过来，王亚峰忙得顾不上应付兄弟们的敬酒。母亲帮他挡驾，"让亚峰多吃菜，你们兄弟仨先喝吧。"淑媛一边说着，一边给未来的三儿媳张丹红盛了一碗海蜇羹。

"二哥好可怜，这些菜我们平时都吃腻了，现在时兴的是吃生猛海鲜、山珍野味。"

王亚峰刚咽下一口润饼菜，接过王四博的话说："你没有体会过，这些菜几年都吃不到，看你馋不馋？"

王三平说："是啊，我到部队后，经常想到的就是这些家乡特有的味道。"

王大伟感叹地说："我上山的那几年，比你们想得更厉害。当年，我们吃得最多的就是地瓜。"

大嫂丁秀丽正和张丹红说着悄悄话，这时接过话说："大家不要忆苦思甜了，妈妈忙了一个下午，做了这么多的菜，大家多吃点。"于是，大家怂恿着王三平和张丹红向爸爸妈妈敬酒，又催着他们赶快把婚事办了，说得张丹红有点害羞，两颊飞红。

王大伟的大女儿王莉伸出小手摸着张丹红的脸颊，说："小婶婶喝酒，脸红了。"

王大伟的小儿子王俊杰奶声奶气地说："爷爷也喝酒，为什么不脸红呢？"一家人笑得前仰后翻。

这时，李婶端着最后一道菜红烧黄花鱼上来。

看着满满一桌的菜，王亚峰知道，这些都是母亲精心准备的他最喜欢的家乡菜，虽说不上名贵，算不上山珍海味，但都是儿时记忆中母亲做的美味佳肴。

以往，每当逢年过节，尽管物资匮乏，但母亲总是使出浑身解数，张罗着各种丰盛的菜肴。一要敬天地、祭祖宗，二要给家里人改善伙食，三要款待各方亲朋好友。像王奇山这种华侨人家、名门望族，自然要照应的亲戚朋友多，礼数要周到，家庭主妇更是少不了要会做几道拿手菜。

这种记忆深入骨髓，一直陪伴着孩子们的成长，一直陪伴着孩子们漂泊云游，一直陪伴着孩子们经风历雨。这一道道菜的味道像一个个特殊的符号，在孩子们的生命中烙下了印记，一辈子挥之不去。这不仅仅是解馋和满足味觉，更多的是对儿时记忆的重温，对失落时光的追偿，对故乡的魂牵梦挂，对亲人的思念。

在人类发展历史中，餐饮文化是最原始的文化。

人类从开始懂得用火烹煮食物时，对味觉的享受总有着不断的追求。对味觉的好恶，甚至影响着人种的进化。因此，味觉成为我们生命中最原始的符号。当一个游子背井离乡，生命中失去了这些符号的延续，你才能深深地体会到，故乡，留下来的是多么刻骨铭心的印记啊。

母亲又夹来一块红烧鱼，王亚峰已是肚皮滚圆，但还是忍不住一口吃掉。台湾海峡的野生黄花鱼，现在越来越少，快到绝种的境地了。

闽南人祭祀时，总要虔诚地供上一条黄花鱼，其和公鸡、猪肉并称"三牲"。供品很有讲究，杀鱼时要保持鱼的完整，先用油炸成金黄色，吃的时候再红烧，作为最后一道压轴菜，可见闽南人对大黄鱼的钟爱。

王亚峰在香港偶尔吃黄花鱼，可与母亲亲自做的菜，味道就是不一样。

桌上的每一道菜何尝不是呢？

你看这道鸡卷，那可是刺桐名菜。所谓"鸡卷"，并不是用鸡肉做的，和鹭岛的五香卷有点类似，只是刺桐人不喜欢加那么多的香料。它是用五花猪肉切条剁碎后，拌上葱头、葱白、荸荠、地瓜粉做成馅，铺在绿豆皮或猪油网上，卷成条状。先蒸熟后油炸，切成菱块，吃的时候沾上一点甜辣酱，一口咬下，外皮又脆又酥，内馅又嫩又香，葱头的香和五花肉的香，让你的味蕾和嗅觉都无暇应及。

在香港北角闽南人聚居的地方，也有鸡卷在市面上售卖，但不是粉多肉少就是豆皮不正宗，要么葱不够，要么肉太瘦。总之，找不到这个味！

这道海蛎煎更是讲究，只有用蟳江或者龙江的海蛎才能煎出最好吃的海蛎煎。晨曦微露，成群的蟳江阿姨，盘着传统簪花围的发髻，插着那独有的长簪，紧衣宽裤，挑着竹编的箩筐，宽宽的脚掌压过古城的石板路面，为刺桐人送来了水灵灵的肥美味鲜的海蛎。刺桐人用地瓜粉、青蒜拌着海蛎，煎出一盘地地道道的海蛎煎，让多少游子走遍世界各地仍然念念不忘这道家乡的"海鲜比萨"。

王亚峰尽管已是酒足饭饱，但还是忍不住地把母亲不断夹过来的菜吃下去。

卤面、炸醋肉、炒芋圆，每一道菜都让他直呼"好吃、好吃"。

不知不觉中，屋外下起了雨，雨水顺着屋面倾泻到了天井里，多少给初夏的燥热带来一丝凉爽。远处清越的南音乐曲伴着雨声隐隐传来，王奇山几杯状元米酒下肚，身心已然放松，手指轻轻敲打着桌面，和着南音悠远的节拍。

"我和大家说点事吧。"王大伟这一开口，大家都静了下来，连摇头晃脑正在听着邓丽君歌曲的王四博也摘下了耳机。

"我这次叫亚峰回来，是和亚峰商量着要搞中外合资，引进设备和搬迁新的厂址。我初步算了一下，大概需要三十万元。亚峰他要投资十万元，我可以再向银行贷点款，但要凑足三十万元有难度，请大家一起想想办法。"

在1986年，三十万元可是一笔不少的数目。尽管王家是华侨，但以前靠的是王奇山的工资和菲律宾定期的侨汇支撑一家的开支，量入而出。王家海外的产业随着菲律宾经济的衰退已日渐没落。20世纪70年代末，王奇山的父亲去世后，菲律宾的侨汇彻底断了。靠着淑媛的勤俭持家，王家维持着名门望族的颜面，但要拿出几十万元是做不到的。

王奇山用探询的目光看看相濡以沫一辈子的妻子，淑媛何尝不明白丈夫的意思。家里的积蓄有一点，可想到老三的婚事已在眼前，淑媛有点踌躇。"不瞒你们说，这几十年下来，我们老两口有一些积蓄，不多，十万元，再加上一些金银首饰，还有这座古宅，这是咱们的全部家当。我看啊，这十万元，一半准备给三平办喜事，另一半投到工厂去，要是不够的话，让你爸爸把他的古董字画卖掉一些。"

"那可是爸爸的命根子，我想看一眼都不肯，还舍得卖？"说这话的是王四博。这小子平时喜欢古董字画、鱼虫花鸟，可能和父亲的熏陶有关系。王四博说完话特地抬起头，看看大厅墙上那幅弘一法师送给父亲的墨宝。

王三平说："结婚的事，我们尽量简朴，或者再推迟一段时间，这些钱先让大哥去投资。丹红，你说呢？"王三平看着未婚妻张丹红。

张丹红在工商银行搞信贷工作，对投资办厂比较熟悉，她回答道："婚事推迟到明年吧。我们有两万元，也可以先拿出来。"张丹红认准了这是一个很好的投资机会，又给足大哥面子，赢得全家人的赞许。

王奇山说道："既然三平把婚事推到明年，十万元都拿出来吧。"

"好啊，现在已经有二十二万元，我再去贷点款，应该能凑足三十万元。"王大伟说道。

"大哥，你现在的注册资金多少？营业执照是集体还是个体的？"张丹红一听大哥说贷款的事情，马上有了职业反应。

"注册资金五十万元，是集体所有制，挂靠在刺桐区工商联，在侨光信用社已经贷了十万元。"

改革开放初期，国家虽然开始鼓励个体经济、私营经济的发展，但法律法规的配套还不是很健全，很多条条框框让私营经济的发展受到限制。于是，一种以集体所有制名义挂靠而实际是私营企业的形式出现了。民营经济在夹缝中寻找最佳的生存环境，充分利用政策，打法律的擦边球，刺桐人敢作敢为的冒险精神和灵活变通的手法可见一斑。

"大哥，你把报表给我看看。以你现在的条件，贷到二三十万元应该没问题。我们工商银行刚刚成立不久，是从人民银行分离出来的，主要承担商业银行的业务。现在除了国有企业外，对集体所有制、'三资'企业同样提供各种服务。"张丹红趁机做起了业务宣传。

"那我干脆转到你们工行开户，信用社的贷款利率比较高，而且工行的汇兑更加方便、快捷。"

"好，三十万元基本落实。大伟，你可要担负起全部责任。稳重一点，违法乱纪的事不能干，我们王家的脸面要干干净净。"王奇山概括性的发言算是这个家庭会议的总结。

"等等，有钱的出钱，没钱的出力，大哥你给我一份事做，省得我到处去找工作。"王四博高考落榜后，现在待业在家，正无所事事。

"你能做什么？你有什么本事我还不知道啊？"王奇山一看王四博一副"农不农，秀不秀"（闽南谚语，指农活干不了，秀才又当不了，高不成低不就）的样子就来气，只怕这小子成事不足，败事有余。

"你让他跟在他大哥身边跑跑腿，学点本事，老是没事干也不是个办法。"

淑媛替小儿子说情。

"四叔的文笔不错，可以给你大哥当秘书，免得以后你大哥找一个女秘书，让人不放心。"丁秀丽附和道。

"现在哪有男的当秘书的，我看叫办公室主任好听，工资也可以高一点。"王四博有点得寸进尺。

王奇山站了起来："可以，但工资一半上交给你妈妈，要不你都花在那些鸟啊虫啊上，哪有心思做事？"

老爷子说完离席喝茶去了。

关于投资的事有了着落，这个家庭的晚宴像一个企业的董事会，讨论了重大的投资计划，但对于细节并没有深入探讨下去。比如，总股本是多少？各占的股份比例是多少？原来王大伟的工厂应该折算多少股本？母亲拿出来的十万元又算是谁的投资？等等。

一个家族企业在刚开始创业时都会碰到这类问题，尤其是兄弟、父母之间总是碍于情面没有把账算清楚，也觉得不用算那么清楚，甚至连应该怎么算都没有想，造成很多家族企业在以后的利益分配和股权比例上纠缠不清，为兄弟之间的矛盾埋下了祸根。

中国有句俗话："亲兄弟明算账。"大家都明白这道理，可真正要做到明算账却很难。

第三章

　　王亚峰回到香港后，以最快的速度注册了一家公司。

　　王亚峰挑了一个好记又响亮的商号：香港环亚国际实业公司，办好商业登记证和银行资信证明后寄回家里。王四博参照别人的一套申报材料，三天弄好了可行性研究报告、合同及章程，公司的名称叫"大环亚（刺桐）服装有限公司"。

　　说起这个名称还真有点微妙的东西在里面。

　　王四博一看"香港环亚国际实业公司"里面有个"亚"字，外人会以为是王亚峰投资的公司，但王大伟并不在乎，说，本来香港的公司就是亚峰个人注册的，合资的公司跟着叫"环亚"吧，内外一致，好记。

　　"公司是兄弟几个合资的，凭什么用他的'亚'字？"王四博心有不甘，便灵机一动，干脆在前面加了个"大"字。

　　营业执照拿到手后，当务之急，是赶快把新的厂房准备好。这王大伟和王四博来到了正在装修的新厂址。

　　新厂址坐落于市郊的东北方向，泉山的东麓。在郁郁葱葱的绿树包围中，一片红砖砌成的单层瓦房成U型围绕着一个操场。

　　这里原来是一所教师进修学校，现在停办了，王大伟租了其中的一部分，又把一大半的空地围起来，搭一个铁皮结构的简易车间，总面积近三千平方米。

　　除了价格便宜、交通方便以外，王大伟看中的是这里环境非常幽静。站在这里远眺，整座古城尽入眼底。

　　"这里是我们腾飞的福地，大环亚公司将从这里走向世界。"王四博挥出一个手臂，做出一个夸张的动作。

　　原来的小工厂，王大伟只请了服装公司的同事李木水当技术员，其他的工作都是自己一个人挑着。现在扩大规模，那就要建立管理团队。王大伟想出一个让管理人员身兼多职的方案，王四博管行政后勤，李木水既管技术又管生产，销售王大伟自己管。会计有一个合适的人选，服装公司的财务科科长张鸿年，刚退休。出纳这个岗位比较特殊，要找个知根知底的自家人，王亚峰推荐他老婆的表妹曾小婷。现在还缺采购这个岗位的人选，丁秀丽向王大伟提出让自己的哥哥丁顺发来担任，却遭到了王大伟的反对。

"顺发是一个什么样的人你比我清楚。采购这个岗位不但需要有一定的服装专业知识，更重要的是人品要好，不能有私心。"

"我哥哥人品不好是吗？"听了王大伟的话，丁秀丽有点不开心，"你说说看，他有什么不好？"一句话倒把王大伟问住了。

丁顺发是一个脑袋活络、鬼点子多的人物，年龄比王大伟稍长，高中毕业后为了逃避到边远的山区"上山"，选择了"下乡"，把户口迁回父亲的原籍晋东。回到老家种了几年地，开过自行车修理铺，在社办厂干过机床工。回城后，找不到一个正式的工作，整天混在刺桐华侨大厦门口倒卖点外汇、进口电器，好歹维持着家用，有时跑到妹妹家刮点油水，讨点便宜。说他好，觉得他不务正业；说他不好，又没有太大的毛病，但要把采购工作交到这个人手里，王大伟有点不放心。

"你看他现在没有一个固定工作，一家大小负担不轻。让他跟着你，看看能不能扶上正道。我只有这么一个哥哥，你不帮他谁帮他？"说到这，丁秀丽的眼眶红了。

"这样吧，让他到公司来上班，但不一定干采购，要不其他人会有想法。"王大伟提出一个妥协的方案。

"谁会有什么想法？你是担心他会贪还是担心他会骗？"丁秀丽对自己的哥哥尽管有一些恨铁不成钢，但让王大伟说了几句不大好听的话，倒想要为自家兄弟争点颜面。

王大伟和丁秀丽从认识到结合这么多年，很少看到她这样冲着自己顶。但王大伟不是一个轻易改变决定的人。

"我说不行就不行！"王大伟大着嗓门说了一句硬话，走出房门。没想到，老爷子王奇山正坐在大厅喝茶，把他叫住了。

"总经理才当上几天，嗓门就大了？"王奇山一开口，王大伟只好把事情的原委向父亲说个清楚。

王奇山默默地喝茶，王大伟坐也不是，走也不是。等了好久，王奇山才抬起头来说话。

"你要好好想想怎么用人。古人言，金无足赤，人无完人。把没本事的人用好，才是你的真本事。当领导的，胸怀要宽一点。"说完，王奇山又专心品尝着他的铁观音。

王大伟骑着摩托车出了门，想让自己的心情平复一些。

王大伟来到了桐江边。这条刺桐人民的母亲河在城南静静地流淌着。

坐在防洪大堤上，望着脚下的江水，王大伟的心情逐渐平静了下来。父亲几句看似简单却充满哲理的话，让他慢慢地梳理着自己这一段时间的浮躁。

是啊，办企业，用人是第一。现在刚起步，用一些身边熟悉的亲戚朋友，也在情理之中。关键要在制度建设上多做一些工作，靠制度来管理，减少人为因素的影响，特别是人情的牵扯。

想到这，王大伟觉得古人说的"疑人不用，用人不疑"并不完全合理。

中国传统文化太注重人的道德自律，而忽略、轻视了法律和制度的约束作用，"疑人不用"和"用人不疑"都有弊端。"疑"，是对一个人道德修养的主观臆断，仅仅是因为"疑"就不用，可能会扼杀了很多有用之才。而用了不"疑"之人，就完全相信和放任，造成了制度上的缺失和权力的放纵，不"疑"之人变成可"疑"之人。关键在于掌握好授权和监控的关系，既要有充分的信任和授权，又要有制度的制约和监控。

想通了这些道理，王大伟释怀了。回家的路上，到新华书店想找一些有关管理方面的书籍。可惜的是，这类书籍很少，找了老半天，才看到一本"科学管理之父"弗雷德里克·泰勒的《科学管理原理》。王大伟如获至宝，想起了宋代名相赵普的"半部论语治天下"，自此，王大伟把这本《科学管理原理》奉为圭臬，读得滚瓜烂熟。

第四章

金英镇地处晋东县南部，隔海与金门岛遥遥相望。这里是著名的侨乡，又曾经是对敌斗争的前线。

改革开放后，许多华侨、港澳同胞回国兴办来料加工厂，渔民也利用在海上捕鱼的便利，与海峡对岸做起生意。

随着海峡两岸关系的解冻和缓和，当地政府陆续出台了一些管理办法和政策，允许在一定范围内开展对台小额贸易，只是交易的种类有所限制，强调以货易货，上岸后应缴纳相关的税费。

这种局面维持一段时间后，金英镇成了进口原料的集散地，尤其服装面料更是汇集了当今的流行新款。王大伟带着王亚峰来到了金英镇一个经营面料批发生意的老朋友家中。

"老洪，最近发大财了吗？"

洪添闻声迎了出来，"哎呀，大伟老弟好久不来，我以为你找别人进货去了。"说完马上热情地递烟敬茶。

"最近正忙着搬新厂房。这是我二弟亚峰，现在和我合资办厂。"

"你们兄弟合力，更是如虎添翼。"洪添敬佩王大伟的为人。尽管生意不算大，但商人的眼光总是看到未来的潜质，洪添对王大伟是另眼高看的。

"最近有什么新的裤料？"

王大伟一边看着洪添给的样品，一边向王亚峰介绍各种面料的特点。

洪添忙着张罗酒菜。海边人待客特别热情，很多人平时省吃俭用，一旦有客人，都会倾其所能，盛情款待。

王大伟挑了两种面料，准备先打样看看市场反应。刚付完款，洪添便拉着兄弟俩上桌吃饭。这时才下午四点多钟，王大伟惦记着厂里的设备调试，想早点回家，可洪添哪肯放他们走，还叫来了村主任一起劝酒，给兄弟俩灌了好几瓶啤酒。

喝了酒的王亚峰，不小心摔倒在地，他感觉自己像一颗流星，闪烁着滑向遥远的星空，更像是一片风中的羽毛，轻飘飘地随风飞舞。他极力呼喊着，却发不出任何的声音。他努力寻找着自己的轨迹，却再也想不起自己从何而来，又朝何而去，只有随着风，轻飘飘地飞舞着。他闻到了一股浓烈的香水味，还有一股刺鼻的药水味。

当他慢慢地醒转过来，午后的阳光暖暖地照在床前，阿香看他睁开眼睛，脸上露出了微笑。阿香双唇微动，说出的话让王亚峰觉得像远山传来的空谷回音，他努力想着已经发生的事情，却找不到头绪，觉得自己像风中的羽毛，轻轻地飘着。

十九岁的王亚峰刚到香港，进了旺角的一家茶餐厅打工。初来乍到，语言不通，他只能干粗活、脏活，有时还要送外卖。

这天晚上，王亚峰提着外卖急匆匆地上了一个昏暗的楼梯。楼上的凤姐叫阿香，对王亚峰不错，给的小费要比别人多一些。王亚峰一听是阿香叫的外卖特别来劲，跑得比平时快，当他跑上楼时却撞在一个人的身上。

"你瞎眼啊！看把老子的衣服弄脏了。"这个凶神恶煞是负责这一带收保护费的马仔，人称"肥吉"。最近生意不好，他跑了一圈，收不到几个钱，心里正窝着火。眼看衣服被弄脏，肥吉不由分说使劲甩出一大巴掌，正好打在一脸惊恐的王亚峰脸上。

王亚峰顺着楼梯滚落下来，头重重地摔在地上，昏死了过去。

阿香叫来了救护车，把王亚峰送进医院，陪了他一天一夜。王亚峰左耳膜被打穿了，头也摔得脑震荡，在医院住了二十天。阿香和几个姐妹凑了一点钱，肥吉的老板自知理亏，怕惹上官司，拿出五千元，让肥吉送上门，算是把这事摆平了。

可怜的王亚峰对这些变故无能为力，躺在病床上默默地承受着，自此落下了病根，不但左耳失聪，而且经常头晕、头疼，还会出现偶发性晕厥。所有发生的这些，王亚峰对家里只字未提，怕父母亲担心。

经过刚才的折腾，王亚峰的老毛病发作了，当一摸到手中的血，他昏了过去。

王大伟走到挡土墙前，借着雨后出现的点点月光，看到地上的王亚峰，赶忙跳了下来，把王亚峰抱了起来。这一动，王亚峰的脚一阵剧痛，给痛醒了。王大伟先扯下身上的汗衫把他的脚包扎好，然后扶上了摩托车，正要发动摩托车时，王亚峰想起那两匹布料还在挡土墙下面。

"大哥，那两匹布要带回去。"

"是你的命要紧还是布要紧啊？"王大伟心想赶快找个医院帮王亚峰处理伤口。

"不行，一定要把布带回去。"

当王亚峰把布料紧紧地抱在怀里，心里反而踏实，脚上的痛减缓了许多。

王大伟把王亚峰送到医院处理好伤口，拍了 X 光片，固定好石膏，回到家已经是半夜，全家都在焦急地等待着。

"路上不小心摔了一跤。"王亚峰笑了笑，对母亲说，"没事的，过两天就好。"可看到王亚峰身上都是泥巴，带回来的两匹布也沾上了血迹，淑媛知道这一跤摔得不轻，赶紧扶着王亚峰坐下，张罗着给他擦身、换衣服。

王大伟默默地看着布料上的点点血迹。

布料被雨淋湿了，血迹在上面化开，像绽开的梅花。

王大伟拿出剪刀，把沾有血迹的布剪了下来，用刷子把上面的泥土刷掉。晾干后，他拿出一个锦盒，把这些沾有王亚峰血迹的布郑重放进去，然后把锦盒放在大厅长案桌上。

王大伟点上一炷清香，跪在列祖列宗的牌位和土地公、观音佛祖塑像面前，除了祈求保佑王亚峰能够早日康复外，就是告诉他们，这锦盒里面有着兄弟俩一起创业、打拼而流下的鲜血，兄弟俩一定会同心协力把这份家业做大。

磕完三个响头，王大伟把锦盒收了起来放进长案桌的抽屉里。直到很多年后，兄弟俩反目成仇，王大伟重新拿出这个锦盒，才决定放下一切恩怨。这是后话。

第五章

王三平经过两个月的业务基础理论培训，今天正式上班。

看到宣传栏上面的公告，他被分配在涉外分局当征管员。可当王三平拿到自己征管对象的企业名录后，却找到了局长李永平，因为这名录上有大环亚（刺桐）服装有限公司。

"李局长，我是新来的员工，叫王三平，我要求调换一下工作岗位。"

"王三平，哦，我知道你的情况。"李永平对王三平有较深的印象，一是龙斌推荐的；二是他看了王三平的档案后觉得这个人各方面条件不错；三是在研究分配岗位的时候，是他点的将，让王三平去涉外分局。

李永平局长也是一个军转干部，到地方工作快十个年头了，喜欢直爽地说话："说说你的理由吧。"

"我大哥办了一个服装厂，属于涉外分局的征管对象。我想，我应该避嫌。"

"如果真的是这样，确实应该回避。可涉外分局有好几个征管员，可不可以调整一下征管的企业呢？"李永平心里有点喜欢这个小伙子。

"即使是其他征管员分管，但总会给同事造成麻烦，我还是到别的科室比较合适。"

"涉外分局刚成立，现在'三资'企业日益增多，这是一个富有挑战的新业务，对你是一个很好的学习机会，但你刚才说的也有道理。这样吧，我和其他几位领导商量一下，再给你答复，好吗？"

王三平刚离开局长办公室，李永平马上叫来两位副局长和人事科科长。

听了李局长介绍情况后，人事科长马上抢着说："我正缺一个干事，把他放在人事科吧。"科长快退休了，想为自己物色一个接班的。

分管监察工作的副局长则说："这个年轻干部原则性强，让他到监察室再合适不过了。"

另一位副局长想得比较远，他说："王三平在部队是个连职干部，军校本科毕业，又是财委副主任龙斌同志推荐的，把他放到哪个税务所当个副所长都是够条件的。"

李永平想了想，语重心长地对几位副手说："改革开放以来，'三资'企业和民营经济发展迅猛，我们的征管对象正在发生着变化，各种税种不断增加，对我们税务干部的素质提出了更高的要求，培养干部是我们的当务之急。"

说到这，李永平停顿了一下。几位副手听出了他的弦外之音，李局长有意重点培养王三平。

李永平接着说："让他到刺桐所当征管员吧。"

李永平的决定让大家感到意外。

本来想，局长可能会对王三平委以重任，没想到反而外放到基层所当征管员，比原来的岗位差多了。

李永平有自己的想法。

刺桐所是五个基层所中最落后的，人员泛散，任务完不成，主要的征管对象都是一些半停产的国有企业和私营企业。

王大伟这几天晚上都要加班到两三点钟。从金英镇买回来的面料，打了几十条样品投放市场，反应非常好，第二天很多批发商就追着加单。

这种裤子仿照香港"乐喜"品牌的式样，采用明贴后裤兜，外加新颖的金属配件，斜纹面料，一改流行多年的喇叭裤风格，受到了时尚青年的追捧。

虽然裤样已经很接近"乐喜"牌，但一些配件有差距，尤其是皮标和金属扣件显得粗糙一点。因此，王大伟跑了一趟广东，寻找到更好的配件供应商。

洪添知道王大伟和王亚峰出事后，心里过意不去，主动提出送货上门，路上的风险由他来承担，为王大伟解决了面料的供应。尽管这些困难都克服了，但工厂内部的管理还是让王大伟倍感压力。工人的熟练程度有待提高，内部的流程不顺畅，辅料供应、产品检验、质量控制、后勤保障都亟待改善。

还好，批发商急着要货，对质量的要求有所降低，因此不到三个月，王大伟已经卖出十万条裤子。

眼看着每天大把的现金进账，兄弟们笑逐颜开。王亚峰脚上的石膏拆掉后马上赶回香港订购设备，扩大产能。王四博则催着要多招工人。可王大伟却有着莫名其妙的担忧，觉得这开头太顺，三个月赚了十几万元，钱来得太容易，让人心里没底。

高先明单独约了王大伟在泉山上的虎乳泉边喝茶。两人推心置腹，言谈甚欢。虽是第二次见面，但两人已像多年故交。高先明平时珍言惜语，与客人的交流只限于他的专业，说的话点到为止，今天却和王大伟谈了很多。

在虎乳泉边泡茶是高先明刻意安排的。

泉山位于刺桐城北郊，历史上因泉眼诸多而名。泉山像一道长长的屏障庇护着这座千年古城。泉山景区内流泉飞瀑、奇岩异洞，历代文人雅士在这里留下很多墨宝，许多石刻至今仍遒劲隽美、神韵犹存。

虎乳泉位于泉山东麓的半山腰，有一山泉水自石隙中渗出，泉水清澈甘甜，成为刺桐人用来冲泡铁观音的首选之水。相对于其他景区，这里游人稀少，较为幽静，因此吸引着许多闲情逸致的茶客。

邀上三五知己，共沐山风，极目远眺，看江水横流、双塔凌空、红房碧野，再沏一壶佳茗，闻茶香暗浮，听流泉淙淙，这种寄情山水、恣意人生的境界是何等的逍遥啊。

虎乳泉潺潺流出，在山坳中积成了一泓清水，名曰"天湖"。坐在天湖边品茗，近景山影倒映，中景古城隐约，远景大海苍茫，几分野姿，几分幽韵，啜一口清亮的茶汤，"但觉清香一片从齿颊间沁六心胃，二三盏后，则熏风满两腋，顿觉尘襟涤净"。此等意境，只有懂得品茶的乐山之仁者方能深切领悟。

王大伟抬头远望，看到山脚下那一片红瓦正是自己的工厂，顿时明白高先明约他到这里泡茶的用意。站在这里一看工厂的位置，左抱大海，右带金溪，江水横波，古城在抱，紫冠山巍巍而峙，古城双塔历历在望。

高先明眯着眼说："有些东西知其然，不一定要知其所以然，正所谓天机不可泄露。你知道这是一块宝地，你有福气拥有它，这就够了，至于好在哪里，以后慢慢去体会吧。"

　　"你可以放开手脚大干一场，一定会收获甚丰，成就大业。但个中的挫折起伏在所难免。正如逆水行舟，一定要用心、坚持，尤其要处理好兄弟的关系，宁可失金钱，不可丢道义，万事和为贵。只要善于抓住机会，借力使力，则有化腐朽为神奇的功效。"

第六章

吃过晚饭后，龙斌带着老婆和孩子看望王奇山来了。

这座古宅留给龙斌的记忆太多。自从读中学起，他便经常住在这里，和王家老老少少像一家人。

王大伟把工厂搬出去后，这座古色古香的闽南大厝又恢复了往日的宁静，尽管岁月给它留下了许多沧桑的痕迹，但依然散发出独特的韵味。红墙红瓦的鲜明色彩，屋脊两端高高翘起，像轻灵飞扬的燕尾，极尽装饰效果的木雕、石雕、砖雕，都有着闽南建筑特有的张扬个性和恢宏气派。

很多研究中国古建筑的专家都不理解，这种外观和色彩类似皇宫和寺庙的民居，是僭越礼制的，但为何能够在闽南如此大规模地出现，究其原因，除了众多华侨雄厚的财力外，更多的是体现了闽南人敢为天下先的精神风貌。

王奇山品了一口龙斌带来的新茶，赞不绝口。龙斌的一个大学同学是安溪县副县长，从他那里送过来的茶，绝对比市面上标榜的特级铁观音要好得多。

"你总是把好茶送给我，我的嘴都被宠刁了。"

"王叔才是真正懂茶的人，这种好茶让我喝太浪费。我在办公室一把茶泡一壶水，一天冲几次，真的糟蹋了好茶叶。"龙斌说完，自己忍不住笑了。他是一个只懂得工作，没有其他生活情趣的人。这和他父亲有一定的关系。他的父亲是山东人，十六岁参加八路军，后来随着华东野战军南下，中华人民共和国成立后转入地方工作，严谨的军人作风对龙斌影响深远。

龙斌刚刚出任刺桐区区长。今天来王家，一是好长时间没有串门，二是他想和王奇山探讨一下招商引资工作。王奇山在侨界有很高的威望。要做好招商引资，打好"侨牌"是关键。龙斌想听听王奇山的意见。

　　刺桐是著名的侨乡和港澳台胞的主要祖籍地。目前，分布在世界一百一十多个国家和地区祖籍刺桐的华侨华人有七百五十多万人，港澳同胞七十五万人。在台湾，有百分之四十四点八的汉族同胞约九百万人祖籍刺桐。这些客居海外的乡亲一直关心着祖国和家乡的建设与发展。

　　王奇山的一些见解富有建设性："刺桐的经济基础比较薄弱。改革开放前，国家在这里的投资非常少。在对台斗争中又身处前线，除了几条战备公路外，基础设施落后，加上北有省会，南有特区，夹在中间的刺桐想吸引国外大企业的投资项目非常难。因此，引进外资应重点放在侨资上。"

　　王奇山呷了一口茶接着说："经过几百年的开疆辟土，刺桐移居海外的华侨建立了相当雄厚的基业，有一部分乡亲已成为当地的首富和业界的翘楚。海外乡亲心怀桑梓、爱国爱乡的热情，主要是通过捐资的形式来表达，为家乡修桥造路、建医院、办学校。现在，政府应该把华侨的爱国热情扩大到投资故乡这方面来。"

　　龙斌接过王奇山的话："政府已经制定了鼓励侨资的优惠政策，但很多华侨长年旅居海外，对祖国这几年的变化了解不多，如何做好宣传工作，以后还要王叔和侨联的同志们多帮忙。"

　　"这是我们侨联的分内事。最近，我们正在落实华侨房产的归还工作。对了，有一个叫谢莉莉的来信反映她家的祖屋被占用的事。我记得你们以前一起上山下乡的有一个叫谢莉莉，后来她出境了，会不会是同一个人呢？"

　　谢莉莉的祖辈是菲律宾华侨，她的爷爷早年追随孙中山，捐了不少钱给同盟会。后来，她爷爷回到刺桐，从一个没落贵族手中买下这块宅基地，建了这栋番仔楼。

　　中华人民共和国成立后，谢莉莉的爷爷属于统战人物，故这栋楼没有被没收充公。"文化大革命"一开始，有人说谢莉莉的爷爷是国民党的前国大代表，是漏网的历史反革命，房子被政府占用了一半。后来，谢莉莉一家移居香港，大部分的房子都被政府的几个部门分别占用。

　　1977年，谢莉莉随父母申请移民菲律宾，经过香港，在香港申请了居留权。按照当时的政策，海外华侨的直系亲属凭菲律宾政府发出的"调字"（华侨对菲律宾政府批准移民的证件的俗称），经公安局批准，即可移居国外。但很多人的目的地不是菲律宾，而是香港。

谢莉莉和父母一家三口在香港北角住了下来。一家人挤住在一间十平方米的房子里，两张上下铺的床，厨房和洗手间是公用的。原来住惯了大宅子的人一下子感受到什么叫"逼仄"。

谢莉莉的父母亲都是医院的主治医生，到香港后找不到合适的工作，内地著名医学院的学历不被承认，拿手术刀的手又干不了粗重的体力活，眼前的困境让他们萌生了逃回刺桐的想法。但谢莉莉却坚持说服父母亲留下来。

这个时候，对谢莉莉来说，刺桐是一个她不想也不敢再去面对的城市，她已经在心里永远告别了这个生她养她二十年的故乡。尽管那里有她的根，有她美好的少女时代，有她心中的初恋情人，但这一切都已成为过去，她没有一丝的勇气回去面对。她的伤口还在流血，需要用时间来慢慢愈合，哪怕在香港活不下去，她也不愿意回去——这是她的决心，不能改变的决心。

当谢莉莉接到父母亲的电报，告诉她申请往港定居已获批准，让她赶回刺桐，她苦苦挣扎了两天。

走，还是留？这是一个人生的重大转折。

继续留在永德山区，虽然这里山清水秀，乡亲们淳朴厚道，但一辈子就这样过下去吗？

去香港是多少人羡慕的事，可离开了龙斌，他们的爱情誓言将随风飘逝。

不，现在已经随风飘逝。

最痛苦的是亲情的撕裂，望着襁褓中刚诞生三个月的女儿，她下不了决心。

她带不走女儿，况且未婚先孕，父母亲肯定接受不了。她要走，就意味着将永远失去女儿，失去龙斌。可是不走，龙斌又能回到她身边吗？

两天两夜，她苦苦挣扎着，心中的天平总在左右摇摆。

最终，王大伟和丁秀丽帮她下定了决心，走！

这个结局，对她，对龙斌，都是一个解脱。

老支书陈贵生帮她找了一个山里的亲戚收养了女儿。看着陈贵生的老婆把女儿抱走，她晕厥在丁秀丽的怀里。

当她缓缓醒来，远处山谷中隐约传来女儿的啼哭声。这个撕心裂肺的声音从此一直萦绕在她的脑海，揪着她的心，经常让她在睡梦中惊醒而泪流满面。

不能回去，一定要坚强地在香港生存下来！

谢莉莉知道自己没有退路，再苦再累的活她都去干。经过这两年上山下乡的锻炼，她的身子骨强壮多了，不再是以前那个娇生惯养的富家女。对她来说，比较困难的是语言不通，不但要学粤语，还要学英语，她天天晚上上补习班，只有通过语言关才能找到一份好工作。

后来，菲律宾的伯父知道他们家的窘境，特地来了香港一趟，念在兄弟手足的情分上，给谢莉莉的父亲一些资助。随后，谢莉莉的父亲在香港买了两套公寓，一套自住，一套出租，一家人的生活才算安定了下来。

王奇山的话，让龙斌一下子勾起埋藏多年的记忆。

谢莉莉，这个既熟悉又陌生的名字，是他生命中不能忘却的痛。这个曾经被他深爱的女人，移居香港后，又去了台湾，十几年来音信杳无。龙斌曾试图寻找过，但一直没有确切的消息。

"不管是不是同一个人，只要符合政策都应该抓紧归还，这是我们落实华侨政策，树立政府良好形象的一个重要工作。只有华侨、侨眷对政府有信心，才能调动华侨回国回乡投资的积极性。"龙斌的话说得滴水不漏，但王大伟听出龙斌对谢莉莉的关切。

"爸爸，明天你把材料带回来，如果真是同一个谢莉莉，她家的情况我比较了解，我来帮你做做工作。"王大伟这些话其实是说给龙斌听的。

丁秀丽正和龙斌的老婆肖虹坐在不远处的沙发上聊着学校的事，隐约听到"谢莉莉"三个字，丁秀丽不由转过头，想听个明白。

"他们在说谁啊？"肖虹问了一句。

"你家老公和我们家老爷子说的肯定是公家的事，还能说谁啊。"丁秀丽赶快转移肖虹的注意力，又和肖虹说起干女儿龙小云准备要上哪所小学的事。

龙小云比王莉虽然小了六岁，但两人很投缘，就像一对姐妹，她们这时正躲在淑媛的房间里，让王俊杰满宅子到处找。

回到家，龙斌对老婆孩子说有点公文要处理，便把自己锁在书房里。当他翻开了发黄的老照片，那些尘封多年的往事如烟……

1973 年的冬天。

汽车经过了五个多小时的颠簸，终于停在县政府的大礼堂前。

在锣鼓喧天、彩旗飘扬的热烈气氛中，三十几个知青带着兴奋又不安的心情，正在等待着下一站的分配去向。按计划，这一批知青要分散安插在五个公社的知青点。

龙斌盯着榜上的名单愣了老半天，他们泉侨中学四个同学，有三个分配到地处载云山深处的载云公社云顶大队，而他分配在靠近永德县城的洋田公社。

王大伟看到榜上名单后很郁闷，影响心情的不是被分配到最边远的云顶大队，而是和龙斌分开了。站在他们身后的丁秀丽有点沮丧地说了一句："怎么我们要到云顶这个最远的地方去呢？"而谢莉莉的眼泪已在眼眶边打转。

这时，一个脸色红润、身板结实的中年汉子接过丁秀丽的话："远是远了一点，可这是一个山清水秀的好地方。"说这话的是云顶大队的党支部书记陈贵生，他是特地赶来接人的。

龙斌沉思了片刻，转过身对王大伟、谢莉莉和丁秀丽说："赶快找到和你们分配在一起的王金虎，越快越好。"

当王金虎听说龙斌想和他调换时，有点不相信。没想到有人那么傻，主动提出把邻近县城的点换给他。

龙斌和王金虎来到知青办，说明他们自愿调换时，却遇到了一个讲原则的知青办主任："不行，这个名单是县革委会集体研究定下来的，谁也无权任意改变。"

"我们是双方自愿调换的，又没有影响到其他人的分配。"龙斌据理力争，"我愿意到更边远的山区接受贫下中农的再教育，到条件最艰苦的地方去锻炼一颗红心，你就行个方便吧。"

知青办黄主任不为所动。

这时，陈贵生站出来替龙斌说话。"黄主任，这位同学主动要求到更艰苦的地方，这种精神是应该鼓励的。我代表云顶的乡亲们欢迎他，你看能不能通融一下？"

黄主任认识陈贵生，这个"农业学大寨"的标兵是县里的先进人物，可他有点为难，"这件事我不敢做主，要不你找找革委会的李副主任，如果他同意了，我没意见。"

陈贵生一转身拉着龙斌找到了李副主任，劈头就说："李副主任，这个小同志我要了。他主动要求到云顶去，你可要支持我们边远山区啊。"

陈贵生带着龙斌他们来到县招待所住了下来。从县城到云顶还有几十公里的山路，为了安全，黄主任安排他们住了下来，明天一早再出发。

当天晚上，李副主任特地到招待所看望了他们。李副主任把龙斌拉到边上，问了龙副专员的近况。言语中，龙斌体会到李副主任对父亲的敬意。

喧嚣了一天的山城安静下来了。

今年的冬天异常寒冷，街道已几乎没有行人。载云溪穿过城区，冬天进入了枯水期，水流细小而缓慢，河滩上的水洼里有了薄薄的冰。

龙斌躺在被窝里辗转反侧，王大伟同样睡不着，两人依然停留在兴奋中。

"龙斌，还没睡吧？我想，你应该好好感谢陈支书，要不是他帮着说话，你可就和谢莉莉分开了。我看她刚才都快哭了。"

"知道丁秀丽和你分配在同一个点时，你开心得不得了，可一点都不在乎我分在哪里，见色忘友。"龙斌抢白了王大伟一句。

王大伟回敬道："你分配的那个点都是照顾的对象。你不去，很多人都笑你傻瓜呢，谁知道你是舍不得离开谢莉莉啊？"

两人你一句我一句正说着，隔壁房间谢莉莉和丁秀丽也在说着悄悄话。

"莉莉，龙斌那么好的地方不去，心甘情愿地跟着你，说明他对你是真心的。"

"我看他是离不开王大伟。他们狐朋狗党那么多年，我在他的心目中肯定不如王大伟。"

"不管怎么说，我们四个人在一起，总比分开好。"丁秀丽有时觉得王大伟不冷不热，但只要能和王大伟在一起，再艰苦的地方她都愿意去。

第七章

王三平第一天上班，就和所长周有兴有了一场较量。

分管人事的副局长亲自带着王三平到刺桐所报到，并把王三平的基本情况做了介绍。周有兴马上感到一股无形的压力，有点来头的王三平各项条件都不错，为什么会安排到这个在局里属于后进单位的基层所，副局长还亲自带他来报到，说不定是来抢他所长的位置吧？于是，周有兴想杀杀王三平的锐气，同时试试王三平的能耐。

周有兴仗着舅舅的靠山，平时吊儿郎当，工作不卖力，搞些歪门邪道倒是很在行，一直是局领导比较头痛的人物。他要是争气点，副局长早当上了。连他舅舅都看不惯他的做派，特地交代税务局的领导不能重用此人。话虽这么说，可局领导也不敢把他怎么样，这些年一直让他在刺桐所当个所长。

周有兴乐得避开领导的视线，自由自在。这个所的征管对象都是一些半死不活的国有企业和附近城乡接合部的私营企业。任务不多，压力不大，就这样混日子吧。许多私营企业的老板经常请吃饭，因此，周有兴几乎天天沉醉在灯红酒绿中。

副局长前脚刚走，周有兴把王三平叫到办公室，给了一个名单，都是国有企业中濒临倒闭的单位，有的已经停产，连工人的工资都要靠财政拨款和银行贷款来发放。这些企业的税几乎收不上来，但周有兴要求王三平要深入企业深挖税源，并在原来基础上加了百分之三十的征收额。这个根本完不成的任务分明是在给王三平出难题。但王三平接了下来，他想，应该先深入企业，了解情况后再做下一步的计划。

眼看王三平二话没说把任务接下来，碰了一个软钉子后，周有兴又想出一招，他打个电话给一个建材店老板，让他中午在满堂红酒楼安排一桌酒菜，下班前叫上所里几个心腹，说是给王三平接风，连拉带推把王三平请到了满堂红。

王三平碍于初来乍到，不好坚持不去，但到了酒楼，看到有几个个体户老板在场，便觉得不妥。

周有兴把他按在座位上，对着大家说："这是我们所新来的三平老弟，自家兄弟，各位都要给点面子，该完成的任务不能打折扣。来，我们先干一杯，为三平老弟接风。"说完，他自己一口喝下一杯白酒。

其他人附和着说："给三平接风啰，干杯干杯。"一下子全桌的人都干了，大家拿着空杯子看着王三平。

王三平有一种被要挟的感觉。中午喝酒，下午还要上班，再加上几个私营企业老板在场，这种场面很是尴尬。王三平慢慢觉察到周有兴的阴险用意，你吃这一套，以后就要和他同流合污；你不吃这一套，将会得罪在座的这些人。

王三平在大家的注视下喝了杯中酒，"我是新来的，以后还请周所长和各位多多指教。来，我回敬大家一杯。"说完，王三平拿着酒瓶分别给大家斟满酒，然后说了一句"先干为敬"，把杯里的酒喝了。

正当大家纷纷举杯时，周有兴挥了一下手制止住。

"一杯酒敬一桌的人，你的面子够大的。按规矩，一杯酒敬一个人，一个一个来，刚才喝的那一杯不算。"

周有兴这几句话一说，有的人品出个中的火药味。看来，周所长不喜欢这位新来的年轻人。于是，有几个人跟着起哄："不算不算，重新来，一次敬一个，先敬周所长。"

王三平感受到了周有兴咄咄逼人的气势。他一个新来的，势单力薄，就像羊入狼群，如果不把他灌醉，这些人不会善罢甘休。

"所长，我的酒量不好，这几杯酒喝完，恐怕下午上不了班，我先向你请半天假。来，第一杯酒敬你，请所长以后多多指教。"

王三平不卑不亢地说完，一仰头把酒干掉，然后端着空杯等着周有兴。

周有兴听了王三平说的话，心里不舒服，可又不好发作，只好喝了酒。

王三平一一向其他人敬酒。

　　一口菜都没吃，十来杯白酒下肚，王三平一下子酒劲上来了。他赶紧喝下两大杯白开水，趁其他人都在向周有兴敬酒的空档，跑到洗手间把刚喝下的白酒和白开水呕了出来。

　　王三平回到包厢，赶紧吃了一点菜，让自己先缓缓劲。

　　刺桐的酒风和刺桐人的性格一样，豪爽、干脆。北方人刚到刺桐，都会被刺桐人的酒量吓一跳，更有许多北方人仗着酒量大，和刺桐人斗酒，到最后先喝趴了，还搞不清楚是怎么回事。

　　刺桐人喝酒喜欢一口一杯，尽管杯有大小，但一口一杯体现豪气，免得算计谁喝多谁喝少。啤酒用大杯，白酒用小杯，如果酒量不好，可以要求倒个半杯，但不能"随意"了好几次，杯中的酒不见下降。

　　刺桐人喝酒喜欢划拳，除了开场互敬几杯后，后面几乎是划拳输了才喝酒。酒量大还要划得好，但划不好或酒量不好也没关系，划输两次退下来换别人上，就像打擂台。划输了，喝不下可以让别人替喝，这一点刺桐人倒是宽宏大量，反正能者多劳。要是分成双方对阵，输了有人抢着喝，体现了团结协作的精神。

　　刺桐人习惯喝混酒，不管白酒、红酒、啤酒、洋酒，都可以一股脑儿往嘴里倒，这一点让酒量好的北方人吃了药。喝完白酒后再喝啤酒，很容易把白酒勾出来，一下子吐个天昏地暗。特别是洋酒，兑了苏打水或绿茶，入口不呛，可后劲很大，很多北方人自恃酒量好，大口大口地干，但到了第二天还在宿醉。

　　刺桐人习惯喝长酒，中午喝，晚上喝，吃饭喝，KTV唱歌继续喝，到了半夜吃夜宵还可以喝，吐完了再喝，坚持到最后才是胜利者。

　　周有兴和几个兄弟敬完酒后开始划拳，"五魁七巧""两个相好""一个水水""十足醉龟"……一划拳气氛上来了，尽管用闽南话划拳和北方话不一样，但规则基本一致，不管天皇老子，输了就要认罚。

　　王三平不会划拳，因此给了他一段时间冷静观察这些人的言行举止。酒一喝，人的本性都露出来了，放浪形骸是小事，许多人都走了样。周有兴像叱咤风云的大将军，一个人对付好几个人轮番划拳，水平蛮高的，要么是底下的人故意输拳？但刺桐人喝酒的风格是不会故意输拳的，宁愿赢了你的拳再替你喝酒。

眼看着没多少时间已喝下三瓶白酒，周有兴猛地想起，今天中午的主要目标是王三平，现在几个小兄弟轮番和自己划拳，反而把王三平放在一边。于是，周有兴鼓捣着大家向王三平敬酒，这一轮下来，王三平又喝了十来杯白酒。

周有兴眼看着王三平前后喝了二十几杯白酒，认为火候差不多了，只要再推一把，估计可以当场撂倒。于是，他拿来两个喝啤酒的大玻璃杯，倒满白酒，一手端着一杯对王三平说："三平老弟的酒量不错嘛。爽快点，来个大杯的，以后我们就是自家兄弟了。"

大家都停下来等着。

正在王三平犹豫的时候，周有兴已按捺不住，重重地把杯子放在桌子上，酒洒出了一大半，周有兴转头向其他人说："在三平眼里，我们都是一些上不了台面的人，以后这兄弟做不成了。"

周有兴的话让现场的气氛一下子僵了，也把王三平和在场的人画出一道界线。

周有兴霸王硬上弓，不成为同党即成为对手，而且是一点回旋的余地都不给。

王三平本来顾忌着自己初来乍到，能忍则忍，团结为重，但周有兴如此盛气凌人，今天要是被他给镇住，以后的工作就更难做了。

王三平拿起酒瓶，把刚才洒掉的酒补上，然后端起酒杯，一杯递给周有兴，一杯拿在手上，眼睛冷冷地盯着周有兴："周所长话不要说得那么绝，该不该成为兄弟以后会证明。既然要喝，来个痛快的，我先干为敬。"说完王三平一仰头，把酒全倒进嘴里。

刺桐人喜欢喝酒豪爽的，眼看王三平一口喝下一大杯白酒，有人忍不住叫了一声好。大家把眼睛都转向周有兴。

周有兴被王三平将了一军，不得不把酒喝了。可等他刚喝完，王三平又倒了两大杯白酒端在手上，"我是当兵的，按照部队的规矩，无双不成礼，我再敬周所长一杯。"说完，一仰头把酒倒进嘴里。

这时，大家才发现王三平喝酒是倒进嘴就直接进了胃，好像喉咙动都没动一下，可周有兴一杯酒要咕噜好几次。

等周有兴喝完第二杯，气焰没了。

是啊，这两杯酒六七两，不到一分钟喝下，周有兴酒量不算小，但也吃不消。

可没想到王三平又倒了两大杯。

边上的人看出来，王三平是在拼命，不知道他的酒量到底多大，但这股豪气和架势把一屋子的人都给镇住了。于是，有人说："不要喝了，下午还要上班。"有人说："都是自家兄弟，以后机会多的是。"有人说："吃菜吃菜。"

眼看周有兴喝完第二杯酒坐了下来，眼睛正在迷离，像霜打的茄子，王三平知道他是不会再喝第三杯酒了。

这时，王三平端起第三杯酒，真诚地对所有人说："以后请各位多多支持我的工作，所有的话都在酒里。这一杯酒喝完，我先回家，下午的假只好明天补了。"说完，又是一仰头倒了下去，放下杯子，转身出门，留下在场的人目瞪口呆。

能够在那么短的时间内喝下三大杯高度白酒，这股豪气不得不服啊。

王三平提前走了，扫了周有兴的面子，周有兴与王三平的恩怨算是结下了。但王三平的酒量和气势给在场的人留下了深刻的印象，尤其是所里的几个同事都从心里佩服他。

王三平推着自行车走了一段路，已觉得站立不稳。他连忙拐进一条小巷，没走几步，酒劲涌了上来。这时，他多多少少还是清醒的，赶快停好车子，蹲在路边的水沟旁，把胃里的东西吐得一干二净。

第八章

王大伟的产品推上市场后，订单不断。

这个时候的服装业态还在初级阶段，生意靠市场上的批发商转售给外地来的商贩，再转到各地服装店，既没有品牌概念，也没有连锁经营的模式，更没有完整的销售体系，就凭着你在市场上的受欢迎度，一手钱一手货，能够出货钱就到手。货销不出去，第二天工厂的产量马上要控制，否则要积压库存。简单，又残酷，这是市场经济给这些未来的企业家上的第一堂课。

这天，刚上班不久，来了一大批工商局的人，一进门就有人把守着车间和仓库，有人不停地拍照。一个领队的直奔王大伟的办公室，出示了工作证件后说道："我们接到举报，你们仿冒香港乐喜公司的同类产品，涉嫌造假，今天我们奉命进行调查。"

王四博急得跳了起来："什么造假不造假，这些产品都是我们自己开发的。肯定是有人嫉妒，在背地里搞鬼。"

王大伟冷静地看了看他的证件，这个人是稽查队的队长。

"队长好，需要做什么，我们会配合，先坐下喝杯茶。"

队长的口气稍稍缓和一点："这样吧，你们提供一些成品、半成品、配件、商标实物，我们需要和举报方的原样做个比较后再下结论。"

王大伟一边让王四博带工商局的人去取样，一边向队长了解详情。原来，香港乐喜公司派人到工商局，举报大环亚公司仿冒他们的商标和产品，已严重冲击了他们的市场份额，给他们造成巨大的经济损失，要求工商局查处，禁止大环亚公司继续侵权，同时要求赔偿。

对工商局来说，这种商标纠纷比较少见，没有太多经验，局长让稽查队先查封取样。这时，王大伟注意到，有一个穿着港式 T 恤的人一直坐在外面的车里。

工商局的人取了几件样品，把仓库贴上了封条，并约好明天上午让王大伟到工商局"喝茶"。

送走了工商局的人，王大伟转身进了车间，只见生产线已全部停了，刚才见到那么多大盖帽的人进来，又在仓库上贴了封条，工人们以为出了大事，停下来议论纷纷，几个管理人员也脸色铁青，不知所措。

王大伟本来想叫大家继续开工，可觉得这个时候需要的是稳定人心，于是，他干脆让全体员工集中到食堂开会。"同志们，刚才大家都看到了，工商局查封了我们的仓库，说我们生产的产品和别人的一样，是造假，他们正在调查。"

"肯定是有人在陷害我们，大家不要怕。"王四博看到底下的人在交头接耳，忍不住站起来说。

王大伟接着说："是不是造假，相信政府会给我们公正的结论。这一段时间大家连续加班加点，非常辛苦，所以，公司决定从现在开始到明天放假，工资照发。我保证，明天事情就能解决，后天继续开工。大家有信心吗？"

几个管理人员带头喊了"有信心"，可大部分的工人反映出信心不足。可能觉得大盖帽上门封了仓库，问题不会那么简单。

王大伟继续说："万一不能恢复生产，我们继续放假，工资照发，直到问题解决。但如果谁对公司没有信心，现在就想走，我尊重他的选择。有谁想走的吗？"

被王大伟一问，本来有点犹豫的人倒不敢说想走了。工人们都觉得老板在这么大的事情面前扛得住，更关键的是放假还照发工资，这个老板不错，留下来吧……

王大伟带着管理人员来到福人颐饭店。平时比较忙，很少有机会和大家一起喝酒，反正今天放假，明天的结果会怎样，明天再说吧。这一顿酒从中午喝到晚上，直到酩酊大醉，让人扛回家。

第二天上午，工商局的会议室里，一场论战正在进行着。

"大环亚公司的产品从面料、款式、配件、商标等方面来看，与我公司的产品非常相似，混淆了消费者的视觉，误导了消费者，已涉嫌假冒我公司的产品，我们要求有关当局给予严厉制裁，以保护我们的合法权益。"说完，香港乐喜公司的李代表优雅地甩了一下长发，坐了下来，脸上一副义愤填膺的表情。

王大伟向香港乐喜公司的李代表问道："请问，贵公司的产品是否已申请外观设计专利？贵公司的商标是否已注册？"

李代表胸有成竹地说："我们的商标是注册过的，产品从面料、款式到配件都是我们聘请的欧洲设计师专门设计的，具有独特的风格。"

王大伟加重了语气："请问你们的产品是否申请了外观设计专利？"

李代表显然不愿在这方面纠缠，他拿出他们的产品和大环亚公司的产品。的确，从外观上看，两条裤子几乎一模一样，好像孪生兄弟。

王大伟拿出双方的商标，指点着两个商标的不同处。"大家看，这两个商标，从整体外观和颜色来看，似乎是近似的，但构成商标的主要元素却是截然不同的，如中文名，贵方叫'乐喜'，我们叫'环亚'；英文字母的拼写，贵方是LEXI，而我方是HUANYA。图案也有所差别。这怎么能说是近似的商标呢？"

王四博分别给工商局领导和香港乐喜公司的李代表递上了两块不同的商标。两个商标放在一起仔细比较，确实有许多不同的地方。

"但你们模仿得太像了，消费者怎能分得清楚？以这么强烈的相似度，你们去申请商标注册肯定注册不下来。"

王大伟说："可是我们的商标并没有去申请注册，所以不存在着注册不下来的问题。"

李代表已明显招架不住。凭他自己的力量是辩不过眼前这位貌不惊人但咄咄逼人的"农民企业家"——至少他从香港来的时候一直认为将要面对的仅是一个"农民企业家"。他要赶快回香港搬救兵，最好请律师来。想到这，他无助地看了一眼工商局的领导。

工商局的几位领导觉得这是一件棘手的案子。从外表看，两个产品确实很像，可仔细一看商标，又不是完全一模一样。裤子的样式没有外观设计的专利保护，明知道是模仿了还不好追究法律责任。现在问题的焦点集中在商标的近似上。

根据《中华人民共和国商标法》第五十二条规定，如果未经商标注册人的许可，在同一种商品上使用与其注册商标相同或者近似的商标属于侵犯注册商标专用权。

现在，王大伟就是要把各方的注意力和关注点转移到商标的近似问题上。因为，商标是否近似，是一个主观认定的概念，是可以探讨和允许不同意见的。而造假的性质是不一样的。

现在整个局面被王大伟牢牢掌控着，李代表已无招架之力，只是一再强调这两个商标的近似性。

王四博听了王大伟的解释，才明白当时设计商标时留下的这些"精彩"伏笔的用意。

王大伟继续说："我们双方均坚持自己的观点，倒不如请权威部门来做个认定。如果确实商标相似，我们愿意承担相应的法律责任和支付有关经济赔偿。但如果不存在问题，因停产所造成的经济损失和名誉伤害，我们要求香港乐喜公司给一个说法。"

王大伟见工商局的领导不表态，又紧追不舍："我建议香港乐喜公司向法院提出商标侵权的诉讼，由法院会同有关部门对商标是否相似进行权威的甄别与认定，如果输了，我们心服口服。"王大伟一番有理有据的阐述，给了双方一个台阶。

接下来的问题是关于仓库查封的争议。王大伟要求工商局立即解封，而工商局认为本案尚未结案不能解封。其实，仓库里重要的东西都已经搬出来，这个仓库封查多少时间都不会影响生产，但王大伟心里想的是要给公司员工一个说法，要稳定军心。

王大伟对工商局领导说："如果最终是我们胜诉，被查封的这段时间影响我们生产的损失谁来承担？即使是法院的诉讼案件要求诉前保全，起诉人也应该提交相应的保证。请问，现在香港乐喜公司是否向贵局提供相关的保证，以确保我们的权益？"

工商局的领导想了想，觉得王大伟的意见有一定道理，经过与香港乐喜公司代表协商后，最终同意解封，并派人随同王大伟回公司揭下仓库的封条。

当工商局的人揭下封条时，王大伟脸色仍是冷峻的，因为他知道有一场硬仗在后面，这只是初步的胜利。

工人们看着工商局的人揭下封条，情不自禁地鼓起掌来。他们并不知道案件尚未了结，以为揭去封条就意味着公司不犯法，他们能继续开工，生计就不会受到影响。

香港尖沙咀临近维多利亚港的一栋写字楼里，香港乐喜公司的老板杰克陈正叼着雪茄，站在窗前，看着香港岛五彩斑斓的霓虹灯。

位于三十层高的写字楼虽然面积不大，但位置很好。

站在落地窗前，看着香港岛的夜景，安静地思考问题，杰克陈已习惯了这种方式。

今天的问题让他有点头疼。

听完李代表和律师的意见，他正思考着下一步的计划。

公司的员工都下班了，杰克陈一个人站在落地窗前，手里的雪茄已不再燃烧，但心里的火却熄灭不了。

一段时间来，他在国内的市场受到强烈的冲击，销量已减少四成。经过调查，主要的对手是大环亚（刺桐）服装有限公司，他们的产品确实几可乱真，难怪市场受到那么大的影响。

杰克陈在这个行业已摸爬滚打二十年。自从实行改革开放，杰克陈的生意发生了很大的变化。以前，他的生意没有暴利，但订单稳定，一部分供本港销售，一部分出口欧美。现在，内地的市场一下子打开，他的产品供不应求，利润暴涨了很多，这两年赚的钱都赶上了前十年的总和。

但问题跟着来了。

香港掀起了搬厂的热潮，大部分劳动密集型的产业纷纷向深圳、珠海、东莞等地转移。刚开始，杰克陈不以为然，认为这些搬厂的人是急功近利、眼光短浅。内地虽然劳动力成本低，但有着产品质量不稳定、信息不灵敏、员工素质差、政策多变、产业配套不齐全等缺点，都会给公司造成很大的得不偿失。坚持了两年，杰克陈最终决定在东莞设立服装厂，但出口欧美的产品仍然在香港生产。随着内地工厂产品质量的提升和香港制造业成本的增加，杰克陈在香港的工厂如不搬到内地去已很难生存，这是他最近正在烦恼的事。

这场官司要不要打呢？

杰克陈盯着维多利亚港看了一个多小时，下不了结论。

不打官司，大环亚公司的产品已蚕食了他的内地市场，而且势头很猛；打了官司，按照下午开会讨论的结果，输赢的机会各半。到刺桐打官司有点鞭长莫及，现在各地都有地方保护主义，加上人生地不熟，胜算确实不大。

杰克陈是一个稳健圆通的潮州商人，如果不是很有把握他是不会冒险的。他决定先到刺桐考察一趟，再来决定打不打官司。听说，近些年内地的刺桐、晋东、狮城、温州等地，服装业发展迅猛，已成为当地的支柱产业，对这些地方不能不重视。

三天后，杰克陈带着营销总监和技术总监，还有上次派往刺桐的李代表，一行四人转道鹭岛来到狮城。

舟车劳顿让一行人感叹道，这里的基础设施实在太差，道路坑坑洼洼，汽车走走停停，几个小时才走完一百公里的路程。但当他们一进入狮城，却恍如置身服装的海洋中。市区的几条不大的街道几乎都在卖服装，大仓街、新华路、跃进路更是熙熙攘攘。除了服装，还有电器、小商品。

走在马路上，不断有街头叫客拦住你："要买电器吗？要买手表吗？录像带要吗？"这个地方的热闹气氛可不比香港的庙街差。许多从全国各地来的商贩拉着拉杆车穿梭于各个档口，听着店主操着让人捧腹的带有闽南地瓜腔的普通话在招徕生意。偶尔街道中一阵骚动，一会儿又平息了，原来是强买强卖的店主和客人吵了起来。摩托车的轰鸣声和喇叭声一阵又一阵穿过繁华的街道，你闪过了摩托车，却被它后面驮着的大包裹顶了一下。

杰克陈一行四人很快被淹没在人海中。

杰克陈问了一个街头叫客，裤子的批发市场在哪里。街头叫客喜出望外，热情过度地说："我报你去，我报你去。"意思是"我带你去"，让几个香港人一头雾水。

当他们来到以裤子批发为主的街道时，两旁的店铺挂满了各式各样的裤子，牛仔裤、紧身裤、喇叭裤、休闲裤、运动裤，样样齐全。街头叫客拉着他们到了一个铺面较大的店，叫了一声："吴灿，生意来了。"转身就走，他又要去拉别的生意了。这些街头叫客不停地穿梭于街市中，帮店主和客人搭上线后，只要交易成交，店主便会给他们提成的。

这个店卖的裤子档次较高，连吊牌都和香港很接近。可见，内地这几年的水平提高了很多。杰克陈将要面对的是众多的大环亚公司。

店主吴灿听说要出口的，热情地介绍几款比较高档的，其中一款是大环亚公司的产品。杰克陈一问价钱，确实比乐喜的产品低了很多，况且这是市场批发价，要是找到生产厂家，价格还会更便宜。杰克陈心里感叹道："这样低的价格，我怎么竞争得过他们呢？"

杰克陈指着大环亚的产品对吴灿说："我看中了这一款，你能带我去工厂看看吗？"

"你要多少件，直接从我这里买，我给你一个优惠的价格。"

"我要先考察工厂，才决定采购的数量。你如果不方便，那就算了。"说完，杰克陈转身想走。

吴灿赶忙叫住杰克陈："你等一等好吗？我和工厂联系一下。"

批发商一般都不愿意带客户看工厂。客户到了工厂，和工厂的人一交换名片，下次直接奔工厂去了。但不带客人去，生意又没得做，所以，吴灿想把客人留住，至少第一批货可以赚个差价。于是，他和王大伟约好明天上午带客人来考察工厂。

夜幕降临，热闹了一天的狮城揭开丰富的夜生活了。

KTV、夜总会尚未流行，但狮城人的夜生活由来已久，主要是夜排档。就在这白天热闹的街道中，利用两边的骑楼，夜排档排满了整条街，许多著名的小吃，肉粽、芋圆、花生汤、面线糊、牛肉羹都是狮城的特色，也是很多外地人对狮城的印象之一。

杰克陈几个人在吴灿的带领下已吃了三个排档，肚子实在是撑得塞不下了，但看着下一个排档的东西，他们又忍不住吞了吞口水。坐在大仓街的骑楼下喝啤酒，看着街道中摩托车呼啸而过，身边传来富有节奏的划拳声，这些香港人仿佛回到了 20 世纪五六十年代的香港。难怪有人把狮城称为"小香港"。

第二天，杰克陈一行人一早来到了大环亚公司。当然，李代表跟王大伟有过面对面的较量，今天他暂时回避。

王大伟和王四博热情地接待了吴灿带来的客人。

当杰克陈第一眼看到王大伟时，他怎么也不相信这个长得黑黑瘦瘦、其貌不扬的闽南人就是让他头痛的对手。可随着王大伟参观完车间回到会客室，杰克陈便觉得要打败这个对手不是一件轻松的事。

王大伟隐约感到这个儒雅的香港人是来者不善，不像一个只是想订货的商人，他的眼神并不集中在产品上，神思不停地在转移。这个人肯定是一个商场老手，而且对服装行业非常熟悉。

王大伟待客人坐定，探询地说了一句话："陈先生是老前辈，看了我们的工厂一定发现不少缺点，请多多指教。"

王大伟不急着问客人要采购什么货品、多少数量，而是先说着客气话。但吴灿急了，他放下店里的生意，陪着客人跑到工厂来，就是想赚点佣金，"陈先生要多少货？你看这么好的裤子，在广东卖的价钱要比这里高得多。"

杰克陈正在考虑着如何和王大伟谈判，吴灿一说话，让他想起这次是以客户的名义来的，于是他简单地问了几个问题，无非是工人多少啊，产量每天多少啊，很快订了一千条裤子，付了五千元定金后离开了大环亚公司。

吴灿晚拿到两千元的佣金，很开心地回去了。

王大伟觉得整个过程有点戏剧性，先是要出口，后来直接下单做内贸，送货地点、联系电话都不说，名片也没有，只说过几天我们会来验货，杰克陈一行就走了。王大伟多了一个心思，让王四博骑着摩托车跟着杰克陈的出租车，看看他们的下一个落脚点。

王四博机灵得很，悄悄地跟着出租车到了刺桐华侨大厦，看到杰克陈三人在酒店大堂和李代表会合，才知道这伙人是香港乐喜公司的。王四博惊出一身冷汗，马上掉转车头赶回公司。

第九章

华侨大厦坐落于市中心的清源池畔，是这座古城最高的建筑和最现代化的酒店，也是许多荣归故里的华侨回到家乡的第一个落脚点和许多将要移居港澳的新移民的出发地。

夜幕下的华侨大厦灯火辉煌，倒映在清源池中的身影把池面搅得五颜六色。池畔古寺前的戏台上南音清越，依旧散发着大唐余韵，台上的演员用南音独有的横抱琵琶伴奏，正在如痴如醉地演唱南音名曲《远望乡里》："远望乡里举目何处是，见许层峦叠嶂，盼我家山隔在许白云边……"洞箫特有的低吟，节奏徐缓，古朴幽雅，委婉深情，有多少海外游子被这一曲乡音勾起魂牵梦萦的乡愁，禁不住潸然泪下。

王大伟坐在酒店的大堂里，不时地看着从门外进来的客人。他在这里等杰克陈已经一个多小时了。

当他得知杰克陈是香港乐喜公司的人，他想了一下午。既然找上门了，肯定是来者不善，一场官司在所难免，不管输赢对双方都将是一场伤筋动骨的磨难。王大伟觉得与其被动应战，不如主动出击，最起码了解一下对方的意图，摸摸底细。

终于看到杰克陈一行回了酒店。

杰克陈进了房间后，王大伟才按了门铃。

当看到王大伟时，杰克陈很是意外，但又很快镇定下来，请王大伟进了房间。

"想必王先生已经知道了我们的身份。"

王大伟问道："陈先生这次来是先了解情况还是马上打官司呢？"

杰克陈正在斟酌着如何回答王大伟的话，王大伟接着说："冤家宜解不宜结。打官司是一件两败俱伤的事，陈先生就这么自信能打赢官司？"

"争气不争财。香港是一个法制社会，同样，我相信内地不会不讲法吧？"

"不讲法我就不会坐在这里和陈先生聊天了。"王大伟话中有话。

杰克陈说："是啊，这里是王先生的地盘，你要不讲法我也没办法。"

王大伟觉得双方这样耍嘴皮没有意义，于是说："打不打官司陈先生看着办。我的态度很明确，输赢交给法院裁决。来者都是客，今天陈先生算是我的客人，刺桐人有时会不讲理，但不会失礼，现在我请你们一起去喝酒。以后官司一开打，要坐在一起不容易了，哈哈……"说完，王大伟爽朗地大笑了起来。

杰克陈觉得这家伙有点人情味，可又觉得不太合适，推辞着。但王大伟硬是拽着他们到了华侨大厦对面的一个大排档。

王大伟叫了几样刺桐特色菜和一箱啤酒。

杰克陈几个人刚开始不太适应，可没几分钟就被这个氛围感染了。

大榕树下，马路边上，三五好友开怀畅饮，没有大酒店的排场，没有太多的束缚，干杯的，划拳的，大声嚷嚷的，甚至还有喝醉后轰然坐在地上的。

几个香港人平时过惯了规规矩矩的生活，一下子有了返璞归真的感觉。尽管眼前这个人是他们的利益争夺者，也是他们以后的诉讼对象和竞争对手，但喝起酒来让双方暂时忘却恩怨，大家都不再提起官司的事，只是一味地开怀畅饮。

王大伟一个人轮番着敬酒，一箱啤酒很快喝完。这个时候，双方打开心扉，似乎成了多年未见的故友，王大伟和杰克陈甚至有点相见恨晚。他们谈了创业的艰辛，谈了办厂的烦琐，谈了服装行业的发展趋势，突然间两人都有一种感慨，要是没有眼前的利益之争该多好啊。

整整喝了两箱啤酒，五个人才结束。王大伟摇摇晃晃地回到家已是半夜两点。

第二天早上，王大伟起床后，昨晚的酒劲还没退完。当他头重脚轻地来到公司，却看到杰克陈四个人已在会客室喝茶。

杰克陈看见王大伟进来，第一句话就说："王先生，我昨晚一夜未眠。我想好了，决定不起诉你们，但前提是我们双方要合作。"

王大伟听完，很平静地说："合作当然好啊，但要看合作的条件是什么。"

杰克陈没想到，昨晚王大伟喝起酒豪爽热情，今天一谈生意却如此冷静。想想也对，真正的商人要在商言商。

"条件是你们必须放弃现在的产品，我们把订单交给你们来生产，原辅料由我方提供，你们收取加工费。"杰克陈说完，看着王大伟的反应。

"每年加工多少件？每件加工费多少钱？"王大伟和昨晚判若两人，很典型的生意人，直奔主题，谈起生意一点不含糊。

"每年保证五十万条以上，每条的加工费十元，具体的合同条款我让律师给你传真过来。"

王大伟想了想，觉得这是一个不错的条件，但不能轻易答应，因此他说："我需要和股东们商量一下，听听他们的意见。"

"我们今天先回香港，静候你们的佳音。"这个时候，杰克陈才掏出名片给了王大伟和王四博。

王大伟心想这件事应该听听亚峰和三平的意见，看到杰克陈的名片上有广东东莞的工厂名称，心里便有了主意。"陈先生，你看这样安排好吗？刚好过几天我要到深圳，我们约好五天后在深圳见面，具体条件到时再谈。但我要求参观你们东莞的工厂，你看行吗？"

杰克陈觉得这是一个不错的主意，便答应了。

第十章

王亚峰接到王大伟的电话，让他去深圳商谈要事。

自从注册好香港环亚国际实业公司，王亚峰把原来的工作辞掉，做起了贸易生意。

在香港八个年头，王亚峰当过酒楼跑堂，送过外卖，干过地盘工（建筑工），跑过街（无证摊贩），各种经历让他看透了香港底层劳工的艰辛，了解到不同行业的差异。凭着聪明灵活的脑袋，各种行当在他手头都能玩得转。但他不安分，不停地变换着工作，寻找着更好的发财机会。和大哥合作投资工厂，买房的事只好先搁一边，为此与老婆姗姗闹得有点不开心。姗姗怪他太冒险，而他怪姗姗没有远见，仅仅靠两人打工买房肯定要辛苦得多，倒不如赌一赌，说不定能发财。

注册了公司，他更飘了。虽然只是一个空壳公司的老板，但不愿再去打工，所以，他做起了贸易，印两盒名片，在家装一台传真机就算开张了。首先入行的是服装设备。

他在为大环亚公司采购设备时，基本探出了路子。中国刚刚开放，与国外的贸易大多依赖于香港作为中转，特别是闽南一带的民营企业，要进出香港并不是很方便，加上信息不对称，给香港的贸易公司提供了很多商机。

4月的深圳，春意盎然。

这座年轻的城市，只用了短短的几年时间，已经构筑起一个粗具现代化国际大都市的雏形，"时间就是金钱，效率就是生命"的口号如春雷般响过中国大地，让世人见证了"深圳速度"。

王亚峰起了个大早，从罗湖过关来到深圳中旅社，接到大哥和四弟后，兄弟仁在香密湖度假村住了下来。

王大伟把与香港乐喜公司的商标纠纷以及杰克陈提出的合作条件介绍完，对王亚峰说："亚峰，你对这种进料加工了解一些，谈谈我们和乐喜公司合作的利害关系。"

"从进料加工的贸易形式来说，由外商提供原辅材料甚至一部分机器设备，内地企业收取工缴费，这是合作符合国家政策。对我们来说，资金占用少，但利润低，每条裤子的利润基本是固定的，他们开出的价钱和我们的实际利润来比，价格并不高。"

王四博说："以我们现在的产能，完成他们的订单量，要增加二十台设备，这是一笔不小的投资。还有，万一他们拖欠我们的工缴费，跑香港打官司对我们很不利。"

王亚峰笑着说："这种来料加工贸易形式可以通过互开信用证来保证双方的资金安全。你担心对方工缴费不付，他还担心原料交给你后，你不交货呢。双方要有互信的基础。"

王四博算过一笔账，"我们现在每年有一百八十万元的利润，而且销量还在不断增加，要达到每年两百万元以上的利润是不难的。他们虽然支付的加工费达到五百万元，但扣除工人工资、包装物品、管理费用，每年只有两百万元利润。这样算下来，利润并没有增加很多。"

王大伟说："你是按照二十万条的产量来计算的。如果每年加工五十万条，有些不变成本，比如房租、管理费用、办公费用可以摊薄。另外，随着产量的增加，工人的劳动效率提高，加工费可以适当降低。"

王四博听了大哥的分析，觉得确实有道理，每条裤子只要降低两元的加工成本，五十万条就是一百万元的利润。经王大伟刚才一点拨，王四博的心思有点松动。因此，他提了一个建议："我们能不能要求杰克陈提高加工费，哪怕每条裤子加一元钱。"

"是啊，乐喜公司的产品质量要求高，销售价格好，我们多要一点加工费也是合情合理。"王亚峰赞成王四博的意见。

王大伟让王四博拿出杰克陈的合同传真件，拟出几条需要谈判的要点，然后通知杰克陈明天派人到酒店接他们去东莞。

第二天，李代表很早赶到香密湖度假村，陪着王大伟兄弟仨喝早茶。

王四博第一次出远门，对什么都感到新鲜。当他看到小蒸笼里的凤爪、叉烧包、蒸排骨，还有特别好吃的皮蛋粥、瘦肉粥，心里好生羡慕广东人和香港人。"二哥，你们香港人的早餐都是这么丰盛吗？"

王亚峰笑了笑："偶尔吧，哪有那么多的时间喝早茶啊。"

王亚峰心想，有多少香港人每天工作十二个小时以上，省吃俭用，巴不得多挣点钱寄回家，怎么会舍得花钱喝早茶。

李代表接过话说："是啊，很多香港人钱有的是，但时间很紧张，每天像打仗一样，连走路都是小跑。"

王大伟到了深圳以后，体会到这里的生活节奏的快速，餐厅里的服务员不但服务态度好，干活也非常麻利。"不用说香港，你看深圳现在的生活节奏就比内地快，难怪深圳提出：'时间就是金钱，效率就是生命。'这是我们要学习的地方。四博你好好想一下，如何提高我们的工作效率和工人的熟练程度，要拿出一些具体措施出来。"

当四个人来到东莞时已是中午，王大伟提出先参观工厂再吃午饭。

干净整洁的车间，先进的机械设备，工人们埋头苦干的劲头，科学合理的生产流程，严格把关的质量管理体系，投入不菲的产品研发中心，王大伟看到了自己的差距，更加坚定了与杰克陈合作的决心。只有合作，才能更好地学习别人的先进管理模式和技术。王大伟走遍车间的每一个角落，脸上始终没有表露出什么，心里却在默记着各个可以学习借鉴的地方。王四博更是拿着笔记本一路走一路记。

杰克陈自豪地对王大伟说："王先生，我们的管理水平可以吧？"

"给我半年时间，我会达到你这个水平的。"

"好，相信王先生能够后来居上。"

"我们有很多地方需要改进，到时，还请陈先生不吝赐教。"

"这么说，王先生同意和我们合作了？"

"难道说不合作，你就不帮我？"

"即使不合作，我们也是朋友吗。"

这句话王大伟爱听，他一直认为生意场上的伙伴可以做朋友，只要处理好互惠互利的关系，情义比金钱重要。可现实中，很多人很难做到这一点，甚至大部分人认为生意场上只有永远的利益，没有永远的朋友，权衡利弊时，总是利益大于情义，这是很多生意伙伴、合作伙伴最终反目成仇的原因。

简单吃过午饭后，双方的谈判就开始了。

杰克陈和王大伟分别介绍了参加谈判的人员。香港乐喜公司的技术总监、营销总监、李代表都到过刺桐，东莞工厂的厂长韩天华今天第一次见面。

双方参加谈判的共有八个人，但主要是王大伟和杰克陈的对话，前后不到一个小时就达成了合作协议。

王大伟说："我们认真地考虑了贵公司提出的合作方案和合同条款，认为合作是可行的，但有些条款要修改。"

杰克陈接过话："王先生直说吧，哪些条款需要修改？"

"首先，我方要求保留申请注册新商标、开发新产品的权利。因为，我们不能成为一家只做代工的公司。"王大伟说完停顿了一下。

"可以，这点我没意见，但你们的产品和商标不要和我们的雷同。"

王大伟接着说："其次，以我们现有的设备能力每年完成 50 万件的加工量是有困难的。按照国家关于来料加工的有关规定，外商可以提供部分机器设备。所以，我们要求贵公司无偿提供五十台进口的电动平车以及相配套的裁剪机、开袋机、锁眼机、钉扣机、熨烫机等。"

杰克陈觉得这个条件要价太高。五十台电动平车加上其他辅助设备价值将近百万元。"还有其他条件吗？说完我们一起讨论。"杰克陈希望王大伟把全部条件说出来，以便进行全面的权衡和评估。

"一条一条谈吧。对于这一点，我想，贵公司在香港的工厂现在已处于停产，要是重新开工，成本肯定拼不过内地。我建议你把香港的工厂关掉，这些设备送给我们，让它们继续发挥作用。要不然，这些设备在香港也值不了几个钱。"

王亚峰接过王大伟的话："不但卖不了几个钱，恐怕还要花钱请人拆掉、搬走。

在香港，人工费可比旧机器贵多了。"

杰克陈心里叹服王大伟的精明，连他现在香港工厂面临停产关门的事都了解得一清二楚。

王大伟继续说："这些旧设备对你来说值不了几个钱，对我们却可以派上大用场。当然，你要负责按产能配齐，并派人到工厂调试好，同时备齐零配件，要不然会影响到我们的交货时间。"

杰克陈想了想，王大伟说的有道理。这些旧设备原来准备拉到东莞的工厂，但现在订单不多，东莞工厂的设备已有部分闲置，如果和王大伟的合作谈不下去，市场份额继续被蚕食，恐怕连东莞工厂的生存都有问题。

王大伟看杰克陈思考了一阵子没表态，可能是碍于面子不能一下子答应，但心里已是默许，也就不再逼着他当场答应。

其实，谈判的过程就是一个妥协的过程，双方都要退让，更要照顾到双方的颜面。有时，谈僵的原因不是条件苛刻，而是心里的感觉不好受，只有双方的相互退让才能达到共赢。

王大伟继续说道："第三，我希望陈先生能够派出技术顾问到我公司指导工作，向我们传授先进的生产技术和管理经验，时间长短可以商量，费用由我们公司承担。"

"这点没问题，我派一个验货员常驻你们工厂。"杰克陈很爽快地答应了。但王大伟一听是派验货员，知道杰克陈没有理解他的要求。

"验货员肯定是要派的，但我要的是能够对我们整个生产管理起到指导作用的高级专家。比如，在座的技术总监先生或者韩天华厂长这样的人才。我们的合作是长期的，你送了我这么多的机器，肯定不希望我们的合作很快结束。从长远来看，我要不断地提高产量和质量，只有从抓管理入手，培养一大批技术骨干和熟练工人，引进科学合理的管理模式，建立健全完善的规章制度，建立严格的质量管理体系，这些都需要你们来传经送宝。"

杰克陈被王大伟的话感动了。"王先生是一个高瞻远瞩的人。好，你要的这两个人我同意，但不能同时去。这样吧，他们两个人轮流着去，两边的工作都要兼顾。至于费用问题，工资你不用管，只要把他们的生活照顾好就可以。"

"你放心吧，我会把他们当作最尊贵的客人。"王大伟没想到杰克陈这么慷慨，把最好的人才派了出来。其实，人都是希望被尊重、被作为榜样的，当王大伟放低身段，虚心地表示要全面学习杰克陈的管理经验和模式时，杰克陈已经不把这件事当作谈判的条件，而是一件乐善好施的行为来对待。

眼看着整个谈判过程很顺利，现在的气氛对双方来说都是轻松愉快的，王大伟知道该甩出重磅炸弹了。

"最后一点，每条裤子的加工费应该提到12块，因为你们对产品的质量要求很高。"王大伟话一说完，杰克陈表情一下子严肃了许多，很久没有回应。

谈判的气氛一下子凝固了。

双方沉默着。

会议室静到听得见墙上挂钟的"嘀嗒"声。

这个价格影响到每年一百万元的利润，对谁都是利益攸关。

杰克陈陷入了沉思，他的几个副手不敢轻易表态，都看着他。

杰克陈入行二十年来，经历无数次的商业洽谈，面对过不同的谈判对手，甚至很强势的欧美客户和极其挑剔的日本客户，他都自认为没有输过。

谈判其实不是追求输赢的结果。谈成了大家都赢，只不过有的得到多一点，有的少一点；谈不成，双方什么都没得到，更谈不上输赢了。

今天的这场谈判，一直是王大伟控制着主动权，一个条款一个条款抽丝剥茧地谈，一步一步地稳扎稳打，等到最后一个条件提出来，杰克陈才发现自己前面已经让步太多。

现在唯一剩下这个条款可以讨价还价。

他觉得给得太多，也可以说王大伟要得太多。他想恨王大伟，可又恨不起来，不但恨不起来，还认为王大伟是一个不错的合作对象，甚至可以做朋友。这种人要是成为对手，太可怕了。

决定放弃打官司而采取合作的方式，他自认为很有气度，做了一件纵横捭阖、经天纬地的事，他甚至产生了与王大伟一起联手打造一个独霸高端市场的"西裤王国"的野心。但现在，为了每条裤子多两元钱的加工费，或者说为了每年一百万元的利润，他要放弃吗？

王亚峰、王四博看着大哥自始至终掌控着局面，一个条款一个条款地推进。这些条款他们讨论过，但大哥并没有对他们说了太多的想法。原来，大哥心中有数，知道该要什么。而且，每个条款都隐含深意，他们已慢慢体会到大哥真实的用意。通过与杰克陈的合作，能够获取多大的利益呢？大哥比他们想得更远、更深。

继续沉默。

谁都不愿意先开口，这是谈判的技巧。

谁先开口就意味着谁先让步，现在屏得住气就能多争取点利益。双方谈到这个份上，都不会因为最后的两元钱而放弃合作，现在，矛盾的焦点集中在这两元钱上。

实际上，王大伟已经知道，杰克陈会让步，至少不会坚持原来每件十元的加工费。

眼看时间一分一秒地过去，王大伟知道该是他表态了。

现在杰克陈沉默了好久不表态、不还价，说明他有难处。那么，解铃还须系铃人，这个时候给个台阶，或者说给个人情，杰克陈会感激他的，这也许比每年多赚五十万元更重要，与其让杰克陈提出来，倒不如自己送个顺水人情。

想到这，王大伟开口了："陈先生是不是对这个条件有点为难？这样吧，为了表示我们的诚意，加工费按十一元钱结算。如果这个价钱陈先生不能接受，我只能表示遗憾了。"王大伟的话有点像外交辞令，但软中带硬，既给了杰克陈一个主动让价的姿态，又暗示着杰克陈如果不接受这个条件，双方的合作就告吹。

杰克陈心里感激王大伟的主动让价，但脸上不动声色，缓缓地说道："王先生心里清楚，我们是长期的、全面的战略性合作，为了区区一元钱的差价影响了我们的合作大大不值。既然王先生爽快，我同意按这个价结算。另外，我会争取在每年五十万件订单的基础上再追加二十万件。当然，这个增加的数量不能作为合同条款，而只是我个人的想法。"

"好，陈先生的话，我信！"王大伟豪气干云地站了起来，双方的手紧紧地握在一起。

在座的人都热烈地鼓掌。

李代表从各个角度拍了许多照片。闪光灯不停地闪烁着，遗憾的是没有香槟、鲜花和新闻媒体。多少年后，当他们回顾着这次谈判，才觉得这个场面简单了点。

历史是已经发生的过去，也是正在发生的现在，身临其中的人都没法预料将来会怎样，但都在充满想象地擘画着将来。

王大伟和杰克陈的手紧紧握在一起，他们的心情是激动的，但心态是平和的，双方只是在为目前的合作和将来的发展而高兴，他们并没有意识到这个里程碑式的握手，将开创他们辉煌的未来。

晚上，为了庆祝合作协议签订，杰克陈以东道主的身份宴请王大伟兄弟仨。杰克陈用他的"皇家礼炮""马爹利 XO"让王大伟见识了苏格兰威士忌和法国干邑白兰地的后劲，加上杰克陈人多势众，轮番敬酒，王大伟确实喝醉了，走路蹒跚，说话舌头打结，没有了平时的镇定自若。

杰克陈也醉了，与王大伟勾肩搭背，称兄道弟，让手下的人看到了老板的本真。

酒醉后的表现往往才是人性真实的一面。

杰克陈自小家道殷实，受过良好的教育，平时一副雅皮士做派，穿西装、听交响、品红酒、抽雪茄，举止翩翩，言语谦谦。但他几次和王大伟喝酒，被感染了，总是喝多。他并不认同这种胡吃海喝的粗鄙，也有点抗拒王大伟豪爽中的匪气和霸道，甚至觉得与这种人为伍有点勉强。但他毕竟是一个商人，商人以利益为第一考量。可他心里又否认自己是因为利益才接纳王大伟的，这种感觉总是说不清。他知道王大伟身上具备的特质正是自己缺少的，而自己身上所具备的特质也正是王大伟缺少的，两人能够合作，可以说是优势互补。更确切地说，是彼此被对方的人格魅力所吸引。

第十一章

回到刺桐后，王大伟让王四博着手做三件事，一是请设计师以"环亚"作为中文标识，设计新的商标；二是向教师进修学校再租下两千平方米的厂房；三是招收一百名新工人。布置好工作后，王大伟整天关在办公室，埋头研究从杰克陈那里带来的一大堆资料。

一个星期后，王大伟召集公司的主要管理人员开会，提出一个新的管理模式，这个模式的核心思想是"提高效率、提高质量"。

王亚峰用了二十天时间，把杰克陈在香港的设备拆装、打包、报关，发运到工厂。

两个月后，他们交出了第一批订单五万条裤子。

这两个月，兄弟仨可以说是废寝忘食。

王亚峰把香港的生意暂时放下，因为设备进口和原辅材料进口报关让他忙得不可开交。

杰克陈派来的韩天华帮了大忙。这是一位富有经验的管理专家，他帮助王大伟设计了合理的生产流程，制定了完善的定额考核指标，建立健全了各项管理制度，培训了各道工序的技术骨干，整个工厂的管理水平有了质的飞跃。

王四博一直跟着韩天华，在这个过程中学了不少的经验。

第一批工缴费收到了，第二张生产订单正在执行中。随着工人熟练程度的提高，现在每月的产量达到六七万件。

这天晚上，王大伟特地早回家。

现在一家人很少有时间一起围着八仙桌吃饭，淑媛暖了一壶状元米酒，让儿子们陪着老爷子喝几盅。

眼看着工厂生意兴隆，王奇山逐渐放下心，但免不了总要唠叨几句，无非就是"谦受益，满招损""要居安思危，现在只是万里长征第一步"等。

王大伟频频举杯敬老爷子，嘴里说不出一个"谢"字。倒是王四博很会献殷勤，一会儿说父亲教导有方，一会儿说虎父无犬子。王奇山骂了一句"油腔滑调"，心里却是美滋滋的。

王亚峰和王三平更是放开着喝酒划拳。王三平现在学会了划拳，但技艺不高，连着喝了三杯酒还不肯认输，一直喊着"再来，再来"。

王莉和王俊杰跑到两个叔叔中间看热闹，丁秀丽赶紧过来拉两个小孩，笑着说："你们两个叔叔都给小孩子什么榜样呀？"

王三平郑重地说："划拳是一项很好的运动，脑子要想，眼睛要看，嘴巴要喊，耳朵要听，手要动，锻炼了人的综合反应能力。"

王奇山也在边上帮腔："没事的，让他们看吧……我正后悔着年轻时没学会划拳呢。"说完王奇山自己笑了。全家人无不惊讶老爷子现在的开明，这要是以前，谁敢在老爷子面前划拳啊。

看着一家人其乐融融，淑媛心里暖暖的，现在她挂心的是王三平的婚事什么时候办。王三平倒不急，说："等房子装修好。"可装修的进度好像很慢，张丹红单位分的房子已经拿到好几个月了。

清源池古寺前的南音又开唱了，隐约传过来的唐宋余韵依然清越，王奇山和着节拍，神思开始飘然。

王大伟让大家静一静，他有话和大家说。王亚峰和王三平赶紧停止了划拳，丁秀丽把两个孩子带回屋里。

"自从我们承接了来料加工，采购和销售的工作减轻了许多，主要的精力都放在生产上，现在的产量是以前的三倍。借助于香港乐喜公司的订单、设备和他们派出的专家，我们大大提升了加工能力和管理水平，降低了成本，减少了资金的占用。这一步，让我们的发展上了一个台阶。那么，下一步呢？"说到这，王大伟顿了顿。

其实王大伟心里已经有了想法，他想听听大家的意见，同时借这个机会让父母亲知道公司的状况。

王亚峰和王四博对公司的情况比较了解，他们分别提出了几个降低成本、提高产量的建议。王三平像是一个局外人，看问题反而有更清晰的一面，他认为在做好来料加工的同时，应该要有自己的拳头产品，以应对订单变化的风险。

听了王三平的话，王四博觉得有道理，他说："'环亚'商标已经注册下来了，我们可以用它来打造自己的品牌。"

王亚峰的想法却和他们的不一样，他说："打造自己的品牌投入很大，我们恐怕没有这个实力。况且，要是和杰克陈争市场，会两败俱伤，影响到双方的合作关系，倒不如我们腾出一些精力和资金做贸易，现在进口设备和服装面料利润不错。"

王亚峰的提议马上遭到王奇山的反对，"不要这山望了那山高，应该先把工厂搞好。刚刚有点起色就想飞，只怕到时两头空。"

父亲的话让王亚峰有点难堪。淑媛觉得老爷子说话太重，赶紧打了圆场："慢慢来，稳妥一点。俗话说：'吃紧弄破碗（闽南俗语，吃得太快了，容易打破碗，意指欲速则不达）。'"

王大伟说："和杰克陈的合作是为了更好地提高我们的综合实力。在谈判时，我们保留了使用自己注册商标的权利，要求杰克陈提供的设备加工能力超过了订单的需要，这些都是为了推出我们自己的产品做准备。"

王大伟继续说："我们分工一下，四博负责工厂的生产管理，你要紧跟韩天华，把产量和质量管好，更要把人家的经验学到手。亚峰回到香港了解现在西裤流行的款式和面料，最好能够找到好的设计师，服装的款式、面料和乐喜公司的产品要有所区别，尽量避开他们的市场。我们下一阶段的工作重点是开发'环亚'牌西裤的产品，打板、制样不要放在公司，这让李木水具体负责，给他配两个熟练的工人，到我们家里来做。这个工作要保密，暂时不要让香港乐喜公司知道我们的计划。"

王三平："工厂里的事我帮不上什么忙，工厂外的事我或许可以帮上一点。"

王大伟说："给你个任务，了解市场，看看我们产品如何定位，主要销往哪里，如何建立销售渠道。"

王奇山说："这个课题太大了，会影响他的本职工作。"

王三平说："没事，我利用业余时间，不会影响的。市场营销是一门热门的学科，我可以通过这个机会好好学学。需要查资料，搜集信息，我让丹红帮我的忙。"

王大伟接过王三平的话："说到丹红，你的第二个任务是赶快把婚事办了。妈都急了，整天念叨着。"

"是啊，是啊，明天我到关帝庙抽个签，选个好日子。"淑媛巴不得明天马上把王三平的婚事办了。

"妈，看你急的。我和丹红商量过了，等房子装修好，差不多是在国庆节吧。"

"等到国庆节，还要好几个月呢！"淑媛有点等不及了。

"既然他们定在国庆节，就国庆节吧。不过，新房子装修再好，你也要把婚礼放在家里办。"王奇山说完，大家都不敢言语，这事就这样定了。

王大伟接着说："最近公司的资金比较宽裕，除了日常开支外，其他占用的不多。亚峰去年想买房子，为了投资，这事搁下了。我给你打二十万元过去，你看看首期款够不够，如果不够我再想办法。"

王亚峰心里美美的，嘴里却说："不急不急，先把公司搞好。"

淑媛觉得王亚峰应该尽快把房子买下来，才对得起二儿媳妇："既然你大哥这样安排，你就别推了。"

"另外，我给三平准备了十万元。丹红的爸爸妈妈只有一个独生女，婚礼可不能太简单。"王大伟说完，大家都说要把婚礼办得热闹一点。

一家人在饭桌上把公司的下一步发展战略和家事一起解决了。这种家族式企业的决策机制简单、高效，没有太多的所谓科学依据或论证，也不需要烦琐的流程和审批，一切取决于掌舵人的经验与决心。因此，掌舵人的作用非常重要，往往一个家族企业的兴衰都取决于这个掌舵人的能力、经验和意志力。

这种绝对的权威有助于决策和执行的效率，但也容易形成独裁和专断。由于缺乏民主和全方位的视角，一旦决策者出现误判，便会影响公司的发展。王大伟在这一点上是清醒的，他有意识地对几个兄弟实行分权而治，就是为了防范一言堂和权力过度集中而产生不良后果。

　　王亚峰提出在香港做一些服装设备和面料的贸易，他是赞成的，尽管父亲反对，但他还是筹措了五十万元给王亚峰。以公司现在的生产规模，向银行申请增加贷款额度已经比较容易。王大伟想，这是一个很好的商机，香港与内地的贸易数额猛增，其中蕴含着极大的利好空间，王亚峰具有这方面的商业头脑，如好好经营，可以开辟出一条新的生财之道。

第十二章

王大伟终于和谢莉莉联系上了。

王奇山把谢莉莉的来信给了王大伟。王大伟一看，信中提到的这个地址太熟悉了。

在刺桐古城中央，有一条小巷叫"古城巷"，沿着八卦沟，依水而筑，大小不过十几座大厝，两边茂密的榕树印证了这条古巷的年轮。这些大厝的主人既富且贵，几乎历朝历代，这个地方都是古城最高掌权者的住所，慢慢形成了一个权贵集中的地方。

这里的建筑既有典型的闽南民居——燕脊飞檐的红砖大厝，也有南洋风格的番仔楼。风雨的摧残和岁月的销蚀让这些建筑已呈老相。主人们大都家道中落，很多后裔已移居海外。"文化大革命"期间，许多民宅被政府、学校、工厂占用，后来落实华侨政策归还了一部分，但尚有一些正在处理中。

谢莉莉家的祖厝坐落在这条古巷的中段。沿着这条古巷一直往东八百米是王奇山的古宅。但恰恰是这八百米，好像一条无形的鸿沟不可逾越。到了王家古宅这一段，居住的大都是有钱的华侨，而不是权贵。因此，以前读中学时，王大伟、龙斌难得去谢莉莉家玩，因为那个地方有着一股让人不太喜欢的贵族气。

谢莉莉家的祖厝是一座西班牙风格的番仔楼。番仔楼是闽南人对下南洋谋生的华侨建造的西式楼房的通称。这座二层楼房既有典型的西洋建筑风格，如正立面采用西式山花，前后为拱券式外廊，大量应用了水泥、玻璃、花砖等当时的新型建筑材料，又有传统闽南民居红砖白石的基本元素，带有强烈的中西合璧的风格和时代特征。

建筑是凝固的音乐，是有灵魂的，缔造者总是希望在其作品上倾注自己的精神气息，展示最深沉的美感。这种中西合璧、土洋结合的建筑风格，既是华侨们在经济上崛起的象征，更是闽南人视野开阔、思想开放、兼容并蓄的写照，体现了作为"海上丝绸之路"起点的"海交"文化特征。

谢莉莉后来在洋行找到一份工作，并且认识了来自台湾的俞新廷，结婚后便随俞新廷去到台北定居。这是几年来同学们没有谢莉莉音讯的原因：一方面，谢莉莉走的时候已经有意与过去的生活决绝；另一方面，她去了台湾，更有诸多不便。

谢莉莉和俞新廷经过了十来年的打拼，已经事业有成。这几年，他们的纺织机械通过香港转口销往大陆市场，谢莉莉往返香港的机会多了。

听说大陆正在落实华侨政策，归还华侨的房产，她的父母亲和菲律宾的伯父一起联名写信给统战部、侨办、侨联。尽管当地政府几经协调，但因为占用者是政府事业单位，一时找不到搬迁的地方，这事一直拖了三年，只搬出了一部分。

谢莉莉觉得应该在父母亲和伯父的有生之年把祖宅要回来，了却老人们的一番心愿。因此，她写了不少信往省里反映。这些信陆续转到了当地政府，引起了有关部门的重视，事情有了较大的转机，尚未搬出的单位承诺在一年内完成搬迁。这件事，王奇山出了不少力，他找了市领导，找了占用的单位，解决了搬迁问题，最终确定下交房时间。

谢莉莉在给王大伟的回信中，表达了对王家父子表示感谢，并介绍了自己十几年来的经历，同时关切地询问了龙斌的近况。虽然她没有提及女儿，但王大伟感觉到她的内心时刻在牵挂着，只是不敢贸然揭开这个伤疤。

她想让王大伟帮她找回女儿。当年山区的经济状况可想而知，女儿在那种环境中一定受了不少委屈，想到这，谢莉莉心里就痛。她不敢向王大伟开口，只能在信中谈及几年的知青生涯，以及对那段美好时光和蹉跎岁月的追忆。

王大伟理解谢莉莉的苦心，他陷入了无奈之中。

因为，谢莉莉要寻找的女儿就是王大伟的长女王莉，而龙斌并不知道他和谢莉莉有一个女儿。

历史的阴差阳错给了三个家庭一个难解的困局。

王大伟不是自私，不是害怕会失去女儿，他只是担心一旦秘密公开后，谢莉莉的家庭、龙斌的家庭会受到影响，女儿平静的生活也会受到干扰。作为朋友，作为父亲，他应该尽到的道义和责任，就是更好地保护好所有的人。

当年，为了不影响龙斌的政治前途，他答应谢莉莉一起共同保守这个秘密。谢莉莉离开云顶的当天，他和丁秀丽马上赶到陈贵生的亲戚家把孩子抱回来抚养。后来，他们回城了，孩子暂时寄养在陈贵生家。他和丁秀丽结婚后的第一件事，就是到陈贵生家接回了孩子，并办好领养手续和户口，给了孩子一个名分。夫妻俩对王莉视同己出，全家人对她呵护备至。

一晃十几年过去了，原以为一切都会在平平静静中淡忘，没想到谢莉莉的来信，引起了王大伟和丁秀丽的担忧。谢莉莉总有一天会回到刺桐，这一天不会远。她回来了，可能会提出要去永德山区寻找女儿，要实话告诉她吗？是否也该告诉龙斌真相呢？

王大伟和丁秀丽商量了老半天，不知该怎么办。王大伟看着老婆急成那个样子，好像宝贝女儿已经被人抢走似的，只好安慰丁秀丽："不要急，莉莉不是还没提起嘛，如果她真的来了，再做计议。"

第十三章

用了两个星期的时间，王三平写出一份开发国内市场、创立自有品牌的商业计划书。

王大伟看了这份计划书，心里赞叹道："三平虽是军校出身，但这份计划书的专业水平不亚于一个学经济的。"尤其是产品的定位非常准确，对市场的分析清晰透彻，其中很多观点和王大伟的想法不谋而合。

王三平说："我认为，首先要确立品牌意识。我们是做品牌而不仅仅是做产品，产品是服从于品牌的，而品牌要有全方位的思考，包括品牌定位、品牌观念、品牌风格、品牌建设。"

王三平在计划书中提出了经典、品位、优雅的品牌理念，目标客户群针对年龄在二十五岁到五十岁的男性，具有良好教育背景和社会地位、有品位、讲究生活质量、有修养、有事业心、有理想、有追求的商业精英、白领。产品线突破了西裤的局限，涵盖了男装的夹克、休闲裤、西装、皮具、风衣等品种，但以休闲男装为主打产品，这些观点非常新颖。在 20 世纪 80 年代整个社会还基本处于解决温饱问题的大背景下，这些观点具有相当的前瞻和远见。

王三平接着说："其次，要制定高起点的营销战略。我们要改变以往主要依赖于当地市场批发，销售渠道单一，产品流向失控的传统模式，要主动走向市场，在全国各大城市、沿海经济发达地区的各主要商场，设立销售网点或销售柜台，建立完整的营销网络和销售终端。"

"谈何容易啊。"王大伟听了王三平的介绍不禁感叹道。改革开放才几年，计划经济遗留的模式仍然在商业系统占据主导地位，各大城市的商场都由国有企业控制，民营企业的产品要进场难度相当大。

王三平很有信心："市场经济的不断发展将会改变现有的经济格局。我们是合资企业，产品质量好，品牌形象清新，价格适中，这些都是优势，关键是如何进入大商场，如何拿到入场券。我认为首先选择一个在全国具有代表性和有影响力的商场，比如上海第一百货公司或北京王府井百货大楼，先攻下一个点，树立标杆和示范作用。"

"这个主意好！"王大伟兴奋地拍了一下大腿，"集中火力，强势攻关，我就不信拿不下一个柜台。"王大伟的性格中，有一种勇于挑战和冒险的基因。藐视困难、不畏艰辛、大胆创新、突破传统、爱拼敢赢这些闽南人性格中的特质，使得王大伟总是充满着战胜一切困难的信心。

繁华的大上海，车水马龙，熙熙攘攘。

南京路两旁的高楼大厦闪烁着光怪陆离的霓虹灯。

外滩的万国建筑倒映在黄浦江上，有如一道亮丽的彩虹。

改革开放十年了，上海变化不大，许多优势正在逐渐丧失。尽管如此，中国第一大城市的地位依然不可动摇，而且，一股加快改革开放步伐的潮流正在涌动着。

上海，具备了成为中国第一大商都的各种条件，不管是优越的地理位置，还是特有的商业氛围和人文环境。

王大伟深深地体会到这一点，把上海作为建立销售网络的首选之地是正确的。要想做大品牌，就要抢占制高点，借助于大商场，提高品牌形象和品牌知名度。

王大伟跟着吴志聪跑了两天，大商场、小商店、服装批发市场、小地摊都跑过了，收获不少，更加坚定了把大商场作为主攻方向的信心。但大商场基本上被一些著名的品牌占据着，要想进入，难度很大。

吴志聪是王大伟在开往上海的火车上认识的。

他们同坐一个车厢，碰上了劫匪。王大伟兜里带着五千元，要是被抢了，这次到上海的任务将无法完成。车厢里的旅客有相当一部分是出门跑供销的闽南人。晋东人做鞋业、食品、瓷砖，狮城人做服装、面料，惠港人做石雕……许多供销人员常年奔波于全国各地，设立营业网点，推销产品。据不完全统计，闽南常年在外跑供销的有三十多万人，他们的足迹遍布全国各地，甚至已开始有人往东欧、中东、非洲等地区开拓市场。遇到劫匪后，王大伟带动几个乡亲联手制敌，其中一个就是吴志聪。

接下来，大家相互询问着做什么行业、哪里人、到上海办什么事，一路上有了说话的伴，就这样结成了朋友。

王大伟和吴志聪在制敌中配合最为密切，于是也就聊了最多。这个年轻人是狮城人，做服装的，常年在上海，对上海滩的生意了解不少，给王大伟讲了许多在上海做服装的门道。吴志聪从狮城的服装厂订货，然后送到上海九江路、七浦路的服装店，赚个差价，虽量不大，但利润可观。

王大伟觉得这个年轻人实在，做事情细心，以后说不定有合作的机会。于是，下了火车，王大伟跟着吴志聪住进了九江路一家简陋的小旅馆。虽然条件差一点，但距离南京路比较近，和吴志聪在一起，相互有个照应。

今天上午，王大伟在上海第一百货公司转了半天，一直在观察西裤的销售情况。在一个销售男装的楼层里，西裤柜台占了五分之一，销售的都是著名的牌子，如"金利来""皮尔·卡丹""培罗蒙"等，品牌不多，款式比较单一，以毛呢料为主，价格比较高。杰克陈的"乐喜"牌西裤在这里也占有一席之地，虽然柜台不大，但由于面料和款式比较时尚，价格适中，因此，买的人不少。王大伟观察了一上午，看到已经售出了近百条。

"同志，我想买裤子，你帮我推荐一条好吗？"王大伟走近柜台和售货员聊了起来，售货员第一个推荐的是"乐喜"牌。

"这条裤子现在卖得好，款式新颖，特别是洗熨比较方便，不像其他毛料的裤子要干洗，而且价格便宜。"

"有没有其他品牌的？"

"其他品牌有毛呢料子的，这条'皮尔·卡丹'不错，只是价格贵了一点。"售货员说贵了一点，其实是"乐喜"的两倍。

"你们为什么不多进一些这种比较时尚、大众的品牌呢？"王大伟手里拿着"乐喜"牌的裤子对售货员说。

售货员眼看着柜台里还有不少顾客，有点不耐烦地说："这是领导的事，上头进什么牌子，我们卖什么牌子。"说完，忙着招呼别的顾客去了。

王大伟站了一会儿，看到每一个顾客来，售货员都是首先推荐"乐喜"牌的裤子。"说不定有销售提取，售货员才会这么卖力促销。杰克陈这小子门槛精，搞销售有一套。"王大伟想道。

"同志，我买十条。"王大伟的豪爽，让售货员马上转变态度。

王大伟要的就是这个态度，他边挑颜色、尺码，边和售货员聊了起来。售货员自始至终有问必答、笑脸相迎。这十条裤子的销售提成，够她买一只老母鸡或者一支进口唇膏，没有理由不开心嘛。

王大伟走出拥挤的上海第一百货大楼，深深地吸了一口南京路上的空气。

上海第一百货这个点要放弃，王大伟心里想道。不是不想进，而是因为杰克陈的"乐喜"已经在这里设柜台，他不能进去和杰克陈抢生意，这是商道。

王大伟把目光投向不远处的另一幢气派非凡的高楼——联华商厦。

联华商厦地处南京东路步行街中心，前身是著名的永安公司，上海滩上有名的百货公司，刚经过全面的装修和改造。七十多年的悠久历史与商业美誉让联华商厦成了南京路上一个地标性建筑。一进商场，自动扶梯、中央空调，处处气派堂皇，但人比上海第一百货少了许多。

王大伟转到三楼的男装柜台观察了一阵，这里的销售量不如上海第一百货，但王大伟看好的是它的潜力，现代化的购物环境和联华商厦的品牌效应一定会有高速发展的机会，王大伟决定把联华商厦作为进军上海的桥头堡。

两小时后，王大伟愁眉苦脸地走出联华商厦的后门，沿着九江路向旅馆走去，经过一个弄堂口，一位六十多岁的阿婆叫住了他。

"侬喊面勿啦？"

王大伟这才想起自己还没吃午饭，看着弄堂口不大的摊位上一块块猪排很是诱人。

"来一碗大排面。"王大伟坐了下来。

"一块钱，一两粮票。"阿婆拿到钱和粮票后，才开始下锅煮面，阿婆还特地看看收的是不是全国粮票。

很快，一碗盖着一大块猪排的汤面端了上来。王大伟狼吞虎咽，吃完了还觉得不过瘾。猪大排看上去蛮大的一块，其实切得很薄，盖在碗面上，卖相很好，但嚼几口就没了。

"上海人的精明可见一斑。"王大伟心里想道，"和上海人打交道，要'拎得清'，讲究一点方法和策略。"刚才，王大伟在联华商厦碰了一鼻子灰，刚做完自我介绍，人家就一口回绝，连样品都不看一眼。

一个五十岁开外、脑门光亮，看上去像干部的人，打着官腔对王大伟说："我们刚刚开张，定位走高端的路线，只做知名度高的品牌。"言下之意是你的品牌闻所未闻。

王大伟说："我们是合资的企业，而且我们代工的'乐喜'牌产品在一百卖得很好。"

"那侬到'一百'去好了呀。"这个干部说完拂袖而去，可能是王大伟提到上海第一百货，触动了他心里的哪根弦。上海第一百货虽然是南京路上的龙头老大，但联华自认为现在硬件比一百好，两家竞争的架势已经摆开。

王大伟找了服装部、采购部、招商部，甚至还闯进了一个副总的办公室，但遇到的是各种理由的推托，要么说没柜台，要么说产品的档次不够，要么说品牌没有知名度，总之连样品都不看。

更可气的是那个副总，冷冰冰地挡住王大伟递上的"万宝路"，自己抽出一支"中华"烟叼在嘴上，还说了一句"我抽不惯外烟，那都是走私的"，气得王大伟真想一巴掌抽过去。

最后，王大伟孤注一掷，直冲总经理办公室。

总经理姓唐，客气地听完王大伟的介绍，认真地看了王大伟的样品，嘴里不停地说："不错，不错。"但最后还是让王大伟去找招商部。

招商部说要找采购部，采购部说要听听服装部的意见。总之，两个小时下来，王大伟还在原地打转。

王大伟和吴志聪上了一辆出租车，穿过外滩向乍浦路驶去，来到乍浦路的美食街，几瓶啤酒下肚，话题谈到了这件事上。

吴志聪劝慰道："要么找找其他小一点的商场，等知名度打开了再进大商场。"

"我不信大商场进不去。他们卖的产品，无论是款式还是质量都不如我们，价格更不用说了。"王大伟不服气地说道。

"现在这些大商场都要有关系才进得去，不认识人，连门都没有。"

"我就不信邪，从明天起，我天天盯着联华的唐总，'磨死'他，'缠死'他。"

"还有一个办法，找找熟人，托托人情。我们刺桐籍的乡亲有几个在上海做官的，听说有当上人大常委会主任、大学校长的。要是认识这些人，请他们帮帮忙就方便了。"

"要真找到大人物，这种小事又不好意思开口。算了，自己来吧，我明天再去试试。"王大伟说完，又开了一瓶啤酒，"晚上不谈这事了，来，我们再干一杯。"

吴志聪刚端起杯子，腰上的传呼机响了起来。吴志聪跑到吧台回电话，没一会儿，兴高采烈地回来。"我的朋友联系上一个服装协会的人，他介绍了两个商店，一家在徐家汇，一家在淮海路，商店规模不大，但地段不错。"

"好，好，谢谢！除了联华商厦以外，这些点也要争取上，多布几个点。你给你的朋友再打个电话，让他安排一下，我请他和服装协会的朋友一起吃个饭，表示感谢。"

说是感谢，其实是想认识这个人，这层意思吴志聪看得出来。"好的，我马上给他打电话。"吴志聪爽气地答应道。

王大伟心想，吴志聪这人不错，会办事，心眼好。有的人不愿轻易把自己的关系介绍给别人，有的人会趁机要些好处。想到这，王大伟便有了一个念头，如果能够拿下联华，应该在上海搞个办事处，吴志聪是一个最好的人选，让他来负责办事处，可以让他投一点资金，占一些股份。正想着，吴志聪打完电话回来，说朋友答应帮忙，具体时间等通知。

两人走出乍浦路，来到了苏州河边。远远地看着苏州河很漂亮，可一走近，河面上散发的臭味让人掩鼻而退，于是赶快走人，打个出租车回九江路旅馆。

出租车"差头"（上海话，司机）一听是外地人，热情地介绍说，上海有好玩的地方，要不要去"白相白相"？说得王大伟有点心动。到上海三天，还没有机会放松一下，趁着现在有点酒兴，和吴志聪一起去见识见识上海的夜生活。

吴志聪一听，知道司机想让他们去的是什么地方，他回绝了司机的建议，用闽南话给王大伟讲了一个故事。

原来，"差头"和开夜店的店家互相勾结，拉到客人可以拿回扣。这些夜店大都坐落在偏僻的弄堂里，幽暗的灯光，靡靡的音乐，再加上几个嗲嗲的上海小姐，真是一口深深的陷阱等着你。

客人来了，喝几杯啤酒，唱几首歌，陪坐的小姐点上几份"特饮"，一买单都要上千元，甚至几千元。问题出在小姐点的"特饮"上，什么"血腥玛丽""皇家基尔""螺丝锥子"，让你看了一头雾水，其实是可口可乐兑了一点洋酒，并不是正儿八经的鸡尾酒，几杯"特饮"让你荷包大出血，许多人被宰得一点没方向。那时候上饭店吃个饭一般在百八十元，一下子被宰了一两千元可是"痛得嘞"。一两千元在上海市中心可以买到一平方米的房子呢。可是，痛归痛，你却不敢去投诉，要么乖乖被宰，要么和店家吵。但店家都有专门看场子的"小瘪三"，站在边上跟你"捣糨糊"，最后让你哑巴吃黄连。

讲完故事，吴志聪说："还是不要去这种地方当'港嘟'（上海话，傻瓜），你要真想看看上海的夜生活，我建议去百乐门舞厅吧。"

"我们又不会跳舞，看人家跳舞没意思。"

"百乐门除了跳舞，还有驻唱的歌手，气氛不错。"

"好，我们去开开眼界。"

到了百乐门，两人点了两杯龙井茶，听着缓慢的乐曲，身心放松了许多。

台上唱歌的都是专业歌手，水平不错，台风比较正统。舞池中几对年纪稍大的客人正跳着华尔兹，似乎有意在炫耀舞技，一招一式都讲究到位、精准。几个男舞者，典型的上海"老克勒"做派，姿态优雅，西装虽有点旧，但熨得笔挺，锃亮的尖头皮鞋踩着拍子。只是歌手们唱的歌与这个气氛不太协调，就像唱的是陕北民歌，伴舞的是芭蕾舞，让人忍俊不禁。

上海是一座开放的城市，具有海纳百川的胸怀，什么样的文艺表现形式在这里碰撞都是很正常的。

王大伟和吴志聪走出百乐门后，街上已是行人寥寥。从静安寺沿着南京西路向东，两人慢慢地走回旅馆。

法国梧桐的叶子在初夏时并不茂密，柔柔的月光透过树冠洒在行人道上，一路导引着他们的步履。其实，法国梧桐并不产于法国，而是法国人引进来种在法租界当行道树，上海人便习惯称它们为"法国梧桐"。王大伟看着树身光滑、满布迷彩的梧桐，想起了家乡的刺桐。刺桐树开花时，花序颀长，犹如一串长长的红辣椒。三月的刺桐城，绵绵春雨中，火红的刺桐花开得正欢，似燃烧的天火闪耀，如一抹红霞娇艳，富有极强的生命张力，彰显着刺桐人热情、勤奋、冒险、拼搏的品性。

"大伟，你喜欢上海吗？"吴志聪的话把王大伟从思绪中拉回。

"需要，就会慢慢喜欢的。"

王大伟富有哲理的话让吴志聪深有同感。"是啊，我们在这里打天下、争地盘，并不是我们喜欢它，而是我们需要它，很多人刚到上海都会有这种想法。"

"但我们要学会慢慢去喜欢它，特别是上海人身上的很多优点。"

"很多人不喜欢上海人，觉得他们太精明，太会算计，什么事都要分个一清二楚，势利、自私。"

"如果你生在这个城市，成长在这个城市，你也会有这种城市的烙印。其实，他们身上有好多值得我们学习的地方，比如追求生活品位，较强的契约精神，遵守游戏规则，认真、自律、善于学习，等。我们想在这里发展，就要学会适应它、尊重它、喜欢它，甚至融入这个城市。"王大伟的话有点像大学教授讲的，吴志聪听了直点头，但心里却不能完全赞同。

王大伟继续说道："你要学上海话，吃上海菜，多交上海朋友，了解他们的思维方式和行事风格，你会慢慢喜欢上海的。"

吴志聪心想：你才来几天，还不太了解上海。"和上海人打交道，有时挺烦的。我接了一个订单，货晚到了一天，他就要我每条裤子降价一块钱，否则货就不收。不给嘛，货已经到了上海；给呢，我损失了五十元钱，你说气人不气人？"

"你没有按时交货，人家当然有理由提出降价。"

"他这是趁火打劫。我买不到火车票，晚到了一天，市场行情并没有什么变化，他是故意杀我的价。"

"碰上这样精明的人，你会变聪明的。以后，你对按时交货的承诺一定不敢掉以轻心，这是市场法则教会了我们成熟。你不但不该怪人家，还要好好谢谢人家给你上了一课。"

"是啊，我现在和客户都要签合同、拿定金，不怕货到了他们不要，有些不愿付定金的，我就加他们的价。"

"你看你，学聪明了。"

经王大伟一说，吴志聪悟出了一点道理。很多经验都是在商战中学到的，难怪王大伟才到上海没几天，对上海的见解比自己独到。

第十四章

第二天一早，王大伟来到了联华商厦，换个部门继续游说，希望以自己的执着能打动人家。但人家不吃这一套，没听两句就把他打发了，一副公事公办的嘴脸。

王大伟不死心地来到唐总的办公室。唐总对他有点印象，再一次听完他的述说，依然礼貌又客气地让他去找招商部。两个小时下来，王大伟楼上楼下跑了几趟，仍是无功而返。

当他走出大门，回头仰望高高在上的联华商厦，心里有点茫然。难道就这样宣告失败吗？

"美金有勿啦？外汇券有勿啦？"一个声音从王大伟的身边传来。他回头一看，一个"打桩模子"正站在他身边。这人戴着蛤蟆镜，两个鬓角长长的，双手的大拇指插在裤袋里，明明是在向王大伟问话，头却不停地两边转动，一只脚前掌很有节奏地拍着路面。这些"打桩模子"整天在南京路各大商场门口游荡，倒买倒卖外汇、兑换券以及各种票证，都是一些眼观六路、耳听八方的能人。

"我想买点外汇券有吗？"王大伟试探性地问了一句。

"有，你要多少都有。""打桩模子"一看有生意做，马上很殷勤地把王大伟拉到小巷里，他怕碰上警察。

其实，王大伟是想打听消息。他知道这些人整天在联华商厦门口转，说不定会认识某个人，或者介绍一些门道。

"我换两百元外汇券。"王大伟爽气得"勿得了"，这可是大生意，两百元可以买自行车或手表，还可以买很多的进口货。

"我们找个地方吧，站在街头万一碰上警察要触霉头的。""打桩模子"说，"边上有一家咖啡厅，是我朋友开的，那里绝对安全。"说完，自己走在前面带路。王大伟一看就知道这家伙是想为咖啡厅揽生意，心里不得不佩服上海人精明到不会放过任何一个可以赚钱的机会。自己正想通过这个"打桩模子"打探消息，这两杯咖啡钱值得花。

王大伟和"打桩模子"在咖啡厅里聊了起来，了解不少有关联华商厦的情况。"打桩模子"认识几个柜台的营业员，对商厦的内部情况有所熟悉。他建议王大伟要从上头找人，总经理姓唐，只要他点头，进商场没问题。但唐总讲原则，不太容易攻下，他每天下午五点钟都会从商场后门推着自行车出来。王大伟一想，这是一个机会，我每天蹲点等着你，磨着你。对，就这么干。

王大伟好像已经胜券在握，心情一下子轻松起来，在南京东路上逛了好几个商场，给家里老老少少买了不少东西，有衣服、丝巾、"恒源祥"羊毛线、"大白兔"奶糖，给父亲挑了一双"牛头牌"皮鞋，给王三平买了套"培罗蒙"西装，又在弄堂口美美地吃上一碗大排面。当他拎着大包小包回到旅馆，吴志聪正焦急地等着他。

"我的朋友来电话，服装协会的朋友下午陪我们去淮海路的红霞商场和徐家汇的为民商场。服装协会的朋友是个女的，我想要不要给她买点礼物，上海人比较讲究礼数。"

"好啊，初次见面，这个礼该送。"王大伟和吴志聪来到南京路，两人挑了老半天，却不知买什么礼物。送礼是一门学问，要恰到好处表达意思，又要考虑礼物的实用性。最后，他们在亨得利买了一个"浪琴"牌手表，小巧玲珑，适合各种年龄的女士。吴志聪觉得礼重了，而王大伟说，以后还有用得着人家的地方，不要用等价交换的眼光来看问题。

下午，在服装协会徐阿姨的带领下，他们在两家商场的谈判很顺利，当场签下进场协议。

王大伟匆匆赶回联华商厦，在商场后门正好与推着自行车的唐总碰了个照面。王大伟赶快迎上去叫一声唐总，拿出裤子样品。唐总一看，想起来了，心里有丝不快，但脸上的笑容依旧亲切。

"我不是让你去找业务部门吗，你怎么等在这里？找我没用的，我不会管这些具体的事。"唐总的话听起来有点官腔。是啊,一个公司的总经理,才不会管这些琐事。

"我找了好几次,但他们根本不给我机会,连样品都不看一下。"王大伟的语气里带点抱怨。

唐总可能认同王大伟说的是事实,笑了笑对王大伟说:"不让你进商场肯定有他们的理由,你再找他们谈谈吧。"说完,铃子一响,车子一推,一脚跨上了座椅,汇入了自行车的洪流中。

王大伟心里说:"我就找你,明天再来,'磨也要磨死'你。"想完笑了笑,觉得自己耍无赖,脸皮厚,可一转身看到华灯初上的联华商厦,一座典雅的欧陆风格的建筑,在暮色中勾勒出曲折有致的轮廓,犹如一座神圣的殿堂,心中便有了一个信念:我的产品应该在这座殿堂里占有一席之地!

连续三天,王大伟每到快下班的时辰,就赶到联华商厦的后门等着唐总。看到唐总推着自行车出来,他笑容可掬地迎上去,手里拿着裤子的样品,嘴里只说了一句"唐总,您好",便不再言语。

唐总一看,还是那句话:"你等在这里没用的,去找业务部门吧。"笑容温和了一些。见面三分熟,唐总是一个宅心仁厚的人,他并不是不想帮忙,只是他不好直接插手业务部门的具体事务。

王大伟白天忙着其他商场的布点、铺货,几天下来,已经与五家商场签了协议。商场的负责人很给徐阿姨面子,再加上王大伟的产品确实不错,因此合作顺理成章。但这些商场规模较小,营业额不大,影响力有限,十个八个抵不上一个大商场。所以,王大伟坚持要进联华。

于是,王大伟每天下午准时赶到联华商厦的后门,几天下来,连看门的大爷都认识了。他不断地给大爷递烟,一根接着一根,今天是"万宝路",明天是"健牌",后天是"云丝顿",尽是一些大爷见都没见过的外烟。

大爷不像那个副总,只抽"中华",不抽外烟。大爷平时抽的是"光荣""飞马"的上海烟,对外烟觉得很新鲜。每接过一根烟都要先在鼻子上闻一闻,然后诚惶诚恐地对上王大伟递来的火,深深地吸了一口,慢慢地吐出口中的烟雾:"劲好大呀。"

大爷其实年纪不大，还不到六十岁，只是长得老相一点。老国企的员工，企业倒闭，他下岗了。好不容易找到一个门卫的工作，心里很是满足。只是这工作比较孤单，一个人守着一个大院子，平时连个说话的伴都没有。王大伟有时来得早，和大爷聊了起来，从他的口中了解到不少联华商厦的情况。

王大伟又给大爷递上一根烟，眼睛却瞄到大楼的出口，唐总已经走出电梯，来到院子里的自行车停车棚，王大伟赶紧站到大门外等着。可站了一会儿，看到唐总还在自行车棚里磨蹭着，东找西找，就是不出来。

原来，唐总找不到他的自行车。刚开始，他以为自行车放在什么地方忘了。院子里放了那么多的车子，又有门卫看着，谁会想到车子被偷了。

但车子确实被偷了。

每天在上海这座城市里要失窃多少辆自行车呢？

但这事发生在自己的院子里，又是总经理的自行车，整个联华商厦都惊动了，分管保卫工作的副总、办公室主任、行政科科长纷纷赶到。

看门的大爷吓得脸色发青，在他的眼皮底下，老总的车子被偷。当然，不一定是他当班时发生的，唐总的车子早上已停在院子里，大爷是中午才接班的，到底是上午被偷还是下午被偷，只有小偷知道。可现在大爷在上班，发现车子没了，他是脱不了关系的。

唐总很生气，不是心疼车子，而是这件事情暴露出保卫工作的漏洞，管理上出了问题。

唐总一般不生气，唐总一生气，底下的人知道事态严重。

于是，召集相关人员，马上现场办公，如何加强保卫工作，如何加高栏杆，如何完善门卫制度，如何控制外来人员的进出，如何管理外来卸货的汽车，等等。

行政科科长打电话给街道派出所，几分钟后两位民警来到院子里，查看了现场，做了记录，询问了当事人。当问到看门的大爷时，大爷一脸惊恐，说自己上班时认认真真、坚守岗位，只是这个院子进进出出的人很多，有本单位的，有送货的，有租在这里办公的几个外单位的，有来联系业务的，总之，人员混杂。

警察觉得没有什么有价值的线索，估计小偷是撬开了自行车锁，然后大模大样地在门卫的眼皮底下推车出门。这样一说，看门的大爷责任更是重大。

唐总一言不发，行政科科长狠狠地训斥着看门大爷，说："你不认识所有进出的人，但唐总的车子总该认识吧？人家推着唐总的车子往外走，你应该发现才对。"

这话真有点冤枉了看门大爷。院子里基本上都是"凤凰""永久"两个牌子，再分就是男式女式，几个款式，却有几百辆车子。上海人只相信上海货的质量，他们不喜欢买外地牌子的车。这院子里以前也丢过车子，只是没有引起重视。这次丢车的人是唐总，这个院子的当家人，性质当然不一样。

一个小时过去，事情处理得差不多，警察临走时说了一句："等抓到小偷会通知你们领车的。"

唐总无奈地摇摇头，有点沮丧地走出了院子。

唐总走了几步，听到有人叫了一声"唐总，您好"，一转身，王大伟推着一辆崭新的自行车跟在他的后面。

"又是你啊，真的没办法帮你，你去找业务部门吧。"唐总的心情不好，脸上没有了笑容，说完转身继续往前面的公交站走去。

"唐总，刚才看到您自行车丢了，这辆车子您先用着吧。"王大伟紧走一步，与唐总并肩着。

唐总停了下来。

这时，唐总才注意到王大伟推着一辆最新款的"凤凰"牌自行车，不锈钢的挡泥叶子和后衣架，单腿支架，双转铃。

"你不要用这种方式，没用的，我不会接受你的车子。"唐总语气平和，但透着不容反驳的坚决，说完继续往前走。

"我是想，丢了车子，您怎么回家呢？"

"我不能坐公交车回家啊？走路也可以，没几站路。"

"既然车子已经买了，退又不能退，您收下吧！"

"你这是让我犯错误！"这下，唐总的口气严厉了许多。

"要不这样，您先骑着车子回家，明天上班再还给我。"

"你这人倒有意思，买了一辆这么贵的车子，借给我骑一天，然后你怎么处理？"唐总脚步停了下来。

王大伟挠挠头，有点憨态地说："我倒没想过怎么处理，看来我是办了一件错事。"说完，王大伟一脸无辜地看着唐总。

王大伟的表情，让唐总觉得有点过意不去，语气恢复了亲切。

王大伟眼看唐总态度回暖，赶快解释道："唐总，不瞒你说，买车子是不得已的借口。其实您知道，我来上海已经一个星期，心情急啊！我的产品是符合你们进场的条件的，而且肯定要比你们现在卖的裤子销量大。"

"你倒蛮有自信，一家名不见经传的工厂，产品还没投放市场，你就那么牛皮哄哄。"唐总带着半开玩笑的口吻说。

"是的，我对自己的产品绝对有信心。"王大伟口气坚定地说，脚步停了下来。"这样好吗？我发两千条裤子进商场，您给我一个月时间，如果我的产品卖不动，我的货款不要了，产品送给你们。唐总敢不敢让我试试呢？"

唐总听完哈哈大笑，"你这是在激我。要是真的卖不动，我要你的货有什么用？"

"我觉得你们商场思想观念不够解放，经营机制有问题。"王大伟的话有点刺耳。唐总不由得转身看着身边这位精瘦的年轻人，两个人的眼睛对视着。唐总从这位年轻人的眼睛里读到了坦诚和直率。

"并不是你们不让我进商场，我才这么说，而是从这件事看到了一些我认为应该改进的问题。"王大伟的话越说越直白，分明在批评整个联华商厦，当着一个不算熟悉的老总这样说，直率得近乎不礼貌，但王大伟觉得这些话该说出来。

唐总转过身慢慢地走着，王大伟推着自行车跟在唐总身边，"唐总如果觉得我的话不中听，请多多包涵。明天我回老家了，我们以后有机会再合作。"

"我倒是想听听你的意见，看看我们的工作中存在着哪些缺点。改革开放这些年来，整个社会都处在一个变革时期，好多新生事物不断涌现，旧的传统观念和管理模式成为改革道路上最大的障碍。"唐总诚恳地说道。刚好走到了公共汽车站，唐总从这里乘车，两站路便可以到家。

唐总想了想，对王大伟说道："你要是有时间，一起走到我家，我们聊聊好吗？"王大伟求之不得，他知道刚才的话题引起了唐总的兴趣。

"好的，既然到您家，您要负责提供晚饭，我的肚子可有点饿了。"王大伟半开玩笑地说道。

"好啊，没啥准备，只能家常便饭招待你。"

"一碗菜泡饭就行。"

王大伟知道，唐总邀请他一起聊聊，主要是想听听他对联华商厦招商工作的意见。"在计划经济体制下，国有商业在市场中占有绝对的份额，这是上海的优势，但也只是曾经的优势。现在，市场经济开始显现出强大的生命力，正在不断冲击着计划经济的传统阵地。在广东、福建等地，国有商业的市场份额已经不断萎缩，计划经济模式下统购统销，以计划定产量、以产量定销量的传统方式显然不能适应改革发展的需要。不同的经济成分纷纷进入商业领域，外资的、民营的、个体的，它们带来了经营模式的改变，提升了服务质量，降低了经营成本，更大程度地满足了广大消费者的需求。"

"是啊，这几年，上海的优势正在逐渐丧失，广东已经走在了上海的前面。中央给了广东、福建，以及其他经济特区很多优惠政策。你们是改革开放的试验田嘛。"唐总说到这里，叹了一口气，"不仅是我们商业系统，其他行业同样出现日渐落伍的现象。以前，上海生产的工业品占据那么大的市场份额，上海的品牌几乎就是优质产品的代名词。但这几年，不行啦。"

唐总接着说："我们并不是没有危机感，更不是沉浸在老大哥的沾沾自喜中。我们知道要奋起直追，但这关系到政策、体制的问题。但我相信上海会追上来的。"唐总的无奈中带着一丝自信。

"唐总，恕我直言，我觉得您的这种心态可能反映着现在大部分上海人的心态。第一，怨天尤人，觉得中央给的政策不公平。上海是'共和国的长子'，老是在为全国做贡献，赚的钱都上缴中央财政，影响了自己的发展。第二，抛不开计划经济体制的束缚，面对着改革开放的许多新生事物，抱着观望的态度。在同样政策下，广东人已经往前走了很多步，而上海还在原地踏步。"

听了王大伟振聋发聩的话，唐总觉得有点道理，但又不能完全接受。"你把上海人看扁了。不错，这些年上海是落后了，但上海已经动起来了，一股呼唤加快改革步伐的力量正在催人奋进。不出几年，上海会迎头赶上的。"

"是啊，上海是冒险家的乐园，上海人的冒险精神难道被计划经济的优势给磨掉了吗？上海应该在改革开放中有更大的作为。正是看中这一点，我把开发上海市场作为产品营销的重中之重。"王大伟不想讨论太多的政治形势，把话题引回到自己的产品上。

"对于上海的现在和未来，我们都有自己的评价和看法，没有必要在这个问题上争论。我倒是想听听你对我们商场的意见。"

唐总担任总经理半年来，工作成绩还算不错，销售额稳中有升，但他总觉得局面没有完全打开，像王大伟所说的，应该要有更快的步伐。

"唐总如果想听实话，我就放胆直说。我觉得你们商场现在经过重新改造装修，购物环境得到很大改善。在这一点上，上海第一百货比不上你们。但是，虽然硬件改善了，但人的思维观念还是停留在计划经济的模式里，经营方式并没有摆脱原有体制的束缚。"

"你更直接一点好不好？"唐总有点急了，这些套话自己在会上也经常说。

"比如，你们对待国有企业和民营企业的态度不一样。现在柜台里卖的大都是国有企业的产品，民营企业、'三资'企业的产品要进来就很难。这是计划经济体制下国有企业占统治地位的思想观念在作祟。市场经济嘛，谁的产品好、价格好、质量好就卖谁的，管它是国有的还是个体的。"

"是啊，我们现在有些同志，仍然对民营企业、个体户心存偏见，认为他们的产品靠不住。"

"上海一直是国有企业占绝对的垄断地位，而且上海国有企业的产品确实在国人的心目中有着崇高的地位。但是，我们应该看到，这几年来，广东、福建、浙江的许多民营企业已经有了很大的进步，并且抢走了上海产品的许多市场份额。"王大伟自豪地说道。

"上海产品几十年来'面孔不变'，在设计上、款式更新上也没有多少提升，这是上海产品的软肋。生产了几十年的手电筒、牙膏、订书机基本上都是一个样子的。"

"这是缺乏竞争造成的。"王大伟一针见血，"现在，我们就是这个后来的竞争者。若我的产品进入你们商场销售，现在正在销售的厂家，马上会有很大的压力。"

"你就那么自信？"

"我不是说了嘛，要是卖不动我一分钱不要。市场经济的核心是竞争，让消费者来说话，适者生存，再简单不过。"

"我要是不给你这个机会还真说不过去。在你眼里，我成了观念落伍的计划经济体制的卫道士，哈哈……"

"还有一个建议，你们的经营模式应该要改革一下，不要老是统购统销那一套。比如，你们可以采用代理制，你给我代理权，我们赚差价。这样，你们既不用预先支付货款，又不用承担积压库存的风险。而对我来说，虽然增加存货资金的占用和库存损失，但我会减少产品库存数量，增加周转次数，及时更新款式，以销定产，这样，竞争力反而得到提升。"

"这个建议很好。我们曾经试行过柜台承包，但收效不是很明显。职工收入一旦拉开，便会有新的矛盾产生。"

"国有企业吃大锅饭惯了。或者，你们干脆把柜台承包给我，你们收租金，还可以按销售额提取，销售人员的工资由我来付，肯定能够调动员工的积极性。"

唐总的眼睛一亮，"这个方式不错，你这个小同志思想倒是蛮'解放'的。"

"这些做法，并不是我想出来的。在广东，人家早就这么干了。您可以到深圳看一看，各种新的经营模式和营销手法层出不穷。"

两人一路说着，沿着浙江路向南，穿过了福州路、广东路、金陵东路，来到唐总家所在小区。

唐总住在商委的家属区，一个典型的上海弄堂，几排石库门房子一溜排开。石库门是上海的特色，一个门进去是几户人家。唐总家住二楼，沿着楼梯上去有一个厅，不足十平方米。王大伟扛着新买的自行车上了二楼，放在客厅里，让原本不大的客厅显得更加拥挤。

唐总的爱人在屋子里听到声响迎了出来："怎么那么晚才回来？"掀开门帘看到唐总带来客人和崭新的自行车，"哎呀，新车子嘎漂亮哟。"说完觉得不对劲，心想："老头子一声不响买了新车子，这么大的事体不和我商量？"看看王大伟，唐总的爱人似乎明白了几分，嘴里不再言语。

"这位同志姓王。你去炒两个菜，我和小王喝两杯。"唐总说完进了里屋，拿出一瓶茅台酒。

唐总的爱人一看，知道这个小王在唐总的眼里分量不轻，便赶快下楼到厨房里张罗着。

上海人的住房条件不好，唐总当了十几年处长，按级别住这样的房子已经算不错的，要是新提的处长，可能连一个单间都分不到。

这石库门房子，像一个大杂院，住着五户人家，二十几口人。厨房是共用的，每户一个灶台，一溜排着；洗刷用的水龙头在院子里，也是一溜排着。每户的灶台上都有一盏白炽灯，墙上有五个拉线开关，底下写着各自的名字；五个水龙头上装着铁盒子，每个盒子上都上了锁，哪户人家要用水，就打开属于自己的水龙头盒子。

外地人看到这个现象觉得不可思议，为什么要分得那么清呢？厨房的灯装一盏，大家共用，水龙头也一样，到月底算一下水费、电费，大家平摊费用。但问题来了，按户分摊，有的一户人家有五个人，有的才两个人，当然不合理；按人头分摊，有的小孩多，又觉得不划算。况且，如果是公用，肯定造成许多浪费，洗刷时水龙头一直开着，晚上厨房的灯没人关。所以，精明的上海人想出这样的办法，各自管好自己的水龙头，管好自己灶台上的灯，避免了很多邻里之间产生的矛盾。

既不占别人的便宜，也不让别人占便宜，这是上海人的生活哲学。

唐总的爱人炒了两个菜，一个丝瓜毛豆、一个火腿鸡蛋，开了一听午餐肉罐头，还有一锅"腌笃鲜"，端进客厅时，唐总已经和王大伟喝了好几杯酒。两人剥着花生，喝着茅台酒，聊了许多企业经营的事情。唐总已经完全把王大伟当成是忘年交，觉得和这个人合作将是推动商场改革的契机，一个新的思路逐渐完整清晰。

"勿好意思，没啥好菜招待客人啦。"唐总的爱人是苏州人，一口吴侬软语很好听。

"给您添麻烦了。"王大伟站了起来。

"不用客气，坐下来吃饭吧。"唐总给王大伟倒了一杯酒，也给爱人夹了一下菜。

大家都说上海男人怕老婆，其实上海男人是疼老婆。所以，上海男人买菜、做饭、洗衣服是很正常的事，并且上海男人以此为荣。

这餐饭吃了两个小时，直把一瓶茅台酒喝完，唐总和王大伟都有点醉意。唐总的爱人早就回到屋厢去织毛衣。两个孩子一个上夜班，一个大学住校没回来。

他们两人边谈边喝，最终确定了让王大伟明天到办公室来，唐总将召集有关部门的经理和王大伟谈判，原则上拿出两个柜台让王大伟自己经营，按销售提成加保底租金的方式合作。

王大伟看看时间，太晚了会影响人家休息的，当他要走时，唐总伸出手来。

"把自行车的发票给我。"

"唐总，您收下吧，这是我的一点心意。"

"傻瓜，你不给发票我怎么去申办牌证？"

王大伟一听，赶快从兜里拿出自行车的发票和合格证双手递给了唐总。唐总接过来一看，"这么贵啊？还要外汇兑换券，你看你，我要是骑这种车子，太奢侈了，明天我去换一辆便宜的。"

"你别换了，贵是贵了点，但质量好、款式新，该享受要享受。"王大伟在不知不觉中把"您"说成"你"，这一字之差，说明两个人有了很亲切的关系。

"我喜欢朴素一点的款式，现在的车子太花哨了。"唐总笑着说道，挥挥手，意思是不用再争。

第二天，当王大伟来到唐总的办公室，唐总塞给了王大伟一个信封，里面装着买自行车的外汇券。

第十五章

王家古厝这几天正张灯结彩。

王家已经很多年没有操办过大喜事，这次刻意隆重一点。王奇山默许了王大伟和淑媛的铺张。现在的经济条件改善，政治环境相对宽松，是该好好款待亲朋好友们。

作为这个家族的家长，王奇山有一种潜意识的责任，他不但是四个孩子的父亲，更是这座古大厝的当家人，承载着克振家声的使命。这些年，王家兄弟合力，事业有成，呈现一派兴隆景象，王奇山心里高兴，但总有一丝隐约的担忧。正所谓创业容易守业难，可以共生死却不可以共富贵，中国人的古训不无道理，这些先人们的真知灼见总是不幸言中。王奇山有意营造"父慈子孝，兄友弟恭，夫义妻贤，祯祥屡现，百福咸臻"的家庭氛围，因此，王三平的这场婚事是被隆重操办。

王奇山亲自写了十几对楹联，早早地贴上古大厝的各个门框上。在新人房的门框上是一对"昔日同窗，竹马青梅谈理想；今宵合卺，高山流水话知音"，真是贴切。大门的一对楹联让人觉得与这个喜庆的气氛有点不太同调，但仔细一琢磨，多少悟出王奇山的一片苦心，这是一副仿弘一法师法书的对联："雨大法雨今开悟，行善提行利众生。"

王奇山刚刚从菲律宾回到刺桐时，曾经与弘一法师有过一面之缘，得过一幅弘一法师亲赠的墨宝。因此，王奇山对弘一法师有种特殊的缅怀，对其书法推崇备至。经多年的研习，仿弘一法师的书法已有几分形似。因此，他特地临摹了这副楹联贴在正大门上，可见王奇山的意味深长。

王家热闹非凡。

门廊上早早挂上贴着大红双"喜"字的灯笼。古大厝的青石板、石雕、石台阶用白萝卜磨过。门窗、杉木圆柱、木雕，用洗衣粉洗了两遍。地上的红砖更是用刷子刷过好几次。历经沧桑的古大厝整洁一新，散发着一种闽南建筑特有的古韵。

厅堂正中挂上一块大大的红绸布，上面绣着金色的双"喜"字。墙上列祖列宗的黑白遗像和长案上的祖宗牌位显得有点不太协调，但闽南人不忌讳，他们希望在列祖列宗的注视下，操办着一场轰轰烈烈的喜事。

几个年纪较大的邻居和乡下亲戚中的老婶、老姆已经在淑媛的调派下忙活了好几天，浸米、磨米浆、蒸碗糕、蒸甜糕、炸煎粿，忙得不亦乐乎。古大厝里不时溢出笑声，飘出油香。

碗糕是闽南民间糕点的特色，把米磨成浆后加糖，放到小口的碗里，用蒸笼蒸。闽南人很看重碗糕蒸出来的模样笑不笑，如果碗糕的表面裂成几瓣，意味着笑，意味着发，意味着喜庆，这样的碗糕有弹性，筋道十足，吃起来弹牙。

淑媛正在油锅前，用一双长长的竹筷翻动着油锅里的炸煎粿。金黄色的炸煎粿一出锅，淑媛拿起一个掰开，一股香喷喷的花生糖浆流了出来。淑媛尝了一口，忍不住叫好。今年的糕粿做得顺利，是个好兆头，意味着以后的日子风调雨顺、家庭和美。淑媛心里自然高兴，赶快叫身边的人先停下来吃炸煎粿。

炸煎粿是用番薯蒸熟后碾成泥，再包上用花生末、红糖、芝麻、热猪油调和的馅，经过油炸后，吃起来满口流油，又甜又香。凡有喜事，都会给"厝边头尾，亲戚伍什"（闽南俚语，喻指邻里、亲戚）送上一份糕粿，一是传递喜讯，二是分享幸福，这是闽南人的习俗。

王三平的"新人房"已布置妥当，眠床、橱桌都是正漆描金的老式家具。这套家具是王奇山父亲留下来的，算算已有一个甲子，但仍然崭亮、结实，可见当时的用料考究、做工精细。

特别是这座"十八堵眠床"更是精美绝伦，床前有长方矮凳，俗称"踏斗"，用来做脱屐登床之用。床上有一木顶架，俗称"承尘"。床前有透雕花楣，中间有箱架、柜，三面围屏遮风，各有上中下三层，十八个独立的镂空图案，有花鸟，有人物故事，雕工精细，红漆描金，俗称"十八堵眠床"。现在能够做这种家具的工匠已是凤毛麟角，只有在这种古大厝里还依然有着一些几十年前留下来的宝物。

当年，王奇山的父亲回到家乡建造这座宅子，请了能工巧匠打造了这些富有闽南特色的家具，但他在这里住的时间只是回家省亲的一小段日子。后来，王奇山回国，直至结婚后生了四个孩子，都是一直用父亲留下的这张床作寝具。

王大伟结婚时，王奇山和淑媛把这副老式家具，连同大厅的东房(俗称"大房")让给了长子。居住在古大厝里是有讲究的，大房、二房、厢房按兄弟的排行来分配。王大伟住的是大房，他的左边是三房，分给了王三平。王三平和张丹红虽然在单位里分了房，但父母亲坚持婚礼要在王家老宅操办，于是，王大伟把这套老式家具搬到王三平的房间，自己另外买了一套新式家具。

祖宗沿袭下来的许多习俗根深蒂固，沿用父母亲的婚床，甚至沿用爷爷奶奶的婚床成为长子长孙的特权。现在王大伟把它让给王三平，却让王亚峰夫妇心中有些不快。

王亚峰的房间是正厅的右侧。淑媛担心王亚峰夫妇住不惯老房子，特地挑了一套带"席梦思"床垫的家具。但王亚峰心想，这套老式家具是家里的传家之物，更是辈分排行的象征，既然大哥不要，应该是他的，而不是王三平的。当然，在这喜庆的日子里，王亚峰并没有流露出他的不快。

王三平的婚房里除了整套老式家具外，其他则等着新娘的嫁妆来装扮。

刺桐的习俗，新郎只要准备好家具，其他的各式物品都是新娘子带来的。新娘子的嫁妆，不但有冰箱、彩电等全套家用电器，还要有各类生活用品，连洗涤用品、化妆品、床上用品都要面面俱到。家境丰裕的娘家，甚至把别墅、店铺、轿车、大额存款单、股票作为嫁妆。

在沿海一带，更是相互攀比，看看谁家的女儿嫁妆多。女方陪嫁多，男方给的聘金也多。但女方一般会退回聘金，再加上一大笔存款。

张丹红的父母亲都是国家干部，只有这颗掌上明珠，因而倾其积蓄，为女儿置办了全套嫁妆：二十九时的大彩电、冰箱、自行车、缝纫机、四喇叭录音机、"三五"牌座钟，还有三箱衣料、四床棉被、五套新衣，外加两万元存单。这在

20 世纪 80 年代末已经是很够面子了。

淑媛为儿子准备了五万元的聘金，还有四个金戒指、四条金项链、两对金手镯。张家把聘金退了回来，再加上两万元，一张七万元的定期存单装在一个玻璃镜框里鲜艳夺目。这样，王三平小两口马上进入小康生活水平，让单位的同事们羡慕不已。

当王亚峰夫妇看到这些时，心里的结打得更紧。

王亚峰到香港后，挣到的钱都往家里寄，直到要结婚时，自己没有什么积蓄，婚礼非常简朴，父母亲一分钱没给。现在，王三平的婚礼如此操办，王亚峰嘴上没说什么，觉得现在家里条件好了，隆重一点是应该的，但姗姗的脸色他是看出来了。

他只好安慰姗姗，说："我们现在生意做得顺利，条件改善了很多。三平两口子都是'吃政府头路'（闽南话，公职人员），工资不高，不要计较这些。"姗姗说："道理是对的，但父母亲对孩子应该公平，这么大的差别让人心里不好受。你对这个家尽了那么大的力，要得到应有的认可。"说得王亚峰无言以对。

王亚峰是第一次带老婆孩子回家，淑媛给了姗姗一对金手镯和两条金项链、两个金戒指，给了小孙女一对金手链，见面礼不少，但和王三平比起来，显得有点少了。淑媛似乎看出了王亚峰夫妇的心结，把王亚峰拉到边上解释了很多。王亚峰笑笑，对母亲说："没事的，只要兄弟们都有钱了，多几万少几万不要紧。"说得淑媛又要掉眼泪。

几天来，王家沉浸在喜庆的气氛中。

现在，王家的工厂办得红火，生意兴隆，又赶上改革开放后，社会昌明，政通人和，是该好好地舒展一下压抑了很久的心情。王奇山觉得自己的思想观念很开放。要是早几年，他肯定反对大操大办。几个老友特地请来了闻名刺桐的丝竹雅韵南音社，在王家古厝的大厅里摆下了"顶四管"阵，以示庆贺。几天来，余音绕梁，丝丝入扣的弦管雅乐飘出了王家古厝，让整条巷子里洋溢着喜庆的乐韵。

南音又称"南曲""南管""弦管"，起源于唐，形成于宋，是中国现存最古老的乐种之一，被称为音乐文化的"活化石"。唐光启年间（885—887），河南的王潮、王审知兄弟入闽，建立闽国，大量的中原人南渡，不仅带来了先进的生产技术，也带来盛行于唐代宫廷的大曲、雅乐。

南音的主要乐器琵琶，斜抱着弹奏，所用的洞箫严格规定为一尺八寸，这两件乐器演奏姿势和形制与唐旧制相符。南音古朴、典雅、舒缓低回的音调最适合配以哀怨、忧伤、抒情、思念，特别是爱情、思乡为题材的民间故事。因而，极富感染力和穿透力，与民众心灵相通，唤起共鸣，深受闽南地区人民群众和海外侨胞的喜爱。

大厅里正在演唱着一首南音名曲《远望乡里》。缠绵深沉的唱腔，古朴曼妙、委婉清脆的乐音，如怨如慕、如丝如缕，抒发着对家乡、对亲人的梦牵魂挂之情。许多老华侨非常喜欢这首曲，百听不厌，每每听来，总是禁不住老泪纵横，思乡的情怀溢满胸间。尽管曲调比较低沉，与这婚庆的喜悦气氛不太协调，但这首曲目却是王奇山亲自指定的。也许他想借此机会告慰客死在菲律宾、未能叶落归根的父母亲的亡灵。

在刺桐，南音与高甲戏、梨园戏、木偶戏、打城戏号称"五朵金花"，是这个戏剧之乡的主要戏曲种类。

在这种充满古韵的气氛中，在这座典型的闽南古大厝中，举行了一场新旧结合的婚礼。说它新，是因为新郎新娘都是公职人员，古旧的繁文缛节已经不太适宜，简略了许多；说它旧，仍有一些典型的闽南民间习俗少不了。

譬如，结婚前一天要"担盘"。结婚当天，新娘到的时候，新郎踢轿门，新娘跨过烘炉火后进洞房；敬甜茶，新娘和婆家的人见面互赠礼物；大宴宾客后还要闹洞房。

第二天天还没亮，新娘要早早起床去挑水，给公婆准备洗脸水，然后由娘家的弟弟或未婚的男丁接回。新郎在傍晚带着兄弟朋友去新娘家"做女婿"。晚上是新娘家的回门宴，娘家的客人以新郎官带来的伴郎作为主攻对象，又是一番划拳敬酒，直到有人当场被放倒才算尽礼尽兴。

新郎新娘回婆家时，要有两根甜甘蔗和一公一母的"带路鸡"。回到"新人房"，要把鸡放入床底下，看哪只鸡先跑出来，公鸡先出意味着生男孩。有的人干脆直接钻入床底把公鸡抓出来，落个皆大欢喜。

隆重、热闹、喜庆，这是闽南婚俗的特点，每一个习俗都有一段典故或暗喻。

千百年来，闽南人始终固守着许多来自中原的遗俗，蕴涵着对天地神仙的敬畏，对祖先的尊崇，对长辈的孝道，祈望夫妻白头偕老、家庭幸福、人丁兴旺、子孙满堂。

刺桐的文化是独特的、多元的，在婚丧喜庆、衣食住行、岁时节日、礼仪风尚、信仰崇拜等方面，有着典型的文化古城和著名侨乡的特色。来自中原的古老文明，在"海交"文化和宗教文化的影响下，传承有序，兼收并蓄，呈现了多姿多彩的闽南特色。

第十六章

婚假还没过完，王三平提前上班了。

王三平现在是刺桐所的所长。周有兴已经调回局里，正在等待安排新的职务。

自从王三平分配到刺桐所后，周有兴仗着资格老、根基深，处处刁难，"给小鞋穿"，恨不得早点把他挤走。

周有兴这一招挺灵的，王三平被孤立了，"孤鸟插人群"（闽南俗语，势单力薄），处处受掣。但王三平坦然以对，该干的事不含糊，该说的话不畏惧，勤勤恳恳，一身正气。

一段时间后，所里的同人慢慢从心底里佩服他。正所谓"公道自在人心""自古邪不胜正"，周有兴的势力逐渐被瓦解，所里的风气有所好转。李永平局长觉得火候到了，于是一纸调令把周有兴调回局里，并任命王三平担任所长。

王三平得到重用，有人说他有背景，是龙斌推荐的；有人说他有能力，应该用他。周有兴恨得咬牙切齿，要不是有个王三平，刺桐所仍然是他的天下，每天吃香的喝辣的，呼风唤雨，自由自在。现在到局里上班，在局领导的眼皮底下，制度严格，又没有具体的职务和工作，日子真是难熬。

王三平记挂着所里的工作，提前上班了。张丹红现在是信贷科的副科长，手头的工作也不少，小两口商量一下，就提前上班了。

王三平上班的第一件事，把几个征管员叫到办公室。

王三平从包里拿出一沓红包。

"同志们送的红包我收下了，不收好像不近人情。"说到这，王三平顿了一下，话题一转，"但是，这些企业送的红包我不能收，你们帮我退回去吧。"

"既然送了，就收下吧，这是人家的一片心意。"

"心意我领了，但收了红包要犯错误的。你们不希望我犯错误吧？"话说到这份上，几个征管员只好把红包领了。

王三平接着说："我想，以后我们所里的干部职工家里有了红白喜事，随礼仅限在所里，不要牵扯到征管的对象。否则，早晚会出事的。你们说呢？"以前，周有兴在的时候，可是巴不得天天有红白喜事，既有机会喝酒打牌，又可以借机收礼。

"从今天起，希望大家支持我的这个倡议。"

几个征管员连声说："好，好。"于是连忙分头去退红包。

王亚峰陪着老婆孩子在刺桐玩了几天。

姗姗是第一次入王家的门，虽然心里有点不快，但还是在喜庆的气氛中逐渐与家人熟悉了。淑媛非常喜欢姗姗的朴实和"骨力"（闽南话，勤快）。王奇山希望有了姗姗的影响，王亚峰会少一点浮躁和张扬。

王亚峰带着老婆和孩子来到闻名海内外的开元寺。

时间还早，寺里游人不多，香客寥寥无几，显得寂静、肃穆。王亚峰为妻女拍了几张照片后，走进大雄宝殿，点了三炷清香，跪在佛像前。女儿童真的眼睛看着爸爸，不明白他在做什么，只是觉得好奇，跟着跪下不停地磕头。

姗姗抱起女儿，回头看到王亚峰还跪在殿前，双手合十，满脸虔诚地念叨着。虽听不到他嘴里发出的声音，但姗姗知道，王亚峰在诉说着自己的心声。

渐渐地，王亚峰的眼眶湿润了。

一转眼，十年了。

想当年，临去香港前夕，母亲带着他来到开元寺，跪在大雄宝殿的佛像前，母亲不停地祈求着佛祖保佑儿子一切顺利、事业有成、身体健康、平平安安，早日衣锦还乡、光宗耀祖。母亲嘴里不停地念念有词，王亚峰跪得膝盖生疼，巴不得早点站起，心里并没有太多的虔诚。

十几岁少不更事，对未来充满好奇和憧憬，没料到这一路走来是那么的艰辛，每每想到母亲在佛像前长跪不起，王亚峰知道自己肩负着沉重的使命。当今天重新跪在这里，回想着这一切，他终于明白母亲当年的一番苦心。与其说祈求佛法无边，保佑他平平安安，毋宁说母亲借助佛的神赐，把伟大的母爱深深寄托。

走出大殿，看到妻子抱着女儿正走向东塔，王亚峰赶紧追上。在大雄宝殿前，是一个面积有几千平方米的"凡草不生"的大石埕，八棵两百岁至八百岁的大榕树分列两旁，荫翳蔽日，盘根错节。王亚峰从两棵榕树中间穿过，追上了妻子，一家人来到东塔前。

姗姗第一次看到这么精妙绝伦的石塔，心里赞叹古人的巧夺天工，不由得在塔前拍下很多照片。王亚峰一边为妻女拍照，一边给他们讲石塔的故事。

东塔连同西塔合称"刺桐双塔"，建造于宋代，采用八角五层楼阁式仿木结构，全部采用当地盛产的花岗岩石，以纵横交错的方法叠砌，重达一万多吨，历经七百多年风吹雨打而巍然屹立，1604年的八级大地震，都无法撼动它的根基。

刺桐双塔是中国古代石构建筑的瑰宝，从建筑规模、形制和技艺上都充分体现了宋代劳动人民高度的智慧和伟大的创造性，它不但在中国石塔中堪称佼佼者，在世界上也是首屈一指，是中世纪刺桐海外交通鼎盛时期社会空前繁荣的象征和刺桐历史文化名城的特有标志。刺桐双塔自建成后，七百多年来，一直是这座城市天际线上的制高点，是这座城市的荣耀。

姗姗听了王亚峰的介绍，忍不住走近塔身，牵着女儿稚嫩的小手，抚摸着历经沧桑的石头。这时，随着一阵清风，塔上传来了一串铃声，十分悦耳，原来是塔角下悬挂着的八十个小铜铃在风中叮当作响，惊起一窝筑巢在塔上的燕子。

晚上，全家一起吃晚饭的时候，王大伟提出让王四博去上海出差的想法，一来让王四博见见世面；二来想让吴志聪和王四博一起去开拓周边的城市，比如南京、杭州的市场。

现在上海的局面已经打开，以联华商厦为龙头的十几个销售点，每天的销售量达到三百多条，节假日最高达到五百条。吴志聪现在是上海办事处主任。联华商厦看门的大爷因为唐总丢了自行车的事，被辞退了，王大伟听说后，马上把他招进办事处，现在负责管理仓库。

王四博一听说让他去上海出差，开心得跳了起来，说明天就去订票，但淑媛有点放心不下。"还是等大伟去上海的时候，先带一带，要不，一个愣头青，怕摸不着路。"

王奇山眉间皱了一下，口气略带严厉地对淑媛说道："你看看我们王家几个人，哪一个不是十几岁就离家远行？我十八岁从菲律宾回国，路上辗转了一个多月。他的三个哥哥，上山下乡、去香港、去当兵，都是十八九岁。不就是去一趟上海嘛，二十四岁的人，连这个都干不了，还能成什么大器啊？"

王大伟赶快打圆场："妈，您不用担心。我让办事处的人去火车站接四博。"

王四博接过话："我整天待在厂里，从没接触过市场，应该出去长长见识呀。"

王奇山回头瞪着王四博："待在厂里待腻了是吧？出去长长见识是对的，但你的主要工作是协助你大哥把内部的管理搞好，不要好高骛远。"说完一口把一杯状元米酒仰头喝掉。

大家觉得老爷子今天情绪有点不对劲，好像谁得罪了他。其实，王奇山心里清楚，最近一段时间里，家运顺达，喜事连连，作为大家长，该泼泼冷水、敲敲警钟，让大家时刻保持冷静、谦和的心态。公司的事、工厂的管理他很少过问，王大伟做事他是放心的，但把握大方向、防微杜渐、指点迷津这些事离不开自己，这是王奇山给自己的定位。今天晚上借着几杯酒下肚，他有必须要说的话。

"企业的发展要有计划、有步骤，不能操之过急。管理要有分工，做到事事有人管，不要事事都要管。用人最重要，用错人一切都免谈，危害最大。现在厂里都是亲戚朋友，要处理这些关系不容易。大伟你要想得深远一点。"王奇山几句看似官话、套话的唠叨，是真的说到点子上，让王大伟如醍醐灌顶。最近厂里有一些迹象表明，几个管理人员之间的矛盾逐渐显现。

这个团队精简，又都是王大伟知根知底的自家人，照理说应该能够同心同德、尽心尽责，但问题出在协调和分工上。

首先，王四博虽然是股东，但年纪轻，经验较少，压不住阵脚，遇到大事，都要等王大伟拍板，而且几个管理人员有事都直接找王大伟。遇到王大伟出差时，长途电话不好打，他们只好等着。王四博年少轻狂，有时"大主大意"（闽南俗语，指擅自决定，越权决策），等王大伟回来后，发现这个决定是错误的，重新改过来，弄得王四博灰头土脸，让几个管理人员看笑话。

其次，韩天华管理和技术有一套，但他的身份是顾问，有建议权，没有决策权。而管技术和生产的李木水，掌握的是传统的手工缝纫技术，对设备机械化和分工专业化的现代工艺流程不熟悉，个性又比较固执，经常与韩天华意见相左，两人的矛盾日渐加深。

再次，丁顺发负责采购，但仗着老板妻舅的身份，有点拔高自己，动不动就对其他人的工作品头论足、指手画脚，徒增了许多矛盾。更严重的是，几个供应商热情招待丁顺发几次后，辅料的质量已经出现不稳定的现象。有一次，采购来的缝线频频出现断线、跳针，幸亏发现早，及时更换，没有影响到产品的交货期和质量。

倒是张鸿年与世无争，埋头苦干，但面对日益增多的账单、报表，有点不堪重负。

这些问题的存在，王大伟心里是清楚的，但他尚没有破解的好办法。

王大伟没有受过系统的高等教育，很多经验都是在日常工作中摸索出来的，有时难免靠直觉、靠本能反应做出决策。

前一段时间，在韩天华的帮助下，他根据《科学管理原理》的启发，把提高劳动生产率作为中心任务，实施了一些行之有效的科学管理办法，比如推行定额管理，通过各种测试和测量，确定工人的劳动定额；实行差别计件工资，多劳多得，奖优罚劣；注重对技术骨干的挑选、培训；实行工具标准化和操作标准化；将计划职能和执行职能分开等。

总的来说，实行一年多来，效果是明显的，劳动生产率大幅度提升，工人的劳动积极性和技术技能也有了很大提高。

现在，问题不是出在执行者身上，而是出在管理者身上。

但是，这些管理者个个都是自己的亲戚朋友，论能力不是很强，但赤胆忠心、尽心尽责。

那么，问题在哪里呢？王大伟一时找不到答案。

父亲的一席话正中要害，"亲戚朋友"四个字一直回荡在王大伟耳旁。天下不就是靠这些亲戚朋友一起打下来的吗？

这些问题还没严重到非马上解决的地步，但懂得未雨绸缪是一个企业家的基本素质。王大伟知道要提前采取一些防范措施。但处理这些亲情、人情上的关系，却不能操之过急、简单粗暴，这正是王大伟最难下手的苦衷。情、义、法、理纠缠在一起，让人下不了决心。

带着苦闷，王大伟来到了龙斌的家。

龙斌当了区长后，比起在财委的时候忙多了，两个人已经很久没有好好聊一聊。肖虹看到王大伟从怀里掏出一瓶茅台酒，便转身进了厨房，炒了两个简单的菜，煮了一碗马鲛鱼羹，端上了餐桌。

王大伟善断，龙斌善谋。两人从中学开始，不管是学习上、工作上，还是个人的私事、家事，彼此之间没有什么不能谈。双方引为知己，这份感情比亲兄弟还特殊。关键时刻，紧要关头，都能为对方挺身而出，说是"两肋插刀"一点不为过。尽管现在因工作的关系，在一起的时间相对减少，但一点也没有影响原来的默契，谈起话来，一针见血，直奔主题，不用拐弯抹角、斟酌再三。

"怎么了，碰到难题了吧？我看你小子这两年多来春风得意，膨胀得太快了！"

"没什么大不了的事。"王大伟端起酒瓶，给龙斌续了一杯酒。

"还嘴硬，没什么大不了的事，你会带上酒到我这来，我家里就没有一瓶好酒吗？"

"你以为我用酒来求你啊？要是求你，我会带上大捆大捆的钱。现在，用现金才办得了事，烟酒已经落伍了。"

"财大气粗。原来你也脱不了俗，商人的本性。"

"要是干脆商人一点也好，不会有那么多的顾虑。"随后王大伟把目前公司里存在的问题简单地说了一下。

"家族式的企业在管理上都会遇到这类问题。创业初期，这个矛盾不太突出。但随着企业的发展，许多潜在的弊端慢慢显现出来。主要源于家族式企业中因亲情、血缘等天然裙带关系下的主要管理人员，在工作职责、定位、权力等方面的越位而造成的困扰。"龙斌像背教科书似的说了一大通话，话中不无调侃的味道。

"行了，我在和你说正事，你帮我出主意，用什么办法来解决问题。"

"现在有什么大问题吗？"

"这倒没有，但不提前处理，矛盾会逐渐加深。"

"能够防患于未然，说明你头脑还清醒。怕的是你被眼前的大好形势冲昏了脑袋，自己飘飘然了。"

"我在用人方面，总是希望根据每个人的特点和专长，尽量做到人尽其才，可现实往往不如意。比如我那个大舅哥干采购，我是反对的，可秀丽坚持要，我只好让步。想让四博多分担一些，但觉得他似乎嫩了点。"王大伟露出无可奈何的表情。王大伟平时自信得近乎狂妄，只有在龙斌面前，才会流露出少有的真实一面。

龙斌慢慢理出了头绪，知道王大伟的困扰在哪里。"你记得以前我们听过刘邦如何得天下的故事吗？"说完，龙斌从书柜里找出了一本《资治通鉴》，念了一段话："夫运筹帷幄之中，决胜千里之外，吾不如子房；镇国家，抚百姓，给饷馈，不绝粮道，吾不如萧何；连百万之众，战必胜，攻必取，吾不如韩信。三者皆人杰，吾能用之，此吾所以得天下者也。"

"我哪里去找子房、萧何、韩信啊？"

"千里马常有，而伯乐不常有。你首先要学会做伯乐。看看你身边的人，其实都是有才干的，但要敢用、用好，用在合适的位置上，这才是你的水平。那个韩天华，人家在东莞，能够把一个工厂管得那么好，这不就是一个很好的人才吗？可到了你这里，只是一个顾问，手中没有权力，他的才干能施展得开吗？四博这小子，脑袋灵活，学什么都快，可你一直觉得他嫩，不放心。还有秀丽他哥哥，论能耐不比许多干个体的小老板差，他要是有条件自己当老板，说不定干得很好。"龙斌以一个局外人的眼光，把王大伟身边几个人点评了一番。

龙斌继续说道："企业要发展，最重要的是人才，这方面正是民营企业最薄弱的。许多老板基本上靠单干，用的都是身边的'皇亲国戚'，这叫'任人唯亲'。

很多外来的人才，哪怕学历再高，哪怕经验再丰富，博士也好，在国企、外企当过总经理也好，在这样的环境里能发挥才干吗？不可能！为什么？企业的生态环境不一样。"

"企业发展到一定阶段，要有一个良好的人才机制，要有健康的企业文化。只有这样，企业才能做大做强。这需要几代企业家的不懈努力啊。"几杯酒下去，龙斌的豪情上来了，说完话，手还在空中飞舞了一下，然后重重地握住拳头。

"鹭岛大学的高才生，这几年书没有白读，站得比我高，看得比我远。"龙斌继续滔滔不绝，"商场如战场，管理企业就像带兵打仗，讲的是团队精神，讲的是协同作战。一个再好的指挥官，能拿得动几支枪呢？没有基层指挥员的带兵，没有战士们的冲锋陷阵，他能打得了仗吗？"

"同样道理，一个企业家，或者说一个老板，他再有能耐，也需要各种人才组成的团队，才能有好的执行力，才能有好的产品、好的品牌、好的市场，取得好的效益。而一个称职的老板，就是要创造一个良好的环境，调动全体员工的积极性，让他们在一个公平、合理的氛围中充分发挥才干。"

龙斌喝了一口酒，继续说："老板应该做到知人善任，而这方面，我觉得你放不开。一是你太自负，觉得自己很有能耐，你手下的人个个不如你；另一个是你自己有一定的局限性，不管是你的知识结构还是专业素养。说句不客气的话，你能取得今天的成绩，靠的是你的意志力和拼搏精神，靠的是胆识，再加上一点运气。但接下来呢？"

"我……"王大伟听了龙斌的话，极力想反驳，但龙斌不让他有说话的机会。

"科学家可以有九十九次的失败，但只要最后一次成功，就有可能获得诺贝尔奖。而企业家呢？哪怕他已经成功了九十九次，但只要有一次失败，可能从此万劫不复。所以，企业家的每一步都要脚踏实地，容不得半点疏失。"

"不管是国内还是国外，企业和企业家的淘汰率是非常高的，特别是民营企业。看看我们周围，这些年来有多少企业和企业家犹如昙花一现，很快销声匿迹。原因在哪里？就在企业家身上。那些缺乏战略眼光、急功近利、刚愎自用、铤而走险、违法乱纪之辈，早晚要被淘汰。"

"一个伟大的战略家，不一定是一个伟大的企业家，但一个伟大的企业家，一定是一个伟大的战略家。这是哪个名人说的话呢？"龙斌借着酒劲豪情万丈地发表他的意见，说到这里停了下来，想不出这句话是谁说的。

"是龙大人说的。"王大伟被龙斌说教了老半天，好不容易有了还口的机会。

"哪个龙大人？对、对，是龙大人说的，你可要记在心上，每日三省。"

"记住了，龙大人。"

两人说着话把一瓶茅台酒喝完，龙斌还不肯"休战"，又找出一瓶。王大伟赶快喊出肖虹，把酒收了起来。

喝了一会儿茶后，王大伟从龙斌家里出来。

一阵冷风掠过，王大伟忍不住打了一个寒战，赶快停下摩托车，把夹克衫的拉链往上拉一拉，但风还是不停地往怀里钻了进来。半斤茅台酒让他多少有些飘然，经冷风一吹，清醒了许多。

想着龙斌的一席话，王大伟慢慢理出头绪，从他的话语里品出一些机锋。虽然带有一点调侃，但他们两人在一起谈事的风格就是这样，龙斌虽然有点说教，可道理是正确的。

这些道理由龙斌说出来，显得更有系统性和哲理性，尤其是龙斌对他的大胆剖析，他心里有点不服，却想不出反驳的理由。这些话要是换一个人来讲，王大伟肯定听不进，至少会有抵触，但龙斌用这种口气讲出来，王大伟是会接受的。回想自己几年来所走过的历程，确实有惊无险，但往后的发展呢？还会一直这样幸运吗？

王大伟一路想着，蓦然发现自己把车开在城东路上，竟然是朝着回家相反的方向。

路上行人稀少，偶尔一辆摩托车呼啸而过，回头看看，城市的万家灯火已在身后。

这里已经是城市的边沿，路是新开出来的，两旁的建筑还没有形成，相信再过几年，又将是繁华热闹的街区。

刺桐是一座充满人文气息的古城，历史上有过许多高光时刻，是"东方第一大港","海上丝绸之路"起点以及"宋元中国的海洋贸易中心""著名侨乡""海滨邹鲁"。俞大猷抗倭、郑成功收复台湾、施琅平定台湾等重大历史事件，都与这座城市息息相关。但明朝的闭关锁国，加上明万历年间两次大地震让这座城市开始走向了衰败。

改革开放前，刺桐的经济总量在省里排名倒数第二，难怪这座城市的地盘一直守着"东西两座塔，南北一条街"的格局。但是，这座城市的子民自古有着大胆冒险、勇闯天下的传统和"爱拼敢赢"的精神，在海洋文明、海交文化的熏陶下，培育出超前的开放意识、商品意识和艰苦创业、开拓进取、敢为天下先的性格。因此，改革开放短短的几年间，许多民营企业、中外合资企业、个体企业如雨后春笋般遍地开花，爆发出强大的经济活力，催生着这座城市的急剧扩张和脱胎换骨。

王大伟沿着城东路到了刺桐路右转，来到江滨。环顾周边，许多熟悉的环境已经发生很大的变化。记得小时候经常到这里嬉戏玩耍、摸鱼抓虾。当时，防洪堤内是一片稻田，但现在，稻田已被填平，变成城区的一部分，许多建筑正在彻夜施工。

王大伟登上防洪堤，眼前为之一亮，皎洁的月光柔柔地洒在江面上，随着缓缓向东流逝的江水散发着幽幽的波光。

冬夜露抛珠，寒月光泻水。

冬天的月色别有一番景致。

多少文人骚客对春月、秋月褒赞不已，"行人戏春月，窈窕曳罗裾""喜去春月满，归来秋风清""秋月无边""春花秋月"……溢美之词无数，可有谁在这寒风凛冽的冬夜里诗兴大发呢？王大伟找不到一句贴切的句子来形容这个美丽的冬夜，只好摇摇头，直叹自己才疏学浅。

这一段的桐江，江面豁然开阔，江水流速变缓。涨潮时，海水沿着刺桐湾上溯，江面水阔，波涛绵绵；落潮时，露出了水草丛生的河滩，海鸟浅翔掠过，叼起滩涂上的小鱼，拍着翅膀飞向远方。

遥想当年，晋人衣冠南渡，依江而居，当时的桐江水一定是清澈的，没有这么多的泥沙。在一派渔舟唱晚、田园牧歌中，先人们开始了桐江两岸的拓荒。

后来，随着海洋文明的崛起，与世界各地的贸易往来不断增加，"东方第一大港"和"海上丝绸之路"起点的盛名，使这一湾浩渺的江水千帆竞立、樯倾楫摧，"涨海声中万国商"。

再后来，明代的锁国，清朝的没落，近代的战乱，泥沙的淤积，使得繁忙的桐江口，蓝蓝的刺桐湾，逐渐失去了耀眼的光彩，只剩下一泓潮起潮落的江水，依旧滔滔不绝地奔流大海。

要说在桐江边欣赏月色，最美的是溯江而上的临漳门外，刺桐旧八景之一的"笋江月色"。

每当中秋月圆，半夜时分，桐江两岸的泉山和紫冠山在笋江中的倒影便能相叠在一起，加上笋江桥十七个桥孔在月光洒照下，形成十七个倒映在江面的月亮。两岸百姓点灯祭月，祈求平安。文人雅士、商贾大夫泛舟笋江，吟诗作赋、品茶赏月。放孔明灯、博状元饼、烧塔仔、吃月饼、游笋江这些雅俗共赏的活动形成了刺桐历史上独特的中秋民俗，"笋江月色"成了刺桐旧八景之一。

更深露重，月亮已悄悄隐入云中，四周一片朦胧。

王大伟思绪收了回来，不禁暗叹自己怎么发起怀古之悠情，也许是半斤茅台酒的作用吧？民以食为天，而酒则是五谷之精华，中国人特有的思想沉淀、历史沧桑无不蕴涵于其中。古人饮酒饮出了诗情，饮出了哲理，饮出了学问，饮出了人生，气韵得到彰显，才有了"李白斗酒诗百篇""刘伶醉酒""贵妃醉酒""杯酒释兵权""青梅煮酒"等逸事典故。

一阵江风吹过，冷冷的，但清清的。

王大伟酒劲渐退，思路慢慢清晰。回想和龙斌的一席话，他意识到应该调整一下目前的管理模式，让"责、权、利"三者相结合，责任明确，授权充分，利益挂钩，以此调动管理人员的工作积极性。

王大伟能够深刻领会龙斌的点醒，做出必要的战略调整，具备了一个企业家敏锐的远见之明和自我超越的魄力。

想想是容易，但做起来肯定很难。要改革，必然会影响到现实中已经形成的格局，损害到某些人的既得利益，引起强力的反弹和阻挠，甚至造成混乱。

动作不能太大，步子不能太急，从引进人才这个环节先来吧，技术、财务、人力资源、质量管理和市场营销，这些专业人才都是今后发展需要的。明天让四博去《刺桐晚报》登个招聘广告，还可以到刺桐大学或鹭岛大学招一些应届毕业生。

还有，找杰克陈求求情，干脆把韩天华请过来当厂长，让真正懂技术懂管理的人来管工厂。

但这样一来，要如何处理好王四博与韩天华的关系，协调李木水与韩天华的矛盾呢？矛盾总会有的，该面对就要面对。想到这里，王大伟释怀了许多。

第十七章

王大伟从鹭岛登上"沙洲号"客轮，经过近二十小时的海上颠簸，踏上了香港的土地。

20世纪90年代初，内地人到香港很不方便，要么以探亲的名义，经过公安部门烦琐的审批；要么由香港的亲属向中国旅行社购买双程旅游券，由中国旅行社组团旅游，王大伟就是以这种方式来到香港的。

一声长笛后，"沙洲号"客轮缓缓靠上尖沙咀码头。王亚峰已在岸上等候多时，见面后马上塞给王大伟一个旅行袋，里面装着五千元港币和一套西装。

兄弟俩还没说上两句话，地陪的导游已经挥舞着中旅社的三角旗，催着上大巴。旅行社的行程安排得很紧凑，马上要开始第一个景点的游览。有些年纪大一点或者晕船的旅客叫苦连天。在海上漂了二十个小时，头昏脑涨，还没调整好呢。香港的生活节奏真是快啊。

晚上，旅行团的行程结束，王大伟来到了王亚峰的家。

王亚峰的家在北角英皇道一栋有着三十年楼龄的公寓里，一套只有四十平方米的二居室。王大伟在客厅的沙发上坐了下来，抬头看看这个叫客厅实际上是卧室、洗手间、厨房的公共通道。因为，除了一张沙发，吃饭时再摆上一张折叠茶几，已经没有空地了。他想不通，这是王亚峰花了一百多万港币买下的房子？

王亚峰张罗着泡茶，姗姗带着女儿来到王大伟面前，教女儿叫"阿伯"。小女孩怯生生地用闽南话叫了一声"阿伯"，转头问妈妈，阿伯是什么意思。姗姗又教她用英语叫了一声"安可"。王大伟叮嘱王亚峰一定要教会小孩讲闽南话，很多闽南人在香港的第二代已经不大会讲闽南话了。

王亚峰沏好茶，端着茶盘从厨房出来，看到王大伟正在看着房子，眼神里的疑问是明显的。于是，他站起来，指着房子一一告诉王大伟，这是卧室，这是厨房，这是洗手间，这是客房。两人站着，就把房子的布局看得一清二楚。王亚峰说道："香港房子贵，能有这样的房子已经不错了。"

"北角住惯了，熟人多，地段好，地铁、商场都很方便。"姗姗抱着女儿从门后拿过一个折叠的小板凳坐了下来，因为兄弟俩已把沙发挤满。

当王亚峰告诉大哥，对面同样的一套房子，住了四户人家，王大伟不相信："两个房间住四户人家，怎么住啊？"

"主人一家三口住一间，另外一户三口住一间，客厅租给两个单身汉。当然，他们都是用上下铺，八个人住一套房子。我们才三个人，这样一比，我们够宽敞的。"王亚峰给大哥介绍后，脸上露出知足的表情。

是啊，香港普通的打工仔，能买得起房子已经很不错。大部分人像沙丁鱼一样挤在一个狭小的空间里。不过这些打工仔早出晚归，真正待在房间里的时间不多。怕的是亲戚朋友来访，连坐的地方都没有，更不用说留宿。王亚峰刚到香港时，四个人合租一个小房间，一张床，两人睡上铺，两人睡下铺。好在都是十七八岁的单身汉，除了睡觉，基本上不会在家。要是没有加班，那才真的是痛苦啊，在拥挤的房子里待着，像蹲监狱一样。

王大伟心里明白，当时他提出搞合资时，王亚峰二话没说就把自己准备买房子的钱投了进来，这需要很大的决心和勇气。想到这，王大伟有点内疚地对姗姗说道："我们王家让你受委屈了。以后有条件，再换大一点的房子。有困难我们一起想办法。"

姗姗听了王大伟的话，心头一热："这房子已经不错，只要早点能把按揭还清，心里就踏实了。"

"还差多少钱？我回去后想想办法。"

"大哥，我不是这个意思，我们……"姗姗赶紧解释道，但又不知道该怎么表达。

"按揭我们每个月在供。你把钱用在生意上，真的需要我再找你。"王亚峰替姗姗打了圆场。

"有困难你就直说，我们一起想办法。你现在的进出口生意顺利吗？"

"还好，改天我再专门和你谈谈。"

正在这时，客房里的电话响了，王亚峰进了客房接电话。王大伟听不懂广东话，但觉得谈的是生意上的事，好像还有电视机、香烟的业务。王大伟心里想，怎么有电视机、香烟的生意呢？

王大伟拿了一个袋子出来，里面装的是母亲特地准备的，都是一些家乡的特产，有地瓜粉、紫菜、鱿鱼干、蜜饯、甜粿、花生。姗姗客气地说："这些东西在北角都可以买到，让大哥背着一大包东西，真是不好意思。"

王大伟站起身来："妈妈一定要我带来，虽然没值几个钱，但都是她老人家的一片心意。"说完告辞回酒店了。

三天来，跟着旅行团起早贪黑，基本上把香港的主要景点逛了一遍。海洋公园、浅水湾、黄大仙、尖沙咀、太平山顶这些最主要的景点给王大伟留下美好但模糊的印象。因为时间太短，每个景点像蜻蜓点水，一掠而过。

王大伟三天来的感受是深刻的。香港的确非常繁华，城市很漂亮，卫生、绿化、交通等设施都是一流的。特别是香港人的守法、勤奋、友善和高效给他留下美好的印象，更拓展了视野。商场里做工精良、款式新颖的服装让他看到自己与其的差距；各行各业生意兴隆，更让他嗅到新的商机。短短几天，带来的视觉冲击和心理震撼是巨大的。

表面上游山玩水、观光购物，实际上他每时每刻都在调动身上所有的商业细胞，去感知一个全新的市场模式。金融、房地产、旅游业、餐饮业等第三产业的高度发达造就了香港的繁荣，创造了无数的商机和就业岗位；"银行多过米铺""房地产中介比比皆是""酒楼茶馆全年无休"映衬出这座城市的多彩生活；"股市""保险""游艇码头""赛马会""夜总会""私立学校"，这些内地闻所未闻的名词有多少将来会成为内地人生活中不可或缺的一部分呢？

王大伟有着与生俱来的商人的嗅觉，他敏锐地意识到，随着中国改革开放的深入和经济发展步伐的加快，许多新兴行业将会不断涌现，香港就是一个很好的学习榜样，深圳的高速发展已经证明了这一点。城市生活，带动第三产业的大幅提升；而第三产业的高度发展，将极大地推进城市化进程。

　　惊鸿一瞥，王大伟对这座城市的感觉超出了预期。当大部分游客还在惊叹这座城市的美景和繁华时，王大伟已经从另外一个视角挖掘出许多值得借鉴和效仿的地方。

　　当然，这座城市也有它的苦衷。现在，它正处于一个艰难的转型期，如在繁荣的表象底下，失业率不断攀升，制造业大幅萎缩。

　　随着中国改革开放步伐的加快，大量外资涌入中国。因优惠的投资政策和廉价的劳动力成本，珠江三角洲成了香港制造业向内地转移的首选之地。两地成本悬殊，香港的制造业优势一下子尽失，制衣、钟表、电子、玩具、塑料等工厂纷纷倒闭。

　　经历过转型期的阵痛后，香港正在发生蜕变，金融、航运、转口贸易、旅游、房地产、信息技术等行业的比重不断提升。

　　香港是一个自由港，优越的地理位置、廉洁高效的政府、良好的社会治安、自由的经济体系以及完善的法治闻名于世，成为中国与世界的重要纽带和中转站，成为亚洲的金融、贸易和航运中心。所以，即使回归后，香港依然会是一颗耀眼的"东方之珠"。带着这种自信，香港人经历了痛苦和迷茫后，便进行华丽的转身。

　　三天后，旅行团的全部行程结束，有两天的自由活动时间。王亚峰早早来到酒店，把大哥接回家去住。

　　当天晚上，王亚峰在北角敦煌酒楼正式给大哥接风，还邀请了几个亲戚朋友作陪。有堂叔、表哥，还有王大伟的中学同学、王亚峰的小舅子。宾主彼此寒暄问候、推杯换盏、忆古论今，好不热闹，直到很晚大家才回到家。

　　也许是换了环境，王大伟躺在床上睡不着。他推开窗户，点了一支烟。

　　窗外是鳞次栉比的高楼，许多窗户依然亮着灯，映衬着这座城市的繁华。隔着维多利亚港，是红磡体育场和九龙火车站的夜景，还有尖东的霓虹灯倒映在海面上的五彩斑斓。夜已深了，但这座城市的活力丝毫没有减弱，反而多了一份神秘和妩媚。"东方之珠，整夜未眠，守着沧海桑田变幻的诺言……"王大伟想起了一首歌。几天来的感受，更加深刻地领会了这首《东方之珠》的意涵。

　　"丁零零……"一阵突如其来的电话铃声让王大伟的目光收了回来，床头柜上的传真机进入了自动接收状态。一会儿，一张传真纸吐了出来。王大伟拿起来一看，是一张货物清单，上面写着：日立电视机 50 台、松下录像机 20 台、索尼摄像机 10 台，以及传真机、冰箱等家用电器。

这时，王亚峰敲门进来，看到王大伟拿着传真纸在看，王亚峰略显紧张地说道："朋友要的一批货，让我帮他查查价格。"

王大伟觉得有必要了解一下王亚峰的进出口生意，便顺势问道："你做服装设备，怎么对家用电器也熟悉呢？"

"是这样，我正想找个机会和你说说这件事。"王亚峰在床沿上坐了下来，"服装设备进口生意最近减少了很多，内地的很多厂家自己跑香港采购，有些设备供应商更是直接到内地设办事处，所以贸易商的生意比较难做。"

"所以，你就改行做电器生意？你知道走私可是触犯法律的！"

王亚峰听出了大哥带有责备的弦外之音，心想，这事没有和大哥商量有点欠妥，连忙解释道："我没有做走私生意，我只负责在香港采购货物，给内地的客户供货。他们是利用外商自用的手续或者华侨回国免税商品的额度把这些电器弄回内地的。这都是政策允许的。"

"是啊，国家是有这方面的优惠改革，但现在内地市面上那么多进口的家用电器，通过合法途径进来的有多少呢？大部分都是走私进来的。我们的事业刚刚起步，凡事慎重一点好。有些钱虽然好赚，但不能赚啊！"王大伟说话的口气稍微缓和一点。

"知道了。我只在香港交货，后面的环节我不参与，这样即使出事，和我也没有什么关系。"王亚峰极力为自己辩护。

"真的出事，你是脱不了干系的。你不能找找其他的生意，非要做家用电器不行？"

"现在一下子找不到合适的。况且，家用电器内地需求大、利润高。"王亚峰据理力争。他不想放弃现在已经做得看似顺风顺水、获利颇丰的生意，他觉得大哥的担忧是多余的，甚至觉得大哥缺少冒险的胆略。自己好不容易闯荡出一条发财的路，凭什么要放弃呢？

"我和杰克陈已经约好，明天下午三点钟到他公司。你早点休息吧。"王亚峰说完退了出去。

第二天上午,王亚峰带着王大伟来到深水埗。这一带的市场以经营家用电器、小商品为主,商店里摆满了各式各样的家用电器,日本生产的电视机、录像机、摄像机等产品,这里几乎同步上市。王亚峰就是从这里的商家拿货,然后发往内地……

看到深水埗各个商场、档口生意兴隆,可以想象已经形成了一个环环相扣、分工有序的利益共同体。一头是有着庞大需求的内地市场,一头是国外各种新颖奇特、美观耐用的家用电器,因为有国家的免税优惠政策,使得较大的价格落差,成为生意人逐利的机会。

王大伟明白,要王亚峰主动退出是不可能的,只有制止,才能避免他陷得更深。但怎样制止呢? 唯一的办法是控制王亚峰的资金。去年他给了王亚峰五十万元,要是这钱投在家用电器的生意上,加上已经产生的利润,王亚峰现在应该有将近百万元的流动资金在运转。这些资金掌握在王亚峰的手中,王大伟鞭长莫及。

但话说回来,如果真的把王亚峰的资金控制住,王亚峰做什么生意去? 让他继续去打工? 他家里的房贷怎么还? 一家人的生计如何维持?

王大伟陷入了两难之中。

要是一下子断了王亚峰的财路,他势必另外寻找新的冒险生意,终究为着利益链而走险。这事看来急不得,要慢慢引导。

想到这,王大伟心情稍微放宽一些,跟着王亚峰进了一家商店。店主是王亚峰的朋友,热情地打着招呼:"峰仔,好久没来,最近都在哪里进货啊?"

"已经好久没有进货了,今天陪我大哥看看。"

店主一听是王亚峰的大哥,态度更加热情谦卑,特地从柜台里迎了出来。

王大伟心里叹服香港人做生意的活络。在店主的介绍推销下,王大伟买了一个电子游戏机和一个照相机,还买了几盒磁带,都是港台当红歌星新出的专辑。后来,索性逛了几个店,买了电动剃须刀、化妆品、进口药品、美国西洋参、黄道益活络油等。王大伟不得不承认这些东西物美价廉,不但比内地的便宜了许多,关键是在内地不容易买到。

第十八章

王大伟站在杰克陈办公室的落地窗前。

隔海眺望，香港岛高楼林立，维多利亚港波光潋滟，眼前的美景把他吸引住了。

杰克陈端着两杯马爹利酒，走到王大伟的身边，"我这里地方不大，但景色还可以吧？"说完，递给王大伟一杯酒，"欢迎王先生光临，干杯！"

王大伟举着杯与杰克陈碰一下，一仰头把一盎司的马爹利酒滑进了喉咙，却看到杰克陈只是象征性地抿了一小口，"你不是说干杯吗？"说完，王大伟把杯口转向杰克陈。

洋人的习惯，白兰地酒要慢慢品。抿一口，拿着杯摇晃，看着琥珀色的酒在杯壁里旋转，舌尖的味蕾感知着琼浆玉液的甘醇柔顺。这不仅是一种享受，更是一份优雅。

杰克陈受洋人的影响太多，平时崇尚的都是西方生活方式，他以为用这种西化的礼节会让王大伟的野性有所收敛，至少在气势上不太张扬，没想到王大伟一口干掉杯中的酒，一股带点粗野的豪气又占据了主动，杰克陈只好把杯中剩余的酒一口喝下。

两人在沙发上坐了下来，看着杰克陈手下的员工正在泡咖啡，王大伟说："你让他们给我倒一杯茶就行，别搞那么复杂的东西，我喝不惯。"

杰克陈了解王大伟的秉性，连忙叫手下员工给王大伟和王亚峰泡了两杯茶过来。杰克陈歉意地说道："我没有像样的茶具，不能像你们那样隆重、讲究地泡茶，只好用大杯子。"

说完这话，杰克陈忽然领悟到不同文化都有其精彩的内涵。西方人品酒和中国人品茶同样是一种对生活的激赏和体验，品酒的优雅与品茶的严谨只是东西方文化差异的不同表现形式，其内涵都是热爱生活、尊重生活的。王大伟不会慢慢品酒就像杰克陈不懂按茶道程序泡茶一样，不是不懂欣赏，而是喜欢的方式不同。

王大伟从王亚峰手中接过一个袋子，转身递给了杰克陈："我给你带来了铁观音，还有一套白瓷茶具。这可是上等的铁观音秋茶，你要像雪茄一样放在冰箱里冷藏。要不，时间久了，香味会流失。早点把它泡完，以后，等你上瘾，我会给你送来更好的茶。"

王大伟这一说，杰克陈立马把手中的袋子打开，直接把茶具和茶叶拿出来放在桌上："我们现在就泡茶。上次到刺桐，喝过铁观音，想起来印象深刻啊。"

放好茶具后，杰克陈叫来他的助理安妮小姐，让她看看王亚峰表演泡茶的茶道。

看完王亚峰泡过一巡茶后，安妮小姐嚷着要试试，结果被盖盏边沿的茶水烫着纤细的玉指，"哐当"一声，把盖盏扔在茶盘上，惹得大家哄堂大笑。

泡铁观音有两个要点，一个是水温要高，要用刚沸过的水来泡。如果水温低了，茶的香味出不来。第二点是掌握时间，水冲进茶壶后不能停留太久，一般在十秒左右一定要倒出，坐杯太久了叫"浸茶"，茶汤会发涩，喝起来咬舌，再好的茶都会失去好味道。

当然，要泡一壶好茶，门道太多了，讲究茶具，讲究水质，讲究火候，讲究茶和水的配比，讲究各种繁杂的步骤和技法，境界之深，深不见底。但只要掌握上面两个要诀，基本可以泡出八九分茶味。

千万不要抓一把茶叶扔到大水杯里，冲上温暾水，喝上一整天。这种方式用来泡绿茶可以，泡铁观音或武夷岩茶却是万万使不得，简直是在糟蹋好茶叶，粗俗无比。

听完王大伟的讲解，杰克陈恍然大悟。

难怪他上次从刺桐带回的铁观音老是泡不出好味道，原来他就是一个用大杯子泡铁观音的俗人。想不到一直以"雅皮士"自居，一生崇尚优雅、追求生活品位的杰克陈，也有俗的地方，而他眼里粗犷豪放的王大伟，喝起茶、泡起茶却是意境深远，尽得"壶中真趣"。

中华文明源远流长，就是喝茶，都能升华到文化的层面，加以锤炼，并得道成仙，美其名曰"茶道"。其实，喝茶和喝洋酒、喝咖啡、抽雪茄都是一个道理，只要用心去品味、去体会，都会找到丰富的内涵。否则，只是解渴、解馋而已，至多算是附庸风雅罢了。

杰克陈端起一杯茶，金黄色的茶汤清澈明亮，杯沿接唇，一股沁人心脾的茶香扑鼻而来，"未尝甘露珠，先闻圣妙香"，清幽雅致，似香似蜜，似兰似桂，千般滋味直抵天眼部位。轻啜一口，茶汤在舌尖和齿颊中翻滚，馥郁甘醇，其味无穷。茶汤过喉鲜爽和入喉后的荡气回肠，使之顿觉物我两忘、身轻气清，忍不住一声"香"脱口而出。

但凡初识茶味者，只辨其香，不知其韵。杰克陈喜欢品红酒、抽雪茄，嗅觉味蕾已是非常敏锐、挑剔，对茶味自然有着较深的心得，但只懂得用一声"香"来赞叹。

"慢着，眼睛闭上，呼吸放缓，神思放于口中，品味着余甘和回韵。"王大伟边说边用手指着杰克陈，好像在给他催眠。

经过王大伟的点醒，杰克陈慢慢觉得舌底涌泉、回甘带蜜、满口生津、齿颊留香，一丝若有若无的酸甜味自喉底溢出，余韵绵绵，顿时气脉相通，飘然欲仙，真是妙不可言啊。

"寻得观音韵，方为品茶人"，只有懂得辨识铁观音的香，并且品尝出铁观音的韵，才是真正懂得铁观音。特有的"观音韵"正是铁观音魅力之所在。

虽然杰克陈的体验是粗浅的，却带给他韵味无穷的惊喜。想不到他一向轻慢的中国茶，比起他的红酒、咖啡有着更醇厚、更悠远的宁静与舒怡之美。

自此之后，这位自诩有品位、有情调的"雅皮士"便极力推崇中国茶，尤其喜爱铁观音，乐此不疲，并投巨资于铁观音茶业，打造出一个蜚声海内外的品牌，成就了一段佳话。

"喝茶，一是满足最基本的补充水分、解渴生津的作用，二是能够给饮者带来精神上的愉悦。许多文人雅士把它弄得玄乎、神秘，什么道啊、禅啊，又是艺术，又是美学，其实没那么复杂。凡是这种主观判断、自我感知的体验，历来是'月印千江水，千江月不同'，仁者见仁，智者见智。总之，喜欢就好，没有对错。随心随性就是禅，师法自然就是道，生活就是艺术，喜爱就是美。物我玄会，美由心生。"

没想到王大伟看似粗人一个，却有着朴素而深刻的审美价值观，杰克陈不禁刮目相看。

刺桐作为全国首批公布的历史文化名城，千百年来有着非常深厚的文化积淀。对刺桐人的了解也要像喝铁观音一样，慢慢品味，方能辨其香、识其韵。

杰克陈站起来，从恒温柜里拿出两支上等的古巴雪茄，递给王大伟和王亚峰，请他们品尝。

日头已渐渐西斜，夕阳穿过高楼的间隙，留下斑驳陆离的落落余晖，宛如给这些水泥森林披上变色的衣裳。随着光线的移动，整座港岛飘了起来，等不及天黑的霓虹灯在高高的楼顶瞬间点亮，暮色中的维多利亚港开始了流光溢彩。

夜色渐浓，华灯初上，揭开了香港夜生活的序幕。街心的车灯流萤般徜徉，太平山上的夜灯好似天上的繁星点点，中银大厦像一把闪着银光的出鞘利剑直指长空。当所有的灯光全部亮起，连成一片灯海，倒映在维多利亚港的海面上，恰如璀璨的银河飞瀑。不，有谁见过如此五彩缤纷的银河呢？这就是闻名世界的香港夜景，一个让人情迷意乱的夜景。

王大伟和杰克陈久久地伫立在落地窗前，看着维多利亚港和香港岛慢慢迎来最美的一幕，谁都不说一句话，生怕搅乱了静逸的神思。

杰克陈喜欢这座写字楼，这里有着欣赏港岛夜景的最佳角度。

无数次暮霭中，一支古巴高斯巴雪茄在指缝中闪着幽光。当他心醉神迷地望着从自己嘴里徐徐吐出的烟雾冉冉地弥散开，白色的、蓝色的、灰色的烟霞笼罩在他的四周，丰富而顺畅的口感，浓郁圆融、醇厚饱满的香味有一种沉醉感，杰克陈便会忘却许多的烦恼。高斯巴是古巴领袖卡斯特罗喜欢的牌子，从烟叶采摘下来到制成雪茄，要经历三年时间，八十多道工序，每一根雪茄都是一件艺术品。杰克陈不喜欢抽香烟，只喜欢抽雪茄。他认为抽香烟是粗俗的，只是满足一种生理需求，就像饿了要吃饭，而抽雪茄是一种精神的享受和情感的慰藉，好比欣赏一场歌剧或交响乐。

落日余晖中，杰克陈站在大大的落地窗前，看着窗外"一道残阳铺水中，半江瑟瑟半江红"，港岛和维多利亚港在夕阳和晚霞中渐渐隐去。直至夜幕降临，万家灯火，香港的夜景萦绕在雪茄的袅袅烟云中。

香港的夜景很美，是世界三大著名夜景之一，但在杰克陈的眼中，它缺少灵动和韵律，成了一幅定格的照片。要不是闪烁的霓虹灯，要不是陆续添加的高楼不断突破天际线，几乎一成不变。

杰克陈喜欢的是黄昏的落日、火红的晚霞给这座城市带来的犹如调色板的绚丽色彩和如诗如梦的光影变幻，还有春夏秋冬交替、阴晴雨雾轮换呈现的万千气象。时而层林尽染，时而烟云缭绕，时而云蒸霞蔚，时而雷鸣闪电；有时云海佛光乍现，有时风卷残云如画；"雨横风狂三月暮，门掩黄昏，无计留春住"的无奈，"落霞与孤鹜齐飞，秋水共长天一色"的寥廓。

直至暮色苍茫，华灯初上，黄昏完成了它的渐变与蜕变，投射的泛光灯、勾勒线条的轮廓灯、变色的霓虹灯、照明的路灯、流淌的车灯，还有那千家万户从客厅、从厨房、从阳台映出身影的灯，汇聚成一片灯海叠影。

杰克陈经常一站就大半天，久久地凝望着这光与影、昼与夜的更迭，看烟霞袅绕，任思绪飞扬，是非成败、恩怨情仇，恍如过眼烟云。这个时候的杰克陈是感性的，但当他离开窗口，深陷到那张把他包裹着的大班椅里，他却不能忘记他是一个商人，一个不该有太多情趣和感性的商人。

他知道王大伟这次来，一定有什么重大的事求他。

一年来的合作是愉快的，至少是顺利的，摆脱了之前市场萎缩、工厂减产的窘境。产品由王大伟代工后，自己把精力放在拓展销售市场上，销售量已经大大提升。

王大伟这次来的目的是什么呢？是来提增加加工费的要求，还是想增加订单的数量呢？他揣摩着，算计着应对的办法。

如果想提高加工费，绝对不能答应，上次的谈判让王大伟占尽先机，留给自己深深的挫败感。至于产量，反正现在增加的订单都放在王大伟那里，想增加要看市场的销量。

想到这点，杰克陈有种忧患的感觉不能排解，给王大伟的订单一旦占绝对比例，主动权便掌握在王大伟手里，什么时候有个风吹草动，自己会很被动。现在王大伟正在销售"环亚"品牌的产品，今后势必与自己形成竞争的局面。王大伟有了新的品牌和产品，要是哪天不接自己的单子，麻烦可就大了。根据这个情况，今后新增加的订单不能再给王大伟，应该另外寻找新的代工工厂，或者扩大自己东莞工厂的产能。

但是，杰克陈心里一直在说服自己，要相信自己的直觉，王大伟不是一个奸诈的人，不会利用掌握在手中的主动权来要挟自己。况且，东莞如果扩大产能，要增加厂房和设备的投资，成本很高。

还有一个办法，提高和王大伟合作的紧密度，比如在他的公司持股，或者相互持股，做到你中有我、我中有你，互为唇齿，荣辱与共。只要紧紧地与王大伟拴在一起，就不怕他展翅单飞或另栖新枝。

杰克陈知道，王大伟早晚会发展壮大，前途不可估量，只是时间的问题。趁现在羽翼未丰，及时投资于王大伟的公司未尝不是一种具有远见的战略部署。套用一句股市的行话，王大伟是一只绩优股，更是一只成长股、潜力股。现在进场，等于买到原始股。想到这，杰克陈心中便有了主意。

"王先生，我们吃饭去吧。"杰克陈收起他抽了一半的雪茄，把它装入一个密封的金属圆筒里，然后放回身后的恒温柜。

王大伟的视线从落地窗外收了回来。

自从到了杰克陈的写字楼，两个小时过去了，又是寒暄，又是客套，品观音香韵，抽古巴雪茄，在袅袅青烟中，看夕阳西斜、晚霞流光，好一派文人雅士的闲情逸致与逍遥自在。

谁都不先提及生意上的事，都在等候一个合适的时机与气氛。

王大伟心想，杰克陈是在等自己先开口，他肯定知道自己无事不登三宝殿，但一来就提要求，反而被动。现在的火候差不多了，再拖延下去，到饭桌上又是菜又是酒，问题容易被淡化、被边缘化，应该先把事情谈一谈。万一谈不妥，等一下酒桌上还有缓冲的时间。

王大伟坐到沙发上，把长长的烟灰弹落在烟灰缸里，"等这根雪茄抽完再走吧，我有点事想跟你谈谈。"

杰克陈把装雪茄的圆柱体铝罐递了过来，"抽不完装在罐子里，下次再抽。"

王亚峰小声提醒王大伟，雪茄一般没有一次抽完的，可以分几次抽，这是很普遍的事。倒是一次抽完，有点像猛灌了好几杯铁观音的粗鄙。

王大伟把剩下的半截雪茄递给王亚峰，然后说道："我这次来的目的，是向你搬救兵的。"说完，停下来喝了一口铁观音，刚才的雪茄确实够劲。

"搬救兵？"杰克陈有点惊讶。

"是的，你可要救兄弟一把。否则，我这工厂撑不下去，你的订单也要受影响。"王大伟先使出哀兵的计谋，半是玩笑半是威胁的口吻让杰克陈一头雾水。

杰克陈的第一个反应是资金的问题，但自己一直按时支付工缴费，"如果是资金周转紧张，我让公司先预付一部分工缴费，你开个数吧。"

"钱是小事，我遇到了比钱更难办的事。"

"还有什么更难办的事呢？以你王先生的能耐，没有什么过不去的坎。说吧，需要我帮什么，我一定尽力。"杰克陈的神色不禁凝重了许多。

"这个忙你一定要帮，对你来说是举手之劳，对我却是生死攸关。"

"你就直说吧，看你平时干脆利落，今天怎么绕弯弯了好半天，到底要我帮什么忙？"

"我要你把韩天华让给我。"王大伟特地把"让"字说得很大声。说完这句话停了下来，眼睛直盯着杰克陈。

杰克陈愣了半天回不过神，好久才说了一句："韩天华不是在你那里上班吗？"

"不，我要他全部时间在我那里，我要他全面负责我的工厂管理，我要他完完全全属于我公司。"王大伟连续说了三个"我要他"。

"就这件事？"杰克陈觉得王大伟绕了那么大的圈子，说得那么玄乎，未免有点小题大做。

"对，我就是为这件事来的，因为这件事已经关系到我公司的生死存亡。"

"有那么严重吗？"杰克陈不相信一个韩天华会让王大伟急成这个样子。没错，韩天华是一个人才，自己也非常欣赏他的人品和才干，但他是一个技术型的人才，对王大伟所起的作用不至于关系到生死存亡的程度吧？

王大伟把目前公司的情况做了简单的介绍，然后把自己准备聘用韩天华全面负责公司生产管理的想法详细说明。最后，总结性地概括道："总之，我要让韩天华名正言顺地出任厂长，手中有实权，他才能充分发挥作用。以目前这种顾问身份，他难以树立威信，更不用说发号施令。所以，你要把他完全让给我，成为我的人。如果你不肯，我的生产管理水平上不去，产品质量没保证，产量不能按时完成，影响了你的订单，我的公司还能生存吗？所以我说，这是关系到我们公司生死存亡的大事。"

杰克陈哈哈大笑，"你太夸大了，吓了我一跳，我以为出了什么大事。一个韩天华就能影响到你的生死存亡，你不会那么脆弱吧？"

"企业的竞争就是人才的竞争，人才决定了企业的高度，难道这不是一件事关企业生死存亡的事吗？"

"王先生上升到这个高度来认识人才的重要性，很有见地。好了，时间不早，我们吃饭去吧，边吃边聊。"说完，杰克陈站起身来，他想让自己有一段缓冲的时间来考虑王大伟提出的要求。

可以把韩天华让给王大伟吗？韩天华不是不能让，但他要考虑是否会影响到东莞工厂的管理，还要为韩天华争取一个较好的待遇。同时，既然是王大伟有求于他，他应该从王大伟那里要点什么吧？商人嘛，商人是做买卖的，既然有人要买，那就要卖个好价钱。这个想法有点不高尚，却很实际。

一行人乘着杰克陈亲自驾驶的奔驰车，出了车库，一会儿转上梳士巴利道。

王大伟第一次坐奔驰车，当他按照安妮小姐的导引，坐上后排左边的座位后，车门关上时的那个声音让他怦然心动，不是铁碰铁的刺耳，不是一声闷响，而是一个沉稳、厚实而又充满质感的声音，代表着德国造车技术最高水平的声音。

最后一个车门关上，王大伟感到耳膜有点微微的压力。王大伟心里想道："啥时候俺也弄辆奔驰车坐坐。"想完自嘲地笑笑。

这个奔驰车的价钱恐怕可以买十辆皮卡吧？

中午，王大伟和王亚峰到车行订了一辆丰田的农夫车，那种双排座带个斗的皮卡。有了皮卡，已经是鸟枪换炮，不用天天骑着摩托车日晒雨淋的，又可以拉拉货，蛮实用的。要是有钱，多买几辆皮卡吧，奔驰车好是好，太贵了。

王大伟想到这，车门突然被打开，一个戴着红色帽子的门童说了一句大概是"欢迎光临"的英文，一手放在车门门框的顶部，一手拉着门把。

半岛酒店到了。

一行人进了半岛酒店的大堂，王大伟下意识地拉拉西装的下摆，还好王亚峰给他准备了这套西装，这种场合可不能衣冠不整。

不愧为香港最豪华、最著名的酒店，东方神韵和西方风情融为一体的建筑。水晶灯、意大利云石，还有门口那一排劳斯莱斯车队，无不炫耀着半岛酒店的悠久历史与奢华。这座开业于1928年的酒店，有着"远东贵妇"称号，是当时亚洲最先进、最豪华的酒店。从诞生的那一天起，就成为香港的一个地标性建筑。它见证了香港的兴衰，经历过香港的苦难，并伴随着香港的繁荣与发展。

王大伟有点像刘姥姥进了大观园，被酒店的富丽堂皇给镇住了。许多从来没见过的景象让他目不暇接，甚至连水晶酒杯、吃西餐的刀叉和冰镇白葡萄酒的酒桶都是那么新奇。但与生俱来的自信，让他很快恢复了平静。

他知道，越是这种场合，越要沉住气，你可以让人知道你不懂，但你不能让人觉得你是"丛个进城"（闽南话，乡巴佬进城）。

杰克陈把王大伟拉到半岛酒店吃西餐，一方面表示隆重与热情，一方面想让王大伟见识另一种生活方式。他觉得跟王大伟在一起，自己总是不自觉地被王大伟的影响，进入一种与他的风格截然不同的生活氛围。

不管是在刺桐，还是在深圳，每次都是胡吃海喝、大口啖肉、猛灌啤酒，豪情万丈，放浪形骸，不是他不能适应，而是觉得老是处于被动与服从。即使就在下午，他用喝干邑白兰地和抽雪茄的洋礼节来迎接王大伟，结果被他的一套喝茶的高论给蛊惑了。

现在，柔柔的灯光，婉转的曲调，侍应生的轻声细语，严格的用餐规矩，整个气氛让你连喘气都不敢大声，看你还能再粗犷、豪迈。看着王大伟正襟危坐、表情严肃却故作淡定的脸色，杰克陈心中有点幸灾乐祸的窃喜。心想，也有你小子紧张的时候。

半岛酒店的法式西餐非常正统，前菜、汤、主菜、沙拉、甜食，最后还有咖啡，王大伟依样画瓢地按程序操作。吃肉喝红葡萄酒，吃海鲜要改换成白葡萄酒，真是费事。这法国蜗牛、鹅肝酱、烤羊排据说都是法国名菜，可吃完就记不起它的味道。还有这从头到尾，不停地换盘子、换酒杯，甚至吃的口感也是一会儿冷一会儿热，一会儿咸一会儿甜。唉，简直是折腾。

杰克陈洋洋得意，滔滔不绝地介绍每一道菜的名称、特色、吃法。每举一下杯，都要相互轻轻地碰一下杯沿，水晶杯发出清亮的声音悦耳，但喝起酒来就抿一小口，不带劲。王大伟浑身不自在。安妮小姐倒是很善解人意，叫侍应生送来一杯热茶，王大伟心里温暖了许多。

王大伟知道吃西餐有很严格的规定和很烦琐的礼节，但具体如何却不尽了解。他一眼跟定杰克陈，杰克陈怎么做他就跟着做肯定没错。右手刀，左手叉，尽管动作生硬，还好没出什么差错。

有几次他想再和杰克陈说说韩天华的事，但餐厅里的气氛很安静，不能大声说话，杰克陈又不停地介绍着菜肴，他只好忍住。

杰克陈可能猜透他的心思，"王先生，吃饭就不要想工作的事了，好好享受这道上等的俄国鱼子酱吧。来，干杯。"说完，杰克陈举着杯子与王大伟碰了一下，放下杯子继续说道："韩天华的事，你容我考虑一下再给你答复，好吗？"

"我后天回刺桐，这趟来香港的主要目的就是找你谈谈韩天华的事。要是没有一个结果，我可不答应。"

"好、好，明天给你答复好吗？你明天下午三点钟到公司，我们继续谈，谈好了去吃饭，给你饯行。"

"我们明天下午三点准时到，至于吃饭的事，到时看情况再说。"要是明天谢莉莉到香港，可没时间和杰克陈吃饭，但一定要和杰克陈再谈谈韩天华的事，这事情没有办成，他心里放不下。

"好，我把明天晚上的一切应酬都推辞掉，就等着你。安妮，你明天先把饭店订好，我们吃粤菜，换个口味。"杰克陈知道再吃西餐等于要了王大伟的命。

"哎哟，我这几天都长胖了，香港的美食太诱人了。不过，你要是真心请我，就不要到这种高级饭店，我们找个大排档，哪怕是坐在马路边上都行。"

"我就知道你这家伙喜欢吵吵闹闹的地方。行，成全你，明天晚上我们去鲤鱼门吃海鲜。"

安妮有点惊讶老板的语气。平时老板对客户都是客客气气、彬彬有礼，怎么刚才称呼王大伟"你这家伙"，这可不是老板的风格。

"别说去鲤鱼门，就是跳龙门我也去。"王大伟爽快地答应了杰克陈的邀请。

第十九章

台北的小雨淅淅沥沥下个不停。

阳明山上，一栋不大的旧式别墅掩映在绿荫中，雨珠顺着树叶飘飘洒洒滴落在露台上。

谢莉莉站在书房的窗前，窗外烟雨蒙蒙，远山如黛，稀疏的灯光已开始逐渐亮起。

谢莉莉的心情很乱。

明天去不去香港？

十几年过去，本来以为自己习惯了平静的生活，可因为祖宅的事和王大伟联系上后，沉睡的记忆被唤醒了。

伤疤一旦被揭开，血就丝丝地渗出。

每当夜深人静，她的心头便隐隐作痛。这十几年来，在永德那个贫困的山区，女儿一定吃尽了苦头。枯黄的头发，孱弱的身躯，营养不良的脸色，呆滞的目光，从小背负起繁重的家务甚至农活，她无数次想象着女儿的模样。

当时自己再三叮嘱王大伟，不要让龙斌知道他们有一个女儿。既然和龙斌不能走到一起，那么一切都让自己来承受，不要影响到龙斌的美好前程。她想，到香港后，等生活安定了，她再回来接走女儿。没想到这一走，发生了那么多的变故。王大伟和丁秀丽离开了云顶，后来自己又嫁到了台湾，从此联系不便，音信杳无，一晃十几年过去。

她不想去，准确地说，是不敢去面对未知的结果。

假如王大伟能够带来女儿的消息，以眼下的情形，她又能怎么样呢？除了拿出一笔钱给女儿，她能做什么呢？女儿会认这个不负责任的母亲吗？女儿平静的生活会被打乱吗？会把龙斌牵扯进来吗？自己又将如何面对现在的丈夫和两个可爱的儿子？难道说这个秘密一旦揭开，注定要伤害这么多的亲人吗？

可女儿是无辜的，她已经受了十几年的苦。

不，一定要找到女儿。

每当夜深人静，想到女儿还在受苦，谢莉莉就决定要去。而当早上一起床，陪着两个儿子吃早饭，她又犹豫了。连老公俞新廷都觉察出她的心神不宁，说要陪她去看看医生。

内心的煎熬让谢莉莉大病了一场，整日心悸气短、头晕耳鸣。医生说这是气血不足引起的，给她开了一大堆的药。其实她知道自己的病因。

明天是王大伟在香港的最后一天。

整整一个下午，谢莉莉静静地坐在书房的窗前，直至夕阳隐落在远山的剪影中，雨幕笼罩了整个黄昏。

最终，她决定不去香港。

当她做出最后的决定，心情略为轻松了一些。

为了这个决定，她一个多月来茶饭不思、心事重重。

她不去香港见王大伟，是决定自己要回一趟家乡，亲自去寻找女儿的踪迹。不管结局如何，她不想再回避了。

窗外的雨越下越大，雨点拍打着树叶，毫无节奏却有着动人的韵律。雨声映衬出黑暗中的宁静，除了雨声，还有自己缓慢的呼吸声。

不，不是缓慢的，是急促的呼吸声。

不，不是只有自己的，还有龙斌的呼吸声。

龙斌接到了鹭岛大学的录取通知书，后天就要出发，大后天是入学报到的最后一天。

去年，龙斌的父亲已经官复原职。县革委会李副主任把推荐工农兵上大学的一个名额给了龙斌，理由是龙斌主动要求到最艰苦最边远的山区接受贫下中农再教育，而且表现突出，被评为知青先进分子，入了党。这样根正苗红的知识青年应该为革命掌握更多的科学文化知识，这是社会主义建设的需要。

李副主任的意见获得了县委领导的一致同意，但是上报地委后被龙斌的父亲拉了下来。龙副专员说："干部子弟不能搞特殊化。"今年，县里再次把龙斌推荐上去，李副主任特地找了龙副专员汇报，说："如果再把龙斌拉下来，就是不支持永德县委的工作。"

龙斌犹豫着，去，还是不去？

上大学是他的梦想。在学校里，他的学习成绩一直名列前茅，他希望能够掌握更多的科学文化知识，为社会主义建设做出更大的贡献。上大学是一种使命，肩负着山区人民的重托和县委领导的期望；上大学是一种任务，学好本领，回到云顶，为改变山区的落后面貌贡献自己的聪明才智。现在，这个光荣的任务落在自己的肩上，一定要挑起来，而且要挑好，以优异的成绩报答山区人民的信任。

不去，是因为两年多来的艰苦劳动，龙斌与云顶的贫下中农结下了深厚的情谊，他已深深地爱上这块热土。这里的人民勤劳淳朴，这里风景如画、资源丰富，社会主义新农村的建设如火如荼，正等着他去参与，去贡献青春年华。他舍不得离开乡亲们，舍不得离开一起到这里上山下乡、插队落户的战友们，更舍不得离开在共同的战斗中建立起真挚感情的谢莉莉。

龙斌接到通知后，第一个把消息告诉了陈贵生。

陈贵生二话没说，叫美珍把那只养了两年的大白鹅给宰了。

龙斌说，他不想走。

前山的毛竹竹苗去年冬天刚种下去，他想等冬至前挖掘浅鞭的冬笋，再放点饼肥。后山松树上的马尾松毛虫多了，他想到县城买点敌百虫粉喷一喷。黑龙潭的开发建设方案他已经搞好，先利用农闲时把围堰加高，边上的泄洪道建一座磨坊，让乡亲们打谷碾米省点力气，等有条件再建一座小水电站。黑龙潭水位提高后，西垄上的那两百亩旱地可以改成水田，抽空还要学学水稻的种植技术。龙头山上改良过的番薯今年长势喜人，估计每亩要收到六千斤以上，山里的野猪总来拱地，每晚要安排值更。"噢，对了，我和县里农技站的黄站长谈过，他说龙头山的土壤、气候很适宜种植芦柑，但要小范围地先试种，等条件成熟了再推广。"

陈贵生听完龙斌的话，愣了好久。

是啊，这么多的事离不开龙斌啊。

以前只知道带着乡亲们苦干蛮干，靠山吃山，就知道种番薯、砍树林，自从龙斌这几个知青来了，想出了很多好点子。眼看着云顶村将要大变样，龙斌却要离开。陈贵生猛地吸了两口烟，竹子做的烟杆往石头上敲了敲，神色凝重地说道："你去上大学是县委的决定，我们应该无条件服从组织的安排。"

龙斌回到知青点，离云顶村不远的一个山坳里。

云顶村只有几十户人家，分散在几个小山坡上，一条双龙溪穿行其中。

知青点的房子是地质勘探队留下的，这里的地下有煤层，但后来说没有开采的价值，地质队撤了，房子做了知青点。

龙斌走进厨房，谢莉莉正用纤细的手熟练地折断枯枝往灶膛里塞，熊熊的炉火映红了她的俏脸。听到脚步声，谢莉莉抬起头，嫣然一笑，赶紧站了起来，从热气腾腾的锅里夹出一块番薯，端到龙斌的面前。

龙斌接过碗，眼睛直盯着谢莉莉，到了嘴边的话又咽了回去。

"趁热吃吧，我给你倒点水。"谢莉莉转身去拿热水瓶。

龙斌放下碗，双手紧紧地从背后抱住谢莉莉。谢莉莉微仰着头，靠在龙斌的肩上，幸福地闭上双眸。

灶膛里传来树枝爆裂的声音，一丝余烟从灶口飘出，与锅盖边上的蒸汽拧成一股青烟，升腾着让人沉醉的氤氲。

龙斌从口袋里掏出一封信，放在谢莉莉的手上。谢莉莉一看是鹭岛大学经济系的录取通知书，尖叫一声，兴奋地转身扑向龙斌，一头扎进龙斌的怀里。

良久，谢莉莉慢慢抬起头看着龙斌："你不开心吗？"

龙斌眼眶里有点潮潮的，把谢莉莉揽在怀里，在她耳边呢喃："我不想离开你。"

谢莉莉搂在龙斌腰上的双手收紧了一下，猛地把他推开，录取通知书拍在他胸前，一转身回到灶膛前继续添柴。渐渐地，两行热泪夺眶而出。

谢莉莉知道，上大学是龙斌心中的梦，这个机会稍纵即逝。龙斌是一个有抱负、有才华的人，他不应该困在这山沟里，他应该去上大学，只要走出去，一定更有作为。

自己何尝不想和龙斌天天厮守在一起呢？虽然山里的生活条件很苦，但他们的内心是快乐幸福的。父母亲已经多次来信，要她一起到香港定居，但她舍不得离开龙斌。她心里暗暗想道，只有等龙斌上了大学，她才考虑去香港定居。等到龙斌大学毕业，不管龙斌分配到哪里，她都愿意从香港回来，跟着他一辈子。

谢莉莉知道，龙斌想放弃上大学的机会，是因为离不开她，还有这片热土和乡亲们，离不开王大伟、丁秀丽这些战友们。不，不行，在这个问题上，她不能感情用事，她不能让龙斌迷失方向。上大学的机会一旦失去，两个人的命运也许注定完全改变。

谢莉莉泪眼婆娑，犹如"梨花一枝春带雨"，让龙斌心乱如麻。他赶紧劝慰道："不要急，我们商量商量。"

"商量什么？你既然不想去，把录取通知书拿来，我把它扔到火里烧了。"

"你别急嘛。"

"我能不急吗？你知道有多少人在争这个名额？你倒好，一句'不想离开你'就想放弃。如果是因为我而不去上学，这个责任我一辈子承受不起。"

"是的，离开了你，我的生活有什么意义呢？"

谢莉莉知道龙斌一旦较起真来，九头牛也拉不回，刚才故意说了几句气话，作用不大，要动之以情、晓之以理。于是，她站了起来，走到龙斌身旁，口气放缓了许多："我也舍不得你走。"说完两手紧紧抱着龙斌的腰，脸颊贴在龙斌的胸口上。"你曾经说过，有机会要继续深造，多学一些科学知识，为建设社会主义新农村做出更大的贡献。我们中学毕业时，老校长对你说，要你一定争取上大学，为国家挑大梁。这些话你都忘了吗？今天，机会来了，这不是你一个人的事，你不能逃避，不能放弃。你应该勇敢地挑起这个革命的重担，而不是为了卿卿我我的儿女私情，辜负祖国对你的重托和山区人民对你的厚望，你应该去完成这个使命。读完书，你还回到这里，我会一直等着你。"

龙斌很惊讶谢莉莉把革命道理说得头头是道，平时自己经常批评她小资产阶级情调，没想到关键时刻她深明大义。但他马上明白谢莉莉的良苦用心。

"可你一个人留在这里，我放心不下。"龙斌喃喃地说道。

"不是有大伟和秀丽吗？贵生叔他们一家也很照顾我们，你有什么好担心的？"谢莉莉轻轻地拍拍龙斌。

龙斌心想，等大伟和秀丽收工回来，听听他们的意见。正想着，门外传来狗吠声，一群鸡鸭跟着叫了起来，王大伟和丁秀丽一阵风冲进了厨房。

"远远地看到炊烟，我的肚子就'咕噜咕噜'叫，有什么好吃的？"王大伟揭开锅盖，一看是蒸番薯，有点失望地盖上锅盖，"每次轮到莉莉做饭，只会蒸番薯，今天晚上又要'鞭炮满天响了'（闽南俗语，吃番薯老放屁）。"

谢莉莉回敬道："每次轮到你做饭，就是白米饭，米都吃光了，只剩番薯了。"

这时，陈贵生的儿子陈光明跑了进来："叔叔、阿姨，我爸爸叫你们晚上都到我家吃饭。"

王大伟一把抱起了这个五六岁的山里娃："告诉叔叔，有什么好吃的？"

陈光明嘟着嘴说道："我娘把大白鹅杀了。"

"吃鹅肉？好啊，今天什么喜事啊？"

"我不知道。"陈光明从王大伟怀里挣脱后跑了。

"一定是有什么喜事。秀丽，我上次带来的状元米酒还剩一瓶，你找出来，我们可不能空着手去。"

王大伟刚说完，龙斌从怀里掏出录取通知书，递给王大伟。王大伟一看，大声叫道："难怪贵生叔把大白鹅给杀了。该杀，喜事啊！"

丁秀丽听了王大伟没头没脑的话，赶快拿过王大伟手中的信一看，"是大喜事啊！"说完，丁秀丽似乎觉察出龙斌和谢莉莉的情绪有点不对，"莉莉，你不舍得让龙斌走吗？"

王大伟接过丁秀丽的话开导谢莉莉："莉莉，这可是一个不能错过的机会，我们应该支持龙斌，你说对吗？"

王大伟这一说，好像是谢莉莉在拖龙斌的后腿，耽误了龙斌的前程，谢莉莉委屈得眼泪又流了下来。

王大伟赶快给丁秀丽使眼色，让她去劝劝谢莉莉。丁秀丽掏出手绢帮谢莉莉擦擦眼泪，然后把她搂在怀里。没想到谢莉莉头埋进丁秀丽的胸前，更是号啕大哭，双肩猛颤，让几个人不知所措。丁秀丽一边拍着谢莉莉的背，一边劝慰道："不哭、不哭，有什么事好好商量。"

但谢莉莉这一哭是一发不可收拾，把所有的情感都倾泻而出。是啊，她多么想让龙斌永远陪伴在她的身旁，一刻都不分离，但为了龙斌的前程，只好忍痛断了这个念头，义无反顾地支持龙斌去上学。王大伟和丁秀丽的错怪倒没什么，可一想到龙斌真的要走了，这份离别的感伤和愁苦让她的眼泪决堤而下。

龙斌知道王大伟和丁秀丽误会了谢莉莉，赶忙解释是自己不想去。

听完龙斌的解释，王大伟提高嗓门叫起来："好啊，你小子有出息啊。你要不去，我就把你赶出这云顶，你信不信？你不去，一来不服从党和国家对你的召唤，这叫不仁；二来辜负了贫下中农和知青们对你的期望，这叫不义；三来枉费了莉莉对你的一片真心和爱意，这叫无情。对你这种不仁、不义、无情的家伙，我会采取革命行动，号召全体贫下中农坚决和你做斗争，划清界限，你别想在云顶待下去，趁早滚蛋。"

龙斌知道王大伟是在演戏给谢莉莉看，但王大伟的话也在理。上大学是国家的需要，所有身边的人都坚决地支持他，但唯一放心不下的是莉莉，可自己是一名党员，不能太多地沉溺于私情中。

丁秀丽不停地拍着谢莉莉的背，一边数落起龙斌："龙斌你一直是一个有理想、有抱负的人，怎么在这种原则问题上犯糊涂呢？你以为你不去上大学，莉莉就会快乐幸福吗？莉莉对你的一片苦心，你看不出来呀？你忍心让莉莉一辈子因为你不去上学而背负沉重的包袱吗？"

丁秀丽的连续几个提问，让龙斌哑口无言。丁秀丽平时沉默寡言、朴实平和，难得说出语气这么重的话。

龙斌知道所有的人都反对他放弃这个机会，他自己何尝不想去圆一个从小就有的大学梦呢？想到这，他最终下定了决心："大伟，改造黑龙潭的事就交给你了，还有毛竹的种植和松树的治虫你要帮帮贵生叔。秀丽，拜托你多费心照顾莉莉。"

龙斌刚说完，王大伟一拳打了过去："这就对了！你放心，等你毕业了，云顶肯定大变样。不过说好了，寒暑假一定要回来看我们。"

丁秀丽说道："你别担心莉莉，其实莉莉比你更坚强、更明事理。对吧，莉莉？"

谢莉莉听到龙斌终于答应去上学，一块石头落了地。但想到这一走，至少半年不能厮守在一起，另外一种心情又开始弥漫开来，脸上虽然破涕为笑，但笑得有点不自然。

"走哦，吃鹅肉去，我肚子早就饿得咕咕叫。"王大伟冲出了厨房，跑到卧室找出一瓶状元米酒，四个人走出山坳，转向一个小山坡，村支书陈贵生的家。

天色渐渐暗了下来。

天上的夜空星星点点，山谷里的小溪流水潺潺，一阵微风拂过，传来松涛阵阵，夏日里的蛙鸣和远处传来鹧鸪的啼声，让龙斌忽然有了依依不舍的感觉。

短短两年，他发觉自己已经深深地爱上这里的山山水水、一草一木，这种田园牧歌式的生活和正在规划的山村改造计划，让他找到一种"采菊东篱下，悠然见南山"的精神慰藉，又有一种"为有牺牲多壮志，敢教日月换新天"的战斗激情。

而现在，一张录取通知书改变了他的人生轨迹，尽管他的心里一直坚信自己还会回来，但是否如愿，只有听天由命了。不，一定要回来，这里有他的恋人，有他的战友，有他未竟的事业。那些淳朴、清贫的乡亲们，等着他学成归来，和他们一道战天斗地，建设社会主义新农村。

"好香啊，鹅肉的香味飘得这么远。"王大伟深深地吸了一口气。

"我看你是饿急了，这空气中只有牛粪和草木灰的味道。"丁秀丽走在王大伟身后，紧追上两步，故意和后面的龙斌、谢莉莉拉开距离。

龙斌走到谢莉莉身边，轻轻地说了一声："别生气了，好吗？"谢莉莉低着头不答话，但把手伸过来，拉住了龙斌的小指头，龙斌手腕一转，紧紧地把谢莉莉的手握在手心里。

十来分钟的路很快就到了，陈贵生家的小黑狗"汪汪"叫了两声冲下山坡，绕着他们欢快地跳着。这时，空气中真的飘来带点中药味的肉香，四个人加快步伐，跨进了院子。

"来、来，饿了吧？马上开饭。"陈贵生热情地迎了出来，招呼他们就座，碗碟筷盏已经摆好，还有一坛自酿的地瓜烧。王大伟从怀里掏出状元米酒放在桌上："就剩这一瓶了，先把它干完，再喝你的地瓜烧吧。为了庆祝龙斌上大学，晚上放开喝。"

丁秀丽伸手把状元米酒抢过去，"这瓶酒留给贵生叔，你们喝地瓜烧。"

王大伟明白丁秀丽的意思，顺水推舟道："好啊，我喜欢地瓜烧。"说完把地瓜烧的坛盖打开。

这时，美珍端着一陶盆热气腾腾的炖鹅肉上来。两年的老鹅，加上当归、熟地等各种中药和香料，用炭火炖了一个多小时，黑色的汤飘着药香，四个人等不及贵生叔致祝酒词就开始冲锋了。

美珍说："慢慢吃，还有好多菜呢。"说完又进了厨房端出几道菜，有木耳炒鹅胗、红菇炒鹅杂、鹅血糯米糕、竹笋炒腊肉。木耳、红菇是山里采的，村民们平时都舍不得吃，等到赶集时换点日用品。今天，美珍把家里的好东西都拿出来了。

陈贵生叫老婆过来，山里的妇道人家不习惯和客人同桌吃饭。陈贵生说："你坐下吧，又不是外人。"美珍才怯生生地在他边上落了座。

陈贵生端起酒杯，言语中带点伤感地说道："你们四个人到我们这个穷山沟里，吃了不少苦，受了不少委屈，我这当支书的，没能照顾好你们，你们不怪我吧？"

"贵生叔您太客气了，我们给你们添了不少麻烦啊！"谢莉莉的眼眶开始泛红。

"我们是一家人，不要说你们我们的，这多见外啊！"王大伟为了调节一下气氛，故意说了俏皮话。

陈贵生继续说："打从你们来到云顶，就像吹进了一股春风，不但为孩子们辅导功课，还教会乡亲们很多科学种田的方法，乡亲们眼界开阔了。我们祖祖辈辈守在这里，只懂得种番薯、砍山柴。现在，有希望种上水稻、用上电灯。再过几年，毛竹、松树又将成林。乡亲们打心眼里感谢你们，来，第一杯酒我替父老乡亲们敬你们。"

龙斌觉得陈贵生言重了，他说："我们学会了很多在课堂上学不到的东西，体会到劳动才是最光荣的。你看，经过这两年的锻炼，我们的身子骨强壮多了。"

说完，龙斌伸出有了老茧的双手。

美珍禁不住插上一句："两位水灵灵的妹子晒黑了，多可惜啊！"

王大伟说："这是劳动人民的健康美。脸晒黑了，但心是红的。"

陈贵生给大家倒满酒，端起了酒杯："龙斌能够去上大学，这是组织上的决定，你一定要服从，因为你是党员。云顶村几十户人家，从没出过一个秀才，你现在能够上大学，也是云顶村的福气。终于有人从这山沟沟里走进大学堂，你为云顶村的子弟们开了个好头啊。你们来了以后，提出了许多科学种田的好建议，可见知识是多么重要！来，这第二杯，我要好好地谢谢你们，干了！"

美珍眼看着陈贵生一直说个不停，就催着大伙吃菜。陈贵生放下酒杯，不停地给大家夹菜。陈贵生的两个孩子从厨房跑进来看热闹，王大伟抱起陈光明，硬是要让他喝酒，吓得陈光明挣脱后拉着姐姐跑了。

很快，一大盆的鹅肉吃掉了大半。美珍又盛来一大碗，倒在陶盆里。丁秀丽说够了够了，留一些给孩子们吃。美珍说，有的，孩子们有得吃。丁秀丽到厨房一看，两个小孩一人拿着一根鹅掌在啃。丁秀丽赶快拿过一个碗，从陶盆里挑了几块厚实的鹅肉给孩子们送过去。

龙斌、王大伟等四人轮流给陈贵生和美珍敬酒，说："感谢大家对知青工作的支持，教会了我们许多农活，让我们学到了自食其力的本领；感谢贵生夫妇在生活上对我们无微不至的关心……"这些话带有强烈的时代色彩，但听起来情真意切、发自肺腑。

陈贵生勤奋朴实、一心为公、任劳任怨，在村民中有极高的威望。他带领村民们开荒造田，但总是摆脱不了山区贫穷落后的面貌。

龙斌他们来了以后，提山种植毛竹、松树，改造农田，引进稳产高产的番薯新品种，利用黑龙潭的水力资源筹建小水电站等计划。这些发展的新思路，让陈贵生精神为之振奋，决心带领乡亲们建设一个美好的社会主义新农村。一幅战天斗地、前程似锦的宏图正在展开，龙斌却要走了，陈贵生一万个舍不得。但他是一个党性强、讲原则的基层干部，对上级的决定绝对服从。

龙斌安慰陈贵生，他会继续关心支持这些计划，虽然未能在现场出力，但他会找专家出谋献策，做方案、搞设计，争取上级的拨款等。这个计划一定不能停。他相信大学毕业后回到云顶，云顶的面貌肯定焕然一新。

坛子里的地瓜烧越来越少，大家的话越来越多。说到动情处，几个人的眼眶泛红。陈贵生忍不住回屋里擦了擦泪水，谢莉莉的眼泪更是像掉了线的珍珠滴滴答答往下落。

王大伟给大家的杯里倒满酒，然后举起杯："龙斌上大学，我们应该高兴才对。来，我给大家唱一段《红灯记》的唱段。"说完站起来，扯开嗓子吼了一句："谢谢妈。临行喝妈一碗酒，浑身是胆雄赳赳，鸠山队长和我交朋友……"

丁秀丽将王大伟拉回凳子，"你这什么词啊？人家龙斌是去上学，又不是去赴宴，文不对题！"

"那就来一段《智取威虎山》的《打虎上山》。"王大伟只想把气氛调过来。

陈贵生说："我知道你们心里都盼望着山村的建设一天一个样，但这事急不得。竹啊、树啊都要几年才能成材呢。何况现在村里底子薄，财力有限，只能慢慢来，不是一年两年就能成的。只要我们有愚公移山的精神，哪怕付出几代人的辛苦，也一定能够改变山村的面貌。你们三个，希望也有机会能够上大学或者招工回城。这杯酒我敬你们，祝你们早日实现心中的理想。"

陈贵生话还没说完，王大伟急着表态："我的理想可不是上大学，我不是那块料。我要扎根云顶和贫下中农一起战天斗地一辈子。贵生书记你是不是在撵我们走呢？"谢莉莉和丁秀丽也连声说："是啊，我们不会走的。"龙斌说："我们不是约好了吗，我毕业后还回到云顶？"

陈贵生把酒喝完，慢慢地放下杯子："你们是国家的栋梁，将来都会大有作为的。待在这小山村，屈才啊。以后不管你们到哪里，云顶村的乡亲们都会记挂着你们，念叨着你们，更希望你们有空能经常回来看看。"陈贵生说完拍拍龙斌的肩膀，好像龙斌已经不再回来。这话语听在谢莉莉的耳朵里更是一番生离死别的滋味，刚止住的眼泪又奔涌而出。

"天色不早，你们早点回去休息吧。龙斌、大伟，明天早上我们去一趟黑龙潭。下午龙斌收拾收拾行李，后天早上我送你去县城。"陈贵生安排好明天的工作，走进屋里点了一盏小马灯，要送大家回知青点。丁秀丽拿出手电筒说不用贵生叔送了。陈贵生说："我去龙头山值夜，顺便送送你们，最近野猪把番薯拱了不少。"龙斌说："我和贵生叔一起去值夜吧。"陈贵生坚决不同意。最终双方商定，明天晚上让龙斌到龙头山值夜，为云顶村站好最后一班岗。

第二天早上，陈贵生带着龙斌、王大伟沿着双龙溪溯流而上，来到了黑龙潭。

发源于载云山脉深处的双龙溪蜿蜒穿行于崇山峻岭中，溪流时而湍急，时而平缓。溪谷两旁是郁郁葱葱的原始森林，人类开荒垦地的边际线到此戛然而止，留下了一方净土。

看着那些盘生在树干、树权上的藤蔓，还有满地层层叠叠的腐叶，一种敬畏的心情油然而生。但河滩上的卵石、沙砾，还有那清澈见底的溪水，却有一种让人亲近的冲动。掬起一捧清凉的溪水迎头浇下，滴到唇边的甘洌甜爽直入心脾。再掬一捧，便有了"掬水月在手，弄花香满衣"的感怀。听流水淙淙、松涛阵阵、空谷回声，顿时心清意轻。

每次到黑龙潭来，龙斌都会想起那些脍炙人口的诗句："空山新雨后，天气晚来秋。明月松间照，清泉石上流""空山不见人，但闻人语响。返影入深林，复照青苔上"。有"蝉噪林愈静，鸟鸣山更幽"的空灵，也有"杜鹃隐约啼深处，槐花香满溪边路"的意境。好山好水应该造福于广大劳动人民群众，要改造它、利用它，让它为社会主义建设发挥更大的作用。因此，一个改造黑龙潭的计划正积极地酝酿、策划着。

但今天，在龙斌即将离开云顶前夕来到黑龙潭，却对自己的想法产生了质疑。难道，山中的宁静一定要被轰鸣的机器声打扰？难道，这份自然的景致一定要涂上人为的色块吗？

黑龙潭是双龙溪上一个神奇的河谷。

由于地质构造的原因，双龙溪流到这里突然下跌了十几米，形成了一段瀑布。

瀑布在山涧的溪流中很常见，黑龙潭的独特在于这瀑布后面是一块非常硕大坚硬的花岗岩石，一道天然的石坝挡住了溪水，上游来的流水积蓄在石坝后的深潭里，当水漫过石坝边上的低洼处，飞流直落石崖下的另一级石阶。

黑龙潭有十几米深，水面面积一千多平方米。龙斌第一次看到黑龙潭时，就琢磨一个问题，为什么它不被沙石淤积呢？按理说上游带来的沙石经年累月会慢慢把它填平。后来发现，在黑龙潭的水尾，有另外一道花岗岩的石坝，像天然的屏障，把山洪暴发时带下来的沙石挡住，溪水沿着边上的河道绕过黑龙潭直接冲入下游。这里又是双龙溪的上游，含沙量很少。大自然的鬼斧神工真是令人叹服，说不定这上下两道石坝底下是一整块的花岗岩，而这黑龙潭是这溪水历经千百万年来冲刷而形成的天然石臼。

关于黑龙潭，当地人有很多传说，有的说是仙人的脚印，有的说是仙女的浴池，有的说是天上王母娘娘掉下来的镜子。而在龙斌的眼里，这是老天爷给云顶村的恩赐。这既是长年不枯的蓄水池，又蕴藏着可开发利用的水力资源。

黑龙潭还有两样宝，山涧沟壑跳跃着肥壮的石蛙，还有夜间能够爬上陆地捕食、力大无比的鲈鳗。它们都是奇珍野味。

石蛙肉质细嫩鲜美，营养丰富，具有清热解毒、滋补强身的功效。鲈鳗生长在深潭洞穴中，夜间出来觅食，以小鱼、小虾、青蛙为主，甚至可以捕食老鼠、家禽。鲈鳗自身能够分泌大量黏液，在水里要捕获它非常难，但它夜里爬上岸觅食时会原路折返。利用这个习性，找到鲈鳗爬上岸的踪迹后，在它返回的路上撒上草木灰，当它身上沾满草木灰时，用麻袋盖住就好抓了。鲈鳗具有滋阴壮阳、强身壮体的奇效。除了这溪里的鱼虾，山中还有其他可食用的动物，山里人偶有斩获都舍不得自己享用，拿到城里卖点钱补贴家用。

这个时期还没有保护野生动物的观念，村民们为了生计，靠山吃山。龙斌和陈贵生谈了他的想法，靠山吃山没有错，但应加以开发利用，否则坐吃山空，因此在黑龙潭上建造小水电站的想法应运而生。

龙斌详细地向陈贵生和王大伟介绍了黑龙潭的整体设计方案。第一期修建泄洪河道，砌筑引水渠，并在引水渠上建造一座水力磨坊；第二期加高河坝，扩大库容，在水坝下建设一座斜击式小型水力发电站。

经过前一段时间的准备，龙斌与王大伟已基本把双龙溪的水文资料了解清楚，包括流域面积、设计径流、枯水分析、流量曲线、含沙量、输沙量等情况。对于这些专业资料的搜集，两人费了不少功夫。根据黑龙潭的自然条件，建设一个装机容量五千瓦的小型水力发电站，基本能满足云顶村的夜间照明和日间的农机用电需要。

现在面临的困难是资金短缺，依靠云顶村的财力根本没有办法解决。但龙斌与陈贵生商量过了，计划用三至五年的时间筹集资金。一是争取公社和县里的拨款支持，二是种植的毛竹、松树成材采伐后的收益。而现在马上动工建造水力磨坊的条件是具备的。除了水泥钢筋需要购买外，其他的沙石、木头就地取材，村民们自己动手施工。

听完龙斌的介绍，王大伟接过磨坊的设计草图，郑重地向陈贵生表态："给我十个劳动力，两个月时间一定把它拿下来。如果不能完成任务，输给你两瓶状元米酒。"

陈贵生哈哈大笑："好，一言为定。你要是按时完成，我奖励你两坛地瓜烧。"

"有酒有菜，再奖一只大白鹅好吗？"

"行，到时我进山给你们套只黑麂子。"

王大伟听完，一把拉起龙斌和陈贵生，冲到黑龙潭边，扒拉几下脱光身上被汗水湿透的衣裤，一头扎进了清澈透凉的黑龙潭。

龙斌回到宿舍时，谢莉莉已经把龙斌的衣服、书刊、生活日用品收拾好，装在一个牛皮箱里。龙斌一看是谢莉莉从家里带来的箱子，就对谢莉莉说："这么高级的皮箱，你留着用吧。东西不多，我的帆布提包可以装得下。"

谢莉莉上午一直在为龙斌收拾行李，一边收拾着，眼泪忍不住往下掉，好不容易才把东西装进牛皮箱里。两年前，要到永德山区来的时候，爸爸妈妈把这个进口的高级牛皮箱给了她。现在，她想把这个箱子让龙斌带着，也好有个念想。龙斌没有想到这些，让她心里更加难过，眼泪又下来了。

龙斌赶快抱住谢莉莉，不停地安慰，并答应把箱子带走。直到丁秀丽在厨房喊开饭，谢莉莉才止住泪水，和龙斌一起到厨房吃午饭。王大伟和丁秀丽一看谢莉莉眼眶红红的，心情跟着沉重了。

四个人埋头吃饭，直到快吃完，王大伟才说道："龙斌，下午你好好陪着莉莉。我和秀丽给番薯地浇浇水，顺便去双龙溪弄几条鱼回来，晚上给你饯行。"龙斌想跟着一起去，王大伟坚决不答应，龙斌只好作罢。

王大伟和丁秀丽在太阳落山前早早地回来，带回了好几条鱼，有鲫鱼、泥鳅和胡子鲶，还从村里的小卖部里买了一斤地瓜烧。

下午，龙斌和谢莉莉一起到云顶村和乡亲们道别。来云顶两年多，乡亲们已经把这几个学生娃当成云顶人，现在听说龙斌要去上大学，既高兴又舍不得，说不完道不尽的离别情。有的要送笋干，有的要送红菇，都被龙斌婉言谢绝。村里的"五保户"陈贵树更是拉着龙斌和谢莉莉唠唠叨叨了半个多钟头，还要把下蛋的老母鸡送给龙斌。推了老半天，龙斌只好收下两个鸡蛋，又给陈贵树老人怀里塞了两元钱，转身拉着谢莉莉跑了。

四个人围着饭桌低头吃饭，气氛有点沉闷。王大伟不停地给龙斌敬酒，两人一口一杯，话不多，好像说什么都是多余的。谢莉莉说，秀丽我们也喝一杯吧。起身拿了两个杯子，倒上酒后，刚举起杯，眼泪又下来了。

王大伟说道："来，我们四个人干一杯，为我们未来的光辉岁月，为龙斌的远走高飞干杯。"

龙斌说："你这样说我可不喝，什么叫远走高飞？"

秀丽附和道："就是，大伟你说错了，先罚一杯。"

"好，好，我认罚。我说的意思是现在远走高飞，以后学成归来，继续扎根云顶村，接受贫下中农再教育，在云顶这个广阔的天地里大有作为。这样说对吧？来，干杯，大家一起干了。"

"这还差不多，态度比较端正。"龙斌说。

丁秀丽皱着眉头把酒喝了，谢莉莉端起杯在面前停了一下，刚好一滴眼泪滴在杯里。龙斌赶快接过来，一口把酒喝了。

"莉莉的眼泪是什么味道？苦的还是咸的？"王大伟问道。

龙斌说："甜的，不信你尝尝。"

谢莉莉破涕为笑，打了龙斌一下，气氛总算轻松了许多。

"晚上值夜，你不用去了，我来值吧。"王大伟想起了昨晚龙斌和陈贵生说的事。

"那可不行，我和贵生叔说好了，今晚我来值。"

"要不这样，我陪你去，晚上和你聊个通宵。"

丁秀丽说："你们两个人都去值夜，我和莉莉有点怕。"

"晚上我陪龙斌去值夜。"一直不吭声的谢莉莉说完这句话，端起桌上的酒杯仰头喝掉，话语里有让人不容推却的坚决。

谁都觉得这是个好主意。

龙头山的山坡上铺满绿油油的番薯叶，番薯的茎块长势喜人，这是云顶村第一次引进的"福农一号"新品种。丰收的喜讯引来野猪的光顾，嘴巴尖尖的野猪不但吃番薯，还把地拱得千疮百孔，糟蹋了许多粮食。

村民们在番薯地的中间搭了一个三角形的木头棚子，盖上棕叶，离地两尺用木板钉了一床板子，铺上竹席，既遮风挡雨又防潮。村里每晚安排人到这里值夜，发现有野猪来拱地，马上点起火把，敲响铜锣，吆喝着把野猪吓跑。以前村里有火铳猎枪，后来上缴了，村民们只好到山里下夹子，但很少能够套住野猪，野猪的数量便慢慢多了起来。

九月的白天虽然炎热，但到了夜里，温度下降了许多。

月牙儿爬上树梢，洒下了一片银光。山区的夜晚是宁静的，静到彼此的呼吸和心跳都能听到。但山区的夜晚却不是死沉沉的寂静，只要你仔细一听，一首交响乐正在奏响。

青蛙的齐吟，蟋蟀的翠声，蝉鸣的高亢。偶尔传来一声长长的低号，在山谷里回荡，久久不散。但号声中有一丝缠绵的柔情，估计是某种动物的求偶声。竹林的细碎沙沙与松林的涛声阵阵。微风拂过，在棚顶的棕叶边上划出一丝弦音，让人心醉。

各种声音组成的背景音乐，更映衬出月夜的静谧。无数次从这声音里感受到山村原始的美，但今晚的声音在龙斌和谢莉莉的心里却有着不同的回响。

龙斌把小马灯挂在棚子的门框边上，然后敲着铜锣沿着番薯地绕了一圈。如果真有觊觎番薯地的野猪或其他野兽，恐怕都让锣声给吓跑了，估计一两个钟头里不敢回来。

谢莉莉站在小马灯下，视线一刻不离地跟着龙斌绕了一圈。月光下的朦胧身影，还有随风飘来的锣声，在谢莉莉的心里荡起阵阵涟漪。

明天，心爱的人将要远走高飞。只要龙斌一离开，谢莉莉会马上答应父母亲的要求，和他们一起移居香港，等龙斌毕业了再回来结婚。但她有一种预感，不会再回到这个偏僻的小山村了。龙斌不应该属于这里，他有更广阔的天地。

龙斌这一走，注定着两人的命运将发生极大的转折。哪怕天涯海角，她都跟定这个让她深爱的恋人。她相信龙斌是一个可以托付终身的男人，哪怕龙斌再回到云顶，她也愿意跟随他一辈子。

龙斌回到了棚子边，挂好铜锣，把小马灯调暗。

顿时，银色的月光笼罩着他们的周围。

谢莉莉柔情的目光一刻也没有离开过龙斌。

两人的视线对撞，情不自禁地把对方拥入怀中。

青蛙与蝉的鸣叫似乎静息，竹林和松枝的摇曳也停止了，只有两人的心跳，如春雷战鼓，阵阵声急。

谢莉莉用手捧着龙斌的双颊，慢慢地抬起梨花带雨的脸，绛唇微张，似有千言万语，眼里的妩媚和心底的灼热点燃了熊熊烈焰。龙斌不由自主地俯下了头，有点笨拙粗鲁地紧紧吸住谢莉莉的唇和舌……

"呱呱"的蛙鸣，引来了布谷鸟、斑鸠和鹧鸪响应的啼叫。松涛声阵阵涌起，盖过了竹林的婆娑，大自然的交响曲仿佛进入新的乐章。有笋芽破土，也有竹节爆裂，更有松果砸地；有溪流潺潺，也有春风化雨，更有霹雳长空；有紫燕呢喃，也有万马奔腾，更有凤凰涅槃。时而行云流水，时而飞沙走石；时而低吟浅唱，时而高亢嘹亮。

山村的夜多美啊！既有静得出奇的空幽，又有涌动着激越的亢奋；既有繁星的闪烁，又有月夜的柔情。云儿遮住了一弯弦月，林里雾气渐浓，叶上露珠晶莹。

一阵清风徐来，撩拨着小马灯的火苗跳跃出鼓点般的节奏，照亮了两个恋人生命中的光辉。

"妈妈，您在哪儿呢？"一句清脆的童声把谢莉莉的思绪拉回到现实中，小儿子俞可凡放学回家了。她赶快抹去脸上的泪珠，回答着："凡儿，妈妈在书房里。"

"啪"，书房的灯亮了，俞可凡冲了进来，扑进妈妈的怀里。当谢莉莉抱着小儿子时，神圣的母爱又升腾起对女儿的思念与牵挂。女儿啊，妈妈是多么想你啊！不能再等了，不能再犹豫了，我要回到云顶，去寻找我的女儿，去偿还这十几年来对女儿的亏欠。

谢莉莉拿起电话，拨通了王亚峰家的电话，让姗姗转告王大伟，过一段时间，她会回刺桐看望大家。

第二十章

第二天下午，王大伟和王亚峰来到杰克陈的公司。

安妮小姐略显生涩地泡着茶。当屋里的茶香、咖啡香和雪茄香一起飘起时，双方开始了显得随意却正式的谈判。

杰克陈提出了韩天华的薪资要在原来的基础上增加百分之五十，另外提供一套三居室的公寓。韩天华在王大伟公司服务五年后，这套房子应无偿归韩天华所有。王大伟二话没说就答应了。杰克陈对韩天华有情有义，尽量为韩天华多争取一些利益，也算对得起韩天华追随他这么多年。

接着，杰克陈提出要收购王大伟公司的股份，比例在百分之四十左右，股权价格让王大伟开价。

这可让王大伟犯难了。且不说这股权作价多少，王大伟从来没想过让外人参股到自己公司里。这个公司是王家的共有财产，连他们四兄弟都没有明确谁的股权占多少。现在杰克陈要进来，还要拿走百分之四十的股份，这怎么行呢？

杰克陈向王大伟讲了许多股权转让的基本操作方式，为王大伟开了一堂资本运营的启蒙课，让王大伟知道，除了产品可以买卖，商标可以买卖，连公司、股权都可以买卖。

对"上市公司""资本运营""私募基金"等新名词，王大伟似懂非懂，但听得出这是一个很有吸引力的方法，只是出让股份就像要卖掉自己的孩子一样，总有舍不得的感觉。

"商人是做买卖的，除了老婆和孩子不能卖，还有什么不能卖呢？只要有利润！"杰克陈说完这句话后，觉得有点不妥，补充道："当然，良心、道义、人格、尊严不包括在内，但有人把这些也卖了。"

王大伟想反驳，又一时找不到理由，认真想了想，杰克陈讲得有点道理。

"我大约估算一下，你们公司现在的净资产在三百万元左右，我给你溢价到一千万元，我出四百万元买你百分之四十的股份。你自己掂量一下，看看划算不划算。"杰克陈说完，一双锐利的眼睛一直盯着王大伟，希望能够看出王大伟的反应。但王大伟不动声色，倒是王亚峰露出一丝不易觉察的惊喜，让杰克陈对这个交易增加了一份信心。

杰克陈出这么高的价格是他志在必得的表现。

杰克陈强调按公司的净资产溢价收购，是为了迷惑王大伟。王大伟兄弟以几十万元起步，三年不到的时间，这个公司已估值一千万元，当然是很划算的买卖，难怪王亚峰会心中窃喜。

虽然净资产只有三百万元，但目前每年的净利润在三百万元左右，其中两百万元是代工"乐喜"产品的收益，另外一百万元是"环亚"牌产品的收益。按目前香港上市公司的市盈率十倍计算，王大伟公司的市值应该是三千万元，现在杰克陈出价四百万元买百分之四十的股份，实际上是拣了大便宜。

杰克陈开出这个诱人的价码，王大伟当然有所心动。但他想，杰克陈能开出这么高的价，其中一定有奥妙，以杰克陈的精明，他不会无缘无故地白送钱。这样一想，王大伟便留了一个心眼："股份卖不卖，以什么样的价钱转让，我回去和兄弟们商量一下。"

"行啊，希望尽快一点。"

晚上，杰克陈在鲤鱼门海鲜酒楼为王大伟饯行。

鲤鱼门位于九龙东南角，与筲箕湾一海之隔，是九龙与香港岛最近的地方。原来是一个小渔村，20世纪60年代开始有人开出海鲜酒楼，后来逐渐发展成为驰名海内外的海鲜美食街。这里有各种海鲜排档和海鲜酒楼几十家，大大小小的水槽和水族箱装满了每天从世界各地空运来的鲜活海产，深海石斑、澳洲龙虾、象鼻蚌、活鲍鱼、斑节虾……顾客们在档口挑选好海鲜，再交给酒楼加工，价钱便宜，鱼货新鲜，口味地道，让老饕们大快朵颐。

安妮小姐订了一个临窗眺海的包厢。

险要的鲤鱼门水道是维多利亚港往东的出海通道，远处的港岛和九龙已是万家灯火，广厦高楼散落在维港两岸的山峦与海岸之间。

在这样的环境中大啖海鲜，相比于昨天吃西餐的拘谨与束缚，王大伟找到了舒展豪情的机会，喧宾夺主地叫了起来："老板，先来一箱刺桐啤酒。"

王亚峰赶快提醒他这是香港，不是刺桐，哪有刺桐啤酒？

杰克陈解释道："吃海鲜最好喝干白葡萄酒。因为干白葡萄酒中的酒石酸、苹果酸等有机酸不仅可以解除腥味，还会将海鲜中的细菌杀死，不至于发生食物中毒。同时，干白葡萄酒果香清新、爽口的特点，能将不同海鲜的味道进行'隔离'，使海鲜吃起来更加可口鲜美。"

"有这么高深的学问啊，陈先生真是讲究。"

"还有一点，吃海鲜最好不要喝啤酒，因为啤酒含有维生素 B1，是海鲜中嘌呤和苷酸分解代谢的催化剂，吃多了会导致人体血液中的尿酸含量快速增加，形成结石或痛风。这一点请王先生千万记住，痛风可是要人命的。"

说到这，服务员上了第一道菜白灼基围虾。大家入座后，开始了推杯换盏。

美味的海鲜一道又一道不断地上来，芝士伊面焗龙虾、辣酒煮旺螺、椒盐濑尿虾，还有一条十来斤重的深海大石斑，不是用传统的清蒸，而是油炸后红焖，鲜味、香味非常特别。

王大伟举着一杯干白，真诚地对杰克陈说："陈先生，我不跟你来斯文的，喝葡萄酒跟喝啤酒一样，满满的一杯，表示我的谢意，希望我们的合作能够进一步加深。"

杰克陈听王大伟说合作进一步加深，以为王大伟已经答应转让他的股份，便开心地给自己的杯子加满，两人共同举起杯，碰了碰，一口干了。

喝葡萄酒与喝白兰地、威士忌一样，要一小口慢慢品味。但杰克陈碰到王大伟，总是被感染，总是被带动，跟着豪爽地喝酒。杰克陈感到奇怪，甚至有点挣扎与抵触。为什么他不能影响王大伟的做派，让王大伟跟他学着斯文一点、优雅一点、绅士一点呢？

有人说培养一个绅士要三代人，这话一点不假。

拼了，该怎么喝就怎么喝，只要大家高兴，只要开心就好。何况王大伟已有所改变，至少刚才没有坚持喝啤酒，而是改喝白葡萄酒了。杰克陈正想着，王大伟和安妮小姐干了一满杯。王亚峰向杰克陈敬酒，说自己在做一些进出口贸易，有些服装面料的生意要向陈先生多多讨教。杰克陈说没有问题，有空到写字楼来喝茶，说着两人干了一杯。

好菜、好酒、好心情，王大伟豪气干云，一杯接着一杯，不知不觉和杰克陈勾肩搭背、称兄道弟。杰克陈酒量稍差一点，已经有些醉意，一直摇着手说醉了。

王大伟又主动把酒杯倒满："陈兄，你准备什么时候让韩天华到刺桐上任啊？我可一天都等不及了。"

"韩天华不是已经在刺桐了吗？"

"我是说，让他把家搬过来，这样才能安心。"

"你想断了他的后路，让他死心塌地地跟着你？"杰克陈酒喝多了，说话比较直接。

"你已答应把他让给我，要是反悔可不行。"王大伟有点警觉地叮了一句。

"可你还没答应转让股份的事情。"

"这是两码事。哦，我不转让股份给你，你就不让韩天华走，是吧？"王大伟听出了杰克陈的弦外之音。

"那当然，条件交换嘛。"

"你们看看，这就是商人。"王大伟手指着杰克陈，对安妮小姐和王亚峰说道。

"商人有什么不对，只要不是奸商就好。"

"你这还不是奸商啊？我找你要个人，你就想要了我大半个公司，这一刀够狠的。"

"你这个说法不对。我把韩天华让给你，没要你一分钱。你把股份让给我，可是赚了一大笔钱，你不要得了便宜还卖乖。"杰克陈说完打了一个酒嗝。

两人针锋相对，刚才融洽的气氛一下子紧张了起来。

安妮小姐赶快举起杯敬王大伟，想转移一下话题。没想到王大伟和安妮小姐干杯完仍然不依不饶地对杰克陈说道："你这是乘人之危嘛。我找你要个人，你就要我卖股份，这不是奸商是什么？"

"你老是把两件事搅在一起，一码归一码。"

"好，是你说的一码归一码。韩天华这件事我们已经说定了，你不许反悔。我回刺桐马上和韩天华谈，给他一个月时间，把家搬过来。至于卖股份的事，我们再商量。"

杰克陈被王大伟抓住一个空档，把两件事分开说，也就不好再争辩。两人刚才说话虽然有点冲，但再喝了一杯酒后，又是勾肩搭背。安妮小姐觉得奇怪，老板平时温文尔雅，喝酒总是适可而止，怎么今晚像变了一个人似的？

王大伟回到刺桐后，马上和家里人一起讨论公司股份的转让问题。

他的话刚说完，王四博跳了起来："为什么要卖股份给他？我们现在做得好好的，又不缺钱，公司的盈利能力还在不断提高。"

王三平说："杰克陈肯定是看到我们的发展势头好，潜力很大，才会开出这么诱人的高价。"

王大伟问道："你觉得他开的价格高吗？"

"从当初的投入和历年的积累，我们的净资产在三百万元多一点，现在他提出以一千万元作价，当然是出了一个高价。"王三平回答道。

"这么说，挺划算的。"王四博说。

"增加了新的股东，公司的重大决策要征得人家的同意，有些问题不能我们几个人说了算。"王三平补充了一点。

王大伟看了看父亲，他想听听父亲的想法。

王奇山的心里很是矛盾。公司是儿子们联手搞起来的，现在突然要让外人插进来，感情上一时接受不了。但他看问题比较全面，一是杰克陈对公司的作用。可以说，如果没有杰克陈的订单和设备、技术、人才的支持，公司的发展不会这么快速。二是，公司现在是一个典型的家族企业。这些年，多少家族式企业轰然倒闭，都是因为内部管理出了问题。引进新的股东，对于促进公司的经营和管理水平的提高是一个积极有效的措施。同时，可以借助股权的变更，对于四兄弟的股份比例进行明确分配，防止以后产生矛盾。

想到这，王奇山开口了："我看，可以考虑卖股份给他，关键是以什么条件。"

因父亲的支持，王大伟心里有了底。

王三平想到了另一个问题："如果让杰克陈入股，对我们的品牌推广和市场拓展会有所帮助的。他想买我们的股份，也许看中的是我们'环亚'品牌的发展空间和市场潜力。"王三平突然想通了这一点，"以我们现在每年三百万元的利润和'环亚'牌服装的无形资产来看，他出的价钱并不高。"

"你说的一点不错。杰克陈精明得很，他买的是未来。他想借助于我们公司继续在服装行业发展，自己又想金蝉脱壳，抽出精力和资金开辟新的领域。目前香港传统产业的优势已经比不上内地，很多企业在转型，他们纷纷寻找新的出路，在金融、房地产、信息等第三产业中抢占先机。"

王大伟说到这里，王四博插了一句："大哥这次香港考察的收获还真不少。"

王大伟继续说道："是啊，收获很多。我已经让亚峰为你们买旅游单了，你和三平也去香港见识见识。"

"真的吗？什么时候走？"王四博有点夸张地叫了起来。

"下个月让爸爸和妈妈先去，你们再等一个月吧。"

王大伟继续说道："既然杰克陈有退出服装业的想法，我们的订单将有减少的风险，因此应该加快自有品牌的发展速度，同时积极寻找新的外销订单。如果杰克陈入了我们的股，凭他多年的经验和人脉，他能帮上不少的忙。"

好久不说话的王奇山赞许道："你们这样考虑问题就对了。凡事要看远一点，不要太计较眼前的得失。"

"杰克陈入股对我们是有帮助的，但也有不利的因素。比如在重大的战略问题上会不会和我们保持一致，会不会影响我们决策的效率？"王三平提出新的问题。

"我们的股份占了百分之六十，我们说了算。"王四博的态度有了转变。

"杰克陈经验丰富，他的意见不见得不对，说不定对我们有很大的帮助。既然是合作，就要相互尊重，坦诚相见，不要动不动拿股份来压人。"王奇山对王四博恨铁不成钢，听了王四博的话总想趁机教训几句。

王大伟接过父亲的话："杰克陈是一个比较好相处的人，他的意见我们会尊重。当然，难免在利益上有冲突，但只要处理好，做到公平、公正，合作会顺利的。"

王三平说道："香港和国外的许多大公司，股东那么多，人家有一套成熟的公司治理制度。聘请职业经理人管理公司，委托会计师事务所管财务，股东有疑问可以请审计师来查账，这些科学的管理手段都是值得我们学习和借鉴的。"

王大伟看大家的意见基本统一，觉得该讨论下一个问题，"如果可以接受杰克陈的入股，大家谈谈条件吧。"

"三哥刚才说他的出价并不高，那我们把价格提到六百万元怎么样？"王四博说。

"恐怕杰克陈接受不了。"王三平有点担心。

"不接受再降下来，五百万元也可以呀。"王四博说。

"做小生意可以讨价还价，做大生意应该大气一点。为了一点小利伤了感情，得不偿失。"王奇山总能在王四博的话里挑出毛病。

王四博有点不服气地说："人家开价多少就多少啊？我们总可以还价嘛。"

王大伟说："还价可以，但要讲究方式。我看这样吧，四百万元就四百万元，但股份只能给他百分之三十。"

"好，这样等于把我们公司的估值提到一千三百多万元，比让出百分之四十拿五百万元更划算。"王三平的数学功底不错，一下子算出比例。

王奇山叮嘱了一句："杰克陈如果不能接受，该降就降一点，不要把关系搞僵了。"

事情谈好后，王奇山把王大伟留了下来。

"大伟，有两件事你要考虑一下，股份转让给杰克陈后，剩下的股份如何分配？你们四兄弟的股份比例最好明确下来，我不希望看到以后为了股份多一点、少一点伤了兄弟的感情。"

"不会的，您放心吧。"王大伟没想到父亲会主动提出这个问题。

"钱少的时候无所谓，钱多了想法就不一样。要早一点明确下来，这一点听我的。"王奇山的语气没有商量的余地。

"好的，股份比例您来定。"

"你提一个分配方案。"

"如果真的要分，平均分配吧。"

"这样对你不公平。具体的分配比例，我和你妈商量一下再说。"这个公司是王大伟一手创办起来的，他应该当大股东。在这个问题上，做父亲的要掌握好分配比例，尽量做到公平合理。

"还有一点，如果拿到钱，你要怎么处置？"

"我倒没有想到这些，等谈好后再考虑吧。"

"是分掉或者再投资？如果分掉怎么分？如果投资要投在哪里？你应该提前思考这些问题。"

"好的，我想想再说吧，反正还早呢。"

"不对，你要早点拿出意见。"

王大伟觉得父亲的想法有点怪，好像怕有了这笔钱会惹麻烦似的。

王奇山确实是这种想法，一旦突然有这么一大笔钱，许多麻烦会接踵而至，他不想给大家留下想象的空间，生出杂念。兄弟之间因为钱而产生隔阂，正是做父母的最不愿意看到的。

王大伟领会到父亲的深意，但又觉得父亲多虑了，"等事情确定了，再找大家一起商议。"

一个星期后，王大伟才给杰克陈打电话。

杰克陈知道王大伟是在吊他的胃口，因此接到电话并不主动提购买股权的事，而是大谈这一段时间来品茶的心得。

王大伟快人快语："陈先生，关于转让股份的事，我和兄弟们商量了，最后的意见是四百万元，转让给你百分之三十的股份。你要觉得不妥，这事就算了。"

杰克陈沉默了一会："百分之三十的股份少了点，我想要百分之四十。要不我再加多一点钱，你看加到五百万元好吗？"

杰克陈看中的是公司的盈利能力。从资本的角度看一家公司好不好，不是你有多少资产，而是你每年可以赚多少钱。资产再大，不赚钱也没用！

王大伟听出杰克陈在乎的是股份，并不在乎价钱，恰恰是这点让王大伟有了警觉性。

他为什么要那么多股份呢？按理说百分之三十和百分之四十都不能控股，无所谓多一点少一点，杰克陈越想要的，说明这才是最有价值的，那就越不能轻易地让给他。

于是，王大伟再三强调不是钱多钱少的问题，而是兄弟四人，股份少了不好分配，其他人都不同意转让掉百分之四十，他做大哥的不好强迫三个弟弟等。说得杰克陈只好退一步，提出了四百万元占百分之三十五的股份。

杰克陈一退让了，王大伟马上进攻，语气坚决地说道："要么四百万元百分之三十的股份，要么五百万元百分之三十五的股份，你选择一个吧，这是我最后的让步。"

结果，杰克陈选择了五百万元百分之三十五的方案，这等于把大环亚公司的总股本提升到一千四百二十九万元。为了增加百分之五的股份，杰克陈多掏了一百万元。

王家兄弟欢呼雀跃，杰克陈隐隐作痛。但若干年以后，当大环亚在香港证交所挂牌上市，这百分之五的市值达到五千万港币时，大家才明白杰克陈为什么宁肯多花一百万元吃下这个"亏"。

处理好股权转让的事，王大伟接下来要处理几个问题。

第一是父亲提出来的兄弟之间股权分配的问题。

王奇山和淑缓商量后，提出一个分配方案：王大伟百分之五十，王亚峰百分之二十，王三平百分之二十，王四博百分之十。王大伟认为自己的比例多了。王奇山说，这个比例是他定的，看哪个人敢有意见。还要王大伟赶快给王亚峰打电话，让他回家一趟，当面决定这件事。

王奇山找了王三平和王四博，说出方案。王三平认为自己多了，说要减少一点。王四博觉得不太合理，三哥只是出了两万元，占的股份却比他多一倍。

第二是五百万元怎么处理的问题。

钱已经到了王亚峰的手上，但王亚峰汇了一个月，只转给公司两百万元。

王大伟再三催促下，王亚峰才坦白说，三百万元借他临时周转一下，下个月才能还得上。王大伟气得大骂，兄弟俩在电话里吵了一架。

王大伟认为王亚峰连招呼都不打就先挪用，要不是自己催得紧，他还不肯说出实情，太大胆了。而且，王大伟上次去香港，发觉王亚峰在私下做一些走私的生意，心里有了戒备。现在听说王亚峰动用了这笔钱，便肯定这和走私生意有关系，要是出了差错，怎么向全家人交代？

王亚峰说："既然钱是全家共有的，其中有我的一份，我只是暂时借用一下，放在银行的账户上也是闲着。"

原来，王亚峰现在和杰克陈合作，进口服装面料到内地销售。他们利用外资企业进料加工的海关手册，多报损耗，或者多报出口，多出来的进口额度在内地转手卖掉，这样可以逃掉海关的关税和增值税。利用这笔钱，一个月内做了两笔，赚了五十万元。后来在王大伟的不断催逼下，陆续又汇入两百万元，但王亚峰已经一百万元赚到手。

王大伟给王亚峰打了几次电话，让他回家一趟，说是父亲让他快点回来。但王亚峰一直拖着，其实是因为他借的钱不能及时还上。

第三是韩天华上任后，公司的内部管理出现的问题。

韩天华的身份从顾问转为董事总经理，许多人一下子接受不了。

首先是王四博闹情绪。以前在厂里他是二号人物，现在要听总经理的，他心里当然不服。再加上股份分配比例让他不爽，因此更是不愿意配合韩天华的工作，两人的关系一下子疏远了。

其次，李木水听说韩天华任总经理后，直接提出辞职，说现在有了韩天华，已经不再需要他，他留着碍手碍脚。言语中不但有对韩天华的不服，也有对王大伟的不满。

韩天华刚一上任，便有这么多的对立面，让他如何开展工作？

韩天华倒是不愠不火，潜心抓好质量和技术，避免人际关系的冲突。但王大伟觉得如果不能解决这些问题，韩天华的能力没有办法完全发挥出来。

等了两个月，王亚峰终于回来了。

这天晚上，一家人围着八仙桌，召开家庭董事会。会议还没开始，气氛就有点紧张，空气中弥漫着火药味，主要是来自王奇山冷峻的表情。

大家坐好后，王奇山清了清嗓门，朗声说道："这个会等了两个月，就等亚峰回来。现在你们四兄弟都在，有两件事情大家商量一下，一个是公司的股份分配比例，另一个是五百万元如何处理。"王奇山说完，喝了一小口铁观音。茶杯刚放下，王四博赶快殷勤地为他续上一杯。

"我和你母亲商量后，提出了一个分配方案，你们看看吧。"说完，王奇山从衣兜里拿出了一张纸，上面写着四兄弟的股份比例。

大家轮流着看完后又陷入了沉默。

但沉默中有着暗潮涌动。

尤其是王亚峰看到这个比例后，强烈不满。虽然不敢说与大哥拥有同等比例的股份，但也不能有那么悬殊的差距。这个工厂是大哥创办的没错，但搞合资时自己是以外方的身份，而且义无反顾地把买房子的钱投了进来。现在一下子把自己的股份拉到与三平一样多，这公平吗？

王三平的心态比较平和。当时要不是张丹红提出，他根本没想到要参股。想到这，王三平打破沉默先表态："我是政府的工作人员，不适合在公司里占股份，我的股份给二哥和四博吧。"

王三平刚说完，王四博抢白他："你傻啊你，现在有多少干部都在民企里参股。你投资的是自己家里的公司，又不是利用职权到别人的企业里去占空股。"

"从规定来说，自己家里的企业也不行。"王三平解释道。

王奇山说道："我知道，这有点合情合理不合法。这样吧，你的股份挂在你妈妈名下。"

王三平真诚地说道："如果真要拿股份，给我百分之十就够了。"

王四博想，三哥是出了钱的，自己应该紧盯三哥，三哥拿多少，自己就拿多少，于是他说："三哥百分之十太少了，至少要百分之十五才合理。你是大哥的高参，出的点子不少。你要是拿百分之十，我只能拿百分之五啰。"说完欠起身给王三平的杯里添满了茶汤。

王亚峰阴阴地说了一句："是啊，三平虽然只出了两万元，但你在税务局，以后这个公司靠你帮忙的机会还很多，你的股份应该多一点。"

王三平一听不是滋味，正想反驳，父亲王奇山已经拍起了桌子："放屁，三平占多少股份，跟他在税务局有什么关系？靠他来偷税漏税？"

桌子上的茶杯跳了起来，茶水洒了一桌。淑媛赶紧拿过抹布擦桌子，边擦边说："有话好好说，不要急嘛。"王奇山说："他说出那种混账话我能不急吗？"大家一看父亲发脾气，都不敢吭声，场面又陷入了沉默。

过了一会儿，王亚峰忍不住说出了自己心中的不满："如果按出资的比例来定股份，我当时出了十万元。如果按出力，我这几年可没闲着，刺桐、香港两头跑。现在只给我百分之二十的股份，这不公平。"

王奇山闷声说道:"百分之二十是我提出来的，那你认为应该拿多少才合理？"

"反正百分之二十就是少，至于给多少，您定吧。"王亚峰的口气有点生硬。在大家印象中，除了王四博没人敢用这种口气跟父亲说话。

"你是拿出来十万元没错，可不到一年，你就拿走二十万元去买房子。你是香港和刺桐两地跑，可你忙着做自己的生意，这几年赚的钱还不都是落入你自己的口袋。"

"我不赚钱，谁来养活老婆孩子？这么多年，我为这个家做得还不够吗？"王亚峰说到这，心里觉得委屈，声调都变了，眼泪在眼眶里打转。

"没错，你是为这个家做了不少的贡献，谁没有为这个家在打拼呢？要不是你大哥办了这个厂，你有今天吗？你现在生意做大了，胆子也大了。你说，你拿了三百万元去做什么生意？"

王奇山越说越激动。本来王亚峰没有及时把钱汇来的事他并不知情，后来不断地催促王大伟，王大伟才说出原因。但王大伟没有把王亚峰做走私生意的事告诉王奇山，否则，王奇山早就追到香港去了。

王亚峰听王奇山提起这事，觉得自己有点理亏，便不再言语，但心里对王大伟有了怨恨。不就占用了两个多月，有必要向父亲说这些事吗？

王大伟担心父亲追问下去，王亚峰不好交代，他站了起来："我来说说我的看法。我只要百分之三十就行，其他的股份我建议亚峰百分之三十，三平和四博各百分之二十。"

王奇山听完，语气坚决地说道："百分之三十少了，我看拿百分之四十吧，其他的你们三个分配一下。"

王亚峰想，如果自己拿百分之三十，三平四博加起来只有百分之三十，他们能接受吗？不管他们接不接受，先提出来再说吧，"既然大哥拿了百分之四十，我就拿百分之三十，你们看这样可以吗？"王亚峰试探性地说道。

王奇山的眼睛瞪了王亚峰一下，转过头去，看得出愤怒的神情。

如果说王亚峰私自挪用公司的款项是胆大妄为、财迷心窍的话，那么他现在提出占百分之三十的股份就是贪得无厌、恬不知耻。王奇山想不到王亚峰这几年的变化是如此之大。

王亚峰提出占百分之三十，确实是谁都不能接受。

王三平、王四博心里不服气，要是大哥拿得再多他们没有意见，但二哥拿百分之三十，他们有很大意见。

淑媛心里虽然一直对王亚峰有亏欠的感觉，但觉得王亚峰要百分之三十是太多了，怎么能够要那么多呢？

王大伟倒是很平静，最近发生的很多事让王大伟对王亚峰的看法产生了根本的变化，王亚峰再也不是那个吃苦耐劳、一心为家的兄弟，而是眼睛只盯在钱上，自私、贪婪、不顾兄弟情分的陌生人。

王亚峰从大家的沉默中感受到无声的抗议。

一种孤独的感觉让王亚峰心里凉凉的。在利益面前，亲情是多么脆弱啊，难道这些就是自己一直为之打拼奋斗的家人？想当年，自己受了多少磨难和煎熬，心中想到的是让父母、兄弟能够过上好一点的生活，虽然受苦受累，但一句怨言也没有。今天，日子好过了，大家翻脸不认人。无非是自己要的股份多一点，何况自己对公司尽了全力，起了很大的作用，我拿百分之三十有什么过分呢？犯得着大家都拿我当仇人似的吗？

想到这，王亚峰横下了心：我就是要百分之三十，我就是要争一口气，要不我这么多年的奉献和牺牲都是白干了。

王奇山抑制住愤怒的心情说道："你要百分之三十也行，你把这些年香港公司赚的钱都吐出来。"

王亚峰急了："凭什么啊？那是我自己赚的钱。"

"你还不是拿了公司的钱去做生意？赚的当然要归公司。"王奇山吼了起来，手重重地拍在八仙桌上。

王大伟一看父亲发火，赶快说话："我提一个新的方案，我拿百分之三十五，亚峰百分之二十五，三平和四博各百分之十五，剩下的百分之十归全家共有，让爸爸妈妈来安排。红白喜事、修房子、添家具什么的，包括逢年过节的费用、捐资助学等，都从这百分之十的收益中支付，免得以后一些经营以外的费用进入公司账目，对杰克陈不好交代。"

王三平首先表态支持大哥的新方案："这个主意好，只是大哥百分之三十五少了，我只要百分之十，大哥应该拿百分之四十。"

王四博跟着说是啊，我和三哥一样就可以了，但言不由衷。

王大伟说："别再让了，只要兄弟之间不要伤了感情，多一点少一点没关系的。"

王大伟的这句话，听在王亚峰耳朵里却觉得格外刺耳。是你们不念及我对这个家的贡献，不念及兄弟的情谊，对我太苛刻了，反过来把破坏兄弟感情的责任推到我身上。但王亚峰找不出什么理由反驳王大伟提出的方案，只好表态同意这个方案。

王奇山坚持要让王大伟占到百分之四十，把全家共有的调到百分之五，并且一锤定音地说道："这事就这样定了，如果还有人不同意，这个会开不了了。"

接下来的第二个议题又让气氛更加剑拔弩张。

当王奇山提出五百万元如何处理时，王亚峰率先表态，说："按股份比例分掉，自己爱干吗干吗去。"

王奇山火冒三丈："我还没死呢，你就急着分家产是吗？"

"这是两码事，这些钱又不是家产，既然把股份转让了，收益就该归股东所有。"王亚峰心里盘算着，自己欠的一百万元不用还，还可拿走二十五万元。

"不行，这钱不能分。大伟你说说，有什么计划？"王奇山坚决的态度给王亚峰的想法浇了一盆冷水。

王大伟说："我们去年计划自己盖厂房，我和四博看了几个地方，比较合适的是市东工业区，一亩十万元，拿它三十亩地，可以盖两万平方米左右的厂房。这样算下来要投资一千万元左右，盘子大了一点，所以一直没动。当然了，如果分期建设，有个五六百万也能搞得下来。"

王亚峰一听急了，心想这是一个长线投资，还不如自己做贸易挣得快，"现在这个公司有百分之三十五股份是杰克陈的，像这种买地盖厂房的事应该和他商量一下。再说，要买地盖厂房也是大环亚公司的投资，不应该用到这五百万元。"

王大伟说："没错，这事肯定要和杰克陈商量。但我想的方案是，我们买地盖厂房租给大环亚公司。"王大伟说到这，大家明白他是想做工业厂房的投资。

"买地盖厂房出租，一年能赚几个钱？要搞干脆搞房地产，那才赚得快。"王亚峰一心想发财，而且要快速发财，这可能是他走私赚快钱形成的观念。

王三平一听，觉得搞房地产是一个不错的主意："是啊，今后的房地产一定发展很快。现在国家的政策已经停止了福利分房，势必带动房地产业的高速发展。不过这五百万元要搞房地产可能不够。"

"我看可以投资一些比较热门的行业，像装潢、广告，还有酒店和歌舞厅，都是投资少赚钱多的行业。我有几个同学才搞了一年，钱挣了不少。"王四博建议投资几个小一点的项目，分散风险。

王奇山一听，叫了起来："你专挑一些旁门左道，什么歌舞厅，你要敢搞，我把它砸了。"

王亚峰说："算了，别费那么多的脑筋。我香港那里的生意正急着用钱，而且转得快，回报高，都投到我那里去吧。"

王大伟斩钉截铁地说："我劝你趁早把香港的生意收起来。你死心吧，这些钱我是绝对不会投到你那里去的。"

王亚峰也提高了嗓门："我的事你别操心，你干脆把我那份钱分给我，你们几个的钱想干吗，自己看着办。"

听了他们的对话，王奇山有所警觉地问道："你在香港到底做什么生意？你要是搞歪门邪道，迟早会进监狱的。"王奇山转身问王大伟："你知道他在做什么生意，对吗？"

王大伟心里是矛盾的，一方面不想让父亲知道王亚峰在做走私的生意；一方面又想给王亚峰敲打敲打，让他见好就收，别陷进去。最近王亚峰的变化，真是应验了一句话："金钱是魔鬼。"

"他到底在做什么生意？"王奇山再次追问王大伟。

面对父亲威严的目光，王大伟不能说谎，也不敢回答。

王亚峰说："你别问了，都是一些服装面料的贸易。"

王奇山不信王亚峰的话，盯住王大伟："是不是服装面料的贸易？"

王大伟点了点头。

王四博听说王亚峰做服装面料，心里明白了，二哥一定是利用来料加工的海关手册在走私。现在服装行业发展迅猛，进口面料需求量大，利润可观。上次听说海关在查，二哥可是在冒险啊。王四博善意地提醒道："二哥，最近海关查得可严了，你要小心一点。"

王奇山一听，气得用手指着王亚峰："不管什么生意，海关会查的就是走私。你的胆子太大了，发展下去，贩毒的生意都敢做。你赶快给我停下来，这五百万元一分钱你都别想拿到。"

王奇山越说越激动，转身指着王大伟："你为什么不早点告诉我，你这大哥是怎么当的？从明天开始，你给我冻结一切与香港公司的资金往来，把外商的投资名称也给我换掉。不能让他这粒老鼠屎坏了一锅粥。"

王亚峰一听父亲要断了他的资金，而且称他是老鼠屎，心里是万念俱灰，想不到自己成了这个家庭的公敌，这都怪大哥把这事捅了出来。他想：我不就是为自己赚点钱吗？怎么成了老鼠屎？想当年，我做牛做马，干的是下三烂的活，赚

的钱寄回家，怎么没人说我不对？现在我为自己赚点钱，什么都不是。就算犯法
也是我一个人担着，你们怕我连累，那我自己干好了。

"行啊，既然我是老鼠屎，生意上我就不和你们搅在一起了，免得败坏你们
的宏基伟业。这五百万元按比例给我一百二十五万元，其他的你们怎么处理和我
无关。从此，我走我的独木桥。"

王奇山气得双唇发紫。想不到一家和和睦睦，为了中兴家道，兄弟联手打拼，
现在事业刚刚小有成就，却为利益分配和企业发展方向产生严重分歧，乃至王亚
峰要与父母、兄弟分道扬镳，另起炉灶，真是造孽啊。

"亚峰啊，你怎么能够这样说话啊。"母亲急得六神无主。

"亚峰，你冷静一下。"王大伟也加大声调。

"二哥，我们一家人干得好好的，不能分开啊。"王三平、王四博规劝着王亚峰。

丁秀丽在屋里给学生批改作业，听到大厅里嚷嚷的声音越来越大，赶快跑了
出来："二叔，你少说两句吧。"

"既然你们都怕我犯法、惹事，我的生意不和你们搅在一起总可以吧。我们
井水不犯河水。"王亚峰是铁了心，说话不留余地，越说越直接，听在全家人的
耳朵里是如此恩断情绝。

王奇山本来心脏不太好，刚才是气得浑身发颤，过了一阵才稍稍缓过劲来。
他站起身，抬起手，一巴掌朝王亚峰扇过去。王大伟眼尖，赶快把父亲的手抓住。

王亚峰一看父亲要打他，心里的委屈更大了，"反正您从小就看我不顺眼，
多一个少一个无所谓。"

王大伟说："亚峰，难道这些钱比亲情更重要吗？"

王亚峰一点都不示弱："就你高尚，做的都是光明正大的生意，挣的都是干
净的钱。你要是顾念兄弟情分，把我的钱给我，是死是活我自己干。"

"你一分钱都别想拿到。"王奇山再一次拍起桌子。

淑媛急得眼泪直掉，劝都劝不住，只好一直把王亚峰往外推，想让他先离开，
等大家心平气顺了再谈，可王亚峰就是不走。

王亚峰想，反正话已说出，脸皮也撕破了，看得出父亲和大哥是不会给他钱的，

干脆自己单干，免得受人管制。

王亚峰的心意已定，口气坚决地对着王大伟说道："一百万元我就不汇过来了，另外二十五万元什么时候给，你看着办。其他的钱你们投到哪里不关我的事，我也没兴趣和你们一起搞。另外，我的股份你开个价，或者我便宜一点卖给杰克陈。"王亚峰说完转身就走，看都不看王奇山。

小时候，王亚峰很怕父亲，除了怕，还有一点点的怨，觉得父亲对他不公平。慢慢地，从敬畏到了畏惧，因今天的局面，他把最后的一丝畏惧也抛弃了，所以他敢于挑战父亲的权威，敢于无视他的存在。

当他甩开母亲紧紧抓住自己的手，昂首走出王家古宅，意味着他与这个家的决裂，至少是与父亲和大哥的决裂。

他要走自己的路，哪怕这条路通往万丈深渊，他也要走出自己的辉煌。

他有着如释重负的轻松。从此以后，他不用再为这个家做出任何牺牲，他能够得到的都是属于他自己的。

他不用再受制于父亲的古板和大哥的谨慎，可以放开手脚做自己喜欢的事。凭着聪明才干和这几年积累的资源，他不信自己赢不了大哥。

那个从小让他尊敬、崇拜的大哥，已经成为他的桎梏和绊脚石，甚至成了他的利益争夺者。今天，他把这个桎梏打破了，把这块绊脚石踢开了。他相信，没有大哥的束缚，他能够走得更快，走得更远，赚得更多。

当王亚峰走出王家古厝的大门时，身后传来一声清脆的茶杯砸地的声音。

父亲苍老无力的叫嚷声从此一直缠绕在他的耳边，挥之不去："我没有你这个儿子，你不要再踏进这个家门一步。"

一行清泪从眼眶里流下，王亚峰用手抹了一下，抬头看看阴霾的夜空。

清源池的南音隐约传来，有些哀怨、悲戚，是那首让人柔肠寸断的《去秦邦》："去秦邦，我不第返来，一去三年百两黄金亦都用尽，看我遍身褴褛，头举都不起。思量无计智，来去西轩寻我周氏，谁思疑，谁疑我爹妈来到只，骂子一身无志气，妻不下机，嫂不为炊。今日方知，想今日方知，恨我命运都究未是。悔当初何卜秦邦去，致惹今旦有只万苦千辛共谁诉起。谁知会到今旦有只万苦千辛，今卜恨谁得是。"

一种众叛亲离的孤独感袭上心头，王亚峰一直为之努力奋斗的家，年迈的双亲，还有情同手足的兄弟，从此将形同陌路。多年来一个游子对家的眷恋，对亲情的牵挂，瞬间被击得支离破碎。

王亚峰仰天长叹，却见一颗流星滑落长空，只留下一道黯然的轨迹，接着幻化出满天的耀眼繁星，有如火树银花。

王亚峰双眼放光，伸出手想紧紧抓住眼前的光斑，一次又一次向前，再向前，却一再落空。

眼前的光斑已化作光怪陆离的虚幻景象，是香港尖东的马路，是中环的高楼，还是直通云天的旋梯？是耳边传来的响亮的巴掌声，还是阿香温柔的怀抱？王亚峰努力想从虚幻中挣脱，但身子已离地飘起，他伸出手抓住了阿香的臂膀，却重重地跌落在王家老宅门廊前坚硬的石板上。

又一颗流星划过，王家老宅大门上"开闽传芳"的大匾格外醒目。

第二十一章

因王亚峰的叛逆，王奇山气血攻心，当天晚上便住进了医院。王大伟三兄弟轮流陪护，忙了一个礼拜。等王大伟回到公司时，已是四处起火。

王四博撂下摊子，把全部工作推给韩天华，自己除了到医院陪护父亲外，剩下的时间张罗着筹建广告公司、装潢公司、酒楼歌厅，要不就是去古玩市场淘点旧货，弄点坛坛罐罐回家。有一次，花了五百元买回一张弘一法师的书法条幅，兴冲冲地直奔医院。来到父亲的病榻前，嘴里直嚷着："捡到漏了，难得的弘一法师真迹，您看这'住深法性，得上善根'几个字写得多好。"

父亲接过来一看，气得当场撕烂，刚降下来的血压又升高了。

以前的相关部门都是王四博跑，现在韩天华人生地不熟，闽南话讲不来，碰到问题连找谁都不知道，怎么能处理好这些关系呢？

李木水提出辞职，王大伟不同意，他干脆称病告假，回家休息，打样、排单、质检一大堆的事又压在韩天华的身上。对于韩天华来说，这些活他轻车熟路，但底下具体操作的人都是李木水的门生，自然对韩天华有排斥的心理，工作上不配合，已经影响到每日的出货量，实行计件工资的工人也开始有抱怨的情绪滋生。

丁顺发虽偶尔出点小差错，吃拿供应商的事时有发生，但基本原则守得住。韩天华当上总经理，丁顺发刚开始有着明显的抵触情绪，后来突然转变态度，积极配合韩天华的工作，周末还主动带着韩天华游玩刺桐的名胜古迹，甚至让供应商出面请韩天华吃饭、唱歌、洗桑拿。过分的热情反倒让韩天华产生警觉，只得对采购的辅料更加留心。

面对错综复杂的人际关系，韩天华感到压力很大。

他之前的身份是顾问，很多建议和措施都是通过王大伟来实施的，自然没有与大家产生直接冲突，没有那么明显的矛盾。

但现在不同了，他是这个公司的总经理，一个会念经的外来和尚，他的下属是老板的弟弟，还有老板的妻舅、老板的老同事、老板的旧将老臣。怎么能那么容易收服呢？

韩天华确实是一个难得的人才，品德好、能力强、干劲足，技术和管理水平高，从各方面来说都是一个很称职的职业经理人。

王大伟慧眼识英雄，韩天华对王大伟的知遇之恩深怀感激，本想能够帮王大伟管好企业，但面临的困难却是空前的。韩天华很想找王大伟谈谈，但因为王大伟的父亲住院，一直找不到机会，直到今天，两人才有时间坐下来交流工作上的问题。

王大伟关切地问道："老韩，这段时间累坏了吧？"

"比我想象的困难。"韩天华感慨地说道。

"是啊，没想到四博和木水会撂下摊子，担子都压在你身上，让你受累了。"

"累倒是不累，但许多问题同时出现，处理起来不太顺手。"

"慢慢来吧。"

"我答应你挑这个担子，就一定要挑好，慢慢来是不行的。现在已经影响到产量，再发展下去，质量要出问题的。"

"放心，天塌不下来。"

"总要想个办法，不能让事态继续扩大。"

"你有什么建议？说来听听。"王大伟递给韩天华一根烟。

"我要你表个态，四博和木水怎么安置？"

"你有什么想法呢？"王大伟在处理这两个人的问题上有点顾虑，他不想把关系搞僵，一个王亚峰的教训太深刻了。

"我的态度是：如果他们坚决要走，我们要大胆地提拔年轻人。只要平时注意辅导，做好帮扶，不出两年，我一定能带出一支年轻的管理团队。"

韩天华的一番话让王大伟心中的石头落地。是啊，既然请来韩天华，就应该放手让他发挥才干，王四博和李木水这些老臣在韩天华手下肯定不服管，反而会影响他的工作，增加内耗，降低工作效率，弄不好还会出现拉山头、搞帮派。

但王四博、李木水怎么安置呢？

韩天华看出王大伟的难处："其实，四博聪明能干，只是年纪轻、经验少。听说最近他想搞广告、装潢、酒楼等，你要大胆地让他历练一下。搞得好他有自己的事业，搞不好就算交点学费。你只要平时多点拨点拨，派个财务帮他管好钱财就行了。"

"至于李木水，有个办法继续发挥他的专长。李木水有一手过硬的手工活，在机械化和分工专业化的环境中发挥不出来，但要是承接手工定做服装，他肯定干得很好。现在的人，营养过剩，体型发福，许多人已经穿不上标准尺码的西装，要么袖子长了，要么腰围窄了。如果在市中心弄个店铺，专门承接西装、衬衫的定制，让李木水来负责，他肯定游刃有余。"韩天华一口气说完他的建议，才停下来喝口茶。

王大伟一拍大腿："你的这个建议太好了，既能够解决他们两个人的思想情绪，又能开辟一条新的生财之道。老韩不但会管理，搞经营、搞投资更是眼光独到啊！"

"老板过奖了。他们两个人的问题解决了，我这里的工作就好开展了。"

王大伟站了起来，"晚上我们一起吃饭，我把四博和木水一起叫来，谈谈你的建议。"

"且慢，最好说是你的想法，要是他们知道是我的建议，还以为我在帮你清君侧，排斥他们呢。"

"对，你说的没错，就说是我的想法，你最好尽量说说好话，劝他们回公司来。"

"我们唱双簧啊？"

"策略，要讲究策略。"王大伟拍了拍韩天明的肩膀。

王大伟接到王亚峰的几次电话，都是催要他的二十五万元。

可王大伟坚决不给，他尽力劝说王亚峰回心转意，但王亚峰怎能听得进去？王大伟只好推给父亲，说父亲不同意付钱，让王亚峰去找父亲。

王亚峰知道找父亲只能"讨皮痛"（闽南俗语，主动找骂），根本没用。

几次的电话，兄弟之间积怨越来越多，说话也就没了分寸。

这天，王大伟接到杰克陈的电话，说王亚峰要把自己持有的大环亚公司的股份转让给他。杰克陈关切地询问王大伟："到底你们兄弟之间发生了什么事，听王亚峰的口气，他对你的成见很深。"

王大伟暗示杰克陈不要买下王亚峰的股份，否则产生的后果会影响到他们之间的合作关系。

杰克陈当然明白应该在王大伟和王亚峰之间如何选择。但商人的嗅觉让杰克陈觉得这是一次机会，他知道王亚峰急需资金，便提出了一个方案，借给王亚峰两百万元，前提是用他持有的公司股权质押。

如果杰克陈能够把王亚峰的股份弄到手，则拥有大环亚公司百分之五十一点二五的股份，成为大股东。且不说能否掌握公司的实际控制权，以杰克陈的长远计划，将来上市的回报也是非常高额的。

杰克陈心中窃喜，老天爷给了他一次绝好的机会，王亚峰主动把一块肥肉送上门来。但杰克陈心里非常清楚，王亚峰的生意风险太大，随时都有出事的可能。而且，王亚峰的为人靠不住，还需加以防范。因此，杰克陈对王亚峰只是极尽利用，并不深交。

王亚峰有了杰克陈的资金注入，更是如鱼得水，现在不但做服装面料、家用电器的进口贸易，而且开始倒腾一些国外香烟、燃油、化工原料，却都是通过走私的方式进口到国内的。刚开始时少量地试探，后来搭上了鹭岛老大，打通相关的环节后，胆子越来越大，数量越来越多。

王大伟不给钱，王亚峰想了一个狠招，让姗姗拖着七个月的身孕回到刺桐，找淑媛哭诉，说房贷还不上了。终于王亚峰夫妻把二十五万元要了回去。

除了偶尔和母亲、王四博通通电话，王亚峰与王大伟断了联系。

王大伟每年把公司的分红给他汇了过去。但这点钱在王亚峰的眼里已经无足轻重。因为，王大伟为了扩张，大部分利润都用于再投资，只是象征性地分红。

王四博筹建了半年的环亚酒楼终于开业了。

王四博的聪明才干得到淋漓尽致的发挥。从选址到装潢设计、团队组建、员工培训，都是他一手操办，甚至菜单、餐具都是他精挑细选后确定的，显出别致的风格。

酒楼坐落在东大路上，交通便捷，车水马龙。虽然只有一千平方米，但在王四博的精心安排下，十几个包厢围绕着一个宴会厅，显得气派堂皇。

环亚酒楼做的是粤菜，以海鲜为主，由于价格适中、味道不错，一下子打响了名号，每天客满。开业的第一个月，王四博粗略算了一下，大约赚了二十万元。按照这个势头，不到一年就可以收回投资，王四博心里不禁飘飘然。

后来，酒楼的楼上开了一家皇宫歌舞厅。

皇宫歌舞厅的老板是当年和龙斌对换下乡点的知青王金虎。王金虎回城后在建筑公司当水电工，后来自己单干，从小包工头干起，慢慢拓展到市政工程和土建工程承包，这些年捞了不少钞票。

王金虎虽然没有什么背景，但胆大敢拼，搞关系舍得花钱，结交了三教九流一大帮朋友，拉工程，开发廊，只要有钱赚就敢投。现在看到歌舞厅、KTV 开始流行，他又"杀"了进来，一甩手三百万元，请了一帮乐队、歌手、野模，还有几十个坐台小姐。一到晚上八九点钟以后，皇宫歌舞厅开始在灯红酒绿、纸醉金迷中热闹起来。

王金虎每天晚上泡在皇宫歌舞厅，夜夜笙歌。

他对歌舞厅的管理一窍不通，来了就是享受，管理的事交给手下人。每天场面热闹得很，但到月底却发现赚得不多。扣除乐队、歌手的提成，扣除酒水、房租、水电费、税金等各种费用，到他手上的是一大把的签单，有自己消费的，有朋友消费的。管理上漏洞也很大。搞采购的是他的外甥，烟、酒、水果的采购狠赚了他一把，没过两个月就买了一辆"名剑"（铃木王）摩托车。

王金虎不是傻瓜，他知道问题出在哪里，他的那些手下都是只会吃吃喝喝，剩下的是干粗活的，哪有人能够帮他管理呢？因此，他特羡慕王大伟，手下能人多，一个王四博就能把酒楼管得顺顺溜溜的。

后来，王金龙搭上了一个歌手，并且把她提为经理，情况才有所改观。这个来自四川的歌手小宛，不但泼辣，而且工于心计，不到两个月，俨然成了老板娘，上上下下对她服服帖帖。

小宛完成了乌鸡变凤凰的传奇经历，可王金虎却暗暗叫苦。歌舞厅的利润多了，但他却不能像以前那样随心所欲。小姐们都慑于小宛的权势而对王金虎敬而远之。个别想挑战的，没多久就待不下去，只好跑别的场子去了。

20世纪90年代初的刺桐城，歌舞厅一下子开出了十几家，一时歌手云集。刚开始，来的都是正儿八经的文艺工作者。许多内地的文艺团体不景气，面临改制，歌手、乐手纷纷自谋出路，到歌舞厅演出的报酬是原来工资的几十倍。四个人，一个键盘、一个爵士鼓、一个电贝斯、一个电吉他或萨克斯组成的电声乐队，再加上三四个歌手就可包下歌舞厅的场子，然后与老板按演出的收入分成。

歌舞厅不收门票，甚至酒水都是老板送的。歌舞厅的收入是客人点的花篮和花环，一个花篮两百元，一个花环五十元。当看到你喜欢的歌手，点一个花篮或两个花环送上去，歌手唱完后会到你的台子或包厢陪你喝酒，还会邀请你上台合唱或者一起跳舞。

一回生二回熟，下次再来，歌手自然会到你的台子陪酒。等到她唱歌的时候，你献上花篮。有时酒后兴起，"假砍兰"（闽南俗语，卖弄才能）地大叫一声："花篮全送！"两千元钱，就为了让自己喜欢的人唱一首歌。

要是碰上别的客人也喜欢这个歌手，两个台子杠上，你送十个花篮，我送二十个，一万两万好像撒钱似的。歌舞厅老板、乐队、歌手按比例分成，一个人一个晚上轻轻松松几千元进账。

当然，并不是每个晚上都有这么好的运气。能有多少好运气，取决于歌手的容貌和唱歌的水平，但更重要的是取决于歌手和客人的互动。

刚开始，有些歌手不适应这种应酬。

很多歌手原来在当地都是受人尊敬的艺术家，现在迫于生计沦落到陪客人喝酒才能赚到花篮。要是碰上素质差一点的客人，一靠上来双手开始上下游走，或者跳舞时把你紧紧搂住，让你喘不过气来，汗臭味、口臭味、酒臭味、烟臭味还有满身的铜臭味吞噬着怀里的媚娇娘。

男人的肾上腺急剧地扩张着，在魔幻的灯光下和缠绵的乐曲声中充分展现着金钱的魅力。不适应、不习惯、不接受终究敌不过钞票的诱惑，即使不想赚太多的钞票，还有女人的虚荣心作祟。当你连续几天"白板"（没人给你送花篮），会遭人白眼，老板、乐队更不喜欢没能带来收益的歌手。

哪怕你的艺术水平再高，客人的花篮才是检验真理的唯一标准。

随着歌舞厅的急剧增加，歌手的艺术水平快速下降，哪来那么多的专业演员呢！开始有了滥竽充数的，一封"钱多人傻速来"的电报，把一些二流'三流四流'的演员从各地都招引过来了，甚至只会唱几首歌的也敢上去，只要有人捧场献花篮就行，老板、乐队就可以接受，赚钱才是硬道理。

在艺术、金钱、色欲的博弈中，有人选择了退出，但更多的人前赴后继，奔汤蹈火。有人赚到钱早早回家改行，有人赚到钱又收获了爱情，有人赚了钱付出了感情却最终什么也没有留下。

若干年后，歌舞厅这股风慢慢消退，歌手们大都离开了这座城市。但这段经历一定深深地铭刻在她们的记忆中，有收获，也有伤痛、刺激、浪漫，甚至有点滑稽，个中的滋味只有她们自己能够体会。

刺桐，这座有着千年文化积淀的历史名城，对于新的文化形态总是抱着开放和兼收并蓄的欢迎态度去接受和融合，但对"歌舞厅"这朵奇葩显然没有太多的心理准备，一时在旋转舞步中扭曲，在醉人的音乐中迷失。

这天下午，王四博正在他的办公室里签发票。每天采购的食品、水酒单子太多了，他认真地一张一张审核，桌上的"大哥大"响了起来。

"二哥回来了？"

"是啊，刚到。你给我留一个包房，晚上和几个朋友一起过来吃饭。"

"好的，好的，我等你。"王四博放下大砖头手机，转身拿起桌上的内部电话到吧台订了一个最豪华的包房泉山厅，又从冰箱里挑了两包特等铁观音。签完发票，王四博亲自到泉山厅检查一下准备工作，还特别注意看看高脚酒杯上是否留有未擦干的水渍。

王四博到厨房里巡视了一圈，看看卫生搞得好不好，菜洗得干净不干净，买回来的鱼、肉是否新鲜。这是他的习惯，每天都要到处转转。他说这样才能了解第一手的情况，员工也不敢偷懒。

走出厨房，时间已差不多，王四博来到大厅等候二哥。他觉得亲自到门口迎接，让二哥在朋友面前更有面子。

保安和迎宾都已站好位置，随时准备迎接客人。看到总经理走过来，几个人挺了挺腰杆，脸上露出恭敬的笑容。

快走到大门前时，王四博的眼睛为之一亮，一个新来的迎宾小姐引起他的注意。

这个新来的迎宾叫什么名字来着？昨天刚来应聘时，倒没觉得有什么出众，现在这一袭红色旗袍和高跟鞋一穿，加上淡淡的化妆，如出水芙蓉，亭亭玉立。哦，想起来了，这个姑娘叫梅芳，江西人，刚刚高中毕业，没有什么工作技能和经验。看她长得清秀标致，安排她当迎宾。

王四博心生好感，走上前问了一句："第一天上班，感觉怎么样？"本来是关切的一句话，可从王四博嘴里说出，却显得有点轻佻。

"谢谢总经理，还可以。"梅芳点了点头。

"有什么困难说一声。"

"没什么困难，谢谢。"梅芳再次点了点头，眼睛却始终没有离开门外。那是她时刻要注意的地方，客人来了要主动开门迎接。

王四博有点碰了一鼻子灰的感觉，心想："你别太傲气了，要是干不好迎宾，让你当服务员，看你还傲什么。"正想着，王亚峰已带着几个朋友来到门口，王四博赶快迎了出去。

"欢迎光临环亚酒楼。"梅芳用力拉开带有地弹簧的玻璃门，对着客人点了点头，弯了弯腰，一个很优雅的迎宾礼，然后转身走在客人前面带路。

一行人鱼贯而入，王亚峰望着梅芳被一袭旗袍紧裹的柔美曲线，还有隐约飘来的带有青春气息的幽香，心中不禁一阵躁动。

梅芳带着客人来到泉山厅，推开大门后，梅芳站在门边对着客人一一点头，脸上的笑容甜美亲切，但还是掩饰不住心高气傲的特质。当她注意到王亚峰正色眯眯地盯着她看的眼神时，她转身退出泉山厅，随手把门轻轻掩上。门后传来了王亚峰的声音："四博，什么时候弄来这个漂亮的迎宾啊？等一下让她过来陪陪几位大哥。"随后爆出一阵笑声。

梅芳心里一阵委屈，但她很快控制住情绪，回到一楼的大堂，站在迎宾的位置上。

王亚峰向王四博介绍了客人，都是鹭岛来的，有外贸公司的杨总，有船运公司的钱总，还有一位神秘的客人，王亚峰称他是李处长，具体什么单位没说，但王四博掂得出他才是今晚最重要的嘉宾。

"四博，拿两瓶马爹利XO过来。有什么好料尽管上。哦，对了，要一道炸鸡卷，我让他们看看，到底是刺桐的炸鸡卷好吃，还是鹭岛的五香卷好吃。"

李处长插了一句话："我们这趟来，就是为了吃刺桐炸鸡卷和卤面的。"

"对，再加一道卤面。等一下你过来一起吃饭，帮我好好陪陪客人，别忘了叫那个迎宾一起来。"

"好的，李处长，你们先坐，我去安排一下。"王四博转身退了出去。

李处长慎重地问了王亚峰一句："这个老板是你亲弟弟？"

"是的，我们家四兄弟，我是老二，他是最小的。"

"刺桐人个个猛，这么年轻就当老板，真是让人佩服。"外贸公司的杨总感慨地说道。

"我们刺桐人是被逼出来的，地少人多，没有什么工业基础，所以穷则思变嘛。"王亚峰一边泡茶，一边发表高论。

外轮公司的钱总开口了："行了，你还说穷则思变，你们就是富了还不是照样拼拼杀杀。"

"哪个人会觉得钱多呢？人心总是不足的。"王亚峰说。

"你这两年赚的钱还不够多吗？"

"还不是靠几位大哥帮忙，小弟才有今天。要说钱多钱少，确实不够多。按照现在这种赚钱的速度，要什么时候才能赶上李嘉诚呢？所以还请几位大哥多多关照。"

王亚峰招呼大家入席。

几个人推杯换盏，觥筹交错，一会儿酒酣耳热。

王四博慢慢听出这些人的关系，这个李处长是海关的，其他几个人都和二哥的生意有关联。

王亚峰突然想起那个迎宾，让王四博叫她过来陪酒。王四博去了一趟回来说，迎宾还没下班，没人顶替她，等一会儿再说。李处长发话了："不要为难你弟弟嘛，他的员工总有不便的地方。"

王亚峰只好作罢。

几个人喝完两瓶马爹利 XO 后，摇摇晃晃上了楼上的皇宫歌舞厅。

小宛热情地带着他们进了包厢，叫来三个当红的歌手。

小宛对王亚峰特别殷勤。上一次王亚峰来了，一个晚上送了一万多元的花篮。

今天晚上看这几个客人的模样，一定有好彩头。一般情况下，老板陪着这类人到歌舞厅，出手都特别大方。

客人不多，尚未开场，只有舒缓的舞曲回荡在四周。李处长、杨总、钱总已经进入了舞池。

王亚峰和王四博在包厢里说着话，小宛过来敬酒，说要帮他们叫两个歌手。

王亚峰说："不用了，我弟弟不用。至于我，有你陪就行了。"

小宛说："真的吗？"说完还摸了王四博一把。

王亚峰说："摸小姐要给钱，给小姐摸也要给钱。"

小宛说："要是你弟弟给我摸，我就愿意给钱。"说完又摸了王四博一把。

王四博说："你就不怕王金虎一脚把你踹了？"

正说着，王金虎带着几个人走进歌舞厅。

王金虎听说王亚峰和王四博在这里，走过来热情地打招呼，还特地叫服务员送了一瓶人头马。

"亚峰老弟，听说你现在发财了。"王金虎"哐当"一声把砖头大哥大往茶几上一搁，震得杯子都跳了起来，"来，兄弟敬你一杯。"说完，用那只戴着一条很粗的黄金手链的右手举起了杯。

王亚峰举起杯，"哪里，做点小生意，哪像王大哥有这么大的排场。"

"这个歌舞厅算什么，没值几个钱。"

"王大哥现在开始搞房地产了。"王四博说。

"哎哟，算什么房地产呢？刚刚开个头，搞了几亩地，哪像你家大伟那样轰轰烈烈。来，四博你也一起来，我们兄弟干一杯。"说完王金虎先干了杯中的酒。

王亚峰听王金虎提到王大伟，说了一句："我大哥哪像你这么有气魄啊。"

这话听在王四博的耳朵里不是滋味，心里直怪二哥，不该在外人面前挤对大哥。可这话听在王金虎耳朵里，却听出了弦音。

王金虎这些年靠打打杀杀闯出一点名堂，有几次想通过王大伟与龙斌搞搞关系，但明显感觉到王大伟和龙斌对他的轻蔑。

王金虎知道自己和王大伟、龙斌不是一路人，但眼前这位王亚峰倒是有点江湖味道，比较对自己的脾气。"找个时间，我们兄弟好好聊聊。只要有钱赚，我可是天不怕地不怕。你们玩得尽兴一点，小姐随你挑。"说完，王金虎站了起来。

王亚峰半开玩笑地说道："我要是挑了小宛，你可别生气。"

"没关系，只要你喜欢，好东西要和兄弟分享。"王金虎说完，把身边的小宛推给了王亚峰。

小宛一手搂着王亚峰，一手伸过去拧了王金虎一把："我要是真的跟了别人，你可别后悔。"

王金虎哈哈大笑，挥挥手走回自己的包厢，和一帮朋友划起了拳。

舞曲停了下来，李处长、杨总、钱总搂着自己的舞伴回到了包厢里。

这时，舞池的灯光亮起。

乐队用一阵暴风骤雨般的前奏一下子把歌舞厅的气氛烘得燥热。舞台上方各式各样的灯，更是用跳跃、闪烁和旋转变幻出五彩斑斓的光。

接下来，便开始进入了听歌、送花篮环节……

在强烈的视觉和听觉刺激下，在酒精和荷尔蒙的驱使下，男人们开始用嗅觉和触觉去捕捉自己的目标。

今天晚上一开场掀起了一个小高潮，一下子把气氛哄抬了上来。小宛心里挺高兴，大部分时间都陪在王亚峰的这个包厢，又是划拳，又是敬酒，又是玩骰子，把王金虎晾在一边。

王金虎正想着和王亚峰拉关系，只好随小宛去了。

直闹到半夜，酒喝得差不多了，舞跳不动了，肚子也觉得饿了，大家余兴未尽。

王金虎和小宛看在王亚峰送了两万多元花篮的份上，热情地邀请大家一起去吃消夜。十来个人在夜排档点了好多海鲜，又喝掉两箱啤酒，才分头散去。

王亚峰和李处长、杨总、钱总一起回到下榻的刺桐酒店，各自在想入非非中入眠。

但有一个人却睡不着。

王金虎已经问了小宛几次，今晚王亚峰带的客人是什么身份。王亚峰出手大方，热情地陪着这几个客人，可以看出这些客人的分量。

越是神秘，王金虎越是好奇。

现在，小宛从他们片言只语中，听出都是鹭岛来的，做外贸生意的，还有海关的，那就几乎可以断定和进出口生意有关。说不定还有一些非正常的进出口生意，说白了就是走私。这可是一条发横财的路啊，比起自己现在这些端不上台面的生意，来钱快得多。

虽然风险不小，但王金虎的生意哪个没有风险？越是旁门左道，越是铤而走险，不但利润高，而且刺激、惊险，玩的就是心跳。王金虎要的就是这种感觉。

想到这，王金虎觉得王亚峰这条绳子一定要紧紧抓住。那位李处长，看上去有点傲气，但对那个叫莺莺的陪舞小姐却是垂涎欲滴。人总有软肋，男人好色就是最大的弱点。王金虎让小宛明天和莺莺聊一聊，一定要让莺莺把李处长拴住。这一点小宛有办法。但王亚峰呢？今晚上他一直在和小宛聊天喝酒，莫非他喜欢小宛？

王金虎看了一眼身边睡意蒙眬的小宛，卸妆后虽没有那么光彩照人，但洗尽铅华的青春脸庞另有一番诱人的风韵。

王金虎掐压了手中的香烟，转身撩起小宛的睡裙。

第二天晚上，王亚峰应邀来到刺桐酒店。王金虎和小宛已在中餐厅的豪华包房里点好菜。

王亚峰看看一桌的好酒好菜，知道王金虎在打自己的主意。

也好，现在自己的业务发展很快，需要有下家接盘、转货，王金虎这种人正好符合这种冒险的生意。

王亚峰与王金虎一拍即合。

当然，小宛的作用很重要。

第二十二章

王大伟新厂址今天举行奠基仪式。

新厂址位于市东工业区。这个工业区是龙斌出任区长后主抓的一个项目，王大伟买了二十亩土地，计划建设两万平方米的厂房及配套用房。

龙斌建议王大伟干脆放弃现有的厂房，那里毕竟是租的，不是久留之地，应该全部搬到市东工业区，集中在一起，可以节省运输、管理成本。

但王大伟不愿意放弃原有的厂房，他还希望龙斌出面帮他说服教师进修学校把这块地卖给他。但得到的答复是，教育用地属于行政划拨用地，不能转让，王大伟只好继续租下来。原来他只租用其中的三分之一，现在其他几家工厂已经陆续搬出，王大伟成为唯一的租户。

王大伟拉了几位前同事，带着他们来到了位于市政府旁边的风度西装店。

店长李木水闻讯迎了出来，热情地招呼大家，又是泡茶，又是递烟。难得老板来视察，又带来了几位老工友。

李木水自从离开大环亚公司，负责开办这家风度西装店后，如鱼得水，既能发挥他的手工绝活，又免得与韩天华"皮鞋狗屎毋相服"（闽南俗语，相互不服气）。现在这个西装店已经成了刺桐的一块金字招牌，专门承接服装手工定制业务，如许多政府官员出国考察的服装，各种剧团、乐团的演出服，单位的工作服，新郎官的礼服，商务人士的正装西服。

有一些人多少与王大伟或大环亚公司有点关系的，半买半送，白要的都有。公司还送出很多礼券，按券面标价定做服装。这样一来，店里的生意兴旺，李木水虽然忙得够呛，但干劲十足。

几位老同事看到李木水春风得意，心生羡慕。

"老李，看你现在'一尾活龙'（闽南话，一条活龙），我们却没'代志做'（闽南话，没事情干）。早知今日，当初就和你一起来吃大伟的'头路'（闽南话，工作）。"

李木水笑逐颜开："现在来嘛，我正缺人手。"说完，李木水给大家分别端上泡好的茶水。

"真的吗？你说话不能算数，大伟说了才有效。"

王大伟一个一个地给大伙递烟、点火："如果你们愿意来，我非常欢迎。有技术的，留在木水这里。木水啊，我们可以准备开第二家店了，你去找找店面，附近县市都可以。以后有条件，鹭岛、闽都也要开店，把'风度'的牌子做出名气来。"

李木水关切地向坐在他身边的张兴隆问道："老张，你身体还好吗？"

张兴隆用力地拍了一下胸膛，发出了响亮的声音："身体'野勇'（闽南话，很结实）。可有什么用呢？到你这里我又没技术。"

王大伟心想，刚才说的可能伤了张兴隆的自尊心。张兴隆是他们厂里的炊事员，一个老共产党员、劳动模范，还有一手跳拍胸舞的绝活。

拍胸舞是刺桐乃至闽南地区最典型、最具代表性的一种民间舞蹈，又称"打七响""打花绰""乞丐舞"。大到政府举办的各种文化活动、文艺踩街，小到各部门的集会庆典、里巷乡村民间的迎神赛会、黎民百姓的婚丧喜庆，都有拍胸舞的身影。

"老张，你放心，木水这里用不上，你到厂里来。你炒的菜真是好吃，我有时还会想念呢。现在工人不断增加，食堂正缺炊事员。你来了，还干你的老本行。"王大伟安慰道。

张兴隆黯然地说："去年病了一场，得了肺结核，现在虽然钙化了，但做炊事员不合适。"说到这，张兴隆的心情格外沉重。这场病花去了不少钱，本来不宽裕的家庭更加拮据。

王大伟紧紧地抓着张兴隆的手臂，动情地说道："老张，只要我王大伟有饭吃，肯定不会让你饿着。你明天就到厂里上班，不能做炊事员，还有仓管、门卫、勤杂等工作可以干。只要你不嫌弃工种，总有你可以干的活。"

张兴隆感动得老泪在眼眶边打转："只要有活干，啥工作我都愿意。只是年纪大了，身体又不好，只剩半条命，给你添麻烦，心里过意不去。"

李木水接过张兴隆的话："老张，你不要跟大伟客气，我看门卫比较轻松，不用干重活，比较适合你。"

"好，就这样定了，我把现在的门卫调到新厂的工地去，你接替他的位置，明天就来上班。"王大伟站了起来，"走吧，我们一起去吃午饭。木水你打个电话给四博，让他留个包厢，然后叫鸿年直接去酒楼。我们这些老同事今天好好聚一聚，难得有这么好的机会。"

这顿酒直喝到下午两点多钟。

王大伟把下午的事情都推掉，放开了喝。

多年的老同事、老工友聚在一起，一会儿回忆过去，一会儿展望未来，厂里的旧闻轶事让大家有了喝酒干杯的话题。张兴隆几位老同志工作有了着落，心情更是兴奋，感激的话都化为敬酒的实际行动来表达。连张鸿年这个平时滴酒不沾的老财务科长，也破例喝了一瓶多啤酒，直喝得舌头打结，话都说不完整，老是重复说着"跟着大伟不会错"。李木水更是为了马上要增开第二家店而豪情万丈，已经跑到洗手间吐了两次，回来还继续嚷着干杯。王四博来得晚一点，可被大家"三罚二敬"后赶了上来，很快就步履踉跄。王大伟虽然酒量好，但他是主角，大家轮番敬酒，喝得自然比别人多。

酒楼的其他客人都走光了，只剩下王大伟这个包厢还在战天斗地。现场经理和服务员看到老板在，都不敢下班，等着，偶尔跑进来替老板喝酒，敬客人的酒。

最后，李木水又当场吐了一回，大家才意识到该结束这场充满革命友情、忆苦思甜、大展宏图的酒宴。

王大伟和王四博互相搀扶着，站在门口，一个个地把客人送走。看着他们坐上了人力三轮车，在一串清亮的转铃声中渐渐远去，两人才转身走回酒楼。

迎宾小姐梅芳看到他们走近，赶紧用力拉开厚重的玻璃弹簧门。

王四博走在前面，进了门，看到正拉着门把的梅芳，借着酒胆夸了一句："梅芳好漂亮。"刚说完，一个趔趄，身体倒向了梅芳。

梅芳本能地退后一步，没想到拉着门把的手滑开了，弹簧门重重地弹了回去，正好打在刚要进门的王大伟头上。

只听"咣"的一声脆响，王四博的酒醒了一半，梅芳吓得脸都白了。

还好玻璃门没破，梅芳回过神来，连忙把门拉开，王大伟一脚跨了进来。

王四博和梅芳定睛一看，王大伟面无表情地站着，一股股红的血顺着他的右眉往下淌了下来，很快就在胸前的衣服上洒出一串斑斑血迹。

王四博一声大叫，惊动了正在打扫卫生的员工。

梅芳以极快的速度从身上掏出一方手帕，冲上去用力按住王大伟的伤口。

众人赶快叫来一辆三轮车，把王大伟弄上车。梅芳紧紧抱住王大伟的头，用手帕压住伤口，血还是不断地涌出。王大伟的衣服上、梅芳的旗袍上都有不少的血迹。

医生清创了王大伟的伤口，缝了三针。

王四博要送王大伟回家，王大伟说现在酒还没退，身上又有血迹，这样子回去不好？先回酒楼吧。王大伟还特地交代王四博不要说他受伤的事，免得家里人担心。

王四博把办公室整理一下，让王大伟躺在沙发上休息。给他换上一件工作服，把有血迹的衣服洗干净后拿到厨房的蒸炉上去烘干。

待到安顿好了，梅芳已换好了衣服来到办公室看望王大伟。

"对不起，王老板，真的很不好意思，让您受伤了。"梅芳诚惶诚恐地道歉，赔不是。

"你怎么这样粗心，连个门都没把好？"王四博责怪着梅芳。

"没事的，一个小伤口，只是破了相，以后更难看了。"王大伟故意说着玩笑话。

"是我不小心，门没抓牢，滑出去了。"梅芳还在为自己的疏失而内疚。

"不怪你，要怪只能怪四博。"王大伟进门时走在王四博的后面，王四博的一个趔趄才造成梅芳的后退、松手，王大伟看得真切。那时已经意识到玻璃门弹回来了，但喝了酒，反应慢了一步。

"是我的手没抓好门把。王总，医药费从我的工资里扣吧。"

王大伟挥了挥手："好了，你不要再自责了。大家都有责任，改天你请我吃个饭，这事就算扯平了，好吗？"

"梅芳，听老大的，改天你请客，我买单，我们一起给老大赔不是。"说完，王四博起身走出办公室，忙自己的事去了。

梅芳看到王大伟的脸上、脖子上还有一些没擦干净的血迹，便拿出了自己刚洗干净的手帕，倒了点热水，轻轻地帮王大伟把血迹擦掉。

第一次与一个男人这么靠近，而且是以这种方式，梅芳紧张得拿捏不好轻重，特别是已经干透的血迹不太好擦。

王大伟经过刚才的折腾，显得有点疲惫，微微闭上双眼，脸上突然有了一丝暖暖的轻抚掠过，一股芳香扑鼻而来。王大伟睁开眼睛，看到梅芳正全神贯注地为自己擦拭着脸庞，光彩照人的双眸透着女性特有的柔情。王大伟试图挪开自己的头，却被梅芳用另一只手轻轻按住："别动，一会儿就好。"

随着麻醉药慢慢退去，王大伟的伤口隐隐作痛，想睡又睡不着，于是和梅芳聊了起来。刚开始，梅芳有点拘谨，王大伟问什么答什么，后来慢慢放松了，两人聊得很开心。

梅芳没想到，平时板着脸的王大伟挺幽默的。这个长得不帅但却精神威武的老板亲切随和，不但对自己的过失没有怪罪，而且还有点"不打不相识"的感觉。

梅芳来自江西的一个小县城。十岁那年，父亲因一场车祸过早地离开人世，留下母亲一个人独撑着这个家。母亲靠着在纺织厂上班那点微薄的工资，含辛茹苦地把梅芳养育成人，直至高中毕业，梅芳却因一场高烧耽误了高考。而恰在这个时候，母亲所在的纺织厂破产倒闭，母亲成了下岗工人，每月只能领取不多的社会保险金。

从小懂事的梅芳知道，即使自己考上大学，高昂的学费会让母亲吃更多的苦，于是，她跟母亲说不想上学了，她要打工挣钱，母亲坚决不同意。

说服不了母亲，梅芳做出了一个至今一直让自己愧对母亲的决定：不辞而别。

梅芳给母亲留下了一封信，独自一人跑到刺桐，凭着她姣好的面容和婀娜的身姿，当上了环亚酒楼的迎宾小姐。

母亲哭了几天几夜，多次来信要梅芳回去继续考大学。梅芳既不想让母亲伤心失望，又不想让母亲背上沉重的负担，最终只好与母亲达成协议，让自己打工一年，攒下一点学费再回去考大学。

梅芳选择在酒楼打工，是因为酒楼提供免费的食宿，这样她能把大部分的工资积攒下来。当她第一次给母亲汇去了五百元时，母亲泣不成声。虽然工资不高，但梅芳干得很开心，每一分钱都是自己的劳动所得，每一分钱都是对母亲养育之恩的最好回报。

梅芳的美貌、梅芳的落落大方、梅芳那带点高傲的不亢不卑、梅芳的让人不易亲近的冷艳，引来了不少客人的青睐与爱慕。有人送花，有人送礼物，有人出重金挖她跳槽，甚至有人直接提出用几十万元包了她。但梅芳不为所动，她一心只想用自己的辛苦工作赚点干净的钱，回去圆自己的大学梦，弥补对母亲的愧疚。

王大伟静静地听着梅芳述说着十九岁青春年华的故事。

落日的余晖透过窗户西斜在沙发上，暖暖地，空气中徜徉着一股淡淡的温馨。

梅芳从没有向谁说过自己平凡但坎坷的过去，今天说出来后，却发现有点顾影自怜。也许这点事，在眼前这个满脸沧桑的王老板面前算不上什么。

梅芳站了起来，走到窗户边拉了拉窗帘，挡住了晒在王大伟身上的夕照。

王大伟看着梅芳的背影。

当梅芳转过身来，两个人的视线碰撞时，王大伟笑了笑，但笑到一半又收了回去，显得有点滑稽，可能是脸上的肌肉牵连到眉骨上的伤口。

梅芳走过去，用纤巧的手指轻轻地揉着王大伟伤口周围的太阳穴和额头，一股少女特有的幽香顿时在王大伟的周围弥漫开来。

王大伟伸出手，以一个长辈的姿态拍拍梅芳肩膀，让梅芳坐到她的位子上。

"不管有再大的困难，都要争取上大学，这是对你母亲最好的孝心，更是对你自己一辈子的交代。"这是王大伟听完梅芳的故事后开口说的第一句话，也是梅芳多年以后一直鼓励自己的一句话。

梅芳点了点头，眼眶有点潮。

　　王大伟有心帮助梅芳完成学业，但又怕贸然提出会伤了梅芳的自尊心，正斟酌着如何开口，聪明的梅芳可能有所觉察，她起身告辞："王老板你休息吧，我该去上班了。"

　　王大伟笑了笑："你不要叫我王老板，跟着四博叫大哥好吗？"

　　梅芳调皮地说："我可不敢没大没小，跟你们称兄道弟，乱了辈分。叫你王叔叔好吗？"

　　"这不把我叫老了。"王大伟话音刚落，梅芳已飘然退出，留下一个让王大伟遐思的背影。

　　经过一个下午的折腾，王大伟有点困乏，慢慢地合上双眼。

　　手机在响。王大伟睁开了眼睛，看着茶几上的手机正不停地响着。电话是洪添打过来的。

　　洪添和吴灿到刺桐办事，叫王大伟一起吃饭，王大伟让他们直接到环亚酒楼来。洪添却让王大伟去悦来酒楼，他已经订好包厢。

　　王大伟只好让王四博帮他找来一顶帽子，戴上后多少遮住点眉上的纱布，又让王四博拿来两瓶精装的状元米酒。

　　王大伟洗了一把脸，换上已经烘干的衣服，走出了环亚酒楼的大门。

　　梅芳小心地拉紧门把，关切地看着王大伟手里拎着的两瓶酒。当王大伟经过身边时，梅芳调皮地说了一句只有他们两人才听得见的话："王叔叔走慢一点，不要再喝酒了。"

　　王大伟的车向悦来酒楼驶去，车上正放着邓丽君的《甜蜜蜜》：

　　　　甜蜜蜜，你笑得甜蜜蜜，
　　　　好像花儿开在春风里，
　　　　在哪里，在哪里见过你，
　　　　你的笑容这样熟悉，
　　　　我一时想不起，
　　　　啊，在梦里。

……

王大伟跟着节拍晃起了头，眉上的伤口有点疼。他想，今天晚上不能喝酒了，但洪添来了不喝酒恐怕过不了关。

正想着，到了悦来酒楼。

王大伟进了包厢，坐下来刚喝了一杯茶，洪添推门进来。

"大伟，你来得早啊。怎么呢？受伤了？"洪添一进门叫了起来。

"没事，一点轻伤。"

"来，给你介绍几个朋友。"洪添分别介绍几个跟在身后的客人，有中国纺织大学研究服装面料的教授，有省科委和市外经委的领导。

一行人交换名片后落座。吴灿点完菜进了包厢，一看到王大伟眉头上贴着白纱布，叫了起来："哎哟，王大哥怎么啦？是不是英雄救美受的伤？"

王大伟刚要解释，洪添批评道："没看到这么多的领导在，还开你王大哥的玩笑。"

吴灿吐了一下舌头说："王大哥是老朋友，不会在意的。"

上海来的李教授说："我很喜欢你们闽南人的直率。"

省里来的丁处长说道："是啊，我每次到刺桐，总觉得比较轻松，特别是喝酒，更是放得开。"

王大伟一听，高声说道："好啊，服务员，开酒。"

洪添关切地说："今天本来是叫你来喝酒的，没想到你受伤了。我看，你就免了吧。"

大家说："是啊，喝酒会影响到伤口的愈合。"

王大伟一边给大家倒酒，一边说："宁伤身体，不伤感情。酒是肯定要喝的。来，这第一杯酒，我敬大家，欢迎各位领导、专家到刺桐，干了。"说完，一仰头先干了杯中酒。

洪添想要阻止已来不及，只好跟着大家一起干杯，然后拿过酒瓶挨个给大家斟上酒，最后给自己倒满。

　　洪添举起杯，先说了一通欢迎词，随着话锋一转，批评王大伟喧宾夺主，自己才是今晚宴会的主人，应该是自己先敬第一杯酒，想不到被他抢了先。每次到刺桐都是王大伟请客，今天晚上王大伟要是再敢抢着埋单，以后来刺桐不给他打电话了。王大伟说："都是自家兄弟，还要那么多的讲究干吗？"吴灿说："你们俩都别争，晚上我请客。"洪添说："那可不行，今晚谁抢了我的单就是不给我面子。"三个人你一句我一句，倒把客人冷落了。

　　市外经委的姚副主任对李教授解释道："我们刺桐人热情好客，经常抢着埋单。有时外地来的朋友看不懂，以为在吵架呢。"说完转向王大伟，"这次洪总为他的纳米纺织面料新项目，好不容易把上海的专家和省科委的领导请来，你就不要和他争了。"

　　既然姚副主任这样说了，王大伟不好再争。于是，洪添一个一个分别敬酒，一轮下来，一瓶状元米酒所剩无几。这时，热菜才刚端上桌。

　　洪添一直在做服装面料的生意。

　　20世纪80年代末，狮城的服装面料市场在服装业的带动下逐渐形成规模，许多厂家纷纷设立经销点、办事处。不仅在中国台湾，还在日本、韩国，甚至欧美的最新产品第一时间就出现在狮城的服装面料市场上，服装面料成了狮城的一个支柱产业。

　　巨大的市场孕育着无数的商机。

　　洪添虽然文化程度不高，但对市场动态反应灵敏，转型快，不断调整自己的经营思路，除了代理国内国外几个品牌的产品，还引进了上百台圆盘机、喷水织布机，既有畅通的销售渠道，又有先进的生产设备，打通了从生产到流通的环节。

　　吴灿从做服装批发起家，后来办了一家童装厂，挣了一点小钱，又转做电脑绣花。刚开始，加工费较高，随着越来越多的竞争对手互相压价，利润很薄，他把电脑绣花厂卖掉，拉着洪添一起投资了一家漂染厂，在狮城污染集控区内买了二十亩地。现在漂染厂的生意不错，特别是政府加强对排污的管理与控制后，排污指标不达标的厂关闭，同时市场的需求又不断增加，因此吴灿的漂染厂日夜加班赶着交货。

吴灿有生意头脑，善于抓住商机，敢于尝试投资新项目。狮城建市后，市区不断扩张，征用了很多土地，政府按比例留了一部分商住地给村民作为补偿，俗称"回批地"。有些村民需要现金，吴灿从村民手中买了不少回批地，再建成店铺出售，获利颇丰。但吴灿有一个致命的缺点就是好赌，输了很多钱，漂染厂的股份已转让给洪添不少，店铺也所剩无几。

洪添觉得吴灿再这样下去，最终有一天会输光的，于是把漂染厂的财务权控制起来，又让吴灿把店铺的产权转到老婆和孩子的名下，然后紧紧地把吴灿拉在身边，让他没有时间去赌钱。

这两年，吴灿慢慢与赌友疏远，把心思放在漂染厂里，浪子回头金不换。王大伟是洪添和吴灿的朋友，也是重要的客户。洪添供应大环亚公司一部分面料，有些需要染色的面料王大伟会照顾吴灿的生意，彼此关照。甚至有时资金紧张时，相互支持一把。

最近，洪添接触到一个纳米技术应用到服装面料的新项目，咨询了很多专家，都认为这是一个很有发展前景的新课题，值得尝试。洪添有意和吴灿、王大伟一起合作。借着几杯酒下肚，洪添简单地介绍了新项目的情况，然后问道："大伟，有兴趣吗？总投资大概两千万元，你投个百分之二三十怎么样？"

王大伟想也没想，爽气地回答："只要你看上的项目，我就有兴趣，五百万元可以吗？"

"行，五百万元，百分二十五的股份算你的。来，为我们的合作干杯。"洪添首先端起了酒杯，大家跟着一起干杯。

李教授感慨地说道："刺桐的老板真是有气魄，几句话就把500万元的投资定下来。要是放在国有企业里，可行性研究、市场调查、集体讨论、上级审批，没有几个月可弄不下来。"

丁处长非常赞同李教授的话："民营企业在效率上是非常高的，看准机会勇敢地冲上去，虽有点冒失，但抢占了先机。"

"是啊，敢为天下先，爱拼才会赢，这都是民营企业家的精神特质。"姚副主任深有同感。

　　洪添听到几位领导的表扬，谦虚地说道："你们看到的都是成功的一面。盲目上马，缺乏科学的论证和系统的规划，见到市场好就蜂拥而上，没有自己的核心技术等，这些都是民营企业的弊端。"

　　王大伟惊叹道："洪大哥现在是一套一套的，很有理论水平啊。"

　　"哪里，这些话是昨天开政协会议学来的。"

　　丁处长："我每年到刺桐好几趟，每一次都感觉到实实在在的进步。很多乡镇企业、民营企业，已经开始走上规范化的管理，建立现代的企业管理模式，这是一个很大的飞跃。现在，无序的、粗放型的投资模式正被科学决策、合理布局、注重产业链完整、重视技术的提升所取代。"

　　吴灿给大家倒满酒："丁处长是省里来的大官，讲话就是有水平。大家都别忘了喝酒了，我敬大家一杯。"

　　丁处长："我一个小处长，算什么大官呢？"

　　姚副主任给丁处长倒上酒："上面来的都是官。刺桐企业家善交朋友，与省里乃至中央部委的关系都很热络，这也算是一种本事吧。"说完，敬了丁处长一杯。

　　王大伟眼看菜刚上了几道，两瓶状元米酒已经快喝完，赶快打电话让王四博送两瓶过来。洪添说不用了，让服务员上茅台酒。可李教授和丁处长却偏偏喜欢状元米酒，说："这个酒的酒香绵厚、口感清洌。"王大伟一听，干脆叫王四博送两箱过来。

　　悦来酒楼的闽南菜做得很好，既有传统与经典的，又有很多改良与创新，李教授和丁处长赞不绝口。

　　佳肴美酒，再加上大家谈得融洽，喝酒很放得开。王大伟的伤口在酒精刺激下隐隐作痛，好在王四博来了以后替他喝了好多。

　　当王大伟回到家，丁秀丽已经睡了。听到王大伟的声响，丁秀丽一阵咳嗽，转个身又睡着了。

　　丁秀丽自从当上副校长后，工作更忙，早上很早去学校，作息时间与王大伟前后错开了好几个钟头。要不是周末，夫妻俩都难得说上几句话。

　　到了第三天，丁秀丽才发现王大伟眉上受伤，伤口已基本愈合。王大伟轻描淡写地说，开门时不小心碰伤了。丁秀丽并没有深究，转身忙着批改学生的作文去了。

晚上，王大伟回家时，桌子上放着一支德国产的"去疤灵"。王大伟看着咳嗽几声后又睡着的妻子，心想应该找个时间带秀丽去检查一下身体，这阵子晚上睡觉时老是咳嗽。

第二十三章

谢莉莉终于踏上了回故乡之路。

十六年来,这个让她魂牵梦挂的故乡,依稀中变得十分陌生与遥远,仿佛正在记忆中渐渐淡去,而今天却突然拉了回来。

望着舷窗外厚厚的云层,谢莉莉不停地在脑海中臆想着故乡的面貌与变迁,那些熟悉的面孔是否平添了许多皱纹与沧桑?更重要的是,这趟回刺桐的目的,能否如愿以偿?谢莉莉千百遍地在心里呼唤着:女儿啊,妈妈回来了,你在哪儿啊?

飞机降落在鹭岛国际机场。

谢莉莉推着行李车走了出来。

接机的出口挤满了人,谢莉莉寻觅着王大伟的身影。

当她拿下了宽大的茶色墨镜时,人群中有人叫声"莉莉",循声望去,这不是王大伟是谁啊?还是那样又黑又瘦但透着精悍与干练,西装和领带不太相配,但衬托出老板的派头与自信,这家伙本来就自信得有点自傲。

"大伟!"谢莉莉高声叫了起来,跨了上去,隔着栏杆,紧紧地抓住了王大伟伸过来的手。

谢莉莉刚才走出来的时候,王大伟觉得应该是她,但变化太大了,尤其是戴了一个墨镜,让王大伟有点不敢确认。

原来那个娇小得有点弱不禁风的千金小姐,现在成了一个雍容华贵的少妇,身材微微发福,一头爆炸式的烫发,一条五彩的披巾与身上的套装搭配得非常协调。

谢莉莉在王大伟的心目中,永远是美神的化身。

王大伟弯下腰来,直接从栏杆底下钻了过去,接过谢莉莉的行李车。

　　谢莉莉有点惊讶地看着王大伟不拘小节的动作，心想：这就是王大伟敢作敢为的个性，要是龙斌肯定会规规矩矩地绕过栏杆。

　　想到龙斌，谢莉莉心里一揪，不知后面的时间里该如何面对。

　　谢莉莉跟着王大伟向出口走去。

　　突然，一个人挡住了谢莉莉的去路。

　　谢莉莉抬起头，摘下墨镜，那个让她爱恨交加的龙斌活生生地站在她的面前。

　　两双眼睛久久地对视着，彼此都想透过熠熠发光的双眸追寻那些遥远的记忆。

　　往事一幕幕地在谢莉莉的脑海中快速掠过，她的眼神里充满着爱恨情仇。有爱、有恨、有怨、有惑，有形同陌人的冷淡，也有见到亲人般的如释重负；有刻骨铭心的痛楚，也有宛如秋水的柔情。

　　慢慢地，泪水充盈谢莉莉的眼眶，随后顺着脸颊奔流而下。谢莉莉身子一软，差点站不住。龙斌跨前一步，伸出双臂紧紧地把她托住。

　　谢莉莉多想扑到龙斌的怀里放声大哭，但她很快站直了身子，戴上了墨镜。

　　透过茶色的镜片，眼前的龙斌变得如此的陌生，身体已经开始发胖，肚子微凸，额头更加宽阔明亮，原来桀骜不驯的一头硬发梳得整整齐齐，仪表堂堂，官派十足。金丝眼镜的后面，是一双关切、爱怜又略带愧疚的眼睛，唯一不变的是那份冷静与沉稳。

　　戴上墨镜的谢莉莉，眼泪还在不停地往下掉。龙斌递上了纸巾。王大伟在边上说了一声"走吧"，说完，推着行李车向停车场走去。直至上车，三个人都没有说一句话。

　　谢莉莉没想到，龙斌会来机场接她。

　　她无数次在心里想象着，见到龙斌自己会有什么样的表现。

　　她不断地告诫自己，要控制好情绪，千万不要掉眼泪。现在的谢莉莉已经不是十几年前那个爱哭的小姑娘，她的眼泪早已流干。

　　但是，当龙斌突然意想不到地出现在面前时，谢莉莉终究没能止住泪水。既然流出来了，那就流吧，把这十几年来委屈、思念、疑惑、哀怨的泪水都流出来吧。

　　王大伟开着车子出了机场，沿着机场大道，转到了环岛路，一片湛蓝的大海展现在面前。

棕榈、沙滩、礁石，路边绽放的三角梅，彩色人行道上骑着自行车的游客，海上摩托艇留下的一串长长的白练，一幅如诗如画的美景让谢莉莉的情绪慢慢平静了下来。

"我们吃了午饭再回刺桐吧。"王大伟把车子拐进了一个海边的村庄，停在一棵大榕树下。

走进荣誉海鲜酒楼，王大伟挑了一个临海的桌子，三个人坐了下来。

酒楼坐落在悬崖边上，跨过栏杆就是海。涨潮时海浪拍打着礁石，溅起朵朵浪花，空气中飘来淡淡的海水味道。在这里大啖鲜活的渔获，是何等的惬意。谢莉莉慢慢从刚才的低落情绪中振作了起来。

台湾、香港的海鲜虽然很多，但这股家乡特有的味道已经久违了。土笋冻、五香卷、海蛎面线、酱油水海杂鱼，每一道菜都让谢莉莉惊呼不已，全然没了贵夫人的矜持与优雅，倒像是邻家小妹在两位大哥哥面前的撒娇与放肆。

王大伟不停地给谢莉莉夹菜。

龙斌放下筷子，抬头望了望远处的山峦，鹭岛大学特有的红色屋顶掩映在一片绿荫中。

十七年前，龙斌离开了永德山区，离开了眼前这个心爱的恋人，来到鹭岛大学读书。光阴荏苒，斗转星移，没想到再一次的相见是十七年后。此时此景，龙斌的内心百感交集。看着谢莉莉正在大快朵颐，龙斌知道，谢莉莉是故作轻松，她的内心同样沉甸甸的。

当年，龙斌两个寒暑假的失约，谢莉莉的不辞而别，去了香港后从此杳无音讯，这些疑惑都需要他们花时间一个一个解开。

关于他的失约，当年他已经在信中向谢莉莉做过解释。

上大学后的第一个寒假，龙斌的父亲住院了，他赶回刺桐去照顾父亲。他在给谢莉莉的信中提议，让她回刺桐过春节。但等到开学，谢莉莉终究没有出现。

到了暑假，他计划回云顶看望谢莉莉和乡亲们，但没想到突然接到紧急通知，学校抽调了一部分学生去芗城参加水利会战。他是班长、系学生会主席，没理由当逃兵。他写了好几封信去云顶向谢莉莉解释,希望得到谢莉莉的理解与支持。但谢莉莉一封信都没回,三个月后才通过王大伟转来了一封告别信,谢莉莉已经去了香港。

谢莉莉未能原谅他的失约,龙斌怪谢莉莉不能理解他的苦衷,甚至有点恨谢莉莉的不辞而别,离开他们共同为之奋斗的云顶,投向香港这个花花世界的怀抱,违背了他们一起扎根农村干一辈子革命的誓言。

与资产阶级娇小姐决裂的悲壮,多多少少安慰了龙斌的心灵,洗脱他对谢莉莉的负罪感。

直至后来知青们已经纷纷回城,知青点撤销,他才理解了谢莉莉。物是人非,此一时彼一时,形势的发展改变了多少人的命运啊!

"想什么呢?多吃一点吧。"谢莉莉柔声的关切把龙斌的思绪拉了回来。谢莉莉盛好一碗海蚌豆腐汤放在他的面前,龙斌顺从地端起碗,三两口吃完了。

"吃饭还是那么急,一点都没变。"谢莉莉一句嗔怪的话听在龙斌的耳朵里,一番别样感觉涌上心头。

王大伟问谢莉莉,想不想去鹭岛市区转转。谢莉莉说,先回刺桐吧。

王大伟特地开着车子经过鹭岛大学,沿着鹭江大道转到湖滨路,再从东渡驶上鹭岛大桥。谢莉莉直呼变化太大了,除了鹭江大厦和对面的沙洲,其他景色完全认不出来。

"翻天覆地。"谢莉莉高度概括地评价道。

"到了刺桐你更认不出来。"龙斌转过身,对坐在后排的谢莉莉说道。

"刺桐的变化没有鹭岛快,你们政府的动作太慢了。"王大伟的话有点批评的味道。

龙斌不服气地争辩道:"鹭岛是特区,国家投了多少钱啊!刺桐的建设都是靠自己。"

谢莉莉问道:"开元寺、刺桐双塔,还有中山路都还是老样子吧?"

龙斌说:"那当然,这些文物古迹是刺桐历史名城的标志,肯定会保护好的。"

"我们找个时间一起去开元寺。我妈妈特地交代,要去上个香。"

"行啊，我陪你去。至于龙斌嘛，人家现在是区长，身份不一样，可能不大方便了。"

谢莉莉有点搞不清楚，"什么区长？区长大还是市长大？"

龙斌和王大伟听了哈哈大笑。

王大伟解释道："当然是市长大。原来的地区改为市，管着底下好几个县。原来的市又拆分成几个区，龙斌现在是刺桐区的区长。明白了吗？"

谢莉莉似乎不太明白，但没再问下去。

一个多小时的路程，车子很快进入刺桐市区。

谢莉莉一直盯着窗外，试图找到熟悉的景象。

这就是自己生活了二十年的城市吗？当龙斌和王大伟告诉她经过的街道名字时，她努力地从依稀的记忆中去寻找那逝去的点点滴滴。

桐江桥显得又旧又小。

谢莉莉还记得当年过桥时的心情，出了南门，跨过了桐江，有着离开这座城市的眷恋，但心里告诉自己，别了，我的故乡，也许再也不会回来了。

没想到今天回来，是从另外一座新的大桥跨过江回来了。

"清源池""华侨大厦"，又是一个个一辈子不能忘却的名字。

当年，谢莉莉和父母亲一道，从这清源池畔的华侨大厦启程去香港。天还没亮，他们一家在大厅里候车，周围人声鼎沸，即将去香港定居的人正在和亲朋好友道别，唯独他们一家，没有一个人来送别。谢莉莉站在玻璃窗前，怔怔地望着刚被晨曦微微点亮的清源池，心情异常复杂，既有即将解脱的期待，又有舍不得放下的无奈。她知道这一去，不知道什么时候回来，不知道回不回来。这座城市，永德山区的云顶，还有那个刚刚出生几个月的小生命，留给她太多的思念与牵挂。这一走，就意味着放下，爱情、亲情、友情都要放下。她心里有着对龙斌的怨和恨，却希望这个时候他能奇迹般地出现在自己的面前。只要龙斌出现，她宁愿放弃与父母亲去香港定居的机会，哪怕让她再回到云顶去受苦受累，她也心甘情愿。

那天晚上，当陈贵生的老婆美珍从她手里抱走襁褓中的女儿，那撕心裂肺的痛一辈子挥之不去。她再一次抢过女儿，泪水打湿了女儿可爱的脸庞。女儿睁着纯净得如同泉水般的双眸，怯怯地看着妈妈。稚嫩的小手在空中乱抓，似乎想紧紧揪住妈妈的心。多少次谢莉莉从梦中惊醒，眼前出现的就是这个刻骨铭心的画面。

伤心欲绝的谢莉莉哭倒在丁秀丽的怀里。谢莉莉幻觉中出现了龙斌，是龙斌用有力的肩膀紧紧地抱着她。谢莉莉高声地叫喊着："龙斌，把孩子要回来，那是我们的孩子。"

泪水模糊了谢莉莉的双眼。

车子开进了刺桐区政府的机关大院，停在一座有点陈旧的小洋楼前。龙斌转过身对谢莉莉说："莉莉，下午我有一个会议，不能陪你了。让大伟先送你去酒店下榻，晚上我们一起吃饭。"

话说到一半，看到谢莉莉眼镜后面的泪痕，龙斌的表情变得凝重，眼神里多了一份怜爱与担忧。

这个已经久违的、再熟悉不过的眼神，让谢莉莉仿佛又回到云顶的日日夜夜，眼泪差点夺眶而出。

谢莉莉尽量克制着自己的情绪，机械地点了点头。

望着渐渐远去的车子，龙斌的鼻子一阵发酸。他知道自己对谢莉莉的伤害很深，直至今日，谢莉莉依然不能放下，时间并没有完全愈合淌血的伤口。

龙斌一直认为自己并没有欺骗谢莉莉，只是无可奈何地失约，是命运开了一个玩笑，一个很残酷的玩笑。但谢莉莉为什么不能原谅他呢？为什么不辞而别呢？为什么去了香港后就断绝一切联系呢？但纵使有千万个理由，龙斌都不敢责怪谢莉莉，唯一应该责怪的是自己。

王大伟停好车子，到服务台拿了房卡。

"我妈妈和秀丽都说让你住到我们家，但怕你不习惯。你要是不喜欢住酒店，随时搬来我家住。"王大伟边泡茶边说着。

谢莉莉进了洗手间擦了擦泪痕，补了一下妆，回到客厅坐在沙发上，一脚把高跟鞋甩出老远。这个动作与贵妇人的形象判若两人，王大伟心想："这才是原来的那个莉莉。"

在王大伟的心目中，谢莉莉是一个任性、天真的小妹妹，这种印象是在中学时形成的。

谢莉莉玉洁冰清、聪明美丽，出身于家境优渥的华侨世家，平时穿衣打扮时尚洋气，自然博得许多男同学的喜欢。王大伟青春年少，对谢莉莉产生了朦朦胧胧的爱慕之情，但当他知道好朋友龙斌也喜欢谢莉莉时，毅然把自己对谢莉莉的暗恋扼杀在萌芽中，转而衷心祝福龙斌与谢莉莉，尽最大的能力去促成和呵护他们两人的恋情。

有人说爱情是自私的，但王大伟用无私去促成龙斌和谢莉莉的爱情。

谢莉莉端起滚烫的茶杯，呷了一小口清亮的茶汤，闭着眼睛细品了一阵子后，双眉舒展，"还是铁观音好。"

在台湾，谢莉莉平时喝的是阿里山的高山冻顶乌龙茶。

台湾的高山乌龙茶从茶树、种植技术到制茶技术都是随着大陆人的迁徙而传入的，但由于种植在海拔较高的高山上，香气和茶韵与铁观音有了差异。香气是浓郁了一些，但却没了那个回味隽永的观音韵。

王大伟站起身来，"一天的舟车劳顿，你先歇息一会儿吧，我六点钟在酒店大堂接你。"

"我们聊一聊吧，我不困。"

"行，我们把这几天的行程安排一下。"王大伟重新坐了下来。

"这次回来，首要是找找我女儿的线索。我要去一趟云顶，你陪我去好吗？"说到女儿，谢莉莉的声音软了许多。

"好啊，我当然要陪你。"

"另外，我们家的房子需要办理一些移交的手续。这件事能办成，应该感谢你爸爸。"

"你别客气，这是他们侨联应该做的工作。龙斌更是出了很大的力，特别是解决了占用单位的重新安置问题，这是一个最难办的事。他们是想搬出来，但往哪里搬呢？这需要政府来协调。"

"哦，那真该好好谢谢他啰。"说完这句话，谢莉莉沉默了下来。

王大伟知道提到龙斌，又触动了谢莉莉的心思，便不再言语。

"孩子的事，龙斌一直不知道吧？"良久，谢莉莉小心翼翼地问道。

"肯定不知道，要是听到风声，他一定会问我。当年，你坚持不让他知道，我们尊重你的意见。这么多年过去，大家都淡忘了。"

"你们可以淡忘，我能淡忘吗？我是孩子的母亲！你知道这些年我是怎么过来的吗？一想到女儿，我就心如刀绞。我恨自己当时太残忍了，就这么把她丢下。"谢莉莉情绪一下子激动起来，眼泪又在眼眶边打转。

王大伟没想到，一句安慰谢莉莉的话反倒伤了她："这不能怪你，当时又不能把孩子带走。而如果你留下来，面临的困难可能更多。"

"所以我恨自己太自私。我是走出去了，可女儿留下来吃苦受累。她是无辜的，才几个月大的一个孱弱的小生命，连活下来的机会都那么渺茫，我怎么就那么狠心啊。"说到这，谢莉莉已是泪流满面。

"你放心吧，小文生活得很幸福，至少不会受苦。"小文是谢莉莉女儿的小名。当年，谢莉莉用斌字取了一旁给女儿命名。

听到"小文"两个字，谢莉莉仿佛又回到当年的情景，眼前是女儿那纯净得如同泉水般的双眸。"小文啊，妈妈回来了，可你在哪儿啊？"谢莉莉已是号啕大哭，双肩急剧地抽搐着。

王大伟知道这个时候，任何的安慰都是苍白无力的，就让谢莉莉把压抑多年的苦痛发泄出来吧。

等到谢莉莉情绪稍微平静，王大伟到洗手间弄了一个热毛巾递给她："敷一下吧，眼睛都肿了。"

想到晚上还要和那么多人见面，谢莉莉顺从地接过毛巾。

王大伟想，既然说开了，一些话就该说明白，长痛不如短痛，免得每说一次伤心一次。"莉莉，你要相信我，我一定会帮你把小文找回来。"谢莉莉信任地点了点头。

"但是，你要答应我，要控制好情绪，特别是在龙斌和他家人面前。这件事关系到龙斌的家庭和事业，不能因为这件事而影响了他，这是你我都不愿意看到的结果。"

"所以，我想，这件事我们不要让龙斌知道。如果找到了小文，我想办法悄悄地把她带走。"

"你怎么带走？带到香港还是台湾？用什么理由向政府提出申请？还有，小文愿意跟你走吗？她的养父母又会舍得吗？"

一连串的问题让谢莉莉的情绪又一下子降到了冰点，她倔强得近乎霸道："我一定要带走她，不管付出什么代价。我相信小文一定愿意跟我走的。"

"这些事等找到后再决定吧。"王大伟转了一个话题，"如果找到了，我觉得这件事应该让龙斌知道，他是孩子的父亲，他有权利知道这一切。"

"不，不要让他知道。"谢莉莉的声音提高了一个八度，"你想毁了他吗？当年，还记得为什么不让他知道吗？"

谢莉莉的剧烈反应让王大伟有点嫉妒龙斌。

没想到谢莉莉忍受着那么大的痛苦，仍然一心一意维护着龙斌。当年，因为担心龙斌的前程，谢莉莉坚持不让龙斌知道她怀孕的事。要是这种生活作风的事传出去，龙斌可能面临着被处分甚至被开除的结局。

"所以，我们需要冷静地、妥善地想好对策，在什么时候，用什么方式来告诉他。"王大伟抽出一根香烟叼在嘴上，想了想又放了下来。

"没事，想抽就抽吧。"谢莉莉站了起来，打开窗户。

"在云顶，你可是最反对我们在宿舍里抽烟的。"

一听到云顶，谢莉莉迫不及待地问道："你什么时候能够陪我去云顶？"

"明天先去办理你们家房子移交的事，后天去开元寺、关岳庙上香，顺便陪你看看刺桐的新面貌。要不，我们大后天去云顶怎么样？刚好是周六，叫上秀丽一起去吧，她提过好几回了，想去云顶看看。"

"好啊。"谢莉莉开心地叫好，"秀丽身体好吗？比以前胖了一点吧？我给她买了一套衣服，不知道合不合身。"说完谢莉莉打开了行李箱。

"秀丽还是那么瘦，身体一直不大好，现在的工作比较忙。"

谢莉莉拿着一大包的东西走了过来，"你要多关心关心她，不要只顾着自己的事业，老婆比钱更重要。大伟，这个最新款的'都彭'打火机送给你。还有，这一套衣服是秀丽的，裙子给你女儿，'随身听'给你儿子，这一个便携式家用血压计和西洋参是给你父母亲的。"

"谢谢！你带着这么多的东西，难怪行李那么重。"

"再重也要带，这是我的心意。"谢莉莉说完想起了什么，又从行李箱拿来了一个袋子，"这些礼物是给龙斌的，你帮我看看合适不合适。这支'万宝龙'钢笔和这条领带是给龙斌的，化妆品给他太太，'随身听'给他女儿。还有这两条项链，一条给秀丽，一条给龙太太。"谢莉莉手里拿着两条带钻石坠子的白金项链。

王大伟说："看看你这么破费和用心，真难为你了。我替龙斌谢谢你。"

"谢什么呀？东西你等一下带到车上，帮我拿给龙斌，我就不用当着那么多人拿出来。和他太太第一次见面，怕不太合适。"谢莉莉想到要与龙斌的太太见面，心里有点不自在。

王大伟宽慰道："龙太太人不错，知书达理。知道你这次回来，她很高兴。"

谢莉莉听王大伟夸龙斌的老婆，心里有点醋意："她要是不高兴，我还不敢回来哦？我是找我女儿，不是找龙斌来的。"

王大伟苦笑着："你看你，就是小心眼。"

"龙太太知书达理，我小心眼，难怪龙斌选择了她。"

"你这个说法不对。龙斌是在大学毕业后才和他老婆恋爱结婚的。"王大伟有点急了，知道再这样绕下去会把问题搞复杂，"时间差不多，我们出发吧。"

"我不会那么小心眼的，你也不用凡事都替龙斌说话。以前你们狗兄狗弟老是互相包庇。记得有一次龙斌打破了教室的玻璃，他都已经向老师承认了，你还主动跑去顶罪。结果呢，两人都要写检讨。"说完，谢莉莉幸灾乐祸地大笑。

"我怎么不记得有这样的事啊？"

"那是你们坏事干多了，记不得。"

"我只记得一件好事，有一次把一个欺负你的男同学痛扁了一顿，从此，再也没人敢欺负你了。"王大伟有点成就感，当年那种充当护花使者的侠骨豪情仿佛又回来了。

回忆起过去那些青春岁月，谢莉莉的情绪受到了感染，她由衷地说道："以前，都是你和龙斌在呵护我、照顾我，我一直心存感激。这一次，我回来寻找小文，龙斌是帮不上忙了，只能靠你一个人……"

王大伟一听谢莉莉说话的声调在变，赶紧接过她的话："莉莉你放心，我一定帮你找到小文。"

"有你这句话我就放心了。"

谢莉莉心目中的王大伟是一个敢作敢当、说话算数的男子汉，她知道王大伟既然答应，就会尽力去做。"大伟你先坐一会儿，我去换身衣服。"谢莉莉站了起来。

王大伟跟着站了起来："我先下去，在车上等你。"

龙斌下午参加了一个会，是关于旧城改造的。市、区领导，建委、土地局、规划局以及相关部门、街道办事处负责人都来了。各部门对旧城改造的意见高度统一，一场历史上最大规模的城市建设和旧城改造的序幕即将拉开。

战前动员非常顺利。大家都知道，旧城改造迫在眉睫，再不行动，将失去良好的发展机遇，愧对刺桐人民。但是，两个非常棘手的难题摆在面前，一是历史文化名城的保护，二是如何确保被拆迁的市民合法权益不受损害。

会开了一个下午，一些原则性的问题有了定案，但许多细节的问题得不到解决，最主要的是一个字：钱。文物的保护，市政基础建设，被拆迁居民的补偿和安置都需要大量的资金投入，仅仅靠政府的财力是有限的。

如何吸引外资参与旧城改造，如何制定合理的补偿方案，如何让占据黄金地段的工厂、仓库与郊区的开发区置换土地，如何保护文物古迹不受破坏，如何让改造后的城市保留闽南文化特色和独特的建筑风格，一系列的问题一个比一个复杂，不同的意见、利益与矛盾的纠缠，这让这些城市的主政者们伤透了脑筋。

当龙斌匆匆赶回家时，肖虹与女儿龙小云已穿戴整齐，等候多时。

龙斌一家来到环亚酒楼，推开包厢的门，屋里的人都从座位上站起来。谢莉莉离开座位迎了上去。

"对不起，我们迟到了。来，莉莉，给你介绍一下，这是我爱人肖虹，这是我女儿小云。"龙斌礼节性地与谢莉莉握了握手，转身把紧随他身后的老婆和女儿介绍给谢莉莉，然后走到王奇山和淑媛的身边向老人家问安。

"龙太太好，小云好。"谢莉莉一手握着肖虹，另一手拉着龙小云。

"莉莉好，叫我大嫂，好吗？"肖虹笑容亲切地打量着眼前这位气质高雅、举止大方的美少妇，心里有了一丝惊叹，"龙斌经常提起你，你比照片更漂亮。"

"哪里，大嫂过奖了。"谢莉莉笑得不太自然。

两个女人说话时都斟酌再三。

面对老公的前女友和面对前男友的老婆，尤其是第一次见面，说话的分寸是很难拿捏的。

这种微妙的尴尬很快被整个场面的热烈气氛所掩盖。

"都入席吧，坐下来再聊。"王大伟催着大家入座。

今天的客人是谢莉莉，她坐在了宾客的位子，她的左边依次是王奇山夫妇、王大伟夫妇和两个小孩，而她的右边留了三个位子。虽然是王大伟请客，但他把主人的位子留给了龙斌。

龙斌走到谢莉莉边上的位子，把椅子往后拉了一点，让肖虹坐这个主位。肖虹却不肯："你们老同学这么多年没见，你应该坐在莉莉边上陪她才对。"

肖虹刚说完，谢莉莉笑吟吟地把肖虹拉到自己身边的位子上，"大嫂你别难为他了，坐在我身边他会不自在的。"

"为什么会不自在呢？"

"你这不是明知故问嘛。"谢莉莉说完，自己觉得脸上有点微微泛红。

肖虹坐下后，侧转脸仔细地看了看谢莉莉，一头波浪式的烫发，白皙的脖子上戴着一串黑色的珍珠项链，一股清雅的香水味淡淡飘来。谢莉莉由里到外散发出高贵典雅的气质。

谢莉莉感觉到肖虹正在注视她，她一转头正好与肖虹的目光交织在一起。谢莉莉莞尔一笑，两人在彼此的眼神里都感受到相互的欣赏。

肖虹典型的知识分子打扮，一头短发干净利索，脸上始终洋溢着笑容，显得落落大方、亲切温婉，一个知书达理的女人。

谢莉莉心里为龙斌感到欣慰，相信龙斌是幸福的。

王大伟端着一杯红酒站了起来："今天晚上为我们的老同学、老朋友莉莉接风，这第一杯酒欢迎莉莉回到家乡，干杯！"

王大伟的装模作样惹得大家哈哈大笑，大家都跟着端起眼前的红酒、果汁、茶水站了起来。

"谢谢大家！谢谢！"谢莉莉被气氛感染着，"十六年了，能够回来真的很开心。尤其是看到家乡发生了这么大的变化，大家生活非常幸福，我真的很高兴。来，干杯！"谢莉莉眼眶里有了晶莹的泪珠。

肖虹拉上龙斌和龙小云站了起来。

肖虹举着杯对谢莉莉说："莉莉，我们全家敬你一杯。刺桐是你的家乡，我们在座的都是你的亲人，欢迎你经常回来。这几天你需要什么，尽管找大嫂，好吗？"

肖虹用她的智慧拉近了与谢莉莉的距离，无形中也在谢莉莉与龙斌之间构筑一道防火墙。肖虹以大嫂自居，就是希望龙斌与谢莉莉之间维系兄妹的情谊，她要防范他们旧情重燃。尽管肖虹对自己的丈夫非常信任，但谢莉莉的美貌与气质对所有的男人都有很强的杀伤力。

紧接着，王奇山夫妇、王大伟一家陆续向谢莉莉敬酒。谢莉莉泪眼婆娑，始终被一股浓浓的亲情包裹着。几杯红酒让她的双颊飘红，面似桃花，更添几分妩媚与风韵。

谢莉莉想回敬大家，丁秀丽知道她的酒量，连忙挡住："先吃点菜，垫垫肚子。你看你，什么菜都没吃。"

肖虹也说："先吃点吧。"说完给谢莉莉打了一碗卤面。

龙斌看了看满桌子的菜，半开玩笑地对王大伟说："大伟你今天请莉莉吃饭，就点了这些家常菜？"

王大伟回敬道："人家莉莉在台湾、在香港，什么生猛海鲜没吃过啊，还稀罕那些龙虾、鲍鱼？可这些家乡特有的风味肯定是十几年都在想。对吧，莉莉？"

谢莉莉说："是啊，是啊，太好吃了，这个家乡的味道永远都忘不了。"

淑媛说："你到家里来，我去买菜，做得肯定比这酒楼的厨师好。现在的厨师都被粤菜师傅影响了，味道已经不一样，你看这海蛎煎加了太多的粉。"

丁秀丽心想，这顿饭虽说是给谢莉莉接风，但同时请了龙斌一家，只点了这些普通的菜不够档次，就数落着王大伟："大伟专挑便宜的菜。"

王大伟不紧不慢地说道："别急嘛，还有菜没有上呢。"

原来，王大伟已经提前几天让王四博特地准备了两道菜，一道是野生的黄花鱼，另一道是长在山涧里的鲈鳗。这两道菜，需要提前预订食材的。

谢莉莉匆忙吃了几口菜，顾不上仔细品尝这些久违的家乡风味，只想好好地感谢在座的每一个人。她端起酒杯，走到王奇山和淑媛的身边毕恭毕敬地敬酒，接着要敬王大伟一家，王大伟却让她先去敬龙斌一家："先敬龙区长，你想到刺桐来投资，以后还要龙区长多多关照。"说完，王大伟走到龙斌和肖虹的身边，给他们斟满酒。

谢莉莉动情地用双手捧着酒杯："这杯酒可不是敬龙区长的，而是敬大哥、大嫂的。对了，还有小云。看到你们一家幸福美满，我真的很高兴。来，干杯。"说完，谢莉莉微微抬起了头，优雅地把大半杯红酒喝掉，然后举着空杯对着龙斌一家。

龙斌和肖虹心里都很清楚，谢莉莉的话里有着由衷的祝福。

龙斌更是感到谢莉莉似乎已经原谅了他，以兄妹相称至少说明谢莉莉把双方的关系摆在一个比较符合现实的位置。这是龙斌希望看到的结果。

龙小云喝了一口橙汁，有点腼腆地冲着谢莉莉笑了笑。谢莉莉一愣神，心想，自己的女儿小文应该比龙小云大几岁，不知道长得啥模样呢？谢莉莉伸出手亲切地拍了拍龙小云的小脸蛋："小云长得好可爱哟。"

自从进了包厢，谢莉莉见到王奇山夫妇、丁秀丽，紧接着是龙斌一家。十几年的变迁，久违的情谊，有太多太多的话要表达。谢莉莉的注意力一直在大人身上，而忽略了三个小孩子。

孩子们趁着家长们正在热情地叙旧时，私底下叽叽喳喳地说着悄悄话。尤其是龙小云与王莉，两人像是一对亲姐妹，有说不完的话。而王俊杰则低头专心玩着手中的游戏机，丁秀丽给他夹菜放在面前的碗里，他才动动筷子。

谢莉莉拿过王大伟手中的酒壶，先给王大伟和丁秀丽添了酒，然后给自己的杯子满上："大伟、秀丽，这杯酒我敬你们，客套的话不说了。还有两位小朋友，阿姨也敬你们，祝你们学习进步。"

谢莉莉说完，丁秀丽伸过手示意两个孩子站起来。王俊杰依依不舍地放下手中的游戏机，王莉停止了和龙小云的悄悄话，端起杯子走到丁秀丽的身边，落落大方地向谢莉莉笑了笑："谢谢阿姨！"

谢莉莉看着面前这位亭亭玉立的美少女，眼睛一亮，就像触电一样，发自内心地一声赞叹："都已经是大姑娘了，我还叫着小朋友。"

谢莉莉敬完酒后，很自然地把王莉拉到自己的身边，仔细地端详着。只见王莉高挑的身材，白皙的皮肤，柳叶眉下是纯净得如同泉水般清澈的双眸。

当谢莉莉的手和王莉的手拉在一起时，一股暖流从两人的身上贯穿而过，所谓血脉相连、骨肉情深、心心相印就是用来形容此时此景的。

分开了十六年，当两人再次相遇，并且在互不知情的情况下，彼此内心发出了一种本能的感应。那是亲情的呼唤，那是心灵的碰撞。

谢莉莉想起了自己的女儿，目光里充满着母爱。

王莉感到谢莉莉很亲切，阿姨的眼睛里有一种让自己想哭的感觉。

坐在对面的龙斌看到谢莉莉与王莉站在一起，突然发现王莉就像当年的谢莉莉，一朵含苞欲放的玫瑰花。女大十八变，王莉已出落成了一个美少女，但龙斌怎么也没想到王莉是他与谢莉莉的女儿。

而这个时候，最紧张的是丁秀丽。

这几天来，她的一颗心一直悬着。自从知道谢莉莉要回来，她无数次地问自己要怎么办，这个谜底还能掩藏多久？丁秀丽要王大伟赶快拿主意，王大伟却不慌不张，还说什么事到自然直，迟早要让莉莉知道，只是什么时候，在什么情况下让她知道，要见机行事。

　　这两年，丁秀丽和王大伟看出来了，随着身体的发育成熟，王莉越来越像谢莉莉。两人站在一起，分明就是一对母女，这不明显地给出答案吗！尤其今晚的宴会，龙斌一家都来了。因此，丁秀丽觉得不应该让王莉来，但王大伟不听。这些年，王大伟是越来越胆大，丁秀丽的话根本没听进去。

　　正当丁秀丽暗暗着急的时候，王大伟走到王莉的身旁，拍了拍王莉的肩膀："爸爸没骗你吧？谢阿姨是不是比照片里更漂亮呢？"不等王莉回答，王大伟转身招呼龙小云和王俊杰："小云、俊杰过来，你们三位小朋友一起敬阿姨。"

　　当孩子们一起向谢莉莉敬酒时，丁秀丽舒了一口气，但她心里隐约感觉到谢莉莉已经看出一些端倪。

　　正在这个时候，王四博推门进来。

　　王四博先向龙斌夫妇打了一个招呼后，转向谢莉莉："莉莉姐，还认得我吗？"

　　正当谢莉莉一脸茫然的时候，王大伟说："这是我四弟，四博。"

　　"啊，想起来了。"谢莉莉惊呼道，"那个时候才七八岁吧？现在已是后生家（闽南话，小伙子）。你要不说，我真认不出来。"

　　龙斌开玩笑地说道："四博小时候老是跟在我们屁股后面玩，跟不上就哭。来，后生家，敬敬你莉莉姐。"

　　王四博接过服务员递过来的酒杯，走到谢莉莉的跟前："莉莉姐依然是那么年轻漂亮，我还以为是哪位大明星光临本店呢，难怪今晚的生意特别好。我敬您一杯，欢迎您荣归故里。"

　　王四博话音刚落，丁秀丽转过身对淑媛说："妈，您看四博现在说话多有水平啊。"

　　王奇山在边上哼了一声："越来越油腔滑调。"

　　王四博敬完谢莉莉的酒，正在向龙斌夫妇敬酒，听了爸爸说的话，不服气地回了一句："人在江湖嘛。"

　　王大伟威严地说道："放肆，在这些长辈面前讲什么江湖。"

　　王四博扮了一个鬼脸："说错了，说错了，我自罚一杯酒。"说完自己倒了一杯红酒。

龙斌拍了拍王四博的肩膀:"罚酒免了,去敬一下你父母亲和你大哥、大嫂。"

"那是肯定要敬的。没有我父母亲,就没有我王四博;没有我大哥、大嫂,就没有我王四博的今天。"说完,王四博嬉皮笑脸地来到父母亲的身边敬酒,接着又敬了大哥和大嫂。

看了王四博一口气喝下好几杯酒,淑媛心疼地拉住他坐下来吃点菜。王四博说:"吃过了,我再敬莉莉姐一杯。记得小时候,有一次莉莉姐来我们家玩,给了我一颗进口的奶糖,我咬了一口,另外一半舍不得吃,放在口袋里,结果都化了,心疼了好几天。来,为了莉莉姐的奶糖,我再敬您一杯。"

正在低头玩游戏机的王俊杰抬起头:"四叔你太夸张了,哪有一颗糖分两次吃的。"大家一听哄堂大笑。

"你看,这就是代沟。现在的小孩真的是太幸福了。"王四博有感而发。

王奇山忍不住又呛了王四博一句:"和你的三个哥哥比,你可是没吃过什么苦头。"

肖虹笑着说:"你们要赶快张罗着给四博娶媳妇,让他吃苦去。"

淑媛说:"是啊,都到了要成家立业的年龄了,还整天没个正经样,哪家姑娘看得上他。"

"打住,打住,别拿我说事。今天晚上的主题是为莉莉姐接风洗尘,不要冲淡了气氛。我先出去应付一下别的客人,等一下再回来和莉莉姐喝酒。"说完,王四博一溜烟已出了门外,只听得后面传来母亲的一句叮嘱:"别再喝酒了。"

王四博走过酒楼长长的走廊,拐进最里面的一个比较隐秘的包厢,王亚峰、王金虎,还有小宛和两个歌手已经喝掉两瓶马爹利XO,又开了第三瓶。

王亚峰正在与小宛猜骰子,玩一种叫"吹牛"的游戏。每人五颗骰子,猜相互加起来的同点数的骰子有几颗以上,猜错了喝酒。

王亚峰摇好骰子,翻开骰子筒看了看五个骰子的点数,叫出了四个三。

王亚峰这副骰子实际上一个三都没有,但他一上来叫了四个三,这就叫"吹牛"。小宛的骰子有三个三,所以不敢开牌。她思考着,抬起头不经意地扫了一下王亚峰背后的倩倩小姐。

　　倩倩小姐用她那纤细的小手从背后温柔地抱着王亚峰的腰，下巴靠在王亚峰的肩上，刚好可以看到王亚峰翻开一半的骰子筒里面的骰子。倩倩让人难以察觉地摇了摇头，向小宛暗示，王亚峰手里一个三都没有。小宛果断地开牌，王亚峰又输了。

　　两个人的小把戏让刚进门的王四博一眼看穿，他一把抢过王亚峰的骰子筒："我来玩一把，你这个水平差远了。"

　　由于没有人帮着，小宛连续被王四博赢了三把，喝下三杯满满的 XO，一下子激起了赌性，嚷着要换大杯的继续赌。

　　王亚峰急于了解王大伟那个包厢的情况，把他们叫停了。

　　王亚峰现在长住鹭岛，傍晚回刺桐的路上给王四博打了一个电话，让他留一个房间。王四博说："你早一点来，晚上大哥订了一个房间，宴请刚回国的谢莉莉。"

　　"没想到谢莉莉的面子够大的，不但区长大人来了，连爸爸妈妈也来了。"

　　"人家龙区长是谢莉莉的老情人，那是肯定要来的。想当年，上山下乡时，他们两人没分在一起，龙斌找上我调换，我算是做了一回功德，成全了他们。"王金虎调侃地说道。

　　"四博，公司现在有什么大的动作？"王亚峰探询道。

　　"韩天华确实能干，管理得不错。现在的规模一直在扩大，刚建好的新厂房已经不够用了。"

　　"挣到的钱又再投资进去，这样子下去，我们什么时候才能分红啊？"

　　"是啊，贷款越来越多，已经贷了两千万元，大哥还想继续增加。投到洪添那里的五百万元，项目进展好像不是很顺利。大哥最近又要买土地盖厂房。"王四博对大哥的冒进有点担忧。

　　"噢，对了，我那天看到龙斌和大伟一起到莲花山去，说不定想在那里买地。"王金虎想起了前几天的事。

　　"莲花山？那里有什么好地啊？一边是山，一边是江，离市区又那么远。怎么会选择在那里？"

　　"你别忘了，龙斌和你大哥的脑袋精明得很，他们能看中的自有道理。"

　　"我们明天去看看。你找找关系，争取抢在他们前面，把地段好一点的地弄到手。"王亚峰向王金虎道。

王四博对二哥的做法不太认同："既然大哥想在那里买地，你就别去掺和了。"

"他买他的，我买我的，有什么相干？我倒是提醒你要为自己想想后路。别看他现在场面撑得这么大，那都是银行的钱，到时要是崩盘，我们跟着倒霉。"

王金虎对王四博说："你不是有这家酒楼吗？要控制在自己手上，能多捞一点就多捞一点。"

王四博皱着眉头："酒楼挣不到什么钱。现在的生意越来越差，你看这周围新开了那么多酒楼，停车的位子又紧张，许多老顾客都跑了。"

"那就赶快卖掉，趁早脱手捞回本钱，把钱投到我这里，我保证你一年翻一倍。"王亚峰拍着胸脯说。

"即使卖掉，钱还不是被大哥收回去？"

"你不是想搞广告公司和装潢公司吗？让他再投钱进来。总之，你能控制在手上的钱越多越好。"王亚峰说。

"是啊，我真的不想经营这酒楼了，每天'装孙子'，见到谁都要点头哈腰。"王四博有点心动。

"要不，这个酒楼便宜点卖给我，我让小宛楼上楼下一起管，让小姐们负责拉客人来消费，还怕做不起来吗？"王金虎说完摸了一下小宛的脸蛋。

王亚峰赞同这个主意，"你去跟大哥争取便宜点的价格，到时让金虎给你回扣。"

王金虎趁热打铁："你们当时投了两百万元，现在折旧也折得差不多了，我出一百万元，你去跟你大哥谈，价格能降下来都是你的。"

王亚峰说得更直接："你跟大哥说人家出五十万元，如果他同意，你不就赚了五十万元的差价吗？"

"这个价钱太低了，大哥会同意吗？"

"反正我出一百万元，你去谈，能谈多少你自己看着办。"王金虎说完转身叫小宛想想要怎么管理，好像这个酒楼已经到手。

王四博想让王金虎再出高一点的价，可王亚峰一把拿起酒瓶给大家满上，说："这事就这样定了。来，我们继续喝酒。"

第二十四章

王大伟先把父母亲和孩子送回家后，和丁秀丽陪着谢莉莉回到了酒店。

谢莉莉邀请他们到房间坐一坐，丁秀丽担心谢莉莉一天的舟车劳顿，刚才又喝了不少的酒，想让她早点休息。但王大伟表示说想上去坐坐，丁秀丽只好跟着上去。

三个人细品着香茗，心情慢慢平静了下来。

尤其是谢莉莉，从今天早上一早醒来踏上旅途，情绪一直处在高度的紧张、激动、兴奋中。特别是晚上的宴会，带给她太多的情感冲击，浓浓的亲情，夹杂着酒精的刺激，使她一直心潮澎湃，此起彼伏。

空气中弥漫着幽兰暗浮的茶香，舌尖滚动着甘洌的茶汤，喉底泛起了铁观音特有的茶韵。此时的茶，是清心、安魂、抚慰的灵丹妙药，黄庭坚的妙笔"味浓香永。醉乡路，成佳境。恰如灯下，故人万里，归来对影。口不能言，心下快活自省"的意境油然而生。

三个人都不敢轻易地开口说话，生怕打破这静谧的气氛，但同时都感受到另一种凝重的气息正在慢慢积聚。

丁秀丽有点不祥的预感。

王大伟等待着时机的成熟。

而谢莉莉几次欲言又止。

茶香暗浮，味浓香永。

最终，王大伟先开了口。

对于谢莉莉，是石破天惊。

之于丁秀丽，犹如晴天霹雳。

而王大伟自己，却是如释重负。

王大伟放下茶杯，眼睛盯着谢莉莉："莉莉，我和秀丽的女儿王莉，就是你要找的小文。"

好像突然甩过来一个巴掌，谢莉莉眼冒金星，脑子里一片空白。当她终于明白王大伟不是在开玩笑时，喜极而泣，眼泪夺眶而出，浑身战栗。

丁秀丽没想到王大伟突然把隐藏这么多年的秘密和盘托出。王大伟话刚说完，丁秀丽手中的茶水洒了一身，她眼睛瞪了王大伟一下，眼泪跟着流了下来。她心里清楚，这一天早晚要来，只是没想到来得这么快，王大伟的举动让她一点思想准备都没有。

谢莉莉悲喜交加，既有找到女儿的狂喜，又有十几年来无尽思念的苦楚。这一刻，当知道女儿一直生活在王大伟和丁秀丽夫妇的身边时，她对女儿的担忧少了许多。

原来的想象中，女儿一定是在永德山区的贫苦村民家里，过着饥寒交迫，没有良好教育，从小承担农活的苦日子。

"我和秀丽刚结婚，就把小文接到我们身边。除了贵生夫妇，其他人都不知道孩子的身世。我告诉家里人，她是永德山里的一个孤儿。"王大伟平静地说着，"你放心，孩子没受过委屈。你离开云顶的当天，我们就去贵生叔的亲戚家把孩子要了回来。我和秀丽回城后，不到半年就结婚了。所以，孩子离开我和秀丽最长的，就是这段时间，贵生夫妇把她照顾得好好的。"

"谢谢，谢谢你们！"谢莉莉已是泣不成声。

"你不用说谢谢。孩子是你的，也是我们的，这些都是应该的。"丁秀丽话里有话地说道。

听了丁秀丽的话，本来情绪已经稍微平静的谢莉莉，一下子重新陷入了旋涡，忍不住剧烈地抽搐着肩膀，眼泪如掉线的珠子，洒落在胸前，衣襟被打湿了一大片。

是啊，孩子是找到了，可孩子跟着王大伟和丁秀丽一家生活了十几年，怎么处理这个关系又是一个大难题。

王大伟走到洗手间，弄了两块热毛巾回来，分别递给两个哭成泪人的女人。

丁秀丽擦了擦眼泪，情绪慢慢平缓了下来。

谢莉莉手里拿着毛巾，却任由眼泪奔涌而出。思念、自责、内疚、失而复得的喜悦，所有的情感交织，需要有宣泄的渠道，而眼泪是最好的载体。

空气是凝固的。

落下的眼泪，犹如洒在心田的雨点，不断融化着心中的坚冰。

丁秀丽忍不住一手轻搂着谢莉莉的肩膀，谢莉莉顺势倒在丁秀丽的怀里，一声撕心裂肺的长号，倾泻出积压多年的苦楚。

"好了，不要哭了，女儿找到了，应该高兴才对。"丁秀丽拍着谢莉莉的背安慰道。没想到这话一说完，自己的眼泪又下来了。自己一直把王莉当成亲生女儿，当丁秀丽知道谢莉莉的消息后，她预感到这个秘密迟早要揭开。从良心上讲，她认为应该把女儿还给谢莉莉，让母女团圆，但从感情上讲，她怎么也接受不了失去女儿的事实。

想到这，丁秀丽胸中一阵绞痛，剧烈地咳嗽起来，脸色发白，手脚冰冷，差点虚脱了过去。

王大伟赶快倒了一杯热水让丁秀丽喝了几口。谢莉莉也停止了哭泣，一边流着泪，一边慢慢地拍抚着丁秀丽的后背。

眼看时间不早，王大伟站了起来："莉莉，你早点休息吧。明天早上八点，我到酒店接你，然后去办理房子交接的手续。你记得把证件都带上。"

谢莉莉想再说点什么，但欲言又止。

王大伟一边扶起丁秀丽，一边对谢莉莉说："孩子的事如何处理，我们这两天想想，从各个方面考虑周全一点。有一点你放心，我和秀丽不会让你失望的。"

王大伟说完，意味深长地看了一下丁秀丽。丁秀丽机械地点了点头。谢莉莉的眼泪差点又要掉下来，王大伟赶紧说："走吧，大家都早点休息。"说完拉着丁秀丽走出房间，顺手把房门带上，留下谢莉莉一个人坐在客厅里发呆。

过了一阵子，谢莉莉才缓过神来。想起刚才所经历的一切，想起了女儿终于有了着落，想起自己这十六年来对女儿的思念与牵挂，想到今后如何面对龙斌，面对王大伟夫妇，还有自己的女儿、自己的家人，谢莉莉忍不住冲进卧室，扑倒在床上号啕大哭，泪水湿透了枕头。

良久，谢莉莉坐了起来，一看已经是夜里十一点钟。她拿起床头的电话，先给香港的父母亲拨了电话。父母亲抢着电话问这问那："家乡变化大不大？家里的房子还好吗？都见到什么人呢？"最后他们说一定要回刺桐看看，这一走十六年，再不回去，以后恐怕走不动了。

跟父母亲道晚安后，谢莉莉拨了台北家里的电话。丈夫俞新廷说，他一直等在电话边，一边看电视，一边看时间，两个孩子都睡觉去了。丈夫关切地问了衣食住行的问题，担心她不习惯，谢莉莉说："再不习惯也是我的家乡。"说话的声音有点哽咽。

挂完电话后，睡意袭了上来，谢莉莉闭上眼睛，想休息一会儿再去洗漱。合上眼不久，突然感觉有人在敲门。

谢莉莉打开门一看，亭亭玉立的王莉站在门口，如同泉水般清澈的双眸盯着谢莉莉，怯生生地叫了一声"妈妈"，扑向了谢莉莉的怀抱。

谢莉莉一把抱住女儿："小文啊，妈妈想你想得好苦啊。"

母女俩抱得紧紧的，泪水犹如决堤的江河奔涌而下，交汇在一起。谢莉莉伸手帮女儿拭去脸颊上的泪水，而女儿也在帮妈妈抹去眼角的泪花。这一抹倒把谢莉莉抹醒了，当她慢慢从梦里醒转，枕上又是湿了一大片。

王大伟扶着丁秀丽上了车，回到驾驶座刚发动车子，丁秀丽就迫不及待数落他："你怎么那么早告诉她，一点思想准备都没有，弄得我措手不及。这下可好，看你怎么收拾这个局面。"

王大伟把车子开出刺桐酒店。

虽已是夜里十一点多，但小轿车、摩托车、三轮车、自行车汇成滚滚车流，生意红火的东兴牛肉店顾客一点都不比白天少，这一带一直是交通堵塞的地段。

王大伟小心地开着车，直至过了中山路口，道路顺畅多了。

丁秀丽见王大伟只顾开车，并不回应她的数落，只好作罢。她一直相信王大伟做事的主见，知道他这样处理肯定有他的道理。她已经习惯王大伟这样的行为了。

第二天早上八点钟,王大伟接上谢莉莉后,来到了西街的刺桐影剧院。谢莉莉下了车,认出了这个地方,但影剧院经过翻建,已经不是原来的模样。

穿过马路,两人走到西街面线糊店,等了一会儿才有了座位。

王大伟叫了两碗面线糊、两块炸萝卜糕。

滚烫的面线糊刚端上来,谢莉莉就急忙忙尝了一口,直呼好吃。谢莉莉觉得台湾的海蛎面线和大肠面线太稠、太甜,不如家乡的面线糊爽滑。

刺桐的面线糊,用的是精细的手工面线,揉碎后放进勾芡的汤里,再根据客人的选择加入各种浇头,有海蛎、海蜇、大肠、小肠、墨鱼、虾仁、猪肝、炸醋肉等几十种可供选择,最后滴上几滴泡过当归的高粱酒。

记得小时候,最惬意的是,和父母亲一起看完电影后,到这里吃上一碗面线糊。想到这,谢莉莉抬头对王大伟说:"你还记得吗?有一次我和爸爸妈妈来看电影,票已经卖完了,刚好碰到你在倒卖高价票。"

"什么叫倒卖高价票?我不是原价卖给你吗?"王大伟想起来了。

"可你卖给别人每张要赚五分钱。"

"那当然,我和几个弟弟起得那么早,赶来排队,不就是为了赚点零花钱?要是碰上下雨天,票卖不出去,只好自己看,有时一个晚上连着看两场电影。"

"你从小就有赚钱的头脑,肯定不会亏本。"

"怎么会不亏本?有一次碰上正在抓票贩子,来了一大卡车的军宣队员和工宣队员,把电影院门口包围了,只要是正在卖电影的,统统逮上卡车。那时,我手里有十张票,被逮住了。我就向一位解放军叔叔哀求,说,我是学生,班级活动买了电影票,后来活动改了,是班主任派我来把票卖掉的。解放军叔叔看我一脸诚恳老实,就把我放了。那十张票我不敢再卖,亏了一块钱,心疼了好几天。后来,听说一卡车的人被拉到郊外放了下来,整整走了一个多小时才走回城里。"王大伟讲完,谢莉莉已笑得差点把嘴里的面线糊喷了出来。

正在忙得不可开交的店老板李老伯,边打着面线糊边招呼客人,听完王大伟说起的这件事,回头接上话:"算算年头都已经过去二十几年了。那天,有两个小青年躲进我的店里,将一把电影票塞进煤炉的炉膛里,哈哈……"

王大伟陪着谢莉莉跑了几个部门，直至下午三点钟才算完成所有手续，只剩下房屋的交接。

房管所工作人员和他们一起来到谢莉莉家。进门后，工作人员让谢莉莉看看房子的状况，并让她在移交手册上签字，然后把钥匙郑重地交到谢莉莉的手中。谢莉莉心中一阵激荡，想起父母亲和伯父的嘱托，一副重担总算落地。

房管所的人走后，王大伟陪着谢莉莉仔细察看房屋。

这是一栋具有南洋风格的两层小洋楼，部分砖墙已经剥落，一些木柱、木墙板有了白蚁侵蚀的痕迹，难掩年久失修的老相。看着这栋潮湿、缺少人气的老宅，谢莉莉想起之前在此生活了二十年的情景，心中一阵唏嘘。

在西北角，有两间房子是谢莉莉和父母亲的卧室，门前是一道走廊，西侧有个边门，通往门外的一块狭长的空地。当年，谢莉莉的父亲花了一百块钱买了一些砖头、水泥，请来泥水匠，搭了十来平方米的厨房和浴室。

记得建厨房和浴室时，王大伟和龙斌带着几位同学来帮忙，和水泥、拌石灰，给大师傅递砖头。十四五岁的青春少年在豆蔻年华的谢莉莉面前，个个干劲十足，吃苦耐劳。

房子搭好了，谢莉莉的父母亲做了一桌菜，请帮忙的师傅和同学们吃饭。王大伟记得很清楚，那顿饭最好吃的是肉夹包，把白面馒头掰开，中间夹上一片红烧五花肉，咬上一口，满嘴流油。虽然没有酒，但饭后每人一根牛奶冰棍，已经是很奢侈的享受。这件事王大伟和龙斌在学校吹了好几天，还写了一篇学雷锋做好事的作文。

王大伟打开西侧的边门，门外的空地上长满荒草，那个砖砌的厨房和浴室堆满了杂物。谢莉莉和父母亲当年走得仓促，本也没想再回来，家里的东西，送人的送人，扔的扔，剩下的是锁在房间里的家具和一些日用品。

谢莉莉看着卧室门上长满铁锈的挂锁，自嘲地说："我爸爸妈妈找了老半天，找不到房门的钥匙，即使找到，恐怕也开不了这锈锁。"王大伟从屋外找来一块砖头，对着铁锁一敲，锁钩脱开了。

推开门一看，里面倒是干净，没有太多的蜘蛛网。除了一副旧式眠床和橱、桌外，最显眼的是放在床上的两张太师椅，椅子精心地用被单包裹着，可见当年主人对它的珍爱。有一角被单裂开，露出了椅子的扶手，黝黑的紫檀木在昏暗的房间里仍然锃锃发亮。王大伟拉了拉墙上的拉线开关，拉线断了，王大伟这才想起电源应该是切断的。他走上前，掏出打火机，屋子一下子亮了许多。

谢莉莉站在门口，不想再迈进一步。

眼前的景象，和她十六年前即将锁上这扇门的时候一样，只是多了一层淡淡的烟尘。

看不到草木的枯荣，看不到潮水的涨落，看不到星斗的转移，但沧海桑田，一层淡淡的烟尘已足够让人一辈子承受不起。眼前淡淡的烟尘，可以伸出手轻易拂去，可心中的烟尘要是拂去，揭下的可能是一层带血的痂子。

"让它尘封吧。"谢莉莉转身离开了门口。

王大伟内外检查了一遍，然后锁上了大门，把钥匙递给谢莉莉，谢莉莉却不接："钥匙放在你这里，你帮我找人修一修房子。"

"是该修一修，要不，照这样下去，再过几年就废了。你想大修还是小修？"

"你看着办吧，花多少钱没关系，但要修得可以用。"

"该治治白蚂蚁。老化的电线、腐烂的木头、破损的墙面、地板、漏雨的屋面，修缮的项目不少，估计要花点钱。可修好了不用，关着不通风更容易老化，哪怕便宜点把它租出去，总比一直关着好。"

谢莉莉道："租不租无所谓，要不找个幼儿园、医院什么的，免费让人使用，做一点善事。"

王大伟看了看周围的环境，好多的房子都改成店铺出租，有卖古玩、工艺品的，还有两家书店，文化气氛很浓。他突然有了主意："这个地段不错，可以搞个会所啊，或者茶馆、棋牌室、南音社之类的。"

"大伟的鬼点子就是多。行啊，想做什么你去弄吧，租金无所谓，赚到钱你给一点，赚不到钱就免了。"

"我才不想搞这种行业呢，一个环亚酒楼让我领教过了，现在成了烫手山芋。

亏钱没关系，整天应付人情关系，烦透了，有时让人白吃白喝还要赔笑脸。"

谢莉莉有点幸灾乐祸地笑道："想不到大伟也有为难的时候，从小到大，我可没看到什么事情难倒过你。"

王大伟叹道："人在江湖，好多关系总要顾及。"

"你帮我租出去算了，那一对太师椅送给你做个纪念，其他的家具要是可以用就留下，没用的，都扔了。"

"这可是你们祖上传下来的，还是想办法弄到香港或台湾吧。"

"大伟，这些年来，你帮我这么多忙，一对椅子你都不肯接受？"

"这对椅子太名贵了，我受之有愧。"

"你要是不接受，就把它一起扔了。"谢莉莉的小姐脾气上来了。

"好了好了，我接受，好了吧？"大伟知道再纠缠下去，输的肯定是自己。

当王大伟和谢莉莉来到王家古厝时，大厅里的八仙桌已经摆好，淑媛亲自烧了一桌的家乡菜，正等着他们回家。谢莉莉和王奇山、淑媛、丁秀丽打着招呼，说着办理房子移交的事，眼睛却四处寻找着王莉的身影。

王莉正在屋里做作业，听到爸爸的叫声后走了出来。

谢莉莉一手紧紧抓住王莉的手臂，一手轻抚着王莉的脸庞，眼里满是母亲的慈爱："让阿姨好好看看。"说到这，声音有点哽咽。

王莉似乎不太适应。这个只见过一面的阿姨，不但长得漂亮，而且有着高贵冷艳的气质，让人不敢太亲近。可今天怎么了，一下子对自己那么热情？

王莉腼腆地低下了头，不敢正视谢莉莉那热切的目光。但流淌在血管里的血就像注进了一股暖流，贴在自己脸颊上颤抖的手，好似敲打着生命的密码，血缘与亲情正在两人之间传递着彼此的生理感应。王莉慢慢地贴在谢莉莉的怀中，感受着谢莉莉心脏跳动的韵律。这声音是多么的熟悉，这个心跳的声音仿佛就是自己全部的快乐，这个熟悉的韵律就是自己脉动的和谐共振。

谢莉莉的眼泪滴落在王莉的身上。

丁秀丽急忙走上前，拍拍谢莉莉的背，谢莉莉这才意识到自己的失态。好在这时候，王奇山正忙着沏茶，淑媛回到厨房去了。

　　谢莉莉趁王莉还没抬起头，掩饰地抹掉自己的眼泪。丁秀丽一手搂着谢莉莉，一手拥着王莉走向八仙桌："小莉啊，你看谢阿姨那么喜欢你，让她当你的干妈好不好？"

　　天真的王莉不假思索地回答："好啊，这样我就有两个妈妈了。"

　　谢莉莉没想到丁秀丽会提出让王莉认她为干妈，这明明是她的亲生女儿，怎么变成干女儿了？秀丽的心思是不是不想让她要回亲生女儿？可眼下还没有想出一个好的办法，又不能贸然地公开她们的母女关系，先认个干女儿，也好有个名正言顺地接触女儿的理由。想到这，谢莉莉顺势说道："你要叫我妈妈，可别叫干妈，难听死了。"

　　谢莉莉话一说完，伸出手，跨过丁秀丽，把王莉拉到自己的身边："你坐在新妈妈身边陪我。"

　　一家人刚坐好，王三平带着老婆孩子到了，接着王四博回来了，又是一阵寒暄，晚宴正式开始。

　　看着一桌丰盛的珍馐，谢莉莉知道淑媛花了很多心思，铭刻在记忆深处的许多味道重新被钩沉出来。"古早味道""外婆做的菜"，这些台湾人用来怀旧的用词确实很贴切。久违的佳肴美味，营造出浓浓的亲情与乡愁。

　　谢莉莉胃口大开，全然没了淑女的矜持，没一会儿就直呼撑饱了，但仍然没有停住筷子。

　　淑媛不停地给谢莉莉面前的碟子里夹菜，王奇山特地倒了一杯状元米酒让谢莉莉尝尝。

　　谢莉莉说："这酒以前和大伟秀丽喝过。最后一次喝这个酒，是龙斌要去上大学，贵生叔请我们吃饭。"

　　话一说完，当年的情景历历在目，心里的酸楚油然而生，眼里又是泪花渐现。好在今天女儿坐在身边，有了很大的慰藉，谢莉莉不由地用手搂紧王莉，然后一口干掉杯中的酒。

　　机灵的王四博马上过来给她再续上一杯。在大家的盛情下，几杯白酒下去后，谢莉莉娇靥红霞，面带桃花。要不是淑媛和丁秀丽帮她挡着，恐怕她自己也想一任酒狂。

王莉坐在两个妈妈中间，刚开始有点拘谨，对谢莉莉的热情呵护不太习惯，只是默默地吃着谢莉莉不断夹过来的菜，直到谢莉莉忙于应接大家的敬酒，王莉才轻松了许多。看到谢莉莉酒后香汗微微沁出，王莉跑到盥洗室拿了自己的小毛巾，倒上一点热水，回来后悄悄递给了谢莉莉。

接过王莉递来的热毛巾，一股暖流从指尖直达心房，谢莉莉百感交集。作为母亲，她从未有过这样感受儿辈们的孝顺。两个儿子虽然乖巧懂事，但做不到如此细微的体贴。谢莉莉轻轻地擦了擦额头和脖子上的汗，骄傲地对大家说道："我这个干女儿认得值不值啊？你们看，她多会照顾新妈妈。"

看到大家诧异的表情，丁秀丽解释道："从今天开始，莉莉是小莉的干妈。"

王四博第一个叫了起来："干妈可不是那么简单认的，面线、鸡蛋改天再补送（闽南习俗，认干亲时，小辈要向长辈送上面线、鸡蛋，长辈要给小辈礼物），但今晚这杯酒一定要敬。"说完给王莉递给一杯马爹利，又给谢莉莉倒上一杯状元米酒。

"四博哪能教小孩子喝酒。"丁秀丽把王莉手中的马爹利酒接了过去，换了一杯橙汁。

大家都鼓噪着说："这杯酒一定要敬。"

王莉站了起来，举着橙汁，如同泉水般清澈的双眸看着谢莉莉："干妈，我敬您一杯。"

谢莉莉非常开心，站起来端起酒杯："即使醉了，这杯酒我也一定要喝。但我刚才说过，以后你不要叫我干妈，要叫妈妈。来，重新叫一声妈妈。"

空气突然凝固，一时鸦雀无声。

时间一秒一秒地过去，王莉双唇含羞，迟迟不敢开口。

王大伟用鼓励的眼神看着王莉。他知道，这一声妈妈对谢莉莉是如此的重要，她已经整整等了十六年。

终于，王莉兰气娇语，轻轻地吐出了两个字："妈妈。"

十六年的魂牵梦萦，十六年的思思念念，不就是为了听到女儿叫一声妈妈？

谢莉莉语带双关地说道：“从今以后，我就是你的妈妈。”说完一仰头干了酒，然后一把搂过王莉，紧紧地抱在怀里，眼泪扑簌扑簌直落下来。

在场的人，无不为之动容。但除了王大伟和丁秀丽知道谢莉莉的真实心境外，其他人都以为谢莉莉喝了不少的酒，有点多愁善感。

车子出了西门，太阳才刚刚升起。谢莉莉不断搜寻着当年沿路的景象，发现这里变化太大了，到处都在大兴土木，公路两边布满了工厂。

三个小时后，车子离开了黑色的柏油路，转入一条窄小的沙土路，继续在崇山峻岭中盘旋。周边郁郁葱葱的绿意给人一种脱离尘嚣的心境，零星散落于山坡上的村舍已有炊烟袅袅升起。偶尔传来几声狗吠，更衬托出山谷的静谧。

车子终于停在一栋砖瓦房前。房子刚建造不久，外墙还没来得及粉刷，保留着红土砖的本色。陈贵生听到动静后走出来，一看，高兴地叫了起来：“大伟，难怪今天的燕子叫个不停，原来是有贵客啊。”话音刚落，王大伟一把拉过陈贵生：“来，你看谁才是贵客。”说完，把陈贵生推到了刚下车的谢莉莉面前。

“贵生叔，还认得我吗？”谢莉莉摘下了墨镜。

“这不是莉莉吗？你终于回来了。”陈贵生激动地紧紧握住谢莉莉纤细的小手。

“贵生叔，我回来了，终于回来了。”

大家在客厅里坐了下来，陈贵生忙着泡茶。谢莉莉打量着陈贵生的新居，虽然简陋了一些，但收拾得很整洁，家里有了电灯和各种家用电器，门廊里停着一辆嘉陵摩托车。

陈贵生给谢莉莉递上一杯茶，说道：“莉莉，这么多年过去，山村的变化大着呢！”

王大伟接过话：“贵生叔带领乡亲们开山修路，搞活经济，发家致富。云顶村不简单啊，先进事迹都上了报纸、电视台。”

陈贵生谦虚地说道：“应该感谢党的改革开放的好政策，更应该感谢你们几位知青，为我们山村带来了发展的新思路。”

王大伟：“你扯远了，这跟我们有什么关系呢。当年一说到回城，我们拍拍屁股走人，跑得比兔子还快，现在想想真是惭愧。"

陈贵生由衷地说道："确实应该好好谢谢你们几位。当年，你们来到云顶，带领乡亲们做的，都是功德无量的好事。你们看，小水电工程，让我们提前几年用上了电；农田改造项目，提高了农作物的经济效益；引进的毛竹松树果林种植，保住了这青山绿水。这些项目，为我们的发展打下了良好的基础，更重要的是帮助我们山里人拓宽了思路。你们走后，我们搞承包责任制，搞封山育林，搞多种经营。总之，这些成绩的取得，基础是你们打下的。所以，乡亲们应该感谢你们。"

"贵生叔三十年的党支书没白当，讲话的水平跟市委书记差不多。"王大伟说。

"我这可不是客套话，是大实话。吃过饭后，我带你们看看村办企业，有竹编工艺厂、胶合板厂、食用菌种植基地。当然啰，规模比较小，和大伟的工厂没法比。"

"没想到村里办了工厂，而且是好几个。"谢莉莉有点惊讶。

"贵生叔是发家致富的带头人。更可贵的，他不是自己一个人发家致富，而是把村里人组织起来，大家共同参股投资，集体致富，这一点更加让人钦佩。"

"大伟你别老是夸我，我正要向你讨教呢。山里人文化程度不高，说白了是小农意识较重，尤其都是乡里乡亲，不好管理。至于市场销售嘛，信息闭塞，销售渠道不畅通，影响了产品的价格。大伟你帮我想想办法，如何解决这些问题。"

"我看要引进外来的人才，建立激励机制，同时走出去开辟销售渠道，寻找销售代理商，一起合作开发市场。"

"你看，大伟脑子活，这话说到点子上。好，这个问题，我改天专门找你请教。我们现在吃饭去，要是在城里，这时辰都吃过午饭了。"

美珍很是麻利，短短的时间里便张罗出一桌丰盛的饭菜，山里的野菜、竹笋、溪里的小鱼，自家养的番鸭同红菇一起炖。这些山珍野味，曾经是知青们蹉跎岁月里最奢侈的享受，如今，却是城里人吃惯了大鱼大肉后寻找返璞归真的农家菜。

王大伟双手抓着一个鸭翅膀，一边用力地撕咬着，一边对陈贵生说："这番鸭太好吃了。城里有的店挂着永德白鸭汤的招牌，可吃起来味道就是不正宗。"

"这些番鸭是散养的，平时吃着溪里、田里的螺丝、水草、蚯蚓长大的。城里卖的都是圈养，喂饲料长大的，自然不一样。"

"你多养一些，卖给我的酒楼，我搞一些特色菜，吸引客人。"

"要是自己家里吃，我随时给你送过来；要是在酒楼里卖，需求量太大，只有喂饲料才能供应得上。"

"要不你试试看，尽量散养，再添加点饲料，总比专门靠饲料喂大的好。"

"还有一个办法，发动乡亲们散养，每家养几只，再集中收购，这样供应量就大了。"

"这个办法好，你养多少我收购多少，价格比市场高。"

丁秀丽笑道："你们怎么谈起养鸭子的生意了？大伟，你那个酒楼还是趁早关门，或者转让出去，想靠一只番鸭挽救亏本的局面，根本行不通。"

谢莉莉惊讶地问道："酒楼怎么会亏本呢？生意不是挺好的吗？"

丁秀丽解释说："看上去是好，可来的客人大多是得罪不起的。免费的、打折的、签单的，大伟又爱面子，好交朋友，有的客人给他打个电话，他就把单给免了，你说这样能赚到钱吗？每个月都要贴进去好几万元。"

王大伟笑了笑："反正不开酒楼也要请客吃饭，总会有一笔开销。"

陈贵生纠正道："大伟的想法不对。请客归请客，生意归生意，是两码事。"

谢莉莉附和道："是啊，真的亏本就不要做了，要请客吃饭，随便挑的饭店多的是，没有什么方便不方便的。"

丁秀丽乘机再加一把火："要是不开酒楼，还可以省掉许多不必要的应酬。你看你，现在几乎是天天泡在酒里，身体喝坏了，又影响了工作，何苦呢？"

王大伟心想大伙说的有道理，于是说："好吧，我找个机会把酒楼转让掉。不过，贵生叔的番鸭还是要供应的，我让我妈妈和工厂的食堂天天炖番鸭汤。"

陈贵生用勺子捞起一个红面鸭头放在王大伟的碗里："你今天先把这个鸭头吃了。"

王大伟一边说撑死了，一边拿起鸭头继续啃了起来。

陈贵生带着大家来到了当年的知青点。

两座土坯砌的房子，经历了岁月的洗礼，显得更为苍老。虽然墙面用石灰重新粉刷过，但仍旧剥落了许多，门前的空地铺上了水泥，成了学校的操场，这里现在是云顶小学。

县里几次提出要把学校撤掉，让学生转到十里外的云中小学读书。陈贵生费了许多劲，才勉强让学校保留下来，为的是让村里的孩子们不用每天来回走两个小时的山路。现在，村里的工厂招了不少外地农民工，有一些农民工的子弟在这所小学里就读，教室变得拥挤。陈贵生一直想盖个像样一点的校舍，但县里不拨款，村里一时又拿不出这么多钱，只好委屈了孩子们。

谢莉莉听到琅琅的读书声很是惊讶。她蹑着脚，轻轻地走到窗前，看着简陋的教室，想到以前在这里生活了将近三年，许多回忆又被唤醒了。

王大伟和丁秀丽有着同样的心情，每一次到云顶，都是一次心灵的洗礼。为当年的生活磨砺和青春浪漫，为山里人的质朴与艰辛，为今天城里和村里都在发生着的变化。

沿着已经拓宽的山路，他们来到了黑龙潭。

两岸依旧郁郁葱葱，黑龙潭少了一些自然气息，多了人工雕琢的痕迹。当年建成的小水电站已废弃了，成了一个旅游景点。引水渠边种上了一排柳树，发电机房改建成凉亭，边上搭了几个供游客野餐的石头台子。

当年王大伟负责搞的水力磨坊现在成了一道风景，大大的转轮"吱吱"地响着，仿佛诉说着不尽的情话。黑龙潭上浮着几只竹筏，有点"野渡无人舟自横"的野趣。

夏天，有游客到这里野营、游玩，沐浴山野之风，黑龙潭成了避暑的世外桃源。由于知名度不高，来的游客不是很多。

远处偶尔几声鹧鸪的啼叫，更衬出这空谷的幽静。虽是深秋，树木依然青翠，不像北方的秋天，大面积的落叶，但黑龙潭的水域面积缩小了许多，河滩里的鹅卵石上残留着一圈干枯的青苔。

谢莉莉忽然想起，这里的地貌与台北郊外的大璜溪非常相似。沿着大璜溪往山里走，也有深潭、幽谷，岸边也有茂密的森林。许多城里人在夏日的周末，结伴到深山里去漂流、野炊。"贵生叔，我在台湾，曾经到过类似这种地貌的旅游景点，他们搞了许多游玩的项目，很有创意。"

"你给我说说，都有哪些项目。我正为这件事伤脑筋，但又想不出什么好点子。"

"我说不上什么，外行人不能说内行话。"

王大伟启发道："你把你所看到的，说给贵生叔听听。"

谢莉莉想了想："比如，他们用堤坝把水拦住，然后到了固定的时间放水，沿着河道可以用皮筏艇漂流，落差大的地段还蛮惊险的。他们在河边搭了几栋小木屋，租给游客过夜，小木屋前有烧烤炉。哦，对了，他们在河滩里弄了许多废旧轮胎和汽油桶，挖了战壕，让游客两军对垒。有一种枪打出的是彩弹，如果被打中了，身上会留下记号。还有，在陡峭的河岸边搞攀岩、搞滑绳。总之，好多的游玩项目可以选择，很受年轻人的喜爱，有一些公司会组织员工到那里搞拓展训练。他们在城里设有专门的办事处，负责拉生意，接送客人。"

陈贵生一听完，两眼放光："这些项目，这里的地理条件都具备，我怎么没想到啊。莉莉你可是帮了大忙，一下子把我想了好久的问题给解决了。"

"我回台湾后，马上去搜集资料，拍些照片给你寄过来。"

陈贵生说着谢谢，眼睛紧盯着黑龙潭，仿佛已开始构筑蓝图。陈贵生一直想通过开发深度旅游项目来吸引人气，让这藏在深山里的黑龙潭撩开神秘的面纱。

王大伟觉得这些项目确实吸引人，要真的搞起来，黑龙潭可就热闹了，但目前条件并不具备，从城里到这里要将近四个小时的车程，况且路不好走。"交通是一个主要问题，要先考虑修好路，要不，路上颠簸了几个小时，谁还有兴致玩呢？"

"你说得对，路肯定要修的。即使不搞旅游，村民们出行，村里工厂的货物运输，也需要一条快捷的路。'要致富，先修路'，我去县里好几趟了，已经列入规划。一是拓宽，二是铺上水泥。县里拨一部分款，我们沿途的村庄出一部分款，村民们出劳力，争取一年内把这条路修好。到时，云顶的面貌一定大变样。"

"要是把路修好了，旅游项目一定有人愿意来投资。"谢莉莉的话，一下子点醒了陈贵生。他原来只想靠云顶自己的力量办事，但修路要钱，搞旅游项目要钱，建校舍要钱，短期内不可能办成这么多的大事，如果有人愿意来投资，发展的速度肯定加快。

想到这，陈贵生眼前一亮："这里有两位现成的大老板，你们要是有兴趣，可以来投资嘛，我们村委会一定会给出最优惠的条件。"

王大伟和谢莉莉刚要说话，陈贵生一个手势让他们打住："你们不要急着表态，回去想想，反正这事急不得，我们从长计议。走，我带你们去看看村办企业。"

在竹编工艺厂，几个姑娘正全神贯注地编织着手中的灯笼。这种灯笼造型别致，日本人用来作为台灯、吊灯的灯罩。灯光透过镂空的间隙，漫射在天花板和墙壁上，在斑驳的光影中营造出一丝禅意。

姑娘们的手很巧，五指灵动，每天可编出十来个灯笼，每个可以得到两元工资。谢莉莉听后直叫太便宜了，这种竹编工艺品在市场上，一个可要卖一百多元，怎么只给两块钱的工资？陈贵生无奈地说道："这些都是外贸订单，利润大部分被出口商和零售商拿走，我们只能拿小头。虽然一天只有二三十元的收入，但乡亲们已经很满足，比起辛辛苦苦地好多了。"

一行人来到胶合板厂。刚走近门口，一股刺鼻的胶水味迎面扑来。陈贵生跑进办公室拿了几个卫生口罩让大家戴上，总算好受一点。

车间里的工人对这种味道好像已经习以为常，他们正忙着涂胶、压板。原木经过旋切机切成单板，再将单板按纤维的走向相互垂直排列，经过涂胶、热压成型。这种工艺比较简单，机械化程度低，工作环境差，劳动强度大，做出的产品质量比较粗糙，只能用于一些低档的家具和装修用材上。

陈贵生知道这里的味道比较刺激，匆匆看过后就带他们走了出来。王大伟一眼看出这种生产工艺的落后性，他建议道："你应该考虑引进先进的机械设备，自动化程度高，做出的产品质量又好。"

陈贵生说："我也知道这种工艺落后，但要引进先进设备，需要大笔资金。况且，一旦上了规模，原料供应是个问题。我和县林业局谈过，想发动周边的几个乡种植松树，但他们担心种了没人收购，我又担心上了设备后没有原料。"

"你可以和种植户提前签订收购合同啊。"王大伟说。

"这又牵涉资金的问题。你和人家签了合同，总要先付点款，哪怕付点树苗钱吧。"陈贵生说。

"让大伟来参与投资，只要有钱赚，大伟肯定投。是吧，大伟？"谢莉莉半开玩笑半当真地说道。

"行啊，要投大家一起投，你也跑不掉。贵生叔，你做个详细的商业计划书，比如土地、厂房、机器、流动资金、产量、产值、利润等，好让我们有个初步的评估。如果需要的资金不多，我和莉莉各投一部分；如果资金需要量比较大，我找银行说说，让他们贷款支持。"

"银行贷款？我这辈子可从来没找人借过钱。村里的这些厂都是我们云顶村自己辛辛苦苦干出来的，没有向银行贷过一分钱。"陈贵生好像对借钱有种天生的排斥。

"这是你的观念跟不上形势。办企业，不靠银行哪能做得大？等到自己赚了钱再扩大规模，这种发展速度太慢了，要善于借银行的钱为我们赚更多的钱。别看我现在工厂规模不小，实话告诉你，有一半是银行的钱。但话说回来，要不是银行贷款的支持，我哪有今天的规模，恐怕三分之一都做不到。"

王大伟的口气有点在教训人，丁秀丽责备道："你怎么这样跟贵生叔说话？"

陈贵生说："没事的，大伟说的话很有道理，是我观念落伍。我一直认为无债一身轻，找人借钱总不是光彩的事，没想到还有这层道理在里面。"

谢莉莉说："是啊，现代企业离不开金融工具，生意越大，越需要银行的支持。国外的大企业，背后都有大财团在支撑着。"

大家来到了食用菌种植基地，几个年纪较大的村民正忙着用喷雾器给菇棚里的菇床喷水。

这里原来是村里的牛棚、谷仓，利用胶合板厂的锯末、木屑作基材，种上了香菇、木耳、蘑菇，看上去规模不大，但还有许多种植点分散在村民家里。

"贵生叔，你可真会合理安排劳力啊。青壮年在胶合板厂干活，年轻的姑娘编灯笼，年老的在这里种蘑菇、种木耳，难怪村里看不到闲人。"谢莉莉说完拿起一个玻璃罐，丁秀丽跟着凑过来看了看："里面没啥东西啊？"

"里面是真菌，现在还没长出来呢。"陈贵生解释道。

美珍从菇房里走了出来，手里拿着一大袋新鲜的蘑菇。她现在是这个菌类种植基地的负责人。"这是刚摘下来的蘑菇，你们带回去尝一尝。"

"贵生婶太客气啦！"丁秀丽推却着。

王大伟说："你和贵生婶客气什么呢？拿着吧，好吃以后再来。"

"比起你们在菜市场买的肯定要好吃多了，至少是新鲜。以后，我定期给你们送过去。"陈贵生说。

"你多送一些，我工厂人多，价格按菜市场的算。"

"那可赚多了，现在我们卖给县里的收购站，价钱只有菜市场的三分之一。"美珍说道。

"我建议你们买个小货车，联系城里几家工厂、机关、学校的食堂，定期送货上门，肯定比卖给收购站的划算。"王大伟一下子帮云顶开辟了一个新的销售渠道。

"大伟的思路就是开阔，难怪生意做得那么成功。你看，你一个建议，我们的产品马上找到新销路。"

丁秀丽接过陈贵生的话："贵生叔你别老是夸他，他会翘尾巴的。成功的一面大家都看到，不成功的、亏本的没人知道，只有他自己心里清楚。"

王大伟不以为然："做生意哪会百分之百成功？天下没有常胜将军，有时赚钱、有时亏本是正常的。重要的是，精神上不能倒下，要亏得起，输了重新来。有人说了，没破产过的老板，不算真正的老板。"

"问题是如果输光了，如何重新来？翻本的机会都没有。"

"又不是在赌博，怎么会输得连本都没有？"王大伟不服气。

"我看你啊，有时就像在赌博。"丁秀丽得理不饶人。

谢莉莉赶紧打圆场："做生意既要有胆魄，又要冷静分析、科学决策。大伟敢冲敢拼，但属于比较理智的。我老公是看到人家在流行做什么，就跟着进去，想都不想，我在后面拉也拉不住。前几年，台北人炒房，他跟了进去，结果让他蒙对了，赚了不少钱。这两年，看到人家炒股，他又冲了进去，结果全亏光了。

最后，只好老老实实回到老本行。"

陈贵生问道："你老公是做什么生意的？"

"我们家是做纺织机械的。"

"莉莉这次回来，也在寻找投资项目。"王大伟道。

"好啊，莉莉要真是回来投资，以后就有机会经常到云顶来走走看看了。"

眼看太阳已经西斜，王大伟说："我们该回去了，太晚了山路不好走。"陈贵生说："山里的条件不好，不敢留你们过夜。等以后修个大宾馆，可以在这住上几天。"谢莉莉说她想上龙头山看看，说完快步向山上走去。

龙头山原先种番薯的坡地已改成果园，长势喜人的芦柑挂满枝头，压弯了树枝。

谢莉莉略有所思地看着果园，脑海里出现的是当年那片番薯地，还有那个三角形的木头棚子。

银色的月光，悠长的锣声，小马灯里跳跃的火苗，一首如诗如梦的爱的奏鸣曲，放飞着两个恋人的激情。两颗炽热的心，共同为彼此献出全部的真诚，即使前途未卜，都将义无反顾。

谢莉莉喃喃地叫道："龙斌、小文……"声音轻得连站在她身后的人都听不到，饱含泪水的双眼滴下一长串的泪珠。

站在身后的王大伟夫妇和陈贵生，并不了解谢莉莉此时的心境，刚开始，以为是故地重游的好奇，直到谢莉莉双肩微颤，他们才隐约体会到她的感伤。

一行人一路无话地回到了陈贵生家。

要离开时，陈贵生提着两个大袋子装上车。王大伟说："有蘑菇就行了。"陈贵生说："没啥好东西，一些番薯和竹笋。"正说着，谢莉莉从车上拿了一个袋子塞进美珍的怀里，里面有衣服、西洋参和一条金项链。美珍推却着。丁秀丽说："这是莉莉的一片心意，你要是不收下就见外了。"

谢莉莉从包里又掏出了一个大大的红包，转身拉过陈贵生的手，硬塞到他的手里："贵生叔，这一万块钱是我的一点心意，非常感谢你们帮我照顾小文。"

贵生夫妇一听谢莉莉说到小文，似乎明白谢莉莉已经知道小文的下落，但陈贵生坚决不肯收下红包："小文是你的孩子，也是我们云顶的孩子。你要给我钱，我们就不是一家人了。"说完硬是把钱塞回谢莉莉的包里。

谢莉莉拗不过陈贵生，只好用求助的眼神看着王大伟。

这个眼神太熟悉了，从中学到现在，谢莉莉经常是用这种眼神求助于王大伟的。

王大伟跨上一步，一把抓住了陈贵生的手，一手把红包塞进陈贵生的上衣口袋里："莉莉给再多的钱，你也应该收下。否则，莉莉会一辈子不安心。"

"收了这个钱，我也会一辈子不安心。"陈贵生的牛脾气上来了，声音有点急。

眼看双方僵持不下，丁秀丽委婉地对陈贵生说："贵生叔，你不收，莉莉肯定很难过。要不这样好吗？你收下来，看看给学校的孩子们添点文具啊、书籍什么的？"

"要是这样，学校要给莉莉发个捐赠证书，刻个铭牌，表示谢意。我先代表云顶村的孩子们谢谢你。"说完，陈贵生恭敬地给谢莉莉鞠了一个躬。

谢莉莉连忙伸出手扶住陈贵生："如果是给孩子们的，一万元太少了，我再捐两万元。"

陈贵生没想到谢莉莉会这样说，心里更是过意不去，连忙说："够了，够了。"

谢莉莉转身郑重地向王大伟说道："大伟，你帮我汇两万元给贵生叔，我回到台湾后再把钱汇给你。"

"你这不是拉着我一起跳吗？你捐了三万元，我要是不捐，那多没面子。我和秀丽一样也捐三万，贵生叔你把学校的校舍修一修。以后啊，等咱有钱了，再多捐一些，建个新校舍。"

陈贵生推辞道："学校修一修，用不着那么多钱的，等以后真的有需要，再找你们帮忙，好吗？"

王大伟想了想："这样吧，六万元算是我们四位老知青对云顶村的一点心意。至于用来修校舍、买文具，或者用在其他公益事业上，贵生叔你看着办。龙斌这小子，也要让他出点血。"

"龙斌当干部的，靠工资吃饭，你可不要让他多负担。"

"贵生叔你不懂，现在当官的，钱不比咱们少。"

陈贵生认真地说道："那我要提醒提醒龙斌，不该拿的钱不能乱拿。"

丁秀丽一看陈贵生当真，赶快解释道："贵生叔你别听大伟瞎说，他是开玩笑的，龙斌的为人我们都了解。"

"好了，该回去哦，太阳快下山了。"王大伟打开了驾驶室的门。

当车子转了两个弯，回头看到贵生夫妇还站在家门口朝他们挥手。沿着屋后望去，就是那座被茂密的树林覆盖的龙头山，还有龙头山上那片果园。谢莉莉忽然看到果园中慢慢升起了一座三角形的木头棚子，飘浮在空中，犹如童话里的城堡。

谢莉莉再次在心底呼唤着"龙斌、小文"，眼眶有点潮。她戴上墨镜，闭上了双眼，两朵小小的泪花在眼角绽放。

龙斌在省城开了两天会，到了昨天晚上很晚才赶回来。这几天未能好好地陪着谢莉莉，他心里过意不去，打了几个电话给王大伟，一方面向谢莉莉表示歉意，一方面要王大伟多多辛苦。

王大伟故意在电话里说道："莉莉有点不开心了。她这次回来，不但是探访亲友，而且想考察刺桐的投资环境，寻找投资商机，你这当领导的一点都不重视，怎么能做好招商引资工作呢？"

今天下午，龙斌把其他的事务都推开，和王大伟一起陪着谢莉莉。他们先是到了外经委，听他们介绍了招商引资的政策和法律法规，然后考察了两个工业开发区。所到之处，一看龙区长亲自陪同，大家都非常热情。

谢莉莉有点受宠若惊，对龙斌说："你这区长的权力蛮大的，大家都很给面子。"

"那是冲着你外商的身份。招商引资嘛，你是我们的金凤凰。"王大伟在边上调侃道，"你们一个外商、一个区长，都是受欢迎的角色，这里没我什么事，我先回去了。"

"大伟什么时候变得这么小家子气啊？真是钱越多，人越小气。"

"我小气？这次和莉莉去云顶，我们捐了六万元。对了，我们是以知青的名义捐给村里的，算你一份，要出多少钱你自己认吧。"

"哈哈，打起我的算盘。按比例我要出一万五千元，可你是老板，应该出大头才对。我呢，捐出一个月工资怎么样？"

"太少了，最起码捐出半年工资。"王大伟提高了嗓门。

"你想要了我的命啊？就这一个月工资，我还要和肖虹商量商量。"

谢莉莉看着两个男人在斗嘴，问了一句："一个月工资是多少呢？"

龙斌笑了笑："两千元不到吧。"

"啊？一个区长才这么点工资啊？"谢莉莉有点惊讶。

"你别听他哭穷，这点工资的含金量可不少。你知道现在社会上怎么议论干部的吗？'烟酒基本靠送，工资基本不动，老婆基本不用'。"

谢莉莉似懂非懂地问了一句："什么叫'老婆基本不用'？"

王大伟和龙斌一听，笑得弯下了腰。

谢莉莉似乎明白了，狠狠地打了一下王大伟："正经点。"说完，自己笑出了眼泪。

这几天，虽然行程很紧，但谢莉莉是轻松的。

多年的夙愿实现了。

这些年来，在王大伟和丁秀丽的呵护下，女儿幸福地生活着，聪明、美丽、乖巧，讨人喜爱。虽然暂时不能和她相认，但谢莉莉相信总有一天会遂愿。谢莉莉甚至想好了，等女儿大学毕业后，送她去国外留学，然后让她在香港找个工作，这样就有机会经常和女儿在一起。

谢莉莉止住了笑，说："别闹了，说点正经的，你们帮我参谋参谋，我应该投资什么项目？"

王大伟先回答："你如果要投资纺织机械，我认为清濛开发区比较合适，各项基础设施很好，优惠政策不少。至于投多少钱，买多少地，建多大的厂房，这个要你自己掂量。你如果想在其他行业投资，让龙区长帮你出主意。比如，在市中心弄块地搞房地产啊，或者投资酒店啊。另外。云顶的旅游项目和村办企业也可以投资。"

龙斌说："想投资什么项目，关键是莉莉要有一个目标。投资纺织机械，把台湾的先进技术引进到大陆来，肯定很受欢迎。晋东、狮城有现成的市场。但我认为，刚开始不宜搞得太大，先探探路，熟悉大陆的情况后再扩大规模。如果投资其他行业，你自己并不是很熟悉，除了资金以外，没有什么特殊的优势，应该慎重一点。"

龙斌分析得头头是道，谢莉莉听了直点头，但王大伟却不以为然："资金优势就是最大的优势。现在的刺桐，正是一个百业待兴的好时机，许多行业都是空白。你要大胆尝试，抢占先机。只要是十年、二十年前在台湾、香港流行的，我看都是好的商机。房地产、酒店、大型百货、超市，甚至医院、学校、金融证券、珠宝、汽车贸易等，哪一个不是可以投资的行业呢？当然，有的行业，政策有所限制，不好进入。至于熟悉不熟悉，只要入了这个行当，你就会去学习、去熟悉。我要是资金多一点，我才不管熟不熟悉，看好了先冲进去再说。"

"你这是无知者无畏。"龙斌揶揄道。

"爱拼才会赢，我们刺桐人不就是靠这种精神，闯出了一片天地吗？你想想，一群'土包子'、农民兄，刚刚洗脚上岸，对哪个行业熟悉呢？还不是先干了再学，边干边学吗。"

"你说的这种精神我很赞同，但我们现在是在帮莉莉找投资项目，而不是让莉莉去冒险。你让她一个人回到刺桐，面对那些从来没做过的行业，这个风险太大了。"龙斌的一席话隐含着对谢莉莉的关心与体贴，谢莉莉听了，心里暖暖的。

"企业家就是要有冒险的精神，要不，干脆把钱存到银行里最安全。何况，莉莉回到刺桐投资，我们可以帮她的忙，有什么好怕的。当然，你这当区长的，有时不太方便出面。"王大伟觉得龙斌是有意避嫌，便故意刺激他。

"你看你扯到哪里去了？该我出面的我一定出面，有什么方便不方便？"龙斌有点急了。

眼看着两个大哥哥争了起来，谢莉莉赶快打圆场："好了，别争了。这样吧，我回去后和家里人商量商量，我们先投资一个纺织机械的项目，争取再拿出一部分资金做别的投资。至于具体做什么项目，你们两个帮我决定。但有一个条件，就是大伟也要投资，我们一起合作，你们看可以吗？"

王大伟说："我求之不得，你只要愿意投资，我手上的项目一大把。"

"你小子越来越狂了，项目一大把，并不代表都是好项目，要学会科学决策和风险控制，你懂吗？"龙斌顶了一下王大伟。

"项目好不好，你来挑，这样总可以了吧。莉莉，我们投资什么项目，由龙区长决定。我们一起紧跟党，党叫干啥就干啥。"王大伟说完捏紧拳头抬起右臂，右脚向前迈出弓步，做出一个当年红卫兵跳忠字舞的舞蹈动作。

谢莉莉被逗笑了，龙斌一拳打在王大伟的肩膀上。

第二十五章

在王四博的游说下，王大伟最终以五十万元现金加十万元签单权将环亚酒楼转让给了王金虎。而王四博从王金虎那里拿到了四十五万元的差价。

王大伟在这个项目里亏掉将近一百万元，而王四博拿到的四十五万元回扣，又被王亚峰怂恿着投到他的生意里面。王亚峰还鼓捣着王四博，让他干脆跳出来，到鹭岛他的公司里上班，他正缺人手。王四博思量再三，钱可以投进去，人却不敢投进去。以二哥和整个家族的关系，他不想站在父母亲、大哥、三哥的对立面。

酒楼转让给王金虎后，王四博暂时失业，生活没了重心，轻飘飘的，心里便琢磨着找大哥弄点事情做做。

到了厂里，韩天华把工厂管得井然有序，他插不上手，王大伟也不想让他插手，坐了一天的冷板凳。

第二天，王大伟让他去新厂房的工地看看。望着满是尘土、泥浆的工地，他待了不到半天便溜回酒楼，与小宛、倩倩吃火锅。直到下午，王大伟打电话给他，让他赶到谢莉莉家的老宅见面，他才依依不舍地告别了小宛和倩倩。

王四博来到谢莉莉家的老宅，王大伟和金水建筑公司的老板陈金水已经到了一会儿。

王大伟新的厂房由陈金水承建，谢莉莉家的老宅也交给他修缮，王大伟比较放心。陈金水前前后后勘察了半天，提出明天让技术员来计算工程量，再报一个价格给王大伟，说完先走了。

王大伟推开西厢房的门，王四博人还没进屋，眼睛已被床上那一对太师椅吸引住："一定是个好东西。"

王四博迫不及待地想登上床去看看，被王大伟叫住了："你急什么啊？先把它扛下来，等一会儿弄回家再看也不迟。"

"弄回家？莉莉把它送给你了？"

"是的。"

"大哥你发财了，这一对椅子一定很值钱。"

"一对椅子能发什么财啊？再说了，莉莉送给我，值钱不值钱都要好好珍藏，懂吗？"

"莉莉为什么不送给龙斌，而把它送给你呢？"

"你别问那么多为什么，这对椅子搬回家摆到大厅里，其他屋里的东西你处理，有用的拿走，没用的扔掉，今天把屋子清空，明天工程队要进场。"王大伟说完走了，留下了王四博一个人。

王四博回到屋里，打量着剩下的物件，一套旧式的家具品相不错，总算有点收获，其他没啥好东西。

王四博有点失望。心想，谢莉莉家好歹算是大户人家，怎么只剩下这点东西，祖上难道没留下什么值钱的，比如瓷器啊，字画啊？

他一个个打开衣柜、抽屉，除了一尊"文化大革命"期间红旗瓷厂烧制的毛主席全身塑像，还有一大包的信札、笔记本外，剩下的是一些旧衣服、棉被、玻璃搪瓷用品。谢莉莉虽然家境殷实，但后来，她的伯父去了菲律宾，带走了不少祖上留下的宝贝。"文化大革命"期间，损毁了许多字画、古书籍。她的父亲去香港时，把仅有的几件玉器和古玩也带走了。

王四博叫来两辆人力三轮车，指挥他们把太师椅和家具搬上车，自己手捧着那尊白瓷的毛主席塑像和一大包信札、笔记本，浩浩荡荡回到王家老宅。

王四博小心翼翼地把一对太师椅放在客厅的正中央。然后，他慢慢解开绳子，拿下被单，一对造型典雅、雕工精美的太师椅闪着幽幽的光泽，王四博一下子被镇住了。他知道，这一对太师椅应该有一些年头了，但具体是什么年代的判断不出。由于十几年来没人打理，这对太师椅上有一层薄薄的灰尘。

王四博叫来李婵当助手，拿着刷子、肥皂粉，提着两大桶水，在天井里准备为这一对椅子做清洁美容。

正在这时候，王奇山回来了。

当他一脚跨进大门时，看到王四博提起一大桶水正要往椅子上浇下去。

"停下！停下！这是谁的椅子？"王奇山喊着话，急走两步，来到这对椅子前，用手轻轻拂去坐板上的浮尘，眼睛紧紧盯住扶手上那一层包浆。

"谁？莉莉送给大伟？"王奇山终于听明白王四博的解释，他站了起来，退后两步，双眼眯着，看着太师椅好长的时间。

王四博和李婶站在边上不敢吭气，李婶的手里还提着一个热水瓶。

王奇山回头看看王四博和他准备的工具，气呼呼地说道："要不是我刚好回来，这对椅子就毁在你手里了。我看，这些年，古董你是白玩了。"说完，示意李婶把热水瓶拿走。

王四博喃喃地说道："上面有好多的灰尘，我想把它洗干净一点。"

"你这粗暴的一洗，把它浑然天成的包浆洗掉，犹如焚琴煮鹤、牛嚼牡丹啊。况且，热水一浇，强烈的热胀冷缩，它的榫卯结构就会松动，用脑子想想好吗？去，拿一把小板凳，找一块软布，再弄点酒精来。"

王奇山非常虔诚地用软布和稀释后的酒精慢慢地为椅子拭去浮尘，每一个角落、每一道缝、每一条雕刻的纹路都擦得非常认真细致，直至全部干完后站起来，腰弓着好久才慢慢拉直。他让王四博把椅子搬到大厅中央，拿来一台电风扇，把风量调到最小，摇着头对着椅子吹。

王奇山坐在八仙桌前，一边品着铁观音，一边欣赏着这对精美绝伦的太师椅。

王四博刚才被父亲的一阵数落，惊出一身冷汗，心里不由得佩服父亲的经验："爸，这对太师椅是紫檀的吧？您看它是什么年代的，现在值多少钱呢？"

"你小子怎么老是想到钱呢？"

"因为知道多少钱才能判断它的价值呀。"王四博争辩道。

"又不是要把它卖掉，你管他值多少钱干吗？你大哥肯定是不会卖掉它的，否则的话，就辜负了莉莉的一片心意。要我说啊，这对椅子应该还给莉莉，太贵重了。"

"唉，人家已经送出来，您还想退回去？况且，莉莉家的房子要翻修，以后可能要出租，没地方放置这对宝贝。只有您才懂得欣赏它、珍惜它，所以啊，这对椅子摆在我们家最合适，算是找到一个最好的归宿。"

人老了，年纪大了，像小孩子，喜欢听听奉承的话，王奇山被王四博的几句马屁话拍得心头美滋滋的。"是啊，这对紫檀太师椅放在莉莉家，这十几年来不见天日，今天在我的手里重新焕发出迷人的光彩。"

王奇山拿来一块绒布和一盒家具蜡，慢慢地、薄薄地给椅子涂蜡，一边擦拭一边给王四博讲解着椅子的特征："从纹路、色泽和重量来看，还有这特有的牛毛纹、金星，材质无疑是上等的印度小叶紫檀。椅子做工精美，用料考究，格调华贵，雕刻和镶嵌都非常繁复，而且用料不吝惜，应该是出自广州的工匠。你看这椅面只用了两块板拼起来，能找到这么宽的紫檀板不容易啊。"

王奇山挪了一下小板凳，开始给第二把太师椅打蜡："这是典型的清式太师椅，靠背、扶手、椅面相互垂直，结构四平八稳。从它雕花的式样来看，应该是康乾时期的。绸缎般的光泽，自然的包浆，'横向走刀不阻'的特质，雍容华贵、精美绝伦啊！"

王四博小心地在第一把太师椅上试坐了一下，腰挺得直直的，双手僵硬地放在两边雕着如意纹的扶手上："这椅子不好坐，硬邦邦的。"

王奇山一把将王四博揪离了椅子："坐你的沙发去吧。这椅子就是为了让人坐着威严、挺拔，坐出官威，坐出精神来。现在的人啊，腰不直，胸不挺，都是被沙发给惯坏的。"

不一会儿工夫，王奇山把一对太师椅擦得铮亮，他把它们摆在客厅的右侧，像欣赏宝贝一样，看了老半天，最后自言自语道："要是中间再配上一件茶几，那就更加完美了。"

站在边上的王四博一听，心里便有了念头。

终于在半年后，王四博从仙游淘来一张茶几，放在这对太师椅的中间，像是原配的一套。

王奇山开心得不得了，找淑媛拿了两万元给王四博，还说这两万元买一个茶几非常划算。

其实，王四博只花了五千元。

王大伟和杰克陈一起来到了修葺一新的谢家番仔楼。杰克陈特地从香港请来一位设计师，准备把这座老宅改造成一个古色古香的茶馆。

自从喜欢上铁观音，杰克陈是如痴如醉，乐此不疲，像着了迷似的。

因对生活品位的追求和从小练就的灵敏味觉、嗅觉，杰克陈对铁观音的参悟已经到了很高的境界。王大伟喝了几十年的茶，只是停留在略懂的层次，而杰克陈接触铁观音才短短几年，已经到了成精的地步，讲究茶，讲究水，讲究火，讲究壶，讲究喝茶的意境，一切都追求极致。在他的办公室和家里都常备有各种茶具。出差时，他要带上两把大小不一的紫砂壶。在他的汽车后厢，有一套旅行茶具。为了准确地根据茶壶大小确定茶叶的投壶量，他甚至配置了一台微型的天平。

杰克陈跑遍了铁观音发源地的著名产茶区，结交了许多种茶、制茶的行家。每年的铁观音茶王赛，他都赶来捧场。铁观音茶王赛的拍卖会上，他更是频频举牌，志在必得。他甚至冲到茶乡去包茶山、包茶青（刚从茶树上摘下的茶叶），再把茶青交给指定的制茶师傅，按照自己喜欢的口味进行调制。

经过几年，杰克陈已成了得道高人，观茶汤、闻茶香、品茶韵样样精通，讲起茶来如数家珍。

两年前，他在香港铜锣湾开了一家茶店，以售卖铁观音为主，兼营一些大红袍、普洱、龙井。刚开始时，他就有意识地引入品牌战略，注册了商标，名叫"天韵"，寓意"此韵只应天上有"。

在杰克陈看来，铁观音最诱人的是它特有的韵味。

铁观音的香气，空谷幽兰、灵妙馥郁。

铁观音的韵味，绵绵回甘、清远隽永。

粗俗人喝铁观音，只会兴奋地喊出一声"香"。真正的茶客，才能品出铁观音那种若有若无、似酸非酸、令人神驰的韵味。这种特有的"天真味"和"圣妙香"就是人们所说的"观音韵"。

当如兰似桂的茶香飘进鼻腔，直抵天眼；当双目微闭，让茶汤尽情地在唇齿间滚荡；当一股或浓郁或甜爽的滋味冲击着两腮；当绵绵不绝的回甘从喉底慢慢升腾后，舌根生津、醍醐灌顶、天门顿开、气脉畅通、神思飘逸、虚静空灵、两腋生风、物我两忘，杰克陈搜肠刮肚，想尽了各种词语来形容都未能完全达意。这种感觉只可意会，不可言传，不同的环境，不同的心境，不同的情景，都有不同的感悟。

杰克陈试图用品尝红酒、品尝雪茄来比较，这些同样用鼻子、舌尖的感觉来体验的享受，却比品茶少了一份让人心醉的隽永和余韵袅绕。

古人有很多的诗词描写了品茗后的心境，温庭筠的"疏香皓齿有余味，更觉鹤心通杳冥"，陆游的"舌根常留甘尽日"，卢仝的"五碗肌骨轻，六碗通仙灵，七碗吃不得也，唯觉两腋习习清风生"，白居易的"或吟诗一章，或饮茶一瓯。身心无一系，浩浩如虚舟"，而苏东坡的"清风击两腋，去欲凌鸿鹄""意爽飘欲仙，头轻快如沫"更是把这种意境推到极致。

杰克陈爱茶、懂茶，俨然是一个茶痴。

杰克陈同时是一个商人，商人爱茶，少了一分铜臭，多了一分清雅，但商人总归是商人，在品茶的同时，他嗅出了商机。

铁观音在日本、韩国乃至东南亚有着广泛的市场，只是以前的出口渠道都是由国营茶叶公司垄断，品牌知名度不大，市场占有率低，经营观念落伍。

改革开放后，茶商的积极性高涨，涌现出许多经营铁观音的大型企业，在种茶、制茶、包装、营销等方面有了长足的进步，许多品牌的知名度享誉海内外。

茶乡政府将铁观音作为支柱产业，大力扶持茶业发展，每年组织铁观音茶王赛，制定了"中国茶都"的发展战略。作为中国乌龙茶之乡，正在焕发出勃勃生机，以铁观音为主的乌龙茶受到了广大消费者的青睐。

杰克陈嗅到了这个巨大的商机，他将香港铜锣湾茶店的经营模式和品牌战略引入内地，以"天韵"品牌为注册商标，统一标识，统一价格，采取自营和加盟相结合的经营模式，短短的两年来，已在深圳、广州、上海、鹭岛、闽都等地设立了十几家连锁店。

在不断扩大销售网络的同时，他在茶乡投资建设茶叶种植基地和生产加工工厂，引进先进的机械设备和制茶工艺，借鉴法国葡萄酒庄园的管理模式，建立可追溯的质量管控系统，坚持产品标准化生产。

杰克陈多年的工厂管理和市场营销的经验，让他在经营中很快摸索出一套完整的质量管控体系和"天韵"品牌战略营销模式。现在，他正在全国各大城市加速他的品牌连锁店建设。这次到刺桐，刚好听王大伟提起谢莉莉家的番仔楼，他突发奇想，准备把它改造成天韵茶馆。

杰克陈昨晚请香港来的设计师到古厝茶馆喝茶。

古厝茶馆位于后城巷一座燕脊飞檐的闽南红砖大厝中。这座古大厝与王大伟家的房子很相似，只是年龄更老。

香港来的设计师兴奋不已，啧啧称奇，说他从来没见过如此富有特色的民居。

茶馆几乎没有什么装饰，只是巧妙地利用了闽南建筑的风格，原汁原味地保留着独特的味道，在客厅，在天井，在走廊，随意地散落着八仙桌、竹椅子，余音绕梁的南音更是声声入耳地渗透进骨髓，让人在品茗时多了一份时而清越时而幽怨的心灵体验。

香港来的设计师之前没听过南音，但音乐是相通的，他已经被深深吸引住了。看着他随着拍板（南音演奏的乐器）的节奏摇头晃脑，杰克陈想不到，这位外表时尚的年轻人，对南音这种古老乐曲的喜爱如此强烈。他买了两盘南音光盘送给设计师，没想到一转身，设计师自己又去买了十盘，说是要带回香港送人。

今天，设计师在番仔楼里前前后后、楼上楼下看了一遍后，郑重其事地向杰克陈说道："陈先生完全没有必要浪费一笔设计费。"

没等杰克陈反应过来，设计师继续说道："昨天晚上的古厝茶馆给了我很大的启示。闽南的传统文化源远流长、丰富多彩，从建筑、服饰到戏曲、音乐都有着强烈的色彩，这些元素就是最好的设计灵感。其实，连设计都不用，直接把这些素材拿来应用。比如，你可以让服务员穿上惠港女的服饰，你可以把南音的乐器挂在墙上，你可以把旧建筑、旧家具的金漆木雕拿来当画框，你可以把惠港的石雕用来做石桌、石椅、灯笼，你还可以把木偶的傀儡头和高甲戏的戏服用做墙上的装饰物。总之，尽量减少现代的东西，注意把灯光和空调出风口处理好就可以了。所以，你没必要请设计师重新设计。"设计师一口气把他的构思全盘托出。

"你的这个创意很好。我也曾经想过，如果是外地游客，应该会喜欢。但是，你让本地人面对这些非常熟悉的东西，会不会产生审美疲劳呢？"杰克陈有点把握不准。

设计师想想觉得有道理，自己是第一次看到这些新鲜的东西，如果时间久了，会百看不厌吗？"你的市场定位是以本地消费者为主呢，还是以外地游客为主？"

"我看两者都要兼顾。"王大伟插了一句话。

设计师想了想，说："这座建筑是西洋风格，与古厝茶馆的闽南建筑有所不同，可以在这方面做做文章。比如，把一些房间设计成西洋风格，让消费者多一个选择。"

"严格讲是南洋风格，这些建筑都是旅居东南亚的华侨回国建造的，带有南洋的特色。而南洋又受到西方的殖民统治，自然带有西洋建筑的符号。你动动脑筋，如何把各种元素有机地整合起来，设计出一个既保留传统的闽南特色，又吸收外来文化色彩的有创意、有品位的茶馆。记住，我要的不是简单的闽南文化元素的堆砌，更不是不伦不类、不洋不土的怪胎。紫砂壶装咖啡，或者穿西装配布鞋，都是让人难以忍受的。"

杰克陈的话在设计师听来有点刻薄，但他喜欢这样的客户，有主见，有追求创新的勇气，这样的案子对自己是一种很好的挑战。

王大伟说："我让四博带你到处走走，更多地接触一些典型的闽南文化特色。有几个地方是一定要去的，刺桐海外交通史博物馆、闽南建筑博物馆、开元寺，相信对你的设计是有所帮助的。"

王大伟给王四博打了一个电话。王四博表示，一会儿就到。

挂完电话，王大伟忽然觉得这几天很少见到王四博，不知他在忙乎什么。心想，该给他找点事情做。

王四博一直嚷着要搞广告、装潢，执照申请好了，可拿不到业务。大环亚公司每年的广告费开支不少，但大都在外地的杂志、电视上投放，王四博使不上劲。

王四博说，现在流行卡拉OK，想搞一个KTV。王奇山坚决反对，还一再叮嘱王大伟，凡是王四博想搞的项目，一定要让他老人家知道，实际上是要他批准才可以。

王四博这些天整天待在家里，谢莉莉的一大包信札、笔记本引起他极大的兴趣。刚拿回来时，他并不在意，有一天闲来无事，顺手拿起来翻一翻，却发现了许多尘封的历史。

刚开始是窥探隐私的好奇，后来慢慢读出那个陌生年代的动荡与辛酸。有一些是谢莉莉父母亲在历次政治运动和"文化大革命"中的各种读书笔记、大批判文章、亲友之间的往来信件，每一篇文章、每一封信都带有强烈的时代色彩。对于王四博来说，这些是遥远的、陌生的，同时又是有趣的、新奇的。

引起王四博更大兴趣的是属于谢莉莉的几样东西，少女怀春的诗稿，绸缎封面的读书笔记，红色塑料套的《毛主席语录》，大大小小的毛主席像章，同学的合影和相互馈赠的学习用品。

王四博怀着一丝好奇，总想找出一些带有谢莉莉个人隐私的日记或书信。但谢莉莉去香港前，已经把这些东西付诸一炬，只留下一缕轻烟。

王四博匆匆地浏览完一本读书笔记，合上封底时，忽然感觉到塑料封皮的夹层里有些异样。掏出来后，是两页发黄的信笺，当他看完后，血脉偾张、心头狂跳。

原来，这是谢莉莉在临去香港的前夜写给龙斌的信。谢莉莉用写信的方式，默默地向龙斌倾诉着她的无奈和痛楚，述说着对女儿的不舍和对前途的渺茫，字里行间有着撕心裂肺的痛。

恰恰是因为谢莉莉没想要把这封信发出，因此她把两张信笺夹在笔记本封皮的夹层里。当她匆匆地把所有的日记本、信件投入火中时，她遗漏了这封没有发出的信。

面对这个惊天秘密，王四博有点不知所措。

他知道龙斌和谢莉莉谈过恋爱，但没想到他们留下了一个女儿，在谢莉莉去香港之前送给了永德山区的村民。

王四博努力让自己狂跳的心平静下来。

这次谢莉莉回来，好像看不出有关这件事的迹象，难道就当什么事都没发生过？谢莉莉不会这样冷酷吧？看她那天晚上认王莉为干女儿时，表现得那么动情，富有母爱，怎么会把自己的亲生骨肉忘得一干二净呢？

王莉？干女儿？

王四博忽然想起王莉是大哥和大嫂抱养的，抱来时才两岁。

王四博算了算时间，王莉和谢莉莉女儿的年龄一样，会不会王莉就是谢莉莉的亲生女儿呢？

王四博脑子灵光乍现。

没错，应该是，肯定是！

从年龄来看，从外貌来看，从抱养的地点等各个特征，都符合这个逻辑推理，难怪谢莉莉看王莉的眼神充满着盈盈的母爱。可是，谢莉莉为什么要认王莉为干女儿呢？为什么不直接认回女儿呢？

王四博想了一个又一个的问题，忽然想起了另一个关键人物：龙斌。

一个正步步高升的政治明星，突然有了一个私生女，那可是会在官场引起地震的爆炸新闻。

大哥、大嫂和谢莉莉一定是出于保护龙斌的原因而隐藏着这个秘密。那么，除了我王四博，还有谁知道这个秘密呢？

王四博把周围的人想了一圈，想不出有谁能够知道这个秘密，连父母亲都不知道，二哥、三哥应该也不知道吧？看来只有我知道了，可知道了又有什么用呢？有什么好处呢？

王四博反倒觉得多了一份精神负担，既然大哥大嫂要保守这个秘密，自己只能跟着保守秘密。

想到这，王四博拿起打火机，有点不舍地点燃了两张泛黄的信笺。

随着一缕青烟升起，两张信纸化为灰烬。

一段苦涩的历史，在它微微扬起一缕青烟后又归于平静。

可这段历史又怎能被遗忘、被尘封呢？

手机的铃声响了，是大哥让他陪香港来的设计师去搜集设计元素，寻找设计灵感。

王四博平复了一下紧张的情绪，赶到了谢莉莉家的番仔楼。

淑媛准备了一副"三牲"，来到帝爷公烧香。

帝爷公准确讲应该叫"关岳庙"，因为这里供奉着关羽和岳飞两位神祇，但刺桐人习惯叫"帝爷公"。

这座关岳庙每日香火不断，香客络绎不绝。要是圣节日，更是盛况空前，人山人海，整座庙烟雾缭绕，这道风景恐怕在其他城市是很难见到的。

淑媛虔诚地把"三牲"摆在帝爷公塑像前面的长案上。

"三牲"有公鸡一只、猪脚一个、黄花鱼一条。这"三牲"可是有讲究的，公鸡杀好后要扎出一个造型，鸡头要挺起来，鸡尾还要留有一撮长长的毛，用水稍煮，让它的造型固定；猪脚是带猪腿肉的，先放到开水里煮一煮，半生不熟；而黄花鱼则整条放到油锅里炸过。

淑媛摆好"三牲"后，在帝爷公庙门前的烛亭里点上一对红烛，然后点燃了一大把的香，举过头顶，先背对关岳庙，仰望苍天念念有词，然后转身对着帝爷公再次念念有词。接下来按顺序在大门两旁、大殿的左右两侧，各位神明塑像面前不断念念有词，磕头顶礼膜拜，见到香炉就插上三炷清香。

最后，把剩下的香全部插在庙前的大香炉里，然后回到正殿，跪在帝爷公塑像面前，双手合十，神情肃穆，饱含期盼地看着威严的关帝爷，口中继续念念有词。

这几年，眼看着孩子们事业顺畅、生意红火，因此淑媛经常到这座庙、那座寺烧烧香，捐点香油钱。但她始终有块心病，就是王亚峰和家人的关系。

淑媛几次让王四博做王亚峰的工作，但不见成效，因此她心里既难过又烦恼。每每在神明面前，淑媛除了祈求全家大小平平安安、顺顺利利外，都要特地祷告，企盼王亚峰能够回心转意，与父亲、兄弟重归于好，一家人和和睦睦。

但几年来王亚峰与父兄的关系一直是剑拔弩张，表面上老死不相往来，暗地里怨愤渐重，互相较劲，这让淑媛怎么能够不着急呢？

其实，迷住王亚峰心窍的就是一个字——钱。

淑媛回到家，看到王奇山正坐在大厅的八仙桌前，聚精会神地写毛笔字。

老爷子的身体这几年差了许多，除了重要的会议，基本上很少出门。前一阵子，早上还到清源池边的工人文化馆去锻炼，现在不去了，改在家里做甩手操。只有一样东西比以前多了，那就是练书法。王奇山每日在家都要做功课，一手临摹弘一法师的法书几可乱真。

直至今日，王奇山日渐清心清闲，心定气闲，多多少少悟出一些弘一法师书法的意境，但离禅境的"雅逸恬淡、枯寂孤清"差得很远。在常人眼里，已是十分相似，但在他自己眼里，这种差距却是一道今生无法跨越的鸿沟。

今天王奇山临摹了一对对联："大悲念一切，慧光照十方。"这是弘一法师在六十岁时写的一副华严经偈颂集句对联。王奇山写后甚觉满意，与原稿比较，看得出有较大的出入，虽形似差了一点，但反而因王奇山眼花手颤，显得笨拙质朴，多了一点枯寂孤清。

王奇山沾沾自喜地看了老半天，正在这时，淑媛走进了大门。

淑媛来到王奇山身边，本想和他谈谈王亚峰的事，但看王奇山心情很好，便不忍心去破坏老头子的雅兴。一提到亚峰，老头子就要发脾气，这父子俩八字相冲。唉，算了，回头找四博谈吧。

吃过晚饭后，淑媛来到王四博的房间。王四博一听是为大哥、二哥的事，就说："妈，您别操这份心了。他们虽然不来往，但相安无事。您硬要把他们拉到一起，反倒容易生出事端。"

"可你二哥现在不回来，好像被逐出家门似的，我心里不安。"

"当初，是爸爸不认这个儿子的。"王四博有点替二哥喊冤，他的几十万投到二哥的生意中，为二哥说两句公道话也在情理之中。

"你爸爸的脾气你又不是不知道。你劝劝你二哥，让他消消气，这么多年过去……"

淑媛还没说完，王四博不耐烦了："我已经劝过好几次了，可他说问题还没解决，他投到公司的钱一分没拿到。"

"唉，当年你大哥不是给了他一大笔钱吗？怎么能说一分钱没拿到呢？"

"他说他不缺钱，他要的是公道和面子。反正，我说不过他，所以啊，这事难办，除非……"王四博说到这停下来，好像不太想说。

淑媛急道："除非什么呢？你说呀，只要是有办法让他回心转意，再难的事都要争取。"

"除非爸爸和大哥同意他从大环亚公司退股，如果他得到比较满意的回报，说不定气就消了。"

"可是，这样不就分家了？"

"他的股份在大哥手里，每年赚多少钱都不知道，又不能参与经营，他能放心吗？这样的合作有意思吗？既然合不来，干脆分开。是好是坏，自己好认了。生意是分了家，说不定兄弟的情分反倒有了。"

王四博的话，实际隐含着对大哥的一些不满，他也希望能够自立门户。

"宁为鸡头，不为凤尾。"刺桐人个个都想自己当老板。

淑媛觉得王四博说的话有点道理。既然合不来，那就各人做各人的"代志"，相互之间可以少一些矛盾。

想到这，淑媛觉得应该找大伟谈谈。刚好第二天王奇山去出席侨代会，一大早被侨联的车接走，王大伟吃过早饭后，母亲把他叫住了。

"大伟，妈跟你谈点事。"

"什么事，您说。"王大伟一边回应着一边拎起公文包。

"你和亚峰的事。"淑媛一看王大伟急着要走的样子，就直奔主题。

"我和亚峰的事？"

"我是说你们兄弟俩的关系，老死不相往来，总不是办法。"

"妈，这事不能怪我。有几次我主动给他打电话，他哼哈两句就把电话挂了，见到我就远远地躲开，您叫我怎么做呢？"

"这么多年过去了，怎么就不能相互让着点？"淑媛拍了拍王大伟的手。

"我已经够让着他了。您知道他在背后怎么说我吗？他对四博说，是我霸占着公司，财务很乱，很多费用花销不清不楚，赚的钱都进了我自己的腰包。"王大伟提高了嗓门。

"亚峰怎么能够说出这种话呢？"淑媛嘴里这样说，心里却怪起了四博，不该把亚峰的话告诉大伟。

"还好，出纳是他老婆的表妹曾小婷，所有的现金进出都是她在经手，要不我可真说不清。"王大伟放下公文包，抽了一支烟，情绪稍稍平复了一点。

看到妈妈在抹眼泪，王大伟不忍心让母亲难过，便安慰道："妈，您不用担心，该是他的钱，我会一分不少地给他。要不是爸爸不让他把股份分出去，我何必干这种吃力不讨好的事呢？帮他赚钱还要让他说三道四。"

"要是把生意分开了，让他自己做，说不定心里的结就解开了。"淑媛试探性地说着。

"只要爸爸同意，我没什么意见。"

淑媛一听王大伟的态度，心里略为宽慰，"你要答应妈妈，生意分开了，兄弟不能没了情分。你是大哥，对弟弟们让着一点也是应该的。看在爸爸、妈妈的面上，哪怕吃点亏，好吗？"

望着母亲饱含泪水的眼睛，王大伟心里有了一丝自责。

这些年，整天忙着生意，只顾着挣钱，忽略了许多亲情，对父母、对妻儿、对兄弟似乎都淡漠了该有的关爱。母亲头上的白发和脸上的皱纹又添了不少，兄弟之间的矛盾肯定给她带来很多的烦恼。

"妈，您放心吧，我找个时间做做爸爸的思想工作。说服他可能会比较难，但我会想办法。只要亚峰愿意回家，什么样的条件我都可以答应。"

王大伟答应了母亲，说服父亲却很难。

当王奇山一听要让王亚峰把股份拿走，只说了一句话："这些年他不认这个家，还想分什么股份？"

王大伟反复解释，当年在与杰克陈合资时，王亚峰的个人名下是有股份的，这些股份是受法律保护的，和他认不认这个家没关系，现在分开也许更好，以后企业的规模越来越大，分走的钱就会越多。

王大伟理由说了一大箩筐，总算让王奇山松了口："要分可以，让他把股份拿回来，最多给他一点利息。你看看，这些年他为这个家都做了什么贡献？趁早让他滚蛋也好，免得做出什么辱没祖宗的事来。"

　　王大伟心想，父亲同意分开就行，至于怎么分，到时见机行事，只要不让母亲忧心，只要亚峰能够回归家庭，让他多拿一点也无所谓。想到这，他便对父亲说："公司股权的变更有一套很严密的操作程序，我们交给律师去办，您不用担心。"

　　王奇山一听交给律师去办，放心了许多，但最后叮嘱了一句："你要把好关，别便宜了那小子。"

第二十六章

王亚峰和王金虎一起站在莲花山的半山腰上，察看着周边的地形。

刚才，两人沿着崎岖的山路，好不容易爬到这里，已是气喘如牛。

王亚峰显然被眼前的美景吸引住了。波光潋滟的洛阳江水缓缓从山脚下流过，江边的滩涂上长满芦苇和红树林，随着阵风掠过，荡出了绵绵不绝的波涛。几只白鹭从红树林中飞出，展开双翅滑翔着向江面俯冲，一会儿又飞回树梢。

王金虎坐在一块石头上，解开胸前的衣扣，不停地扇打着衣襟，鼓起的将军肚时隐时现。他抹了一把脸上的汗水，咕嘟道："这是什么鬼地方，王大伟和龙斌的眼光怎么会看中呢？"

"风景不错嘛，你看这周边，有山有水。"

"风景好有什么用。路不通，山又高，周边都是一些鸟不拉屎的石头坡，别说建工厂，就是搞房地产也不划算。这些道路、供水、供电等基础设施要投入多少钱啊？虽然离市区不远，但要绕那么远的路才能到达，谁愿意来这里买房子呢？"王金虎一口气数落出很多的缺点。

听王金虎这么一说，王亚峰觉得有一定的道理。是啊，虽然四周的风景不错，可坡度这么大的地方根本不适合建厂房。除非是依据山地地形建别墅，但建别墅同样要投入大量的基础设施配套。难道王大伟和谢莉莉没算过这笔账吗？他们不懂还说得过去，龙斌怎么会不懂呢？听说这个地方是龙斌推荐给王大伟和谢莉莉的。

听说，谢莉莉第一期投资两百万美元创办了一个生产纺织机械的工厂，厂房是租赁的。第二期三百万美元的投资和王大伟合作，计划建设一个小型的工业园区。王大伟和谢莉莉自己需要一部分厂房，另一部分用来出售或出租，这个工业园区已经选址在这里。另外，还在云顶投了三十万美元，由王大伟帮她统筹。

"你会不会搞错啊？这里的土地白送给我都不要，根本没有一点开发的价值。龙斌和王大伟那么精明的人会看上这地方？以龙斌现在的权力，要想选一块好地还怕找不到，偏要到这种鬼地方来。我看算了，我们不要陪他们玩了。"王金虎一边说着一边站起来扣好扣子，准备往山下走去。

王亚峰从手提包里拿出一份图纸看了看，肯定地说道："不会错，图纸是四博给我的，他这几天一直在办理土地手续，他们要的就是这座山。"

"我看啊，他们是在为自己挖掘坟墓。我们撤吧，另外找地方去，明天我跑一趟土地局、规划局，只要有钱投资，还怕没有好的土地？何必跑这里来跟他们一起冒险？"

"不行！"王亚峰斩钉截铁地说道，"只要他们买下这座山，我就把他们前面的地买下。到时，让他们来求我，要不，我让他们没路过。"

王亚峰声音虽然不大，但牙齿咬得紧紧地，听起来有一股寒意。

王金虎想不通，这兄弟俩怎么会有如此深仇大恨，王亚峰铁了心找上门死磕。虽然自己心里对王大伟、龙斌很不爽，一直想找个机会给点颜色看，但还不至于不计成本弄个鱼死网破。

想到这，王金虎继续劝导王亚峰："算了，另外想办法吧，犯不着把这么多的钱扔在这里，没有一千八百万可搞不了什么名堂。"

王亚峰瞪了王金虎一眼："别说一千万元，就是两千万元、三千万元，我也要堵死他。要不，这口气我咽不下。你要是不想搞，我自己来。"说完给了王金虎一个鄙视的眼神。

王金虎现在的走私生意都仰仗着王亚峰，自然不太敢跟他顶，但心里却恨得咬牙切齿，"你和王大伟一个德性，骨子里就是瞧不起我王金虎。要不是现在靠着你赚几个钱，老子才不伺候你呢。"

心里虽这么想，但王金虎毕竟是江湖中人，能屈能伸，马上赔着笑脸："你把我王金虎看成什么人了？为兄弟两肋插刀，只要你想搞，我一定奉陪。虽然我的资金有限，但我一定全力以赴。"

王亚峰口气缓和了一点："你跑一趟土地局、规划局，争取把他们前面的土地拿下来。记住，不要用你我名下的公司，最好弄一个查不到底细的公司去拿地。至于土地的钱，你看着办，想占多少股份你出多少钱。如果不想出钱，给你百分之十的干股，够意思吧？"

王亚峰话音一落，王金虎马上说道："行，行，你说了算，只要能够帮你办成这件事，我拿不拿干股无所谓。"

王亚峰笑了笑："你赶快去办，一定要快。"说完转身往山下走去。

两人一路无语，但都各怀鬼胎，打着自己的算盘。

王亚峰心想："既然你不出钱，还要拿走百分之十的干股，哪有白吃的午餐。接下来的几票生意，只要我把价格抬一抬，百八十万的利润就到了我手上。"

而王金虎想："百分之十的干股我是要定了，我还可以从中赚点差价，反正一亩地差个一万两万是很正常的。你王亚峰的钱那么好赚，该给弟兄们一点好处吧。"

刚走到车旁，王亚峰的手机响了。

王金虎发动好车子，王亚峰却一直不上车，站在外面听电话，最后只说了一句："我马上回来，你在酒楼等我。"看样子有重要的事情，王金虎不好多问，两人回到了金虎大酒楼。环亚酒楼的牌子已改成了金虎大酒楼。

刚走进酒楼，小宛笑眯眯地迎了上来，分别勾住两人的胳膊。王亚峰无心与她打情骂俏，急忙忙地问了一句："四博在哪个包厢？"小宛刚说完，王亚峰直奔王四博的包厢，留下王金虎在后面直犯嘀咕，到底发生什么事呢？

王金虎放轻脚步来到包厢门口，只听到王亚峰大叫一声"欺人太甚"，接着是一阵噼里啪啦甩杯子的声音。

王金虎推开门，看到王亚峰一脸的怒气，手里还拿着一个玻璃杯子。王金虎走上前安抚道："什么事让你发这么大的火啊？有什么摆不平的事告诉我，我替你搞定。"说完伸手把王亚峰的杯子拿下来。

王亚峰看到王金虎进来，情绪稍微收敛一些："你给评评理，兄弟做到这个份上，真是太绝了。"

正待王亚峰继续说下去，却见王四博在向王亚峰使眼色，意思是让他不要在外人面前说这事，家丑不可外扬嘛。

"没关系，金虎又不是外人。"王亚峰不理王四博的眼神。

原来，王大伟让王四博去跟王亚峰谈谈，提出以三倍的价格用现金收购王亚峰的股份。

王亚峰正是为这个价格而大发雷霆。

在他看来，这个股份的价值应在十倍以上。五六年过去，他的分红没拿到多少，每年的利润大部分投入再生产。现在，公司的资产增加了十几倍，营业额增加了二十几倍，对外投资了不少新项目等。王大伟以区区的三倍就想把他打发，真是心太黑了。自己一直很敬重的大哥，原来也是一个见利忘义的小人。

王亚峰越想越气，忍不住把王金虎手上的玻璃杯又抢回来，重重地摔在地上，砸出一声脆响。

王亚峰彻底抛弃了对王大伟的最后一点点敬意，转而是一股深深的仇恨和怨气在胸膛里急剧升腾。摔完杯子，他重重地跌坐在沙发上，两眼翻白，眼前一阵金花闪烁，用手紧压着双耳，还是止不住耳膜的剧痛。

王金虎趁机在边上煽风点火："三倍已经很不错了，王大伟是把你当兄弟才会给出这个价。要是别人，不亏本才怪。现在生意不好做，你别看他规模越搞越大，不知道从银行贷了多少钱，要是哪一天银行突然把贷款收回，恐怕就崩盘了。三倍就三倍，你早点把钱收回吧，免得以后一个钱都拿不到。"

表面上王金虎是在劝王亚峰，实际上是在挤兑王大伟。这些话王四博听着，很不舒服。有人当着他的面挑拨两个哥哥的关系，而且对大哥相当不敬，他当然不高兴。"你不要再火上浇油了，我们兄弟之间的事我们自己解决，不用外人说三道四。"

王金虎惊讶地抬起头看看王四博，这小子什么时候敢用这种口气跟老子说话呀？你们王家兄弟都没把老子放在眼里是吗？

王金虎正想发作，王亚峰先发话："四博不得无礼，金虎也是一片好意。"既然王亚峰这么说了，王金虎不好再说什么，只好吃了一记哑巴亏。打虎亲兄弟，这毕竟是人家兄弟之间的事，轮不到外人多嘴。

王金虎讨了个没趣，"哼"的一声走出了包厢。

"二哥你不要急，要是觉得三倍不合理，那你说个数，我去跟他谈。"

王亚峰冷笑了一声："这不是价钱的问题。这个公司完全被他控制在手中，我们根本就是任人宰割的冤大头。至于给个什么价，那要好好算算账。杰克陈不是有股份吗？我找杰克陈，让他在香港聘请会计师来查账。我就不信这几年才增值这么一点钱。"

被王亚峰几句话一说，王四博也多少觉得吃亏，他嘴里劝着王亚峰，但明显底气不足了："大哥有他的难处，这些年一直在不停地投入新项目，扩大生产规模，银行贷了很多款，但亲兄弟明算账，是该给我们一个明明白白的账目。"

王亚峰抢白了王四博一句："亲兄弟？他还有一点当大哥的样子吗？你醒醒吧，这几年帮了他不少忙，得到什么回报呢？除了每月给你一点零花钱，你还有什么呢？赶快拿回来，我们一起干。退股的钱投在我这里，保证比现在挣得多。"

王四博心里明白一点，钱不能再投到二哥的公司里，是该考虑考虑自己做点事的时候了。

王亚峰看出王四博的犹豫："当然，你要是想自己干，资金不够尽管找我。"

"谢谢二哥，我先找项目，到时候再和你商量。大哥那里我怎么回复他？"

"你跟他说，没有十倍的收购价免谈。要不，我让香港的会计师来查他的账。"

王四博小心翼翼地向王大伟说出王亚峰提出的十倍收购价，当然王亚峰要请香港会计师来查账的话他不敢说。他知道大哥的脾气，要是这话一说，这件事就没戏了。

王大伟眉毛挑了挑，似乎很生气，可最终控制住："他有还价的权利，但十倍的依据是什么呢？这样吧，你让张鸿年准备一份上个月的资产负债表和损益表，叫曾小婷给他送过去。"王大伟答应母亲要妥善处理兄弟之间的关系，他不想再加深矛盾。

"凭着这些报表他能信服吗？他似乎对公司的经营有好多的疑问。"

"难道我造假账？或者我在经营中做了什么见不得人的事？"王大伟的火气上来了。

王四博想说的话咽了回去，赶紧给大哥倒上一杯茶。

王大伟顾不得闻茶香、品茶韵，一咕噜连喝了三杯。

"四博你是怎么看的？"

"二哥的脾气，大哥你又不是不知道，你做得再好，他还是会不满意的。不过，他对公司的一些经营决策和财务情况不了解，肯定会提出一些疑问。"

"没错，这些年，公司的重大决策都是我一个人说了算，有正确的，也有一些是错误的，我承认。但是，通知他开董事会，他一次都不来，我总不能因为他不来就不干事吧？早知道是这个结果，当年就该让他拿钱走人。"王大伟一口气说完又是连喝三杯茶。

"当年是父亲不让分的。'罩鸡不上孵'（闽南俗语，把不抱窝的母鸡罩着孵小鸡，意指强扭的瓜不甜）。"

王四博提到父亲，让王大伟想起对父母的承诺。他尽量控制情绪，冷静下来后，品出了王四博的话语中有点赞同王亚峰的意思。

要让兄弟们信服，不，应该说要让股东们相信你，不仅仅是靠你自己的光明磊落和问心无愧，还要有一套完善的管理机制和财务制度。否则，猜疑是难免的。

王大伟没想到这种兄弟阋墙的事会发生在自己身上。

一定要冷静地处理好这个关系。王大伟看了一眼王四博。

正在低头泡茶的王四博，似乎故意掩饰着内心的躁动。

王大伟突然发现，这个在他心目中一直是一个年少轻狂的弟弟，已经开始懂得权谋与心机。虽然不够老练，但比以前圆滑多了。是啊，经过这几年的历练，王四博是该长大成人了。羽翼渐丰的他会不会是下一个王亚峰呢？王大伟心里咯噔了一下。

看看夜幕已经降临，王大伟站了起来："走吧，吃饭去，肚子饿了。"

王大伟开着黝黑锃亮的皇冠3.0轿车，汇入了车流中。

刚换的新车，比起那破农夫车真的差别太大了。

　　看着大哥轻巧熟练地操控着方向盘，王四博心想，要是自己能够自立门户，第一件事就是先买一部车。二哥开着一辆日产公爵，要不是怕张扬早已换成奔驰或宝马了，而自己还骑着摩托车，真是寒碜。

　　想到买车，王四博神思开始飘扬，买什么车呢？皇冠太贵了，要不本田雅阁或丰田佳美也可以，真的不行买个二手的。听说在香港，二手车很便宜，弄个外资企业的免税批文，再到香港去买个左轨的二手车。但是，钱在哪里呢？只要大哥同意把我的股份也买下，我不就有钱了吗？有钱要做什么生意呢？到时再说吧，有钱先买个车。

　　想到这，王四博心情大好，伸手摁了一下车载音响的按键，一首《我的未来不是梦》响了起来。当唱到"我的心跟着希望在动"时，王四博飘飘然。

　　王大伟把车停在天韵茶馆门口。

　　梅芳笑眯眯地迎了上来："王总好。"梅芳向两位王总点了点头，转身领着他们上了二楼，来到刺桐厅。

　　天韵茶馆贵宾房按照刺桐历史上的几个别称来命名。杰克陈采纳了设计师和王大伟的建议，每个贵宾房的装修都有独特的风格。

　　王大伟特别喜欢这个刺桐厅。

　　从香港请来的设计师确实很有才华，他把一些大众熟视无睹的元素整合起来，经过提炼，成了跳跃的符号。

　　墙上的这幅浮雕，用非常简练的线条和强烈的色彩，把火红的刺桐花的生命力表现得淋漓尽致，那一抹红色像是天堂降落人间的圣火，在繁茂的花枝上纵情燃烧。这幅浮雕按比例缩小的纪念品在店里已经卖出了好几百个，可见顾客对于刺桐花的钟爱。

　　王大伟和王四博刚落座，梅芳端来一罐茶叶和两个紫砂壶，两个紫砂壶已经养得湿润古雅。王大伟吃完饭后不喜欢去唱歌或洗桑拿，而是喜欢到这里喝茶。这些茶和茶壶都是杰克陈送的，他附庸风雅地享用着。

　　在这里喝喝茶，可以醒酒，可以清心，可以和官家客商、亲朋好友谈谈事、聊聊天。要是杰克陈在的时候，两人会聊到茶馆打烊还意犹未尽。

优雅的杰克陈依然优雅，但多了一些随和。

豪气的王大伟继续豪气，但少了一点粗俗。

受影响的龙斌也喜欢这个地方，偶尔约王大伟在这喝茶，难得两人一起体验这种"偷得浮生半日闲"的清悠。虽谈不上玄妙、净心、清虚、顿悟、参禅等高深意境，倒也享受着一份舒适、娴静、空灵的雅致。

有时，王大伟与客人在灯红酒绿中周旋后，一个人跑到这里独坐，一杯香茗，洗脱一天的烟尘，梳理万千的思绪，让浮躁的心境得以安宁。这时，梅芳会为他泡好茶，调低音响，调暗灯光，然后慢慢退出，留下他一个人心游八荒，栖身物外。"大隐隐于市"，虽身居闹市，但有此等幽静的洗心之处，实属难得。因此，这个刺桐厅基本上成为王大伟的专属茶室。即使知道王大伟不会来，也要等到其他贵宾房都已经客满，梅芳才会最后打开这个房间。

自从王金虎买下环亚酒楼后，梅芳便辞职了。王金虎色眯眯的眼神让她有种恐惧感。本想回到老家继续读书，但王四博帮着杰克陈筹建天韵茶馆，请她留下来帮忙一段时间。

聪明好学的梅芳很快成为一个技艺娴熟的茶艺高手。只见她手指轻拈、婉转灵动，从洗杯、落茶到酾茶、点茶，一气呵成。酾茶似关公巡城，点茶如韩信点兵，一杯清澈、金黄、明亮的铁观音呈现在王大伟的面前。一阵天然馥郁的兰香四溢，细闻幽香，品啜甘霖，即有飘飘欲仙之玄妙。

王大伟收回欣赏的目光，慢慢咀嚼着口中的茶汤，用心追寻着铁观音特有的圣妙香，"谁人寻得观音韵，便是人间懂茶人"。

待茶过三巡，王大伟肚子咕噜作响，这才由仙入凡，想起该吃晚饭了。

"四博，想吃什么？"

"随便吧，就我们两个人，要不我去打包？"

王大伟想了想，打了电话给东街庆，让他送几个菜来。

东街庆的大名叫什么很少人知道，只知道他叫庆啊。饭店在东街，专门送外卖，煎的、煮的、炸的都行。有几个菜做得特别好，炒冬粉、蒸梭子蟹、白灼章鱼。

王大伟刚打完电话，梅芳已把茶桌收拾出一角，摆上酒杯，拿出一瓶状元米酒。

王大伟现在比较少喝啤酒，喜欢喝两杯状元米酒，不胀、不醉、不上头。

兄弟俩很少这样对酌。

兄弟俩默默地吃着菜，喝着酒，要不是梅芳偶尔进来照应一下，说几句话，气氛真有点沉闷。直到半瓶状元米酒喝下，两人的脸上微微泛红，王大伟才打开话匣子："四博，该成家了。大哥像你这个年龄，俊杰已经三岁。"

"不着急，干吗那么早拖儿带口的？"

"收收心吧，别整天想着玩。这几年玩得还不够啊？你不急，妈可着急得很，整天托人给你说媒呢。"王大伟数落着王四博。

王四博正儿八经交过两个女朋友，一个是他的同学，在政府机关工作，人长得不错，但谈了一段时间分手了，什么原因只有他们两人知道。王四博第二个女朋友是曾小婷，两人倒是蛮般配的。

曾小婷是姗姗的表妹，本来亲上加亲是好事，可姗姗却反对，大家都不明白为什么。后来才知道，姗姗与王亚峰的关系越来越紧张，正在闹离婚。

王亚峰大部分时间都在内地，回香港的时间很少。自从做上走私生意，手头钱多了，王亚峰在鹭岛、刺桐有"二奶""三奶"，对姗姗和两个孩子除了每个月的生活费，其他的不管不顾。姗姗慢慢心凉了，决定与王亚峰离婚。她当然反对曾小婷嫁给王亚峰的弟弟。

王四博知道这层关系后，慢慢冷落了曾小婷，整天在夜总会、KTV玩。王四博身边的女人倒不缺，但他心里清楚，都是逢场作戏，这种地方的女人是不能娶回家的，打死家里也不会同意，他不敢去逾越这道门槛。

王四博有个同学，原来生意做得不错，后来喜欢上一个歌手，整天泡在歌舞厅里送花篮。等到真的到手后，积蓄花光了，生意也垮了，而这个歌手另攀高枝了。

有一次，王四博喜欢上一个刚刚入行的川妹子。

王四博喜欢她纯纯的样子。在歌舞厅这种地方尤其难能可贵，可王四博没有能力把她包养起来。有时，王四博来晚了，已经有客人给她送花篮，看着她陪客人喝酒跳舞，被客人搂搂抱抱，王四博心里不舒服，但又无可奈何。慢慢地，这个女人在他的眼里风尘味越来越重。王四博终于明白，歌舞厅的生态就是这样，这是一个大染缸，什么出淤泥而不染，那都是骗人的鬼话。

王四博不急着娶老婆，但淑媛急，剩下这个小儿子没成家，二十七八岁，对象没着落，老人心里当然急。王奇山一听淑媛唠叨这事就烦，"你急什么呀？政府还在号召晚婚晚育呢。成家立业，先立业再成家吧。你看他玩性太重，怎么能承担起家庭的责任？"

淑媛说："要是成了家，说不定会收收心，不会那么贪玩了。"两位老人说的贪玩，指的是王四博喜欢倒腾古玩、花草虫鸟，要是知道他经常去歌舞厅、KTV泡妞，那不气昏了才怪。

"爸爸不是说了，要先立业再成家吗？以我现在的条件，怎么去养家呢？"王四博想，既然大哥提起结婚的事，那就顺着这个话题谈谈自己未来的事业。

王大伟当然听得出王四博对现状的不满。其实，王大伟很早就有让王四博独当一面的想法，只是公司这一摊子太重，怕王四博挑不起。他曾经想过把与谢莉莉合作的工业园区让王四博去负责，又怕他弄不好，对谢莉莉没法交代。

"你是不是怪我没让你立业呢？看你现在这个样子，怎么立业呢？"

"我什么样子呢？我怎么就不能立业啊？"王四博借着几分酒意顶了一句。几个兄弟中，最敢跟王大伟顶的是王四博。其实算不上顶，只是王四博比较敢跟大哥开玩笑，就像他跟父亲说话一样，没大没小的。

"我不是说你不能立业，成家和立业没有矛盾。你要是成家了，养家的事不用你操心。你要想立业，随时提出来，我一定支持你。"

"我是觉得，你们一直把我当小孩子看。"

"是该放手让你单飞了，老是把你束缚住，你是成长不了的。说吧，你有什么想法？"

突然让提想法，王四博倒没有具体的想法，他只是觉得自己应该有自己的事业，至于什么样的事业，还没想好。

王大伟看王四博沉吟了老半天不说话，"我提两个建议你考虑一下，不要急着决定，想好了再告诉我。第一，我想成立大环亚集团，你来当集团的副总经理，具体分管服装业务或者工业园的建设，你可以挑选；第二个方案，你找自己喜欢干的项目，投资由公司负责。"

王四博一听，这两个方案都不是自己想要的："第一个方案我不合适。你让我管服装，韩天华怎么办？你让我管工业园，我没经验，不敢担此大任。第二个方案，要是我把项目弄亏了，怎么向股东们交代？"

王大伟一听，知道王四博一定有自己的想法，莫非他像亚峰一样，想把股份抽走？如果亚峰和四博一起把股份抽走，唯一的办法是用现金买下他们的股份。这样，现金成了一大难题。

王大伟最近筹了两千万元，准备投到工业园项目，如果把股份买下，将影响到现金的周转。不知道三平有什么样的想法？王大伟拿起电话打给王三平，让他有空的话过来。

王三平一进门看到只有大哥和四弟两人在喝酒，觉得有点奇怪。

王三平心里清楚，大哥这个时候给他打电话肯定是有事找他，不会无缘无故让他来喝酒。

没一会儿工夫，半瓶状元米酒喝完，王大伟说再开一瓶，让王三平给挡住了："明天一早我要开会，不喝了，我们谈事吧。"

王大伟把王亚峰退股和王四博今后的发展两件事说了一个大概。

王三平一听，要是二哥退了股，满足了他的愿望，也许会忘掉之前的不愉快。因此，他的态度是赞成的。他还劝说大哥，不要跟二哥计较太多，他愿意把自己的应得部分拿出来弥补二哥，如果这样能够解决问题的话。

王四博听了三哥的话受到很大的触动，在金钱面前，两人的境界截然不同。但转念一想，三哥现在春风得意、官运亨通，对金钱并没有太多的欲望与奢求，而二哥毕竟是商人，靠挣钱养家糊口、安身立命，当然把钱看得重。包括自己的现状也是如此，没有钱什么都不是。

说到王四博的事，王三平问王四博有什么想法，而王四博却说不出有什么想法。

其实，王大伟和王三平都看出他是有想法的。

王大伟直截了当地问王四博："你是不是跟你二哥一样，想着拿钱退股？"

王四博正不知道如何回答时，王三平已经抢在前面："这样可不好。你应该留下来，好好地帮帮大哥。况且，你要是自己创业，难道一定能够成功吗？"

"不去做，怎么知道不能成功呢？"王四博的一句反问，终于表明了自己的想法。

王三平刚才的话触碰到王四博的痛处。在全家人眼里，他永远是一个长不大的小孩子。他潜意识里想证明自己的能力，而要证明自己的能力，只有摆脱大哥的束缚，独自去打拼、去冒险。至于风险，他从来没想过，他一直自负地认为自己一定会成功。既然一定会成功，哪有什么风险？

三兄弟都沉默着。

王三平还想试图说服王四博，被王大伟制止了。

王四博想再解释点什么，王大伟让他别说了。

而王大伟自己只是闷头喝茶。

梅芳端着一盘水果进来，感觉到空气的凝重，她把水果放下后轻轻地退出。

王三平心里为大哥叫屈。想着这么多年来大哥的艰辛付出，他觉得自己为大哥分忧太少。

王四博有点后悔刚才说出的话，但既然已经说出，看大哥的态度再说吧。

良久。王大伟抬起头，似乎已经做出决定。他站了起来，走到门口，叫梅芳再拿一瓶状元米酒来。

王四博不敢去阻止他。

王三平不想阻止，如果大哥想喝醉，哪怕明天请假不上班，他愿意陪大哥一起醉。

梅芳给他们三个人的杯子倒满酒后，紧紧地把酒瓶抓在手上。

王大伟笑了笑，把梅芳手中的酒瓶拿过来："怕我们喝醉是吧？没事的，你去忙吧，有事我叫你。"

梅芳走到门口，不放心地回头看了看。

三兄弟干了杯中酒。王大伟伸手去拿酒瓶，王四博赶紧抢先拿过酒瓶，先给大哥、三哥满上，再给自己倒满。

王大伟端着酒杯停在空中，过了一会儿又放下来，自言自语道："先把事情谈好再喝吧。"

王大伟扬起两道剑眉，眼睛定定地看着王四博。

王四博有点心虚地低下了头。

"四博，这些年你跟着大哥吃了不少苦，出了不少力，大哥记在心里。是该给你一个发展的空间，让你独自去闯闯。其实我很早就有这个想法，只是担心爸妈的感受。现在，爸妈想通了，同意让亚峰退股。但是，如果你跟着退股，他们肯定不同意。所以，我们要有一个应对的办法来说服他们。"

王四博紧绷的心放了下来，听大哥的口气是同意他退股。

王大伟接着说："公司这几年的经营虽然不错，但投入很大，向银行贷了不少钱，实际的净资产并没有增加很多。所以，亚峰提出的十倍的增值是不合理的。"

"十倍的增值？二哥是不是头脑发昏了？"王三平惊呼了一声。

"我算过了，这些年公司的净资产实际增长了四倍，以这个为基础，公司可以按四倍的价格把你和亚峰的股份买下来。当然，我还要征求杰克陈和三平的意见。如果他们不同意，我只好自己来买你们的股份，但我现在没那么多的现金。"

王三平说道："我没意见，只要杰克陈同意就行了。"

王四博一直低着头。大哥的一席话让他既惭愧又感动，想着这些年大哥对他的照顾与培养，王四博的眼眶有点潮湿，但他的头脑同时飞快地计算着能够拿回多少现金。

"但是……"王大伟转折的口吻让王四博暗喜的心情一下子又紧张了起来。

"你只能拿走一半的钱，继续保留一半的股份在公司。如果对公司没信心的话，你也可以完全退股，但这一半的钱要交给妈妈保管。我不能让你把所有的钱都拿去冒险。"

王四博终于没能控制住在眼眶打转的泪水，"大哥，你放心。我会用心，也会小心地做事。"说完，王四博举了一下杯，然后一仰头喝下。

"当然，我不知道这个收购价你二哥会不会同意，和他的开价差距很大。总之，他是什么样的收购价，你跟他一样。"

王四博再次被感动，他真诚地说："不管二哥要多高的价，我只要四倍已很知足，大哥不用再让了。"

王三平也劝大哥："公司的一些对外投资和应收账款到时能否收回还是一个未知数。收购的价格不能再提高了。"

"来，可以喝酒了。"王大伟拍了一下手，拿起酒瓶给三个人的杯子倒满酒，然后说要跟王三平划拳。"听说三平现在划拳的水平很高，在税务局经常打通关。来，我们划几下。要不，老是干杯没意思。"

王三平和王四博没想到大哥会主动找他们划拳，但王大伟划拳的水平确实不如王三平，没几下就喝了两杯。王四博顶上去，也很快败下来。看来王三平的水平还真不是吹的。

第二十七章

龙斌出任刺桐区委书记。

龙斌上任后，从抓经济入手，一是加大招商引资的力度，二是促进企业创新转型，三是搞好基础建设。这几步棋走得有声有色，在很短的时间里打开了工作局面，引起了市委、市政府的关注。

这天，市委书记周彤、市长时伯涛带着市委、市政府几个经济管理部门的领导到刺桐区来调研。上午，市领导听取刺桐区委的工作汇报，并参观考察了几个项目。下午，召集十几家企业的负责人进行座谈，王大伟被邀请参加。

市委书记周彤比较亲民，每到一个地方考察，他都要求安排与社会各界进行交流。

改革开放后，刺桐市充分发挥侨乡优势，积极利用侨资外资，引进了一大批的项目，特别是民营企业的迅速崛起，带动了经济的高速发展，经济总量已在省里排名第一。

刺桐市最具优势的是深厚的文化积淀和崇尚海洋文明的开放、自由的观念。从宋元的海外交通贸易兴起，成就"东方第一大港"的繁荣，到近代刺桐子民大量下南洋、拓海疆，闯遍天下谋商机，刺桐人血脉里流淌的就是开放、拼搏、顽强、包容、创新的文化特质。

摆脱了计划经济体制的束缚，刺桐市的企业如雨后春笋，遍地开花，台资、外资、侨资、港资、民营、个体、乡镇企业等各种经济成分并存。高度的市场开放带来了经济结构的不均衡性，大量的企业集中在准入门槛低、技术含量不高、劳动密集型的服装、制鞋、建材、食品等行业，企业规模小，缺乏核心技术，品牌知名度不高，企业管理水平低，这些问题制约着企业的发展壮大。在创造良好的投资环境，合理调整经济结构的同时，更应该积极帮助企业提升整体竞争力，这是市场经济体制下政府的责任。

各位领导讲话后，企业家们纷纷发言。看得出大家做了充分的准备，有的干脆拿出事先写好的讲稿，照本宣科地读了起来。但大部分是介绍企业的情况，感谢各级领导的关心与支持等套话。

周彤认真地听着，但手中的笔已经停了下来，确实没有什么新意要记录的。

主持会议的区委书记龙斌有点坐不住，他再次引导大家的发言应该针对现有的经济发展方向，如何调整经济结构提出一些建议，哪怕是对政府的工作提出批评也行，总比说些空话有用。

这一说，大家的发言又转到提意见去了，道路拥堵、电力供应不足、招工难、政府办事效率低等。

龙斌给王大伟使了一个眼色，希望他能够发言。王大伟点点头，却不行动，急得龙斌干脆直接点名，让他发言。这时，王大伟才不紧不慢地接过话筒。

王大伟刚做完自我介绍，市委书记周彤接过话："大环亚公司，王大伟，我还是你的客户呢。这套西装是上次出国前，到风度西装店定制的。做工还不错，就是贵了点，花了我一个月的工资。"

话刚说完，大家都笑了，会场的气氛轻松了许多。

王大伟开始发言：我就针对服装行业谈谈我的看法吧。由于历史的原因，服装行业在我市整个经济总量中占的比重太高，有人说，应该适当控制，我不同意这个观点。看看我们整个服装行业在全国的排名，还落后于广东、江苏、浙江。因此，我们应该继续努力，把服装产业做大做强。做大做强也是结构调整，在扩大规模的基础上提升企业的核心竞争力。企业应该转型，但转型不是转行，不是转业，而是应该在提升企业的竞争力方面下功夫。

从服装产业链来看，我们的现状只是一个粗放式的加工业务。在设计、面料、染整这些上游产业，我们的力量非常薄弱。而下游呢？同样受制于人。我们的销售网络、终端、渠道、门店，还有营销战略、品牌战略都只是刚刚起步。

一个企业不可能贯穿整个产业链，从上游做到下游的。但是，政府有这个力量整合行业资源，整体提升全行业的竞争力。比如，狮城市政府大力支持服装面料行业的发展，做好市场规划和管理，对配套的染整产业进行有效管控，划出污染集控区，完善服装面料的产业链。狮城已经形成了一个在全国有相当影响力的服装面料市场，我们现在的面料采购可以依托本地市场。

"我现在的首要任务，是从做产品提升到做品牌。但是，我遇到的第一道坎：最欠缺的是人才。我想，在座的企业家应该深有同感。特别是一些高端人才，都往上海、深圳去了。即使到了闽省，也是首选鹭岛、闽都，这是我们刺桐的劣势。建议政府在引进人才、留住人才等方面有一些强有力的措施。"说到这里，王大伟发现自己说的内容与今天座谈会的主题不同，赶快打住，"不好意思，我跑题了。"

市委书记周彤赞许道："说得很好，没跑题。经济结构的调整和人才结构的调整是紧密相连的，不管什么行业都离不开人才。今后，我们将会有更多的新兴行业诞生，要求有更多的各行各业的人才与之相配套。刚才王大伟同志提出了一个很好的课题：人才优先。市委、市政府一定会出台新的人才引进政策，来吸引人才、留住人才。还有一点，王大伟同志提得很好，调整结构、企业转型，并不是纯粹的转行、转业，而是要在完善上下游产业链做文章，在提升企业核心技术上做文章，在提高经营管理水平上做文章，在打造企业品牌上做文章，整体地增强企业核心竞争力。这一点给我启发很大，谢谢你。"周彤说完，站了起来，向王大伟鞠了一躬，全场响起了热烈的掌声。

王大伟的一席话，引起了在座企业家的共鸣。大家各抒己见，有人提出要引入民营资本参与城市的基础建设，有人建议引进台湾的电子、机械、半导体、太阳能方面的企业，有人建议加快加大石化行业的投资力度，还有一部分关于民生、教育、市政、投资环境的建议。

座谈会超过了原定时间一个小时才结束。市委书记周彤、市长时伯涛对这次座谈会的结果非常满意，周彤对时伯涛说："从群众中来，到群众中去，以后这种座谈会要经常开。"

市长时伯涛说："刺桐的企业家虽然文化程度不算高，但思想有深度，他们的一些见解有时比所谓的经济学家、教授更有见地。因为他们亲历市场经济的大风大浪，有更多的切身体会和经验教训，更贴近市场，紧紧地把握时代的脉络。"

市委书记周彤深有同感："是啊，刺桐经济的腾飞离不开企业家们的拼搏奋斗，尤其民营企业家更是一股不可忽视的中坚力量。"

两人临走时，对刺桐区委、区政府的工作表示肯定。周彤对龙斌说："晋东、狮城在全国县域经济的排名已经跑在你们前面了，从今天所看到的和所听到的，我相信你们会迎头赶上，潜力很大，潜力很大。"书记连说两次"潜力很大"，短短四个字是一种鼓励和鞭策。

龙斌刚上车准备回家，王大伟的电话就打了进来："龙书记，开了一下午的会，说得口干舌燥，连个饭都没得吃，你们政府真小气。"

"你行啊，什么时候理论水平提高了这么多，出风头了。"

"还不是你让我发言的？再说呢，我什么时候会'漏溃'（闽南俗语，出洋相，上不了台面）。晚上一起吃饭吧，你定个地方。"

"晚上可不行，肖虹让我回家吃饭。"

"是不是炖了番鸭汤，或者有什么'好康'（闽南话，好吃的东西）的，我可要蹭饭去。"

"行啊，你来吧，我叫肖虹多弄两个菜。"

王大伟方向盘一转，直奔龙斌的家。

区政府刚给龙斌分了一套新房子，三居室，一百三十平方米。龙斌原来住的公寓是肖虹单位的，只有九十平方米。现在能够换一套大三居室，肖虹很高兴，决定好好装修，改善一下生活环境。晚上，她约了设计师到家里讨论设计方案。所以，她特地给龙斌打电话，让他早点回家。

王大伟和龙斌一家边吃边聊，说了谢莉莉纺织机械公司的筹建进度，又说了工业园区的征地、规划问题，最后谈到王大伟的品牌战略。

两人正说着，门铃响了，一位留着长头发、浑身上下洋溢着艺术气息的设计师来了。

设计师在茶几上摊开设计图纸介绍他的设计创意。

肖虹叫王大伟一起参谋参谋。王大伟一听他们分了新房子，说了一句玩笑话：

"这样的房子才配得上书记。"

很平常的一句话，龙斌却想到另一个问题，"我刚当上书记，马上换一套大房子，而且按肖虹的想法要高档装修，这样恐怕影响不好。"

龙斌听完设计师的介绍，觉得太奢华了，不但用的装修材料高档，而且全套家具都要换新的。肖虹却觉得很满意，整个设计风格高雅、有艺术品位。

王大伟赞成肖虹的观点，说既然要装修，当然要讲究一点。人这一辈子，能够住几次新居啊？

王大伟和设计师走后，龙斌对肖虹说："装修的事先放一放吧。"

肖虹不解地问："为什么呢？等了这么多年，好不容易换个大房子，谁都盼着早点搬进去住。"

龙斌沉思了一会儿，说："真的要装修，尽量简朴一点，免得让人说闲话。"

肖虹听出弦外之音。领导干部的家属，这点政治敏感度是有的，她理解丈夫的想法："你放心吧，能省的尽量省，家具、电器能用的以后再换，装修还是一步到位好吗？总不能等以后再来敲地砖、换马桶吧？"

龙斌觉得肖虹的话有道理，点了点头不再言语。

王大伟回到家，告诉丁秀丽龙斌分了一套大房子，正准备装修。

丁秀丽说："看你高兴得很，好像自己分了房子似的。不过他们是该换换房子。"

"按照肖虹的意思，房子装修蛮高档的，看来这次他们得花不少钱。"

"龙斌帮了我们不少的忙，应该好好谢谢人家，送点礼什么的。"

"你让我去行贿他？"王大伟翻了一下白眼。

平时，王大伟给龙斌送点好酒，逢年过节给干女儿龙小云包个大红包，龙斌也会给王奇山孝敬好茶，两家的礼尚往来不少，但王大伟从来没动过给龙斌送钱的念头。

这些年办了企业，送礼、送钱的事少不了，说报答人情也好，说贿赂政府官员也罢，王大伟出手大方，但唯独不敢给龙斌送钱，一来他知道龙斌绝不会收；二来自己觉得，这钱一送，两人的情分就落俗了。

"这怎么叫行贿呢？他不是有困难吗？我们帮帮他是应该的。"

"我也是这么想，可怎么帮呢？送家具、送电器，又不知道人家喜欢什么式样的。送钱嘛，龙斌肯定不肯收。"王大伟知道，给龙斌送钱等于找骂。

丁秀丽突然想到了一件事："小云过了年不是十六岁吗？我们用这个理由，干爹、干妈给干女儿'做十六岁'（闽南习俗，小孩十六虚岁要举行成年礼，干爹、干妈要送礼）总可以的。"

王大伟觉得丁秀丽的提议不错，一定要有一个合适的理由，让龙斌不好推却。可他心里没底。小云"做十六岁"，送送衣服、首饰，包个红包可以，一下子给太多的钱龙斌肯定不收，给少了又帮不上忙。但想想也只有这个理由还说得过去。

王大伟对丁秀丽说："你去给小云买两套衣服，再买两件首饰，礼数要照着来。另外，我让公司准备十万元现金，你把它和礼物包在一起，给肖虹送去，就说我们给小云的十六岁礼物。"

"你和我一道去吧，我一个人拎着这么多钱，心里怕怕的。"

"我去不太合适，龙斌知道是我送的肯定给退回来。让四博开车送你到他们楼下，这样你就不用担心了。"

王大伟本来让曾小婷准备了十万元现金，后来想想，这钱还是自己掏比较合适，免得以后要跟其他股东解释。他让王四博开车送丁秀丽去银行取钱，晚上再去龙斌家。

丁秀丽提着沉甸甸的礼品盒子敲开了龙斌家的门。

龙小云高兴地叫了一声"干妈"，赶快把她迎进门。

龙斌不在家，肖虹正在厨房洗碗，走出来一看，丁秀丽手里拎着两个大盒子，肖虹有点不解地说："秀丽，你这是干吗呀？"

丁秀丽笑了笑，不回答，把礼物放在沙发边上。龙小云端来一杯茶。丁秀丽接过龙小云的茶杯，把她拉到自己的身边。

等到三个人坐定后，丁秀丽对肖虹说："这些礼物啊，是大伟和我送给小云的。干女儿'做十六岁'，干爹、干妈总要表示表示，对吧？"

肖虹笑着说："我们没有要给小云'做十六岁'啊。"

丁秀丽说："你们做不做没关系，但我们给小云的礼物是一定要送的。这干爹、干妈可不是白认的，对吧？小云，来，看看干妈给你买的裙子喜欢不喜欢。"丁秀丽说完从盒子里拿出一套白色的连衣裙，让小云去试试看。

从小，龙小云很多衣服都是干爹、干妈送的，因此肖虹并没有感到奇怪。两人拉了一会儿家常，丁秀丽告辞了。

肖虹提起丁秀丽放在沙发边的礼盒，沉沉的，衣服怎么会这么沉呢？打开一看，除了衣服和首饰盒，还有一捆百元大钞，整整十万元。肖虹有点不太相信自己的眼睛，这个丁秀丽搞的什么鬼？她跑到阳台上看看楼下，丁秀丽早已不见人影。

丁秀丽是一路小跑回到车上的，一上车就让王四博赶快开车。从来没有给人送过钱，丁秀丽比谁都紧张。

肖虹怔怔地坐在沙发上，看着茶几上的礼盒发呆。这些年，随着龙斌职务的升迁，给他送礼送钱的人不少，龙斌和肖虹把握着一条底线，钱坚决不能收。至于其他礼品，除了名贵的珠宝首饰、手表外，有时会酌情收下。

你说，能够找到家门来的都是一些熟人，你把人家的礼品拒之门外，等于把人情拒之门外。几包茶叶、几斤水果、几瓶酒都是一点心意。所以，每次客人到家里，凡是带着东西的，龙斌和肖虹一定是当场打开，现金和名贵礼品当场退回。

今天丁秀丽以给小云"做十六岁"的理由送了礼物，没想到里面夹带着现金，而且是一笔十万元的巨款。

肖虹不明白王大伟夫妇为什么要这样做。对了，一定是昨天王大伟到家里吃饭，知道我们要装修房子的事，想帮上一把。你还别说，有这十万元和没有这十万元，房子的装修肯定差一个档次。

但这十万元肯定是万万不能收的。

如果是别人送的钱，直接退回去，退不回去就上交给组织。可这钱是王大伟夫妇送的，要退回去还真的要费一番功夫。

肖虹想不出什么办法，只好等龙斌回来再商量。她把钱包好，放到书房里。

当龙斌听完丁秀丽来送钱的事，二话没说，拿起电话打给王大伟，劈头一句："你小子发什么神经啊？行贿到我头上来了？赶快来拿回去，否则我明天把钱交到纪委去。"

王大伟在电话那头装作不知情。

龙斌说:"你现在就到我家来。"王大伟说:"明天吧,现在太晚了。"龙斌口气坚决地说:"不行,再晚也得来,我会一直等着。"说完把电话挂了。

王大伟一进门,龙斌脸色凝重,直接把装着10万元的袋子放在王大伟面前,一句话不说,看样子是真生气了。

肖虹有点过意不去,赶快招呼王大伟坐下,一边泡茶一边说道:"大伟,这是你的不对。钱你拿回去,真的有需要,我再找你借,好吗?"

王大伟不慌不忙地喝着茶,并不急着解释。

场面冷了下来,大家都不说话。

龙斌觉得刚才自己的态度过于生硬,口气缓和一点:"我们装修房子确实需要钱,我知道你想帮忙,但你想过没有,这样是在害我们。受贿十万元,可是要坐好几年牢的。"

王大伟不紧不慢地说道:"哪一条法律规定,干爹干妈送给干女儿'做十六岁'的钱算行贿呢?我的干女儿既不是国家工作人员,也没有为我谋什么私利,我愿意给她钱,这算行贿吗?"

"你这不是歪理吗?你的干女儿是我的女儿,你给她钱不就是给我钱吗?这不明摆着是受贿嘛。"

"这钱是我和秀丽给干女儿的,不是给你龙书记的,是你硬把自己扯上了。"

肖虹眼看着两人在斗嘴,赶快打圆场:"别争这些了,小云还小,这钱对她没有用处,你收回去吧。"

"那可不行,干爹干妈多没面子?我就这么一个宝贝干女儿,现在送,以后她上大学、结婚、生孩子,我还要送,要不谁叫她认了我做干爹啊?"

"你要是不收回去,明天我上交到纪委。"

"你没有这个权利,这钱是小云的,不是你的,你凭什么替她做主啊?她又不是国家工作人员,纪委管不了她。"

龙斌给王大伟的强词夺理搞得无言以对,最后只剩下一句:"不管怎么说,这钱你要拿回去。"

王大伟也撂下狠话："这钱我是不会收回的，除非你让小云说，她不认我这个干爹。"

"我只好把它交到纪委去了。"

"我说过了，纪委管不到小云。你要真的上交了，我会再送来。你交几次，我再送几次。"

听了王大伟的话，龙斌和肖虹都有点哭笑不得。

龙斌揶揄道："王大老板现在有钱，可以耍横了。"

王大伟嬉皮笑脸地回敬道："对了，没错，这钱不是偷的抢的，我愿意送给我干女儿，你管得着吗？"

"别再耍贫嘴了，我说让你拿回去就拿回去。"龙斌的口气坚决。

王大伟站了起来："时间不早，我该走了。钱，我是不会收回的，要是收回还真的对不起我的干女儿。"说完转身就走，肖虹急忙抓起茶几上的钱，硬塞到王大伟的怀里，无奈王大伟就是不接，"啪嗒"一声掉在地上。等到肖虹捡起来的时候，王大伟已开门出去了。

龙斌一声不吭地坐在沙发上，他知道王大伟是不会收回的。

龙斌和肖虹看着茶几上的钱，就像一个烫手山芋。

这个钱肯定不能收。

这个钱上交到纪委部门也不合适。

肖虹提了一个建议，把这个钱退给王奇山。龙斌说："老人家最近身体不太好，别折腾他了。"

"要不算我们借的，给大伟打张借条。"

"钱都不肯收回，你给借条他肯接受啊？"龙斌知道妻子最近交了一部分房款，又要装修、买电器，肯定是需要钱，但这钱是万万不能收的。"肖虹，我们装修简单一点好吗？等以后有条件再说，这钱不能收。"

肖虹点了点头。

可现在这个钱怎么退回去成了一大难题。

人情，在这个时候成了一个很难处理的关系。

龙斌说："休息吧，明天我再想办法，大不了找个地方用王大伟的名义把它捐了。"

肖虹佩服丈夫的政治智慧，可又觉得可惜，王大伟赚钱不容易，人家好意想帮帮我们，却被捐了出去："你再跟大伟说说，真的要捐，也要问问他想捐到什么地方。"

"行了，别想了，睡觉吧。真是无事生非。"

第二天，龙斌把钱带到办公室，上班的第一件事，让秘书小陈找来了团市委希望工程办公室的负责人。

第二十八章

当王四博兴高采烈地告诉王亚峰，王大伟愿意用四倍的价格收购我们的股份时，没想到王亚峰一声冷笑："四倍，他当我是'叫花子'，这点钱就想打发我？"

"四倍不错了，我算了一下，你可以拿到将近一千万元。"

"四博啊，我说你真是太好糊弄，那么一点钱就把你给收买了，没出息。"

"大哥这些年确实不容易。公司虽然赚了一些钱，但都是一直在投入，银行贷了不少款。再说，我们当时才投多少钱？现在有那么高的回报，可以了。"

"照你这么说，我还要感谢他？是的，当年我们投的钱是不多，但杰克陈买走百分之三十五股份时付出五百万元，老奸巨猾的杰克陈都肯出高价，这说明什么？说明公司的价值。接下来这些年，公司一直在盈利，可我们的分红一点点，剩下的钱投到哪里去了？投到新项目上，投到扩大生产规模上，投到广告、销售网络及品牌建设上。你说，现在'环亚'这个品牌值多少钱？公司的无形资产值多少钱？"王亚峰连珠炮似的提出了一大串问题。

"投的新项目不一定是成功的，听说洪添那个纳米面料的项目就一直在亏损。再说，无形资产只是一个虚拟的东西，要是公司倒闭了可就一文不值。"王四博越说声音越小，他的反驳显得底气不足，这说明他已经被王亚峰刚才的话打动。

"新项目投资不成功谁的责任？他当时决定投资这个项目时，征求过我们这些股东的意见吗？"

"这事不能怪大哥。当时有一份董事会决议，杰克陈是同意的，只有你不签字。按照公司章程，超过半数以上的股东同意就可以实施了。"

"我当然不签字。他欠我的钱不给，还拿着钱去投别人的项目，我干吗要签字啊？我不签字说明我不同意。我不同意，这个投资项目的亏损当然与我无关。"

王亚峰幸灾乐祸地嘲笑着王四博，"谁叫你当时那么信任大哥，签了字你就该认了这个责任。"

"唉，真是一笔糊涂账，越算越不清楚。反正，我拿钱走人，其他的不管。"王四博无奈地回答道，已经没有原来那份心满意足。

"拿钱走人没问题，关键是拿多少钱。你想想，当年要是你我的股份直接退出来，我们兄弟联手，三四百万的资金到现在要翻几倍了，十倍肯定不止吧？说不定已经上亿了。"王亚峰眉飞色舞地挥动着双手，同时撩起了王四博心中的贪欲。

"那你认为多少才合理？"

"我不是说过了，十倍，一分钱都不能少。"王亚峰看出王四博态度已经转变。只要王四博的观点跟自己一致，取胜的把握更大。

"太多了。按照十倍计算，大哥要给我们三千多万元，他哪有那么多钱？我看，跟他提六倍可以了。"

王亚峰拍拍王四博的肩膀："四博你还是太善良了，这样子以后怎么在生意场上混？要心狠手辣，明明你可以接受六倍，也要提出八倍，懂吗？"王亚峰自以为聪明，但在教训王四博的同时暴露了自己的底线：可以接受六倍。

四倍与六倍？王四博在权衡中得出一个结论：大哥与二哥都是很有心机地在斗法，两人算计着各自的利益，丝毫没有兄弟的情分，只有赤裸裸的金钱。自己曾经天真地被大哥感动过，以为大哥已经给得很多，但二哥的算盘更精，看来只有我是傻瓜。你们一个小气、一个贪婪，还要我在中间两头装神弄鬼说好话。哼，争取自己的利益要紧。我在你们两人中间当说客，总要有好处吧。

想到这，王四博叹了一口气，发了一通牢骚："你们两个都是哥，我谁也不好得罪。上次跟大哥谈条件，被大哥骂了一通，连三哥也数落我的不是，好像我在替你说话。"

"你不也是在为自己争取权益吗？至于替我说话，那更谈不上了，我倒觉得你在替大哥说话。"王亚峰心里清楚王四博的想法，但他依旧不动声色地刺激着王四博。

"你看，我两头不是人。算了，这事我不管，你另外找个人去跟大哥谈。"

王四博两手一摊，将了王亚峰一军。

王亚峰站了起来，走到酒柜前，倒了两杯马爹利 XO，递给了四博一杯，另外一杯拿在手上摇摇晃晃了老半天，然后一仰头喝下。

王四博看着觉得好笑，想起了杰克陈的优雅，这份优雅是学不来的。二哥想模仿西方的时髦，但摆脱不了暴发户的嘴脸。想到杰克陈，王四博提了一建议："要不找找杰克陈，看他能不能出个高价，或者让他找大哥说说。"

"算啦，杰克陈是一只老狐狸。当年我想把股份卖给他，他不敢接。在我和大哥之间，他肯定选择站在大哥一边。"王亚峰边说边走到王四博身边，拍拍他的肩膀，"这事要靠你去说，只有你最合适。"

"合适啥！我两头不讨好，要是爸妈知道了，还不知要怎么骂我呢！"

"你去说，也是在为自己争取一个好价钱，我不会让你白忙活的。"说到这，王亚峰故意停顿了一下，放在王四博肩上的手明显感觉到王四博的腰挺了挺。"他已经答应四倍了，你去争取更好的价格，多出来的，我给你百分之二十。"王亚峰说完用力按了按王四博的肩。

王四博的腰再一次挺了起来："我倒不是为了什么好处，只是这个中间人不好当。"

"你不是中间人，你是当事人。好了，我们吃饭去吧，小宛那里给我留着野味。"

金虎大酒楼在小宛的经营下，生意有点起色，基本上不赚不亏。王金虎有时会让人搜罗一些野味。

王亚峰让小宛打电话给王金虎，叫他来吃饭。小宛说，他去了闽都，今晚不回来了。

小宛说这话时，语气有点怪。原来，王金虎最近经常跑闽都，一去好几天，小宛隐约觉得他在闽都有了新欢。当然，小宛很清楚，她是不可能长期拴住王金虎的，但心里总有一点酸酸的。

王亚峰听出小宛的弦外音："怎么样啊？是不是寂寞了？金虎不在有我在嘛，要不要我来陪你？"

小宛啐了一口："去，谁要你陪？真的想要，我叫四博陪。"小宛说完，抱着王四博的一只胳膊摇了摇。

王亚峰说："你可别打四博的主意，老牛啃嫩草。"

小宛落寞地叹道："是啊，老了，只怕连嫩草都啃不动了。"说完，小宛放下筷子，眼眶里有了晶莹的泪花。今天是远在四川老家的女儿生日，小宛突然很想回家。

王亚峰并没有注意到小宛的情绪变化，他继续调侃着："赶快找个人嫁了吧，王金虎是靠不住的。"

王亚峰话音刚落，小宛已是泣不成声。

王亚峰和王四博有点莫名其妙，平时玩笑开惯了，没想到两句不轻不重的话让小宛泪如雨下。

王亚峰以为小宛喝多了，他已经见怪不怪。

这种场所的女人经常会借酒发泄，思亲、想家、委屈、孤独，各种情感都借助于酒精的刺激而麻木。可一旦崩溃，马上喷薄而出，不需要酝酿，不需要铺垫，说来就来。只是，今天小宛来得太快了，酒还没喝多少呢。

王亚峰突然想起了香港旺角的阿香。

阿香心情不好时也喜欢喝酒，喝多了也会号啕大哭，王亚峰不停地给她递纸巾。阿香心里有很多的苦说不出，只有通过眼泪来排解。十六七岁的王亚峰虽然不理解，但能同情，他从背后轻轻地抱着阿香，阿香马上止住了哭声，双肩颤抖着。

后来，每当阿香哭的时候，他总是以一个男人的情怀从背面轻轻地抱着她。直到有一次，他面对面紧紧地抱着阿香，阿香的双肩不再颤抖，颤抖的是双唇。

阿香很矛盾，她既不想玷污这个少年的清白，又不忍心拒绝他的好奇与冲动。

阿香的推却，反倒燃起王亚峰的烈焰，他有着征服的欲望。

"王大哥想什么呢？喝酒吧。"小宛的声音把王亚峰从回忆中拉了回来。

小宛已破涕为笑，举着杯向王亚峰敬酒。

哎，女人心，海底针，这一哭一笑就在一转眼。

王亚峰举起了杯。

外面的客人渐渐多了，小宛进进出出，里外应酬着。

　　倩倩、莺莺、雪儿、冬冬听说王亚峰、王四博来了，先后进来打打招呼，敬敬酒，然后又分头去招呼客人。

　　两瓶马爹利 XO 喝完，王四博说不要再开了。王亚峰说："再来一瓶，难得我们兄弟俩单独喝酒，晚上一醉方休。"

　　说着，喝着，两人开始有了酒话。

　　王亚峰又想起了阿香，想得更多的是自己刚到香港那些年的艰辛。

　　想到他被打坏了左耳，从楼梯上滚了下来；想到他摆地摊时，听说警察来了，撩起一大包的衣服跑下天桥，却被自己的包袱绊倒，从天桥上滚落，磕断了半颗门牙；想到他谈的第一个女朋友，因为没有钱，被她的家人奚落了一顿，只好分道扬镳；想到他和姗姗结婚时，身边一个亲人都没有，好像是入赘似的。

　　和姗姗离婚后，两个孩子跟着姗姗，除了眼前的王四博，真的是一个亲人都没有了。不，他知道母亲是疼他的。从小，爸爸对他太严苛，母亲的呵护是他永远的温馨记忆。他看着眼前这个从小在父母亲和几位哥哥的宠爱中长大的弟弟，心里有着莫名的嫉妒。

　　王四博像听故事一样，他对王亚峰的经历理解不是很深，在他的意识里，香港是一个天堂，他去过一趟，更证实了他的想法。

　　但王四博还是被二哥的情绪感染。二哥虽然自私、刻薄，但为家族做了不少贡献，特别对自己是关心爱护的。要不是二哥，自己可是一点私有财产都没有。

　　王四博陪着王亚峰喝酒，偶尔说几句宽慰的话。但王亚峰不爱听宽慰的话，他要王四博表态，跟他一起干。

　　王四博尽管有点醉了，但心里清楚这个底线要守住。他明白一旦跟着二哥干，将意味着与整个家庭的决裂。说决裂可能重了点，至少阵线分明。要干，只能偷偷地，而且只能投进去一部分资金。

　　可王亚峰说，需要的不是他的资金，而是他的态度。

　　说着，喝着，两人的舌根有点硬了。

　　王四博的酒量不如王亚峰，但王亚峰又喝得比王四博多。

　　女人喝多了会哭，男人喝多了会把心底的秘密讲出来。

王亚峰向王四博炫耀着自己的风流韵史，王四博不以为然，说："那些女人都是冲着你的钱，只有我的爱情才是纯真的。要不是你和姗姗离婚，曾小婷肯定愿意嫁给我。王亚峰说，曾小婷你想娶就娶，跟姗姗有什么关系？"两人一来一往，几句话总是翻来覆去说好几遍，唠唠叨叨都在掏心窝，不知道在说些什么，但无所不谈、无所不说。

酒楼的客人早已走光，楼上歌舞厅的营业也结束了。小宛进来，看到两人已把第三瓶马爹利 XO 喝完，还在嚷着开酒。小宛坚决不让他们再喝了，并且把王亚峰的汽车钥匙抢了过去。

走到酒楼门口，一阵寒风袭来，王四博打了一个冷战，猛地一口喷出了长长的水柱，然后一发不可收地把好酒好肉全都倾泻出来。

能喝能吐，这是年轻人的本事。

王亚峰也醉了，他刚坐上车就睡着了。

小宛让服务员端来一杯热水，一边拍着王四博的背，一边哄着他漱口。

慢慢地，王四博缓过劲来，吐完了反倒舒服，多少清醒了一点，嘴里喊着"我没醉，二哥醉了"，脚步却站不稳。

小宛叫了一辆停在酒楼门口等客的三轮人力车。车工是认识的，两人一起把王四博扶上车。小宛要他负责把王四博送到家，然后自己开着王亚峰的车，把王亚峰送到刺桐酒店。

王四博耷拉着头，随着三轮车的晃动左右摇摆，突然磕了一下，有点痛。他用手擦了擦脸，在冷风中清醒了一点，觉得肚子空空的，有了饥饿感，这才想起刚才已经吐得一干二净。

今天晚上几千块钱的洋酒糟蹋了。

三轮车经过华侨大厦，马路边上的几个大排档热气腾腾，现在正是吃夜宵的时辰。王四博叫三轮车工停下，从裤兜里掏出五块钱。车工说刚才那个小姐已经付过了。王四博纠正道，不是小姐，是老板娘。说完把钱硬塞给车工，转身走到清源池边的一张桌子坐了下来，大声叫嚷着："来一碗米粉汤。"

寒风阵阵，清源池岸边的几只小木船相互碰擦着，荡起一串串涟漪，把照射在水面的月光撕得粉碎。

王四博埋头在碗中的蒸汽里，狼吞虎咽地吃完满满一大碗的米粉汤。

这碗十块钱的海鲜煮湖头米粉比那蛇肉好吃多了。

王四博打着饱嗝，上了一辆停在路边的三轮人力车，告诉车工地址后，便闭上了眼睛。

就在眼睛闭上的一刹那，脑海中突然想起了一件事，王四博惊出了一身冷汗。

他摇了摇头，努力回忆着刚才和二哥喝酒时说的话，他仿佛记得向二哥说出了两个藏在心底的秘密：一个是王莉是龙斌和谢莉莉的女儿；另一个是大嫂到银行取了十万元，是他把大嫂送到龙斌家的楼下。

王四博想不起来自己有什么理由把这两个秘密告诉二哥呢？

到底说了没有呢？酒后吐真言，可再怎么醉也不能说啊。

王四博越想越后怕，忍不住狠狠地给了自己一个巴掌，"啪"的一声让三轮车工莫名其妙。

到了家门口，王四博拿出五块钱给车工。车工说刚才已经付过了。王四博这才注意到还是原来的那个车工。

"你是好人。"王四博挥挥手，踉踉跄跄走向自家的大门。

第二天早上，王四博醒来时已是九点多钟。

他急忙起床，先到金虎大酒楼开上自己的摩托车，然后赶到刺桐酒店，按响了二哥房间的门铃。

开门的是小宛。

王四博发了个怔，这才想起昨夜是小宛开车送二哥回了酒店。

王亚峰还没醒，王四博略为安心一点，看样子二哥昨晚醉得很厉害，即使自己真的不小心说出什么秘密，二哥应该记不得或没听清。

王四博回头看了一眼小宛，小宛穿着酒店的浴袍，脸上没有化妆，眼袋有点发黑。

小宛嗔了一声："我还没洗脸呢。"转身走进卫生间。

王四博说："我回去了。"说完，不等小宛回应便走出房间。

听到关门的声音，王亚峰睁开了眼睛。

其实，王四博刚才按门铃的时候，王亚峰已经醒了。

就在小宛给王四博开门的时候，王亚峰把昨晚发生的事回忆了一遍，想起了为什么小宛会在这里。

首先跳入他脑海的是昨晚王四博断断续续的酒话：关于龙斌和谢莉莉，关于大嫂去送钱的事，当时他的反应是迟钝的，一来他觉得王四博在说醉话；二来觉得故事有点戏剧性；三来自己已是半醉，理不清思路。

而现在，当王四博进门的时候，王亚峰依然紧闭双眼，脑海里却在努力回忆着昨晚王四博所说的点点滴滴，在记忆的碎片中搜索内在的联系。随着线索逐渐清晰，故事慢慢完整，王亚峰的心跳加快了许多，好像无意中打开一扇宝库之门。他不知道宝藏的价值到底有多大，但至少是充满惊喜和期待的。

王亚峰的心跳继续加快，一股躁动传遍全身。

因为，洗手间里的水流之声是如此悦耳，引人遐想。

第二十九章

　　谢莉莉的纺织机械有限公司投产了，第一笔生意是王大伟介绍的，洪添一出手订购了一百台圆盘机。

　　谢莉莉心里赞叹，大陆的市场真的大。要知道，在台湾能够订个二三十台机器，已经是很大的单子，没想到洪添一下子订了一百台，而且说用得好再追加。

　　洪添这些年的针织面料销路很好，设备一直在增加，但纳米技术新面料的项目进展不大。许多实验室的科研成果在产业化过程中，总要解决放大生产过程中带来的技术问题。这个项目已经摸索了两年，超过两千万元的投资，现在完成中试，未来的结果要看进一步试验的数据。好在洪添的传统业务发展势头不错，足以支撑新项目研发的资金投入，否则，可能夭折了。

　　洪添那占地一百亩的工厂坐落于龙湖湖畔。

　　王大伟和谢莉莉站在洪添办公室的落地窗前。

　　眼前是波光潋滟的湖面，在夕阳的余晖下金光闪闪。湖边的芦苇在微风的轻拂下，摇曳着柔曼的身姿，抖落出一团团的芦花飞扬。

　　"太美了，每天在这里办公，心情一定很好。"谢莉莉接过洪添递来的茶杯。

　　"那不一定哦。要是生意不顺，再好的景色恐怕也没心情欣赏。"洪添回答道，"况且，每天面对的风景，没什么感觉了。"

　　"你是身在福中不知福。每天能看到这么好的景色，很多烦恼自然会有所排遣，美景能够冲淡与洗脱不愉快的心情，让你振作起来。"王大伟反驳道。

　　谢莉莉说："我想邀请你们到台湾考察。我们还有更先进的纺织设备可以推荐给洪总。"

　　洪添爽朗地大叫一声："好，我正想着这件事呢。听说现在台湾的喷水织布机技术已经和瑞士、德国的差距不大。前两天刚好和吴灿商量去外面走走，他想引进一些新的染整设备。怎么样，大伟，我们一起去考察考察？"

"好是好，但要到台湾考察，过得去吗？台湾对大陆人入台审批可是很严的。"王大伟给洪添泼了一瓢冷水。

"这个没问题，因为我们公司与洪总有生意上的合作，可以提供一些合同来申请入台证。放心吧，手续我来办理。"谢莉莉胸有成竹地说道。

"好啊，费用我们来付，谢总只要提供方便就行，最好能够安排我们在台湾多参观几家工厂。"洪添最关心的是了解新设备。

"洪总客气了，既然是我们邀请的贵客，哪有让你们自己掏腰包的道理。"

王大伟说："你们别争了，机票、酒店费用我们自己付，到了台湾，一切都归谢总负责。"

洪添站起来："说到吃喝，我们该吃晚饭了。知道你们要来，我叫了三个人分头去找野生的龙湖鳖，可惜只买到一只。现在，这东西快绝迹了。"

"龙湖鳖可遇不可求。你干脆在湖边弄个养殖基地，专门养龙湖鳖。"王大伟建议道。

"想过了，但我现在这一摊够忙的，哪有心思再去搞别的行当。"

"你养少一点嘛，别想着赚钱，够自己吃就行了，偶尔给我送几只。"

"这是个好主意，我用这些土特产当作礼品送人，一年可省下不少钱呢。"洪添转头对谢莉莉说，"大伟点子就是多，善于捕捉商机。"

谢莉莉深有同感："是啊，上次我们一起到云顶村，他建议人家养番鸭、养石蛙，现在已经成为村里的一个产业。"

"你们可别夸我，我这人的毛病是不够专心。还好这些年尽量控制，要是什么都去投资的话，不知道要倒下多少次了。"

洪添想到王大伟就凭着自己一句话，在他这里投资了五百万元，两年下来，这笔投资的前景还不太明朗，心里有点过意不去："大伟，纳米新面料项目已经拖了很长的时间，你要是没兴趣再等下去，跟我说一声，我把你的股份买下来，决不会让你损失一分钱。"

　　"这个项目我有绝对的信心，继续加油。"

　　王大伟的话让洪添心里暖暖的。已经有两个小股东撤资，洪添有点担忧，再拖下去会让股东们失去耐心。现在面临的技术问题是解决纳米材料在新面料上分布的均匀性，经过很多次的试验，一直不能达到要求。也许，这次去台湾能够了解到一些相应的信息。

　　三个月后，王大伟、洪添、吴灿一起到了台湾。

　　谢莉莉和俞新廷陪着他们在台北转了四天。

　　说是转，是因为这四天排得满满，既要考察工厂，又要观光、购物、品尝台湾美食。

　　俞新廷温文尔雅，待人接物非常客气、周到，喝酒的时候点到为止，与王大伟三人的海量形成鲜明的对比。因为谢莉莉的关系，王大伟不敢太勉强俞新廷喝酒。

　　晚饭后回到酒店的时间比较早，三个夜猫子睡不着，又跑出去逛夜市吃夜宵。

　　台湾的小吃品种繁多，富有特色。

　　大部分台湾人的祖先都是从闽南过来的，在饮食文化上与闽南有着很深的渊源，许多小吃非常相似，肉粽、海蛎煎、贡丸、面线糊，名称都一样，但味道有所差异。刺桐海蛎煎用青蒜，台湾用小青菜；台湾的面线糊比刺桐的稠，尽管有这样那样的差异，但可以体味出一脉相承的文化传承。

　　三个人吃了好几摊的小吃，直到肚皮撑得滚圆。

　　第二天晚上，谢莉莉夫妇特地带他们来到位于台北华西街夜市的台南担仔面饭店。这个饭店每天爆满，挤得连通道都没有，坐下来后，最好中间不要再起身。否则，你一走出来，要有很多的食客站起来给你让道。

　　饭店不大，装修并不华丽，但这里吸引人的是传承了几代人的担仔面。

　　一小碗捞面、几根青菜，上面再淋上浇头。它的神奇就在这浇头上。据说那个烧浇头的钵已经用了几十年，从来没有洗过，每天不停地用旧的汤汁煮出新的浇头。浇头里有猪肉、香菇，还有他们独家秘制的调料。

　　台南担仔面饭店的菜确实做得好，最后压轴的是这一小碗的担仔面。王大伟两口就扒拉下去，直呼好吃，俞新廷客气地问道："再来一碗？"

王大伟用目光探询着洪添和吴灿，他们却有点不好意思，说："够了，吃饱了。"

谢莉莉转身叫服务员再来三碗。

王大伟说："既然再来，那就再来六碗，吃个够吧。"说得大家忍俊不禁。边上另外一桌的客人也笑了，其中有个人指着自己垒起来的碗说："我这已经是第四碗了。"

除了美食，他们最大的收获是考察了几家工厂，受到很大的启发。

台湾工厂的规模一般不大，但分工非常明确，每个工厂都有自己的主打产品，上下游互相配套。

谢莉莉家的纺织机械厂其实只有一个设计部门、一个组装车间。大部分零配件外发加工，不像大陆的工厂小而全，从头做到尾。能做到这样明确的分工不容易，它需要有一个贯穿上下游的产业链，形成完备的供应体系和加工体系。

台湾工厂比较注重精细化管理，引进 ISO 质量和环保认证体系，推行 6S 管理概念，重视车间环境的整洁和工人的劳动安全保护。

三位企业家看到了自己的不足，觉得此次台湾之行收获很大，再三邀请俞新廷一定到大陆传经送宝。

谢莉莉说："新廷可以去，但你们不能灌他的酒。"

王大伟回敬了她一句："你把我们都当成酒鬼啊？"回头对俞新廷说："不喝酒可以，我请你去唱歌、洗桑拿。"

谢莉莉急得直跺脚："那你还是请他喝酒吧。"

第五天以后，他们三个人跟着旅行团，到了台中、台南、南投、高雄转了一圈，走马观花游览了几个城市和台湾最著名的阿里山、日月潭，逛夜市、泡温泉、洗桑拿。难得抛下手头的工作，好好地玩了几天，心情大为轻松。

吴灿牵挂着工厂的订单，每晚到了酒店都要打电话回去交代很多事情。洪添说吴灿现在事业心很强，管得很到位。王大伟却说他放不下，应该权力下放，责任到人，要不老板太累，底下员工又不敢承担责任。

吴灿说："你们的工厂已经具有相当规模了，我只是刚起步，很多订单都是我自己跑来的，不盯着不行。再给我三年时间，我会走上规范化管理的。"言语中信心满满。

王大伟发觉吴灿变化很大，用一句时髦的话来形容："正在完成从个体户到企业家的蜕变。"这种变化是渐进的，但看得见。王大伟知道自己何尝不是在蜕变中？他们没有受过高等教育和系统的训练，只是在商品经济大潮中敢于弄潮，历经沉浮，几经挣扎，能够活下来的，能够活得精彩的毕竟是少数。如果不能在竞争中不断自我完善、自我提升、自我超越，随时都会一败涂地、灰飞烟灭。

大家所能看到功成名就的只是极少的一部分，有更多的人倒在前行的路上。

所谓成功靠的是天时、地利、人和，并不尽然。

一个人的成功离不开能力、勤奋、运气三个要素，缺一不成。能力包含着很多方面，专业能力、领导能力、组织能力、交际能力、知识结构、人格魅力等。运气，在每个人身上有着各种机缘巧合。唯独勤奋是一致的，只有积极努力、拼搏进取才能有所收获，俗话说的"天上不会掉馅饼""天道酬勤""勤能补拙"大概就是这个道理。

王大伟刚从台湾考察回来，就接到龙斌的电话。龙斌说："明天我带你去一个地方，早上八点钟我的车来接你。"

王大伟问："去哪里、什么事？"龙斌神秘地说了一句"到时候你就知道了"，说完把电话挂了，让王大伟琢磨了老半天。

龙斌接上王大伟后，车子出了西门，朝着永德方向飞驰。

王大伟觉得奇怪，问龙斌到底去哪儿。

龙斌淡淡地说道："好几年没去云顶，想去看看，让你陪着走一趟。"

王大伟有点不解："不会吧，到云顶看看干吗搞得这么神秘，好像在做地下工作似的。"

龙斌道："有什么神秘的？我是怕请不动你这位大企业家，不用这种连哄带骗的方法，你会来？"

"书记大人的指示我敢不从？上刀山下火海我都陪着你去。"王大伟的调侃让驾驶员小丁和龙斌的秘书小陈都笑了。

一路上，王大伟兴致勃勃地向龙斌介绍了这次到台湾考察的所见所闻，尤其是他们参观台湾企业的心得。

龙斌对于通过企业的分工合作形成一个完整的产业链这个问题很感兴趣。为解决刺桐区目前存在的困扰提供了一个新思路。

刺桐区正在进行"腾笼换鸟"计划，一些粗放式劳动密集型企业和有污染的化工、皮革的企业正面临产业升级或搬迁的难题。同时，需要重点扶持一批骨干企业，并围绕这些骨干企业带动上下游配套企业的发展，培育出适合当地特色的支柱产业。比如，晋东运动鞋产量已经在世界上占有很大的比重，也带动了运动系列产品如雨后春笋冒了出来。现在，中央电视台的体育频道，广告几乎被晋东品牌垄断了。这种发展模式和经验，都是值得学习和借鉴的。

随着经济规模日益发展壮大，城市化进程加快，农业、工业和服务业的比重已经发生了结构性的变化。龙斌心里非常清楚，借助于刺桐区的区位优势，与城市化进程紧密相关的金融、房地产、交通运输、商贸、餐饮娱乐等行业发展势头迅猛，而作为第二产业中的各种制造业却面临亟待进行产业转型和技术升级的紧迫局面。

刺桐的企业绝大部分是民营经济成分，在市场经济中单打独斗，势单力薄，在与国有企业、外资企业的竞争中，明显处于劣势，好比小舢板碰撞航空母舰，只会粉身碎骨。政府有责任、有义务帮助这些企业通过外延的扩大规模和内延的技术创新全面提升竞争能力。

有了与国有企业和外资企业同等的国民待遇，站在同等的起跑线上，民营企业的活力和优势将会得到了充分释放，竞争力进一步提高。这些小舢板将会茁壮成长，成为抗得起大风大浪的大船。

"如果把这些大船集合起来，形成一个联合舰队，是否具备远洋作战能力，是否具备与航空母舰抗衡的能力呢？"龙斌一直在思考这个问题。今天，王大伟提到的四个字"产业分工"，让龙斌眼前一亮。既然是组成联合舰队，就要根据各种舰船的特性进行分工，有战列舰、导弹快艇、潜艇、后勤保障舰等。这样，这支舰队才有很强的综合战斗力。

"你说的'产业分工'这种模式不错，值得学习和借鉴，最好能够再详细说说他们是如何做到合理分工的。"

"人家已经发展这么多年了，这种社会分工是逐渐形成的，我也说不好。"

"没关系，你整理一下，要是有一个比较完整的例子更好。"龙斌说道。

王大伟觉得今天龙斌突然想去云顶，一定不会是心血来潮："我回去再想想。先说说今天去云顶的目的，你一定是有什么计划。"

龙斌不置可否地答道："我哪有什么计划，就是想来看看。时间还早，我们眯一会儿吧。昨晚没睡好，有点困。"

龙斌这一说，王大伟也有点困意袭来。这次到台湾连续七八天都是行程满满，今天又是起个大早。

车子进入永德山区，开始在弯曲的山路上盘旋。

王大伟突然被一阵锣鼓声吵醒。当他睁开眼睛时，车子已到了云顶村。

龙斌和王大伟刚下车，陈贵生大步迎了上来："欢迎你们啊！"简单的一句话，声音浑厚又饱含深情。

王大伟抬头一看，这不是之前的知青点吗？旧房子经过翻修，窗子扩大了许多，装上明亮的玻璃，边上新盖了三间教室，门前的空地重新铺上水泥，还竖立着一根旗杆，飘扬着鲜艳的五星红旗，高悬在大门上的一块匾用红色的丝绸蒙着。

"是学校的落成典礼吧？我怎么没听说？"王大伟有点惊讶。转身看看周边的热闹场景，发现学校墙上的一条标语"热烈庆祝云顶希望小学胜利落成"，他终于明白龙斌今天带他来的目的。

正当王大伟纳闷时，陈贵生紧紧握住王大伟的手："大伟，云顶的乡亲们谢谢你啦！你可帮了大忙，出了大力，要不，孩子们哪能有这么明亮的教室呢？"

"应该谢谢龙书记，他在百忙中抽空来参加落成典礼，体现了党和人民政府对教育工作的重视。"调侃的语调是王大伟的习惯。

龙斌站在边上笑吟吟地看着这一幕。

陈贵生带着龙斌和王大伟来到操场上的一块石碑前，上面刻满为建设这座希望小学捐资捐物的名单，王大伟赫然排在第一位："王大伟丁秀丽贤伉俪捐资壹拾叁万元。"

王大伟急忙拉过陈贵生，"搞错了吧？我只捐了三万元，怎么这上面刻了十三万元？"

陈贵生说："怎么会错呢？后面追加的十万元是龙斌亲自送来的。当时，希望工程办公室主任陪着他一道来的。"

"龙斌亲自送来？"王大伟用探询的目光看了一眼龙斌。龙斌有点得意地朝着他笑，似乎很欣赏自己的创意和杰作。

当着众人的面王大伟不好再追问，直到陈贵生去招呼其他来宾时，他把龙斌拉到边上兴师问罪，责怪龙斌不该把他送给干女儿龙小云的钱捐到希望工程。假如要捐，他可以另外拿出钱来。还有，这事不能瞒到现在才让他知道，刚才差点出丑等。话说了一大堆，龙斌就是不回应。

两人沿着新校舍转了一圈，房子周边的树比当年粗壮了许多。龙斌有点触景生情，他盯着龙头山的方向望了很久。一转眼快二十年了，山上的茂林修竹依旧婆娑多姿，见证着云顶村的日新月异。

这时，陈贵生带着几个人走过来，有市、县希望工程办公室和县教育局、乡政府的领导，几个人轮番向龙斌、王大伟表示感谢。龙斌把王大伟推到前面，说："这才是最值得我们学习的榜样，事业有成，回馈社会，捐资助学，热心公益。"好几顶帽子一下子把王大伟淹没了。

落成典礼简朴但隆重，讲话、剪彩、揭幕、锣鼓喧天、彩旗招展、鞭炮齐鸣，全村的老老少少倾巢出动，像过节一样。

云顶村的孩子们终于可以在明亮的教室里上课了，这是陈贵生和云顶村乡亲们多年的夙愿。促成这个夙愿早日实现的是王大伟，而推手是龙斌，他们相继被邀请上台发言。

龙斌深情地回忆自己曾经在云顶与乡亲们共同劳动，战天斗地，接受贫下中农再教育的蹉跎岁月。对于改革开放后，在党的富民政策指引下，在陈贵生老支书的带领下，在乡亲们的共同努力下，云顶村发生了天翻地覆的变化，成了建设社会主义新农村的典范的先进事迹，更是给予充分的肯定。

到了王大伟发言，他少了一些官场的套话，显得率真与直接，简朴的几句话，最后扔下一句"我再追加捐款五万元，为云顶希望小学添置教学用具和文体用品"的话，掷地有声，展现了一位成功企业家的气魄，引起全场热烈的掌声。

下午，陈贵生带着龙斌、王大伟一行来到黑龙潭。

跟着陈贵生来的有一位身材健硕的年轻人，陈贵生让龙斌和王大伟猜猜他是谁，两人都说记不起来。陈贵生说："这是我儿子陈光明。"两人才想起当年在云顶时，陈光明只有五六岁，经常屁颠屁颠地跟在他们后面跑。

陈光明在鹭岛当了五年武警，刚复员回家。经过军旅生涯的磨砺，小伙子腰板挺直，走路带风，炯炯有神的眼睛，黝黑的皮肤，浑身洋溢着一股阳刚之美。

龙斌关心道："复员回来后有什么打算？找到工作了吗？"

陈光明脚后跟一并，双手紧贴双腿外侧："刚刚回来几天，还没有找到工作。"

"小伙子在鹭岛当了五年兵，可是见过世面的，让龙书记帮你找个好单位。"王大伟用力拍拍陈光明的胸脯，"身板子很结实，看样子身手不错。"

陈贵生说："不要给龙书记添麻烦了，回来就安心地在村里干。现在我们云顶有好多的项目，正是需要人手的时候。"

龙斌转向陈光明："小伙子有什么想法？需要的话，我可以帮上忙。"

陈光明又是双脚一并："我想到外面去闯一闯，多长些见识，多学本领。"

"好，有理想，有抱负。出去闯几年，再回来接你爸爸的班，我支持你。"

王大伟将了龙斌一军："龙书记不要打官腔，支持要拿出行动，关键是帮他找个好工作。我看这样吧，你明天先到我公司上班，什么时候龙书记帮你找到更好的工作，再去新的单位。"

龙斌觉得这是一个好办法，他看出王大伟对陈光明很欣赏："大伟，这孩子你好好调教调教，会成为好帮手。到时候我真的帮他找到工作，恐怕你不肯放人哦。"

"我们毕竟是民营企业，你要是帮他找了一个吃公粮的，我不会耽误他的前程的。"

陈贵生表态了："既然两位叔叔都支持你走出去，要好好干，虚心点、勤快点，不管干什么工作，以学习为目的，懂吗？"

陈光明一听父亲同意他离开云顶，又是双脚一并："知道了。"

陈贵生对龙斌和王大伟说道："光明就交给你们两位了。我只有四个字：严格要求。"

几个人边说边走，很快到了黑龙潭。

初冬的山区，气温比城里低了好几度，但在冬日的烘照下，暖暖的。几个人心里都有一团火，丝毫没有感到寒意。

王大伟眼前一亮，没想到离他上次和谢莉莉一起来的一年多的时间里，黑龙潭的变化如此之大。

云顶村的水泥路一直修到了黑龙潭风景区的停车场，从入口处进入景区的道路，按照不同的功能区，分别用鹅卵石、杉木、竹片铺成，沿着溪岸向黑龙潭深处延伸，两岸的树木郁郁葱葱、绿荫蔽日，一道曲径通幽的景致油然而生。

陈贵生道："这些都应该感谢莉莉，她从台湾给我寄来的资料和照片帮了大忙，许多景点都是参考和借鉴人家的。"

前面豁然开朗，一大片河滩出现在眼前，几栋新建的木头小屋紧挨着溪岸，与周边的环境不太协调，但并不突兀。原来的磨坊新装了一个大的转轮，流水通过导流渠，推着叶片慢慢旋转，带出一串串的水珠。发电站改成了一座竹子的八角凉亭，与对岸的木头小屋遥相呼应。中间是一道水坝，漫过坝顶的水流倾注而下，犹如铺开的白练，升腾起的水汽在午后阳光的照耀下，折射出七彩虹光。

陈贵生一一向龙斌和王大伟介绍景区的各个游玩项目。

夏天，每天下午一点到三点通过水坝边上的闸门放水，从水坝到下游形成三公里的漂流水道。坐着皮筏艇漂流而下，时而湍急，时而平缓，时而跌下高达四米到八米的落差，刺激的程度可想而知。

秋冬时期，水量减少，露出了一大片的河滩。这是一个很好的拓展训练基地，特别是在河滩边的树林里玩起彩弹枪，有战壕、碉堡、坑道、散落的油桶和废旧轮胎，好似一个硝烟弥漫的战场。

在溪岸的另一边，一道悬崖矗立，陡峭的岩石上分布着一些攀岩用的铁钩，从顶上垂下几根保险绳，有两个年轻人正在做攀岩的训练。

几个木头小屋可以接待十几位游客的住宿，小屋前靠近沙滩的空地上摆着几个烧烤的石头炉子，小屋后面的一片空地还可以临时搭上几顶帐篷。

沿着河滩溯流而上，有一条通往原始森林的林中小路，路上的树根和腐叶似乎在掩盖着不为人知的神秘。

想不到一个藏在深山峡谷的黑龙潭可以开发出这么多富有创意的游玩项目，龙斌和王大伟好生佩服，一致说，到了夏天一定来体验漂流的刺激。

陈贵生说："已经有一些学生和公司的白领组织到这里野营和拓展训练。"

龙斌叫他的秘书小陈回去写篇游记，争取在《刺桐晚报》发表，为云顶宣传宣传，这比广告的效应更好。

龙斌提出要通过各种渠道多宣传，打开知名度。王大伟建议找旅行社联手，通过旅行社招揽游客。龙斌提醒陈贵生要注意安全防护和森林防火。王大伟提议可以弄一些山里的土特产和旅游纪念品向游客推销，扩大营业额。龙斌关照要合理控制游客的数量，做好环境保护工作，不要过度开发。王大伟说可以发动村民开办农家旅馆和农家饭店，让城里人体验山村生活。两人七嘴八舌提了好多的点子，陈贵生听得句句入耳。

龙斌和王大伟参观了云顶村的几个村办企业，更为他们的进步感到惊奇和高兴。陈贵生这位土生土长的农村基层党支部书记，虽然文化程度不高，但勤奋、进取，一心一意领着乡亲们搞经济、求发展，依靠当地的自然资源，充分拓展思路，走出了一条集体致富的道路，龙斌受到了很大的启发。

在刺桐区，还有一部分郊区的乡村，条件虽然比云顶好，但经济发展步伐缓慢，村财依赖政府拨付，唯一的机会是坐等卖地，但这些乡村土地存量不大，土地卖了，以后的日子靠什么生活呢？龙斌认为，应该组织他们来云顶参观学习，共同探索集体经济的发展之路。

王大伟却表示反对，说："你这是在给云顶增加负担。你们一说学习先进典型，来了就免费吃喝，这一大笔开销云顶负担得起吗？不出几个月时间，好端端的一个云顶恐怕被搞得筋疲力尽，不是吃垮，就是拖垮。你说你这不是在帮倒忙吗？"

龙斌想了想，觉得王大伟说的有道理，很多先进典型就是这样被拖垮的。正当他犹豫时，王大伟接着说："要是你们组织来旅游，顺带着让陈贵生他们介绍先进经验，倒是可以试试看。前提是吃喝拉撒不能让云顶负担，而且门票、旅游项目的费用要照收。"

龙斌笑着对陈贵生说："你看大伟现在多会计算。这些年的商海熏陶，让他算盘整天挂在脖子上，十足的生意人。"

陈贵生说："在商言商嘛。我现在也学会了讨价还价，学会了向银行贷款。如果是组织上安排来参观的，我们收费可以优惠。至于说介绍先进经验，也没什么好宣传的。云顶村的经济规模很小，只是刚刚起步，几个工厂很简陋，主要是利用当地的资源。"

龙斌高屋建瓴地总结道："你的这种利用当地资源搞多种经营，再加上集体致富，这几点经验已经足够很多人学习了，单凭集体致富这一点就非常难能可贵，值得大书特书。"

龙斌说到这，有点慷慨激昂。

"回头我和永德县的林书记打个招呼，让他派两个笔杆子到云顶住上一段时间，好好总结你们的先进经验。"龙斌这些话是对陈贵生说的。

陈贵生："这些年县里派人来，都被我挡回去了。我怕挣钱多了，路走歪了，要是成了典型，更是误人误国。"

"你们的路不会错，党的政策是为了让老百姓脱贫致富、过上好日子，只要钱挣得合法，就是光荣的。好好宣传你们的经验，是为了让更多的基层党组织充分发挥第一线的战斗堡垒作用，带领群众走集体致富的道路，一起奔小康。"龙斌说到这，右手一挥，慷慨激昂。

多年官场的磨炼，龙斌对情绪控制已经是张弛有度、收放自如，一般不会轻易地流露出真性情。四平八稳做事，心平气和说话，这是当官的基本素质，像今天这样的慷慨激昂已经很少见了。龙斌今天不止一次地慷慨激昂，仿佛又回到二十年前的学生时代，可见云顶对他的影响之深，让他有一种热血沸腾的振奋。

龙斌说："我们该回去了。"大家注意到已经是下午三点钟，回到刺桐至少要三四个小时，交通不便正是云顶的先天不足。

第三十章

大环亚公司的会议室里座无虚席。

王大伟特地选择在星期天下午开这个会，王三平、张丹红、王四博都被邀请出席。

北京来的专家正在讲话。

扎着一条艺术辫子的专家叫莫非，一个挺怪的名字。

莫非是北京向导企业顾问公司的首席执行官、留美博士，曾被美国著名的管理咨询公司麦肯锡派到中国，后来自立门户，创办了这家公司。

莫非是龙斌在北京的同学推荐的。据说他们在公司治理方面有相当丰富的经验。同时，他们在品牌推广方面也有良好的业绩，已经成功地帮几家公司做了企业品牌战略策划工作，大大提高了企业知名度和品牌美誉度。

王大伟第一次见到莫非，觉得他不像企业管理方面的专家，更像一个艺术家。讲话时，那条艺术辫子，随着他的摇头晃脑而左右摆动。

莫非不但外表打扮另类，而且很有个性，他见到王大伟第一面就甩出一句狠话："我知道你们闽南人热情好客，喝起酒来不要命。但我滴酒不沾，你要是让我喝酒，这生意我不做。"

王大伟说："行啊，不喝酒可以，但我同样有一个条件，你要学会喝茶。我说的是铁观音。如果连茶都不喝，这个生意我也不做。"

莫非平时习惯喝咖啡和可乐，但他答应了王大伟的条件。

莫非接着递给王大伟一份合同。

王大伟看完合同，心里有一丝不快。且不说只是对企业的现状进行诊断，开价就高达二十万元，付款条件更是霸道，合同一签，全额付清。

莫非说："我不善于讨价还价，你认为行就签；如果不行，请帮我订一张回程的机票。"

莫非不太想做这笔生意，只是因为受朋友之托，不得不来，所以他的条件不退让。他的公司一直是与北京、上海等地的跨国公司、外资公司、大型国有企业合作，收费高，双方的理念接近，沟通比较容易。对于民营企业、中小企业，他不太熟悉。上次到浙江接了一个项目，不但没拿到一分钱，最后还被人轰了出来，说他是骗子公司，凭着几页纸就想拿走几十万，搞得他灰头土脸。海龟碰到土鳖，只好认栽。

王大伟拿着合同掂了掂，二话没说签下"王大伟"三个字，并且叫来曾小婷马上往向导公司的账户打款。

王大伟心里清楚，这么厉害的人一定是有真本事的，倒想看看他的本事到底有多大。

王大伟的豪爽劲把莫非给镇住了。莫非对这位农民企业家的印象发生了变化，最起码是一个爽快的生意人、识货的生意人。

莫非是个干实事的人，签完合同马上投入工作，带着两个北京来的专家一头扎进工厂里。

他们从生产环节、销售渠道到财务管理、人事管理，对公司进行全面的摸底调查，看账本，看报表，看规章制度，参观生产现场，与基层员工个别座谈，与中层管理人员和高级管理人员开会讨论，甚至到销售终端了解客户的意见、门店的销售情况，还自己掏钱买了几款产品。三个人整整忙了一个星期，晚上经常加班到深夜，王大伟几次要请他们吃饭都推说没有时间。

王大伟看着他们把公司从里到外翻了个底朝天，心想，这些人做事真不马虎，这种工作作风和工作态度值得肯定。但王大伟不明白，只是对企业进行调查摸底，怎么会有那么多的工作量呢？要是来问自己，半天就说清楚了。

莫非几个人却一直迟迟不找王大伟，他们要的是一种独立判断的效果。如果过早与王大伟接触，受其影响，有了先入为主的看法，反而失去判断的客观性与公正性。直到最后，他们才与王大伟聊了两个小时，主要是了解公司今后的发展规划和一些对外投资的情况。

今天的这个会，是莫非他们一周来的工作汇报。准确地说，是向大环亚公司宣读诊断书。好像上医院看医生，经过一番望、闻、问、切和各种常规检查后，现在该告诉病人得了什么病。

至于该怎么治疗、用什么药那是以后的事，不属于这二十万元收费的范畴。要治疗，另外收费，三百万元。

二十万元，三个人一周的工作时间，想想确实是宰人。望着莫非手里拿着的几页纸，王四博直怪大哥太大方了。

莫非以一个指挥家的优雅姿态和一个演说家的抑扬顿挫正在尽情地演绎着他的作品，由表及里、自上而下、抽丝剥茧地对大环亚公司进行全面的剖析。

渐渐地，在座的每一个人神情凝重，连呼吸都有所控制。

王大伟的脸色铁青，双手紧握一瓶矿泉水，随时会把水瓶捏破的可能。王三平认真地做着笔记。王四博却一脸的不屑，表现出对莫非的抵触。

莫非的最后一个音符结束，全场陷入了寂静，大家把目光齐刷刷投向王大伟。

王大伟心里翻江倒海。

十年来，对自己一手创办的公司倾注了全部的心血，可以说呕心沥血、披荆斩棘，一路拼杀过来，才有今天的成就。

回头看看，有多少企业已经半路夭折，而自己一直认为大环亚公司正在健康发展，稳步前进，业务蒸蒸日上，销售快速增长，知名度不断提高。没想到，现在被莫非贬得一文不值、百孔千疮，就像自己白白胖胖、活泼可爱的孩子，突然被医生诊断为百病丛生、病入膏肓一样，心里一下子接受不了。

王三平递过来一瓶矿泉水。王大伟接过矿泉水的一刹那，从王三平的眼神里读懂了他的意思："保持冷静。"

王大伟抬起头说："大家先谈谈吧，有什么意见尽管说。"

他需要时间来消化莫非提出的问题。

作为一个决策者，这个时候的态度至关重要。也许，莫非提的这些问题确实存在，只是没有人敢于这样直面，敢于大胆说出。因为，大家都是局中人。

会场再次鸦雀无声。

张丹红捅了一下王三平的胳膊，轻声建议先休息十分钟。

当大家纷纷离场时，只有莫非靠在椅背上不动，眼睛扫过所有人，说是观察也好，说是看戏也罢，好像一个捅了马蜂窝的人，面对群蜂乱舞，欣赏着自己的恶作剧。

莫非很享受此时的感觉，这种感觉既不是胜利者的自豪，也不是占有者的满足，而是一个智者的自高。

他发现了大家熟视无睹的秘密，他揭开了别人难以启齿的短处，他敲响了觉醒的警钟，他点燃了黑暗中的明灯。

享受这种感觉的同时，也是莫非决定是否继续合作的判断过程。一个病人听完医生的诊断结论后，是积极配合治疗，还是自暴自弃；是坚强地面对现实，还是怀着侥幸的心理希望医生诊断错误，这些因素都将对医生的治疗措施和治疗结果产生直接的影响。

在莫非的眼里，没有一家企业的公司治理是完全健全和合格的，存在这样或那样的问题很正常。

莫非喜欢夸大企业存在的问题，甚至有点危言耸听，这是他的风格。他认为忠言逆耳，只有让企业主充分认识到存在问题的严重性，才能引起足够的重视。

说心里话，莫非认为大环亚公司的管理水平还是不错的。一个民营企业，只有十年的发展历史，能够做到这种程度已经大大超出了莫非的预料，多多少少改变了莫非对民营企业的轻视态度。

他从另外一个角度全面审视着民营企业，并且与外资企业、国有企业进行横向比较，发现民营企业的生命力毫不逊色。特别是在刺桐地区，民营企业占主导地位，在经济成分中比重非常之大，成为地方经济发展的主力军，这种"刺桐模式"在中国有值得借鉴和学习的可取之处。对民营企业的研究，成了他必须面对的一个重大课题，更是一项新的挑战。

莫非认为，他的工作是鸡蛋里面挑骨头，而不是歌功颂德。如果不能对一家企业进行入木三分的剖析，找出存在的缺点和不足，又怎能对症下药，制定行之有效的整改方案，企业又如何能够得到快速的提高和发展呢？

公司的同事提醒他，要注意批评的语气和用词，要顾及企业老板的面子，要适应中国传统文化的温良恭俭让，莫非却不以为然。他以西方式的直截了当，甚至是简单粗暴，直奔主题，不留情面地揭示矛盾，然后带着幸灾乐祸的眼神看着当事人无地自容、窘态百出。他认为只有这样才能触及灵魂，击中要害。当他提出一系列的整改方案时，才会让当事人像捞到救命稻草一样，臣服于他的观点和措施。

当然，他也有失败的时候。有人经不起这种羞辱，拍案而起，把他骂得狗血喷头，最终不欢而散。莫非一般对这种情况都是一笑了之。一个病人如果不能认同医生的诊断，也就不存在着配合治疗的可能。

王大伟脸色铁青地回到座位上。

几个股东刚才似乎在外面有过一些争论，王三平极力劝说着王大伟和王四博，要秉持有则改之、无则加勉的态度正确对待。

王大伟听得出王三平是认同莫非的观点的，至少是大部分观点。

王大伟自己也承认莫非的论断是对的，但太夸大其词了。

比如，莫非指出公司的重大决策完全由王大伟一人拍板，缺乏必要的民主，决策前没有充分的论证，没有制衡的力量，是"一言堂"，是家族式的管理，是独裁者的作风。这种决策方式虽然效率很高，但一旦出现决策失误，损失同样惨重，这是民营企业家族式管理的通病。

比如，目前公司的资产负债比率偏高，而且现金流的状况不是很顺畅，即现在公司的资产负债率已经超过警戒线，达到百分之六十，而且有进一步恶化的迹象。由于对销售终端和代理商的铺货，致使经营性库存资金比率高，流动资金占用天数达到九十天以上，应收账款占全年销售额的百分之三十。现金流的呆滞又刺激着银行贷款额的增加，从而提高了资产负债比重，降低了资产收益率。如此脆弱的资金供应链一旦断裂，企业离破产只有一步之遥。

比如，目前公司的人才结构很不合理，既缺乏高素质的高级管理人员，又没有良好的人才激励机制。

　　比如，现有的营销模式还停留在 20 世纪 80 年代传统的销售方式上，没有真正树立品牌意识，建立现代营销体系，在企业标识、产品风格、市场定位、价格体系、终端管理等方面都需要进行大规模的深化改革。

　　比如，生产环节的管理应注重质量的提升和效率的提高，生产流程要更科学、更规范，车间要洁净，劳动保护措施要跟上，产品质量管理要更加严格。

　　除此以外，薪酬制度、财务制度、安全管理、仓库管理、物流配送、环境保护、售后服务、后勤保障、消防、食堂、宿舍管理等，都存在着不少的问题。

　　坐定后，王大伟让大家先发表意见。

　　会场沉默了一会儿，韩天华第一个发言。

　　韩天华首先愧疚地承认在管理上的许多缺失，把责任揽到自己身上。韩天华的发言是诚恳的，他确实意识到存在着许多的问题。

　　有了韩天华的带头，接下来大家纷纷发言，有承认错误的，有辩解的，有不服的，各种发言都是说给王大伟听，而不是根据莫非提出的问题谋求解决方案。

　　王大伟看王三平一直在做着笔记，点名让他说一说。

　　王三平合上笔记本，说道："古人道：'忠言逆耳。'莫非先生的话听起来不太顺耳，但确实说到点子上。十年来，大环亚公司的全体员工在董事长的带领下，经历了风风雨雨，今天的成绩来之不易。"王三平讲话水平高，几句话既肯定了莫非的观点，又安抚了大家的情绪。

　　"我们请来莫非先生，是希望他帮助我们找出存在的缺点和漏洞，以利我们更好地总结经验，提高我们的管理水平。因此，莫非先生的发言是一帖苦口的良药，大家应该认真地反思，深刻地理解。让我们以热烈掌声向莫非先生表示感谢。"王三平说完带头鼓掌。大家跟着鼓掌，尽管掌声不是很热烈，但对立的气氛有所缓和。

　　王三平看了看王大伟，示意他应该表态。

　　王大伟的思路也慢慢清晰，他知道这个时候自己的态度将会影响到大家的情绪，对今后的改革工作至关重要。因此，他必须旗帜鲜明地支持莫非，哪怕心里再不服气，也要承认莫非的批评很有价值。

"非常感谢莫非先生的坦率，你的批评和观点确实让人一下子接受不了，但认真想了想，很有道理。有些我们没有意识到的问题，或者我们不敢直面的问题，通过你的点醒，振聋发聩，让人胆战心惊。我们一定要认真对照，找出根源，努力加以改进。希望莫非先生能够给我们指点迷津，找出解决问题的办法。"

王大伟的话让莫非松了一口气。刚才他一直故作轻松地看着大家的各种反应，其实心里是紧张的。如果王大伟在大家的影响下，不能正确理解他的观点和接受他提出的意见，下一步的合作将会很困难，他这一次的刺桐之行等于宣告失败。

莫非站了起来，那条艺术辫子随着他的讲话左右摇晃："我说话不喜欢拐弯抹角，难免有得罪之处，还请大家见谅。王董事长的胸襟和气魄让我叹服。难怪大环亚公司能够在短短的十年取得如此骄人成绩。我们提出来的问题，是很多企业普遍存在的难题。相信在王董事长的带领下，一定会迎刃而解。向导企业顾问公司和我本人非常愿意继续为贵公司服务。我想，我们是否可以讨论下一步的合作方案？"莫非想趁热打铁，签下第二阶段的合同。

如果说前面是诊断，找出病因，下一步就是制定治疗方案、开药方，三百万元的合同才是莫非的真正目的。

王大伟对下一步合作的合同已经看过，他不得不佩服莫非的专业。合同对于今后的合作规定得非常详细，该做什么，做到什么，条理清晰、思路缜密。许多新的名词出现在附带的计划书里，如 CIS 导入、决策树、现金流、销售通路、美誉度、营销策划、市场细分、广告创意等，一个比一个新颖，一个比一个专业。

他把这个合同的附件，即所谓的品牌战略计划书拿给王三平和韩天华看，他们两人都认为计划书太笼统。作为一个大纲是完整的，只是没有提出具体的措施和方法。王大伟说："你们两人太天真，你没签合同、没付钱，人家怎么会给你详细的方案呢？这可和上医院看医生不一样，医生可以先给你开药方再付钱。"

总之，没拿到钱，人家是不会亮出底牌的。

王大伟拿着合同，觉得有点沉甸甸的。但并不是觉得三百万元贵了，真要是能够帮助企业脱胎换骨，跃上一个新台阶，打造一个响当当的知名品牌，这三百万的咨询费、策划费、顾问费，不管什么费，就算是学费也值。他担心的是，三百万元花出去了，效果没达到，反倒把原来的平衡局面打破。

今天的会议，已经对管理人员产生了很大的触动，一场信任危机将会来临。

王大伟对自己是有信心的，他相信能够掌控局面，但这种控制的能力是否就是一种独裁的表现呢？或者说，局面是控制在自己的手中，但企业的发展却偏离了正确的轨道。

王大伟一直对企业的高速稳定发展沾沾自喜，没想到被莫非的一场演说批得体无完肤。他一直看到身边不断有企业倒闭，而大环亚能够活下来已经很不容易，没想到已经有许多企业冲到自己前面去了。一些土生土长的晋东、狮城的服装、鞋业企业，天天在中央电视台做广告，在全国各地家喻户晓。

该是奋起直追的时候了，但将希望完全寄托在莫非身上，王大伟心里没底。

王大伟站了起来，对莫非说："第二阶段的合同我明天给你一个答复。今天晚上我们共进晚餐，庆祝第一阶段的合作成功。同时，好好感谢你们这一周来的辛苦工作。"

莫非想推辞，他很不喜欢这种应酬的场面。王大伟半开玩笑地说，"你不想拿到明天的合同？"莫非只好答应了王大伟的安排。

王三平和张丹红要带小孩，晚上不能参加。临走前，王三平对王大伟说："还是外来的和尚会念经。"

王大伟转头问张丹红："丹红你觉得呢？"

张丹红沉思了一会儿说："我认为应该让他试试。这个人的话虽不好听，但见解比较精辟。可不可以把合同分为若干阶段执行，按进度付款？"

王大伟说："这是一个好办法，我跟他谈谈看。"

送走王三平夫妇，王大伟给龙斌打了一个电话，然后驱车来到区委，直奔龙斌的办公室。

星期天，比较冷清，除了值班人员外，各部委的门都关着。龙斌经常在星期天跑到办公室，安静地看看文件、写点材料。

龙斌刚泡好茶，王大伟推门而入。

王大伟把今天下午开会的情况向龙斌做了介绍。

　　特别是莫非对大环亚公司存在问题的剖析，王大伟介绍得很详细。所谓"旁观者清"，龙斌作为局外人，也许能够更加客观地看待莫非提出的问题。

　　龙斌长叹一句："入木三分啊。"

　　王大伟不服地说："难道真的像他所说的，大环亚公司的管理一无是处？"

　　"如果人家把你说得样样皆好，你这二十万元不是白花了吗？本来，你花钱就是请人家来挑毛病的。我倒觉得有一点很重要的，他不敢说出来，就是你的骄傲与自大，这一点比那些经营上、管理上存在的问题危害性更大。大环亚公司存在的这些问题，是许多民营企业普遍存在的通病，带有一定的普遍性和必然性，只不过在你这里反映得更全面、更突出。因为，你的发展速度太快，步伐太大了，所以问题比别人更为严重。今天把这些问题揭露出来，是一件很好的事，你比别人更早一步发现了自己的不足，你就离破产更远一点。"

　　龙斌接着说："下面要看这个人能够为你开出什么药方，找出什么对策。我认为三百万元和一个企业的命运相比不算多。你应该把重点放在如何根据他提出的措施，进行改正和调整。说得更广义一点，这是企业的一次飞跃，一次脱胎换骨的绝好机会。做得好，就是一次革命性的改革。至少，可以摆脱小作坊的生产模式，摆脱小商贩的销售模式，摆脱家族式的管理模式，初步建立现代企业管理制度和营销制度，确立品牌发展战略。"

　　王大伟说："我知道不改革是不行的。走了十年，我一直以为，自己已经是实行了现代的企业管理制度，没想到还是未能走出家族式企业的窠臼。名义上的中外合资，建立了董事会决策机制，聘请了职业经理人，尽量避免任人唯亲的裙带关系，连王四博都不让他插手公司的管理，我已经采取了很多的防范措施。你说，我要怎么样才能摘掉家族式企业这个帽子，真正建立现代企业管理制度？难道说，民营企业真的走不出这个怪圈？"

　　龙斌说："家族式企业、民营企业、现代企业管理制度这三者没有必然的因果关系和矛盾。西方的许多老牌家族式企业，比如洛克菲勒、福特，很早就已经建立起现代的企业管理制度，而我们现在还有许多国有企业仍然政企不分，更谈不上建立现代企业管理制度。

"民营企业的特点决定了它很大部分是由家族式企业起步的，而家族式企业本身并不是一件坏事，至少在创业的初期，它能够凝聚强大的力量，动员一切可以动用的资源，它的股权拥有者和经营者，都能无限忠诚于资本，并且竭尽全力，争取利润的最大化和资本的增值，它的工作效率、灵活机制和管理成本这些优势都是国有企业不能比拟的。家族式企业最大的危险在于决策不科学、股权不明晰、内部管理的内耗等问题。要解决这些问题，应该建立现代的企业管理制度。

"但是，现代企业管理制度在中国的实践时间不长，经验不多，即使是许多国有企业，也未必已经建立完全意义上的现代企业管理制度。垄断性企业、带有行政使命的企业、计划经济体制痕迹很重的企业，都难免存在着与家族式企业同样的弊端。

"企业所有权与管理权的分离，职业经理人制度的完善，具有完全中立公正的第三方，如会计师、审计师、律师、评估师等中介机构的健全，市场经济的成熟，这些都是建立现代企业管理制度的必要条件。在这方面，中国的企业仍然有相当长的一段路要走。为此，还有许多企业要付出惨痛的代价。你能够做的，就是不要掉队，避免牺牲，活下来才有机会。而要活下去，只有不断地发展、改革，在改革中发展，在发展中改革。"

王大伟静静地听着龙斌教科书般的长篇大论，不再以调侃的口吻开玩笑，他觉得自己好像是第一次如此严肃地与龙斌讨论问题。龙斌的一番话，增强了他与莫非合作的信心。

窗外的天色已经渐渐暗了下来，归巢的鸟儿在树上叽叽喳喳闹个不停，王大伟看看时间差不多，向龙斌告辞，直奔刺桐酒店。

进了包厢，王四博已经陪着莫非他们在喝茶，韩天华和几位管理人员陆续到齐了。

大家就座后，王大伟给莫非倒上一杯状元米酒，莫非用手挡了挡，笑着说："你忘了我们的约定？"

王大伟把酒杯放在莫非的面前："约定会随着形势的变化而改变的。"

"放着吧，我是不会喝的。"

"你就这么自信？"

"我说过不喝就不喝，除非你把我绑起来硬灌。"

"你是真的一点酒都不能喝，还是不想喝？"

"坦白地说，我可以喝四两高度白酒。之所以不喝，我是在挑战一种世俗，难道生意场上不喝酒就做不成生意吗？"

"你这是在跟自己过不去，我今天倒要看看你的意志力有多强。"

莫非信心满满地说："你会失望的。我已经两年不在生意场上喝酒了，多大的生意、多大的企业、多大的官来了也没用。"

王大伟狡黠地点了点头："行，你先悠着。我们开始吧，大家举杯，为感谢北京向导公司的辛勤工作，为我们今后的进一步合作干杯。"

在座的除了莫非，其他人都响应着喝完杯中酒。

莫非恭敬地举着一杯可乐和王大伟碰了碰。

王大伟并不计较，转身给莫非夹菜，态度很是热情。

一桌人推杯换盏，敬意有加，从甜言蜜语开始，很快进入豪言壮语。

韩天华操着半生不熟的闽南语，频频地跟大家敬酒、干杯。几年在刺桐生活，他有了闽南人的热情豪爽，喝起酒仰头一口干。他和莫非的两个手下喝过几杯，但始终劝不动莫非，只好讪讪地说道："我们老板都劝不动你，我更没有办法。"说完，端着酒杯回到自己的位子上。

莫非正吃着海蛎煎，边吃边说"名不虚传"。听到韩天华的话，赶快端起一杯可乐站了起来："韩总别介意，我是谁劝都不喝酒。以茶代酒，我敬你一杯。"说完把大半杯的可乐干了。

"不就是一杯酒吗？我不信劝不动你。"王大伟站了起来，拎着一瓶状元米酒，叫服务员拿来五只小酒杯，分别倒满。

大家看这架势，都停止了吃菜、喝酒。

莫非一副泰山岿然不动的样子，看着王大伟倒酒，心想你这是徒劳。

五杯酒倒好，王大伟气定神闲地看了看大家，来一个魔术师准备开始精彩表演前的亮相。

"这五杯酒差不多有二两，完全在你莫总的可承受范围之内。也就是说，喝完这五杯酒，你不会醉的。"

大家一听王大伟的话觉得奇怪，你让莫非喝一杯都难，何况五杯？这不明摆着不可能嘛。

莫非笑着说："再加五杯我也不会醉，你别枉费心机了。你这样硬逼着我喝酒，一方面强人所难，一方面违背了我们当初的约定，于情于理都不合适。"

"不对，你能喝酒却一口不喝，这叫不近人情。至于约定，我答应的是我们的第一个合同，但现在第一个合同已经执行完毕，我们要开始合作的是第二个合同。"王大伟振振有词。

"第二个合同不是还没签吗？再说，即使签了第二个合同，我同样不会答应喝酒。"

"难道你为了一杯酒，宁愿失去一份三百万元的合同？"

"这不是一杯酒的问题，而是信守诺言和信念的原则问题。没办法，或许还有一点点臭知识分子'不为五斗米折腰'的清高。"莫非耸耸肩说道，那条艺术家的辫子跟着摇晃起来。

王大伟再逼了一句："三百万元对你可能不重要，但对于进一步深入研究民营企业这个课题，难道你想放弃？"

"我不想放弃，所以我现在仍然坐在这里。"莫非的言下之意：要不是不想放弃这个研究课题，仅仅三百万元我早已掀桌子走人，怎堪忍受你的苦苦相逼？

莫非说这话时，脸色已经很不好。

王大伟哈哈大笑，用力拍了一下莫非的肩膀，伸出了大拇指："好，我佩服你的定力，你是一个讲原则的人，更是一个干大事的人，和你这样的人合作，我放心，明天签合同。来，这五杯酒我替你喝，以表示我对你的敬意。"说完，王大伟端起了一杯酒。

莫非的情绪一直在下滑，已经快到发作的时刻，突然出现戏剧性的转折，原来王大伟是故意激将他。

莫非转怒为喜，眼看着王大伟豪气干云地要替他喝酒，情绪一下子被感染，反倒觉得自己太迂腐、太刻板。不就是一杯酒吗？犯得着跟自己过不去吗？犯得着为一杯酒伤了感情、误了大事吗？

想到这，莫非站了起来，跟着端起一杯酒，由衷地说道："承蒙王老板厚爱，我今天破例喝一杯。"说完，莫非主动碰了王大伟的酒杯，然后一口干掉，"两年的戒今天让你给破了。"

大家鼓起了掌。

王大伟仍然端着手中的酒杯，"感觉如何，这酒的味道怎么样？"

莫非回味了一下口感，做出了很专业的评判："入口柔绵，回味怡畅，香气清雅，酒味醇厚。"

"此等佳酿，曲意拒绝，那才叫不解风情。来，再来一杯。"王大伟放下手中的酒杯，端起另外一杯酒放在莫非的面前。

"不行，我刚才已经破戒了。"

"既然破了，五杯和一杯都是一样的。"王大伟指着桌上剩下的四杯酒。

莫非似乎感到中计："你不是要替我喝吗？我喝了一杯，其他四杯是你的。"

"我另外倒五杯陪你，一杯酒你能品出它的真味吗？"王大伟拿起酒瓶给自己倒了五杯。

莫非却是说什么都不喝，其他人不断地劝酒，连莫非的两个手下也加入劝酒的队伍。

最终，莫非妥协了，拿起一杯酒对大家说："我佩服王老板的劝酒能力，只好认输，实际上是他的人格魅力打动了我，这杯酒我喝。"

"什么人格魅力，不就是死缠烂打、不达目的誓不罢休吗。"

"不，坚韧不拔、矢志不移、永不言败、决不放弃，这些优良品格是作为一个企业家不可或缺的。从一些细微的小事中，我找到了你成功的理由。"莫非的话是发自肺腑的。

王大伟道："我还没成功呢。五杯酒你只喝了两杯，我的目标尚未完成。你知道我为什么那么坚持要你喝酒吗？"

莫非不解地摇摇头，那条艺术辫子随着晃晃悠悠。

"因为我想和你进一步合作，做一笔大生意。"

"做生意为什么一定要喝酒呢？"莫非反问道。

"因为这笔生意和这个酒有关系。"王大伟的话让莫非更是一头雾水。

王大伟继续说："你刚才已经非常准确地评价了状元米酒的特点，要是再喝几杯，一定能够发现更多的内涵。"

王大伟拿过一个大玻璃杯，把三小杯酒倒在里面，端到莫非的面前："你观察它的酒色、挂杯，闻闻它的香味，慢慢分几口细嚼、品赏，再告诉我你发现了什么。"

莫非端起酒杯，很专业地进行看、闻、啜、品几个步骤，神色庄重、认真。他已经把品酒当成了一项工作。莫非有一个动作很专业，他滴了几滴酒在掌心上，然后两手摩擦了几下，放在鼻子下闻了好久。

大家安静地等待着莫非的结论。

莫非把最后一口酒倒入嘴里慢慢下咽，并且对着空杯深深地吸气，抬起头，脸上露出了惊喜的表情。

刚开始他以排斥的心理勉强喝了两杯酒，虽然觉得酒不错，但并没有深刻地品味出它的独特之处。当他以作为一项工作的态度认真去品尝时，才真正品味出状元米酒的醇、绵、香、软。

莫非虽然不喜欢喝酒，可品酒是内行的。

茅台的酱香、五粮液的浓香，以及各种白酒、红酒、威士忌、白兰地、伏特加的不同香型和特点依稀记得，但状元米酒给他的感觉是独特的，好像铁观音的"观音韵"，独一无二，清远高洁、古雅成趣。

莫非作为一个文化人，凡是各种美的东西，都容易引起他的兴趣和共鸣，从而超越味觉、嗅觉等感观的表面特征，触及苦苦追寻的那种难以表述的意想和情怀，升华到一种精神层面的心灵体验。他再次深深地吸了一口杯中的香气，拿起状元米酒的酒瓶看了好久："状元米酒一定有它一段引人入胜的典故。"

莫非来刺桐之前，查阅了一些有关史料，这是他的功课之一，要为企业提供服务，应该更多地了解当地的风土人情。他知道，刺桐历史上曾经出过十九位状元、两千多位进士。状元米酒一定和某一位状元有着一段不解之缘。

王大伟点了点头："传说，在明朝，有一位刺桐的才子高中状元时，拿出家藏的米酒，在京师的刺桐会馆答谢师友，米酒的香醇惊动了在座的宾朋。从此，这个酒随着状元的名声传遍海内。还有另一种说法，有一个状元回刺桐省亲，乡亲们拿出家乡泉水酿造的米酒招待他，状元郎已尝遍天下佳酿，没想到家乡的米酒竟是如此甘饴醇和。自此，状元郎舍弃一切天下名酒，独尊此味。当然，这些都是传说，甚至这个状元是谁已无从考证，只有状元米酒一直延续到现在。"

"这个状元是谁不重要，重要的是状元米酒有什么独特的酿造方法或者配方？"莫非问道。

"但凡美酒佳酿，都离不开独特的原料配方、优质的水、特殊的酿造方法和窖藏方式。按道理说，闽南并不出产优质大米，但闽南的砂质红土壤适合番薯的生长。据说，在普通的大米中加入番薯，才造就了状元米酒特有的香味。至于水质，闽南多山，山有名泉，水质自然没有问题。酿造方法并没有什么特殊的工艺，只是采用传统的土法烧制。"

"不对，番薯是明末清初传入中国的，如果状元米酒加入了番薯，那说明它是清代才有的产品。"莫非提出了疑问。

王四博说："也许清朝以前的状元米酒不用番薯作原料，清朝后的状元米酒才开始采用。"

王大伟继续说："中华人民共和国成立前，状元米酒的酿造已经比较普及，刺桐几个县都有作坊在生产，但味道差异很大，良莠不齐。1949年后，政府对私有酒厂进行公私合营改造，成立了刺桐状元米酒酿酒厂，注册了'状元米酒'商标，经过几十年的探索和改进，形成了状元米酒独特的工艺配方和酿造方法。但是，由于体制的束缚，状元米酒一直停留在20世纪五六十年代的酿造工艺水平上，效率低、产量少、包装简易、质量不稳定，加上经营管理不善，老国企退休人员包袱过重，酒厂现在已经面临破产的窘境。"

莫非迫不及待地接过王大伟的话："于是，你想把这个酒厂买下来，想把它重新救活，让'状元米酒'的牌子重放光芒，对吧？"

王大伟悠悠地说道："不对，这是你想的。我只想让你喝下这五杯酒。现在，我的目的达到，你输了。"

大家哄堂大笑。

莫非颓然坐在椅子上："中计了，你太狡猾了。"

"这算是一种营销手段吧？"

"你的营销手段让我这个号称国内一流的营销大师无地自容。你用了激将法、苦肉计，威迫利诱，步步紧逼，我是被你所谓大生意冲昏头脑，才中了你的奸计。惭愧啊，我还是脱不了俗，利字当头。"莫非懊悔不已，用手拍了一下脑门。

王大伟哈哈大笑，拿起酒瓶再倒了两大杯酒："来，再来五杯亦无妨。"

莫非直摇头："说什么我也不会再上你的当了。"

王大伟拍了拍莫非的肩膀："其实，我是真的想和你做一笔大生意。我已经和政府谈好酒厂的收购条件，退休人员由政府承担，我买下酒厂的商标、固定资产和债权债务。现在，我要你做的是如何重新定位状元米酒，把它打造成一个著名的白酒品牌，至少在省内要有相当高的知名度，成熟时再推向全国。"

莫非半信半疑地看着王大伟。

王大伟从包里拿出一份收购协议，莫非这才相信王大伟不是在诓他喝酒。

莫非举起杯向王大伟表示祝贺，为他的大手笔干杯。

莫非不无担忧地对王大伟说道："你的想法很好，但这是一个烧钱的买卖。当年秦池大曲在中央电视台投了几个亿的广告，知名度是有了，可产品销售跟不上。现在，连影子都看不到。"

"这就是我找你的原因。我会先从产品的改进入手，生产工艺、技术、质量、产量、包装等方面都要全面提升，先练好内功，再扩大市场，打响品牌。而你要做的是全程策划，先把状元的故事整理好。有了好的产品，加上一个好的故事，还怕卖不出好价钱？至于烧钱不烧钱，那就要看你的本事。烧钱办不成事，叫愚蠢；烧钱办成事，叫平庸；不烧钱又能办好事，那才叫高明。莫总就是我要找的高明的人。"

被王大伟几句奉承话一说，莫非踌躇满志，对将要面临的挑战信心满满，再一次主动举起杯向王大伟敬酒。两个人把杯中的白酒都干掉了，但他感到意犹未尽。

这时，王大伟却叫停了，让莫非先答应他的约定："以后我们见面五杯状元米酒。"

莫非频频点头："一定一定，见面最少喝五杯。"

莫非确实有两把刷子，不出三个月，大环亚公司的面貌焕然一新。而且，状元米酒的品牌战略方案初步确定。

莫非的团队提供了全方位的服务，从企业的形象识别、经营理念、市场定位、品牌战略、市场营销，到企业内部管理规程、人才培养计划、物流、财务管理、生产管理、成本控制等各方面都提出了建设性的意见，而且能够针对存在的问题制定行之有效的改进措施。

莫非重新设计大环亚公司和"环亚"商标的全套识别体系，色彩鲜明、形象突出，更具美感。

莫非提出了采购、生产、仓储、物流、销售各环节更科学合理的管理流程，大大提高生产效率，减少浪费。比如，采集不同地区、不同季节、不同产品的销售数据，建立数学模型，进行科学分析，制定产品的生产计划、产量、不同规格的配比，减少了盲目性和往返换货的频率；引入 ERP 管理软件，对产品从原料采购到销售实行全程的实时监控，产品的库存时间缩短后，减少流动资金占用时间，加速了资金回笼，提高了资金使用效率；对于历年积累的库存进行处理，盘活了存量；更加注重生产环节的专业性分工，提高劳动生产效率，工人的收入有所增加，进一步调动了工人的积极性，等等。

许多措施的实施效果都在数字上有所体现，增强了大家对改革的信心，连杰克陈和韩天华这些搞了几十年服装的专家都不得不佩服莫非团队的专业能力。

莫非谦虚地说："我们主要是运用科学的大数据分析，找到一个更为合理的管理模式。"

莫非建议大环亚公司要重新对品牌进行定位，产品的风格以"英伦、典雅、绅士"为主调，目标市场针对政务、商务、白领的成功男士为主，突出了"经典、时尚、高雅"的品牌内涵。

莫非重新设计了销售网络，改变了以往粗放式管理，自营与加盟的销售终端彼此脱节、相互竞争的局面，全国划分为七个大区，公司派出销售团队负责各大区的销售管理，在各个辖区内招收加盟商，实行统一管理、统一配送、统一价格、统一门店形象。销售终端在很短的时间内扩大了一倍，遍布全国的网络初步建立，门店规模很快达到一千多个。

对于广告投放，莫非请来了当红影视明星出任形象代言人，在各级电视台投放影视广告，在全国有较大影响的杂志投放平面广告，在商场、销售门店开展促销活动，各种手段多管齐下，一下子大大提升了"环亚"品牌的知名度和美誉度，一个"经典、时尚、高雅"的品牌形象逐渐深植人心。

对这个品牌定位最满意和最赞赏的是杰克陈，这正符合他的雅皮风格。受杰克陈的影响，莫非成了一个非常迷恋铁观音的茶道中人，每日离不开茶香的熏陶。现在他已基本不喝咖啡和可乐，仿佛只有铁观音清亮的茶汤才能让他心旷神怡、灵感迭出。

半年的时间，"环亚"品牌跃上了一个新的高度，广受消费者的青睐，销售量直线上升，增长率达到百分之五十以上，生产线日夜赶工，满负荷运转还满足不了供货，有些产品只好外发加工。

急剧扩张的同时也带来了一些负面影响，除了产品的质量稳定性有所下降，最主要的是资金问题。

原料采购和库存数量增加，使得流动资金的总量加大；各种广告投入成倍增长；工业园区建设资金；状元米酒项目收购资金和改造资金。这么多的项目需要资金，王大伟有点捉襟见肘。

虽然，工商银行根据大环亚公司销售额的增长，增加了一个亿的流动资金贷款，但满足不了需求。因此，王大伟答应以五倍的溢价收购王亚峰股份的钱一直未付。王大伟一再拖延，王亚峰拿不到钱自然不高兴。王四博也因为缺乏资金而不能投资新的项目，每天无所事事。

两兄弟眼见大环亚公司蒸蒸日上，名气越来越大，心里便有点不平，王亚峰干脆给出最后通牒，一个月内付钱，超出一个月收购价提到六倍。

王大伟的压力越来越大，钱是一个主要的问题，而其他几个项目进展不顺利同样困扰着他。工业园的基础建设遇到问题，原计划的道路用地已被人提前买下，施工材料进不了场；状元米酒的新厂址已经开工建设，新的生产设备陆续到位，退休职工原定由政府安置，但一部分人听说工厂被卖掉了，一时想不通，不断地上访，还到工厂里闹事，要求确保他们的权益，提高退休金。

自创业以来，王大伟从未遇到这么多的难题，如此多的暗潮涌动，似乎在酝酿着一场暴风雨的到来。王大伟的神经绷得紧紧，一方面享受着"环亚"产品销售额节节上升带来的成就感，一方面小心翼翼地处理这些棘手的问题。

他相信，以时间换空间，大环亚业绩的提升对他解决这些困难将有很大的帮助。但问题在于，时间并不会给他太多的宽容，很多迫在眉睫的事不得不处理，而要处理这些问题最需要的是钱。

王大伟粗略地算了算，他大概急需五千万元才能解决眼前的资金需求。买下王亚峰和王四博的股份要两千万元。工业园的建设资金要两千万元。状元米酒项目建设资金一千万元。

在短时间里筹集五千万元资金，难度相当大。

王大伟一直以大环亚公司作为借款单位，大环亚公司的资产负债率已经达到百分之七十。现在，银行再给大环亚公司增加贷款额度已经不可能了。而且，有一部分贷款用到其他项目的投资上，这些违规的做法让张丹红很为难。她多次建议用工业园或状元米酒项目来融资，但两个项目的手续还不太完整，只能往后拖一拖。

好久没有在街上走过，周边依然是熟悉的景致，但路人熙熙攘攘，行色匆匆，似乎都在赶路。

喧嚣与躁动成了这座城市的基调，原来的那份恬静悠闲已荡然无存，更谈不上优雅与从容。

王大伟来到天韵茶馆。一进门，梅芳把他迎进楼上的刺桐厅，王大伟用欣赏的目光，看着梅芳一气呵成做完泡茶的准备工作，然后拿起那只心爱的仿顾景舟款石瓢壶，在手心里摩挲了老半天，等到水壶里的水开了，才把茶壶递给梅芳。

王大伟一边喝茶，一边与梅芳聊了起来。当梅芳说她想回家时，王大伟关心地问道："是这里的工作不开心吗？如果想换一下环境，到我的公司来上班吧，我正缺人手。"

梅芳解释道："这里的工作挺好的，只是我想回去复读考大学。我已经拖了两年，再下去恐怕没了动力。"

"想上学是一件好事，但不一定回家呀，在这里同样可以上，电大、函授，或者自费生，机会多的是。"

梅芳笑了笑："我还没最后决定呢，只是心里有个念头。"

两人正说着，门外传来了脚步声。

杰克陈很绅士地敲了敲门，然后推门而入。

"这么快啊，来，喝茶。"王大伟招呼着杰克陈。

"你的电话我哪敢怠慢？"杰克陈这几天刚好在茶乡，接到王大伟的电话马上赶过来了。

梅芳给杰克陈递上一杯茶，再往公平杯里倒上泡好的茶汤，便轻盈地退了出去，顺手把门关上。她知道两位老板有要事商量。

王大伟开门见山地说道："我最近资金非常紧张，你能帮我想想办法吗？"

杰克陈有点不解地问道："大环亚的销售不是增加了许多，怎么会造成资金困难呢？"

"不是大环亚公司有困难，而是我个人的。"王大伟简单地介绍了情况。

"需要多少？"

"需要五千万元才能解决目前的问题。至于你能帮多少，你自己说个数，其他的我另外想办法。"

"五千万元，怎么会这么多？"

王大伟耸耸肩，露出无奈的笑容："几件事碰巧凑在一起，都急需钱。"

"能不能分开解决？"杰克陈第一次看到王大伟有一丝的不自信，这个狂傲的家伙以前总是一副志在必得的神情。

"分开解决的成本更高。既然来了，总要面对。"王大伟又恢复他的傲气。

杰克陈对王大伟的信任，也许正是冲着他的这份自信。自从投资到大环亚公司，他从来不过问任何经营管理上的事，连财务报表都懒得看。对他来说，他并不着眼于大环亚公司一年能挣多少钱，有多少的分红，而是大环亚公司能否发展壮大。这种长线投资需要的是耐心，未来的回报将是几十倍的，他已经看到这个希望。

作为一个商人，杰克陈的嗅觉是敏锐的。

这个时候，他应该挺身而出，帮助王大伟渡过难关，同时又可以为自己谋取更好的回报。

杰克陈问道："你购买亚峰的股份需要多少钱？"

王大伟想了想："连四博的一半，大概需要两千万元左右。"

杰克陈沉思了一会儿："这些股份由我来收购，你看如何？"

王大伟怔了怔，他没料到杰克陈会提出这个要求。这样一来，杰克陈的股份比例将大幅度提升，成了最大的单一股东，王大伟很难接受。

杰克陈看王大伟双眉紧锁，知道他的建议一时难以打动王大伟，便加了一把火："我再借给你一千万元。这样，你只剩下两千万元的资金缺口。"

杰克陈的条件是诱人的，但让出的股份太多，王大伟深深地吸了一口气，抬头看了看杰克陈。

透过金丝眼镜，杰克陈的眼光闪烁着商人的狡黠，脸上却是一副助人为乐的笑脸。

王大伟把呼出一半的气生生憋住，一字一顿地说道："你拿出三千万元，最多只能买走百分之十的股份，其他多出来的钱算借给我。这个条件你如果接受不了，我另外想办法。"

杰克陈心中盘算了一下，自己的股份将达到百分之四十五。想到这，杰可陈举起茶杯，碰了一下王大伟面前的杯子："成交。"

王大伟不动声色地举起杯子："我还有一个条件，借款一年内不计利息；超出一年，我按银行贷款利率付利息给你。"

杰克陈爽快地说道："可以。但我也有一个条件，用你的股份作担保，借款期限最多不能超过三年。"

"老奸巨猾。"

"彼此彼此。"

"乘人之危，落井下石。"

"得了便宜还卖乖。"

两人你一句我一句地开起了玩笑。

一个星期后，王亚峰收到出让大环亚股份的钱，同时收到的还有另外一笔出售土地的钱。

王亚峰笑逐颜开，与王金虎、王四博一起到鹭岛热热闹闹地庆祝一番。

王四博拿到了钱，本来挺开心的，但当他知道二哥与王金虎狠狠地敲了大哥一大笔钱后，却有点高兴不起来。再怎么说，二哥不应该和外人联手坑了大哥一把。

吃饭的时候，王四博趁机跟王亚峰提出，他想自己创业，现在手头有钱了，但还不够，希望把他原来投在二哥公司的钱退出来。王亚峰爽快地答应说，连本带利两百万元，明天先汇一半到他的账户里。还说，资金不够他可以投资。

其实，王四博已经有意想与王亚峰划清界限。他知道，王亚峰的生意风险太大。

王亚峰经常讲，他的老板很有势力，神通广大，从中央到省里、市里，从部队、武警到公安、海关都搞得定。有一次，王四博看到王亚峰和他的老板在一起，王亚峰毕恭毕敬地向这个长得胖乎乎、理着一个板寸头的老板点头哈腰。这个呼风唤雨、家喻户晓的大老板没有一点架子，听说王四博是王亚峰的弟弟，还硬塞给他一个大红包。

但王四博知道这个老板最大的生意是走私，二哥只是他的下线，王四博开始替二哥担心起来。树大招风，当走私成为公开的秘密，离监狱已经不远。

王四博与王亚峰、王金虎走出了鹭岛之光夜总会。

这个夜总会的主要顾客都是胖老板的手下或客户、关系户，门口停满了豪华名车。法拉利、阿斯顿·马丁、宾利和一大堆叫不上名字的跑车，让王亚峰新买的奔驰车显得有点寒碜。

王四博开着二哥送给他的那部日产公爵，一个人回了刺桐。

第二天，王四博特地到王大伟的办公室，问大哥是不是新买了一块地。

王大伟说："是啊，这块地刚好挡在工业园的前面，买下来，打通了一条捷径，少绕了好多路。虽然地价贵了几倍，但还是划算的。"说完，王大伟有点警觉地问王四博："你怎么知道我买下这块地？"

这件事，王大伟只跟谢莉莉电话里商量过。

王四博欲言又止，他很想告诉大哥，这块地是二哥和王金虎的，但王四博最终没有说出来。

精明的王大伟，最后打探出这块地的幕后所有者。

一星期前，王大伟找到他的老同学，侨光信用社的主任汪文彬。信用社的贷款虽然利率高一点，但手续相对简便。

汪文彬一听说要贷两千五百万元，有点为难，表示信用社没有信贷额度。

第二天，汪文彬又找到王大伟，说有一位客户手头有钱，可以通过委托信用社贷款的形式借给王大伟，但月利率达到百分之二，因为除了支付放款人的利息外，信用社要赚取一点利差。

王大伟说可以谈谈，汪文彬说对方不肯露面，一切委托汪文彬全权负责。同时，对方提出要王大伟的工业园土地作为抵押。王大伟一听，觉得条件过于苛刻，不想谈了。

这时，对方抛出一个诱人的条件，愿意出让工业园区前面的二十亩地。

王大伟正为这二十亩地发愁。当时过于大意，没有同时把这二十亩地同工业园区一起征用，等到工业园区要开工建设，才发现这二十亩地已被人买下。王大伟找了好久，一直查不到这二十亩地的主人，想不到今天主动送上门来。

对方开出的价码是每亩三十万元，高出王大伟当时买地的价格将近五倍。但这块地对于工业园区至关重要，通过这块地，可以省下绕过一座山的路，直接连接了工业园区，带动园区三百亩地的升值。最终，权衡再三，王大伟全盘接受了汪文彬提出的条件，两千五百万元贷款直接扣去六百万元土地款，每个月还要支付五十万元利息。

当王大伟知道卖给他土地的是王亚峰和王金虎后，惊出一身冷汗。他知道，他钻入了人家设计好的圈套。

王亚峰、王金虎买下这块地是冲着他的工业园来的，堵住入口，再狠敲他一笔。

现在，王亚峰和王金虎通过侨光信用社委托贷款，成了王大伟的债权人。

三百亩的工业园区连同新买的二十亩地一起抵押给王亚峰、王金虎，如果一年到期，王大伟还不了款，这些土地将要落入他们的手中。即使还得了款，他总计要付出六百万元的利息。

这里有个关键人物：侨光信用社主任汪文彬。

王大伟一直认为汪文彬是他信得过的朋友，没想到汪文彬会与王亚峰、王金虎合谋算计自己。

王大伟把自己反锁在办公室里。

夜幕早已降临，屋里一片漆黑。

王大伟不停地抽烟，烟头的亮光一闪一闪，映出他消瘦的脸庞，神情沮丧。

这是他创业以来吃过最大的亏，而且是败在他的朋友、他的兄弟手里。

即使马上还掉这笔贷款，同样要面临着巨大损失。合同规定：提前还款要付出一大笔违约金。

况且，钱已用掉了一大半。

最好的结局是一年到期后，把本息还掉，解除土地的抵押，但想想被王亚峰和王金虎赚走这么多钱，王大伟心有不甘。

王大伟终于把深陷在大班椅的身躯挺了起来，打开灯，从保险柜里拿出合同，一句一字地斟酌着。一切似乎天衣无缝。

陈光明轻轻地敲了两下门："大伟叔叔，该吃饭了。"陈光明改不了小时候对王大伟的称呼，不习惯叫"王董""王总"。他现在是集助理、秘书、司机、保镖的职责于一身。

　　小伙子不在乎什么职位，只觉得跟在老板的身边，每天接触到不少新鲜事，有很多学习的机会。王大伟很喜欢他，忠厚淳朴却不缺乏机灵。经过几年部队生活的锤炼，除了一身好功夫，还有很强的组织纪律性，吃苦耐劳，忠于职守，学习能力、理解能力很强，放在哪个岗位都好使。

　　王大伟决定让他跟在身边，有意识地调教培养。

　　"你先去吃饭，让食堂做碗卤面，给我送上来。"王大伟不想离开办公室。

　　陈光明离开后，王大伟拿起电话打给王三平，让他和张丹红到公司来一趟。

　　当王三平夫妇匆匆匆赶到王大伟的办公室时，他刚吃完最后一口卤面。

　　王大伟神色黯然地把合同递给王三平。

　　王三平看了一遍，说了一句："利息这么高啊？"说完把合同递给张丹红。

　　王大伟始终一言不发，等着他们两人把合同看完。

　　张丹红心里有点过意不去："我不知道公司的资金这么紧张。要不，我找我们行长商量商量，看能不能再增加贷款，来还掉这部分贷款，尽量减少一点损失。"

　　王大伟苦笑了一声："问题不在利率上，而是这个放款人是谁，你们一定想不到。"

　　张丹红说："合同上有保密条款。"

　　王大伟慢悠悠地说出王亚峰和王金虎的名字。

　　"二哥？他什么目的？"王三平不解地问道。

　　王大伟原原本本地把情况向他们说了一遍。

　　王三平一巴掌拍在茶几上，茶盘、茶杯都跳了起来："太过分了，他到底想干什么？"

　　张丹红吓了一跳，回头看了看丈夫。自两人认识以来，她从没见过王三平发这么大的火，居然会拍桌子。

　　"想干什么？他这是在挖坑让我跳。都怪我太冒进，傻乎乎往里钻，还自认为拣了一个大便宜。"王大伟自嘲地说道。

　　王三平问道："如果一年后不能按时还款，是不是工业园就要被拿走？"

　　王大伟点了点头。

"这么说，他们是冲着这块地的？"

王大伟又点了点头。

"如果我们能够把钱还上，地就能保住了，是吗？"

"是的，但我想他们还会有别的动作。"

"也就是说，我们一定要确保一年期限到的时候能够还款。丹红，你有什么办法？"王三平看了看一直在琢磨那份合同的张丹红。

张丹红放下合同，若有所思地说道："我总觉得这份合同有哪里不对劲。"

"哪个地方不对劲？你快说呀！"很少见到王三平这样沉不住气。

"我们如果现在还款，不但一时筹不到这么多钱，而且要付一大笔的违约金；如果是在一年期满后还款，又要付出那么多的利息，显然这两种选择都是不利的。而最有利的是选择半年后还款，可以省掉一大笔的利息支出。"

张丹红说完，王大伟提出两个问题："一是半年后的还款资金从哪里来；二是半年还款仍然算提前还款，同样要付违约金。"

张丹红胸有成竹地说道："我刚才计算一下时间，你把手头上的资金集中起来，投到工业园的建设上，先把基础设施搞上来，再建几栋标准的工业厂房，虽然有点紧，但抢一抢时间是有可能的。只要水、电、路一通，有了一个基本的框架，以工业园作为融资平台应该是符合条件的。"

"你是说用工业园去贷款，再来还掉这两千五百万元？"王三平明白张丹红的想法。

张丹红点点头："三百亩工业园的土地，再加上地面建筑和基础设施，我粗略评估了一下，差不多可以贷到三千万元。"

"何止三百亩，总的有八百亩地。"

"图纸上不是三百亩吗？再加上刚买的二十亩，总共三百二十亩，哪来的八百亩？"王三平不解地问道。

王大伟拿出一张地形图，摊在桌上，打开台灯，然后指着这块地临近江边的地方说："这里还有五百亩。"

"这不是一个江湾吗？不对，是一片滩涂。"王三平指着图纸说。

"没错，它现在是一个江湾。这个江湾是因为长年的江水冲刷坍塌而形成的。政府很早就想在这里修一道堤坝，免得江水不断地蚕食岸边的土地，但资金一直没有落实。我已经和几个主管部门的领导沟通过了，如果由我们出资修筑堤坝，围垦出来的土地作为工程费用补偿给我们，整个工程费用大约两千万元，折合每亩地四万元，相当划算。"

张丹红提了一个很专业的问题："两千万元只是做了堤坝工程，岸边的落差有四五米，要填这个窟窿还要不少钱，土方量太大。"

王大伟把手指划向图纸上的三百亩工业园："当初，为什么我用很低的价格买下这座山头呢？"

王三平恍然大悟："你是想铲平这座山，填到围出来的江堰里？"

王大伟用手指敲着桌上的图纸："对，移山填江，把这座山的土石方填到围堰里，两边加起来就有八百亩地。"

王三平和张丹红都没想到，大哥谋划的工业园项目埋着这么大的一个伏笔。

"丹红的建议不错，先在前面这二十亩地上实施，其他的基础设施要等这座山头铲平。"刚买下的二十亩地地势相对平坦，刚好在整个工业园的入口处。

"虽然还款来源有了，但想想要付违约金，真的很不爽。"王三平看了一眼张丹红，似乎在问她还有什么办法。

张丹红真的有办法，她拿起合同，指出了几处破绽："这份合同看似很完整，侨光信用社的公章、法人代表签字、委托方的签字都有了。但按照常规，这种委托贷款的合同不应该是一份三方合同，而是委托人与银行签订委托合同，银行再与借款人签订借款合同。按照这种法律关系，资金的流向应该是委托人把资金汇入银行的账户，银行再汇入借款人的账户，还款的本息由借款人汇入银行，银行再转给委托人。

"但这份合同为什么简化了这个程序，直接由委托人汇给借款人？还款时，由借款人直接把本金和利息汇入委托人账户，这是一个让人费解的地方。难道仅仅是为了简化程序？"

王大伟解释道："当时汪文彬告诉我，这是信用社账外经营的业务，为了避免人民银行检查时出现麻烦。"

王三平："这么说，这种业务本身不合法，才会逃避人民银行的监管。如果是不合法的经营，是否可以认定这份合同属于无效合同？"

"即使是无效合同，我们可以马上要求撤销。但问题是我们现在还不了款，只好暂时继续执行下去。"张丹红说。

"你的意思是，我们暂时执行下去，当作不知情，等到我们有了还款能力，再提出撤销无效合同的诉求，可以规避违约责任和免掉违约金？"王三平明白了张丹红的想法。

王大伟听完王三平夫妻的对话后，心里略微放宽，沮丧的心情慢慢好转，代之的是受辱后的反击："如果真的是无效合同，干脆告他们诈骗。我到公安局报案，让他们介入调查。"

"说诈骗可能够不着，毕竟人家的钱在我们手里，最多只能算违规经营，赚取不当利益。"王三平说道。

"违规是肯定的，但问题不会那么简单，是侨光信用社违规呢，还是汪文彬另有什么不可告人的秘密？你想，他是信用社主任，盖个公章对他来说很容易，资金又不从信用社的账户上过，他完全有办法把名义上属于信用社的这块利差占为己有。"

张丹红的分析让王大伟想起了当时的情景："是啊，这个完全有可能，整个过程是汪文彬一手操办的，他跟我说是为了保密。而且，要我还款时提前通知他，由他来安排。你看，合同上的汇款账号跟信用社一点关系都没有。"

"如此说来，这笔业务和信用社没有任何关系，中间的利差有可能被汪文彬个人拿走。"

张丹红想了想："是不是汪文彬个人捞好处，要看钱往哪里走。下个月你还利息时，看他给你什么账户，然后查查这笔钱的流向就清楚了。"

"要是一部分给了二哥，另一部分进入汪文彬自己的腰包，这算什么性质的问题呢？贪污？受贿？反正可以让他进监狱了。"王三平恨不得现在就让汪文彬锒铛入狱。

王大伟已经完全恢复了冷静，经过王三平和张丹红的分析，他理出了头绪，心中慢慢有了对策：一方面按照张丹红说的，赶快集中资金做好工业园的建设；另一方面不打草惊蛇，要想办法摸清汪文彬的底细，然后给予致命的还击。

一个月后，王大伟打电话给汪文彬，告诉他还利息的钱准备好了，问他是汇款到他指定的账户或者是直接付现金。

汪文彬犹豫了几秒钟，说："直接给现金吧。"

王大伟把五十万元现金装入一个牛津包里，直奔汪文彬的办公室。

汪文彬锁上门后，让王大伟打开包，粗略地点了一个大数，把牛津包塞入保险柜，然后从抽屉里拿出一张已经写好的收据给王大伟。

王大伟看着上面盖着侨光信用社的公章，二话没说把收据放进包里，告辞了。

王大伟回到车里，让陈光明把车开到马路对面，两人紧盯着门口。

大约半小时后，汪文彬提着牛津包走出大门，开着一辆蓝鸟牌轿车上路了。

王大伟让陈光明跟上。

蓝鸟车很快转入东大路，停在工商银行的门口。

汪文彬提着包进入工商银行储蓄所，半小时后，汪文彬手里拿着一个卷起来的牛津包得意扬扬地出了储蓄所。他做梦也没想到自己被人跟踪。而且，第二天，他在工商银行储蓄所存入两笔款项的凭证复印件，已经放在王大伟的办公桌上。

事实已经非常清楚。

汪文彬把三十五万元存入王亚峰的账户，而把另一笔十五万元存入自己的账户。汪文彬除了不敢把钱存在侨光信用社外，似乎没有任何避讳。

对他来说，他认为这个钱赚得合情合理、天经地义，借款人和贷款人都是心甘情愿，他在中间赚个利差更是王亚峰提出来的。只不过，他告诉王大伟，这笔款是侨光信用社受人委托的，而没有告诉他委托人就是王亚峰。他并不清楚王亚峰的真实用意，王亚峰说他想帮帮大哥，怕大哥爱面子不愿接受，所以委托汪文彬来搭桥。

汪文彬多少听闻一些王大伟与王亚峰之间不和的传言，并不相信王亚峰会帮王大伟的忙，但是，一年有一百八万元的利差收入，这个诱惑太大了。

汪文彬头脑里美美地盘算着这笔收入如何花销，情不自禁地掏出存折看了一眼，没想到蓝鸟车差点撞到前面一辆标致车的后保险杠上。

汪文彬狠狠地踩下刹车，存折掉入座椅底下。等到车停在侨光信用社的门口，汪文彬趴在座椅上把手伸进座椅底下摸了老半天，才把存折抓在手上。

汪文彬用力地朝存折吹了好几口气，小心翼翼地放入西装的内兜，夹着包走进侨光信用社。

第三十一章

是让汪文彬进监狱，还是放过他？王大伟犹豫再三。

俗话说：得饶人处且饶人。

王大伟努力想说服自己放下恩怨，但这口气实在咽不下。

他最终决定，以经济利益最大化为目标来处理汪文彬的问题。

半年后，工业园的基础设施和第一期标准厂房已粗具规模，速度是惊人的，连王大伟自己也有点不相信，压力转化为动力，他想尽一切办法，整整让工期缩短了两个月。张丹红更是动用一切能量为王大伟的工业园争取到三千万元贷款，据说信贷指标直接由省行下达。

有了归还侨光信用社借款的资金来源，王大伟却一点没有感到轻松。还掉两千五万元，再算上利息，三千万元差不多用完了，他想做的堤坝围堰工程仍然存在资金缺口。

这天，他来到侨光信用社门口，打电话给汪文彬，说有重要事情，让他放下手头的工作马上到楼下，车在门口。

汪文彬上车后问道："什么事这么急？"王大伟笑而不答。

车子很快回到大环亚公司，王大伟带着汪文彬到自己的办公室，让陈光明在门口守着，不让任何人打扰。

两人在沙发上坐定，王大伟长叹一句："文彬，你害得我好苦啊。"说完，把侨光信用社委托贷款合同放在汪文彬的面前。

"我怎么害你呢？这不是在帮你的忙吗？"

王大伟直接说出他已经掌握这笔贷款的真实情况。

汪文彬镇定地说道："没错，这笔钱是王亚峰和王金虎的。当然，利率是高了一点，至于资金的走向没有经过侨光信用社，我当时已向你说明，是为了规避人民银行的检查。信用社账外经营，为改善职工福利搞点创收，现在的金融系统这种事情多的是。"

"恐怕是为你自己创收吧？"

"大伟，你什么意思？我帮了你大忙，你还诬陷我，这算朋友吗？"

"你为了自己的不义之财，差点把我送入地狱，算不算朋友你心中有数。"王大伟提高了嗓门，站了起来，"啪"的一声把汪文彬的存款凭证复印件扣在茶几上。

汪文彬拿起复印件看了老半天，手有点抖。

他心中清楚，王大伟能够搞到这张存款凭证的复印件一定是有备而来的，但他狡辩道："没错，这是我的存款，这又能说明什么呢？我在银行存一笔钱很正常吧。"

王大伟俯下身，血红的眼睛紧紧地盯着汪文彬的脸："每个月我把利息付给你后，你都到工商银行去存一笔钱，每次都是十五万元，你说这正常吗？"

"既然是账外经营，肯定不能入侨光信用社的账，只能从个人的账户上走。我是主任，用我的名义存钱有什么不可以？"汪文彬在做最后的抵抗。

王大伟站直身子，拍了拍汪文彬的肩膀，居高临下的气势压得他喘不过气："老同学，有没有必要我叫来信用社的其他领导，问问他们知不知道这件事？"说完王大伟拿起桌上的电话。

汪文彬站起来按住王大伟的手："其他人确实不知道，这件事我一个人操办，但这笔钱最终是信用社的。"

"你不是用这笔钱买了一个店铺了吗？九十万元，很潇洒地一次性付款，这是购房合同的复印件，需要我把这些证据都交给检察院吗？"

一提到检察院，汪文彬彻底崩溃了。他似乎突然明白，问题的严重性已不仅仅是他夹在王大伟、王亚峰兄弟之间做了一件首鼠两端的事，而是利用信用社之名进行贪污受贿的犯罪行为。

汪文彬脸色苍白、双手发抖，眼睛直勾勾地看着王大伟甩在他面前的一沓纸，但没有勇气翻开它。

王大伟从饮水机上接了一杯水，递给汪文彬。汪文彬接过后，三两口喝完，"咕噜咕噜"的声音显得惊慌失措。他颓然坐在沙发上，杯子掉落到地上。

王大伟弯腰捡起杯子。

他有点同情汪文彬的处境。但王大伟马上意识到，要不是王三平和张丹红识破其中的玄机，再过半年，自己将走到悬崖边上。

汪文彬的心理素质不错，很快恢复镇静，他长叹了一口气："人在江湖，都是为了几个钱。说吧，你想怎么处理这件事？"

汪文彬的态度让王大伟心中压抑很久的怒火一下子爆发，他咆哮着把手中的杯子砸在地上："你为几个钱，差点让我倾家荡产，怎么处理你，都不解我心头之恨！"

汪文彬有点莫名其妙地看着王大伟："怎么会让你倾家荡产？"

"你知道王亚峰和王金虎的目的是为了我那个工业园吗？要是我到时候还不了款，他们不就得逞了吗？"

汪文彬总算明白这件事的利害关系，他在其中扮演了帮凶的角色。

汪文彬与王大伟几十年的交情，凭良心讲，他并没有害王大伟的想法，只是利令智昏，被王亚峰和王金虎利用。一丝愧疚袭上心头。汪文彬想，只要抵押解除，王亚峰和王金虎的阴谋就不能得逞，"你按时把钱还了，他们没有理由拿走你的抵押物啊。"

王大伟冷哼一声："你想得倒轻巧，我到时候要是还不了款呢？两千五百万元啊，可不是一笔小数目。我现在几个项目都在等着花钱，他们肯定是算准了我的资金一直处于紧张的状态。剩下半年的时间，王亚峰和王金虎这两个小子说不定还会再搞什么鬼，想方设法让我不得安宁。所以，趁现在他们还没开始行动，我要赶快把这笔钱还上，解除抵押权，让他们的计划落空。"

"现在就把钱还上？提前半年还款，违约金五十万元。"汪文彬小心翼翼地提醒王大伟。

"我现在没有钱，我也不想付这五十万元。"王大伟斩钉截铁的态度让汪文彬心头一凛。

"那怎么解决问题呢？"

"怎么解决？这就是我今天找你来的目的。解铃还须系铃人，你来帮我想办法。"王大伟说完往沙发背一靠，一双鹰眼盯得汪文彬心里发毛。

"我能有什么办法呢？"汪文彬的声音有点飘。

"要真是没办法，我只好向有关部门报案。这是一件什么性质的案件，结果会怎么样，都按照法院决策来走。至于你盗用侨光信用社的公章和我签了一份假合同，这个事实对于解除无效合同是有帮助的。"

汪文彬的冷汗再次冒了出来。

如果这个件事被揭穿，他的公职、党籍是保不住了，还要蹲几年监狱，已经到手的钱肯定要吐出来。

汪文彬想了好几分钟。

空气像凝固一样，只有落地钟的"嘀嗒"声音犹如催命符，鞭打着汪文彬的思维。他的脑子急速地盘算着，分析着各种可能性。

只有保住王大伟，才能保住自己；要保住王大伟，需要的是尽快还上王亚峰的钱。

汪文彬调整一下情绪。

自从进了这个房间，他一直处在下方，被王大伟牢牢控制着局面。一个信用社主任，平时看惯了求情、讨好的笑脸，哪受过这等的羞辱和威逼。

汪文彬挺了挺腰，抬起头，一副慷慨激昂的表情："大伟，你放心，我一定不会让你的工业园被他们夺走。要是能够现在还款，违约金我去求他们免掉；如果真免不掉，五十万元由我来承担。至于两千五百万元的本金，你争取自己筹集一千五百万元，我再贷给你一千万元，利率优惠，你看怎么样？"

王大伟的口气有所缓和："你的建议不错，可我一时哪里筹得到这么多钱。我的工业园已经全面开工，天天等着要钱。"

"哪怕筹个一千万元也行。"

"我现在手头上只有五百万元，准备要付工程款的。你还是想想办法，凑个两千万元整数。"

汪文彬有点为难，两千万元的额度给了王大伟，他需要压缩其他企业的贷款指标，但想到自己的把柄落在王大伟手中，只好如此。他回答道："好吧，给我一个星期的时间，我来想办法。"

汪文彬临走时，王大伟拿起桌上的那沓存款凭证和购房合同的复印件递给了他。

汪文彬想不到王大伟会把这些所谓的证据提前给他，但他想了想说："先放你这里吧，等事情办妥了再给我。"。

"拿着吧，难道我真的忍心看着你进监狱？"王大伟说完把几张纸塞入汪文彬的手中，轻轻地拍了拍他的手臂。

汪文彬眼眶有点潮，胸中涌起万千感慨。在他的职业生涯中，不得不面对各种诱惑，常在河边走，哪有不湿鞋？这次的这个大浪，差点把他卷入万劫不复的深渊，真是凶险啊。

汪文彬感激地看了一眼王大伟，转身走出门外。

王大伟一个人静静地坐靠在他的大班椅上。

事情的结果超出他的意料，但王大伟怎么也高兴不起来，他似乎预感到有一场更惊险的激战正在临近。王亚峰与王金虎在这场较量中没有得逞，一定不会善罢甘休，不知还会使出什么阴招。王大伟倒是无所畏惧，但对手是他的亲兄弟，让他心里堵得很。他自认为已经对王亚峰仁至义尽，一让再让，为什么王亚峰一直耿耿于怀，难道真有什么解不开的结？

王大伟打了一个电话约王四博一起吃饭。

王四博拿到钱后去了一趟香港，王亚峰带他到左轵二手车市场，他两眼发光，奔驰、宝马、各种跑车便宜得很。最终，他挑了一辆美洲豹，用了中外合资企业的免税指标，总共才花了不到三十万元。没想到刚办完海关报关手续，开出鹭岛港区，就有人追着他的车。刚开始还以为人家在跟他飙车，他油门一轰，绝尘而去。等他停下了一会儿，那人才气喘吁吁地追上来，问这个车卖不卖。

王四博顺口喊道："五十万元。"他想把那人吓跑，没想到那人居然马上从包里拿出五万元，说是付定金，其他的明天给。

王四博后悔开价低了，但话已说出，只好把车卖了。

王四博看出了这个生意的门道，第二天便到处去找外资企业进口轿车的免税批文，做起了进口汽车生意。后来，王四博租了一块地，搭个铁皮房子，弄了一个汽车展厅，兼着做建材，生意做得顺风顺水。

吃饭的时候，王大伟有意无意地问了王亚峰的近况，王四博谨慎地回答道："好像生意越做越大，听说都是一些柴油、香烟、洋酒的买卖，但详细情况我不是很清楚。"

"你千万不要参与到他的生意中，别看钱那么好赚，能不能守得住很难说。"

"听说他老板很有本事，关系通到中央，好多生意是和部队一起做的，连鹭岛、省里的领导都要敬他三分。"王四博的语气中多少有些羡慕。

王大伟说："这个人我认识。1988年他在狮城办了一个西装厂，当时我去看过他的生产线，确实有气魄。据说，因为需要进口服装面料，他把海关的路摆平了。接下来，香烟、汽车、电器、大宗原料，什么好赚就进什么，海关好像他们自家开的。"

"二哥能够跟上这样的人，生意肯定好做。"

"你可千万别这样想，要有机会也劝劝你二哥，让他收敛一点，给自己留条后路。你二哥为什么对我有那么大的成见，我一直想不通。"

"二哥这个人，心胸比较狭窄，可能是以前那些事吧？不都已经过去了，应该不会再有什么怨恨吧？"王四博安慰着大哥……

难得今晚这么早回家，一家人还没休息，王大伟陪父亲坐了一会儿，喝几杯茶，父子俩没有太多的言语。王奇山的耳朵有点背，身边的收音机音量开得很大。

最近，听说要搞旧城改造，这一片的房子都要拆。王奇山想不通，倒不是担心补偿方案不合理，而是心痛父亲留下来的这座老宅，住了几十年了，舍不得啊。

王大伟安慰他，方案还没最终确定，拆或者不拆，听说市里意见不统一。有些老干部反对大拆大建，主张要保留一些传统街区的历史风貌。

王奇山已经联络了周边的几位房主，联名上书，建议对一些体现闽南民居特色的旧建筑，应采取保护，不要全部拆光。

凭良心讲，王奇山并不是因为拆到自己的房子才如此在意，而是凭着对这座城市的爱护之情，他不希望看到，除了那些历史文物古迹外，再也没有留下这座城市独有的印记。

淑媛拿来一条薄薄的毛毯，盖在王奇山的腿上，把收音机声音调小了一点。

王大伟第一次如此强烈地感受到父亲的苍老，虽说不上风烛残年，七十多岁并不算年纪很大，但父亲确实老了，这几年老了很多。

王大伟回到房里，正在做作业的儿子王俊杰手里拿着一张纸，郑重其事地跟他说："爸爸，借给我一千元，这是我的借条。"

王大伟有点莫名其妙："你要借钱干什么？"

"我要做生意，我要投资一个项目。"

丁秀丽抢在王大伟前面一声训斥："你一个初中生，做什么生意？不像话！"

王大伟饶有兴趣地摸了摸儿子的头："来，说说看，有什么好项目？"

王俊杰说："我想买一台全自动的冷饮机。我们学校门口好几个卖汽水的摊贩，却没有供应冷饮。我问过了，一台冷饮机要两千元，我自己有一千元的压岁钱，还差一千元。"

丁秀丽一听急了："你不好好念书，想去卖汽水？"

王俊杰说："我和校门口杂货店的阿婆谈好了，我提供冷饮机，她负责制作和卖汽水。每一杯我提取一角钱，半年后我就可以收回成本了。"

王大伟哈哈大笑："你的想法不错，有创意。这种合作方式既解决了生产、销售、管理的问题，又降低了风险。"

丁秀丽说："哪有你这样放纵孩子的，这么小就想做生意，不怕影响了他的学习？"

"有这个想法，说明他有生意头脑，善于捕捉商机。当然，一个前提，不能影响学习，你能做到吗，儿子？"

"我只要每天放学后，到阿婆那里去收钱，不会浪费多少时间和精力的。"

"你说说，赚了钱想干什么？你又不缺钱花。"丁秀丽仍然不同意。

"赚了钱，我先还爸爸的钱，剩下的买一些学习用品送给那些家庭比较困难的同学。"

"好，有契约精神，又有爱心，爸爸支持你。给你两天时间，你准备一份投资计划，包括成本、投资回报、你每天预计完成多少销售、多少时间可以收回投资。写好了，我给你钱。"

王俊杰从书包里拿出一张纸："这些我都算好了，你看看这样写对不对。"

"你是有备而来啊，是不是算准了爸爸一定会支持你？不错，准备得很充分，计划很完美。但是，如果投资失败了，你用什么来还钱？"

"我用明年的压岁钱，可以吗？"

"好，你要记住，信用非常重要，人要讲信用，说到做到。"王大伟说完拉开手提包的拉链，拿出钱来。

丁秀丽一把抢过："等等，我要你保证，学习成绩不能耽误，一定要保持在全班的前三名。你答应了，我才给钱。"

王俊杰想了想："我答应，但如果我期末考了第一名，可以不用还钱吗？"

王大伟打了一下儿子的屁股："你小子还会讨价还价。借的钱一定要还的。要是考了第一名，我另外奖励你。"

这时，淑媛走了进来，说："大伟，我和你说点事。"

王大伟把母亲扶到沙发上，丁秀丽带着儿子到王莉的房间去。

丁秀丽回到房间时，淑媛正和王大伟说着王四博的婚事。

淑媛是在王亚峰与姗姗离婚半年后才知道消息的。

老人家整整哭了好几天，打电话问王亚峰到底是怎么回事。王亚峰说："都已经过去了，别再提这件事了。"说完，把电话挂掉了。

淑媛又打了电话到香港找姗姗，姗姗只说了一句："他已经有了'二房''三房'，还在乎这个家？心不在这里，还不如早点离了，我清静多了。"

王亚峰与姗姗离婚，促成了王四博与曾小婷旧情复燃。

王四博自立门户后，曾小婷当了他的助理，内部管理井井有条。姗姗不好再去阻止表妹与王四博的恋情，反正她与王家已没有瓜葛了。

王四博自从与曾小婷确定关系后，贪玩的心收敛了许多。王亚峰与王金虎有时拉着他一起风花雪月，一接到曾小婷的电话，他马上撤回。

真是一物降一物，曾小婷朴实、乖巧、文静，心机不多，但做事认真踏实，她并没有对王四博耍什么心眼，或严加管束，可就是把王四博降服得服服帖帖。

全家人都喜欢曾小婷。看着老爷子身体一天不如一天，淑媛希望早日为王四博完婚，了却一番心愿。王四博和曾小婷提出来要简单，最好旅行结婚。淑媛说什么也不同意。

"妈，既然他们想简单，你何必为难他们？"王大伟说。

"不行，这样对不起小婷。她没有因为姗姗而怪罪我们王家，我们更不应该亏待她。"淑媛一直对姗姗心存愧疚。

"小婷为什么会提出简单办婚事呢？会不会担心场面搞大了，负担太重？"丁秀丽说。

曾小婷的家在郊区，家境并不是很富裕，爸爸在当地小学教书，她是老大，还有一个弟弟在读大学。如果按照当地习俗大操大办，女方要赔上很多嫁妆，这是一个面子问题，曾小婷会不会有这方面的顾虑呢？

"如果是这方面的原因，我们可以帮帮小婷，就怕小婷面子上过不去。"丁秀丽提醒道。

"对啊，四博现在不是有钱吗？让他帮帮小婷。"淑媛说。

"妈，四叔的钱留给他们自己吧。我看，这钱由家里来出比较合适。"丁秀丽的大度让淑媛很欣慰。

"只是要给多少合适呢？这个钱怎么给？"淑媛道。

王大伟说："我看，给个二十万元差不多。至于怎么给，我来想办法，不能让小婷难为情。"

"大伟想得周到，行啊，就按你们说的办。我明天赶快去帝爷公抽个签，挑个吉日。"淑媛眉开眼笑。

第二天下午，王大伟打了一个电话给曾小婷，让她到公司找他，说是一笔账想跟她核对一下。

一进王大伟的办公室，曾小婷像往日一样，毕恭毕敬地说了一声："王总好。"

"小婷，我们是一家人了，以后跟着四博叫大哥。"

"是，王总。"小婷回答完又补了一句，"是，大哥。"

"小婷，你是老员工，公司的第一批创业者，算算有十年了。"

"十年零六个月，进公司时，我才十七岁。要不是四博缺人手，我真舍不得离开公司。"曾小婷的话是真心的。当时她犹豫了很久，最后是王四博找王大伟，提出让曾小婷去帮他。

王大伟说："是这样，今天叫你来，不是为了对账，而是关于你辞职的事。当时你走得急，公司连个欢送会都没开，为了感谢你在大环亚公司这么多年的工作，公司决定补发你一笔退职金。"王大伟说完从柜子里拿出一个袋子放在桌上。

"这个钱我不能要。当时，是我主动提出辞职的，我心里已经觉得过意不去，怎么能拿什么退职金呢？"

"小婷，你听我说。现在，公司发展势头很好，这些成绩离不开你们的贡献。给你发一笔退职金，是对你这么多年和公司同甘共苦的回报。其他元老走了，公司同样会给他们发退职金，你就收下吧。"

曾小婷不好再推，但当她接过袋子，看到两捆百元大钞整整二十万元时，连忙把袋子放在王大伟面前："大哥，这么多的钱，我可担待不起。"

"小婷，你十七岁进公司，最宝贵的青春都贡献给了大环亚公司，这二十万元多吗？不要再客气了。等一下我叫光明开车送你回去，你找一家银行把钱存好。"说完，王大伟拿起电话打给陈光明。

曾小婷诚惶诚恐地抱着袋子，说着"谢谢"，正要走出门口时，王大伟突然想起什么事，又把她叫住："小婷，我听四博说，你们想去旅行结婚。爸爸妈妈希望热闹一点，至于婚礼怎么操办，你让大哥帮你安排，等办完喜事再去旅行好吗？"

曾小婷点了点头："我听大哥的。"

曾小婷回到办公室，马上给王四博打了个电话。

王四博的公司在汽车展厅的二楼。

现在国家已经取消三资企业免税进口汽车的优惠政策，原装车、二手车不好做，有人进口三大件在国内组装，展厅里摆着几辆三菱吉普、丰田大霸王，但牌子都改了。进了展厅，靠近里面的部分搭了一层阁楼，门口挂着好几块铜牌，有贸易公司、广告公司、装潢公司，但三块牌子一套人马。

王四博一进门，刚端起茶杯，曾小婷递过一本存折，王四博接过来一看，问道："卖了哪一部车？"

曾小婷说："这不是卖车的钱，是公司给我的退职金。"

"退职金？给就拿着呗，你还怕烫手啊？"

"可一下子给了二十万元，我心里过意不去。"

"你别想那么多了。为公司干了十年，这钱，该拿。"

"大哥也是这么说的，可我心里觉得不踏实。"曾小婷噘起了小嘴。

王四博安慰道："你就安心地收下吧。我们吃饭去。刺桐酒店西餐厅，晚上你请客，吃完去唱歌，好好'宰'你一顿。"

第三十二章

自从王大伟提前把贷款还掉后，王亚峰好几天心情都很不好，动不动就拍桌子、甩杯子。最倒霉的是那些晚上被他叫出台的小姐，身上都是伤痕累累，看在他付两倍价钱的份上，只好忍声吞气。

半年来，他精心策划的计划失败，虽说二十亩地的差价加上贷款利息，他有八百万元进账，但他的目的不是这点钱，他想要的是整个工业园，更想看到的是王大伟失去工业园后惨败的结局。

无数次，他跑到工业园的最高处，看着江水在这里打转，看着太阳的余晖在这片宁静的滩涂上撒下金色的波光，脑海里想象着这里将是一片生机勃勃的新兴园区，他是这个工业园区的主人，而王大伟则会为失去这片土地而捶胸顿足。

他看出王大伟规划这个园区的端倪，把江边的围堰做好，移山填江，两三千万元的投资，换来的是将近八百多亩地，这个回报太高了。

要是王大伟真的完成这个跨越，以后将更难撼动他的根基。服装厂的生意再好，是一个不断投入的项目，况且王大伟个人的股份已经不到百分之三十，只是名气很响，实际收益不大，真正会赚钱的是这个工业园。因此，王亚峰想尽方法要把工业园抢夺到手。但王大伟提前还款让他有点措手不及。想不到半年时间，王大伟已经缓过劲来。

王亚峰算过，工业园的围堰工程，下半年正是需要投入大量资金的时候，如果未能按期完工，明年开春汛期一到，没有合龙的围堰说不定会被洪水冲垮，将前功尽弃。所以，他算准王大伟在下半年资金会非常紧张，到时候再通过侨光信用社汪文彬的手，继续贷款给王大伟。利率可以更低，但期限只有半年。这样，王大伟有四五千万的贷款同时到了还款期。你王大伟有多大的本事，能够一下子凑足这笔钱？要是还不了，别说工业园，连大环亚的股份你都要乖乖地抛出来。

王亚峰的如意算盘落空。

王亚峰卖给王大伟的地，恰恰帮了他的大忙，不但打通了大路，而且第一期的标准厂房就建在这块地势较平缓的地上。凭着这些，王大伟有了新的融资平台和抵押物，难怪他不上钩。

这背后，一定有高人指点，这个高人是谁呢？王金虎坚持说，这个高人是龙斌，只有龙斌，才有这种战略眼光。

王亚峰知道龙斌与王大伟的关系，但龙斌对王大伟的日常经营并不了解很多，王大伟借了多少钱，找哪家银行贷款，龙斌不一定知道，怎么会帮他识破这个圈套呢？

有一点很肯定的，龙斌给过王大伟很多的支持和关照。别的不说，这个工业园，就是龙斌给王大伟和谢莉莉推荐的，并且帮助他们疏通了很多部门的关系。土地、规划、建委、水利、堤防、水土保持等政府衙门可不是那么好打交道的，凭什么王大伟能一路绿灯把审批手续办妥了，还不是龙斌的影响力？

王金虎怂恿道："只要龙斌当书记，你想搞倒你大哥不可能，龙斌可是你大哥的大靠山。最近，传说龙斌有可能出任下一届政府的副市长，你要对付这个人，难啊。"

王亚峰对龙斌没有什么成见，而且一直很敬佩，这种敬佩从小时候就有。他知道龙斌是一个正派的人，不像官场上的贪腐分子，总有一些把柄可抓，要从龙斌身上入手，一是不忍下手，二是无从下手。

王金虎说他是妇人之仁，成不了大事。要是龙斌权势越来越大，王大伟就越难搞。算了，干脆认了。

但王亚峰咽不下这口气，不让王大伟吃点苦头他不甘心。

王金虎出了一个主意，说："老大的能量很大，官场上呼风唤雨，把一个小小的区委书记拉下来易如反掌。你找老大说说，让他帮你出出这口恶气。"

没想到王亚峰把这事跟老大一提，被训斥了一通："这么缺德的事亏你想得出来。我扶上去的官一大把，可我还没干过把人撸下来的事。做我们这种生意的，要广结善缘。人家的官当得好好的，又不挡你财路。"

就是这最后一句话，刺痛了王亚峰的心。谁说没有挡我财路？要不是龙斌帮忙，王大伟能有今天吗？要不是龙斌给王大伟撑腰，说不定工业园已经落入我的手，八百多亩地啊，至少两个亿以上，怎么不挡我财路呢？不行，既然我得不到，我也不会让你舒舒服服，总要让你付出点代价。

刺桐市委、市政府召开的企业座谈会正在热烈地进行中。

刺桐酒店的多功能厅里，会议桌围成了两圈。

周彤书记特地交代，不准搞主席台，让企业家们坐第一圈，各部门的领导坐在第二圈。

与会的企业家预先接到一个提纲，要他们围绕着刺桐经济发展方向提出一些建议，包括经济结构、产业政策、基础建设、投资环境等，当然也包括企业的困难和要求。

王大伟走进会议室，工作人员把他引到指定的位子。企业家面前都有一块牌子，王大伟扫了一眼，几乎所有知名的刺桐企业家都在被邀请之列，个个都是响当当的，经常在电视台上露脸。城投、石化、港务、金融、电信等国有企业也来了。回头一看，市里主管经济的各部门领导都坐在第二圈的位子。

会场响起热烈的掌声。

周彤、时伯涛陪着国务院经济发展研究中心的专家从贵宾室里走了出来。

中央来的专家讲话水平很高，简短几句话，既介绍了目前国内经济发展的基本概况，又说明了这次来调研的目的，同时肯定了"刺桐模式"和"苏南模式""温州模式"对中国民营经济发展做出的贡献。

座谈会的气氛很好，企业家们各抒己见，畅所欲言，提了不少意见和建议，其中不乏真知灼见。

中央来的专家听得很专注，不时打断发言者，核对一下闽南普通话的真实含义。否则的话，"投资"听成"偷鸡"，"贸易"听成"摸鱼"，差了一万八千里。

中央来的专家说了，企业家的发言感情真挚、朴实无华，没有官话、套话，没有空泛的理论，但紧紧把握住市场经济发展的脉络。刺桐的企业家敢想敢干，敢拼敢赢，敢为天下先，敢冒大风险，这种企业家的精神尤其难能可贵。输了重新来，赢了不断创新、发展，民营企业的活力不可低估。

中央来的专家说，刺桐的产品知名度很高，刺桐这座城市的知名度也要跟着提高。在这方面，应该向温州学习，搞好城市营销。

周彤、时伯涛频频点头。两人交换了一下眼神，似乎达成了共识。

在城市知名度这方面，刺桐与温州有点相反。

全国人民都知道温州，温州所辖的县、区相对不太出名。

有很多人对刺桐不甚了解，但刺桐所辖的县、市、区都是声名远扬：狮城的服装、面料，晋东的食品、运动鞋。还有水暖、石材、石雕、建筑、铁观音、瓷器、芦柑、树脂工艺品、电子产品等，各个县、市、区都有引以为傲的支柱产业闻名全国。

企业家的发言中经常提到一个问题：民营企业竞争力的问题，一是企业规模偏小，二是技术含量不高，三是现有体制下民营企业与国有企业不平等的待遇，这些因素制约着民营企业的发展。很多企业只能选择先从量上入手，把"蛋糕"做大。但如果仅仅是做大规模，只是粗放式地扩大，并不能真正地提高核心竞争力，达到做强的目的。

看到整个座谈会民营企业的话题占据了主导，有些国有企业的代表坐不住了，他们一方面强调国有企业的骨干作用，另一方面建议加大对港口、机场、铁路、高速公路、通讯、电力等基础设施的投入。

周彤眼光扫视了会场一遍，许多企业家都已经发过言，基本上达到预期的目的，当他正想做总结性讲话时，他看到了王大伟。

周彤直接点了将，对着话筒说："请王大伟同志发言。"

中央来的专家看了一下王大伟面前的牌子，在他的笔记本上写下"大环亚公司王大伟"，然后郑重地点了两点冒号。

王大伟："大家好，刚才，好几位民营企业家提到了'做大做强'所面临的困难，我深有同感。有的企业提出要成为行业的'航空母舰'，这种敢想敢拼的精神非常可嘉。但我认为，在短时间内，我们刺桐的民营企业还缺乏这个能力和条件，资金、人才、技术、管理水平、企业文化积淀，这些都是我们的短板。如果盲目地追求产值和规模，一味地追求'大'，而忽略了企业核心竞争力的提升，实际上是在拔苗助长，不但不能做'强'，甚至有可能把企业做'黄'了。因此，我认为，现在我们的首要任务是先把企业做'强'，先练好内功，再向外发力。

"同时，我们需要一个良好的外部环境，包括金融财税政策、人才机制、基础设施建设等方面。我们看到，刺桐市委、市政府领导的思想是解放的，陆续出台了许多有利于经济发展的新政策、新法规，但他们的权力有限，希望中央来的专家领导能够充分了解民营企业的生存现状，建议中央给予民营企业更多宽松的政策，与国有企业、外资企业享受平等的国民待遇。

"请注意，我说的是宽松，不是优惠。我们需要的不是比别人更优惠的政策，而是追求一个公平、公正的竞争环境。坦白地说，我的企业名义上是中外合资，可实际上是民营企业，这种现象在刺桐很普遍。为什么？因为，现在的外资企业所能享受到的优惠政策实在太多了，设备免税进口、自由的进出口贸易权、所得税减免，等等。政策的不平等，逼着民营企业要去弄个假合资。

刚才说到'航空母舰'的话题，我相信，只要中央的政策好，民营企业完全能够在某些行业、某些领域超过国有企业，成为排头兵，成为'航空母舰'，刺桐的民营企业有这个信心和能力。"会场响起热烈的掌声。

"但是，"王大伟话锋一转，"在刺桐，出现'航空母舰'式的企业可能还要五年、十年，甚至需要更长的时间。只是，五年、十年，我们等得及吗？刚才有几位企业家的发言，已经说明了他们跃跃欲试的雄心壮志。我在想，暂时成不了'航空母舰'，我们可不可以组建'联合舰队'呢？"

周彤忍不住打断王大伟的发言："好，'联合舰队'这个提法好，说说你的想法。"

"去年，我去了一趟台湾，特地让当地的朋友带我考察了几家企业，感触很大。大家知道，这几年晋东引进了很多瓷砖生产线。本来我的想象中，能够制造出自动化程度这么高、技术这么先进的流水线，企业规模一定很大，没有几千人，总得有好几百人吧。

"结果，到人家工厂一看，五十个人不到。为什么呢？这个工厂只负责干两件事，设计、总装，所有的零部件都是由协作厂提供的，这说明他们的分工非常专业化、社会化，一个完整的产业链已经形成。由于资源的有效配置，大大提高了工作效率和产品质量，降低了生产成本。

"我参观了一家养猪场，规模不大，一年的出栏数一千头左右。员工总的多少人你们猜猜看？三个人。除了老板夫妻两人外，只有一个工人。就这三个人，一年出栏一千头猪，怎么忙得过来呢？要猪苗，有猪苗专业户给你送过来；要饲料，有饲料加工厂给你送来；要消毒，要防疫，都有专业公司来帮你。猪养大了，一个电话，人家上门把猪拉走。卖多少钱，由行业公会统一定价。明年养多少猪，行业公会给你一个参考意见，你只管每天准时按动开关，该加饲料、该消毒、该冲洗猪舍，全靠机械化。让我感叹的不是它的技术和自动化程度多么高，这些都是容易做到的，关键是它形成了一个很完整的产业链，分工协作，上下游配合默契。

"一支'联合舰队'是由各种舰船组成的，各种舰船按功能各司其职，形成最大的战斗合力。即使是'航空母舰'，同样需要其他舰艇的支援和配合。因此，政府应该在如何帮助企业进行合理分工，形成完整产业链这个问题上制定相应的政策和措施，进行有效的干预和规划。重点选择几个有地方特色的支柱产业，如服装、鞋业、食品、建材、茶叶、瓷器、电子、太阳能等行业，聘请专家和企业家对行业进行综合评估和诊断，制定行业指导性意见，在资源配置上重点扶持。

"比如，对我们服装行业来说，现在欠缺的是设计方面的人才。能不能由政府牵头，依托刺桐大学等高等院校，开办服装设计专业，企业可以委托培养和定向录用。运用计算机进行服装设计是一个新技术，但许多服装企业没有这方面的设备和人才，政府是否可以成立 CAD 技术服务中心，通过提供有偿服务帮助企业提高设计水平。"

就在大家听得津津有味时，王大伟突然打住："我说太多了，说得不对的地方，请各位领导和各位企业家多多包涵。"

中央来的专家带头鼓起掌。

专家很感慨地说道："我全国跑了很多地方，大大小小的企业见过无数，最忠诚于资本、最忠诚于企业的是民营企业家。同时，他们对于国家的政策也最敏感。

因为，他们确实受到不公平的待遇，这是历史原因造成的。我们的社会正处在一个转型期，外资企业和内资企业实行统一的国民待遇，这个问题现在呼声很高，将来一定会实现。刚才，听了你们的介绍，我发现我穿的鞋子、运动衫、夹克衫，甚至平时吃的、喝的、用的，好多都是我们刺桐的品牌，这是我之前没想到的。"

说到这，专家特地亮了一下夹克衫上的标志，虽然很小，但眼尖的人一下看出那只狂奔的狼。

奔狼公司的周老板自豪地挺了挺胸。

周彤书记看看时间差不多，便做个总结性发言，除了感谢大家提了许多宝贵意见外，重点针对王大伟提出的"联合舰队"的建议，要求市委、市政府有关部门成立课题小组，召集相关行业的专家、企业家进行专题研究。时伯涛市长当场点了几个主管部门的名，让他们明天马上到各县区选择几个重点行业进行调查摸底。

座谈会在热烈的气氛中结束。

王大伟走出会场，几个相识的领导和企业家都热情地打着招呼，"行啊，王总水平不错。""王委员的发言太好了，可以做个提案。""王兄说出了我们民营企业的心声。"……王大伟谦虚地回应道："哪里，哪里，不敢，不敢。"边说边上车。

陈光明刚发动汽车，王大伟的手机响了，一个陌生的电话。

对方语气有点严肃地问道："请问，是王大伟同志吗？"

王大伟回答："是的，哪一位呢？"

对方口气缓慢地说道："我是市纪委的，姓郑。有一件事需要你的协助，你什么时间方便呢？"

我和市纪委有什么关联，什么事需要我协助呢？王大伟冷静地想想，既然找我去谈话，宜早不宜迟，免得一件事挂在心上，影响了心情，于是，他答应马上过来。

路上，王大伟一直在分析着各种可能。

纪委找我谈话，一定和干部有关，就是请客、送礼、送钱的事，最近没听说他送过钱的人被"双规"的消息，会不会是侨光信用社主任汪文彬出事了？可昨天刚跟他通过电话。

车子很快到了纪委大院，一个四十多岁干部模样的人迎了上来："是王大伟王总吧？我姓郑。"

进了会议室后，两个年轻人进来，郑干部亲自给王大伟泡了一杯茶，然后三个人坐在王大伟的对面，摊开了面前的笔记本。

王大伟喝着茶，心里盘算着如何应对。等了老半天，对面的人却不开口。王大伟放下杯子，抬起头看了看对方。

郑干部锐利的目光已经盯着王大伟很久，可能是职业习惯，他需要先给对方一个心理压力。

王大伟眼神坚定地说道："开始吧，需要我提供什么帮助？"

郑干部一字一顿地说道："我们接到检举信，揭发你有行贿的行为。今天请你来，想了解一下具体情况。"

"行贿？我每天的业务应酬不少，难免需要向一些业务人员、客户、关系户送送礼什么的，要说送钱倒没有，特别是给党政干部更不可能。你们纪委管的应该是党政干部吧？"

"你好好想想吧，如果能够主动说出来，对你是有好处的。"

"没有！要是有确凿的证据就拿出来，不用绕弯子。你们不是有检举信吗？说说看，是谁收了我的钱。"

"你自己说和我们说，这是一个态度的问题。"

"我已经表明我的态度，不要浪费时间了。"王大伟不耐烦地提高了声音。

郑干部右边的年轻人有点沉不住气，用手拍了一下桌子，"我劝你放聪明一点。"虽然拍桌子的力度不是很大，但这个动作让王大伟很窝火。

"你别跟我来这一套，拍什么桌子？你们是请我来协助调查还是在审问我？"

郑干部做了一个手势，示意大家冷静："对不起，我们不会无缘无故地把你请到这里。既然你不说，那我提醒你一下，去年5月份，你是否给某一位干部送过钱？"

"去年的5月份？"王大伟第一个反应是排除了汪文斌的事。"没有！"王大伟很干脆地回答道。

"没有？你再想想。十万元，数目不小，应该不会那么快健忘吧？"

"十万元？没有，真的没有。"王大伟回答得很快。

回答完后，王大伟心里咯噔了一下，5月份？十万元？会不会是送给龙斌，后来捐到云顶的那十万元？

王大伟细微的反应没能逃过郑干部的眼睛，他再一次问道："十万元，你一点印象都没有？好好回忆一下吧。"

王大伟索性做思索状，闭上了眼睛。

郑干部认为，这是天人交战的时候，到底说不说出来，往往在于一念之差。

而王大伟却在利用这短短的几十秒，思考着如何回答问题。

如果真的是牵扯到龙斌身上，情况很复杂。最近，龙斌出任副市长的呼声很高，这个时候有人写了检举信，而且指明去年5月份、十万元，这些信息透露出检举人掌握了详细的线索，并不是凭空捏造。龙斌现在知不知道纪委在查他呢？说不定现在已经有更高级别的领导已经在和龙斌谈话了。那么，现在自己回答的问题将产生什么样的影响呢？

既不能如实说出，又要留有余地。保护好龙斌，这是王大伟首先要考虑的问题。

王大伟睁开眼睛，发现郑干部一直在看着他，不知道自己刚才脸上的表情是否流露出什么。但无所谓，只要我不说，你又能奈何得了我吗？

王大伟挺了挺胸："我想了很久，没能想出给谁送过钱。那个时候，除了一笔十万元的捐款外，没有啦。不好意思，让你们失望哦。"说完，王大伟站了起来，准备结束这场对话。

"捐款？十万元？说说这笔款项的情况。"郑干部似乎感到这笔捐款与这个案子一定有关联。

"对不起，这是我的隐私。"王大伟耸了耸肩，用挑衅的眼光看了一眼郑干部右边一脸愤怒的年轻干部。

郑干部知道再纠缠下去不会有什么结果，只好作罢，"好吧，今天就到这里，谢谢你的配合，请你在笔录上签个字。以后如果需要，我们会和你联系。"

王大伟签完字，盖完手印，抬起手看着大拇指上鲜红的印泥，似乎闻到一丝腥风血雨的味道。

这事到底是冲着龙斌的，还是冲着我王大伟呢？还好龙斌想得周到，要不这事可就麻烦了。不，现在已经有麻烦了，这事不会那么轻易能够解释清楚的，要尽快和龙斌谈谈。

王大伟拿起电话，想打给龙斌，但马上警觉到，不能在电话里谈这件事，万一被监听，等于不打自招。

他让陈光明把车开到天韵茶馆。

当王大伟从天韵茶馆后门出来的时候，头上多了一顶鸭舌帽和一副墨镜，样子有点滑稽，像搞地下工作的，更像军统的小特务。后面这句话是梅芳说的。

王大伟坐上一部出租车，特地绕了一段路，确信后面没人盯梢时，才让出租车开到龙斌家的楼下。王大伟出现在门口时，开门的肖红有点惊讶地打量着王大伟。要不是刚才在门厅的对讲机里听出王大伟的声音，她真认不出来。

龙斌还没回家，王大伟让肖红给他打电话，并且叮嘱不要提到王大伟在家里等他，只要问他回来不回来吃饭就行。

肖红感觉到王大伟今天的行为有点怪异，又不好问，只好让王大伟一个人坐在客厅喝茶，自己到厨房去准备晚饭。

王大伟打量着龙斌的新家，房子比原来的宽敞多了，简朴、整洁，没有豪华的装修，但女主人用心地摆放一些装饰物，显得温馨、典雅。

王大伟心想，当时的十万元要是用来装修，一定比现在富丽堂皇，但今天的麻烦可就大了。王大伟有点内疚，这些麻烦都是自己造成的。龙斌把他的政治生命看得比什么都重要。

钥匙转动的声音传来，龙斌推门而入。当他看到王大伟时，一脸的诧异："你这家伙，什么时候来的？"

"刚到一会儿。"王大伟站了起来，推着龙斌直接进了书房。

龙斌听完王大伟说的话，说道："这有什么大惊小怪的，你如实向纪委说明情况吧。"

"这说得清楚吗？大家都在传，你被提名下一届的副市长，这个时候可不能有个节外生枝的事。"

"还不是你小子头脑发热，给我送钱，现在知道惹麻烦了吧？"龙斌揶揄道。

"你别再说风凉话了，快想想办法吧。"

"有什么办法？如实交代，不要欲盖弥彰。反正这个钱我没拿，怕什么？"

"这样不行的，查你个一年半载，提副市长的事可就耽搁了。纪委肯定会找你谈话，你说我给云顶小学捐款，是你帮我联系了团市委希望工程办公室的同志，并且帮我把钱交给了希望工程办公室。反正他们那里有人作证，也开了收据。"

龙斌收起了无所谓的神情，脸色越来越凝重，"道理说得通，可你为什么不直接去交钱，还要通过我？再说，现在这个时候出这种事，用意何在？什么人干的？这些问题更重要。"

"当时只有我和秀丽知道这件事，我没有从公司拿现金，而是让秀丽自己去银行取的。"说到这，王大伟脑子里闪过王四博的影子。那天是王四博开车送丁秀丽去银行取钱的。

"算了，现在知道是谁又能怎样？还是本分一点好。你小子有时太张扬，今天在企业家座谈会上可是出尽风头啊。"

"我只不过说了几句大实话。"王大伟想起下午的发言有点得意。

"听说周书记和时市长对你刮目相看，说你思想有深度、有眼界。下一届政协，说不定你要进常委。"

"我又不是搞政治的，常委不常委无所谓。如果纪委再找我，我就说托你帮忙联系了团市委的希望工程办公室，我们统一口径。"

"你这是订立攻守同盟，串供，罪加一等。要我的看法，应该直说，你拿了十万元要给干女儿'做十六岁'，我把它转捐给希望工程，并且指定给云顶小学盖校舍。至于组织上该怎么处理就怎么处理。"

"你死脑筋啊，按我说的不行吗？"王大伟有点急了。

"按你说的，人家会相信吗？"

　　"我不管。如果纪委的人再找我，我就按我的说法，十万元是我委托你捐给希望工程的。"

　　"你是怕背负贿赂的罪名吧？敢作敢当，当时谁叫你不听我的话？"

　　"我有什么好怕的，还不是怕影响你的前程？"

　　"怕影响我的前程，以后别干这种低俗的事。"

　　龙斌和王大伟的嗓门都提高了，肖虹推门进来，看两人争得面红耳赤，有点不解地问道："怎么呢？有事好好说，不要急嘛。"

　　龙斌问道："饭好了吗？肚子饿了，准备开饭。"

　　三个人吃饭的气氛有点沉闷。

　　龙斌开了一瓶状元米酒，这是王大伟接手状元米酒酒厂后搞的新产品，酒瓶和包装重新设计，显得高档，上面还印着十年原浆酒。龙斌说这是搞噱头，但不得不承认这个酒的味道比原来的更加醇和、香绵。

　　两人不再争论，可也没有别的话说，你一杯我一杯地碰杯、干杯。吃到一半，王大伟问起龙小云怎么还没有放学？肖虹说："晚饭在学校吃，晚自习后才回家。初三毕业班，学习任务重。"

　　很快地，一瓶酒喝完了。

　　龙斌喝得少，说他明早要开会，晚上还有文件要准备，把后面的半瓶酒都倒给了王大伟。

　　吃完饭，王大伟和龙斌进了书房，龙斌语气坚定地说道："你不用再劝我了，该怎样向组织说清楚，分寸我会把握。但事实就是事实，如果我用谎言来掩盖，后面需要编造更多的谎言。你也不用担心，你是行贿未遂，不会追究你的法律责任。而我呢，没有主动把钱交给组织，而是以你的名义捐给了希望工程，做法不妥，应该吸取教训。早点回家休息吧。"

　　王大伟心情低落地回到天韵茶馆。他让陈光明先回家，把车留下。

　　王大伟走进楼上的刺桐厅，梅芳赶紧跟上，为他沏上一壶铁观音。王大伟的目光有点呆滞，只是看着梅芳泡茶，

　　直到几杯茶下去，王大伟才开口说话，让梅芳拿一瓶状元米酒来。

梅芳有点迟疑,她感到王大伟的情绪很差,看他的样子,刚才已经喝过不少酒。

王大伟抬起头,用泛红的眼睛看看梅芳,声音却是特别的柔和:"去吧,拿酒来,喝多少你来倒,好吗?"

梅芳第一次看到王大伟的落寞,无助的眼神和哀求的声音让她不忍心拒绝。在她的眼里,王大伟是一个顶天立地、叱咤风云的男子汉,哪怕喝醉了,依然豪情万丈,而今天一定是碰到特别不顺心的事。就在一转身的刹那,梅芳流下两滴清泪,她连忙擦掉,拿出一瓶酒和两个杯子,笑吟吟地对王大伟说:"我陪王大哥喝酒好吗?"

王大伟心里有了一丝温暖,脸上闪过瞬间的笑容,马上又恢复那冷酷的表情:"你去忙吧,这个酒度数高,你喝不来的。"

梅芳把酒倒好,转身退出房间。门即将关上的时候,她看到王大伟已经在倒第二杯酒。梅芳不禁担忧起来,按照这种喝法,王大哥今晚肯定会醉,但她又不敢去阻止他。

梅芳到吧台打了一个电话给王四博,想让他过来陪王大伟,但王四博的手机关机了。自从结婚后,王四博回到家就关机。

梅芳把几个包房的客人安顿好,让领班照看着,自己又回到刺桐厅,王大伟已经喝下了大半瓶的酒。

"王大哥,你这样喝会醉的。你不是说,喝多少我来倒吗?"梅芳一把抢过酒瓶,给王大伟的空杯里倒上半杯,接着给自己倒上半杯。

"你敢喝高度酒?"王大伟的舌头有点发硬。

"你不让我喝,你也别喝,好吗?"

"你让我把这瓶酒喝完。"王大伟说完一口把杯里的酒喝掉。

当他放下杯子时,坐在对面的梅芳正端着一只空杯,呲着嘴,伸着大舌头。

"你真敢喝?要不要再来一杯?"

"我不来了,太辣,我喝啤酒。"梅芳从冰箱里拿出两听啤酒。要拉开易拉罐的扣子时,心想,我如果喝白酒,王大哥就会少喝一点,于是梅芳又说要喝白酒。

梅芳牢牢地握着酒瓶,控制着倒酒的主动权,尽量让喝酒的速度慢一点,给王大伟的杯里少倒一点，陪着他多说话。

王大伟慢慢有了一点笑颜，可一想到纪委会找龙斌谈话，心里好像被石头压着，一口气喘不过来。特别是想到这件事除了丁秀丽，只有王四博知道，更是脊背上发凉。他不相信王四博会去举报，没有任何理由。说不定是王亚峰和王金虎干的，也许他们从王四博嘴里听到了什么。

想到这，王大伟狠狠地握紧拳头，砸在桌子上，吓了梅芳一大跳。梅芳心想，王大哥一定是有什么过不去的坎，心里苦闷，可她不敢问，更帮不上什么忙，只有默默地陪着王大伟喝酒。

听说这状元米酒多么好，可她一点都不觉得好。

上次，那个扎着一条艺术辫子的莫非，想起这个名字就好笑，在这里喝茶时，手舞足蹈地吹嘘着他的创意，如何把那些卖不掉的历年积压的库存，请来酿酒大师重新勾兑调制，打出了"十年原浆"的旗号，还编了一个状元省亲的故事。原来品牌是这样策划出来的。话说回来，王大哥很喜欢这个酒，那一定是好酒，只是自己不懂得鉴赏。就像喝茶一样，自己刚到茶馆时，分不清茶的优劣，但经过一段时间的接触，从喜欢到熟悉，已经成了一个爱茶之人。

5月的闽南，天气多变。外面下起了雨，雨水顺着屋面的排水瓦沟，冲到天井里的花岗岩石板上，水花飞溅，犹如跳动的音符，"噼里啪啦"地响着。有人拿出一个木桶接水，水的声音马上变了调，"嗡嗡"作响。

客人陆续走了，服务员们忙着清理打扫。

梅芳两颊红彤彤的，尽管脚步有点飘，但坚持到楼下和姐妹们做好打烊的工作。等她回到楼上时，王大伟已趴在桌子上睡着了。

梅芳看着王大伟鼾声渐起，心想，让王大伟好好睡一觉，也许心情会好一点，也许酒劲会退一点。她拿出自己的外套披在王大伟的身上。

梅芳坐在临窗的地方，望着远处霓虹灯映衬下飘过的雨丝，一股浓浓的乡愁袭上心头。

妈妈这个时候应该入睡了吧？身体可好？自己一个人跑到刺桐打工，虽然工作环境不错，和老板、同事关系融洽，但这个城市总是让她感到陌生。

　　她努力想亲近它、融入它，却发现仅仅一个闽南话已让她费尽脑筋。尽管刺桐人热情好客，并不排外，却喜欢把外地人叫"阿北仔"（闽南话，北方人）。她喜欢刺桐的美食，可经常会想起家乡的腊肉与青椒。她尝试跟着刺桐人去烧香拜佛，但在神明面前一脸茫然，不知道拜的是何方神圣。她珍惜眼前的这份工作，却无法说服自己安于现状，放弃求学的念头。她眼看着这座城市日新月异的变化，却觉得自己只是一个匆匆过客。

　　雨悄悄地停了，那一弯浅浅的新月从云翳中挤出一角，时隐时现，一会儿又被浓密的乌云淹没。

　　雨又开始飘飘洒洒地下着，先是屋顶的声响渐渐大了起来，接着又是天井里水桶的"嗡嗡"作响。

　　梅芳湿漉漉的心情无法排遣，借着酒劲涌上的思念已飞到妈妈的身旁，眼眶里有泪珠打转。

　　突然听到王大伟那里传来的动静，梅芳赶紧擦了一下眼泪，转过身，看到王大伟坐直了，手里拿着梅芳的上衣。

　　"王大哥醒了？我给你泡一壶茶。"

　　"几点了？"王大伟站了起来，但一个趔趄又跌坐在椅子上，梅芳赶紧扶了他一把。

　　王大伟拍拍自己的额头："真是喝多了。"说完坚持站了起来，嘴里一直说"没醉，没醉"，步履蹒跚地上了趟洗手间。

　　两人喝了一会儿茶，王大伟说该回家了。

　　梅芳看着外面的雨，有点担忧地说："你喝了不少酒，不要自己开车，打车回去吧！"

　　王大伟拍了拍胸脯："好的。我先送你回家。"

　　车子到了巷口，车子进不去。梅芳跟王大伟告辞后，打开车门冲进了雨幕中。

　　王大伟看到巷子里一片漆黑，赶紧下车，跟跟跄跄跟着梅芳的背影，一直把梅芳送到大门口，才转身离去。

　　正当梅芳打开大门的时候，她听到一声"扑通"从背后传来，回头一看，王大伟已滑倒在地上。

梅芳转身冲进雨中。

王大伟一手扶着墙壁，一手扶着梅芳的肩，勉强地站了起来，可马上又弯下腰，嘴里喷射出一股水柱，浓烈的酒味马上弥漫在狭窄的小巷中。

梅芳不停地拍着王大伟的后背。

王大伟翻江倒海，一发不可收拾，似乎要把胃里的东西连同胆里的胆汁一并吐得一干二净，把胸中的郁闷全部倾泻而出。

等他慢慢站直身子，两人的衣服全都湿透了。

梅芳把王大伟扶进了房间，发现王大伟的手臂在流血，不过还算幸运，只是擦破了点皮，梅芳赶紧给王大伟处理伤口。

忙乎了大半天，梅芳看到王大伟的衣服都是湿的，这才注意到自己也是全身湿透，衣服都紧贴在身上，美丽的胴影和诱人的曲线一览无遗，梅芳羞红了脸。难怪王大伟一直闭着眼，不敢看她。

这时，王大伟打了一个喷嚏。

梅芳犯愁了，这么湿的衣服一直穿在身上，要着凉的，想了想，她拿出了一条浴巾给王大伟，自己躲进了洗手间。

等到王大伟把身上的衣服脱了，用浴巾包好后躺到床上，盖好被子，梅芳才从洗手间走了出来。她把王大伟的湿衣服拧干晾着，用电风扇对着吹。

王大伟默默地看着梅芳玲珑有致的背影，想起她刚才对自己无微不至的照顾，丝丝暖意涌上心头。盖着梅芳的被子，一缕少女特有的淡淡芳香沁入心房。

经过刚才的折腾，王大伟有点困乏，但他的内心却升腾起一阵又一阵的躁动，残留的酒精催动着亢奋的血脉，全身沸腾了起来。

王大伟努力控制着自己，他闭上眼睛，让自己冷静下来。梅芳的美是诱人的，更是无瑕的，不应该有杂念。自己也许是第一个进入梅芳房间的男人，第一个盖着梅芳被子的男人，这种充分的信任不应该被玷污和亵渎。

晾好衣服后，梅芳转身看到王大伟闭着眼睛。

梅芳调暗了床头的灯，拿出换洗的内衣进了洗手间。脱下身上湿漉漉的衣服，打开了水龙头，一股热流顺着她的发梢，滑过她的胴体，冲走了身上的寒意。

当梅芳涂抹沐浴液时，猛地想起洗手间的门没锁，只是虚掩着。

梅芳有点慌乱，撩起浴帘想去锁门，当她看到虚掩的门缝透出房间里柔和的灯光，她放弃了去锁门的念头，心里反而有点自责对王大哥的不信任。

她的眼前映出了王大伟那张棱角分明的脸庞，略带疲惫，有点沧桑，却有着成熟的魅力。一个一直让她仰视的男人，今夜如此近距离地接触，并且因缘际会而顺理成章地躺在她的床上。

浴室里传来花洒的流水声，不断地撞击着王大伟的神经，拷打着他的意志力。

他睁开眼睛，打量一下房间，通往浴室的门虚掩着，花洒的流水声从那里飘来。梅芳的房间非常简朴、整洁，除了一张床，一个桌子和一个塑料衣柜，唯一的电器是那台正吹着自己衣服的电风扇。

房间里最亮丽的一道风景是墙上那张大大的照片，梅芳正用纯真无邪的眼睛注视着自己。

王大伟敌不过那个柔情的目光，合上了眼睑。

梅芳穿上睡衣，吹干头发，蹑手蹑脚地走出浴室。

王大伟睡得正香啊。

梅芳走到电风扇前，翻了一下晾着的衣服，然后拿着一把椅子，在床前坐了下来，注视着睡得正酣的王大伟，想着：王大哥呼吸那么平顺，说不定正做着好梦呢。别吵醒他，让他睡一会儿，酒劲会退得快一点。

梅芳看到王大伟手臂上的伤痕沁出点点血珠。一定很痛吧？梅芳一手轻轻按住王大伟的手掌，一手用纸巾把血珠吸掉。

在她小心翼翼地把纸巾轻轻按住伤口处时，她感到另一只手正被王大伟慢慢握紧。

王大伟并没有睡着，一股清新的芬芳飘到身边，他的心跳加速了许多。他知道，梅芳在注视着他，他没有勇气睁开眼睛，只能用心灵去感受着梅芳的关爱。当梅芳柔软的手抓住了他的手掌，一股暖流传遍了全身，虽然手臂上的伤口隐隐作痛。

王大伟收紧握住梅芳的手，眼睛霎时睁开，露出炽热的光芒，盯得梅芳心中一阵慌乱。

梅芳想抽回被王大伟握在掌中的小手，但王大伟握得更紧，不但抽不回来，反而有一股力量从手臂上传来，把她拉了过去。

梅芳抗拒着，但抗拒是无力的……

雨停了，月亮从云缝里钻了出来。

一柱水银般的月光透过窗户投射在地上。

夜深了，偶尔的一两声摩托车喇叭声更衬出夜的宁静。

梅芳踩着月光走进浴室，轻轻地关上门，打开灯，站在花洒下面。

流水从她的身体上滑过，一股桃红色的细流落在洁白的地砖上，化作一团云昙，犹如落英般的璀璨。

梅芳用双臂紧紧地抱住自己，两行热泪夺眶而出。

一切来得那么突然，来得那么猛烈。

她该为自己的轻率而自责呢，还是该为生命的化茧为蝶而庆贺呢？

她该原谅王大伟的狂野呢，还是该相信他炽热的爱情呢？

梅芳有点茫然，但不懊悔。

梅芳有点忐忑，可最终说服自己坦然面对。

生命中注定她遇到这个男人，即使明知没有结局，曾经的爱也要轰轰烈烈；即使明天可能各奔东西，今夜依然刻骨铭心。

梅芳坐在床前，默默地看着熟睡中的王大伟，水银般的月光勾勒出他脸庞的轮廓，犹如涂上一层冷霜。

梅芳久久地凝视着这张脸。

岁月留下沧桑的痕迹，让这张脸已不再年轻。

梅芳想起了父亲。

记忆中的父亲是年轻的，父亲留下的照片是那么帅气，但梅芳宁愿看到活着的苍老的父亲。父亲永远是她心中隐隐作痛的遗憾，而眼前的这个男人，让她仿佛找到了那份久违的父爱。可梅芳马上否定了自己的想法，这个刚刚让她成为女人的男人，给她的是一份炽热的爱情，而不是一份慈祥的父爱。

　　梅芳一直坐着、看着、想着，直至王大伟悠悠醒转，天已快亮。

　　王大伟霎地坐了起来，打开床头的灯。

　　酒劲已经退去，昨晚的一幕幕如电影般回放着，王大伟像一个做错事的莽撞少年，不知道该向梅芳说些什么。

　　当他低下头，看到床单上的点点桃红，他一把将梅芳揽入怀中，抱得紧紧的。

第三十三章

飞机正在下降，很快钻出云层。

谢莉莉透过舷窗，看到了鹭岛、沙洲、东渡港。

上午从台北桃园机场出发，飞到澳门，再从澳门转机鹭岛，一般都要傍晚了。从台北飞鹭岛，一个小时的航程，因为海峡两岸没有开通直航，只好经过澳门中转，绕了一个大圈。

谢莉莉走出机场，叫了一辆的士，直奔鹭岛大学。

谢莉莉用手机打了一个传呼。过一会，王莉回电了，"妈妈，您回来了？"

"是啊，有没有想妈妈呀？"

"有啊，妈妈肯定也想我了，我这几天耳朵老是痒。"

"妈妈当然想你了。我刚从鹭岛机场出来，不一会儿到学校接你，晚上你不用回学校，陪陪妈妈好吗？"

"好呀，那我赶快去准备一下。"王莉从公共电话亭小跑着回宿舍，一路哼着小曲。

王莉考上了鹭岛大学经济系，现在是大一的学生。

周末的校园有点冷清，偶尔从足球场传来的哨声和呼喊声，还有鸟儿叽叽喳喳的叫声，更衬出校园的幽静。

王莉收拾妥当，走出宿舍，站在马路边上等着。一会儿，一辆出租车停在她的面前。

谢莉莉从车上下来，紧紧地把王莉抱在怀中："妈妈可想你哦。"

王莉有点腼腆，但她已习惯谢莉莉对她的热情。

上车后，谢莉莉对司机说："到轮渡。"说完转过头一直看着王莉："小莉瘦了，是不是学习任务很重？"

"嗯，刚开始有一点，现在好多了。"

车子很快到了轮渡。不到十分钟，船靠上了码头。两人登上了造型像一架钢琴的轮渡码头，向端庄花园的方向走去。

这座小岛的居民不到两万人，岛上只允许消防车和救护车行驶。因此，岛上的交通靠的是自行车和步行。好在岛的面积不大，方圆只有两平方公里，谢莉莉和王莉很快走到下榻的酒店。

两人来到入住的房间，推窗一看，外面正是端庄花园，廊桥和白练般的沙滩上还有不少流连忘返的游客。

王莉开心地大喊一声"太美了"。

谢莉莉打开行李箱，拿出了衣服、化妆品、玩具、凤梨酥，甚至内衣。总之，能想到的，她都尽量给女儿买来。

望着一大堆礼物，王莉有点不好意思，觉得干妈太破费了。可她哪里知道，在谢莉莉的心里，花多少钱都无法弥补自己对女儿的亏欠。

谢莉莉带着王莉找了一家饭店，点了一桌子的海鲜。

谢莉莉不停地给王莉夹菜，直到王莉直呼"太撑了，吃不下了"，两人才走出饭店，沿着沙洲的环岛小路散步。

素有"海上花园"之称的沙洲，除了岛上那些异国风情的建筑外，还有一个特色，这里是全国钢琴密度最高的地方，每一座斑驳的老洋房里，都会飘出一阵阵悠扬悦耳的琴声。这里诞生了许多闻名世界乐坛的大师，可谓群星璀璨。仅仅不到两平方公里的小岛，人才荟萃。

鸦片战争后，英、法、美、日、德等十三个国家在岛上设立领事馆。同时，商人、传教士、人贩子纷纷踏上沙洲，建公馆、设教堂、办银行、建医院、办学校、贩劳工，沙洲成了公共租界。直到抗战胜利后，才结束了一百多年殖民统治的历史。

沙洲的夜清雅幽静，没有车水马龙，没有嘈杂的喇叭声和喧嚣，有如世外桃源。只有当你抬头远望，看到高高的月光岩被泛光照明勾勒出的身影，才会想起自己依然置身于现代化的都市中。

　　谢莉莉和王莉相互依偎着，漫步在静谧的小巷中，一栋栋掩映在绿树中的老房子从窗户里透出的光线，映衬出建筑物的不同风格，哥特式的、巴洛克的、西班牙的、地中海的，应有尽有。路上行人不多，大都是游客，他们漫步于这些小巷中，寻找着沙洲特有的韵味。一堵斑驳的红砖旧墙，一扇掉漆的百叶木窗，一簇爬满墙头的三角梅，锈迹斑斑的雕花铁栏杆，残缺不全的门头旧匾，都承载着一份份沉甸甸的历史。

　　母女俩即将走进酒店的大门时，王莉突然停了下来，转身向右侧的方向看着。

　　谢莉莉跟着她的视线望去，只见一男一女的身影闪进了一个院子的大门。

　　"好像是我二叔，会不会看错了？"王莉不敢肯定。

　　"你二叔？亚峰？可能是长得像吧。"

　　不过，她们看到的那个背影，确实是王亚峰。

　　王亚峰也看到她们了。

　　这几天，王亚峰一直在鹭岛。

　　最近，风声很紧，听说中央派了一个工作组进驻鹭岛，专门来调查走私案件的。

　　由于走私猖獗，大量的进口汽车、成品油、香烟、化工原料源源不断地涌进国内市场，严重冲击了国民经济。一汽组装的奥迪车卖不出去，中石油、中石化的炼油厂库存猛增、价格倒挂，市场上外烟的销售量是国家进口量的几十倍乃至几百倍，国家蒙受了巨额的损失。

　　许多中央直属企业的老总把状告到了总理办公室，听说总理震怒了，派出了调查组。

　　当然，这些都是外面的传说。

　　老大不愧为老大，他对情况非常了解，中央派出什么人，住在什么地方一清二楚。这两天，老大召集各路诸侯汇集鹭岛商量对策，一是避避风头，暂停一些敏感物资的进关，甚至主动举报，送上几个货柜让海关查获，向上级交差；二是疏通上层关系，收买中央调查组的官员；三是清理以往的痕迹，销毁证据。

　　王亚峰虽不是核心决策层的人物，但算得上骨干分子，在电器和香烟、洋酒这个类别上有一定的份额。因此，这几天忙得晕头转向，直到昨天才放下一颗悬着的心。

据可靠消息称，中央调查组已转到广东湛江，风声已过。

昨晚，鹭岛的红楼、白楼和各主要娱乐场所一片庆贺之声。

王亚峰睡到下午三点钟才起床，昨晚的狂欢和凌晨的纵欲让他有点吃不消。他带着娜娜找了一家酒楼，点了好多生猛海鲜，生象拔蚌、炖土龙、干煎海底红膏蟳，为晚上的继续疯狂打好底。

吃完饭，王亚峰的心情大好，和娜娜走到了港仔后海滨浴场，再走到鼓浪石，直到吃撑的肚子舒服一点才往回走。这时候，看到了谢莉莉和王莉。

刚开始，王亚峰看到路灯下一对母女相挽着走进酒店的侧影，心想，这母女长得像一个模子出来似的，定睛一看，这不是谢莉莉和王莉吗？

王亚峰赶紧拉着娜娜快步闪进了大门。

随后，王亚峰闭着双眼，脑子里想着刚才遇到谢莉莉和王莉的一幕。

王莉真的是龙斌和谢莉莉的女儿吗？

刚才两人走在一起，俨然是一对母女。

王四博说出这个秘密时，王亚峰将信将疑，还以为王四博说酒话。但现在可以完全证实，这是真的，所有的线索连在一起，具有很强的逻辑性。

可即使是真的，又能怎么样？用这件事做文章，可能会影响到龙斌的声誉和形象，但打击不到王大伟。况且，受伤害最大的是王莉。

孩子是无辜的。

天良尚未完全泯灭的王亚峰下不了手。

第三十四章

状元米酒品牌推广方案的论证会开了一整天。

新的酒厂已经投产，产品已开始少量试销，市场反应良好。下一步的重点是进行品牌推介，通过电视、杂志、报纸等媒体，轰炸式高密度的广告投放，让市场产生轰动效应。

莫非提出多布点、少库存的计划，试图让市场短期内产生供不应求的紧张表象。

莫非的想法有点疯狂，论证会上许多人对此提出质疑，认为要稳妥一点，有多少产量投多少广告；还有人认为应集中货源促销，尽快回笼销售资金。

莫非晃动着那条艺术辫子，据理力争，坚持广告投入要提前，要高密度，不要急着销售，要搞饥饿营销，让产品供不应求，对代理商、销售商和消费者更有吸引力。

莫非用一个简单、直接又生动的词来形容："吊足胃口。"当然，这是有风险的。当年，秦池大曲在中央电视台投得"标王"，砸进了几个亿的真金白银，最后只是昙花一现。

王大伟认真地听取各方意见，最终选择了支持莫非的方案。

首先，他认为莫非的市场定位是准确的。状元米酒的特性以中度酒为佳，酒精度四十二度不适合北方寒冷地区消费者的口味。因此，市场重点在南方。莫非提出的以闽省为主，辐射江西、广东、浙江、湖南等地，市场范围相对集中。

其次，经过改造，现在的酿造工艺采用新的现代化技术，确保了产品的质量稳定，改进了产品的包装和外观，加上赋予新编的历史故事，让状元米酒有了魂、有了根。

第三，莫非策划的品牌推广计划比较完整、严密，可操作性强，虽然有一定的冒险，但在可控范围。

最关键的一点，王大伟已经从莫非策划"环亚"服装品牌的过程中看到他的能力。这个人虽然有点狂、有点怪，但创意好，提出的观点比较新颖，一些手法独辟蹊径，能够紧紧把握市场的脉络。

莫非长长地舒了一口气，坚持要请王大伟吃饭，并且说晚上要破例，一醉方休。

王四博调侃说："你不是最多五杯吗，怎么会醉？"

莫非认真地说："喝状元米酒，醉了也心甘情愿。"

莫非的酒量确实不错，前前后后喝了一斤多。要不是王大伟叫停，他还在跟王四博死掐，两人互不认输。最后，王四博和莫非，还有莫非的几个下属一起到KTV唱歌去了。王大伟让陈光明跟着王四博，自己开车回到天韵茶馆。

王大伟一边喝着茶，一边认真仔细推敲着状元米酒品牌策划方案的每一个细节。

大仗在即，几千万资金将要砸进去，不得不慎重。

王大伟手头上有五千万元的资金，本来计划投在工业园的二期工程和酒厂旧址的改造工程，但王大伟突然改变了主意。

工业园标准厂房已基本租出去，按理说应该马上着手二期工程的建设，但最近市委、市政府决定迁址东海镇的消息公布后，城市中心东移的规划跃然纸上。王大伟想，如果在工业园的用地上建设一个高档的别墅区，不但地形合适，而且依山面江，风景独好。当然，申请改变土地性质，还要办理很多审批手续。但他想，不管付出什么代价都是值得的，这么好的优质地段已经不多了。

酒厂旧址改造工程，原来的计划是建设商品房。莫非提出了一个很好的建议，利用老厂房，修旧如旧，搞一个艺术创作工场、酒吧、画廊等文化创意园区，类似北京798的项目。这样，投入的资金少了很多。王大伟算了一笔账，现在的房价不高，该地段虽然处于市中心，但由于周边都是老的工厂区，各种生活设施配套不齐全，房价很难卖得上去，倒不如先把地炒热了，过几年再开发高档住宅。

两个项目的投资计划改变了，王大伟决定先把状元米酒的品牌炒起来。

莫非一直对王大伟"炒品牌"的提法有意见，纠正道，应该叫"品牌发展战略"。但王大伟坚持用通俗易懂的闽南话"炒"字来诠释自己的理解。

梅芳泡好茶后，看到王大伟正聚精会神地看着手中的文稿，便悄然退出房间。

客人陆续走了。打烊了。

梅芳前前后后检查了一遍，走出天韵茶馆，王大伟已经在车里等着她。

车子很快开到梅芳住处的巷口。

这时，一部摩托车悄悄地跟在后面。

摩托车不开灯，车手戴着一个包得严严实实的安全头盔。

王大伟和梅芳走进了巷子，一会儿，梅芳宿舍的灯亮了起来。

摩托车手来到梅芳窗户底下。也许是为了听清窗户里面的动静，车手摘下了安全帽。借着窗户透出的光线，一对贼溜溜的眼睛闪着幽光。

直到窗户里的灯光熄灭了一会儿，车手才驾着摩托车扬长而去。

回到家里，丁顺发仍然惊魂未定。他发现了王大伟和梅芳的地下恋情，完成了丁秀丽嘱托的任务，却不知道该如何交差。

这件事关系重大，要谨慎处理，丁顺发想道。

丁顺发打开一瓶啤酒，一口气咕噜完，然后气喘吁吁地坐着发呆。老婆问他发生了什么事，他一言不发，又开了第二瓶，直到四瓶啤酒下肚，才慢慢缓过劲来，理出了一点头绪。

前几天，丁秀丽把他找来，有意无意地先问了一些厂里的事，绕了一个圈子最终说出真话，她感觉王大伟最近有点反常，怀疑他外面有人，但丁秀丽又说不出一些具体的。

以前，王大伟应酬多，晚上很晚回家是经常的事。这么多年，习惯了。可最近，女人的直觉让丁秀丽觉得有点不对劲。

对王大伟，她一直很信任。

如果说这个世界上只有一个男人不会找小姐、包"二奶"，很多女人宁愿相信这个男人就是自己的老公，但太多活生生的事例动摇了女人的自信。

丁秀丽观察了一段时间，找不到肯定的答案，可消除不了疑虑，只好求助于哥哥。

丁顺发想了想说："应该不会吧。"

丁顺发一边安慰妹妹，一边寻思着，公司里没有发现什么苗头，如果王大伟真的有人，一定是在外面。因此，丁顺发偷偷地暗中跟踪。今晚，终于让他发现了秘密。

答案有了，可该不该告诉妹妹呢？

丁顺发想，男人拈花惹草，说大了是对婚姻、爱情的不忠，说小了是逢场作戏、生活小节问题。自己偶尔也会出去风流风流，像妹夫这种事业有成、手头有钱的男人，要是为家里的黄脸婆守身如玉的话，那可太傻了。

可这个黄脸婆是自己的妹妹呀。

当哥哥的应该为妹妹讨个公道。

可怎么去讨公道呢？找谁讨公道去？

这种事要真的撕破脸皮，吃亏的肯定是妹妹，自己这个大舅子也捞不到什么好处。这些年，还不是仰仗有一个干大事的妹夫，自己的生活才有了很大的改观？找梅芳去，以自己的分量，能够奈何得了吗？再说，找梅芳，等于在向妹夫挑战，那不是鸡蛋碰石头吗？

丁顺发一筹莫展，一个人喝着闷酒，直把自己灌得头晕肚胀才有了一点头绪。心想，只好委屈妹妹了，找个机会开导开导妹妹，消除妹妹的疑虑。可这样子，又便宜了王大伟和梅芳。但有什么办法呢？只寄希望于他们好聚好散，激情过后尽快分手，权当是一段露水姻缘。等了却这笔风流债，一切又会重归平静。

想到这，丁顺发心情轻松了一些。

这些年，自从干上采购这个肥缺，丁顺发的日子过得有滋有味，老家的祖宅租给人家，自己在城里买了一套房子。当然，妹妹给了不少钱。现在，儿子已考上大学，完成了一件大事。

丁顺发的采购工作比以前轻松了。这么多年下来，供应商已基本稳定。前些年，丁顺发还有点小滑头，总想拿点回扣，结果造成质量事故，差点让妹夫给开掉。后来，他想通了，老老实实，小心翼翼地保住采购这个位子，供应商请请客、送送礼，多少有些油水的。唯一一点耿耿于怀的是，眼看着王家兄弟个个事业有成，而自己一直在当伙计，没机会当头家（闽南话，伙计是指打工的，头家是老板）。

想到当头家，丁顺发心里的火苗一下子蹿了起来。他不死心，凭着自己的本事，一定能够干出一番事业。可干什么事业呢？本钱呢？想到这，丁顺发一声叹息，然后哼起了一首闽南歌，但只听懂了一句"拢是命运创治人"（闽南话，都是命运作弄人）。

第二天，丁顺发跑到丁秀丽面前，费尽口舌，又是拍胸脯，又是用人格担保，极力消除妹妹对王大伟的怀疑。他解释道，公司最近上新项目，服装的、工业园的、状元米酒的，几项工作同时推进，经常开会。王大伟比平时更忙、更累，不但不该怀疑他，还要更体贴他、关心他。说得丁秀丽不停地点头，心里的疑虑消除了许多。

丁秀丽的心情好了，可丁顺发的心情却不好了。回家的路上，他越想越不甘心：王大伟啊王大伟，我帮你擦干净屁股，浇灭了即将燃起的后院之火，可你一点都不知道，更不可能领我的情，说不定你又跑到梅芳那里去继续你的风流快活，真的是太便宜你了。

晚上，丁顺发一边吃饭，一边猛灌啤酒。一顿饭下来，五瓶啤酒见底，直把肚子撑得滚圆。他拿着一把竹凳，坐在阳台上望月兴叹，做起了"头家梦"。想着想着，又是一声叹息，唱起了那首"拢是命运创治人"的闽南歌。

突然，丁顺发脑子灵光一现，自己手中握着王大伟的把柄，何不以此来要挟王大伟，让他出一笔封口费，弄点本钱来做生意、当头家？

丁顺发一阵狂喜后，又怕了起来，一是用这种手段对付自己的妹夫，好像有点下作；二是王大伟不会轻易就范，要真是闹翻了，不但影响了妹妹的婚姻，可能自己的饭碗都要丢掉。

不行，这事不能硬来，要讲点策略。

第二天，丁顺发走进王大伟的办公室，转身把门反锁，说是有重要的事要谈。

丁顺发说："前天晚上看到你和梅芳一起回到她租的房子里。"说完，丁顺发不再言语。

"你跟踪我？"王大伟头发竖了起来，眼睛睁得很大。

"不，不是，我是刚好经过，正巧碰上的。不瞒你说，我也是去那附近找一个老相好的。"丁顺发连忙赔笑脸，还故意往自己头上栽赃。

丁顺发继续说道："你别担心，这事只有我知道。男人嘛，找个红颜知己很正常，梅芳是个好姑娘。"这句话要是从朋友的口中说出，倒不失为一句体己话，可这话由大舅哥对妹夫说出，听起来有点怪怪的。

"说来也巧，昨天下午秀丽打电话把我叫去，问你最近是不是很忙，她好像有所察觉。"

丁顺发轻描淡写的一句话，确实让王大伟背上开始冒汗。

王大伟不想伤害到丁秀丽。丁秀丽是他相濡以沫的老婆，这个地位不能动摇。

"秀丽怎么说呢？她觉察到什么了？"王大伟的声音有点干涩，听得出他很在乎丁秀丽的感觉。

丁顺发反倒踏实了，他知道王大伟对妹妹的感情并没有变，"她说不出具体的，只是说你最近比较忙，回去较晚。我跟她解释，最近公司有很多项目同时在推进，经常开会到深夜，叫她不要疑神疑鬼。唉，女人嘛，心眼小。我说呀，你当心点，要是真的让秀丽发现，那可就麻烦了。"

丁顺发点到为止，说完告辞了，留下王大伟一个人陷在大班椅里发呆。

王大伟心情非常沮丧。

偷情的事暴露，老婆开始怀疑，发现的人竟然是老婆的哥哥。别看丁顺发嘴巴甜得很，好像袒护着自己，可这是一颗定时炸弹，他对丁顺发太了解了。

王大伟怕的不是他与梅芳恋情的暴露，自己名誉受损，而是怕影响了家庭，伤害了家人。

他第一次把梅芳与家人放在天平上衡量，第一次认真地审视自己与梅芳的感情。

他不能失去家人，也不想失去梅芳，但他知道梅芳不可能永远属于他。他对梅芳有着痴迷、依恋，但不一定是爱情。他很清楚不能给予梅芳婚姻和名分，这段感情的归宿已经注定。

王大伟内心开始不安，对秀丽、对梅芳都有一份愧疚与自责。可是，跨出的一步已经留下深深的印迹，扬起的尘烟开始弥漫，如何才能自拔呢？

和大多数男人一样，再冷静的人这个时候都不会毅然挥剑斩断情丝，而是希望通过掩饰，让恋情更隐蔽。如果这时能够了断的话，那不是冷静，而是冷酷。王大伟心里的第一个念头是让梅芳赶快搬家，以及如何在丁秀丽的面前表现得更加从容淡定。

当王大伟提出让梅芳搬家时，梅芳一脸诧异，问到底发生了什么事。王大伟不想说出实情，只是强调那个房子环境不好，车子不能直达，小巷不安全等。

梅芳顺从地说，会去另外找个房子，但心里一百个不愿意。

这个房子是他们爱情开花的圣地。

梅芳搬到一个更安全的地方，王大伟小心翼翼地出入，注意避免被人看到、被人跟踪。他的谨慎让梅芳心里不是滋味。

聪明的梅芳终于明白王大伟让她搬家的原因。

梅芳开始冷静地反思自己与王大伟的关系。一生一世，她都会无比珍惜和怀念这段刻骨铭心的初恋，并且永远爱着这个让她仰视的男人。她想通了一点，这个男人不可能永远属于她的。虽然不能天长地久，但能曾经拥有，同样让她心存感激，无怨无悔。

丁顺发偶尔会在王大伟面前不经意地提起梅芳，那种关切的口吻让王大伟感到不是滋味。他知道，丁顺发是在为自己累积资本，增加交换的筹码。可王大伟不好发作，不知道丁顺发想要换取什么东西，但一定离不开钱。

直到有一天，丁顺发有意无意地谈到他的一个远房亲戚办了一个鞋底厂很赚钱，王大伟终于明白他的目的。

第二天，王大伟把丁顺发叫到办公室，说："给你一百万元，你去办一个鞋底厂。你百分之四十的股份，我百分之六十的股份。但有一个条件，会计、出纳由我派。你要是没意见，现在马上行动。"

丁顺发感激涕零，连声称谢，当天就赶回老家，把租给别人的房子提前要了回来。不出两个月，办起了一个小规模的鞋底厂。

运动鞋鞋底主要是橡胶注塑，比较简单，所需场地、员工不多，只要为大厂配套，进入的门槛比较低。因此，丁顺发选中了鞋底厂的投资，尤其是选择比较新的多色注塑设备，以及 TPU 气垫鞋底技术。

王大伟受不了丁顺发每天在他眼前晃来晃去的那副嘴脸。当明白丁顺发的用意后，他做了一个顺水推舟，他相信这一百万元不会白白扔掉，丁顺发虽然令人讨厌，但生意场上却是个人精，只要把心思用好，可以成就一番事业。正所谓"孬马一路踢"（闽南俗语，再不好的马总会有一点用处），人尽其才，人人都是人才。事实证明，王大伟的一百万元投资得到了几倍、几十倍的回报，这是后话。

第三十五章

　　王四博在城南买了三十亩地，搞了一个汽车城和一个建材交易市场，生意做得红红火火，可最近遇到点麻烦，被税务局稽查队的周有兴盯上了。

　　汽车生意比较规范，买车没有发票上不了牌。但钢材、水泥、木材这些物资在交易中，经常不开发票。特别是一些自建民房的客户，往往要求不开票而降低一点价格。这样一来，交易过程中难免存在偷税漏税的行为。王四博认为已经根据税务局规定的定额税赋，按月固定交纳税费，且大部分交易是用现金，没有通过银行账户，因此就不用缴税。

　　周有兴自从与王三平结下梁子，他一直在伺机报复。眼看着王三平平步青云，已经当上副局长，成了他的上司，他恨得咬牙切齿，但又奈何不了。王三平作风正派，做事谨慎，让他无从下手。但是他觉得王三平的兄弟是办企业的，一定有机可乘。

　　王大伟的"环亚"品牌越来越响，成了市里的重点企业，他不敢随便造次，搞砸了，吃不了兜着走。有一次例行检查，他主动请缨，把大环亚公司揽入自己稽查的对象，但查了几天，没有查出大的问题。

　　这些年，大环亚公司采取以全国各大商场和品牌专营店为主的销售模式，在流通环节上比较规范，用不着靠偷税漏税来盈利。至于一些来往账目上的小过错，拿到会上一提，都被局长给否决掉。说："这一点小事，追究起来，罚他个一两万，但一个年纳税几千万的纳税大户要是丢了，孰轻孰重，你头脑要清醒。"周有兴讨了个没趣，特别是王三平还在那边假清高，说："即使是一两万，也应该让大环亚公司主动来补交。"这事不但没能让王三平难堪，反而让他有了表现清正廉明的机会。

周有兴开始写匿名信，检举王三平在大环亚公司有股份。好像市局派人查过，最终不了了之，王三平仍然坐在副局长的位置上，自己只是一个稽查分局的小队长。

这次，周有兴终于逮着机会，狠狠地掐住王家兄弟的喉咙。

周有兴知道，像王四博这种建材交易市场，每天以现金买卖为主，虽然按定额交税，但申报的交易量与实际交易量有很大的差额。他像一只盯住猎物的野兽，并不急于出击，而是等着猎物吃得肚皮滚圆再下手。

直到王四博的建材市场生意兴隆时，周有兴认为时机到了，他给自己寄了一封匿名检举信，然后拿着这封信去申请稽查通知书。

那天下午，快临近营业终了的时候，周有兴带着一队人马直扑建材市场，一部分人控制了财务室的财务报表、账册、账本、账单，一部分人把门市部的库存单、销售单证，甚至门卫的货物出入单证都拿到了手。

一班人打道回府，周有兴自掏腰包，请大家吃晚饭，喝庆功酒。酒足饭饱后，又连夜加班，突击查账，以免第二天上面有人阻止。粗略统计一下，今天一天建材市场的交易额有十万元之多。依此类推，一年的交易额达到三千多万元，是申报额的十几倍。

周有兴得意扬扬，心想，这次不罚你几十万上百万元，肯定过不了关。重要的不是钱的问题，而是能让王家兄弟难堪，能让王三平的形象受损。哈哈，不知道明天上班遇到王三平会是一个什么样的情景。

王四博哭丧着脸跑去找王大伟，路上又打了一个电话给王三平，让他下班直接到大哥的办公室。

王三平一听是周有兴带队去的，知道这事情的复杂程度。

王大伟觉得没那么严重，让王三平不要出面，能回避尽量回避，他明天找李局长了解一下情况再说。

王四博说："怎么不严重呢？弄不好罚个几十万，我这一年的收入全泡汤了。"还说："这是冲着三哥来的，周有兴分明是故意找碴。三哥你一个副局长，让手下人这么欺负，这口气怎能咽得下？"

王四博的几句话把王大伟的火气撩了上来，气得直拍桌子，骂道："周有兴，上次你给我穿小鞋，我大人不计小人过，你这次又找上四博，真是欺人太甚。"说完，拿起电话就想直接给周有兴打电话叫板，王三平赶快把电话按住。

王三平知道周有兴是冲着自己来的，只不过借四博开刀，拿四博当出气筒。自己当了副局长，非但不能帮兄弟的忙，反倒连累了他，这算什么事啊？

想到这，王三平说："我给李局长打个电话。"

王大伟说："你打不如我打。这事你就不要管了。"

王大伟声音很严厉，王三平与王四博便不再言语。

王大伟当着王三平与王四博的面给李局长打电话。

李局长说，稽查通知书是他签发的，但确实不知道是王大伟的弟弟。具体稽查的结果还没报上来，等明天上班，他了解一下情况。如果确实存在偷税漏税的行为，补税、罚款是免不了的。但他会酌情考虑，尽量从轻处理，请王大伟理解。

李局长的话说得婉转，既讲原则，又有人情味。但王大伟不领情，说："我给你李局长打电话，不是为四博求情少罚几个钱，而是要提请你注意，这是一个阴谋，是周有兴搞的鬼，他是冲着三平来的。如果周有兴再纠缠下去，三平的副局长可以不干，但我绝不会放过他。"

王大伟的最后几句话，让王四博听了很解气，却让王三平萌生了不想当副局长的念头。

接完王大伟的电话，李局长打电话给周有兴了解情况。

周有兴耍了一个滑头，说："账册、账本拿回来了，还没来得及看，明天再当面向局长汇报。"当李局长试探周有兴，是否知道所查的对象是王三平副局长的弟弟时，周有兴很惊讶地说："完全不知道。"恰恰是周有兴的故作惊讶，让李局长证实了王大伟的话。

周有兴把初步统计的数据塞到公文包里，沾沾自喜地想着，明天一早，我拿着这些数据向李大局长汇报，看你如何发落。处理重了，王家丢了脸面又赔钱；处理轻了，王三平威信受损，反正，这次是让你们够难堪的。

但周有兴没想到，最后难堪的是自己。

王四博回到家，越想越气愤，面临几十万的损失，还落下个坏名声，三哥真的没用，让手下人如此这般羞辱，现在连出面都不敢。这个周有兴太猖狂了，真该好好教训他，找几个人狠狠揍他一顿出出气，这种事情让王金虎的手下去干再合适不过。

想到这，王四博给二哥打了一个电话，哭诉一通，说是被人欺负，税务局的周有兴带人抄了他的公司，这次估计要被罚个百八十万才过得了关。王亚峰说："三平不是副局长吗？这种事，他摆不平吗？"王四博说："你又不是不知道，三哥想保乌纱帽，怎么敢出面呢？这件事要靠二哥帮帮我，找几个人教训教训周有兴。"

"教训周有兴是以后的事，今天人家刚查你的账，你马上把人打了，这不是自报家门吗？况且，你就是把周有兴打死又有什么用？所以，先找人摆平，不要被罚款补税，懂吗？"

"二哥说的有道理，可我咽不下这口气。你不知道周有兴今天冲进公司的那个嚣张的模样，好像跟我们王家有八代的世仇。"王四博又是一番渲染。

"这周有兴什么背景，竟如此大胆？"王亚峰心头火上来了，打虎亲兄弟，听着电话那头弟弟的哭腔，岂有不帮的道理。

"他有个舅舅原来是副市长，现在是政协副主席。你的老大不是上面有人吗？官大一级压死人，让他出面找个更大的官。"王四博的话有点孩子气。

"这种小事，我去找老大不太合适。"

"对你是小事，对我可是大事！上百万元的损失，更重要的是我们王家的面子放哪里去啊？"王四博更急了。

"好了，好了，我试试看。今天晚上老大赢了不少钱，心情不错，现正在喝酒，等一下我找机会求求他。"王亚峰拗不过王四博的哀求。

王亚峰借着一点酒胆，向老大说了自家弟弟被税务局查处的事，求老大帮忙疏通关系，说说情。

老大听完哈哈大笑，笑声中，滚圆的脑袋和硕大的肚子摇晃着。他抬起剃得近乎精光的板寸头，眯着笑眼，像极了弥勒佛。

老大的笑声让王亚峰心里没底，两腿直打战。

良久，老大才开口："不就罚个百八十万嘛，何必去麻烦人家？你跟你弟弟说，罚多少钱我来出，叫他不要担心。小孩子，刚开始做生意，碰到这种事，肯定吓个半死。"

王亚峰连忙解释："哪能让老大出钱呢？不是钱的问题，而是被人欺负，咽不下这口气。这个人仗着有点背景，故意找上门来跟我们兄弟过不去。"

"哦，故意找上门的？什么人这么猖狂？那是该给点颜色看看。"老大听完王亚峰的话，豪气干云，大哥的风范展现了出来，一副替天行道的凛然正气，让他笑眯眯的弥勒眼一下子露出凶光。

加完班，周有兴带着一帮手下去吃夜宵，又喝了两箱啤酒，回到家已经快十二点。他洗完澡躺在床上，临睡前回想着今天的战果，有点自鸣得意。

周有兴迷迷糊糊快睡着时，一阵急促的电话铃声把他吵醒。当他听了两句电话那头传来的话，一下子惊坐了起来，睡意全消，一边听着电话，一边大汗淋漓，全身发抖，嘴里只有"是，是，知道了"。

直到对方电话挂断了好久，周有兴还没缓过神来。这个平时张扬跋扈的小人真的是吓破了胆，他没想到自己捅下这么大的娄子。

周有兴怔怔地坐着发呆，整整十几分钟后才起身下床穿衣，连老婆问他什么事都不说，骑着摩托车冲出家门，直奔局里去了。

到了办公室，他把今天下午从王四博公司搜来的资料全部拿了出来，重新进行分门别类，那些符合申报定额税的资料、报表、账册被留了下来，那些现金交易的单证，甚至门卫出入单证，包括所有对王四博构成偷税漏税的资料全都装入一个包里。

忙了整整三个小时，周有兴才带着一大包资料回家。这时，东方已露出了鱼肚白。周有兴不放心，打开包重新审核了一遍，确认没有问题后才坐在沙发上打了个盹。可一会儿他又惊醒，根本没办法入眠。于是，他索性早早地上班去了。

门卫大叔用不解的眼光看着他走进办公室。这个平时吊儿郎当的家伙，昨晚三更半夜来加班，今天又这么早上班，见鬼了。

进了办公室，周有兴把资料拿出来，再一次全面审核，确认没有留下任何不利证据后，才稍稍放下惊魂未定的心。他泡上一杯茶，还没喝上两口，睡意袭来，刚眯上眼，上班的同事陆续到了。周有兴打起精神，把几个下属叫到会议室。

周有兴故作无奈地说道："我们昨天的行动白忙活了，上面压下来，不让查。至于是什么原因，谁不让查的，你们还是不要知道的好。如果有人问起这件事，哪怕是局长，你们就说昨天拿回来的资料都在我手上，你们没看过，知道吗？"

说完，周有兴瞪着布满血丝的眼睛逐个扫视了一遍。

几个下属平时都有点怕他，见这阵势，大家只好说："知道了。"但心里都在揣测，到底谁的势力这么强大，让志在必得的周有兴态度发生了大逆转。

周有兴继续说道："我们统一口径，就说查了建材交易市场，没发现什么问题，一切正常，资料都在我手上，明白吗？"

"明白了。"几个手下回答的声调不一，周有兴想再叮嘱两句，手机响了，是李局长的电话，让他和稽查分局的局长一起去汇报工作，周有兴只好散会。

当他走出会议室时，听到身后几个手下叽叽喳喳在议论着，他顾不上这么多了，先去应付李局长吧。

稽查分局局长和周有兴在李局长的办公室刚一坐下，李局长问道："昨天下午查的建材交易市场情况怎么样？"

稽查分局局长说："我还来不及问周队长，请周队长汇报吧。"说完，示意周有兴发言。

周有兴斟字酌句地说："我们昨晚连夜突击，对搜来的账簿、账册、账单和一切有价值的单证进行了审核。总的来说，情况比较正常，没有发现偷税漏税的现象。据企业反映，他们现在的生意较差，营业额不大，虽然有一些现金交易的现象，但金额较小，基本在他们按月申报的范围内。"

李局长一脸不解地看着周有兴，这家伙怎么态度一百八十度大转弯？"照你这么说，一点问题都没查出来？"

周有兴肯定地回答："是的，我们几个人查的情况是这样。要不，我把资料拿过来你再审查审查。"说完，他站了起来，但没有转身，而是等着李局长的态度。

李局长脑中闪过几个可能性，一是真的查不出什么偷税漏税的行为；二是周有兴被买通了，有意在包庇；三是周有兴迫于某种压力，不敢说出真话。

但买通或者威迫周有兴的人是谁？应该不是王三平。是王大伟吗？听他昨天电话里的态度非常强硬，但王大伟没有那么大的面子逼周有兴就范，一定是通过其他更有分量的人。这样也好，省得自己伤脑筋，对王大伟算是有个交代，也免得让王三平为难。

"算了，既然没什么事就做个税务稽查结论吧。"

稽查分局局长和周有兴离开后，李局长给王大伟打了一个电话，说："你弟弟建材交易市场的账查过了，没发现什么问题，你放心吧。维护纳税人的合法权益是我们应该做的。"挂完电话，李局长让王三平到他办公室来一趟。

李局长先是向王三平通报了刚才的情况，然后向王三平解释，并不知道建材交易市场的老板是王三平的弟弟，都是为了工作，希望王三平能够理解。

王三平心想，可能是大哥昨天给李局长打了电话的原因，李局长把这事给化解了。但以王三平对李局长的了解，李局长比较讲原则，如果真的有问题，即使是我王三平的弟弟，即使是大哥打了电话求情，他是不会轻易放过的，最多是在处理时宽容一点。难道真的是四博那里没有存在什么漏洞？不可能，看四博昨天着急的样子，问题应该不少，这里面肯定有玄机。

"李局长，如果真的查出什么问题的话，希望不要因为我而网开一面，该罚就罚，我绝对不会有意见，相信这点觉悟我还是有的。"

"稽查分局的同志告诉我没查出什么问题，你放心吧。"李局长既然这样说了，王三平只好作罢。但走出局长办公室后，他越想越不对，于是，他打电话问王大伟是否找了别的关系。王大伟说："没有，就这么一点小事还要找多少关系？凭我和李局长的交情不够吗？"

一场风波平息了，但接着很多传说却在税务局里蔓延开来。

有的说，周有兴带队查了王三平副局长的弟弟，查出的问题不少，但最终不了了之。

有的说，王三平找李局长求情，让李局长给压了下来。

有的说，王三平的哥哥王大伟找了上面的人，让李局长手下留情。

至于上面什么人，讲得更玄乎。

有的说是市里的领导，有的说是省税务局的人，还有说省公安厅的领导都出面了，甚至惊动了副省长。版本有很多种，讲得活灵活现。大家都惊叹王家兄弟的势力和靠山。有人替周有兴担心，说这小子平时太嚣张，这回吓得胆都破了。

这些话慢慢传到了王三平的耳朵，他把这些话说给王大伟听，王大伟觉得莫名其妙，简单的一件事怎么传出那么多故事？

直到有一天，王四博说出他找了王亚峰，是王亚峰的老大帮忙，找了省里的人。至于找了什么人，老大没说。

王四博说这事的时候，口气中对王亚峰的老大很是崇拜。

王大伟警告王四博说："你老老实实做生意，不要'靠势起势误'（闽南话，喻指依靠某种势力反而被连累）。"

王三平知道实情后，主动找到李局长，要求重新稽查建材交易市场的账目。

李局长一再解释，他没有接到任何上面说情的电话，是周有兴说稽查没有发现任何问题。两人都感到奇怪，分析了老半天，最后得出的结论是，上面的电话可能打给周有兴的舅舅，而周有兴的舅舅让周有兴自己把案子捂了下来。

王三平一再要求重新稽查，要不他会背负徇私的骂名。

李局长无奈地摇了摇头："三平啊，要讲点政治，重新稽查，不是给上面难堪吗？你如果非查不可，我只好拿着乌纱帽陪你。说实话，我舍不得丢了这顶乌纱帽，我想留着它，为老百姓多做点好事。" 李局长的话已经讲到这份上，王三平只好作罢，但心里不痛快。

王三平下班后，特地回老宅吃饭，想借机会和王四博聊聊，提醒王四博以后注意一点。

王三平回到家的时候，父亲坐在客厅，已经泡好茶等着他。陪父亲聊了一会，王三平看王四博和王大伟都没回来，便给他们打电话。没想到，王四博去了鹭岛，说今晚不回来。王大伟在闽都，与省电视台谈状元米酒的广告投放，要明天才回来。

王三平情绪有点低落，和父母亲吃饭时话不多。

现在只有周末，王三平才带着老婆和孩子回来吃饭，平时和父母亲的交流少了。眼看着父亲的身体每况愈下，而几个儿子都在外面奔波，王三平觉得该多一些时间陪陪父亲。吃完饭，他拿了一条毯子，盖在父亲的腿上，给父亲泡上了一壶铁观音，两人默默无语地坐着。

外面传来的打桩声"咣当、咣当"地响着，不断地冲击着耳膜。除了王家老宅和邻居三栋古厝留了下来，周围现在成了一片工地，老房子已经全部拆光。据说，市里争论了很久，最终重新调整了规划，改变了原来的方案，才使得这几栋老宅保留了下来。但保留下来后，这几栋老宅却退到了第二排。新的城市道路往南迁移了五十米，沿街将建成店铺，老宅只好退居店铺房后面。店铺房值钱，开发商不可能让这几栋老宅占据道路的沿街地段。

这是多方利益博弈的结果。

王大伟到旧城改造指挥部看过规划图，今后，老宅的通风、采光和交通都会受到一定程度的影响。王四博抱怨说："早知如此，还不如当初拆掉算了，至少可以赔几套房子。"王奇山听了，抡起手中的拐杖一把打过去，可力不从心，抡到一半停了下来。

工地上灯火通明，打桩机、挖掘机、搅拌机响个不停，八仙桌上蒙上了不少尘土。王三平拿起抹布擦了一遍，可过一会儿，又是薄薄的一层。

王三平抬头看看天井，尘土是从那里飘进来的，明天找人在天井上做个架子，盖上塑料薄膜，也许会好一些。

王三平想到这，便给王大伟打个电话，说出自己的建议。但王大伟觉得不妥。父亲每天坐在客厅前，晒着从天井透进来的太阳。王三平说："要不干脆另外找个地方，搬出去，等周围环境改善了再搬回来。"王大伟说："这个方法我已经提过，父亲坚决不同意。父亲说，你们嫌吵、怕脏，你们都搬走吧，我就是死，也要死在这里。"王奇山说这句话时，拐杖击打着地面的大红砖，声音特别的响亮，老人对旧宅老厝的眷恋根深蒂固。

刺桐自1994年开始大规模的旧城改造，新建成的街道保留了闽南骑楼式的建筑风格，并局部穿插一些伊斯兰教的建筑特色。红砖墙面、出砖入石、花岗岩板材、砖雕、燕脊飞檐等闽南建筑特有的元素和符号得以很好地传承下来，成了一道亮丽的城市风景线。

随后，几条老街的改造等陆续跟进，基本延续了这个风格，保留了统一的基调。但外地人到了刺桐，好像哪一条街看上去都一样。

现在，如果要找回老刺桐街道的风貌，恐怕只剩下西街那一段。因为有个开元寺的原因，西街的改造很难下手，虽然拥挤一点、破旧一点，可来得真实、亲切。许多关心、爱护这座历史文化古城的有识之士不断地呼吁，要给这座城市保留最后一点旧的历史原貌，算是留下一点念想吧。

刺桐城的历史建筑，刺桐人引以为傲。直至今天，许多建筑仍然在中国乃至世界建筑史上占有重要的一席之地。

宋朝以后，这种屡创先河的建筑开始式微，刺桐建筑的亮点慢慢转移到民居和寺庙上，以"出砖入石"为特点的红砖文化逐渐盛行。当地特有的红黏土三氧化二铁含量高，烧制出来的红砖颜色鲜艳。当地的花岗岩，质地坚硬。砖石混砌，两种不同的建筑材料，在能工巧匠手里，营造出隽永的艺术美感，既有点、线、面的和谐韵律，又有红白色彩的强烈对比。砖雕、石雕、木雕大量应用，燕脊飞檐，"皇宫式"大厝敢于僭越礼制，形成了独特的闽南建筑特色。

18 世纪以后，随着华侨回国建业，南洋风格的番仔楼开始出现。水泥、钢筋、花砖、玻璃等新型建筑材料的应用，为闽南建筑注入了新的活力。二层结构、回廊、骑楼、山花等新的建筑元素与红砖白石有机结合，中西合璧，每一座精心构筑的房子，都是海外华侨爱国爱乡的精神寄托。

大家往往在历史与现实中纠结，在保护与发展的矛盾中挣扎。

应该说，刺桐人继承和保护历史文化遗产的意识很强，有四十多处国家级重点文物保护单位和一百多处省级重点文物保护单位，以及星罗棋布的各类文物。其见证着刺桐的历史发展，成了刺桐人引以为豪的精神遗产。

除了建筑、石雕、古桥梁、庙宇等文物以外，对音乐、戏剧、武术、宗教、民俗等传统文化，刺桐人仍是不遗余力，薪火相传，继承并发扬光大。

尤其难能可贵的是刺桐人兼收并蓄、相互融合的包容性。

从建筑的风格可以看出，典型的闽南建筑，除了有中原文化讲究主次尊卑、保持相对封闭的文化特征，又吸纳了受西欧影响的南洋建筑风格和阿拉伯建筑装饰特征，形成了最具特色的红砖文化区。

经过大规模的旧城改造，红砖装饰的特色发挥得淋漓尽致，在产生强烈的视觉冲击效果的同时，也造成一定程度的审美疲劳，特别是一些政府主导的带有特殊示范作用的楼、堂、馆、所等标志性建筑，红砖装饰成了不二法门。

似乎，刺桐的建筑特征有了自恋的倾向，陷入孤芳自赏的境地。

从这个角度看，北京的许多新建筑能够大胆突破紫禁城的垂范，破茧而出，诸如"巨蛋"（国家大剧院）和"鸟巢"（奥林匹克体育场）、"大裤衩"（中央电视台）这些标新立异的后现代建筑，标志着继承传统和文化创新的对立统一。

假如有一天，刺桐建筑的红砖文化只是一个特征，而不是全部的话，说不定刺桐的红砖文化会更加魅力无穷。

第三十六章

王大伟突然联系不上梅芳了。

王大伟打了两个传呼，梅芳一直没有回电。

下班后，王大伟急匆匆地赶到天韵茶馆，才知道梅芳今天没来上班。

一个领班告诉王大伟，梅芳昨天辞职了。

她说："梅姐特地交代，以后看到王总来，要我给您泡茶。"

说完，领班开始张罗着给王大伟沏茶。

王大伟心急如焚，快步走出刺桐厅，留下领班诚惶诚恐地收拾茶具。

王大伟开着车直奔梅芳住的地方。打开房门，一股熟悉的芳香迎面扑来，但似乎没了往日的温馨。

王大伟环顾四周，发现少了几样东西，他的心一个劲地往下沉，尤其看到墙上那张梅芳的照片不在了，一种不祥的感觉击打着他的神经。

他的目光落在桌上，一个小巧的传呼机指示灯正一闪一闪地亮着。

拿起传呼机，连续几个呼叫都是王大伟手机的号码。

梅芳出门忘了带上传呼机？可她去哪儿呢？

王大伟充满疑惑。

这时，他看到传呼机底下压着的一个塑料袋。

打开塑料袋，里面有一个信封，还有一些物品，都是王大伟平时送给梅芳的礼品，有首饰、香水、化妆品等。

王大伟迫不及待地拿出信封，上面有着梅芳隽秀的字迹："王大哥亲启。"

王大伟坐在床上，急切地抽出信纸，从头到尾看了一遍，眼里饱含热泪。当他回到开头，重新再看第二遍时，眼泪已忍不住夺眶而出，滴落在粉红色的信笺上。

亲爱的王大哥：

请原谅我的不辞而别。

当你打开这封信的时候，我已经在回家的火车上。

很想能够当面向你道别，哪怕让眼泪纵情地在你的面前挥洒。但我知道，如果是那样，我走不了，我下不了狠心离你而去。所以，只能选择以这样的方式离开。

回家的念头已经想了很久，一直不敢告诉你，我不想让你为我担忧、分心，更不想让你为难，想起了徐志摩的一首词："悄悄的我走了，正如我悄悄的来，我挥一挥衣袖，不带走一片云彩。"

感谢上苍，让我们相遇、相知、相爱，可上苍不给我们永远在一起的机会。我知道，如果我不走，以后的结局，对你、对我都是不会完美的。我无法完全走进你的世界，更不可能拥有你的全部，你的事业、你的名声、你的家庭不允许你在感情上有半点的差错，哪怕这个差错是多么的美丽，这个美丽的差错只属于我们两个，它见不得光，只能永藏于我们的心底。

无数次，在梦里祈望着与你天长地久，永不分离，但梦醒后，我只能怪自己太贪心。

也许，让这个美丽的差错戛然而止，把它尘封在我们的心灵深处，它才得以永恒。

所以，我选择了离开。

感谢上苍，把你赐给了我，哪怕只是短暂的，但我已心满意足。是你叩开了我的心扉，闯进了我的情感世界，留下厚重的足迹，是你给了我成长的机会。

此生此世，你将在我的生命里挥之不去，不管走到天涯海角，我会永远默默地为你祈祷，愿你平安快乐。

感谢上苍，让我们真心相爱，尽管我们的爱情不被世人祝福，但她是如此刻骨铭心，如此真诚炽热，我们为自己的爱所感动，这已经足够了。

如果有来生，还让我们相爱，好吗？

如果有来生，让我做你的新娘，好吗？

如果有来生，我不想这样离开你，我要陪你一生一世。

我回家了，你将孤单地面对这个纷争的世界，在残酷的商海中鏖战。我多想能够陪伴在你的身旁，哪怕只是为你沏上一壶热茶，哪怕陪着你喝醉，我都会倍感幸福。

请原谅我的绝情而去，请原谅我的冷酷决断。

希望没有我的日子里，你能回归你原本的生活，就当我是一颗五彩的小石子，扔进了你心中的池塘，荡起一阵涟漪后又重归平静。

希望没有我的日子里，你要照顾好自己，少喝一点酒，不要太劳累。想我的时候，到天韵茶馆喝喝茶，我会依然紧紧地依偎在你的身旁。

我想好了，回家后好好复习功课，争取考上大学。哪怕参加自学考试，我也要拿到一张文凭，我希望凭本事找到一份好工作。每当看到大哥在商场上叱咤风云、运筹帷幄，我都会心生羡慕。我要以大哥为榜样，好好学习，努力奋斗，做一个对社会有用的人。

大哥不要为我的生活担心，这两年我攒了一点钱，我还可以一边上学一边打工。总之，我一定会把书念好，请大哥放心。

大哥送我的礼物，我只带走了那条心形链坠的白金项链。我会一直把它戴着，让它紧贴着我的心口。其他的物品请大哥帮我处理。大哥不要怪我，一来我用不着这些高档的化妆品，二来我怕见到它们会忍不住想你。

写到这，我已泪流满面，心里有好多的话想跟你说，可我写不下去了。

这个房子还有一个月的租期，到时你帮我把房子退了，记得替我向房东阿姨说一声谢谢。

此生此世，我们还能再相见吗？

我怕我会改变自己的决定，突然出现在你的面前。如果我真的回头，请大哥不要笑话我的脆弱。不管是走还是回，都是因为我的爱告诉我应该这样做。是对是错，由老天决定吧。

　　再见了，亲爱的王大哥。

　　在遥远的他乡，永远有一颗心在牵挂着你、祝福着你。

永远爱你的梅芳

即日凌晨于爱的小屋

　　王大伟反复地把信看了好几遍，让自己的眼泪肆无忌惮地滑落。

　　已经记不起，有多少年没有这样伤心地流泪了。

　　王大伟躺了下来，眼泪滴落在枕头上，打湿了一片。

　　他想，昨晚，梅芳一定像他现在这样，眼泪不停地滴落在这个粉红色的双人枕头上。

　　眼泪流干了，王大伟两眼发呆望着天花板，脑海里不停地追寻着与梅芳相识、相爱的每一个细节。

　　有人说，一个好女人的标准有三项：美丽、聪明、善良，看起来要求不高，但真正完全达到这三点标准的女人却不多。

　　聪明的不一定美丽，美丽的不一定善良，善良的不一定聪明。

　　梅芳是一个三者兼备的女人。她之所以选择离开，完全是出自她的善良。这样的女人不但值得爱，而且值得敬。我王大伟何德何能，拥有这样一个红颜知己。我应该心存感激。也许，梅芳是理智的，我既不能给她名分，又不能让她进入我的生活里，我有什么权利要求她一直陪伴在我的身旁？

　　放手也是一种美丽，她有她的生活、她的未来。

　　读书深造一直是梅芳的心愿，更是一个明智的决定，我应该成全她，更应该帮助她。可她这一走，怎么能帮得上呢？她攒的钱不多，要读完大学一定不够。家里的条件又不好，靠勤工俭学肯定很累。

　　想到这，王大伟心如刀绞，又是一阵难过。

　　这时，手机铃声响了。

　　王大伟不想接电话，直至铃声停了，他才拿起手机看了一下，来电显示了一个外地电话号码。

电话铃声再次响起，突然，王大伟有一种预感，他赶紧按下接收键。

"喂，喂！"王大伟急促又大声地叫着，对方却没有回应。

"是梅芳吗？"王大伟轻声问道。

良久，电话里传来一声"王大哥"，说完，梅芳已泣不成声。

王大伟干涩的眼睛又充满泪水，他不知道该如何安慰梅芳，他甚至连自己都安慰不了。

就让彼此的泪水尽情地流淌吧。

"你在哪里？到家了吗？"王大伟焦急地问道。

梅芳慢慢地止住了泪水，带着哭声回答道："我刚下火车，在火车站的公用电话亭里。"

"告诉我你家的地址，我怎么才能找到你？"这是王大伟最想知道的问题，他几乎是嚷叫着。

可正是这个问题让梅芳恢复了冷静。

她相信，要是王大哥知道了地址后，一定会赶过来。那个时候，自己肯定没有任何抗拒的意志力，将会义无反顾地重新投入王大哥的怀抱。

"王大哥不用再找我了，你好好照顾自己。以后，要是有机会，我去看你。"说到最后，梅芳又哭了出来。

"我答应你，不去找你，可你要告诉我联系的地址。"王大伟连哄带骗，希望得到梅芳的联系方式。

"不用了，王大哥，真的对不起。以后，我一定去看你。"梅芳几乎快崩溃了，她把电话挂断后蹲了下来，抱着头号啕大哭。

公用电话的铃声急促地响了起来。

梅芳知道，这一定是王大哥回拨的，她没有勇气去接电话，只能一边流泪一边拉着行李箱逃离电话亭，任凭身后的铃声响个不停。

挂了三遍，梅芳都不接电话，王大伟轰然倒在床上。

王大伟长叹了一声："这姑娘真是铁石心肠，但我一定要找到你。"王大伟到洗手间擦了一把脸，试图让自己的心情平复下来。可他一转身，一抬头，看到的都是梅芳的影子，这个属于他们两人的爱巢，留下了太多的美好记忆。

王大伟把脑袋伸到水龙头底下，让冷水不停地冲刷着，慢慢才平静了下来。当他一照镜子，发现两眼通红，已经有点肿了。

这是我吗？

王大伟不禁自问。

想不到自己活到四十几岁，还有这么一段荡气回肠的爱情悄然降临，真是老夫聊发少年狂，来得轰轰烈烈，去得柔肠寸断，幸福过、甜蜜过、痛苦过、挣扎过，扬起一阵云烟，转眼又烟消云散，仿佛什么都没有发生过。

但既然发生过了，必定留下痕迹。不，不是痕迹，是伤痕。只是这道伤痕唯有深藏在自己的内心里，不知道什么时候才能愈合。

王大伟回到天韵茶馆，低着头径直上了二楼的刺桐厅。领班紧跟着要给他泡茶。王大伟说："你先把我的状元米酒拿上来。"

拎开瓶盖后，他直接对着嘴一咕嘟倒进三大口。

放下酒瓶，足足等了几分钟，感觉酒劲慢慢涌上，他才抬起头。这时，不但眼睛通红，脸也微微泛红。

看着领班正在泡茶，熟练的动作化成梅芳的影子，王大伟刚刚恢复平静的心情又是一阵翻江倒海。他让领班找来一张梅芳应聘时填写的表格，上面贴着梅芳的彩色照片和身份证复印件。

王大伟看着照片，梅芳的眼睛含情脉脉地与他对视着。他对着梅芳的照片独酌，一阵悲来一阵喜。悲的是从此两地相隔，离愁绵绵，喜的是有了这张身份证复印件，即使踏破铁蹄也要觅到伊人的芳踪。

一瓶状元米酒快见底了，王大伟的眼睛充满了血丝，脸色由红转白，凄凄戚戚的表情冰冷如霜。墙上挂着两幅刺桐籍著名书法家的条幅，正是对他此时心情最好的写照，这是欧阳修的两首词：

踏莎行·候馆梅残

候馆梅残，溪桥柳细，草薰风暖摇征辔。离愁渐远渐无穷，迢迢不断如春水。　　寸寸柔肠，盈盈粉泪，楼高莫近危栏倚。平芜尽处是春山，行人更在春山外。

长相思·花似伊

花似伊，柳似伊。花柳青春人别离，低头双泪垂。　　长江东，长江西。两岸鸳鸯两处飞，相逢知几时。

好一句"相逢知几时"，像是在故意撩拨王大伟心中最为痛楚的伤疤。

以前，王大伟并不太留意墙上书法条幅的内容，只知道这是杰克陈喜欢的佳作。没想到今日看来，像是专门为他和梅芳所写，读起来别有一番滋味在心头。

看着看着，王大伟禁不住潸然泪下。他拿起手机，再次拨打梅芳来电的号码。他知道，这是火车站的公用电话，但他期待着奇迹的出现。直至电话响了很多遍，最终转成了忙音，他才落寞地挂断电话。

外面开始下雨，豆大的雨点打着屋顶的瓦片，"噼里啪啦"响个不停。过了一会儿，天井里传来木桶接水"嗡嗡"作响的奏鸣曲。

王大伟的心跳骤然加速，脑海里满是梅芳的影子。

那一个雨夜，正是梅芳陪着她喝酒，后来演绎出一段不被世人祝福的爱情故事。

可现在，依然是一个浓情绵绵的雨夜，伊人却在春山外，相逢未知是几时。

王大伟把最后一滴酒倒进嘴里，想叫服务员再来一瓶，但话还没喊出，想起梅芳的叮嘱，要少喝酒，只好作罢。

可是，不喝酒，又能做什么呢？

王大伟趴在桌子上，满脑子回忆着自己与梅芳的点点滴滴。

突然，感到有人推门进来，王大伟转身一看，是梅芳，梅芳回来了，他欣喜若狂，一下子扑了过去，把梅芳紧紧地搂在怀里，嘴里不停地念叨着"再也不让你离开了"……

王大伟用手拭去梅芳脸颊上的热泪，却没能阻止住自己的泪水洒满胸襟，心口上感觉凉凉的，一阵冷意直透后背。他打了一个冷战，挺直了身子，才发现刺桐厅里只有他一个人孤零零地坐着，哪有梅芳的影子？

　　王大伟站了起来，扎好马步，两掌同时向前方击出，接着一招五祖拳著名的"摇身震胛"，似乎抖落了许多烦恼与不快。

　　明天还有许多重要的事情要处理，自己一定要振作起来，不能为儿女情长所困。梅芳毅然地离开，是为了让两人免于陷入感情的漩涡中不能自拔，用心良苦。单凭这一点，这个小女子不简单啊。

　　第二天上午，王大伟来到邮局，按照梅芳身份证上的地址，汇出了两万元。他想，这些钱对梅芳上学会有帮助的。另外一点，他想验证一下，梅芳还是不是住在这个地址。

　　但是，王大伟的计划落空了。

　　十几天后，这笔汇款退了回来，退款单上写着"原址已拆迁"。

　　王大伟不死心，他亲自打了电话给江西的代理商，请他帮忙找到这个地址。结果是一样的，原来的地址因为拆迁已经不在了。

　　三天后，王大伟赶到梅芳所在的县城，看到的是一片工地。

　　陪他来的江西代理商告诉他，派出所的民警说："你提供的地址就是这个地方，原来的住户都搬走了，分散到各个地方。"

　　王大伟来到辖区派出所，虽然查到了梅芳的户籍，但不知道搬到什么新的地方了。

　　王大伟一筹莫展。

　　从江西回来，王大伟的情绪一直比较低落，周边的亲朋好友都觉得奇怪，但没有人知道真正的原因。

　　那个充满激情、刚毅自信的王大伟，以一副郁郁寡欢、心事重重的形象给人的感觉是冷若冰霜，甚至有点蛮不讲理，经常莫名其妙地发脾气，公司的一些日常管理已经受到影响。

　　而恰在这个时候，东南亚的金融风暴发生了，公司较为稳定的出口订单减少了一半，许多到期的信用证未能按时结汇，公司的业务萎缩了一大部分。

　　韩天华建议裁员，王大伟不同意，认为无论如何工人不能流失。他把做出口订单的生产线转向做内销，但国内市场的增长速度有限，库存一下子大幅度提升，又加大了资金的占用。因此，公司的流动资金已经非常吃紧。

原希望投放广告后，状元米酒的销量能够出现井喷。但三个月过去，市场反应依然不愠不火，连莫非也百思不得其解。

王大伟天天开会，服装的、状元米酒的、工业园区的、旧酒厂改造工程的，好几个项目都遇到了难题，最欠缺的是钱。

王大伟发脾气、拍桌子、瞪眼睛，想出很多招数，增加银行贷款、催收应收账款、回笼销售资金、清理库存积压物资、减少广告投入、暂停部分工程，各种措施齐上，但总是捉襟见肘。

王大伟从来没有如此窘迫过，犹如困兽之斗，施展不了手脚，虽然表面上信心满满，但他内心是焦虑的。

夜深人静，他经常一个人悄悄地来到梅芳的租屋，这里成了他最好的避风港湾。

躺在床上，满屋子都是梅芳温馨可人的气息。他多么希望这个时候，梅芳能够陪伴在他的身旁，哪怕只是陪他喝喝茶、聊聊天、说说话，也是莫大的慰藉。

他不需要爱情来激发他的斗志，但他需要温情来梳理他的浮躁。

当他慢慢回顾这段时间的冒进与急功近利，他知道战线拉得太长，局面有所失控。东南亚的金融风暴像一颗火苗，点燃了熊熊烈火。

杰克陈、谢莉莉同样困难重重，帮不了他的忙。银行的贷款额度已经到了极限，不能再增加了。他只有寻求自救，牺牲部分项目，保全大局。但每一个项目都凝聚着多少心血，寄托着极大的希望。

壮士断臂需要的是勇气，而不是智慧。

他下不了决心。

是不是可以找王三平和龙斌商量商量，让他们帮着出出主意吧。想到这，他起身走出了房间，上了车。

陈光明一直坐在车里等着他。

眼看这段时间老板很辛苦，脾气很不好，陈光明坚持不让老板自己开车。不管等到几点，都要亲自把老板送回家才放心。

王大伟上车后，想给龙斌打个电话，一看已经夜里十一点钟，算了，明天再谈吧。

收起电话，王大伟不知去那里。回家又睡不着。想了想，王大伟说："去看看酒厂的生产状况吧。"

车子还没进厂门，弥漫在空气中的酒香已经扑鼻而来。

工厂里灯火通明。王大伟没有惊动管理人员，和陈光明直接进了车间。

夜班的工人正有条不紊地忙活着，三条罐装线只开了两条，说明产能还没有完全释放。流水线上，罐装、上盖、贴标、装箱，各道工序完全由机器自动操作，一箱箱的酒通过输送带直接进了仓库。

王大伟盯着转眼闪过的一瓶瓶酒出神。这么好的酒，怎么会销量上不去呢？是口感的问题，还是价格的问题？是包装不好，还是广告投放不够？王大伟转身问陈光明："假如你是消费者，你对状元米酒会提出什么改进措施？"

陈光明说："我平时不喝酒，提不出什么好的建议。"沉吟了一会儿，陈光明说："我爸爸倒是提过，现在的状元米酒好像比以前的度数低了，不够劲。"

"确实比以前低了，从四十八度调低到四十二度。莫非他们认为，现在消费者比较喜欢绵和一点的，喝了不大会醉。你看，啤酒不也是清爽型的比较受欢迎吗？德国著名的贝克啤酒就是因为度数高，在刺桐销路一直不好。不过我倒喜欢贝克，口味纯正。"

说到这，王大伟闪过一个念头，难道是我们的产品定位不准，度数偏低了？可是根据莫非他们提供的市场调查数据来看，大部分消费者比较青睐度数低一点的白酒，甚至有的厂家推出三十八度的低度白酒。

说到三十八度白酒，王大伟一点都不喜欢，他形容那是掺了水的酒。

这时，陈光明的一句话让王大伟茅塞顿开。

陈光明说："我们刺桐人喝酒喜欢拼个输赢，喝完数数瓶子，越多越有面子。"喝啤酒是这个情形，但喝白酒呢？喜欢白酒的人，要的是口感的醇厚。本来米酒的口感偏重于绵软，不像浓香型、酱香型的酒那么浓烈、辛辣，再加上度数低了，当然口感不够劲。

想到这，王大伟拉着陈光明转身冲出车间，直奔工厂的宿舍，把厂长和总工程师从被窝里叫了起来。

王大伟对着睡眼惺忪的两个人说："你们尽快给我调制出四十八度、五十度、五十二度的酒，然后算出成本增加了多少，越快越好。"

厂长看了看总工程师，总工程师想了想："给我三天时间，试试看。"

"不是试试看，是一定要弄出来，需要多少研发费你尽管花。"王大伟大手一挥。

"保证弄好，请老板放心。"厂长赶快表态。

"好了，回去休息吧。"王大伟看看表，已经快两点钟了。

从酒厂回来的路上，王大伟一直在想，应该推出五十度还是五十二度呢？索性推出高一点的，五十二度，价格比四十二度的提高百分之五十，走一步险棋试试。

第二天，王大伟在电话里告诉莫非这个想法。

莫非说："你疯了？且不说五十二度消费者能不能接受，价格一下子涨了一半，凭什么做卖点？"

王大伟说："卖点你去找，就定这个价。包装、瓶子重新设计。时间要快，给你一个月时间准备，两个月产品上柜。"

莫非挂断电话，嘴里直嚷："疯了，真的是疯了。"

但莫非喜欢的是这种不按常理出牌的风格。他认为只有与众不同的思路和创意才能出彩。王大伟的想法剑走偏锋，逆势而为，说不定可以杀出一条血路。想到这，莫非马上召集手下的精兵来了一场头脑风暴，深度挖掘五十二度状元米酒的卖点。

从前一段时间来看，四十二度状元米酒的营销策略取得一定的成效，初步确立了品牌的基本地位，但与预期的目标还有很大的差距。经过大家的深入剖析，主要存在几个问题。

品牌的轰动效应尚未爆发出来，市场反应平平。这对于一贯坚信"平庸就是失败"的莫非，无疑是一记耳光，打得他眼冒金星。他急切希望用新的思路改变被动局面。因此，提高酒的度数，提高产品档次和价格是一种可以尝试的办法。

度数低、价格低迎合了家庭消费，但忽略了商务宴客、送礼这一个庞大的消费主体。

"状元省亲"故事的演绎缺乏时代特征,讲述的是一个历史故事,难以引起现实的共鸣。

统一基本认识后,对于新产品的定位有了比较清晰的思路,以商务、礼品消费为重点,把酒的度数拉到与现有高档白酒一样,提高产品包装的档次,提高终端销售售价。这些问题确定后,剩下的是如何进行品牌宣传。

有人建议高价聘请当红巨星做形象代言人,这是目前品牌策划的惯用手段,而且屡试不爽。但莫非知道目前王大伟的资金非常紧张,恐怕没有能力掏出太多的钱。

一个星期过去了,思路依然没有突破。

莫非甚至推掉了几个新的客户,他觉得如果不能把状元米酒的品牌做好,他愧对王大伟,更无法原谅自己。

难道这是他职业生涯中的"滑铁卢"?

正想着,一阵锣鼓声吸引了莫非的目光。原来,车子刚好经过北京大学的校门口,北大正在欢迎入学的新生。许多新生在家长的陪同下,提着大包小包的行李走进校门。

莫非灵光乍现。

能够考入北大、清华的,都是全国各地的优秀学生。他们是最好的形象代言人。这不就是我们苦苦寻找的吗?

一个优秀的品牌,之所以能够得到广大消费者的喜爱而深植人心,除了好产品的各种因素外,还有它蕴含着能够引起共鸣的核心价值。这个核心价值应该符合社会的主流价值观。

望子成龙、金榜题名的传统观念与现代崇尚知识、尊重科学、重视教育的新思维,共同催生了一个中国特有的奇观——高考。高考成了一个人一辈子成功与否的第一个里程碑,一个抢占先机的制高点,一个能够出人头地的龙门。高考关系着家族兴衰,关系着千家万户。

那么,如果把他们的故事与状元米酒的品牌宣传结合起来呢?这不正符合追求成功、勇于竞争、奋力拼搏、永争第一的主流价值观吗？

想到这，莫非急忙调转车头，赶回公司，马上召集主创人员开会。经过集思广益，一个以高考为主题的品牌推广方案逐渐成形。

莘莘学子埋头苦读，锥股悬梁，极尽辛劳，几经寒窗，最终脱颖而出，鲜红的录取通知书，师生、同学、邻里的奔走相告，一家人的欢呼雀跃，谢师宴、庆功宴、欢送会，好不容易凑足的学费，偏远小山村朴实村民的几颗鸡蛋，车站、机场迎接新生的牌子，北大、清华校门口敲锣打鼓，所有喜庆与欢欣的场面最终烘托出一个状元米酒的主题思想——成功与喜悦。

当莫非神情激越、眉飞色舞地把这个创意告诉王大伟时，王大伟在电话那头沉默了良久。

莫非拿着话筒的手出汗了，他担心王大伟拒绝这个创意。

莫非以最短的时间想好说服王大伟的各种理由，甚至不收取任何费用他都愿意。

良久，电话那头传来王大伟的一句话："我把酒厂卖了。"

第三十七章

王大伟把酒厂卖了，不过不是全卖，仍然保留了百分之三十的股份。

酒厂新的大股东是王四博，他的名下有百分之七十的股份，成了董事长、法人代表。但背后真正的老板是王亚峰，持有百分之六十五的股份。

王亚峰一直觊觎着王大伟的企业，当他听王四博提到，王大伟最近资金很紧张时，马上让王四博出面，想把工业园的项目买下来，并且开出了一个亿的好价钱。

王大伟说："两个亿都不卖，这个项目今后的潜力大着呢。"王大伟当然知道，王四博没有那么大的财力，背后一定是王亚峰和王金虎。他们这两年在不断收购项目，实际上是在洗钱，想方设法把走私赚到的钱漂白。

可是现在王大伟的日子确实很难过，整个资金链绷得紧紧的。除了服装内销市场保持着稳定的增长，有一定的现金流回笼，其他几个项目都在等米下锅。尤其是酒厂，如果再推出五十二度新产品，还需要一大笔的市场推广费用。王大伟一边催着酒厂加快研发新产品，让莫非搞创意，一边正在为资金而发愁。

这天，王大伟忽然接到了高先明的电话。

王大伟跳了起来："你在哪里？我马上过来接你。"

这两年，高先明闲云野鹤，悠游四方，神踪不定，有时在南禅寺静修，有时到载云山中避暑。

随着声名鹊起，找高先明当智囊的人越来越多，让他应接不暇，许多人都是通过各种关系介绍来的，不好推脱，不好得罪。

虽然高先明习惯于我行我素，但总不能谁也不给面子。因此，他干脆关掉手机，过着自由自在的神仙日子。只有当他心情好了，或者钱花完了，他才重新出山，捞上几票后又偃旗息鼓、无影无踪。

王大伟见到高先明，像见到救星，直呼找你找得好苦啊。

高先明说："我这不是来了吗？"

"你真是我的及时雨啊。"王大伟迫不及待地向高先明诉说着自己最近遇到的一些难题，好像一个病人在向医生介绍病情时，总是夸大其词，希望得到医生的重视。

王大伟在等待着高先明指点迷津。他知道，多问多说都是无益的，有什么办法高先明一定会明示。

回到王大伟的办公室，几杯茶润喉，提神，高先明才慢慢有了一点笑容。

高先明历来惜字如金，但每一句话、每一个词都说到点子上。

经过几个回合，王大伟把高先明陆续说出的几个词串起来，才慢慢明白。

"立身固本"是要他坚守自己的服装行业，继续巩固基础，作为安身立命的本业。

"壮士断臂"是让他要舍得放弃一些项目，缩短战线，保住重点。

"静观其化"是让他要沉得住气，要有信心、有恒心，只要冷静应对，定能渡过难关，否极泰来。

当王大伟问他，该卖哪个项目，高先明说："你认为该哪个就是哪个。"说了等于没说，这让王大伟很纠结。

王亚峰看上了工业园，而且开价一个亿，这笔资金无疑可以帮上很大的忙。但工业园区潜在的升值空间太大，而且倾注了自己很多的心血，真是舍不得。

但除了工业园，其他哪个项目可以卖个好价钱呢？

酒厂的旧址现在已经全部出租，有了固定的收益，且今后的升值空间同样很大。

投在洪添的纳米面料项目已经有所进展，现在洪添正在进行整合，准备打包到香港上市。要不是遇上金融风暴，已经开始路演了。

把工业园一期工程的标准厂房卖掉，最多的收益只有一两千万元，解决不了大问题。

算来算去，只剩下状元米酒酒厂。这个项目正在开始培育市场，虽然前期势头不是很好，但即将推出的五十二度新产品很有卖点，值得一搏。这个时候把酒厂卖掉，就像在剜肉。

　　可这也不行，那也不行，拿什么来救活全盘呢？弄不好，资金链一断，来个多米诺骨牌效应，全盘皆输。

　　想到这，王大伟下定了决心。

　　王大伟与王四博在酒厂里转了一圈后回到办公室。

　　王大伟一字一顿地对王四博说道："我想卖掉这家工厂百分之七十的股份，一口价七千万元。前提是你当董事长、法人代表，百分之七十的股权挂在你的名下。至于你和谁一起买，你们的股份比例各占多少我不管。给你一个星期的时间，超过时间，报价作废。"

　　王大伟知道王四博自己没有那么多钱，王亚峰一直盯着工业园区，倒不如把酒厂卖给他们。

　　让王四博当董事长，而且又是百分之七十股份的全权代表，当然有王大伟的深意。一来不用与王亚峰、王金虎等人在董事会上直接交锋；二来他认为，自己对王四博尚有能力掌控，为今后有机会重新拿回酒厂的控制权，埋下了一个伏笔。

　　王四博满脸惊讶，对大哥的话回味了老半天。上次提到要买他的工业园区，他像护雏的母鸡一样，一口回绝。今天倒主动提出转让状元米酒酒厂的股份。可这酒厂的效益与前景如何，怎么就值一个亿？王四博心里没底，更不知道二哥会不会有兴趣。

　　王大伟看了一眼低头沉思的王四博，知道他在打什么算盘，"当时我买下酒厂花了三千万元，重新买地、盖厂房，投资了新的生产线共花了五千万元，品牌策划、广告宣传、销售网络等投入两千多万元。你说，我把它折算成一个亿，贵不贵？"

　　"是不贵。"王四博嘴里回答道，心里却想着，"你不是还赚了一块市中心老厂区的土地吗？那可值不少钱。"

　　"当然了，我肯定要有钱赚。这些无形资产已经增值多少倍了？你看，品牌、销售网络，就这两样值五千万元没问题吧？你看看可口可乐，一个商标值两百亿元，还是美金哦。"

王大伟伸出两个指头在王四博面前晃了晃。

王大伟知道，这件事能不能成，只有靠王四博去游说王亚峰。当然，对付王四博，王大伟另有办法。他拍了拍王四博的肩，降低了嗓门，靠近王四博的耳旁说道："我只拿六千五百万元，剩下的五百万元是你的。"

王四博的肩微微颤了一下，心里乐开了花，口里却说："不用的，帮大哥的忙是应该的。"

"这事就这么定了，你抓紧去办吧。记住，一个星期。"

让王大伟想不到的是，第二天，王四博回话了，不但全部接受了王大伟开出的条件，而且希望尽快成交。

王四博，不，应该说是王亚峰如此急迫，倒让王大伟犯了嘀咕，这里面有什么玄机吗？

双方即将签订合同时，王大伟从对方修改的条款里，感觉有点不对劲。该条款特别提出：股权受让方有权根据实际需要调整经营范围，承接对外加工、代工。

从道理上说，这条款没有什么不妥。既然受让方占了百分之七十的股份，当然有权行使经营管理权。如果能为公司带来效益，对外加工、代工并没有什么不可以。

王大伟虽然觉得有点不对劲，但提不出什么反对的理由。

最终，王三平和公司法律顾问商量后，帮他加了一个补充条款：如果因受让方违法经营，被有关部门查处，出让方有权收回所出让的股份，并提出相应的经济赔偿要求。

这个补充条款是苛刻的，但王亚峰居然答应了。因为，他根本不相信有哪个有关部门会来查处。但人算不如天算，他最终为这个条款付出惨痛的代价。

原来，王亚峰走私洋酒已经有一段时间，但苦于运输、物流成本较高，一直影响着销量。为了赚取更大的利润，他们计划走私桶装酒进入中国后，在国内罐装。

建一个新的罐装厂，不但投资大，建设周期长，而且目标容易暴露。如果利用原来的酒厂做幌子，马上可以投产。所以说，王大伟出让状元米酒酒厂股份的想法正中王亚峰下怀。

　　虽然表面上是王四博当大股东，当董事长，但他才是真正的幕后操控者。状元米酒酒厂本身有一定的价值，而且今后的发展前景不错，但王亚峰醉翁之意不在状元米酒，对他来说，状元米酒只要维持不亏就行了，刚好用来作为掩护的幌子。因为他罐装走私洋酒的生产线，一年的利润就可以买下一个状元米酒酒厂。

　　权股转让协议签订后，七千万元很快到了王大伟的账户，其中五百万元又转入了王四博的私人账户。而且，王四博还从王亚峰那里拿了百分之五的干股。

　　王四博走马上任，当上了状元米酒酒厂的董事长兼总经理。但他很快发现，自己只是一个傀儡，王亚峰和他派来的人控制着酒厂的实际大权。那个新的罐装车间戒备森严，出入都要刷卡和密码，连他这个名义上的董事长也不让进。

　　新的罐装车间说是专门为保税区的企业代工，进出的车辆都印上"海关监管"，贴着海关铅封。王四博心里清楚，王亚峰的老大如日中天，后台靠山硬得很，许多走私生意已经是公开的秘密。王亚峰不让王四博参与其中，或许是对他不放心，或许是出于对他的保护，他只让王四博管好状元米酒原来的生意。因此，王四博懒得去管那个罐装车间的事。

　　王大伟拿到钱的第二天，马上带着两百万元的银行汇票直飞北京。

　　当他看完莫非团队呕心沥血做出的五十二度状元米酒市场推广方案策划书时，直说 200 万元很值。

　　莫非苦笑道："这钱我不能收。既然你把酒厂卖了，52 度的状元米酒推不推上市场，你不能做决定，这个市场推广方案不一定派上用场了。况且，我知道，你现在资金比较紧，再收你的钱说不过去。"

　　王大伟站了起来，伸展一下身躯，说："你放心吧，把酒厂卖掉，我全盘皆活。不出两年，我要把酒厂的股份再买回来。到时，你的这个方案一定用得上。200 万元算预付款，你可不许把这个创意卖给别人。"

　　"这个创意是为状元米酒设计的。等你把酒厂买回来，再收钱还来得及。"莫非把银行汇票推到王大伟面前。

　　"怎么，你不相信我会把酒厂买回来？"

　　"相信，我绝对相信。"

"相信就把钱收下。不过，我有一个小小的请求，这三天你要放下手头的工作，陪我逛逛北京城。来了好多趟，我一直没时间好好看看我们伟大的首都。故宫、长城、十三陵是必须去的，其他的你安排。散散心吧，以后的日子又要紧张哦。"

莫非马上叫来秘书，帮他推掉所有的事务，安排好车辆、景点、饭店。规格之高，好像接待国家元首，只差没有仪仗队和警车开道。

王大伟说："行了，简单点。要你陪我，也是想让你放松放松。神经绷得太紧，容易迷失方向。"

"是啊，我已经十年没去长城了。这次我们不去八达岭，我带你去爬野长城，没有游客，都是原生态的。要不是你提出来，我可下不了决心停下来好好玩。"莫非不喜欢应酬，甚至连陪客户吃饭都很少，但这次，他已经不是把王大伟当成客户，而是一个共患难的好兄弟、好朋友。

天还没亮，他们出发了。

车子离开高速公路，在燕山山脉的深处颠簸了两个小时，直到十点左右才到达目的地。

远远看去，一座坍塌了一大半的烽火台隐匿在茂密的山林尽头。

莫非背起登山包，带头向目标进军。王大伟和莫非公司的三个职员紧随其后。莫非的那条艺术辫子成了一伙人的追逐目标。

想不到莫非的野外运动技能如此出色，不但步履矫健，而且耐力十足，很快把后面的人拉下一大截。

9月的北京，秋高气爽。遗憾的是还不到深秋，满山的叶子刚从绿变为黄，有浅黄、淡黄、橘黄、土黄，只有为数不多的红叶若隐若现。

莫非说："再过一段时间，满山红叶才是最美的景致。"

对于王大伟这个看惯了一年四季都是满山翠绿的南方人，现在的色彩已经非常斑斓，他忍不住停下来捡起地上各种形状的落叶，走不到一半路，已经收获了满满的一大包。

在树丛里穿梭，看不到外面的景点，只有暖暖的阳光透过树叶折射进来的光幕不断被穿越。

当大家气喘吁吁地到达山脊时，眼前为之一亮，一段已经坍塌失修、不知在这里沉睡了多少年的断墙，横亘在众人的面前。

想不到被世人称为"伟大的墙"的长城，竟是如此破败与凄凉。乱石、破砖、杂草、枯树，残垣断壁连绵不断地伸向远方的山尖。许多植物已在城墙上扎根，代替了当年守疆卫土的戍边将士，依然执着地保持着万里长城金戈铁马的不屈风骨。

王大伟一行人满怀敬畏，小心翼翼地踩着残破、古旧、朴拙的砖石往上攀爬，已经风化的碎石在脚下发出微微的声响，寂静的山野显得更为空灵。

莫非忍不住一声长啸。顿时，空谷回响，惊起了酸枣树林里的花喜鹊。

大家屏住呼吸，倾听天音，回声渐远，犹如羌笛号角长鸣，跌宕起伏，唤醒了沉寂千年的群山。

当大家手脚并用，相互搀扶着登上一座孤傲耸立在山峰顶上的烽火台时，放眼远眺，长城蜿蜒在绵绵不绝的群山中，跨峻岭、穿荒原，时见背脊，时隐其中，峰垛、隘口、敌楼、烽火台，似玉带明珠飞舞盘旋。尽管许多城墙已经坍塌，但依然义无反顾地踞守着雄关险隘，忠贞不屈地宣示着不可逾越的尊严。

苍凉、残缺、博大、威严，各种形容词一下子涌上了王大伟的脑海。他无法用文人的情怀去追古抚今，凭吊先辈们的壮举，更难以想象在如此险峻的群山中建造长城的艰难，但他可以用心灵去感受这一砖一石透露出的中华民族的执着与坚韧。

长城的伟大，已经超越了建筑本身，是一个民族抵御外敌、保家卫国的意志与决心，是不屈不挠的精神象征。

然而，莫非的观点却截然不同。当大家围坐在铺着塑料布的地上午餐时，莫非一边吃着面包，喝着可乐，一边发表他的不同见解。他认为，长城是以防御为主、缺乏进攻的战略思想的体现，是农耕文明对游牧文明的无奈之举。套用一句军事术语："进攻才是最好的防御。"靠一堵耗尽国力建起来的墙，就想挡住北方来的铁骑，就想让关内的子民们安居乐业、永世太平，简直是自欺欺人。只有进攻、进攻，向北、向北，才能永绝外患。

说到这，莫非情不自禁站了起来，面向北方挥舞着他的铁掌。

莫非的观点虽然有所偏激，但这种进取的竞争精神说到了王大伟的心坎里。他跟着站了起来，同样挥舞着铁掌，高呼："进攻、进攻！"顿时，群山呼唤，回响不绝。

莫非豪情万丈，高声朗诵起毛主席的《沁园春·雪》："北国风光，千里冰封，万里雪飘。望长城内外，惟余莽莽；大河上下，顿失滔滔。山舞银蛇，原驰蜡象，欲与天公试比高。须晴日，看红装素裹，分外妖娆。江山如此多娇，引无数英雄竞折腰。惜秦皇汉武，略输文采；唐宗宋祖，稍逊风骚。一代天骄，成吉思汗，只识弯弓射大雕。俱往矣，数风流人物，还看今朝。"

已经西斜的阳光，给残缺的城墙上染上一层金色的余晖。透过城垛的洞口，夕阳更是投射出无数的光环。

莫非用他的长焦单反照相机，装上了橙色滤色镜，拍了许多逆光的照片。他喜欢这种艺术表现手法。滤镜吸收了蓝、紫和绿光后，强调了云彩的金色，增强明暗对比，渲染出黄昏的气息。尤其在逆光中，落日与云彩具有更强烈的视觉冲击力。

一行人沿着原路下山，来到停车的村子时，已是暮色渐浓。

回头眺望，远山的长城，只剩下一条细细的轮廓线，隐没在苍茫的天际。

亘古不变的日月星辰，周而复始地轮回，但雄伟的长城却日渐被岁月侵蚀。更多隐匿在深山茂林中的野长城，任凭草木枯荣、飞沙扬尘，默默地接受着虔诚者的朝圣。我们所期盼的，不是野长城能够重振雄风，继续承载着千军万马驰骋沙场、固守疆土，而是深深扎根于中华民族心中的长城，永远屹立不倒。

王大伟在北京轻轻松松玩了三天，但心里一直记挂着一件事："环亚"品牌在中央电视台的广告投入。

每天回到酒店，哪怕时间再晚，他都要不断变换电视频道，留意观察各种产品、品牌的广告投放情况。他发现，重要时段基本被大品牌垄断。倒是一些新推出的综艺节目，引入港台娱乐风格，深受年轻人的喜爱，如果能借助于这个平台，对于培植年轻的消费群体，一定会产生深远的影响。

王大伟敏锐地预感到，金融风暴过后，各国刺激经济的热情高涨，新一轮的经济增长将会全面提速。中国政府拉动内需的决心是坚定的，措施是有力的。趁现在其他项目暂时蛰伏，对服装这个主营业务要加大投入，集中力量上规模，今年再增两百个专营店，总体规模超过一千五百个，年销售额十五亿元以上。杰克陈提出到香港 IPO 的计划可以同时推进。现在金融风暴过后，上市公司的壳资源比较多，成本低，或者干脆直接买一个壳上市，少走了一大段路。这些工作要做，企业的形象宣传和品牌推广是重点，央视的广告一定要投。

莫非非常赞同王大伟的观点。他通过关系，帮王大伟联系到央视负责综艺栏目的负责人，并选中了一个正准备推出的大型综艺节目，取得了冠名权。

当王大伟怀揣一份与央视的广告合同走出刺桐机场时，看到机场对面一栋民房的屋顶非常适合设置广告牌，他马上让陈光明找一家当地的广告公司，争取在这个位置树一块环亚的广告牌。想了想，他又改变主意，让陈光明直接去找房子的业主，出个高价把房子买下来。

陈光明说，为了一块广告牌买下一栋房子，划算吗？

王大伟说，买下房子重新翻建，可以用作航空货运的物流配送中心。楼顶上再竖个广告牌，单单这个广告牌几年的租金已经足够把房子的投资赚回来，你说划算不划算？

陈光明恍然大悟，直说："划算，相当划算。"

陈光明跟在王大伟身边，确实学到了不少东西。特别是王大伟不落俗套的跳跃式思维，让他受益匪浅。

车子经过陈埭鞋城时，王大伟想起了丁顺发。他让陈光明拐了一个弯，来到丁顺发的鞋底厂。

丁顺发与几个工人正在调试机器，王大伟站在身边看了一会儿，丁顺发抬起头才看见王大伟，连忙递烟倒茶，不停地介绍鞋底厂的工作进展。

王大伟挥挥手制止他："具体的事情不用说，你有什么困难？"

"困难倒没什么，就是技术比较薄弱，我是边干边学。"

"靠你自己可不行，要找个高手来帮你。你挖个好的师傅过来，我的股份让出百分之十给他。"

"我一直想找个技术全面的师傅，但工资比较高，我怕养不起。如果能给他股份，这个问题就好办了。至于股份，我们两人各让百分之五。"

"这样吧，我让百分之十，你让百分之五，这百分之十五给技术管理人员和管理团队。"

看着时间已是傍晚，丁顺发说吃饭去吧，边吃边聊。王大伟说，晚上要开会，公司的高管都等着，说完站起身走出门外。丁顺发只好作罢，嘴里却直嚷着："下次一定要留下来吃饭哦。"

王大伟直接回到公司，叫食堂给他煮一碗卤面。

等到陈光明把卤面端到他的办公室时，他已把晚上开会的几个要点拟好，主要是关于"环亚"品牌的广告投入、门店增设、产品研发等亟待解决的问题，还有一些因外销量减少而多出来的产能要合理分配，稳住队伍。

王大伟大口吃着卤面，那嘶嘶作响的声音让陈光明忍不住笑了出来。

王大伟回头瞪了一眼陈光明："你笑什么？这样吃面才够爽。"

陈光明说："你这几天在北京没吃过面吗？"

"还是家乡的卤面好吃，北京的炸酱面'没味没素'（闽南俗语，指没有什么味道，没有佐料）。"王大伟说完，交给了陈光明一个课题，让他想想如何解决目前产量过剩，又不用裁员的难题。

等到王大伟吃完面，陈光明拿着一张纸进了办公室，提出轮流给员工放探亲假，扣除来回路程，保证每个人有一个星期的假期。

陈光明说："由于长期以来公司的订单饱和，放假少，加班多，春节时又有一部分人因春运车票紧张回不了家，有的员工甚至两三年没回过家了，不如趁现在订单不足，放他们的假，大家一定很开心。"

王大伟说，放假的事我想过，但我担心一放假，有些人不回来，熟练工人会流失。

陈光明胸有成竹地说："如果探亲的路费由公司报销，我想，绝大部分的员工会回来的。"

"对，说的有道理，公司拿出五十万元够不够？"

"探亲假期间不拿工资，工人们会接受的，省下来的工资和支出的差旅费基本持平。"陈光明把手上的纸递给了王大伟，上面有一个初步的测算。

王大伟说："我看探亲期间的工资照发，至少发一半。这个时候，人心最重要，多花几十万不要计较。等一下你给大家介绍，让生产部做一个排班计划，如何轮休，需要多少时间，让财务部测算一下总的费用。行政部负责与汽车站和火车站联系车票。争取用三个月时间完成这项工作。我想，过完春节，整个形势会好转。那时，我们的生产任务又要很紧张啰。"王大伟的话，透出了对未来的信心。

"是。"陈光明双脚一并，一个敬礼非常标准。

建议被老板采纳，陈光明有一种成就感，敬礼的动作虽然现在少用了，但关键时刻，会情不自禁地行了一个军礼。

走廊里传来了人声，开会的人陆续到了。

第三十八章

龙斌从市委书记时伯涛的办公室走了出来。

屋外的阳光有点刺眼。

上车后，龙斌便闭上眼睛不再言语。他的心情是复杂的。刚才与时书记的谈话让他有点震惊，原本以为很坦然的事，情况变得远非他想象的那么简单。

市纪委的同志与他谈话后，他自认为情况已经说得很清楚，王大伟送来的钱，他以王大伟的名义捐给希望工程，并且指定云顶希望小学的建设项目。但是，有人说，这个钱应该主动上交给纪委部门，尽管他以王大伟的名义捐给希望工程，但毕竟是收下了钱，再捐出去。

市委常委会议在讨论副市长候选人名单时，有人对龙斌在这件事的处理方式提出了不同意见。

市委书记时伯涛有点担心，副市长候选人需要经过人代会选举，要是有人在会上做文章，事情恐怕就复杂化了。时伯涛刚刚接替周彤出任市委书记，在组建新的领导班子时比较慎重。

他对龙斌是赏识和信任的。从区委书记到副市长，竞争的对手很多，阻力不可低估。加上龙斌的工作作风较为锋芒毕露、不讲情面，肯定有对立面。这样一位党性强、讲原则、懂经济的干部，既要保护，又要重用，要妥善处理好这件事情。

时伯涛提出一个临时动议，取消龙斌的副市长提名，任命为刺桐湾高新技术产业开发区党工委书记兼开发区管委会主任。刺桐湾高新技术产业开发区是一个处级单位，只能算是平调。

开发区还不是严格意义的一级政府，自然没有县、区的分量，因此，从这个任命变动来看，龙斌的政治前途受到了影响，不但未能从正处级提为副厅级，而且权力有所削弱。

为了突出刺桐湾的区位优势，沿着刺桐湾的地理区域，从晋东、惠港等行政县区划出一部分乡镇成立了刺桐湾高新技术产业开发区。在开发区内，将规划建设完善的基础设施，创造符合国际水准的投资环境，通过吸收利用外资，形成以高新技术产业为主的现代工业园区，成为一个发展对外经济、贸易的重点区域。

尽管号称省级高新技术产业开发区，但由于基础设施薄弱，前期招商工作不太顺利，落户企业寥寥无几，发展速度较为缓慢，这样一个开发区的一把手比起副市长的位置，当然有着很大的差别。

龙斌听到市委这个决定时，心情是复杂的，有点委屈，有点失落，有点受挫的感觉，但他只能接受。

临走时，时书记告诉他，明天，市委组织部陪他去开发区宣布新的任命，并要他一个星期后再来谈话。

龙斌走马上任。

虽然思想上有包袱，但党性与使命感，让他满腔热情地投入到新的工作。特别是当他深入地做了调研，对刺桐湾高新技术产业开发区的区位优势充满信心。同时，他到台商投资区、鹭岛火炬高新技术产业区、江南高新技术产业区跑了一圈，认真对照了各个开发区的功能定位和产业政策，心中有了一个新的工作思路。

根据初步的分析，他认为刺桐湾高新技术产业开发区发展缓慢的原因是定位不准。由于基础设施比较薄弱，连接市区的桥梁隧道迟迟没有开工，土地价格又贵，许多企业不愿选择在此落户。开发区土地收益少，又影响了基础设施的投入。真正的高新技术企业不愿来，一般企业又觉得土地成本高，因此，高不成，低不就，招商进展缓慢。

一个星期后，当龙斌重新坐在时伯涛的办公桌前，他的精神面貌是激越的，言语中充满着对开发区未来的憧憬与信心。

听完龙斌阐述了刺桐湾高新技术产业开发区的发展思路后，时伯涛一颗悬着的心放下了。这一步棋走得不错，他对自己的决定有点得意。

刺桐湾高新技术产业开发区一直是时伯涛的一块心病。几年来，周边的台商、江南等几个开发区已经"跑得很快",刺桐湾一直未见起色。他对刺桐湾高新技术产业开发区是寄予厚望的,希望它成为刺桐经济起飞的助推器,成为刺桐经济结构优化的催化剂,成为高新技术产业的领头羊。

现在,龙斌的主政,重新燃起了时伯涛的希望。

"说吧,要多少钱,才能改善现有的基础设施。"

龙斌沉思了一会儿,说:"关键是连接市区的桥梁与隧道要尽快开工。只要开工了,企业看到了未来的发展潜力,土地自然升值。有了土地收益,就会进入良性循环。只要解决好外围的桥隧连接工程,区内的道路、供水、供电工程,我有信心自行解决。"

"好,我让张市长与财政局、建委、交通局尽快协调桥梁与隧道的施工计划,安排建设资金。"时伯涛在笔记本上做了记录。

"我想,土地的价格应该降下来,而准入的门槛要提高,真正把具有高新技术的企业招进来。因此,关于土地价格需要市里给予灵活政策。"

"这是一个好主意,只要符合高新技术企业的资格,土地价格可以便宜一点,甚至免收土地款;不符合的,出再高的价格也不让进。"

"另外,我们计划在高新区内设立创业服务中心,建立高新技术孵化基地、留学人员创业园、博士后科研工作站、台湾学者创业园、高校创业园以及科技中介机构、产权交易所,这些需要市委、市政府制定相关的优惠政策。筑巢引凤,只有好的政策,才能更多地吸引优秀企业和优秀人才。"

"别人都是要钱的,你是要政策。"时伯涛认为龙斌的想法抓住要点,突出了"以高新区为载体,引导产业集聚,推动产业集群发展"的战略思想。

龙斌继续说道:"我们将采取'走出去、请进来'的方式招商,重点是世界五百强企业、高校产学研联盟,在电子、太阳能、微波通讯、新材料、数控自动化机电设备等领域取得突破。"

时伯涛补充道:"对本市的民营企业、外资企业,如果能够在产品升级换代、技术创新等方面有所突破的,也要积极争取,鼓励和支持本地企业加大对技术创新的投入。我听说有一个运用纳米技术制造服装面料的项目,这类企业,同样具有高新技术企业的特质。像这种以传统产业为基础的高新技术，往往更容易切入市场，推动传统产业的转型与升级。"

"是，时书记提醒得好。我们在引进高新技术新项目时，同样不能忽略传统产业。我们应该鼓励传统企业的'二次创业'。"

"'二次创业'这个提法很好。刺桐这块热土，论资源并没有什么优势，但是，刺桐人的创业、创新、拼搏的精神才是刺桐发展的制胜法宝，这种精神不能丢。"时伯涛深有感触地说道。

"我有一个建议。随着我市企业规模的不断发展壮大，知名度日益提升，有一些企业已经意识到资本运营的必要性，开始尝试着实施企业股份制改制，为上市做准备。有个别企业已经跑到香港、新加坡去寻找上市机会。我们应该鼓励企业积极上市，既能拓展企业的融资渠道，又能促进企业经营管理规范化建设，提高企业的竞争力和知名度。"

时伯涛频频点头："龙斌同志不愧是学经济的，提的问题都到点子上，很好，我让金融办做一个支持企业上市的讨论方案。"边说边在本子上记下几笔，说明他对龙斌的建议非常重视。

龙斌走出市委办公楼时，阳光依然刺眼，但他的心情与一周前大不相同。

有时，一个转身，又是一片新的天地。

人生的际遇往往带有很多的偶然性，更有许多的无奈。坦然地面对逆境，勇敢地接受命运的挑战，也许能够更好地化解一切困扰，克服前所未有的艰难。

作为刺桐湾高新技术产业开发区的一把手，龙斌深深地感到肩上的担子沉甸甸的，但他有信心在这片热土上开创出一番轰轰烈烈的事业。未来的刺桐湾高新技术产业开发区，将串联起刺桐湾各主要县区的重要节点，引领环湾经济带的高速发展，以优越的地理位置、得天独厚的港口、灵活优惠的产业政策和高新产业集群，成为刺桐经济发展的助推器，并带动南北两翼经济带并驾齐飞。

从更深的意义来看，刺桐湾高新技术产业开发区是试验田和示范基地，它的成败，将影响着周边县区，乃至全市的经济结构调整和产业升级，影响着企业技术创新意识与观念的更新，影响着"大刺桐"战略的全面实施与推进速度。

　　龙斌现在深刻地体会到刺桐湾高新技术产业开发时伯涛书记深远用意啊。

　　临走前，时书记特地交代，无论付出多大努力，要创造条件争取申报国家级高新技术产业开发区。

　　这也是时伯涛的深意。因为，如果刺桐湾高新技术产业开发区升格为国家级开发区，龙斌进入市委常委班子顺理成章。从政治地位讲，市委常委要比副市长高。

　　上车后，龙斌打了一个电话给王大伟。

　　知道龙斌到刺桐湾高新技术产业开发区任一把手，副市长的提名被取消，王大伟心里难受，几次打电话想找龙斌聊一聊。龙斌一头扎在开发区的调研工作上，一直没有时间。接到龙斌电话后，王大伟马上中止正在讨论品牌战略的会议，赶到天韵茶馆。

　　一进门，龙斌已经泡好了一壶铁观音，正独自细品。

　　坐定后，王大伟先表示歉意，为他的鲁莽行为影响了龙斌的仕途升迁。这岂是一声"对不起"能够了结的？但王大伟还是需要表达歉意，自己内心的愧疚才会有所减轻。

　　龙斌淡然一笑，给他递过一盏清茶，"这件事不能完全怪你，我自己也有责任。到此为止吧，不要再提它了。"

　　要是平时，王大伟一定会争辩几句，但此时，他知道多说无用，局势已经明朗。

　　龙斌向王大伟介绍了自己这几天的工作情况，言语中充满着对开发区的激情与信心。"还有一事，你曾经入股了一个项目，是用纳米技术做服装面料的，现在进展如何？"

　　"前些年一直在烧钱，现在终于有了起色。我很佩服洪添的耐心与毅力，要是我早就放弃了。"

　　"产品出来了吗？可以规模化生产吗？有什么技术含量？"

　　"产品已经批量生产，现在供不应求，正考虑扩大生产规模。通过在纤维中植入特殊的纳米材料，既提高了纤维密度，形成中空的特点，又产生了新的物理和化学特性，这样的纤维织成的面料防水防污，质感柔顺，透气又保暖，应用在西装、夹克等高档衣服上，很受欢迎。你怎么关心起这件事？"

"时书记提到了这个项目。你们考虑一下，有没有兴趣到刺桐湾高新技术产业开发区来落户？"

"哦，这事可以考虑。洪添的厂房已经非常紧张，纳米面料项目正计划另外寻找生产基地。晋东、狮城两个地方都在争，听说谈过几轮了，给的优惠政策不少。你要是能给出更优惠的条件，我来做洪添的工作。"

"你现在打电话，让他马上赶过来。"

洪添正在开会，王大伟说道："你把会议推后吧，我也是开会开了一半被龙斌叫出来的。"

洪添答应马上过来，从金英到刺桐，一个小时的车程。

龙斌打电话让开发区负责招商的同志带着有关资料赶到天韵茶馆。

王大伟提议说："干脆我们到开发区去等洪添，也可以方便看看现场。"

龙斌狡黠地说道："开发区基础设施正在建设，如果看现场，恐怕会失望，倒不如先谈谈，让投资者了解软环境的优势，有了好印象，后面就好谈了。"

"丑媳妇总要见公婆，你什么时候开始懂得这种扬长避短的伎俩了？"

"谈判嘛，总要讲点技巧。我现在要转变身份，转换角度，改变观念。工作性质发生了变化，工作方法自然要及时调整，不能像之前搞党务、政务工作那一套，你说对吗？"

"转变得太快了，你要是当企业家，肯定是一个翻手如云、覆手如雨的高手。"

"那可比不上你王大老板，至少我做不到唯利是图、心狠手辣。"龙斌回敬了一句。

"在商言商嘛，商场如战场，只不过见不到硝烟，却比战场惨烈得多。"王大伟想到这些年的风风雨雨，心中感慨万千。

"君子爱财，取之有道，可不能唯利是图。想必我是成不了生意人，要是哪一天丢了这官职，我倒不知道自己能干什么呢。"

"以你的本事，办企业那是太简单的事。"

"办企业？我可没办法像你这样八面玲珑、应付自如。我想，我应该找个学校教书去。"龙斌自嘲地说道。

"教书？你要是不开窍，教出来的肯定都是一些食古不化的书呆子。"王大伟开始有点放肆了，已经很久没有和龙斌斗嘴，今天，好不容易逮住了一个机会。

"我教出来的书呆子，只要跟着你一段时间，让你调教调教，一定变成二流子。"

"你还别说，如今这社会，二流子要比书呆子混得好。"

"算了，我当我的书呆子，你继续当你的二流子。"龙斌说完这句话，坏坏地笑着，他把王大伟绕进来了。两人哈哈大笑，一扫一段时间来的压抑。

王大伟突然想起了什么，有点顾虑地对龙斌说道："你想过没有，我是纳米材料公司的股东，你以优惠的土地价格来招商，难道不怕人家有什么看法？"

"招商政策一视同仁，只要符合条件，管他什么关系，要是瞻前顾后，什么工作都别干了。这个项目正因为你是股东，容易切入，招商的成功率比较高，而且对传统产业、对民营企业有一定的示范效应，这就是我所想的。"

"谨慎一点，免得授人以柄。"王大伟内心仍然有一丝的不安。

龙斌放下茶杯，挥了挥手："心底无私天地宽，没什么好担心的。"

不一会儿，洪添和开发区的人陆续到了。

发区负责招商的干部重点对开发区的整体环境做了介绍。

当听说连接市区的桥梁、隧道马上开工，洪添的眼睛开始发亮。

龙斌一直低头在看洪添带来的资料，项目的可行性研究报告，各级科委的科技成果鉴定书，各种获奖证书、专利证书。

听完介绍后，洪添直奔主题："刺桐湾高新技术产业开发区的区位优势和政策扶持力度是显而易见的，毕竟是省级开发区。关键的一条，土地价格能给我们什么优惠？给多少亩？"

"和洪老板谈事爽快，不用拐弯抹角。主干道边上有一块一百亩的，我觉得挺合适的。每亩地大概在十万元左右，具体多少钱，要等市委、市政府的意见最终确定。但我可以保证，以后要是有人拿到比你低的地价，差价一分不少退给你，这个承诺可以写进合同。"

洪添听了龙斌的话，有点被打动。

"这个土地价格是最优惠的。所以,我提两点要求:每亩地投资密度十万美元,合同签订后土地款预付百分之三十,其余在三个月内全部付清。工程建设争取在一年内完工,尽快投产。三年后,亩均税收达到二十万元。"

王大伟一听叫了起来:"你这已经不只是两点要求了,而且都是很苛刻的,哪有一个开发区像你这样招商的?"

"为什么给你们最低的土地价格呢?一是回笼资金,二是做好招商引资的示范工程。所以,条件是对等的。"龙斌的态度坚决,他需要尽快打开工作局面。

洪添的脑子飞快地盘算着,如果拿一百亩地,预计要一个亿的投资,基本与原计划相符。洪添心想,能不能争取多拿一些地呢?每亩十万元,比起其他开发区便宜了好几万。

想到这,洪添说:"对不起,我和大伟商量一下。"说完把王大伟拉到外面。

洪添把自己的想法说出来后,王大伟赞成应该多拿一些地,留有发展的空间,但资金是一个难题。

洪添提出是否可以让开发区预留一百亩。王大伟认为开发区一定会要求预付定金,而且保留的时间不会太长,除非有足够的理由来打动他们。

洪添说:"我们能不能用计划到香港上市这个理由来打动他们?"

王大伟一听,说:"这个主意好。如果我们真的成功上市,IPO募集的资金用来追加投资,预留土地的理由就充分了。"

两人回到刺桐厅。

洪添说:"我们确定要一百亩地,总投资一亿元,预计十八个月可以投产,年产值四亿元,年纳税额在两千万元左右,基本符合你们的条件。另外,我们正计划到香港上市,募集的资金将用于扩大产能,开发区能否给我们预留一百亩的二期建设用地,土地价格一样?"

龙斌想了想,说:"你们计划上市是一件好事,政府会大力支持。要求预留土地也是合情合理,只是土地价格要保持一致,操作起来有点困难。要么你们全额付款,两百亩地一起拿,分两期建设。"

"这样子土地占用的资金太多了,会影响到设备的投资。"王大伟解释道。

　　洪添提出一个建议："龙书记，你看这样好不好，我们先预付百分之三十的定金。如果三年内上市，我们开始二期工程的建设；如果三年内不动工，我们按新的定价补足差价，或者政府收回土地，退给我们定金。"

　　龙斌一口答应："可以，就算是支持你们上市的一个优惠措施。如果你们成了开发区第一家上市的公司，开发区还会另外奖励你们。"

　　前后不到一个小时的时间，龙斌出任刺桐湾高新技术产业开发区党工委书记的第一个招商项目已基本谈妥。开发区的几个负责招商的干部对龙书记的魄力佩服得很。心想：龙书记一上任，工作局面马上打开。有了示范效应，有了土地销售收入，以后的招商工作就好做了。看着已近傍晚，他们建议由开发区宴请，共进晚餐，庆祝合作成功。

　　洪添说："改天吧，我要赶回去开会。"

　　龙斌顺水推舟说道："以后吃饭的机会多着呢。我们晚上加班，把所有合同全部准备好。我现在马上找时书记和张市长汇报，商量土地价格。如果能够定下来，明天赶到金英镇洪老板那里去签合同，顺便参观他的工厂。"

　　"明天就签合同？总要和其他股东通通气。况且，我连实地都没看过。"洪添的话不无道理。

　　"怎么？你不能拍板啊？你要是后悔，过几天，这个价格可不一定保得住哦。"龙斌知道这个价格的诱惑力。

　　王大伟说："你总要让人有个思考的时间嘛，'拳头挂踢'（闽南俗语，打拳带着踢腿，喻指动作连续，不给喘息的机会）。今天谈个意向，明天就签合同，太快了吧！"

　　龙斌笑了起来："抢时间、拼速度、讲效率，这是我们刺桐湾高新技术产业开发区新的工作作风。明天签好合同，我给你们两个星期付款期。到时，我看不到钱，合同作废，价格重新谈，这样合理吗？"

　　洪添心想，没有按期付款，合同作废，这倒是一个缓冲的办法，两个星期够了。于是，他一口答应道："行，明天下午我在金英等你们，晚上一起吃饭，我给你们准备好龙湖鳖和龙湖鲈鱼。"说完，洪添站起来，分别与大家握握手，告辞了。

龙斌临走前，对王大伟说："明天我准备好合同带上。你呢？总不能两手空空去吃人家的龙湖鳖？"

王大伟听不太明白。

龙斌干脆直说："你带上一箱状元米酒吧。"

说完，龙斌已走到楼下，扬长而去。

第三十九章

杰克陈开着车从中环的中银大厦门前驶过，车头上那只撒开腿奔跑的美洲豹标志，一直指引着前行的方向。浑身散发着贵族味的捷豹车虽有点老旧，但杰克陈喜欢。他对那些新款的车总是嗤之以鼻，觉得他们高贵的血统正在被稀释，迎合的是时尚，缺少的是品位。

车子进了一栋摩天大楼的地库，杰克陈领着王大伟、洪添、吴灿一行人上了电梯，直达五十八层道恩财务顾问公司的写字楼。

道恩公司的总裁安华和几位助手走进会议室。双方寒暄了几句，便开始了今天会议的议题。

杰克陈一年前把大环亚公司和纳米面料公司引荐给道恩公司。

道恩的团队有着丰富的运作企业上市经验，与会计师事务所、律师事务所、券商、私募基金、联交所关系密切，已经成功地完成了七家公司的上市工作。东南亚金融风暴过后不久，整个业态相对萧条，道恩公司把主要的业务转向内地市场，帮助民营企业、合资企业等带有私有化色彩的企业在香港及海外上市。王大伟和洪添的公司正好符合他们的要求，经过多次评估与论证，两家公司分别启动了上市的步伐。

企业上市是一个艰难的过程，股权改制、资产剥离、重组方案、尽职调查、财务审计、私募路演、过会、审批等各个阶段都是企业的一次脱胎换骨。纳米面料公司由于带有高科技的概念，比较有卖点，再加上业务相对单纯，进展顺利，比大环亚公司提前了一大截，现在已到了即将私募路演的阶段，今天的会议主要讨论有关路演的细节问题。

所谓路演，是指一家准备上市的公司，在证券发行前针对机构投资者的推介活动。目前，由于金融风暴刚过，市场元气尚在恢复中，许多机构投资者按兵不动，持观望态度，因此，路演的效果显得尤为重要。

道恩公司看中的是纳米新材料的卖点，在他们的计划书里，花了很多的篇幅在介绍这项技术。而王大伟与洪添认为，应该突出这项技术应用在服装面料上的市场前景，关键是市场，而不是技术，不要把计划书做成技术介绍书，而是要让投资者关注到新面料的市场前景。

安华听了，觉得很有道理。

别看这几位民营企业的老板对证券、上市、IPO 这些金融知识似懂非懂，但凭着他们敢一头撞进资本市场的这股勇气就值得敬佩。他们都是在生意场上摸爬滚打、拼拼杀杀中脱颖而出的，对市场有着先天的敏锐与丰富的经验。他们强调的市场前景，正是一个企业能否发展、上市能否成功、股价能否达到预期的基本法则。技术再先进、卖点再好，最终要经得起市场的考验，归根结底，就是看产品有没有市场，企业能不能盈利。

安华一般很少亲自操盘个案，他的属下，投资银行部的经理们个个是高手。现在公司的业务较少，时间比较充裕，加上安华对内地企业的兴趣，所以他对这个案子比较关心，在全面审核了相关的审计报告后，他提出了一个股东结构和关联交易的问题。

王大伟、洪添、吴灿等三个主要股东都有自己的主营业务。安华指出，三个人围绕着服装面料，都有关联性的业务关系，是否会造成今后与纳米面料公司的关联性交易？

三个人面面相觑，一头雾水。"这不是一件好事吗？我们三个股东都能帮上纳米面料公司的忙，不管是为它配套生产，或者应用它的产品，都对公司有好处。"

安华耐心地向他们解释，上市公司是公众公司，不允许存在利益输送的嫌疑，要经得起股民的检验。尤其是洪添的业务，与上市公司有业务重叠的可能，倒不如干脆把洪添的服装面料业务整合进来，并入新公司，这样规模更大。

大家都说这个建议好。但这样一来，王大伟和吴灿的股份比例被稀释了。

王大伟和吴灿两人很豁达，说："只要对公司有利，多一点少一点没关系。"

洪添觉得自己的股份比例偏高，主动提出减少一点。

这种谦让的精神让安华感动不已。他见过很多的案例，许多股东在股权比例问题上是锱铢必较，毫不让步，因为哪怕只有百分之零点一的股权，上市后都是一笔大数目。

最终，安华帮他们设计了一个方案，让王大伟、吴灿各出资一千万元，先收购洪添公司的一部分股份，再让这家公司并入要上市的新材料公司。这样，股权结构相对合理了。

讨论完纳米面料公司的问题后，接下来讨论大环亚公司的工作进展。大环亚公司虽然没有高新技术的卖点，但品牌知名度高，销售网络遍布全国各地，销售门店已经超过一千个，中央一套、二套及各地方电视台都可以经常看到它的广告。现在遇到比较大的问题是财务审计。

由于销售网络比较分散，销售通路众多，审计工作量非常大。加上一些单证、税票不完整，未能真实地反映出销售的全面数据，这是许多企业要上市时碰到的通病。

许多企业平时的财务制度不完善，有些税能避就避，能不开票就不开票，到了审计时提供不出有效的销售凭证。为了达到销售额，只好补开发票，补交税收。因为，没有销售额就没有利润，没有利润哪来的市盈率呢？

安华无奈地摊开双手对王大伟说："这个问题我帮不到你，你只能回去找税务局，把税补上，把销售发票开出来，财务审计才能继续进行下去。"

王大伟表态："我回去后马上着手安排这件事。"

既然是公众公司，就必须严按照规范做事，许多民营企业家在这个过程中，补上了一堂现代企业管理的课程，交了不少学费。在资本的力量面前，他们自觉地接受洗礼，接受法定的游戏规则，从而完善自我，实现质的飞跃。

从某种意义上讲，企业上市带来的思想观念的转变和管理意识的提升，通过引进科学的公司治理，建立规范的管理体系和财务体系，从而提升公司的管理水平，增强企业竞争力和市场占有率，提高知名度。这些深刻的变化，比募集到的资金更有价值。

有人形容，上市是企业的脱胎换骨，这话有一定的道理。

会议开到很晚，安华要请大家吃潮州菜。王大伟说："简单点，这附近有一家牛腩云吞面很好吃。"看他态度那么坚持，安华只好主随客便，说："在那里吃不用花很多时间，请完饭，我请你们到兰桂坊喝啤酒。"

兰桂坊坐落在中环区的皇后大道中南端的一条"L型"的斜坡小径上，这里遍布着几十家酒吧、歌厅、卡拉OK，是年轻人夜生活的主要集散地，也是游客、外国人喜欢的"香港之夜"。

拥挤的街道熙熙攘攘，既有衣着时尚、新潮的"朋克"一族，又有西装革履的"雅皮士"，酒吧里灯红酒绿，歌声、乐曲声散落在街道上，相互混杂在一起，有爵士乐、蓝调、探戈，更有快节奏的迪斯科。酒吧基本是开放式的，生意特别好的店已经把桌椅摆到店门口了。

安华带着大家来到一个酒吧的二楼，环境相对安静。

化着浓妆的老板娘，一听是内地来的客人，用蹩脚的普通话夹杂着英语和大家打招呼，态度有点夸张，笑容有点做作。

安华说："给我们一人来一扎黑啤。"

不一会儿，每人面前摆上一扎德国慕尼黑黑啤。杯子特别大，足足有两公升，细腻的泡沫挂在杯沿上。

吴灿先叫了起来："怎么这么苦啊？"

安华说："不好意思啦，要不给你换别的啤酒？"

吴灿吧唧着嘴唇说："不用换，这个够劲，苦尽甘来。"说完又喝了一大口，嘴唇上沾满了啤酒的沫。

一扎啤酒喝完，安华想再给每人叫一扎，杰克陈拍着肚子说："撑不下了，我们回去吧，早点休息。"王大伟赶快起身，说："谢谢安华先生。"其实，他已经坐不住了。这样喝着啤酒，看着楼下的人川流不息地挤进挤出，真是一点意思都没有。

杰克陈知道王大伟的心思，他需要的是热烈的气氛，大口地干杯，朋友之间的称兄道弟，这种老外的一杯酒坐到底的泡吧方式肯定不习惯。

从兰桂坊出来后，杰克陈说："我请你们去'马杀鸡'。""马杀鸡"是日本话，广东话叫"嗒骨"，也叫"桑拿""按摩""芬兰浴"。其实就是洗个澡，让按摩师做个按摩。

大家都说没什么兴趣。

杰克陈突然想起了什么，小心翼翼地对王大伟说道："要不，我给亚峰打个电话，约他出来喝茶？你们兄弟总不能老是不来往，你到了香港，让他出来见个面也是个机会。"

"算了，见了心烦。"王大伟对王亚峰的所作所为一直不能释怀。

坐在后排的洪添说："你这样子就不对了，当大哥的胸怀要大一点，哪怕他再对不起你，还是你的亲兄弟，难道你们一辈子不来往？"

洪添的话说得重，却在理，王大伟找不出反驳的话。

"我来打个电话，说不定他在香港。"杰克陈看王大伟沉默不语，赶紧拿起电话。

王大伟心想，打就打吧。

杰克陈打了王亚峰香港的手机，关机，又打了国内的手机，手机通了，却没人接听。

杰克陈不死心，又打了一遍，还是没人接听。

过了一会儿，杰克陈又打了王亚峰在鹭岛的座机，仍然是没人接听。"这家伙电话都不接。"杰克陈放下电话说道。

本想玉成一件美事，化解他们兄弟间的恩怨，可找不到人又有什么办法呢？杰克陈只好作罢，但他忍不住对王大伟唠叨道："其实你们兄弟之间没有什么大的矛盾，大家各做各的生意，有困难还可以相互帮衬一把。我倒羡慕有兄弟的福分。像我，没有兄弟姐妹，多孤单。"

洪添附和道："是啊，打虎亲兄弟，同一个娘胎出来的骨肉。你对朋友那么讲义气，对自己的弟弟还有什么好计较的？"

吴灿不敢随便说话，口里念着："量大福大，量大福大。"

几个朋友的规劝都是出于好心，但王大伟心里有苦说不出。想起王亚峰的所作所为，真的是心狠手辣，丝毫没有顾及兄弟的情谊，而这些事又不能向朋友明说，王大伟只好承受着朋友们的指责，嘴里应道："好的，有机会我找他谈谈。"

可是，王大伟万万没想到，这个机会已经永远没有了。

第四十章

当王亚峰的手机铃声响个不停的时候，他看了一眼上面的来电显示。

"这是谁打来的？和你什么关系？"坐在他对面的专案组办案人员边问边做着记录。

一个武警战士把手机放回办案人员的办公桌上，然后回到王亚峰的身边。

手机铃声继续响着，在这寂静的房间里显得格外刺耳。

一副冰冷的手铐把王亚峰铐在椅子上。

电话是杰克陈从香港打来的，杰克陈和王亚峰已经没有什么生意上的来往，只是偶尔打个电话问候一下，今天碰巧打了进来。要如何回答办案人员的问题呢？要是回答不好，不但把杰克陈牵连进来，恐怕连很多年前的事都会被挖出来。

想到这，王亚峰斟字酌句地说道："这是一个卖茶叶的，在香港开了一个茶店，可能是要告诉我有新茶上市了。"这个理由编得不错。

办案人员把电话号码记录下来后，接着又继续审问王亚峰。

王亚峰是昨天半夜在鹭岛的一个五星级酒店里被抓的。

睡梦中，房门被打开，几个武警荷枪实弹冲了进来，后面跟着几位穿便衣的人。王亚峰刚掀开被子就被武警战士按倒在床上，铐上了手铐。

临上车时，王亚峰看到酒店门前停了好多军车和武警的车，但看不到公安的警车，王金虎和另外两个同伙分别被塞进了几辆车里。看这阵势，最少出动了几十个武警。

车子一路响着警笛，开了近半个小时，来到郊外的一个半山宾馆。

整个宾馆已经被专案组征用，专门用来关押走私案的涉案人员。但这里只是关押一般的案犯，主要的案犯关押在更隐蔽的地方。

　　王亚峰被套上头套后，由两个武警战士搀扶着走进宾馆。王亚峰耳朵里听到的声音是嘈杂的，却没有人说话，只有汽车的开关门声和人的脚步声。从声音来判断，这里关押的人很多，直到快天亮了，还有人被陆陆续续押了进来。

　　进了房间后，头套被拿了下来，王亚峰睁开了眼睛，看看周围的环境，窗户已经加固了铁栏杆，屋子里的其他物品都移走了，只剩下一张床、一张桌子。

　　折腾了几个小时，王亚峰有点困，却怎么也睡不着。

　　王亚峰躺在床上，脑子里一直想不明白，老大不是说事情已经摆平，风险已经化解，中央的调查组撤到了广东湛江，怎么又突然杀了回来？不知道抓了多少人？老大有没有被抓呢？只要老大没有被抓，事情就有转机，凭着老大在上层的关系，说不定过几天就能出去。但是看今晚的这个阵势，出动了那么多的武警，抓了那么多的人，居然没有动用当地的警察，一定是中央来的专案组才有这个能量，形势不容乐观。

　　王亚峰翻了一个身，继续想着，估计今天一早会提审，要想想如何应对，先撇清关系，死不认罪，能坚持几天就好。但如何撇清关系呢？要么一句话都不回答，保持沉默；要么编造一些冠冕堂皇的理由，说明自己的生意是合法的、正当的贸易往来，反正在海关的手续都是齐全的。

　　想到这，王亚峰稍稍平静了一点，蒙蒙眬眬刚眯上眼，又一下子惊醒过来。看看被紧铐着的手上一道深深的勒痕，耳朵里开始嗡嗡作响，脑袋突然剧痛了起来，要不是被铐在床上，王亚峰真想一头撞到墙上。

　　走廊里不断地传来脚步声，楼下的车进进出出，不停地有人被押了回来。王亚峰心乱如麻，沮丧到极点，头痛、冷战、饥饿、惊吓，什么样的感觉都有，唯独没有睡意，却又困得睁不开眼。

　　一种深深的孤独感和恐惧感袭了上来。王亚峰环顾周围，除了四面白墙，一点别的色彩都没有，他想起了在香港医院的病床上，可当时身边还有一个阿香，多少给他一点温馨。而现在，除了孤独，只有莫名的恐惧和无助。他不知道后果会怎样，有谁能救得了他？

　　王亚峰看着自己手上冰冷的手铐，对老大的崇拜和信赖突然有了一丝怀疑。

他陷入了绝望中，感到掉入一个无底的深渊，下坠的速度不断加快。他挥舞着手臂，拼命想抓住任何物体，哪怕一根稻草。

这时，突然有一只强有力的手伸了出来，紧紧地抓住他，把他拎了上来。落地后，他惊魂未定，转身看看救他的人，却是自己一直想置之死地而后快的王大伟。

王亚峰醒转回来时，已是一身冷汗，霎时坐了起来。他很奇怪这时为什么会梦到大哥，但认真想想，除了大哥，还有谁救得了他？

就这样迷迷糊糊、胡思乱想着，直至有人打开房门，送来早饭，王亚峰只好勉强爬起来洗漱。

早饭后，马上有两个办案人员来提审王亚峰。

办案人员先是机械式的提问，姓名、性别、籍贯、职业。接着，办案人员直捣王亚峰的七寸，说已经掌握了大量情况，王亚峰在走私集团里充当什么样的角色，负责哪一方面的货物，上线是谁，下线是谁，什么时候到什么时候，共做了多少次，具体的手法如何，说得比王亚峰自己记的都要清楚。

王亚峰想好的对策和招数一下子失灵了。刚开始，他还想抵赖，但最终发现根本没用。可他不死心，用沉默来应对。办案人员也不急，说："你既然不想说，那就好好想想吧，下午再来。能不能争取政府的宽大处理，只能靠你自己，没有人可以救得了你，不要心存幻想。"说完，办案人员走了，留下王亚峰怔怔地发呆。

专案组是中央专门为了查处走私案而成立的，由中纪委、海关、监察、公安、检察院、法院、税务等部门共同组成的专案组，办案人员最多时达到一千一百多人。

经过几个月的秘密调查，专案组于8月18日开始进驻鹭岛，实施抓捕行动。历经一年多的日夜奋战，共查处了涉案人员六百多人，其中三百人被追究刑事责任，十四人被判处死刑或死缓，十二人被判处无期徒刑。公安部副部长、省公安厅副厅长、鹭岛海关关长，以及鹭岛市委副书记、副市长等多名高官均被判处重刑。但因为提前得到高官的通风报信，首犯潜逃加拿大，当然，最终他被引渡回国，接受审判。

走私集团在短短的几年间，共走私总值五百多亿元的成品油、植物油、汽车、香烟、化工原料、西药材料、电子机械等各种物资，偷逃税款三百多亿元，单单成品油就有四百五十多万吨，香烟三百多万箱，严重地冲击了国内市场，破坏正常的经济秩序，给国家造成巨大的损失。

王亚峰参与的主要是香烟、洋酒与电器，负责把走私物资销往内地的某一指定地区。

走私集团内部分工非常严密，有人负责供货，有人负责运输，有人负责通关，有人负责销售，有人负责套汇与洗钱，在各个环节中各司其职，各赚其利。对于经营项目及市场范围同样有严格的划分，不能互相倾轧，抢占地盘，否则，会被踢出局，甚至受到严厉制裁。

王亚峰从事的时间较长，经手的数额较大，因此成了专案组的重要目标。除了查扣他在鹭岛、刺桐的房产及银行账户，冻结了几千万的非法所得外，还追查到他在刺桐罐装走私洋酒的生产车间。

王大伟在香港报纸上看到鹭岛开展查处走私案的报道后，联想到王亚峰的手机打不通，心里便有了一丝不祥的预感。当他匆匆赶回刺桐后，经四方打听，终于证实了王亚峰已经被捕的消息。

王大伟把王三平、王四博叫到了办公室，叮嘱他们无论如何不能让父母亲知道王亚峰的事。

"现在，问题比较严重的可能是罐装洋酒的事。四博，你说说那里的情况。"王大伟说道。

王四博心情极其低落，当王大伟说到状元米酒酒厂，他更意识到自己是酒厂的法人代表，这下可脱不了干系，莫名的恐惧袭上心头，脸色变得惨白，汗珠不断地滴落。他喃喃地回答道："生产线已经停产，有好几天没有原料进来，罐装好的酒也没人来提货。我一直联系不上二哥，原来是出事了。"

王大伟拎起桌上的电话打给财务室，让他们准备好十万元现金马上送过来。

挂好电话，王大伟对王四博说道："你马上带着十万元现金赶到酒厂，洋酒罐装车间的工人补发两个月工资后，让他们全部回家，一个都不能留。仓库里剩下的原料和成品马上转移，找个隐蔽一点的地方存放。还有，你自己亲自把车间里所有的文字资料包括生产记录、出勤表、仓库进出清单、领料单、提货单彻底清理干净。记住，要彻底干净。对了，生产线上的计数器和电脑也要归零。如果以后专案组问起，你就说你只是担任一个挂名董事长，一切生产经营管理都是别人在做，你一点都不知情，懂吗？"王大伟的语气很重，他不想让王四博卷入其中。

"我确实不知情，二哥让我当这个法人代表，可把我害惨了。"王四博说话的声音有点变调。

"让你当法人代表是我提出来的，现在说这些没用，正视现实吧，你只要坚持说你没经手。"

"他们会来抓我吗？要不我躲一躲，避避风头。"王四博已经六神无主。

王三平说："躲得过初一躲不过十五。现在先按大哥说的，把酒厂的事处理好，等着专案组。如果真的查到你，你只能实事求是地讲清楚。"

"行，如果他们问起来，我就说全部是二哥负责的，我是挂名的董事长。"王四博的情绪稍微好一点。

王大伟想了想不放心，要王四博自己检查一下与王亚峰的各种关联生意，有什么可能被牵连的。

王四博很肯定地说没有。投在二哥身上的钱还有一些，估计是要不回来了，但这事不能让大哥、三哥知道。

"你自己名下的存款、现金最好处理一下，有备无患。"

王大伟刚说完，王四博赶快掏出钱包，把几张信用卡塞给王大伟说，你帮我保管。

王三平又气又笑："要沉得住气，看你慌成什么样？你想想看要是专案组到银行一冻结，你把卡给大哥有什么用？"

王四博把卡收了回去："我把卡上的钱转给大哥。不对，钱一转仍然有痕迹，他们会追到大哥身上，应该把现金取出来比较安全。"

三个兄弟商量了半天，现在唯一能做的是多搜集有关王亚峰案子的情况。王亚峰到底干了些什么，涉及的金额有多少，罪行有多重，三个人没有办法猜测，但看来凶多吉少。

王大伟心里很是自责，没能管住王亚峰，让他走上了这条不归路，现在连王四博都可能受到牵连，真不知该如何向父母亲交代。想到这，心情很是沮丧。送走王三平和王四博后，他来到梅芳的租屋。王大伟一直没有退租，偶尔，他会回到这间小屋独自待上一会儿。

房间里的摆设没有丝毫的变动，只是少了墙上那张梅芳的照片。王大伟躺在床上，盯着墙上凝视，眼里出现了梅芳的脸庞，一双含情脉脉的大眼睛与他对视着。

王大伟的眼角有了一颗晶莹的泪花闪动。

他拿起电话，打了一个传呼。

桌上的传呼机"嘟嘟"地响了起来……

第四十一章

　　光阴荏苒，岁月沧桑，又是一个十年。

　　2008 年，由美国次贷危机引起的金融风暴正席卷全球，金融公司、跨国公司巨亏、破产，股价、股指暴跌，遍地哀鸿。

　　香港中环一幢写字楼里，王大伟、杰克陈、洪添、王三平、王莉、梅芳正在开会，研究应对金融风暴引起的股价下跌的措施。"纳米面料股份"和"大环亚股份"在香港上市后，各项业绩良好，股价相对比较稳定，倒是 2007 年刚上市的"大环地产"股价暴跌了百分之五十。大股东们护盘救市的措施一直未见成效，让人头疼。

　　今天，王大伟召集众人，汇集了纳米材料、大环亚两家上市公司和股东们的资金进场，采取了回购股票的撒手锏，股价得到了暂时的企稳。

　　大环亚现在已是一个综合型的集团公司，以大环亚股份为龙头，涉及服装、教育、医疗、地产、金融等方面的投资。王三平辞去了税务局局长的职务，出任大环亚股份公司的总经理，与韩天华搭档。王大伟则把主要的精力倾注在大环地产的业务上。用移山填江的八百亩地建设的刺桐山庄，是大环地产的扛鼎之作，现在已是富豪们聚居的高端别墅区。大环地产的房地产开发项目已拓展到上海、北京等一线城市。

　　王莉鹭岛大学毕业后，留美三年，拿到了著名的沃顿商学院 MBA 学位，现在常住香港，负责大环亚集团旗下的几家上市公司的管理协调工作，并出任大环亚股份的董事会秘书。而王俊杰高中毕业后直接到英国留学，今年刚回来，现在正跟在姐姐身边实习。

　　谢莉莉与王莉的母女关系至今仍然不敢公开。王大伟极力劝说谢莉莉，为了几个家庭考虑，维持现状，也许是最好的结局。谢莉莉最终接受了现实，但坚持要把真相告诉王莉和龙斌。

王莉美国留学回来后，王大伟和龙斌、谢莉莉、王莉在香港有过一次聚会，王大伟把这个秘密向龙斌和王莉进行了详细的叙述，并要求大家保守秘密。

王大伟说："这也是为了保护两个家庭而做出的无奈之举。虽然对不住俞新廷、肖虹，但也避免了新的伤害。两害相权取其轻嘛。"

谢莉莉搂着王莉，两人已哭得像泪人。

而龙斌惊骇之下，则是深深地自责，混混沌沌中同意了王大伟的建议，冷静后却反悔了。

龙斌坚持要把真相告诉肖虹，被王大伟骂得狗血喷头："你伤害了一个莉莉，还要再伤害一个肖虹啊？"

"如果不说，我良心上过不去。"

"你宁愿让自己良心舒服了，而不顾及肖虹的感受？"

"肖虹会原谅我的。"

龙斌从香港回来后，心神不宁，瘦了一大圈，思量再三，还是把消息告诉了肖虹。王大伟知道后，马上赶到龙斌家里，向肖虹做了更详细的解释。

通情达理的肖虹选择了原谅。因为，她知道，这是那个特殊年代里，命运开的一个玩笑，让三个家庭都深陷其中。

龙斌一直在纠结该不该向党组织说明这件事，而肖虹说："从组织原则来讲，是应该说明。但这个关系一旦公开，你让我和小云的颜面放哪里？"

龙小云大学毕业后，刚考上公务员，肖虹为了孩子着想，让龙斌无言以对。

多重因素考虑下，龙斌最终决定放弃出任市委书记的机会，而选择了到大环亚与闽都大学合办的一所职业学院，担任校长，当起了教书匠。

一颗政治明星从此陨落，成了一件憾事。

梅芳经过复读，考出了一个好成绩。在填写志愿时，只选择了一个刺桐大学，最终如愿以偿。多少次，梅芳在天韵茶馆和大环亚公司门前徘徊，眼看着王大伟的身影进进出出，但始终没有勇气迈出一步，与王大伟见面。

而这几年里，王大伟每次到江西，都要去梅芳的老家看看。直到房子建好后，拆迁户回迁，最终找到了梅芳的妈妈，才知道梅芳已在刺桐大学上学。

奔驰车停在学生宿舍前，王大伟看到梅芳依然不变的青春脸庞和曼妙身姿，思绪万千，却不敢下车。

梅芳收到一封挂号信，里面有一张银行卡，还有一张写着"密码是你的生日"的纸条，苍劲有力的笔迹是如此的熟悉。

记不清已经是第几次了，王大伟的车停在学生宿舍前。这时，有人敲了敲车窗。王大伟降下车窗，梅芳的脸上是微笑的，眼里已热泪盈眶。

回到之前的租屋，两人却都异常的冷静。

梅芳把银行卡还给王大伟，说她读书的钱够了，妈妈选了一套小的拆迁房，也拿到一笔补偿款。王大伟只好说："这二十万元先放在我这吧，等你毕业了用来创业。"

梅芳拒绝了很多男同学的追求，心里一直放不下的还是王大伟。但她担心的是，当两人重新燃起爱火，会影响到王大伟的家庭和事业。

而王大伟正在经历着另外一种煎熬。丁秀丽已经确诊为肺癌晚期。王大伟不忍心在这种情况下，增添丁秀丽的痛苦。他之所以一直在寻找梅芳，只是想在学业上助她一臂之力。

今天，两人无言以对，心中是百感交集。

谢莉莉的两个孩子先后到香港读大学，她和老公俞新廷干脆搬到香港，一家人团聚。他们家的纺织机械生意，随着产业转移，逐渐拓展到东南亚。

王莉在香港上班，与谢莉莉经常见面，也算遂了谢莉莉的心愿，让她有了补偿之前缺失的母爱的机会。只是，丁秀丽的过早离世，让王莉心里很是不舍，毕竟在她的童年与青春的记忆里，丁秀丽给了她超越母爱的温暖。但人生就是这样，有太多的意想不到和不尽如人意。

王四博现在已经是三家汽车 4S 店的老板，4S 店的经营管理主要是曾小婷负责，而王四博的职务是刺桐状元米酒酒厂的总经理。

状元米酒酒厂因罐装走私洋酒被罚款两千万元。王大伟掏了两千万元罚款，也利用当初股权转让协议的条款，收回了百分之八十股权，留下百分之二十给了王四博，并重新启用莫非的营销方案，推出五十二度高端白酒，取得了空前的成功。现在，刺桐状元米酒酒厂已经完成股改，下一个目标是争取在国内主板上市。

王亚峰被判十二年有期徒刑，但最终在监狱中脑部旧疾发作，撞墙折断颈椎，成了植物人。王大伟帮他申请保外就医，并在自己投资的一家医院里设了一个特护病房。五年后，王亚峰终究逃不过死神的催命，停止了心跳。虽然两个孩子当时是判给姗姗，但毕竟是王家血脉，王家兄弟有情有义，一直帮着抚养两个孩子。直到两个孩子大学毕业后，王家兄弟又给了他们一部分公司股权，也算对得起他们与王亚峰兄弟一场。

王奇山过完八十大寿后不久，在睡梦中溘然长逝。淑媛说，老天爷怜悯王奇山一生跌宕起伏，让他走得安详，免遭病痛之苦，这是前世修来的福。淑媛从此一心向佛，吃斋念经，每日过得清心淡然，身体愈发健康，八十多岁的高龄了，仍然鹤发童颜，龟龄福备。"吃到百百岁"（闽南俗语，活到百岁），愿景可期。

陈光明于2000年回到云顶。在王大伟身边三年，陈光明学到了很多东西，进步非常大。王大伟和他一起报名上了鹭岛大学MBA课程班。回到云顶后，陈光明很快成为父亲的好帮手，现在是云顶集团的总经理，管理着集团底下近千人。

自从高速公路通了以后，从刺桐到云顶的路程只要一个多小时，云顶成了一个热门的旅游景点。一座三星级的酒店已经开始营业。有时，王大伟会暂时放下工作，叫上龙斌一起到云顶休息两三天。但到了云顶，他们与陈贵生、陈光明父子总有着谈不完的话题。

梅芳大学毕业后，用王大伟的二十万元，创办一家房地产销售公司，代理地产开发商的楼盘销售，并最终被王大伟的大环地产在上市前并购，梅芳出任大环地产的副总经理。这时，丁秀丽已经去世。

丁秀丽去世后，梅芳开始主动追求王大伟，而王大伟却退却了。半百老头，顾虑较多，更多的是替梅芳着想，希望梅芳有个更好的归宿，而梅芳却矢志不移。两人的关系不甚明朗，让身边的众亲们看了着急。大伙都在鼓励王大伟要放下顾虑，连丁顺发也劝王大伟，说妹妹丁秀丽无福消受，给梅芳让了位，这是天意。

丁顺发的鞋底厂办得有声有色，技术创新不断，产量也逐渐增加，现在已成了几大著名品牌鞋厂的主要供应商。

在大环亚股份公司上市的过程中，丁顺发的鞋底厂做了很大贡献。因为大环亚控股鞋底厂，可以合并报表，给大环亚股份带来了一亿元的营业收入和两千万元的利润。在资本市场，市盈率二十倍，两千万元的利润就意味着市值四个亿。

丁顺发终于成就了自己的"头家梦"。他现在喜欢唱的闽南歌，不再是那句"拢是命运创治人"，而是"爱拼才会赢"。

现在最逍遥的是杰克陈。

大环亚股份上市后，杰克陈的身价几十亿元，虽然股份有所稀释，但他仍然是公司最大的单一股东。他的天韵茶业，门店已开了几百家，却突然急流勇退，整体转让给了一家准备上市的茶企，拿了几个亿的港币，在香港太平山上买了一栋大别墅，过着优哉游哉的生活。品茶、品红酒、品雪茄，玩收藏、玩HIFI、玩游艇。

每次王大伟到香港，要么被他拉着出海钓鱼，要么被请到山顶别墅，听他那套一千万元的音响。王大伟说那种交响乐声音一会大一会小，还不如听刺桐的南音。杰克陈还真的试着用顶级HIFI设备听南音乐曲，声音特别空灵与悠远。

杰克陈现在仍然喜欢铁观音，但更喜欢的是名山名寨的百年古树普洱老生茶，说，这才是喝茶人的终极目标。

人生如戏，生活的舞台总在不断变换角色，每个人物都是匆匆过客。故事讲到这，似乎已有结局。但时间仍在延续，结局亦是开篇，剧情不断演绎。我们期待的是，这些时代的弄潮儿，继续着他们的拼搏奋斗，呈现不同的精彩。

转眼又是十年，该是王莉、王俊杰、陈光明、梅芳、龙小云这些主角登场了。

2011 年 3 月 17 日初稿于上海
2023 年 10 月 22 日修改于晋江